W0282608

SCIENCE FICTION

Herausgegeben
von Wolfgang Jeschke

Vom BATTLETECH®-Zyklus erschienen in der Reihe
HEYNE SCIENCE FICTION & FANTASY:

Die Gray Death-Trilogie:

William H. Keith jr.: Entscheidung am Thunder Rift · 06/4628
William H. Keith jr.: Der Söldnerstern · 06/4629
William H. Keith jr.: Der Preis des Ruhms · 06/4630

Ardath Mayhar: Das Schwert und der Dolch · 06/4686

Die Warrior-Trilogie:

Michael A. Stackpole: En Garde · 06/4687
Michael A. Stackpole: Riposte · 06/4688
Michael A. Stackpole: Coupé · 06/4689

Robert N. Charrette: Wölfe an der Grenze · 06/4794
Robert N. Charrette: Ein Erbe für den Drachen · 06/4829

Das Blut der Kerensky-Trilogie:

Michael A. Stackpole: Tödliches Erbe · 06/4870
Michael A. Stackpole: Blutiges Vermächtnis · 06/4871
Michael A. Stackpole: Dunkles Schicksal · 06/4872 (in Vorb.)

Die Phönix-Jade-Trilogie:

Robert Thurston: Der Aufbruch der Clans · 06/4931 (in Vorb.)
Robert Thurston: Blutname · 06/4932 (in Vorb.)
Robert Thurston: Falkenwacht · 06/4933 (in Vorb.)

Liebe Leser,

um Rückfragen zu vermeiden und Ihnen Enttäuschungen zu ersparen: Bei dieser Titelliste handelt es sich um eine Bibliographie und NICHT UM EIN VERZEICHNIS LIEFERBARER BÜCHER. Es ist leider unmöglich, alle Titel ständig lieferbar zu halten. Bitte fordern Sie bei Ihrer Buchhandlung oder beim Verlag ein Verzeichnis der lieferbaren Heyne-Bücher an. Wir bitten Sie um Verständnis.

Wilhelm Heyne Verlag GmbH & Co. KG, Türkenstr. 5—7, Postfach 201204, 8000 München 2, Abteilung Vertrieb

MICHAEL A. STACKPOLE

Riposte

Zweiter Roman der Warrior-Trilogie

Sechster Band im BATTLETECH™-Zyklus

Deutsche Erstausgabe

Science Fiction

WILHELM HEYNE VERLAG
MÜNCHEN

HEYNE SCIENCE FICTION & FANTASY
Band 06/4688

Titel der amerikanischen Originalausgabe
BATTLETECH®: WARRIOR: RIPOSTE
Deutsche Übersetzung von Reinhold H. Mai
Das Umschlagbild schuf A. Gutierrez
Die Karte auf Seite 16 zeichnete Christine Göbel

6. Auflage

Redaktion: E. Senftbauer
™ & Copyright © 1988 by FASA Corporation
Copyright © 1990 der deutschen Übersetzung
by Wilhelm Heyne Verlag GmbH & Co. KG, München
Printed in Germany 1994
Umschlaggestaltung: Atelier Ingrid Schütz, München
Satz: Schaber, Wels
Druck und Bindung: Elsnerdruck, Berlin

ISBN 3-453-04310-3

Für meine Familie:
Mom, Dad, Kerin, Patrick und Joy.
Danke für die Hilfe,
Unterstützung und Zusprache
über all die Jahre.

Der Autor möchte den folgenden Personen für ihre Hilfe (auf vielerlei Arten) bei der Fertigstellung dieses Romans besonders danken: Liz Danforth, Jennifer Roberson, Ross Babcock, Donna Ippolito, Jordan Weisman, Bob Charrette und Sam Lewis. Danke für die Klärung von Problemen, den Hinweis auf Lücken, die Lieferung von Details und das Aufmerksammachen auf Fehler in meinem Manuskript.

INHALT

PROLOG

Sitz des Ersten Bereichs ComStars
Hilton Head Island, Nordamerika, Terra

15. Juli 3027

Sie stand mitten in der Kammer des Ersten Bereichs, allein, den Kopf hoch erhoben, und starrte den Primus wütend an. Ihr goldenes Haar fiel über ihre Schultern auf die rote Robe und umgab ihr Gesicht wie eine Kapuze. Sie konnte die übrigen Präzentoren auf ihren durchscheinenden Podien nicht sehen. Unter ihren Füßen war der goldene Stern ComStars in den Alabasterboden eingelegt, und das grelle Deckenlicht schien sie geradezu festzufrieren.

Sie sind unwichtig. Auch wenn sie mich körperlich einschließen und in ihrer überheblichen Verachtung ein störender Hintergrund sind, dieser Kampf findet allein zwischen Primus Julian Tiepolo und mir statt. Myndo gestattete sich ein müdes Lächeln. Ein Kampf zwischen dem Primus und dem Wort Blakes.

Das Scheinwerferlicht vertrieb jeden Schatten aus dem Gesicht Primus Tiepolos, dessen fahle, wachsartige Haut kaum heller war als seine schlichte, hellbraune Robe. Die Adlernase und seine stechenden schwarzen Augen erinnerten an einen Raubvogel, und seine Stimme war kräftig, obwohl sie kaum über ein Flüstern hinauskam. *Er ist noch immer stark. Ich muß mich vorsehen.*

Der Primus begegnete ihrem Blick ohne ein Blinzeln. »Bist du dir darüber im klaren, Myndo Waterly, Präzentorin von Dieron, daß wir dich hierher gerufen haben, damit du dich für deine Handlung am zwoundzwanzigsten Mai dieses Jahres verantwortest? Nachdem wir deine Version der Geschehnisse vernommen haben, werden wir, der Erste Bereich ComStars, darüber entscheiden, ob die Einberufung eines Exkommunikationsverfahrens gerechtfertigt ist. Sollten wir zu diesem Schluß kommen, wirst du bis zur Urteilsverkündung deiner Rechte und Privilegien als Präzentorin verlustig sein. Bist du dir des weiteren darüber im klaren, daß die Strafe für das dir vorgeworfene Vergehen der Tod ist?«

Myndo zwang sich, ruhig zu nicken. »Ja.«

Der Primus verschränkte die Arme und steckte die Hände in die weiten Ärmel seiner Robe. »Dir wird vorgeworfen, die Interne Sicherheitsabteilung des Draconis-Kombinats davon in Kenntnis gesetzt zu haben, daß sich Melissa Arthur Steiner, designierter Archon des Lyranischen Commonwealth und Verlobte Prinz Hanse Davions, des Herrschers der Vereinigten Sonnen, sich innerhalb ihres Territoriums aufhielt. Diese Handlung setzte die Verwendung von Informationen voraus, die teilweise aus vertraulichen Botschaften entstammten, die über ComStars Stationen gesandt worden waren, und teilweise aus Berichten unseres Geheimdienstes ROM. Dadurch drohte dein Handeln, geheime Operationen unseres Gesegneten Ordens aufzudecken. Des weiteren unterminierte die Hilfe, die du dem Draconis-Kombinat hast zukommen lassen, unsere neutrale Haltung.« Der Primus machte eine Pause und nagelte Myndo mit einem stechenden Blick fest. »Außerdem hat dein Handeln gegen eine von dieser Versammlung beschlossene Politik verstoßen — eine Politik, von der wir alle wissen, daß du sie haßt. Hast du eine Verteidigung für deine Aktion vorzubringen?«

Präzentorin Dieron nickte langsam. »Ich möchte zu bedenken geben, Primus, daß mein Handeln in keiner Weise von anderen Operationen ComStars abgewichen ist. Während der zweieinhalb Jahrhunderte, in denen unser Gesegneter Orden als Hüter der interstellaren

Kommunikation diente, haben wir häufig genug Informationen nach draußen sickern lassen. Hat nicht Jerome Blake selbst geschrieben: ›Ein gezieltes Wort im rechten Augenblick kann eine Legion BattleMechs besiegen ...?‹«

Der Primus nickte mechanisch. »Du solltest das Zitat nicht unvollendet lassen, Präzentorin Dieron. ›Ein gezieltes Wort im rechten Augenblick kann eine Legion BattleMechs besiegen, aber wehe dem Boten, wenn seine Heimtücke offenbar wird.‹ Deine Behauptung, daß deine Aktion ein Abbild der Indiskretionen unserer Geschichte darstellt, läßt sich nur aufrechterhalten, wenn man das Konzept der Ähnlichkeit bis zur Unkenntnis verzerrt. Nur der Primus kann festlegen, wann und wie wir uns in die Politik der Nachfolgerstaaten einmischen — und nicht jeder aufrührerische Präzentor mit Illusionen gottähnlicher Allwissenheit!« Tiepolos Stimme hallte von den in Schatten gehüllten Wänden der Kammer wieder und schien von allen Seiten auf Myndo einzuhämmern. »Vor allem muß unser Handeln subtil sein!«

Myndo nahm ihren ganzen Mut zusammen und lachte. »Subtil? Seit wann ist Euer Handeln subtil, Primus? Im Jahre 3022 habt Ihr zugelassen, daß Hanse Davion und Katrina Steiner einen Bündnisvertrag unterzeichneten, der ihre beiden Reiche zusammenführte. Die Heirat zwischen Hanse Davion und Katrinas Erbin im nächsten Jahr — eine Verbindung, die durch die Geheimklauseln dieses Vertrags möglich wurde — wird diese Vereinigung zementieren. Gleichzeitig habt Ihr mich angewiesen, einen zweiten Bündnisvertrag zu organisieren, der das Draconis-Kombinat, die Liga Freier Welten und die Konföderation Capella miteinander alliiert. Was ist daran subtil? Es kann keinen Zweifel daran geben, daß alle Beteiligten unsere Hand bei der Schaffung dieser Bündnisse gespürt haben. Versteht Ihr den Begriff subtil überhaupt?«

Myndos Wutausbruch konnte beim Primus nicht die leiseste Reaktion auslösen. Er gab dem Echo ihrer Stimme Zeit zu verklingen, dann kniff er die Augen zusammen. »Ich weiß, was subtil bedeutet, Präzentorin Dieron. Ich verstehe diesen Begriff in einer Vollständigkeit, die dir auf alle Zeiten verschlossen bleiben wird. Als Beispiel führe ich nur unseren großzügigen Preisnachlaß für alle Nachrichten der Gäste an, die im nächsten Jahr zur Heirat zwischen Hanse Davion und Melissa Steiner hier eintreffen werden. Schon jetzt sind die Herrscher der Nachfolgerstaaten damit beschäftigt, ihre Kommunikationslinien zu planen, und ihre Dankbotschaften für unsere Aktion strömen herein. Wir werden sämtliche Nachrichten zu Gesicht bekommen, die von diesem wichtigsten aller interstellaren Treffen abgeschickt werden, und durch unsere Preispolitik stellen wir sicher, daß diese Nachrichten *im Überfluß* strömen werden.«

Myndo schüttelte den Kopf. »Was Ihr als subtil bezeichnet, erscheint mir unnötig gewagt. Mir mißfällt der Gedanke, eine derartige Menschenmenge in unser Heim zu lassen. Wenn irgend etwas geschieht, wird das unsere eigene Schuld sein. Zuviel könnten sie hier entdecken. Und was die Förderung zusätzlicher Nachrichtensendungen angeht, wird dies nicht auch die Frage aufwerfen, welche Motive uns dazu bewegen?«

Myndo gab dem Primus keine Gelegenheit zu antworten. »Nennt mir nur eine Eurer Aktionen, Primus, die *nicht* deutliche Spuren Eurer Manipulationen trägt.« Die Kälte im Lächeln des Primus erschütterte ihr Selbstvertrauen, aber ihr Zorn verlor nichts von seiner Heftigkeit. *Was hat er vor?* fragte sie sich. *Das kann er nicht mit einem Blake-Zitat beantworten.*

Die Antwort des Primus klang amüsiert. »Ich habe nicht erwartet, daß du es bemerkst, da du zu beschäftigt damit warst, einen Krieg zu provozieren, aber Justin Xiang Allard ist inzwischen als Mitglied der Maskirovka in der Konföderation Capella. Dieser Verstärkung des capellanischen Geheimdienstes wird Maximilian Liao helfen, mit Hanse Davion fertigzuwerden. Justin Xiang, wie er sich jetzt nennt, ist mit der Art und Weise vertraut, wie sein Vater, Quintus Allard, Davions Ministerium für Geheime Untersuchungen und Operationen leitet. Xiangs Eintritt in die Maskirovka dürfte Davions Geheimdienst erheblichen Schaden zufügen.«

Myndo schnaufte abfällig. »Und ihr wollt behaupten, dieses zufällige Ereignis herbeigeführt zu haben?«

Der Primus nickte. »Wir können natürlich nicht für uns in Anspruch nehmen, daß Justin Allard wegen Verrats vor Gericht gestellt und aus den Vereinigten Sonnen verbannt wurde, aber es ist uns gelungen, diese Situation zu unserem Vorteil zu kehren. Ich habe angeordnet, die Berichte über Justins Siege mit anderen, weit bedrückenderen Nachrichten an Maximilian Liao zu kombinieren. Häufig genug waren die Meldungen von Justin Xiangs Siegen der einzige Lichtblick in den düsteren Stunden des Kanzlers. Ich habe Liaos Faszination mit und Hunger nach Xiang genährt. Das allein hat ihm diesen Platz verschafft.«

Myndo beugte ihr Haupt in einer Geste, die zu gleichen Teilen Respekt und Zerknirschung ausdrückte. »Ich verstehe eure Worte und gestehe meinen Irrtum ein.« Ihr Kopf kam langsam wieder hoch, und sie erwiderte Tiepolos düsteren Blick. »Ich gebe jedoch zu bedenken, daß mein Handeln ebenso sorgfältig geplant war. Nur im Scherz habe ich einem uns als ISA-Agenten bekannten Draconier gegenüber meine Verwunderung darüber zum Ausdruck gebracht, daß das Kombinat im Styxsystem Banditen Zuflucht gewährt. Die ISA hat sämtliche übrigen Informationen selbst zusammengetragen. Sie haben Melissas Anwesenheit auf der *Silberadler* selbständig ermittelt. Und sie haben auch reagiert.«

Myndo kniff die Augen zusammen. »Was hat sich

denn als Resultat meiner Handlung so Bedeutendes ereignet? Quintus Allard hat erfolgreich eine Erklärung für die Bedeutung der *Silberadler* fabriziert, ohne Melissas Anwesenheit publik zu machen. Melissa gelangte sicher in die Arme ihres Verlobten. Eine Reihe von Banditen, ISA-Truppen und Söldnern sind gestorben. Das ist kein großer Verlust.«

Der Primus zuckte zusammen, und Myndos Herz tat einen Sprung. In diesem Augenblick wußte sie, daß etwas in ihren Worten ihm Sorgen bereitet hatte. Das bedeutete, er hatte einen Schwachpunkt, den sie gegen ihn ausnutzen konnte. *Gleichzeitig bedeutet es aber auch, daß es etwas gibt, wovor er Angst hat, etwas, das er nicht kontrollieren kann. Vielleicht habe auch ich Grund, dieses Etwas zu fürchten.*

Der Primus verdrängte jede Emotion aus seiner Stimme, aber seine Unterlippe zitterte unter der Anstrengung. »Einer der getöteten Söldner war Oberstleutnant Patrick Kell. Es war in der Tat ein Glücksfall, daß seine Kell Hounds rechtzeitig und in ausreichender Stärke eintrafen, um den designierten Archon zu retten, aber sein Tod macht ein Problem wieder akut, das ich längst hinter uns glaubte. Ich habe keinen Zweifel, daß sein älterer Bruder Morgan zurückkehren und die Leitung der Kell Hounds wieder übernehmen wird.«

Myndo runzelte die Stirn. *Und das macht dir solche Angst?* »Ich sehe keine Bedrohung in dieser Entwicklung, noch glaube ich auch nur an deren Wahrscheinlichkeit. Die Kell Hounds haben Kell nicht einmal eine Nachricht über den Tod seines Bruders gesandt.«

Der Primus schüttelte langsam den Kopf. »Nein, das haben sie nicht, und sie werden es auch nicht tun. Sie werden einen Boten zu ihm senden, der Morgan diese Mitteilung persönlich überbringt. Dieser Bote wird ihm auch mitteilen, daß sein alter Feind Yorinaga Kurita erneut auf der Seite des Kombinats in die Schlacht zieht. Wenn der Konflikt zwischen diesen beiden wieder aufflammt, kann er sich zu einem Feuersturm entwickeln, der sich jeder Kontrolle durch uns entzieht.«

Myndo sah, wie alle Kraft aus dem Körper des Primus zu schwinden schien. *Als sei sein Versuch, mich zu kreuzigen, abgeschmettert.* Sie breitete die Arme aus. »Ich habe meine Verteidigung vorgetragen, Primus. Ich gebe zu bedenken, daß meine Anstrengungen subtiler Natur waren und zu einer Zeit unternommen wurden, als es unmöglich war, dieses hohe Haus einzuberufen. Mag mein Urteil auch vorschnell gewesen sein, so hat es doch keinen echten Schaden angerichtet. Mag es uns allen als Erinnerung an die wahre Macht der Information dienen, und mag diese Erfahrung unser aller Denken formen. So sei es im heiligen Namen des Jerome Blake!«

Der Primus sah hoch und blickte sich unter den Präzentoren um. Dann nickte er müde. »Im Namen des seligen Blake, so sei es.« Sein Körper bebte unter den Erschütterungen eines lautlosen Lachens. »Die Versammlung spricht dich frei. Du kannst gehen, aber nimm dir deine Worte auch selbst zu Herzen. Diese Erfahrung möge dein Denken formen, Präzentorin Dieron.«

Myndo verneigte sich. »Das wird es, Primus. Das wird es.« *Wenn ich das nächstemal versuche, deine Macht zu untergraben, werde ich noch vorsichtiger sein — so vorsichtig, daß du nichts davon merkst. Und noch viel weniger wirst du es überleben.*

KARTE DER INNEREN SPHÄRE

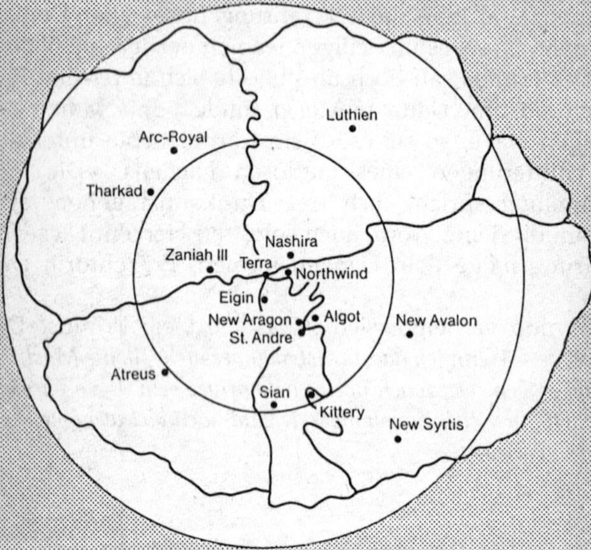

Erstes Buch

UMKLAMMERUNG

1

New Syrtis
Mark Capella, Vereinigte Sonnen

10. Oktober 3027

»Verdammt sollst du sein, Hanse Davion!«

Herzog Michael Hasek-Davions Verwünschung hallte von den weißgetünchten Wänden seines Privatbüros wider. Wütend zerknüllte er die Botschaft, die er soeben erhalten hatte, und schleuderte sie durch das Zimmer. Sie prallte von der Wand ab, und Michael starrte ihr nach. Dabei hoffte er inständig, sie würde sich in Nichts auflösen oder, noch besser, sie wäre nie eingetroffen.

Der Herzog kniff seine ruhelosen, jadegrünen Augen zusammen und schüttelte den Kopf in einer Bewegung, die seinen langen schwarzen Haarzopf wie eine Schlange hin- und herzucken ließ. »Wie schmerzlich deine Formulierungen klingen, Schwager. Sogar mit eigener Hand geschrieben. Du ehrst mich mit der Information. Du vertraust mir die Information an.« Michael spuckte in Richtung des Papierknäuels, ohne es zu treffen. »Du *verdammst* mich damit.«

Er ging hinüber und hob die Botschaft mit seiner künstlichen linken Hand auf. Nachdem er wieder an seinen Schreibtisch zurückgekehrt war und sich auf dessen Kante gesetzt hatte, glättete er das Blatt auf dem Oberschenkel. Obwohl er die Nachricht haßte, las er sie noch einmal, in der Hoffnung, ein Detail, eine Nuance, übersehen zu haben, die den Text in einem gnädigeren, vorteilhafteren Licht erscheinen ließ.

»Mein lieber Michael«, so fing es an — mit einer Lüge. »Hätte es nur an mir gelegen, hätte ich dir diese Information schon sehr viel früher zuteil werden lassen. Wie du ja weißt, schätze ich deine Intelligenz und deine treuen Dienste als Wächter der Mark Capella sehr. Jedoch haben andere mich bis jetzt davon abgehalten, die freudige Nachricht mit dir zu teilen.«

Michael schnaufte abfällig. *Du versuchst, die Sicherheitsvorkehrungen deines Quintus Allard oder Simon Johnsons aus dem Lyranischen Commonwealth für diesen unsagbaren Vertrauensbruch verantwortlich zu machen, aber mich kannst du nicht hinters Licht führen, Hanse. Man nennt dich nicht den Fuchs, weil du dich sklavisch nach den Wünschen deiner Untergebenen richtest. Nein, Hanse, hinter diesem Affront steckt niemand anders als du selbst.*

Der Herzog glitt vom Schreibtisch und ging quer durchs Zimmer zu dem Bogenfenster hinüber. Zu jedem anderen Zeitpunkt hätte ihn der Ausblick auf den Raumhafen von New Syrtis, der sich ihm von hier bot, beruhigen können, denn er erinnerte ihn an seine Macht. Er betrachtete das Dutzend eiförmiger Landungsschiffe. Ihre Frachtluken standen offen, und das Servicepersonal beeilte sich, die leeren Bäuche der Schiffe zu füllen, bevor das unberechenbare Wetter des Planeten eine Verschiebung des Starttermins nötig machte.

Rund um die Landungsschiffe marschierten BattleMechs Streife. Die zehn Meter großen und schwergepanzerten, humanoiden Kampfmaschinen bewegten sich gleichmäßig am Rand des Raumhafens entlang. Der Herzog war zu weit entfernt, um das Dröhnen ihrer gewaltigen Schritte zu hören, aber er konnte sich das Geräusch ohne Schwierigkeiten ins Gedächtnis rufen. Jeder Schritt wirbelte eine dichte rote Staubwolke auf, aber vor Michaels Augen erschienen sie als Nebel von Blut.

Ich bin der Herr über all das. Ich befehlige diese Schiffe. Meine Befehle schicken sie hinaus zu den Sprungschiffen, und meine Befehle senden die Sprungschiffe ins All hinaus, wo sie meine Wünsche ausführen. Und ich befehlige die BattleMechs von einem Dutzend Regimentsgefechtsgruppen. Das sollte mich *unbesiegbar* machen. Er blickte auf den Zettel hinab. *Wie ist es möglich, daß dieses Stück Papier mein Untergang werden kann?*

Er zwang sich weiterzulesen. »So normal, wie die Situation eigentlich ist, wird sie dir sicher einen Schock versetzen. Ja, Michael, meine Junggesellenzeit wird im nächsten August ein Ende finden. In Melissa Arthur Steiner habe ich eine Frau gefunden, die alles ist, wonach ich gesucht habe.«

Michaels Fingernägel kratzten über den Fensterflügel, als seine Rechte sich langsam zur Faust ballte. *Du redest von deiner Braut, als sei sie bei der ganzen Angelegenheit von sekundärer Bedeutung. Du nennst sie eine Frau, obwohl sie erst knappe sechs Monate vor eurer Heirat volljährig wird. Und doch muß ich zugeben, daß sie alles ist, wonach du gesucht hast. Sie ist das Verbindungsglied für eine Allianz zwischen deinen Vereinigten Sonnen und dem Lyranischen Commonwealth. Du hättest sie sogar als Wiegenkind geheiratet, wenn ihre Mutter Katrina es zugelassen hätte, oder du hättest Katrina selbst geheiratet, wenn sie noch fähig wäre, dir einen Erben zu schenken.*

Eine schwarzviolette Gewitterwolke türmte sich am Himmel auf und schob sich vor das goldene Licht der Sonne New Syrtis'. Sie raubte der kantigen Landschaft ihr helles Rot und badete sie in tiefem Rostbraun, eine Farbe, die Michael an getrocknetes Blut erinnerte. Blitze schlugen mit furchtbarer Gewalt in die Erde und zwangen selbst die BattleMechs, vor dem Zorn der Elemente zu flüchten.

Michael kehrte an seinen Schreibtisch zurück, als der Sturmwind wie ein Kalacine zu heulen begann, das im Schlachthof auf seinen Tod wartet. »Ich bin sicher, du erkennst die politischen Vorteile dieser Ehe, Michael. Dadurch, daß wir das Lyranische Commonwealth enger an uns binden, können wir das Draconis-Kombinat einschließen. Das bedeutet, ich werde endlich in der Lage sein, einen Teil meiner Militärstreitkräfte in deine Mark

Capella zu verlegen, wie du es schon seit langem forderst. Zusammen werden wir deinen Herrschaftsbereich stärken, so daß die habgierigen Capellaner gezwungen sind, sich anderenorts nach Beute umzusehen.«

Michael ließ die rechte Faust auf den Schreibtisch krachen. Dann hob er sie an den Mund und lutschte an den verletzten Knöcheln. *O nein, Hanse, ich werde nicht zulassen, daß du deine Krallen in mein Reich schlägst. Nein. Du willst zu meinem Julius Caesar den Brutus abgeben. Du kleidest dein Vorhaben, mich zu stürzen, in freundliche Worte, aber ich kann zwischen den Zeilen lesen. Wenn du erst einmal mit Melissa Steiner verheiratet bist, brauchst du niemanden mehr zu fürchten.*

Michael blickte auf die Regale hinter seinem Schreibtisch. Dort hatte er in seltenen, ledergebundenen Originalen oder modernen Holodiskausgaben eine beneidenswerte Sammlung von Geschichtsbüchern angehäuft, die teilweise noch aus der Zeit vor der Gründung des Sternenbunds stammten. Das Blut an seinen Knöcheln schmeckte salzigsüß, aber er bemerkte kaum etwas davon. Seine Gedanken rasten.

Es steht alles dort drinnen, Hanse. Meinst du etwa, ich wüßte nicht, was du planst? Die menschliche Geschichte war schon immer eine Geschichte kriegerischer Eroberungen. Die Entwicklung des BattleMechs vor gut sechs Jahrhunderten hat an diesem grundlegenden Faktum nichts geändert, und doch hast du es ignoriert. Du betrachtest Mechs als ein notwendiges Werkzeug, aber du siehst diese großartigen Kriegsmaschinen nicht, wie sie wirklich sind — sie stellen die höchste Stufe in der Evolution des menschlichen Eroberungsdranges dar. Vielleicht wird ein Krieger nicht eins mit seinem BattleMech — auch wenn diese Legende nicht auszurotten ist —, aber in seinem Mech kann er das Optimum seiner Möglichkeiten erreichen.

Michael ließ seine Hand sinken und schürzte die Lippen. *Du ignorierst diese Tatsache, Hanse, und zwingst mich, dir auf dem Feld der Politik gegenüberzutreten. Wieviel weißt du von meinen Verbindungen zu Maximilian Liao? Wenn du wüßtest, daß ich ihn besucht habe, würdest du mich meiner Ämter entheben und sie wie eine Schlinge um den Hals meines gegeißelten Sohnes Morgan legen. Vielleicht hegst du einen Verdacht gegen mich, aber du hast keine Beweise. Glaub mir, Hanse, die wirst du nie bekommen.*

Michael ging hinüber zu einer Karte der Nachfolgerstaaten und zeichnete mit dem Finger den schlanken Keil seiner Mark Capella nach. *Mein Reich, größer als die ganze Konföderation Capella. Ich sollte einer der fünf Nachfolgerfürsten sein, aber du ignorierst mich und den Anspruch meiner Familie, Hanse. Du hast mich gezwungen, mit Maximilian Liao ins Geschäft zu kommen, weil du dich geweigert hast, mir die Truppen zu geben, die ich benötige, um sein Reich zu erobern. Hätte ich genügend Truppen, ich könnte ihn vernichten. Aber das gerade ist der Punkt, nicht wahr, Schwager? Damit würde ich den gesamten Vereinigten Sonnen meine Führungsqualitäten beweisen und könnte deinen Platz auf dem Thron einnehmen. Dann hätte unser Volk den richtigen Lenker am Steuer des Staatsschiffes.*

Der salzige Geschmack seines Blutes lag dem Herzog noch immer auf der Zunge, als sein Blick auf die anderen Großen Häuser auf der Karte fiel. *Schon jetzt hat die junge Allianz mit dem Lyranischen Commonwealth deine drei Feinde zusammengeführt. Der Herrscher des Draconis-Kombinats, Takashi Kurita, hat Janos Marik und Maximilian Liao gezwungen, ihre Streitigkeiten hintanzustellen, um mit dir und Haus Steiner abzurechnen. Ihr Bündnis ist nicht so stabil wie das deine, denn die Beziehungen zwischen der Liga Freier Welten und den Capellanern werden weiter von gegenseitigem Mißtrauen untergraben, aber es ist deswegen keineswegs machtlos.*

Auf Michaels Gesicht nahm ein Lächeln Gestalt an. *Aber noch wissen deine Rivalen nicht, daß deine Allianz sich auswächst, nicht wahr? Die Nachricht von deiner bevorstehenden Heirat wird sie zum Handeln zwingen. Sie werden sich zusammentun und dich zerquetschen.* Michael trat einen Schritt von der Karte zurück. *Aber wie kann ich von dieser Entwicklung profitieren?*

Der Herzog von New Syrtis klopfte mit dem Zeigefinger an sein Kinn. Er studierte die Karte und sah, wie die Grenzen des Draconis-Kominats und der Liga Freier Welten zu den Kiefern eines wilden Raubtieres wurden, die sich um das Lyranische Commonwealth gelegt hatten, bereit, das Leben aus ihrem Opfer zu pressen. Seine Gedanken rasten, und er nickte langsam.

Ja, ich muß Liao von deiner Verlobung unterrichten. Ich werde die Informationen, die du mir über Stärke und Position deiner Truppen zukommen läßt, auch in Zukunft weiterleiten, und ich werde in den selben Berichten weiter die Stärke meiner Truppen unterbewerten. Ich werde Liao davon überzeugen, daß das Lyranische Commonwealth unter einem gemeinsamen Angriff der Häuser Marik und Kurita zusammenbrechen würde.

Liao, diese kleine Schlange, wird bestimmt zustimmen, denn es bedeutet, daß Marik Truppen an die lyranische Grenze verlegt. Dadurch bekommt er die Gelegenheit, ein paar der Welten zurückzugewinnen, die seine Konföderation im Verlauf des letzten Jahrhunderts an die Liga Freier Welten verloren hat. Liao ist sich so sicher, meine Stärke zu kennen, daß er Truppen von meiner Grenze abziehen wird, um einen Angriff gegen seinen alten Feind zu starten.

Michael fuhr mit dem Finger die lange Grenze zwischen den Reichen Davions und Kuritas ab. *Hanse wird das Draconis-Kombinat angreifen, um den Druck vom Lyranischen Commonwealth zu nehmen. Er könnte sogar ein paar Aufstände im Militärdistrikt Rasalhaag finanzieren. Haben dessen Einwohner Haus Kurita nicht schon immer als Besatzungsmacht empfunden? Aber er kann tun, was er will, der Krieg wird unentschieden enden, denn er ist nicht stark genug, um das Draconis-Kombinat zu besiegen.*

Die Schmerzen waren vergessen. Michael ballte seine Rechte und schlug mit der Faust in die Handfläche seiner Kunsthand. *Wenn das Volk des Krieges müde ist, eines*

Krieges, der nicht zu gewinnen ist, und in den Hanse sie nur gestürzt hat, um dem Lyranischen Commonwealth und seiner jungen Braut zu helfen, werde ich gegen die Konföderation Capella losschlagen und sie zermalmen. Ich werde der Kriegsheld der ganzen Vereinigten Sonnen sein. Mit einem Schlag werde ich mich Hanse gegenüber als militärisch überlegen erweisen. Ich werde einen Frieden aushandeln, und das Volk wird mich zum neuen Prinzen der Vereinigten Sonnen ausrufen.

Michael kehrte an seinen Schreibtisch zurück, wo er aus einer Schublade seine in Leder gebundene Ausgabe des lyranischen Klassikers *Der Ursprung der Drei Großen Häuser* von Thelos Auburn zog. Ohne irgend etwas schriftlich niederzulegen, formulierte er in seinem Geist die Botschaft. Dann blätterte er durch das Buch und ersetzte jedes Wort seiner Nachricht durch einen Code aus drei Zahlen — Zahlen, die Seite, Absatz und Wort entsprachen.

Während er dies tat, umklammerte er mit seiner gesunden Hand die Kunsthand und preßte seine natürlichen Finger gegen die Gelenke ihrer künstlichen Geschwister. Mit einfachen, natürlichen und kaum sichtbaren Bewegungen gab er die Zahlen in einen RAM-Speicher ein, den capellanische Wissenschaftler bei seinem ersten Besuch Maximilian Liaos in seine Hand implantiert hatten. Selbst der aufmerksamste Beobachter konnte nichts Verdächtigeres sehen, als daß der Herzog flüchtig in einem Buch blätterte, während er seine Kunsthand massierte.

Die capellanischen Wissenschaftler hatten die Hand auch mit einem Hochgeschwindigkeits-Richtstrahldatenimpulsgeber ausgestattet, der eingegebene Informationen in Form eines Signals von unglaublicher Kürze abschicken konnte. Der Sender war zwar auf eine Reichweite von vier Metern begrenzt, aber seine Programmierung verhinderte das Senden der Nachricht vor Eintreffen eines Signals der Empfangsstation — und die bestand aus einem speziellen Empfangsgerät im künstlichen Bein des hiesigen capellanischen Botschafters. Erst dann konnte der Herzog die Botschaft abschicken, indem er seinen Daumen auf die Wurzel des kleinen Fingers preßte.

Michael schloß das Buch und legte es zurück in seine Schublade. Dann suchte er durch den Dokumentenstapel auf seinem Tisch, bis er ein Blatt mit dem Briefkopf der capellanischen Botschaft gefunden hatte. Michael überflog den Text und drückte einen Knopf seiner Gegensprechanlage. »Agnes, teilen Sie Botschafter Korigyn mit, daß ich ihn in zwei Stunden im Audienzzimmer erwarte.«

Seine Privatsekretärin zögerte, und ihre Angst war durch den Lautsprecher beinahe greifbar. »Vergebung, Euer Gnaden, aber der Botschafter ist derzeit nicht in der Hauptstadt ...«

»Ich will keine seiner Entschuldigungen, Agnes!« knurrte er. »Wenn dieser Idiot sich einbildet, daß wir bereit sind, die jährliche Einfuhrquote für Wodka seiner Botschaft zu erhöhen, nur damit er das Zeug auf dem Schwarzmarkt verkaufen und vom Profit seine Mätresse aushalten kann, ist er schwer auf dem Holzweg. Zwei Stunden, Agnes, sonst ist der Teufel los.«

Michael hörte ihre Antwort nicht mehr. Er klopfte sich auf die linke Hand und lächelte. *In zwei Stunden erhält der Botschafter die Information, die Hanse mir so gnädig hat zukommen lassen. Korigyn wird sie an ComStar weitergeben, und ihre HyperPulsgeneratoren werden sie über ihr Kommunikationsnetz durchs All jagen. Liao dürfte in wenigen Tagen Bescheid wissen, und dann wird er handeln. Durch ihn werde ich die Lunte entzünden, deren Explosion die ganzen Nachfolgerstaaten ein letztesmal ins Chaos stürzen wird. Und aus den Ruinen werde ich mich erheben — als Herrscher über sie alle ...*

2

Sian
Kommunalität Sian, Konföderation Capella

15. Oktober 3027

Justin Xiang lächelte, als sein Assistent Alexi Malenkow ihm einen Stoß blauer Akten reichte. »Ich weiß es zu schätzen, Alexi.« Er legte den Stapel auf dem Schreibtisch ab und klopfte leicht mit der linken Hand darauf. Die Prothese war von einem schwarzen Lederhandschuh bedeckt. Justin ignorierte den Ausdruck des Widerwillens, der auf Malenkows Gesicht trat, als er die leblose Hand sah.

Der blonde Malenkow hatte sich schnell wieder unter Kontrolle und nickte. »Ich war der Meinung, Sie würden besonders an unseren Berichten über das Abschneiden Ihrer ehemaligen Davion-Einheit in den letzten Manövern interessiert, Bürger Xiang. Das erste Kittery-Ausbildungsbataillon wird auf Grund seiner Leistungen in ein bis zwei Monaten aus der Probezeit entlassen und schließlich Teil des Ersten Bataillons der Davion Light Guards.«

Justin schenkte ihm ein entspanntes Lächeln. »Hat Captain Redburn noch immer den Befehl über sie, oder hat man der Einheit einen neuen Kommandanten zugeteilt?«

Malenkow ließ sich auf den Rand von Justins Schreibtisch nieder und beugte den Kopf. »Das steht alles in den Berichten, Justin. Wegen Redburns Loyalität dir gegenüber bei der Gerichtsverhandlung hat Graf Vitios seine Versetzung empfohlen. Aber anscheinend haben die MechKrieger des Bataillons protestiert. Er blieb auf seinem Posten.«

»Gut.« Justin strich sich mit der Rechten durch sein glattes, schwarzes Haar. »Wann ist dein Analyseteam mit der Beurteilung der Operation Galahad '27 auf Mähren fertig? Lady Romano ist ziemlich besorgt über die an diesem Kampf beteiligten Einheiten. Sie behauptet, das erste Bell-Ausbildungsbataillon sei entsprechend Marion's Highlanders konfiguriert worden, dem Mechregiment auf ihrem Planeten Highspire, und die ›Verlustmeldungen‹ haben sie sehr aufgeregt. Anscheinend haben die Verteidiger der Sechsten Crucis-Lanciers Regimentsgefechtsgruppe das Bell-Bataillon in Fetzen gerissen.«

Der aus der Kommunalität Tikonov der Konföderation Capella stammende Analytiker zuckte die Achseln. »Ihr Vater läßt seine Spionageabwehrsektion rund um die Uhr daran arbeiten, uns Fehlinformationen über Operation Galahad '27 zu liefern.« Malenkow lächelte entschuldigend. »Der Bericht, von dem Romano Liao sprach, wurde inzwischen völlig widerlegt.«

Justin schürzte nachdenklich die Lippen. »Wenigstens etwas.«

Malenkow nickte, dann trat ein schmerzlicher Ausdruck auf sein Gesicht. »Unglücklicherweise ist der korrekte Bericht über dieses Manöver kaum weniger bedrückend als die Fälschung. So ziemlich das Einzige, was das Bell-Bataillon geschafft hat, war die Eroberung einer Bergwerksanlage. Allerdings war die bei einem fürchterlichen Schneesturm im dortigen Gebiet bereits aufgegeben worden. Das Bell-Bataillon verirrte sich in eben diesem Schneesturm und stolperte über das Bergwerk — das überhaupt nicht als Ziel des Manövers vorgesehen war.«

Justin lachte leise. »Wenn die Highlanders gegen die Übermacht, die ihren Stellvertretern entgegengeschleudert wurde, ebensoviel erreichen könnten, hätten wir allen Grund zur Freude.«

Malenkow hob den Kopf und sah sich in Richtung der anderen mit grauen Plastiktrennwänden markierten Büronischen um. Dann beugte er sich wieder zu Justin und nickte heftig. »Aber laß das ja nicht die Lady Romano hören.«

Justin hob eine Braue. »Mein lieber Alexi, vergiß nicht, *wir* sind die Maskirovka. Die anderen müssen Angst davor haben, daß wir sie belauschen, wenn sie abweichlerisch die Wahrheit sagen, nicht anders herum.« Justin warf einen Blick in den Terminkalender auf seinem Schreibtisch und sah wieder zu Malenkow hoch. »Versuchen Sie innerhalb der nächsten zwei Tage einen vorläufigen Bericht Ihrer Leute zu bekommen. Ich …«

Justin stockte, als ein schlanker Mann im Eingang der Büronische stehen blieb. Er teilte Justins asiatische Züge, das dunkle Haar und die braunen Augen, aber die Schärfe seiner Züge — auch wenn sie nicht unattraktiv war —, gab ihm ein berechnendes, tückisches Aussehen. Er lächelte Justin an und nickte Malenkow respektvoll zu.

»Entschuldigen Sie uns, Bürger Malenkow. Justin, wir sollen sofort vor ihm erscheinen.« Während er das sagte, deutete der Besucher mit dem Zeigefinger zur Decke. Vor der bronzenen Haut von Hand und Gelenk sah Justin die zehn Zentimeter langen Nägel der letzten drei Finger.

Justin stand auf und reckte sich. »Wissen Sie, was er von uns will, Tsen?«

Tsen Shang schüttelte den Kopf. »Nein. Die Nachricht kam gerade aus Chandra Lings Büro. Sie hat mir befohlen, Sie zu holen und unverzüglich beim Kanzler zu erscheinen.«

Justin nickte nachdenklich. *Wir werden von der Chefin der Maskirovka zu einer Begegnung mit Maximilian Liao befohlen. Ich hoffe, es wird nicht wieder nur einer seiner Wutausbrüche.* Justin drehte sich zu Malenkow um. »Mach deinen Analytikern Dampf, Alexi. Während der Besprechung möchte ich dich an deinem Schreibtisch oder zumindest schnell erreichbar wissen — für den Fall, daß du mir ein paar Daten bringen mußt.«

Malenkow nickte und Justin eilte an ihm vorüber. Shang ging durch die Analysesektion voraus zu den Aufzügen. Die beiden Todeskommandos am Lift überprüften ihre Papiere und forderten über Funk die Zutrittsgenehmigung für sie an.

Justin und Tsen Shang konnten ein Lächeln kaum verbergen, als die blecherne Stimme des Kommandanten einen Befehl durch den Empfänger bellte, bei dem der Soldat sichtbar zusammenzuckte. Mit aschfahlem Gesicht schob der Posten einen Schlüssel in die Verriegelung und drehte ihn herum. Die verzierten Bronzetüren öffneten sich, und die Maskirovka-Agenten traten in den holzgetäfelten Aufzug.

Als die Türen sich geschlossen hatten und der Lift auf dem Weg aus den subplanetaren Tiefen war, drehte Justin sich zu seinem Begleiter um. »Mir ist klar, daß Sie möglicherweise nur nicht vor Malenkow darüber sprechen wollten. Haben Sie eine Vorstellung davon, was der Kanzler will?«

Shang schüttelte den Kopf. »In letzter Zeit ist der Kanzler etwas reizbar ...«

Justin nickte. *Beide Töchter Maximilians, Candace ebenso wie Romano, streiten sich, seit sie zum Geburtstag ihres Vaters auf Sian eingetroffen sind. Er steckt mitten drin in diesem Grabenkrieg, und seine Stimmung sinkt mit jedem Tag.* Justin hustete, dann schüttelte er den Kopf. »Wenn ich auch gerufen werde, muß es etwas mit den Vereinigten Sonnen zu tun haben. Könnte es sein, daß wir von unserem Freund neue Angaben über Truppenstärken und Aufstellung erhalten haben?«

»Möglich ist es ...« Tsen Shang sah auf seine rechte Hand hinab und formte sie zur Klaue. Die Deckenbeleuchtung ließ die schwarzgoldenen Fingernägel funkeln. »Die ganze Sache scheint mir nicht geheuer ...«

Justin starrte auf Shangs Krallen und nahm dessen Kommentar kaum wahr. Er hatte die mit Karbonfaser verstärkten Nägel schon durch dickes Leder fetzen sehen, als handele es sich um dünnes Papier. Er fragte sich noch immer, ob Shang sie mit Gift präparierte, wie es auf Solaris VII seine Gewohnheit gewesen war. Dort hatte er Justin für den capellanischen Geheimdienst rekrutiert.

Der Aufzug kam an, die Türen öffneten sich lautlos. Die beiden Männer traten geradewegs in den Thronsaal des Kanzlers. Der Aufzug befand sich auf halber Höhe einer der langen Seitenwände des rechteckigen Saales und war normalerweise durch die Wandtäfelung verdeckt. Das Dämmerlicht warf fremdartige Schatten über das Gitterwerk aus Teakholz, das versteckte Nischen in der oberen Hälfte der gegenüberliegenden Wand abschirmte. Obwohl Justin nichts erkennen konnte, was auf eine Überwachung hindeutete, fühlte er sich unbehaglich.

Als er sah, wer im Innern des Saales auf sie wartete, verstand er, warum Shang beunruhigt war, und sein Gefühl der Unbehaglichkeit nahm noch zu. *Das wird unangenehm. Ich kann es spüren.*

Kanzler Maximilian Liao stand groß und hager vor seinem riesigen Thron. Seine stahlgrauen Augen starrten auf das Blatt Papier in seinen Händen, an denen die Knöchel weiß hervorstanden. Das Blatt zitterte in der Wut, die Justin aus dem Kanzler wogen fühlte. Die Lippen Liaos zogen sich nach hinten, und er fletschte wütend die Zähne, als er die Botschaft zum wiederholten Male las.

Rechts unterhalb von ihm schien Chandra Ling vom Zorn ihres Herrn unberührt. Die grauhaarige, ältliche Dame, kleinwüchsig und von zerbrechlicher Statur, sah aus wie eine nette alte Großmutter. Justin kniff seine mandelförmigen Augen zusammen. *Vielleicht sieht sie nach einer Großmutter aus, aber durch Törtchen backen bringt man es nicht an die Spitze der Maskirovka — es sei denn, man bäckt sie mit Zyankali und verschenkt sie an Rivalen.*

Chandra Ling gegenüber standen Seite an Seite Maximilians Töchter. Romano, die jüngere der beiden, konnte ihre Verärgerung kaum unterdrücken. Mit wütenden Kopfbewegungen warf sie ihr rotbraunes Haar über die Schultern, während in ihren grünen Augen purer Haß loderte. Ihre goldene Seidenrobe war an der Taille nur locker geschnürt und stand weit genug auf, um ihre Kühlweste sichtbar werden zu lassen. Während sie ungeduldig ihr Gewicht von einem Fuß auf den anderen verlagerte, gab die Robe Ausblicke auf ihre schlanke Figur und langen Beine frei.

Justin bemerkte, daß ihre Verärgerung etwas abebbte, als sie Tsen Shang bemerkte. *Ist sie jetzt wütend, weil sie bei ihrem Mechtraining unterbrochen wurde, oder weil sie nicht verstand,was Shang aufgehalten haben könnte?*

Candace Liao, die Thronfolgerin ihres Vaters, schien die Veränderung in der Haltung ihrer Schwester ebenfalls aufzufallen. Die in enge schwarze Lederstiefel, Reithosen und eine weite Lederbluse mit Schulterpolstern gekleidete Candace hob das Kinn und verschränkte langsam die Arme vor der Brust. Ihr langes schwarzes Haar fiel ihr bis zur Taille, aber die dünnen Streifen, die über ihre Schultern nach vorne fielen, umrahmten ihr exotisches Gesicht perfekt. Ihre Augen schlossen sich halb, als sie Blickkontakt mit Justin suchte, dann wandte sie sich um und betrachtete ihren Vater.

Justin fühlte ein Zittern in der Magengrube, aber er hatte sich schnell wieder im Griff. *Nein, Justin. Sie hat die Hinterlist und das aufbrausende Temperament ihres Vaters, gepaart mit der Eiseskälte ihrer Mutter. Sie würde dich nur benutzen und dann ausspucken. Wäre die Freude ihrer Schwester über Shangs Auftauchen weniger offensichtlich gewesen, hätte Candace dich nicht einmal bemerkt. Und so sollte es auch sein, denn sie ist eine Tigerin, und du solltest eine Maus sein.*

Maximilians Kopf flog hoch, und er durchbohrte Justin mit einem stechenden Blick. »Sie sind Allards Sohn,

Xiang! Warum haben Sie davon nichts gewußt?« Er hielt die Nachricht in der rechten Hand wie eine Fackel. »Wurden Sie hierher geschickt, um mich zu verraten?

Liaos Anschuldigung entzündete ein Feuer der Angst in Justins Herz, das sich schnell in Zorn verwandelte. Er öffnete den Mund zu einer heftigen Erwiderung, dann zögerte er. *Ruhig bleiben, Justin! Er kann nicht klar denken. Wie willst du dich verteidigen, solange du nicht einmal die Anklage kennst?* Justin beugte den Kopf und erwiderte ruhig: »Vergebt mir, Licht des Firmaments, was hätte ich wissen sollen?«

»Das hier, verdammt!« Ein unartikulierter Wutschrei drang aus der Kehle des Kanzlers. »Hanse Davion wird Melissa Steiner heiraten!«

Die Information traf Justin wie eine Lasersalve. Er preßte die Arme um die Magengrube und schluckte die bittere Galle zurück, die in seiner Kehle emporstieg. Er krümmte sich und begann zu zittern. Langsam richtete er sich wieder auf und gab Maximilian Liao mit leiser Stimme Antwort. »Hätte ich diese Information gehabt, Erhabener, ich hätte Sie Euch augenblicklich zukommen lassen, als ich aus den Vereinigten Sonnen verbannt wurde. Hätte ich so etwas nur vermutet, nur das leiseste Gerücht in dieser Richtung aufgeschnappt ...«

Chandra Lings Stimme zerschnitt Justins Verteidigung wie ein Skalpell. »Hätten Sie auch nur den geringsten Verdacht gehabt, Bürger Xiang, hätte Ihr eigener Vater Sie eher umgebracht als zuzulassen, daß Sie die Vereinigten Sonnen verlassen.«

Liao schaute zur Chefin der Maskirovka hinab und schnaufte abfällig. Er studierte Justin noch einmal, dann ließ er sich mit steifen Gliedern wieder auf seinen Thron sinken. »Die Direktorin hat natürlich recht.« Er nickte ihr zu und seine Augen schienen sich fast zu schließen. »Ihr Schock angesichts dieser Nachricht ist nicht zu übersehen. Trotzdem. Sie und Shang sind meine beiden besten Leute in der Davionsektion. Warum haben wir nicht eher davon erfahren?«

Shang verbeugte sich. »Ich kann keine Entschuldigungen anbieten, Exzellenz, aber ich muß darauf hinweisen, daß Davions Ministerium für Geheime Untersuchungen und Operationen eine Unzahl von Lügen ausstößt, die wir sorgfältig nach Spuren der Wahrheit durchforsten müssen. Es ist wahr, daß wir Euch die Informationen, über die Ihr jetzt verfügt, nicht liefern konnten, aber wir können darauf schließen, wie die Verhandlungen stattgefunden und wo die Begegnungen sich zugetragen haben.«

Liao verzog das Gesicht und schickte sich an, Shangs Erklärung beiseite zu fegen, aber Romano streckte sich und lächelte dem Maskirovka-Analytiker zu. »Bitte erklären Sie, wie Sie das meinen.« Sie drehte sich um und lächelte ihren Vater mit süßem Gesichtsausdruck an. Mit einem Nicken und Seufzen gab er Shang zu verstehen, daß er weiterreden durfte.

»Vielen Dank, Lady Romano.« Shang räusperte sich und holte mit der Rechten aus. »Ihr erinnert Euch vielleicht an die Berichte über ein lyranisches Schiff, das vor ungefähr vier Monaten ins Draconis-Kombinat entführt wurde.«

Der Kanzler nickte. »Ja, ich glaube mich an etwas über eine Rettungsaktion durch irgendeine Söldnereinheit zu erinnern.« Er sah zu Justin auf und runzelte die Stirn. »Die Einheit, in der Sie einen Bruder haben, nicht wahr? Die Hell Dogs oder so ähnlich …«

Justin nickte. »Die Kell Hounds, Brunnen der Weisheit.«

Shang fuhr fort. »Wir erhielten erste Berichte, nach denen ein hochrangiges Mitglied des lyranischen Hofes auf diesem Schiff incognito in die Vereinigten Sonnen unterwegs war. Unsere Informanten meldeten, der Zweck des Besuches sei eine medizinische Behandlung im New Avalon Institut der Wissenschaften gewesen.

Inzwischen haben wir aber feststellen können, daß eine derartige Behandlung nie stattgefunden hat, und wir haben nachprüfbare Sichtungen und Terminkalender für alle wichtigen Mitglieder des lyranischen Hofes. Es ist offenkundig, daß der Zweck dieses Besuches — vom Erfolg Eures 3024 auf Terra abgeschlossenen Abkommens mit Marik und Kurita ausgelöst — darin bestand, eine Übereinkunft zu unterzeichnen, die diese Ehe ermöglicht.«

Liao lehnte sich in seinem Thron zurück und legte die Fingerspitzen aufeinander. »Warum haben Sie diese Informationen nicht eher liefern können?«

Shang zögerte, und Justin schob sich vor. »Wenn Ihr gestattet, Hoheit, möchte ich anmerken, daß wir diese Informationen auf Grund der Bürokratie und ihrer eingefahrenen Gleise nicht eher verfügbar hatten. Es dauerte Monate, die Berichte zusammenzutragen, die wir benötigten, um diesen Verdacht zu bestätigen ...«

Liao schoß vor. »Wer hat Ihnen diese lebenswichtigen Daten vorenthalten? Geben Sie mir seinen Namen, und er wird Sie nie wieder behindern können. Ich dulde keine Inkompetenz in meiner Umgebung.«

Candace warf Justin einen Blick zu und trat vor ihre Schwester. »Ich glaube nicht, daß Bürger Xiang eine bestimmte Person für die Ursache seiner Schwierigkeiten hält, Vater.« Sie wandte sich in Justins Richtung und nickte ihm zu. »Bitte reden Sie weiter, Bürger.«

»Wie Eure Tochter bereits vermutete, Inbegriff aller Vollkommenheit, handelt es sich nicht um den Fehler einer einzelnen Person. Bedenkt bitte, daß sich die Maskirovka eine lange Zeit fast ausschließlich mit der Liga Freier Welten beschäftigt hat. Dies ist eine wichtige Aufgabe, und der von uns angestiftete Bürgerkrieg hat Haus Marik sicher viel seiner Vitalität gekostet. Auf Grund dieser gestiegenen Aufmerksamkeit ist die Mariksektion gewachsen und ein Großteil der Informationen aus dem lyranischen Sektor erreicht uns erst, nachdem er die Mariksektion passiert hat. Je länger die Nachrichtenkette, desto langsamer die Übermittlung und desto größer die Gefahr eines Übertragungsfehlers.«

Tsen Shang nickte vorsichtig. »Bürger Xiang und ich haben in unserer Sektion auch eine Tendenz bemerkt, sich auf die Truppeninformationen und anderen Nachrichten Michael Hasek-Davions zu verlassen.«

»Was ist daran falsch?« brüllte der Kanzler. »Ihm verdanken wir es, daß wir endlich von dieser Heirat erfahren haben.«

Shang streckte abwehrend die Arme aus. »Nichts könnte falsch daran sein, seine Informationen zu verwenden, Hoheit, aber unsere übrigen Operationen scheinen neben dieser Nachrichtenquelle zweitrangig behandelt zu werden. Die Informationen treffen weiter ein, aber unsere Analytiker sind so sehr damit beschäftigt, die Daten des Herzogs zu untersuchen, daß sie den übrigen Daten nicht mehr soviel Zeit widmen können, wie sie sollten.«

Liao kniff die Augen zusammen und wandte sich an Chandra Ling. »Was tun Sie dagegen?«

Lings Lächeln war engelsgleich. »Bei meinen Gesprächen mit Shang und Xiang haben sie die Bildung eines ›Krisenstabs‹ vorgeschlagen. Dabei würde es sich um eine Elitegruppe von Analytikern handeln, die sich ausschließlich mit der Lösung besonderer Probleme oder der Untersuchung ungewöhnlicher Vorfälle beschäftigen. Sie wären mir unmittelbar untergeordnet und könnten Informationen aus allen Sektoren anfordern, ohne auf die normalen Kanäle der Bürokratie angewiesen zu sein.«

Liao nickte knapp. »Schön.« Er richtete sich an die beiden Analytiker. »Sie werden die Leute, die Sie dafür brauchen, zusammenstellen und in den Palast ziehen. Ich will, daß Sie jederzeit erreichbar bleiben. Sie werden sich zu keiner Zeit weiter als zwölf Stunden von mir entfernt aufhalten, sofern ich Sie nicht persönlich mit einer speziellen Mission beauftrage.«

Shangs Kinnlade fiel herab. Er und Justin blickten sich zaghaft an, dann sah Justin zum Kanzler empor. »Exzellenz, ich glaube, die Direktorin könnte passendere Kandidaten für diesen Krisenstab vorgesehen haben.«

Liao ließ sich zurück in seinen Thron sinken. »Wie könnte sie anderer Meinung sein? Sie beide sind die richtige Wahl. Sie sind erst zu kurze Zeit auf Sian, um sich in der Bürokratie zu verstricken. Es ist Ihr Plan, und Sie werden ihn ausführen. Ich bin sicher, die Direktorin stimmt mit mir darin überein, daß Sie die einzige logische Wahl sind.«

Liao blickte gerade lange genug hinab zur Maskirovka-Direktorin, um ihr müde zustimmendes Nicken zu sehen. Dann starrte er über die Köpfe der beiden Analytiker hinweg. »Und nun wollen wir überlegen, wie wir dieser gemeinen Wendung der Ereignisse, die Hanse Davion uns beschert hat, am besten begegnen.«

Noch bevor sie antworten konnten, war Liao aufgesprungen. Sein Gesicht lief vor Wut dunkelrot an. Am Haupteingang des Saales krümmte sich ein Minister hilflos unter Liaos Wutausbruch. »Was soll das?« kreischte der Kanzler. »Ich habe Befehl gegeben, mich nicht zu stören!«

»Möge ich tausend Tode sterben, wenn es diese Störung nicht rechtfertigt, o Neid des Universums.« Der bleiche Minister blickte über die Schulter zurück in den Vorraum. »Es ist Lord Victor Robertson, der Botschafter der Vereinigten Sonnen. Er sagt, er kommt in einer Angelegenheit von äußerster Dringlichkeit!«

»Tut er das!« Maximilian Liao räkelte sich auf seinem Thron wie eine Katze auf einem von der Sonne angewärmten Fenstersims. »Schicken Sie ihn herein! Wir haben schon lange keinen Davion-Gesandten mehr auseinandergenommen. Das wird ein Fest.«

3

Sian
Kommunalität Sian, Konföderation Capella

15. Oktober 3027

Lord Victor Robertson war ein großer, stämmiger Mann mit einer dichten, schwarzen Haarpracht. Er brachte die Entfernung zwischen der Tür und Liaos Thron mit dem Enthusiasmus eines Kindes hinter sich, das einen mit Geschenken bedeckten Gabentisch sieht. Ein breites, beinahe undiplomatisches Lächeln zeugte von seinen Gefühlen; allerdings verblaßte es etwas, als er Justin neben Tsen Shang bemerkte. Er warf Justin einen stechenden Blick puren Hasses zu, dann blickte er zu Liao empor und verneigte sich respektvoll.

»Ich bin Euch dankbar, daß Ihr Euch die Zeit nehmt, mich zu empfangen.« Robertsons Tenorstimme zeugte von tiefer Ehrlichkeit, hatte aber dabei einen leichten Unterton, den Justin augenblicklich erkannte.

Mich kannst du nicht täuschen, Victor. Ich erinnere mich an die Zeiten, als mein Vater hier Botschafter war und du als sein Assistent dientest. Du hast etwas in der Hinterhand. Aber was? Justin hob den Kopf und bemerkte, daß Candace ihn beobachtete. Sie ließ ihren Blick elegant weiterwandern. *Sauber reagiert, aber nicht natürlich genug, um keinen Verdacht zu erregen. Was hat sie in der Hinterhand?*

Maximilian Liao neigte den Kopf und lächelte auf seine gefährlichste Art. »Ich habe immer Zeit für einen Gesandten des Fuchses.« Liao schwenkte die rechte Hand in Richtung seiner Töchter. »Sie erinnern sich natürlich an meine Töchter Candace und Romano.«

Robertson verneigte sich vor den beiden — wenn auch weniger tief als vor ihrem Vater — und lächelte. »Wie immer ist es mir ein Vergnügen. Es muß Euch große Freude bereiten, die *meisten* Eurer Kinder zu den bevorstehenden Feierlichkeiten hier begrüßen zu können.«

Liao ignorierte den verdeckten Hinweis auf seinen verstoßenen Sohn Tormana und nickte der Chefin der Maskirovka zu. »Haben Sie Chandra Ling bereits kennengelernt?«

Wieder verbeugte sich Robertson und lächelte höflich. »Madam Ling und ich sind uns vor zwei Jahren vorgestellt worden, oder ist es vielleicht noch länger her?« Als Ling ihm keine Antwort gab, hob Robertson fast unmerklich die Schultern. »Schön, Sie wiederzusehen, Madam Ling.«

Liaos Lächeln wurde breiter, und er lenkte Robertsons Aufmerksamkeit auf die beiden Maskirovka-Analytiker. »Ich möchte nicht, daß Sie mich für unhöflich halten, deshalb gestatten Sie mir, daß ich Ihnen Tsen Shang und Justin Xiang vorstelle. Die beiden sind Maskirovka-Spezialisten für die Vereinigten Sonnen.«

Robertson setzte sein automatisches Lächeln auf und nickte Shang zu. »Wenn ich Ihnen irgendwie zu Diensten sein kann ...«

Der Botschafter wollte sich wieder umdrehen, aber Liao hatte nicht die Absicht, ihn so leicht davonkommen zu lassen. »Ach, da fällt mir ein, daß Sie Justin Xiang vielleicht schon kennen. Ich glaube, Sie kannten ihn unter dem Namen Justin Allard.«

Robertson versteifte sich. »Wenn es Euch nichts ausmacht, Kanzler, würde ich es vorziehen, meine Bekanntschaft mit diesem Quisling nicht zu erneuern.«

Liao stand auf. »Ich erwarte, daß Sie meinen Bürgern gegenüber eine gewisse Höflichkeit an den Tag legen, Lord Victor.«

Justin trat vor und streckte dem Botschafter die rechte Hand zum Gruß entgegen. »Hallo, Victor.«

Robertson ignorierte Justins Geste. »Xiang! Es wäre besser gewesen, Sie wären auf Solaris VII gestorben. Das hätte uns allen sehr viel Ärger erspart.«

Justin setzte ein verschmitztes Lächeln auf. »Haben Sie bei meinem letzten Kampf Geld verloren, Victor?«

Robertson drehte sich wieder zu Liao um. »Kanzler, ich komme in einer wichtigen Angelegenheit für meinen Prinzen.«

Liao schüttelte leicht den Kopf, dann sank er erschöpft zurück auf seinen Thron. »Das ist mir unverständlich, Botschafter. In den Vereinigten Sonnen legen Sie solchen Wert auf Pflichten und Aufträge. Hier in meinem Reich schätzen wir Menschen und Freundschaft noch mehr. Ich hätte erwartet, daß Sie sich freuen, einem alten Freund zu begegnen.«

Robertson setzte zu einer Antwort an, aber Justin schnitt ihm das Wort ab. »Der Botschafter war kein *wirklicher* Freund, Verehrungswürdiger. Er arbeitete für meinen Vater und verbrachte einen Großteil seiner Zeit damit, meinen Kinderwagen durch die Tenggärten und den Zoologischen Garten von Chou zu fahren.«

Liao versteifte sich. »Bitte verzeiht mir, Bürger Xiang, daß ich euch gezwungen habe, euch an diesen *Dienstboten* zu erinnern.«

Der Kanzler stößt das Messer in die Wunde, und ich darf es herumdrehen. »Es ist nicht schlimm, Hoheit, ich erinnere mich gerne an ihn. Er hat seine Arbeit gut gemacht.«

Robertson lief puterrot an, aber er konnte sich gerade noch beherrschen. »Wenn Ihr mir die Bemerkung gestattet, Kanzler, so mache ich meine Arbeit heute besser als jemals zuvor. Ich habe hier eine Botschaft an euch mitgebracht, die mein Prinz, Hanse Davion, wie man mir berichtete, mit eigener Hand verfaßte und versiegelte. Sie wurde per Sprungschiff direkt von New Avalon hierher gebracht, mit der Anweisung, sie Euch persönlich zu übergeben.« Robertson zog einen kleinen, braunen Briefumschlag aus der Brusttasche und hielt ihn in Richtung Thron.

Liaos Augen wurden zu Schlitzen. »Bürger Xiang, bringen Sie mir den Umschlag.«

Robertson drehte sich halb zur Seite, um den Umschlag mit seinem Körper zu schützen, aber Justin hatte keine Mühe, ihn aus seiner Hand zu nehmen. *Die Reflexe eines MechKriegers hattest du nie, was, Victor?* Justin teilte ein Lächeln mit Maximilian Liao und ging die Stufen zum Thron ein Stück hinauf, darauf bedacht, den Kanzler zu keiner Zeit zu überragen.

Liao nahm die Botschaft entgegen und hielt Justin mit einem einzelnen Wort auf. »Warte!« Er schob einen Finger unter das Siegel und öffnete den Umschlag. Er zog die zusammengefaltete Nachricht heraus, warf einen Blick auf den Text und lächelte. »Was ich vermutet habe. Der Prinz hat mir in seiner Muttersprache geschrieben. Lesen Sie, Bürger Xiang, wenn Sie so freundlich sein wollen.«

Justin nahm die Nachricht entgegen und stockte. *Das ist Davions Handschrift, daran ist kein Zweifel möglich.* Eines der Worte stach ihm ins Auge, und er war wie vom Donner gerührt. *Nein! Ich kann es nicht glauben!* Justin blickte zu Robertson auf. Ihm wurde übel. *Du weißt, was hier steht, du Bastard, habe ich recht? Und mit deiner ganzen Ausbildung schaffst du es nicht, die Freude in deinen Augen zu unterdrücken.*

Liao beugte sich vor und legte eine Hand auf Justins Schulter. »Ich meinte, Sie sollen es *vor*lesen, Bürger.«

Justin nickte. »Vergebung, Perle der Weisheit, aber ich bin nicht sicher ...«

Die Hand auf seiner Schulter spannte sich, und Liaos Stimme wurde kälter. »Aber ich bin sicher, Bürger. Lesen Sie ... VOR.«

Justin schluckte schwer. »Mein lieber Kanzler, ich weiß, daß dies eine eher unorthodoxe Art der Einladung ist, und in Kürze werden offizielle Dokumente dieser Art folgen, aber ich wollte, daß Sie es zuerst von mir erfahren. Am 20. August des nächsten Jahres werde ich Melissa Steiner zum Traualtar führen. Und dieser Tag wäre ohne Ihre Aufmerksamkeit nicht perfekt.«

4

New Avalon
Marc Crucis, Vereinigte Sonnen

21. Oktober 3027

Das Bild Lord Victor Robertsons lächelte vom Holovidschirm. »Und so mußte Justin Xiang Eure Nachricht vorlesen, mein Prinz, wie ihm der Kanzler befohlen hatte. Ihr hättet den Ausdruck des Grauens sehen sollen, der seinem Gesicht jede Farbe nahm. Zwischen Euch und Maximilian Liao gefangen wurde ihm plötzlich klar, daß wir ihn selbst auf der capellanischen Zentralwelt noch erreichen können.«

Die ungebändigte Freude des Botschafters über die Geschichte, die er erzählen konnte, stand ihm ins Gesicht geschrieben. »Als Liao die Worte der Botschaft hörte, riß er Xiang das Papier aus der Hand und las es selbst noch einmal. Dann zerfetzte er es in winzige Stückchen und starrte zu mir herab.« Robertson zog die Schultern hoch und streckte der Kamera einen befehlenden Zeigefinger entgegen. Dann sprach er in einer akzeptablen Imitation des heiseren und wütenden Zischens Maximilian Liaos weiter. »Verlassen Sie augenblicklich mein Haus, Sie Affe! Sagen Sie Ihrem Herrn und Meister, dies stellt eine unerhörte Frechheit dar!«

Der Botschafter senkte den Kopf. »Ich muß Euch leider mitteilen, daß ich keine formelle Antwort auf Eure Nachricht erhalten habe, mein Prinz.«

Hanse Davion drückte den Pausenknopf der Fernbedienung, und das Bild des Botschafters auf dem Schirm erstarrte. Er wandte sich um und lächelte den beiden anderen Männern im Zimmer entspannt zu. Seine himmelblauen Augen funkelten vor Vergnügen. »Der Botschafter hat seine Sache gut gemacht.«

»Das kann man sagen.« Quintus Allard, der amtierende Minister für Geheime Untersuchungen und Operationen nickte dem Herrscher der Vereinigten Sonnen zu. »Er kann nicht nur den wütenden Kanzler Liao treffend porträtieren, sein Bericht über die zufällig im Thronsaal versammelten Personen deutet darauf hin, daß sich dort etwas Wichtiges abspielte.«

Der dritte Mann im Raum trug die blaugoldene Uniform eines Colonel in Davions Royal Guards. »Könnte es sein, daß man sich in dem Saal gerade über Hanses Nachricht an Michael unterhielt?«

Hanse Davion starrte seinen besten Freund an. »Wieder einmal versetzt mich deine Fähigkeit, die Nadel im Heuhaufen zu finden, in Erstaunen, Ardan.«

Ardan Sortek zuckte die Achseln. »Du weißt, daß ich die Politik hasse, Hanse, aber Verräter hasse ich noch weit mehr.« Ardan verlagerte seine Aufmerksamkeit vom rothaarigen Prinzen zum weißhaarigen Quintus Allard. »Michael hat seine Nachricht am Zehnten erhalten. Wäre es möglich, daß sie in dieser Zeit bis nach Sian gekommen ist?«

Quintus nickte. »Gegen eine enorme Bezahlung ist ComStar in der Lage, jede Nachricht in kürzester Zeit zu übertragen. Ich denke, die Informationen in jener Nachricht an Michael würde man als wichtig genug für die schnellstmögliche Beförderung erachtet haben. Obwohl wir uns alle sicher sind, daß Michael mit Liao unter einer Decke steckt, haben wir jedoch noch immer keinen sicheren Beweis für ihre Zusammenarbeit, und es gibt sogar Fakten, die gegen ihre Partnerschaft sprechen.«

Hanse erhob sich aus seinem schweren Polstersessel und ging zurück an seinen alten, hölzernen Schreibtisch. »Liste es uns kurz auf, Quintus. Welche Hinweise haben wir darauf, daß Michael diese Information weitergeleitet hat?«

Der Minister lächelte. »Zwei Stunden nach Empfang deiner Botschaft hat Michael ein Treffen mit dem capellanischen Botschafter, Serge Korigyn verlangt. Das Gespräch war kurz und einigen Berichten zufolge sehr hitzig. Die Adjutanten rechneten einmal sogar mit Handgreiflichkeiten.«

Hanse nickte. »Bei dem Treffen fand nichts statt, was als Informationsübergabe gedeutet werden könnte?«

Quintus schüttelte den Kopf. »Wir haben nur eine schriftliche Aufzeichnung des Gesprächstextes. Wie du weißt, ist es uns noch immer nicht gelungen, Aufnahmegeräte zu installieren. Michael ist geradezu paranoid vorsichtig und läßt seine Räume regelmäßig absuchen. Meine Kodierungsexperten haben den Text unter die Lupe genommen und können nicht die Spur einer Geheimbotschaft entdecken. Wir haben sogar versucht, die Sprachmuster mit anderen Reden und Gesprächen beider Männer zu vergleichen. Die Wortwahl war allen Ergebnissen nach natürlich und nicht einstudiert.«

Ardan runzelte die Stirn. »Ich hatte gehofft, deine Falle würde funktionieren, Hanse. Wir wußten, daß diese Information für Michael unwiderstehlich sein mußte — und für Liao von allerhöchster Bedeutung.«

Quintus hob die Hand, um Ardan zu beruhigen. »Noch ist Michael nicht von jedem Verdacht befreit, Colonel. Er ließ Korigyn aus dessen Jagdhütte kommen, und der Botschafter erschien voll ausstaffiert — von Wasserstiefeln und wattierter Weste bis hin zum Apportierhund. An einem Punkt der Unterredung, als der Herzog und der Botschafter einander dicht gegenüberstanden und stritten, begann der Hund zu heulen.«

Hanse hob eine Braue. »Vielleicht versuchte der Hund, seinen Herrn zu beschützen?«

Quintus lachte. »Den Berichten der Agenten nach zu urteilen, die wir ab und zu in die capellanische Botschaft einschleusen, hat der Hund überhaupt keine Anlage dazu, irgend jemand oder irgend etwas zu beschützen. Für ein Kraulen hinter den Ohren und etwas zu Fressen paßt er sogar auf, während unsere Agenten Mikrophone im Gebäude verteilen. Nein, der wollte seinen Herrn nicht beschützen. Ich glaube eher, er verspürte einen plötzlichen Schmerz.«

Ardan stand auf und ging hinüber an die kleine Bar neben Hanses Schreibtisch. »Was meinst du damit, er verspürte einen plötzlichen Schmerz?« Er öffnete den Kühlschrank und nahm eine Flasche Mineralwasser heraus. »Den Hund hat doch niemand geschlagen, oder?«

Quintus schüttelte den Kopf, nicht nur, um die Frage zu beantworten, sondern auch auf Ardans Angebot einer Erfrischung. »Vielleicht erinnert ihr euch an die Hypothese einiger unserer Leute, nach der Michael einen Sonarsender benutzt, um einem capellanischen Agenten codierte Informationen zu übermitteln? Da wir in seinem Büro keine Aufnahmegeräte haben, konnte ich nie einen Beweis erhalten. Aber ich gehe jede Wette ein, daß ein Ton, der für das menschliche Ohr wegen seiner Höhe nicht mehr wahrnehmbar ist, für einen Hund wie ein stechendes Kreischen klingt. Viel ist es nicht, aber wir arbeiten daran.«

Ardan lächelte. »Was habt ihr vor? Dem Hund ein Mikro umhängen?«

Quintus nickte. »Der Befehl ist letzte Nacht rausgegangen.«

Hanse verzog das Gesicht. »Etwas, das du vorhin gesagt hast, macht mir Sorgen. Du sagtest, es gäbe Hinweise, die gegen eine Zusammenarbeit zwischen Michael und Max Liao sprechen. Würdest du das bitte erklären? Wenn es stimmt, dann steht unsere ganze Strategie hier auf wackligen Beinen.«

Der Minister nickte langsam. »Bitte nimm das, was ich gesagt habe, nicht als Verneinung von Michaels Verrat. Daran besteht kein Zweifel. Michael *hat* uns verkauft. Liaos Truppenbewegungen stimmen völlig mit den Zahlen und Positionen überein, die wir Michael geschickt haben. Es gibt sogar Bewegungen entlang der

Draconisgrenze, die darauf hindeuten, daß Liao die Informationen an Takashi Kurita weitergibt. Glücklicherweise lassen sich die Angaben, die wir Michael senden, selbst mit größtem Wohlwollen noch als fehlerhaft bezeichnen. Tatsache ist, daß die capellanische Geheimdiensttätigkeit in unserem Bereich zu verkümmern scheint, seit Liao sich auf Michael verläßt.«

Hanse schürzte die Lippen. »Und was läßt dich dann denken, daß Michael und Max nicht wirklich eng zusammenarbeiten?«

Quintus lachte. »Weißt du, genau wie wir Michael falsche Informationen liefern, scheint er mit Max Liao dasselbe zu tun. Michael gibt treu und brav unsere Daten über Truppen und Operationen der Vereinigten Sonnen weiter, aber er hat die Berichte über die Stärke seiner eigenen Truppen manipuliert. Wir wissen das aus den Daten über die Einheiten, die Liao Michaels Truppen gegenübergestellt hat. Die Liao-Garnisonen sind im Vergleich zu den Truppen auf unserer Seite der Grenze um 10 bis 20 Prozent zu schwach.«

»Dieses kleine Wiesel!« Ardan schüttelte den Kopf. »Kennt der überhaupt so etwas wie Loyalität?«

Hanse nickte zögernd. »Er ist loyal Haus Hasek gegenüber. Sein Vater, Herzog George Hasek, hat hart gearbeitet, um das Geschick seiner Familie zu wenden, und Michael ist im Glauben an die ›Hasek-Berufung‹ großgeworden. Er hat meine Halbschwester Marie geheiratet, um sich einen Platz in der Thronfolgerliste zu sichern, und bis ich heirate und meine Frau mir ein Kind schenkt, ist Michaels Sohn Morgan mein Thronfolger.«

Hanse lehnte sich zurück und legte die Fingerspitzen aneinander. *Wir hätten zusammenarbeiten können, Michael. Du würdest heute an Quintus Allards Stelle stehen, wenn du dich entschlossen hättest, für die Vereinigten Sonnen zu arbeiten statt nur für dich selbst. Du hast nie verstanden, daß dein Vater die Familie durch seine Dienste an den Vereinigten Son-*

nen groß gemacht hat. »Es ist eine Schande, daß Michael so aus der Art geschlagen ist.«

Ardan schüttelte den Kopf. »Was auch geschieht, er hat es nur sich selbst zuzuschreiben. Er will beide Seiten gegeneinander ausspielen, aber zum Schluß wird er selbst der Dumme sein.«

Hanse nickte zustimmend. Er blickte auf seinen Schreibtisch und nahm einen Bogen Papier zur Hand. »Übrigens, Quintus, ich möchte, daß Sie Sarah Hebert für ihre Arbeit an den Dokumentarfilmen danken, die auf allen Sendern laufen. Nach unseren Umfragen ist die Meinung der Bevölkerung über die Allianz und über Melissa sehr viel positiver geworden.«

Der Minister lächelte und nickte. »Ich werde es ihr sagen. Sie hat angefragt, ob sie ein Dokudrama über die Rettung der *Silberadler* durch die Kell Hounds machen darf. Sie kennt nur die freigegebene Version der Geschichte, nach der die Kell Hounds eingegriffen haben, um einen lyranischen Würdenträger aus den Händen Kuritas zu befreien. Ich dachte mir, wir könnten ihr die Genehmigung für das Projekt geben, und wenn es uns gefällt, geben wir ihr gegen Ende der Arbeit die wahren Fakten. Sie könnte noch ein paar Szenen mit einer Schauspielerin nachdrehen, die wie Melissa aussieht, und der Film könnte kurz nach Ihrer Heirat ausgestrahlt werden.«

Hanse legte die Stirn in Falten. »Die Idee gefällt mir, Quintus, und es wäre sicher gut, wenn sie eine Sendung über die Rettungsaktion macht. Ich habe nur ein Problem bei dem Gedanken, daß gegen Ende des Projekts der Blickwinkel verschoben werden soll. Damit würde sich das Programm nicht mehr auf die Kell Hounds konzentrieren. Mir wäre ein actiongeladener Film über den Zwischenfall lieber, der die Betonung auf Pflichtgefühl, Loyalität und Patriotismus legt, statt einer Art Romanze, die das Image meiner Frau ausbeutet.« Der Fuchs lächelte. »Wir werden Sie die Geschichte mit dem Blick auf die Kell Hounds und Patrick Kells Opfergang drehen lassen. Später können wir ihr dann immer noch die Wahrheit sagen und ihr Gelegenheit geben, ›Die wahre Geschichte‹ zu drehen.«

»Wie Ihr wollt, mein Prinz.«

Ich habe wirklich Glück, daß du für mich arbeitest, Quintus. Und du auch, Ardan. »Noch etwas, Gentlemen. Morgen geben wir die Nachricht von meiner Verlobung bekannt, aber ein paar Details fehlen noch.« Hanse drehte sich zu Ardan Sortek um. »Wenn du am 20. August des nächsten Jahres noch nichts besseres vorhast, Ardan, würde es mich freuen, wenn du den Part meines Trauzeugen übernehmen würdest.«

Ardans Flasche stoppte auf halbem Wege zum Mund. »Ich ... äh ... Hanse, es ist mir eine Ehre.«

Der Prinz lachte über die Überraschung seines Freundes. »Dan, wir kennen uns jetzt schon sehr lange, und einen besseren Freund als dich habe ich auf allen Planeten nicht. Du allein hast an meiner Seite gestanden, als Maximilian Liao einen Doppelgänger an meine Stelle gesetzt hat. Ohne dich wäre ich heute nicht hier, und die gesamten Vereinigten Sonnen lägen in Trümmern. Wie könnte ich jemand anderen als Trauzeuge wählen?«

Ardan seufzte schwer. »All das Lob nur dafür, daß ich dein Freund bin, Hanse. Allein die Tatsache, daß du mich darum bittest, bedeutet schon genug. Ich weiß gar nicht, wie ich dir danken soll.«

»Das ist ganz einfach, Ardan. Du brauchst bloß ja zu sagen.«

Hanses breites Grinsen verblaßte, als Ardan zögerte. »Ich wünschte, es wäre so simpel, Hanse. Wärst du nur einfach mein Freund, der mich fragt, an seiner Seite zu stehen, würde ich ohne jede Frage akzeptieren.« Ardan blickte in Hanses eisblaue Augen. »Bitte versteh mich richtig, Hanse. Ich habe Melissa sehr gern, und ich wünsche euch beiden nichts als Glück. Ich wünsche euch aus ganzem Herzen nur das Beste ...«

Der Prinz senkte seinen Blick. »Aber du wirst nicht an meiner Seite stehn …«

Traurig schüttelte Ardan den Kopf. »Ich kann es nicht tun, Hanse, weil du mehr bist als mein Freund.« Ardan schlug mit der Faust auf die Bar. »Einmal handelst du, ohne die politischen Folgen zu bedenken — wie ich es die ganze Zeit von dir erhoffe —, und gerade dann *solltest* du an die Politik denken. Und das muß mir passieren.« Ardan lehnte sich schwer auf die Bar. »Um all dessen, was dir am Herzen liegt, muß ich einen anderen an meine Stelle treten lassen.«

Hanse hob den Kopf. *Was hast du vor, mein unpolitischer Freund?* »Also gut, Ardan. Was für ein Plan schwelt da in deinem Hirn?«

Ardan richtete sich auf. »Kein Plan, Hanse. Ich denke nur klarer, als du es dir an diesem Punkt zugestehst. Ich schlage vor, daß du Morgan Hasek-Davion als deinen Trauzeugen wählst.«

Hanse mußte ein paarmal blinzeln. »Morgan?« Der Prinz runzelte die Stirn und überlegte. *Wenn ich Morgan als Trauzeugen wähle, gebe ich der Mark Capella ein Signal, daß ich die Menschen dort nicht vergessen habe, aber was soll ich Michael sagen?* Der Prinz wandte sich an Quintus Allard. »Deine Meinung?«

Quintus kaute einen Augenblick lang auf seiner Unterlippe. »Ja«, stellte er nachdenklich fest. »Diese Wahl wäre in mehrerlei Hinsicht passend. Morgan ist sowohl in der Mark Capella wie im Rest der Vereinigten Sonnen bekannt und beliebt. Dadurch, daß er dein Thronfolger ist, außerdem Junggeselle und ein MechKrieger von ansehnlichem Ruf, ist er eine Medienpersönlichkeit. Morgan wird in der Klatschpresse häufig mit Holovidstars gekoppelt, aber seine Leistungen bei den Heavy Guards haben ihm auch Anerkennung in militärischen Kreisen verschafft.«

Ardan zwinkerte Quintus zu. »Nicht nur das. Erinnerst du dich daran, wie er als Gastgeber für die Verleihung der Prinzenpreise für humanitäre Leistungen und des anschließenden Wohltätigkeitsballs im letzten Juni fungiert hat, während du auf Northwind warst? Ich habe eine Aufzeichnung gesehen, und er war charmant, witzig und sympathisch.«

Hanse schüttelte den Kopf und hob die Arme. »Ich verstehe, daß die Leute ihn mögen. *Ich* mag ihn ja auch. Ich habe ihn als Geisel gegen Ausbrüche seines Vaters nach New Avalon geholt und jedermann wußte es. Aber Morgan scheint vergessen zu haben, warum ich ihn von New Syrtis hierher holte. Innerhalb von ein paar Monaten hat er mein Volk und diesen ganzen Planeten für sich eingenommen.« *Warum könnt ihr nicht erkennen, weswegen ich mir Sorgen mache?* »Zum Teufel, Gentlemen, er ist ein Hasek!«

»Hanse, er ist ein Davion!« Ardan trat kopfschüttelnd hinter der Bar hervor und stellte sich vor den Prinzen. »Ich habe hier, am Hof, auf Parties, in der Kaserne und während der Galahadmanöver mit ihm gesprochen. Er ist durch und durch ein Davion. Sein Vater mag dich verachten, aber Morgan betrachtet *sich* als Davion. Seine höchste Loyalität liegt bei deinem Haus, und du wirst nie begreifen, wie begeistert er darüber war, nach New Avalon gerufen zu werden.« Ardan starrte seinen Freund an. »Wenn Morgan nicht loyal sein sollte, dann merke ich zumindest nichts davon.«

Hanse runzelte ungeduldig die Stirn. »Es ist nicht dein Beruf, festzustellen, ob jemand vertrauenswürdig ist, Ardan. Quintus, was meinst du?«

Quintus strich das weiße Haar in seinem Nacken glatt. »Alles, was ich zu sagen hätte, hat Ardan bereits ausgeführt.«

»Mag sein, aber wie sicher bist du dir deiner Informationen?«

Quintus wirkte verwirrt. »Sire?«

Hanse hob die Arme. »Nehmen wir einmal an, Gentlemen, daß ich euch glaube. Nun gehen wir davon aus und betrachten einmal, was schlimmstenfalls geschehen kann. Maximilian Liao und Takashi Kurita haben jeder ihren Thron bestiegen, indem sie einen ›Coup‹ inszenierten, mit dem sie den eigenen Vater entmachteten. Hätte er eine Neigung, so zu handeln, würde ihn die Heirat mit ihrer Drohung, Morgan aus der Thronfolge zu entfernen, noch anspornen. Und er hätte eine Unzahl von Gelegenheiten zum Handeln — schon gar als mein Trauzeuge. Ich kann ihn nicht in dieser Rolle akzeptieren, und dir, Quintus, hinterher den Auftrag geben, Sicherheitsmaßnahmen auszuarbeiten, von denen er nichts weiß. Das würde alles Positive, das aus seiner Wahl erwachsen könnte, negieren.«

Ardan schnaufte verächtlich. »Jetzt wirst du *zu* politisch, Hanse. Was hast du vor, Morgan einen Spion unterzuschieben?«

In den Augen des Prinzen funkelte es. »Besser das, als vor dem Altar ermordet zu werden.« Er sah hinüber zu Quintus. »Die Agentin, die wir benutzt haben, um deinen Sohn Justin auf Solaris VII im Auge zu behalten … die Frau, der er den Kiefer gebrochen hat. Wie hieß sie gleich wieder?«

»Lady Kym Sorenson.«

Hanse sah zur Seite und blickte in die Ferne. »Sie hat sich von ihren Verletzungen erholt und ist wieder einsatzfähig?«

Der Geheimdienstchef des Prinzen nickte. »Sie ist sogar hier auf New Avalon, Sire. Sie ist als Student im New Avalon Institut der Wissenschaften eingeschrieben, um auf mögliche Aktivität von ROM-Agenten ComStars zu achten.«

»Gib ihr eine neue Aufgabe. Sie kann am NAIW bleiben. Das ist ein guter Deckmantel, aber ich habe eine wichtigere Mission für sie.« Der Prinz blickte auf seinen Terminkalender. »Nächste Woche Freitag werde ich eine Party geben, um meine Verlobung zu feiern. Morgan wird natürlich dort sein. Bis dahin erwarte ich, daß er

Lady Kym mitbringt. Ich möchte, daß sie feststellt, wie loyal er wirklich ist.«

»Wie Ihr wünscht, mein Prinz.«

Hanse lehnte sich zurück und lächelte. *Ja. Morgan ist eine ausgezeichnete Wahl. Wenn er sich tatsächlich als loyal erweist, wird seine Wahl noch zusätzliche Früchte abwerfen. Sie wird Michael Hasek-Davion daran erinnern, daß ich seinen Sohn habe, so sehr er auch an sich und an Haus Hasek glauben mag. Und mit Morgan habe ich auch Haus Hasek.*

5

Zaniah III
Isle of Skye, Lyranisches Commonwealth

22. Oktober 3027

Hauptmann Daniel Allard starrte aus dem Fenster des Gleiters. Unter ihnen jagte der rötlichgelbe Wüstenboden mit atemberaubender Geschwindigkeit dahin. Der Schatten des Gleiters flog dem Fahrzeug voraus und zuckte wie ein schwarzes Gespenst über die unebene Wüstenlandschaft. Der Fahrer, einer der Mönche des Klosters, hatte offensichtlich Spaß daran, den Wagen über die Kilometer unerschlossener Canyons und lange erstarrter Lavaströme zu jagen, die das St. Marinus-Haus vom übrigen Zaniah III trennten.

Wie soll ich Morgan klarmachen, daß sein Bruder tot ist? In Dans Kehle stieg ein Kloß auf, und er schluckte schwer. *Patrick hat immer gesagt, wenn ich den nächsten Anverwandten von einem Tod berichte, sollte ich das so tun, wie ich es in einem entsprechenden Fall hören möchte.* Dan dachte traurig daran, wie ironisch es war, daß er den Rat des toten Patrick jetzt beherzigen mußte, um dessen eigenes Ableben zu übermitteln.

Bruder Keith riß den Gleiter um eine riesige Säule aus rotem Sandstein und stieß ihn in ein dahintergelegenes Tal hinab. »Jetzt dauert es nicht mehr lange, Hauptmann Allard.«

Dan zwang sich zu einem dünnen Lächeln. »Danke.« Er strich sich mit dem Unterarm über die Stirn. »Heiß hier.«

Der Mönch nickte. »Und dabei haben wir momentan die kühle Jahreszeit. Morgan meint, wenn die Wüste ein BattleMech-Cockpit wäre, würden die Computer ständig damit drohen, alles auszuschalten, und die meisten Piloten wären schon vor Hitze ohnmächtig geworden.«

Dan nickte, dann warf er Bruder Keith einen vorsichtigen Blick zu. »Wie geht es ihm?«

»Morgan Kell?«

»Ja.«

Bruder Keith sog langsam den Atem ein, dann runzelte er die Stirn. »Ich bin erst seit fünf Jahren hier, also kenne ich ihn auch erst so lange. Er ist seit ... wieviel ... elf Jahren hier?«

Dan nickte. »Seit 3016.«

»Richtig.« Bruder Keith zuckte die Achseln. »Eine Menge von dem, was ich über ihn weiß, habe ich von anderen gehört — und das ist nicht viel, denn bei uns hält man nicht allzuviel von Klatsch. Man hat mir aber gesagt, daß ihm das Leben hier ungeheuer gutgetan hat. Er hat es geschafft, die meisten Dämonen zu besiegen, die in seinem Geist spukten, aber noch immer hindern ihn einige Dinge daran, unserem Orden beizutreten.« Bruder Keith lächelte. »Schade. Er ist ein guter Mensch.«

Ja. Es gab eine Zeit, da hätte ich über Morgan dasselbe gesagt. Dan schluckte und erinnerte sich an den Tag, der ihm als der schönste seines Lebens erschienen war. Trotz der zahlreichen widerstrebenden Gefühle, die sich jetzt um diese Erinnerung rankten, konnte er ein Lächeln nicht unterdrücken. *Als Morgan mir den Brief von Hanse Davion zeigte, der mich für meine sechs Jahre in der Armee der Vereinigten Sonnen zu den Kell Hounds überstellte ... Teufel, das war noch besser als der Abschlußtag an der Militärakademie New Avalon.* Daniel war es nicht nur gelungen, jünger in die Akademie einzutreten als irgend jemand vor ihm, und sie mit 18 auch jünger als jeder andere mit Abschluß zu verlassen, eine der erfolgreichsten Söldnereinheiten in den Nachfolgerstaaten hatte um ihn gebeten. Er hatte sich in jener Nacht im siebten Himmel gefühlt, aber der Sturz aus jenen lichten Höhen war ebenso abrupt und unerwartet gekommen wie der Aufstieg.

Bruder Keith warf dem schlanken, blauäugigen Mann im Beifahrersitz einen Blick zu. »Sie waren dabei, nicht wahr? Sie waren auf Mallory's World, als es geschah ...«

Dan versteifte sich. »Sie meinen sein letztes Gefecht? Der Zweikampf mit Yorinaga Kurita?« Er nickte. »Wenn es der Kampf ist, den Sie meinen, dann ja, ich war dabei. Wenn Sie den Feldzug von 3013 meinen, als Yorinaga Prinz Ian Davion tötete, dann nein, da war ich *nicht* dabei. Damals war ich noch gar nicht bei den Kell Hounds.«

Bruder Keith lenkte den Gleiter einen niedrigen Abhang hinab in ein breites ausgetrocknetes Flußtal. Rund um den Wagen stoben Staub- und Sandwolken hoch, aber der Mönch hielt den Gleiter davor. »Nein, ich meine den Kampf 3016. Was ist damals wirklich mit Morgan geschehen?«

Dan zögerte, und die sekundenlange Stille hing schwer und peinlich in der Kabine. »Es tut mir leid. Es war nicht meine Absicht, aufdringlich zu erscheinen«, entschuldigte sich Bruder Keith. »Es ist nur, weil Morgan immer so normal, freundlich und offen scheint, bis das Gespräch auf seine Vergangenheit kommt. Ich will nicht andeuten, daß irgend jemand versucht, seine Vergangenheit aus ihm herauszuholen ... Außerdem ist die Geschichte der Kell Hounds ohnehin allgemein zugänglich. Allgemein zugänglich bis auf die Geschehnisse bei jener Schlacht auf Mallory's World.«

Dan zwang sich zu einem Grinsen, aber in seinen Augen stand keine Fröhlichkeit. »Sie brauchen sich nicht zu entschuldigen, Bruder Keith. Wie wir MechKrieger es ausdrücken: ›Wenn es keine Autopsie gibt, gab es auch kein Foul.‹ Was bei jenem Kampf geschehen ist, war nie ein Geheimnis.« Dans Zurückhaltung begann zu schwinden, als er sich langsam entkrampfte. »Sie haben nur nie mit jemand gesprochen, der etwas davon weiß.«

Bruder Keith schluckte und lenkte den Gleiter um einen Hydrakaktus. »Ich muß zugeben, daß ich davon geträumt habe, die regulären Streitkräfte zu verlassen, und mich einer Söldnerkompanie anzuschließen, bevor ich meine Berufung erkannte, Hauptmann. Ich las alles, was ich über die MechKrieger unserer Tage in die Finger bekam. Jay Mitchells Buch über die Kämpfe auf Mallory's World habe ich geradezu verschlungen. Aber seine Geschichte der letzten Schlacht in *Amboß der Hölle* scheint so unwirklich.«

Dan seufzte schwer. »Der Großteil des letzten Drittels von Mitchells Buch ist erfunden. Zugegebenermaßen waren die Kell Hounds nicht gerade in der Stimmung, darüber zu reden, als Mitchell sein Buch abschloß, und das Draconis-Kombinat hatte die Männer im Kommandostab des Zweiten Schwert des Lichts in alle Winde zerstreut. Mitchell mußte sich auf reichlich unzuverlässige Quellen stützen, um die seiner Meinung nach einzig wahrscheinliche Erklärung dafür zu finden, wie ein einzelnes Söldnerbataillon ein draconisches Eliteregiment aus dem Feld schlagen konnte.«

Bruder Keith nickte. »Ich hatte gelesen und gehört, wie gut die Kell Hounds waren, aber mir wollte nicht einleuchten, wie Ihr Erstes Mechbataillon Yorinagas Regiment aufhalten konnte. Es war einfach nicht zu schaffen, egal wieviel Zeit Sie zur Vorbereitung hatten und wie gut Ihre Verteidungsstellungen waren.«

Dan nickte. *Genau das waren auch meine Gedanken, als ich die Landungsschiffe über uns in die Atmosphäre eintauchen sah. Wir hatten schon davon erfahren, daß Teile des 36. Dieron-Regiments unser 2. Mechbataillon weit im Norden gestoppt hatten. Wir wußten, daß wir nicht auf rettende Verstärkungen hoffen durften.*

»Mitchell hatte recht, als er unsere Verteidigungsstellungen für gut erklärte. Wir hatten eine Situation geschaffen, in der die Kurita-Mechs durch unsere sich überlagernden Schußfelder vorrücken mußten. Wenn man sich unsere Verteidigungsstellungen ansieht und die offiziellen Angaben über die Kampfstärke des Kell Hounds-Bataillons in jenen Tagen, und wenn man diese Zahlen mit unserer offiziellen Kampfstärke nach der Schlacht vergleicht, dann sieht es tatsächlich so aus, als hätten sich unsere Verteidigungsanstrengungen bewährt. Dabei gibt es nur ein Problem — bei der Methode, die Mitchell angewandt hat. Unsere Mechs waren vor dem Gefecht in derselben Verfassung wie danach. Wir hatten in den vorhergegangenen Gefechten keinen Mech verloren, was unseren Techs hoch anzurechnen war, aber wir waren auch nicht voll einsatzfähig.«

Der Gleiter stieg aus dem Arroyo und jagte über eine flache Wüstenebene. Bruder Keith deutete auf eine rote Mesa, die sich über der flimmernden Hitze der Wüste erhob. »Das ist St. Marinus.« Er blickte wieder auf Dan. »Also gut, Hauptmann Allard, was ist wirklich geschehen?«

Dan hob die Achseln und zuckte zusammen, als die Schmerzen seines noch nicht hundertprozentig verheilten Schlüsselbeinbruchs durch seine linke Schulter peitschten. *Ich werde dir erzählen, was ich davon kapiert habe.* »Oberst Kell — Morgan — marschierte in seinem *Schütze* aus unseren Stellungen hinab. Er öffnete eine Funkverbindung zum draconischen Kommandanten, Yorinaga Kurita. Nach Kurita-Art zählte Morgan langsam auf japanisch seine Vorfahren auf und berichtete von der stolzen Geschichte der Kells als MechKrieger. Es handelt sich um eine alte Tradition der Samurai, die im Draconis-Kombinat noch heute respektiert wird. Sie ehrt die Kämpfer.«

Dan starrte geradeaus, während die Landschaft an ihnen vorbeihuschte. »Yorinaga Kurita trat in seinem *Kriegshammer* hinaus auf das Zweite Schwert des Licht-Regiments. Er berichtete seinerseits auf englisch von seinen Vorfahren. Als er fertig war, gingen die beiden Mechs aufeinander zu.«

Bruder Keith legte die Stirn in Falten. »Sie gingen *aufeinander zu?* Das Hauptwaffensystem des *Schütze* sind seine Langstreckenraketen. Warum hat sich Morgan auf einen Nahkampf mit einem *Kriegshammer* eingelassen?«

Dan schüttelte den Kopf. »Ich weiß es nicht. Der *Kriegshammer* mit seinen Partikelprojektorkanonen, Kurzstreckenraketen, mittelschweren und leichten Lasern ist für den Nahkampf gebaut. Morgan rückte gegen Yorinaga vor und benutzte kein einzigesmal seine LSRs. Er setzte die mittelschweren Laser in den Armen seines Mechs ein und erzielte einen Treffer um den anderen. Yorinaga feuerte seine beiden PPKs abwechselnd ab, so daß Morgan ihn nicht überrennen konnte, während der *Kriegshammer* abkühlte. Er setzte auch sein KSRs und Laser ein, um Morgan auf Distanz zu halten.«

Dans Stimme sank zu einem tiefen Baß. »Morgan traf die rechte PPK des *Kriegshammer* zweimal, und es schien, als hätte er sie ausgeschaltet. Dann stürmte er hastig vor. Vielleicht wollte er die Hände seines *Schütze* gegen den *Kriegshammer* einsetzen, oder so nahe herankommen, daß dem Gegner seine PPKs nichts nützten. In dem Augenblick riß Yorinaga die rechte PPK hoch, und ihre Ladespiralen erwachten wieder zum Leben.

Der blaufunkelnde Blitzschlag aus dem Geschütz Yorinagas fetzte mitten durch die rechte Schulter des *Schütze.*« Dan stockte, und sein Blick wanderte in die Ferne. *Als ich den Arm zu Boden stürzen und Morgans* Schütze *auf die Knie taumeln sah, wußte ich, daß er verloren war. Ich sah, wie das Bild seines Mech von meinen Ortungsschirmen verschwand, aber ich fragte mich keine Sekunde, wie das möglich war. Wahrscheinlich, weil ich es als eine Art Omen sah.*

»Yorinaga kam heran und hob beide PPKs. Er richtete sie geradewegs auf Morgans hilflos vor ihm knienden *Schütze.* Aber irgendwie zuckten die beiden Blitzschläge um den *Schütze* herum und rissen hinter ihm den Boden auf. Morgan beantwortete den Angriff, indem er zwei LSR-Salven auslöste.«

Der Mönch runzelte die Stirn. »Aber er war doch viel zu nah, als daß sie eine Wirkung gehabt haben könnten?«

Dan nickte. »Die Flugstrecke war viel zu kurz, und die Sprengköpfe der Raketen waren noch nicht scharf, als sie einschlugen. Aber das war egal. Sie trommelten auf den *Kriegshammer* ein, zertrümmerten seine Panzerung und überschwemmten ihn mit flüssigem Feuer, als ihr Treibstoff explodierte. Die Raketen warfen den *Kriegshammer* herum, aber irgendwie gelang es Yorinaga, den Mech auf den Beinen zu halten. Morgans Verzweiflungstaktik hatte nicht ausgereicht, seinen Gegner zu töten.«

Dan zerrte am Sicherheitsgurt des Gleiters und beugte sich vor. »Yorinaga schleuderte alles gegen den *Schütze*, was er aufzubieten hatte, aber es hatte keinen Zweck. Die KSRs flogen ziellos durch die Gegend und explodierten irgendwo in der Landschaft. Die Laserstrahlen und PPK-Bahnen verfehlten den *Schütze* allesamt. Es war, als sei Yorinaga durch den Angriff geblendet worden. Sein *Kriegshammer* war eindeutig kampfbereit, aber er gestattete dem *Schütze*, wieder auf die Beine zu kommen.«

Dan fuhr sich mit der Zunge über die trockenen Lippen und erinnerte sich daran, wie der *Schütze* plötzlich von allen Schirmen verschwunden war. Sämtliche Geistergeschichten, die er je über Mechs gehört hatte, die von Männern und Frauen gelenkt wurden, die schon gefallen waren, kamen ihm wieder in den Sinn. Als er den *Schütze* so aufrecht hatte dastehen sehen, war er überzeugt gewesen, daß Morgan tot war und sein Geist den Koloß bewegte. *Wie dicht an der Wahrheit war ich damit?*

»Morgan hebelte den *Schütze* mit dessen verbliebenem Arm vom Boden auf und stand nur einfach da, während Yorinagas Breitseiten um ihn herum verpufften. Morgan erwiderte das Feuer nicht. Er schloß seine LSR-Lafetten und öffnete die leere linke Hand seines *Schütze.* Dann erledigte er Yorinaga mit einem einzigen, subtilen und dabei eleganten Zug.«

»Wie? Was hat er getan?«

Dan kicherte. »Er hat sich verbeugt.«

»Verbeugt?« Bruder Keith schüttelte den Kopf, als der Gleiter den letzten Hang hinabglitt und auf das immer größer werdende Hochplateau zuraste. »Da ist ja Mitchells Version noch glaubhafter.«

Dan lächelte trocken. »Es gibt Momente, Bruder Keith, da teile ich Ihre Meinung. Morgan ließ den *Schütze* eine Verbeugung ausführen, und Yorinaga stellte augenblicklich alle Angriffe ein. Der *Kriegshammer* führte eine eigene, tiefere Verbeugung aus, dann richtete er sich auf und Yorinaga öffnete schließlich das Kanzeldach.«

Bruder Keith lächelte. »Und dann warf er seine beiden Schwerter ins Freie, das Katana und das Wakizashi.«

Dan runzelte die Stirn. »Davon steht nichts in Mitchells Buch.«

Bruder Keith zuckte die Achseln. »Ich weiß, aber ich habe die Schwerter gesehen. Sie hängen an Morgans Kammerwand. Die Klingen sind über dreihundert Jahre alt, wußten Sie das?«

Dan nickte abwesend. *Also hat Morgan die Schwerter mitgenommen, als er ging.* »Yorinaga befahl dem Zweiten Schwert des Lichts den Rückzug. Ein Leutnant wagte zu protestieren, und vermutete, daß Yorinaga verletzt sei. Yorinaga vernichtete den Mech des Chu-i in einem einzigen, fürchterlichen Geschützhagel. Aus Respekt vor ihrem Kommandanten zog der Rest der Einheit sich wie befohlen zurück.«

»Was ist mit Yorinagas Todeshaiku?« fragte der Mönch, als das rote Felsgestein der Mesa, in der sich das Kloster befand, die Windschutzscheibe füllte und vom Ende ihres Fluges kündete.

Dan schüttelte den Kopf. »Es war kein Todeshaiku. Ich kenne es in folgender Übersetzung:

Gelben Vogel sieht.
Grauer Drache weise flieht.
Ehre ist mir Pflicht.

Der graue Drache ist das Zweite Schwert des Lichts. Es handelt sich um ihre Regimentsabzeichen. Der gelbe Vogel stammt aus der japanischen Mythologie ... er soll der einzige Feind sein, den der Drache kennt. Eine Menge Analytiker, mit denen ich seither darüber gesprochen habe, glauben offenbar, daß Yorinaga in Morgan, den Kell Hounds oder der Schlacht im Mallory's World eine tödliche Bedrohung für das Kombinat zu sehen glaubte. Er kam zu der Entscheidung, daß er sich um jeden Preis aus dem Kampf zurückziehen und den Koordinator von seiner Entdeckung unterrichten mußte.«

Bruder Keith nickte und bremste den Gleiter. Er steuerte auf eine torbogenförmige Öffnung zu, die selbst einem zehn Meter hohen Mech gestattet hätte, bequem hindurchzugehen. Als der Gleiter durch den Torbogen in das ausgehöhlte, schattige Innenleben des Hochplateaus vordrang, ließ er die Bruthitze der Wüste abrupt hinter sich. Die Außentemperatur fiel spürbar. Bruder Keith brachte den Gleiter am Fuß einer Treppe zum Stehen, die direkt aus dem blutroten Fels der Mesa gehauen war.

Die Flügeltüren des Wagens klappten hoch, und Dan löste sich aus dem Sitz. Als er sich aufrichtete, überragte der MechKrieger Bruder Keith und einen zweiten, rundlicheren Mönch, der die Treppe herabgestiegen war, um den Fahrer und seinen Passagier zu begrüßen, bei weitem. Dan kniff die Augen zusammen. *Zwanzig Jahre jünger, sechs oder sieben Kilo leichter, und mit Haaren wäre dieser Kerl das perfekte Ebenbild Hermann Steiners.*

Der ältere Bruder reichte dem Söldner die Hand. »Ich bin Bruder Giles, der Abt von St. Marinus. Ich heiße Sie herzlich willkommen, Hauptmann Allard.«

Dan nickte langsam. *Das* ist *Hermann Steiner!* Steiner war der Mann, der den Befehl über die Zweite Hofgarde abgegeben hatte, um zu verhindern, daß ihn die Parteigänger seines Bruders Alessandro gegen Katrina Steiner ausspielen konnten. *Also hier ist er schlußendlich gelandet.* »Vielen Dank, Bruder Giles. Ich möchte so schnell wie möglich mit Morgan Kell sprechen.«

Der Abt nickte ernst. »Ich verstehe Ihren Wunsch, Hauptmann Allard, aber vorher möchte ich noch mit Ihnen reden. Das Kloster St. Marinus ist eine Herberge für MechKrieger, die der Gewalt ihrer Vergangenheit abgeschworen haben.« Bruder Giles wandte sich um und winkte Dan hinter sich her die Treppe hinauf. »Unsere Gemeinschaft trägt den Namen eines Märtyrers, der sich weigerte, Gott zu verleugnen, um eine Beförderung zum Centurio zu erlangen. Da unsere Mitglieder aus freier Entscheidung hier sind, versuche ich sie von der Außenwelt abzuschirmen.«

»Ich weiß Ihre Sorge zu schätzen, Abt Giles, aber ich hätte diesen weiten Weg nicht auf mich genommen, wenn es nicht von äußerster Wichtigkeit wäre.«

Als sie oben angekommen waren, trat der Abt um Dan herum und öffnete die Tür für ihn. »Das verstehe ich wohl, Hauptmann, und deswegen habe ich Ihnen auch einen Wagen geschickt. Morgan ist noch nicht formell in unsere Gemeinschaft eingetreten, so daß meine Gewalt sich nicht über ihn erstreckt, aber trotzdem ...« — der Mönch zuckte die Achseln —, »ich mache mir Sorgen um seine körperliche und geistige Gesundheit.«

»Seine geistige Gesundheit?« Dan runzelte die Stirn.

»Äh ... Hauptmann ... vielleicht war das eine ungeschickte Wortwahl. Aber Sie haben selbst Kampf und Tod erlebt und wissen, wie sie einen Menschen verändern können. Sie können ihn verbiegen, können ihn vernichten. Morgan hat viele der Dämonen, die ihn plagten, unter Gewalt, aber noch immer gibt es einen, den er nicht kontrollieren kann.«

Dan ließ sich auf einen Stuhl sinken, den der stämmige Mönch ihm anbot. »Wovon reden Sie?«

Bruder Giles setzte sich hinter seinen Schreibtisch. »Morgan Kell wird von etwas getrieben, Hauptmann Allard.« Der frühere MechKrieger deutete hinauf zur Decke. »Irgend etwas wartet dort draußen auf ihn. Hier hat er sich elf Jahre davor versteckt, und jeden Tag hat er darum gebetet, daß er ihm entgehen kann. Jetzt, wo Sie hier eingetroffen sind, ist das nicht mehr möglich.«

Dan war plötzlich kalt. »Was wartet auf ihn?«

Der Abt schürzte die Lippen und starrte den Hauptmann der Kell Hounds durchdringend an. »Ich glaube, er fürchtet eine Begegnung mit dem Tod.«

6

Zaniah
Isle of Skye, Lyranisches Commonwealth

22. Oktober 3027

Bruder Giles und Daniel Allard fuhren schweigend mit dem Lift hinauf zur Oberfläche. Als sich die Türen des Aufzugs öffneten, befanden sie sich ein halbes Stockwerk unter der naturbelassenen, verwitterten Hochebene. Die Hitze brach in heftigen Wogen in die Liftkammer. Bruder Giles deutete auf eine breite Rampe, die sich in einer Kurve nach oben zog.

Dan trat aus dem Lift und ging langsam die Rampe hinauf. *Wie soll ich es ihm sagen? Ja, Patrick Kell ist als Held gestorben, aber ist das ein Trost? Will er das überhaupt wissen?* Dan zitterte, dann biß er wütend die Zähne zusammen. *Du sorgst dich immer noch um deinen Bruder Justin, trotz seiner Desertion. Wie kannst du von Morgan weniger erwarten?*

Dan ging um die Biegung der Rampe und sah Morgan Kell. Der ehemalige MechKrieger stand mit dem Rücken zu Dan. Er war groß und muskulös, aber dabei trotzdem mager — *wie ein Wolf.* Er trug nur einen Lendenschurz, dessen Enden im heißen Wüstenwind flatterten, und das Sonnenlicht zeichnete seine Muskeln in grellen Glanzlichtern und dunklen Schatten nach. Der tiefe Bronzeton seiner Haut ließ kaum Spuren der Narben erkennen, die er sich während der aktiven Zeit geholt hatte.

Der Wind fuhr durch Morgans langes schwarzes Haar und wehte es weit genug von seinem Gesicht, um Dan Gelegenheit zu geben, seinen Bart zu bemerken. Da der Mann im Gebet gebeugt war, blieb Dan stumm. Auch der Wind verstummte plötzlich, und Morgan Kells starke, gleichmäßige Stimme drang an Dans Ohr.

»Seele Christi, segne mich. Leib Christi, rette mich.

Blut Christi, berausche mich. Wasser aus der Seite Christi, wasche mich. Leiden Christi, stärke mich. O guter Jesus, erhöre mich. In Deinen Wunden berge mich. Dulde nicht, daß ich Dir entzogen werde. Vor dem bösen Feind schütze mich. In der Stunde meines Todes rufe mich und laß mich zu Dir kommen, daß ich Dich preise von Ewigkeit zu Ewigkeit, mit Deinen Engeln und Heiligen. Amen.«

Als Kell den Kopf hob, sprach Dan ihn leise an, wie von Ehrfurcht gepackt. »Oberst Kell?«

Morgan Kell war ein großer Mann, aber er bewegte sich mit Eleganz. Trotz seines Bartes erkannte Dan dasselbe gutaussehende Gesicht, an das er sich erinnerte, und denselben vorsichtig tückischen Blick, der im Laufe der Jahre in zahllosen Gegnern die Angst hatte erwachen lassen. Er sah auch die Veränderungen im Wesen des Mannes, der einst die Kell Hounds kommandiert hatte. Die äußeren Veränderungen — die Falten in Morgans Augenwinkeln und die grauen Strähnen in Bart und Haar — hatte Dan erwartet. Die inneren Veränderungen jedoch überraschten ihn.

Er wirkt so friedlich, so viel gefaßter als zuvor. Bruder Giles hatte recht. Morgan hat sich wirklich verändert. Dan starrte in die braunen Augen seines Gegenübers und fühlte ein unbehagliches Rumoren in den Eingeweiden. *Er wirkt aber auch gehetzt ...*

Dann bewegte ein zögerndes Lächeln Morgan Kells Züge. »Sie sind Dan Allard.« Kells Blick fiel auf das Abzeichen an der linken Brustseite von Dans Jacke. »Und immer noch bei den Hounds?«

»Ja, Sir.« Dan nahm Haltung an und salutierte. »Gut Sie zu sehen, Oberst.«

Morgan ahmte Dans Geste ungeschickt nach, aber es schien, als sei der militärische Gruß eine fremdartige Bewegung für ihn geworden. Er legte die Stirn in Falten. »Ich weiß, warum Sie hier sind. Es geht um ihn, nicht wahr?«

Dans Mund wurde trocken. *Wie kann er das wissen? Der gesamte Stab der Kell Hounds ist übereingekommen, daß wir ihm diese Nachricht nicht über ComStar zukommen lassen. Wir wollten, daß jemand, der Patrick kannte, ihm die Botschaft überbringt. Nicht irgendein Akoluth, den das alles nicht weiter kümmert.*

Morgan wandte sich ab und faltete die Hände auf dem Rücken. Seine Gestalt zeichnete sich dunkel vor dem westlichen Horizont ab. »Ich wußte, daß es früher oder später geschehen mußte. Ich wußte, daß es vor elf Jahren noch nicht zu Ende war. Und doch habe ich gehofft und gebetet, daß es nie dazu kommen würde.«

Dan neigte den Kopf. »So wie der Rest der Kell Hounds auch, Sir.«

Morgan wandte sich wieder zu Dan um. »Also gut. Wenn Sie wieder im Büro des Abtes sind, bitten Sie ihn, Ihnen das Päckchen mit Botschaften auszuhändigen, das ich ihm bei meiner Ankunft hier zur Verwahrung gegeben habe. Und dann lassen Sie sich nach Starboro fahren, damit ComStar sie so schnell es geht losschicken kann. Ich werde Sie morgen dort treffen. Dann fliegen wir ab.«

Was geht hier vor? fragte sich Dan. *Der Tod seines Bruders scheint ihn überhaupt nicht zu berühren.* Er schüttelte den Kopf. »Sir?«

Morgan versteifte sich. »Was haben Sie daran nicht verstanden? Sie haben doch wohl nicht erwartet, daß ich ihn vergessen habe, oder? Yorinaga Kurita ist zurückgekehrt. Unser Waffenstillstand ist beendet.« Morgan sah Dan an. »Sagen Sie ... Wo hat Patrick die Kell Hounds?«

Dan konnte Morgan Kell nur völlig geschockt und leer anstarren. »Herr Oberst, Patrick Kell ist tot!« Dans Hände ballten sich zu Fäusten. »Yorinaga Kurita hat ihn getötet. Patrick hat sich geopfert, um Melissa Steiner und den Rest der Kell Hounds zu retten.«

»NEIN!« Sein langes Haar peitschte hin und her, als

Morgan wild den Kopf schüttelte. »Nein! Das war nicht vorgesehen. So sollte es nicht geschehen!« Er fiel auf die Knie. Bis auf ein paar vereinzelte Strähnen, die unter heißen Tränen an seinen Wangen klebten, hing ihm das lange schwarze Haar wie ein Trauerschleier vor dem Gesicht. »Das hätte ich nie zugelassen!«

Die Wut, die Dan elf Jahre unterdrückt hatte, brach sich Bahn. »Sie hätten es nie zugelassen? Sie haben vor elf Jahren jede Verantwortung aufgegeben, als Sie uns im Stich gelassen haben.« Dan stieß einen anklagenden Finger in Kells Richtung. »Sie haben mehr getan, als uns nur im Stich gelassen. Sie haben die Kell Hounds *zerbrochen,* und danach sind Sie in dieses Höllenloch geschlichen. Ohne Erklärung, ohne Entschuldigung. Sie sind einfach abgehauen, und wir durften die Scherben auflesen.«

Morgan blickte auf, und in seinen Augen war Schmerz. »Ich habe nur getan, was ich tun mußte.«

Dan lachte. »Ach ja? Sie haben zwei Drittel der Kell Hounds vertrieben. Auf Ihre Bitte hin haben zwei volle Bataillone das Regiment verlassen. Sie haben uns von einem Regiment auf ein einzelnes Bataillon geschrumpft. Warum haben Sie uns nicht erklärt, was los war?«

Morgan blickte zu Boden. »Ihr hättet es nicht verstanden.«

»Nein?« Dan spuckte aus. »Lassen Sie mich erklären, was nach Ihrem Verschwinden passiert ist, *Herr Oberst.*« Er spie den Titel voller Verachtung aus, aber das war ihm inzwischen egal. »Sie haben mich geradewegs aus der Militärakademie New Avalon geholt, und ich war stolz auf meinen Oberleutnantsposten mit Kommando über eine Scoutlanze. Aber als Sie die anderen fortgeschickt haben, brach die ganze Befehlsstruktur der Kell Hounds zusammen. Die Verantwortung für die ganze Mechkompanie blieb an mir hängen.«

Morgan richtete sich auf. »Bilden Sie sich nicht zuviel

ein. Patrick und Salome Ward waren schließlich auch noch da.«

Dan schüttelte ungläubig den Kopf. »Waren Sie wirklich so blind? Falls die Zeit hier nicht Ihr Gedächtnis angegriffen hat, sollten Sie sich darüber im klaren sein, daß Salome Ward mehr war als nur einer Ihrer Stabsoffiziere, Morgan. Zum Teufel, Sie beide haben vielleicht geglaubt, Ihre Romanze sei ein Geheimnis, aber das ganze Regiment wußte davon. Als Sie ohne ein Wort verschwunden waren, war das für Salome ein furchtbarer Schlag. Sicher, sie war stark genug, weiter das zu tun, was getan werden mußte, aber nur noch wie ein Automat. Es hat lange Zeit gebraucht, bis sie wieder zu sich gefunden hatte.«

Dans Augen wurden zu Schlitzen, und Morgan schien unter dem Feuer seiner Blicke zu schmelzen. »Und Ihr Bruder — mein Gott! Sie haben keine Vorstellung davon, wie sehr Sie ihn getroffen haben. Er glaubte, daß Sie das Regiment aufgelöst haben, weil Sie ihm die Verantwortung über so viele Menschen nicht zutrauten ...«

»Das war nicht ...«, unterbrach Morgan ihn mit rauher Stimme.

»Es ist mir egal, was für Gründe Sie hatten, Morgan. Ihr Bruder hat es so aufgefaßt. Es hat an ihm genagt, und die ersten drei Jahre lang war er die Unsicherheit in Person. Dann entschied er sich, der erste Bataillonskommandant zu werden, den es je gegeben hat. Und das wußte er, Morgan. Ich weiß, er hoffte, Sie würden stolz auf ihn sein.«

»Das war ich auch. Ich war immer stolz auf ihn.«

Dan schnaufte. »Jetzt ist es dafür zu spät, Morgan. Wollen Sie wissen, wie stolz Patrick auf Sie war? Er hat nie den Rang eines Obersten angenommen. Er blieb Oberstleutnant, weil für ihn stets Sie der Oberst der Kell Hounds geblieben sind. Unsere sämtlichen Kontrakte enthalten die Klausel, die es Ihnen gestattet, sie aufzulösen, falls Sie sich entscheiden, zur Einheit zurückzukehren. Teufel noch mal, Patrick hat sogar die Angebote mehrerer anderer Söldnerbataillone abgeschlagen, die sich uns anschließen wollten, um die Hounds wieder auf Regimentsstärke zu bringen, weil er erklärte, eine solche Entscheidung könnten nur Sie treffen.«

Dan schüttelte den Kopf. »Wissen Sie, wie wir es genannt haben, als Sie uns verließen, Morgan? Wir nannten es ›Die Desertion‹. Alle, die zu den Kell Hounds stießen, lernten bald, nicht nach der Desertion zu fragen. Ihre *Desertion*, Morgan, die Patrick nicht einmal auf dem Totenbett losgelassen hat.«

Dan stockte, als er einen Kloß in der Kehle spürte und ihm Tränen in die Augen stiegen. »Wissen Sie, was er gesagt hat, als er starb? Er sagte, ›Dan, sag ihm, sag Morgan, daß ich verstehe. Sag ihm, daß ich endlich verstehe.‹ Bis zum letzten Augenblick, Morgan, bis zum allerletzten Augenblick hat die Desertion ihn nicht losgelassen.«

Morgan sackte nach vorne, konnte sich aber mit beiden Armen abfangen. Dan sah, wie seine Tränen auf den roten Felsen fielen, aber die dunklen Flecken verdunsteten fast ebenso schnell, wie sie entstanden. Er sah, wie die Verspannung in Morgans Körper sich löste, aber er selbst fühlte keine Befreiung von seiner Wut.

Morgan richtete sich auf und starrte in Dans kalte blaue Augen. »Ich akzeptiere Ihr Urteil über das Übel, das ich meinem Bruder und Salome angetan habe. Ich warte auf die Aufzählung der Schmerzen, die ich Ihnen zugefügt habe, Daniel Allard.«

Morgans Worte öffneten die Schleusentore für die Angst und Sorge, die Dan seit der Desertion zurückgehalten hatte. »Die Schmerzen, die Sie mir zugefügt haben ...« Er ließ den Kopf sinken. »Ich hatte gedacht, Sie hätten mich bei den Kell Hounds aufgenommen, weil Sie an mich glaubten. Sie hatten meine Leistung bei Manövern und Gefechten gelobt. Ich hielt meine Lanze immer einen Schritt vor dem Feind und tat alles, was von mir erwartet wurde. Ich war immer um das Wohl meiner Leute besorgt, und ich glaubte, Sie sähen Möglichkeiten in mir.«

Dan lachte hart und schüttelte den Kopf. »Als die Leute uns nach und nach verließen, bemerkte ich, daß es die besten und fähigsten Männer und Frauen waren, die Sie fortschickten. Ich nahm an, sie hätten irgendeinen Plan, einen Plan, den Sie nur der Elite offenbaren wollten. Ich wartete darauf, daß Sie mir eine Mission anvertrauten. Als Sie uns verließen und ich plötzlich ein Söldnerbataillon zusammenhalten mußte, habe ich Sie gehaßt. Ich fühlte mich verraten, verraten und wertlos. Sie haben dafür gesorgt, daß ich an mir gezweifelt habe, Morgan — das waren die Schmerzen, die Sie mir zugefügt haben. Aber das ist nichts, verglichen mit dem, was Sie Salome und Patrick angetan haben. Ich habe mich schnell genug wieder gefangen und die Kell Hounds zusammengehalten, allein schon, um es Ihnen richtig zu zeigen.«

Morgan schaukelte auf seinen Fersen, zögerte, stand schließlich mit einer langsamen, eleganten Bewegung auf. »Es gibt viel, was ich wiedergutzumachen habe. Ich weiß, daß Worte allein nicht genügen, aber vielleicht können sie in Ihrem Fall helfen, den Schmerz zu lindern.« Morgan schluckte schwer. »Sie hatten teilweise recht mit der Feststellung, daß ich während der Zeit, die Sie als die Desertion bezeichnen, gute und kompetente Männer und Frauen aus den Kell Hounds entlassen habe. Und ich hatte Sie in der Tat lange für einen wichtigen Aspekt meines Plans ins Auge gefaßt ...«

Dan runzelte die Stirn. »Aber?«

Morgan atmete langsam aus. »Ich war der Ansicht, daß Ihr Wert für die Kell Hounds zu groß war, um Sie freizustellen. Nein, ich habe den Effekt nicht erwartet, den mein Weggehen Ihren Worten nach auf die Kell Hounds hatte. Ich habe ihn weder vorausgesehen noch beabsichtigt — besonders, was Salome und meinen Bruder betrifft. Hätte ich vermutet, was Sie mir jetzt berichten, dann hätte ich nach einem anderen Weg gesucht. Ich habe die Ausmaße des zu erwartenden Chaos weit unterschätzt, aber ich war mir klar darüber, daß den Hounds eine schwere Zeit bevorstand. Ich war der Ansicht, Sie mit Ihrem jugendlichen Enthusiasmus, Ihrem Feuer und Ihrer Intelligenz wären jemand, der die Kell Hounds zusammenhalten *konnte.* Mit Patrick, Salome und Ihnen als Kommandanten wußte ich, die Einheit würde die besten MechKrieger anziehen und eines Tages wieder eine Truppe sein, mit der man rechnen muß.«

Dan starrte den halbnackten, zerzausten Menschen an, der ihm da gegenüberstand. Er sagte die Wahrheit, so unwahrscheinlich es auch schien. Dan sah Morgan fragend an. »Warum haben Sie uns das nicht gesagt?«

Morgan breitete die Hände aus und hob hilflos die Schultern. »Ich konnte es nicht. Aus demselben Grund, der Patrick, Salome und Sie zu den perfekten Anführern der Kell Hounds machte, konnte ich euch nicht erklären, warum ich die Flucht ergriff, oder warum ich die anderen fortgeschickt hatte. Ihr seid alle intelligent genug, aber ihr neigt dazu, ein Problem durch Handeln zu lösen. In der Situation, in der ich mich befand, hätte Handeln den sicheren Tod bedeutet.«

Dan schüttelte den Kopf. »Ich verstehe immer noch nicht, warum Sie es uns nicht sagen konnten. Wir wären Ihnen gefolgt.«

Morgan lächelte. »Wirklich? Wenn ich euch erklärt hätte, ich müßte euch wegen eines Mannes verlassen, hättet ihr euch im Zaum halten können und nicht versucht, ihn zu finden und zu töten? Ich glaube kaum.« Morgan seufzte schwer. »Aber schlimmer noch, Dan, ich bin selbst erst allmählich zu der Einsicht gekommen, die ich Ihnen gerade eben versucht habe zu vermitteln. Als ich die Einheit verließ, waren meine Emotionen, meine Hoffnungen, Träume und Ängste ein einziger Wirrwarr. Mit dem Verstand konnte ich die Situation weit genug erfassen, um in gewisser Hinsicht zu handeln, aber gefühlsmäßig hatte ich den Eindruck zu ertrinken. Ich fühlte — wußte —, daß ich euch alle zum Tode verurteilen würde, wenn ich meine Gedanken mit euch teilte.«

Dan nickte zögernd. »All das hat mit Yorinaga Kurita und der Schlacht auf Mallory's World zu tun?«

»Ja.« Morgan wandte sich ab und starrte hinaus in die Wüste. »So lange er im Exil blieb, bestand keine Gefahr. Jetzt scheinen meine Vorbereitungen, trotz aller Schmerzen, die sie verursacht haben, die Mühe wert gewesen zu sein.« Morgan verstummte einen Augenblick lang, dann zitterte er trotz der Hitze und drehte sich wieder zu Dan um.

»Erinnern Sie sich daran, was Sie dem Abt ausrichten sollten?«

Dan nickte. »Er soll mir die Botschaften für ComStar aushändigen und mich nach Starboro bringen lassen, damit ich sie abschicken kann.«

Morgan lächelte. »Gut. Es kommt noch etwas hinzu. Wo sind die Kell Hounds zur Zeit?«

»Northwind, Vereinigte Sonnen. Wir haben einen Kontakt mit dem Lyranischen Commonwealth, aber wir befinden uns seit Juni auf Northwind, weil der Archon uns auf dessen Bitte hin an Hanse Davion ausgeliehen hat. Salome hat das Kommando.«

Morgan nickte. »Gut. Schicken Sie ihr eine Botschaft. Sie soll die Kell Hounds nach Thorin bringen. Dort wird sie weitere Instruktionen erhalten. Dann warten Sie in Starboro auf mich. Wir reisen in zwei Tagen ab.«

»Nach Thorin?«

Morgan schüttelte den Kopf. »Nach Tharkad. Ich muß mit dem Archon reden.« Morgans Gesichtsausdruck hatte sich verändert, er schien abwesend. »Wenn Sie mich jetzt entschuldigen, ich möchte allein sein.«

Dan nickte. »Morgan?«

»Ja?«

»Obwohl ich die Umstände zutiefst bedaure«, stellte Dan mit leiser Stimme fest, »ist es ein gutes Gefühl, Sie wieder bei uns zu haben.«

7

New Avalon
Mark Crucis, Vereinigte Sonnen

22. Oktober 3027

Die Männer und Frauen der Davion Heavy Guards, die sich im »Fuchsbau« versammelt hatten, brachen in lauten Jubel aus, als Morgan Hasek-Davions Bild wieder auf dem Vidschirm erschien. Wie bei den zehn vorhergegangenen Wiederholungen des Nachrichtenfilms schüttelte Morgan auf einem Balkon oberhalb einer jubelnden Menschenmenge Hanse Davions Hand. »Es ist eine große Ehre für mich, daß Ihr mich bittet, bei Eurer Hochzeit als Trauzeuge zu fungieren, Prinz Hanse, und eine große Freude, die Verantwortung und Pflichten dieser Aufgabe anzunehmen.«

Morgan Hasek-Davion, der in der dunkelsten Ecke der Taverne saß, beobachtete seinen Vidauftritt. Ein Teil von ihm erkannte sich in dem großen MechKrieger mit dem langen roten Haar und dem breiten, muskulösen Körperbau wieder, den viele als Zeichen seiner Davionabstammung deuteten. *Es stimmt,* dachte er. *Hanse Davion und ich sehen weniger wie Onkel und Neffe aus, mehr wie Brüder.* Morgan schauderte, als das Bild auf dem Schirm gefror und verschwamm. Unter dem heftigen Drängen der Heavy Guards spulte der hilflose Wirt das Band noch einmal zurück.

Morgan schüttelte den Kopf und blickte auf sein halbleeres Bierglas. *Ich weiß, das da auf dem Schirm war ich; aber gleichzeitig war ich's auch nicht.* Er blickte noch einmal hoch und seufzte. *Morgan Hasek-Davion wird nicht von den Zweifeln und Sorgen geplagt, die mir zusetzen.* Morgan schob seinen Stuhl zurück und bahnte sich langsam einen Weg durch die Menge hinüber zum Ausgang.

Einer seiner Lanzenkameraden, Lieutenant Ben Colson, bemerkte ihn und rief ihm zu: »He, Major, wohin wollen Sie? Wir haben was zu feiern.«

Morgan schenkte ihm ein breites Lächeln. »Ich brauch nur etwas frische Luft, Ben. Ich komme wieder.« Er sah sich um und deutete dann auf den Holovidschirm. »Ich bin schon den ganzen Tag im Trubel ...«

Colson nickte und zwinkerte ihm verschwörerisch zu, bevor er sich wieder dem Schirm zuwandte. Morgan zwängte sich weiter und rettete sich schließlich in die kühle Nachtluft. Die Tür des Fuchsbau fiel hinter ihm zu, und bis auf das Summen der Straßenlaternen umgab ihn Stille.

Morgan spazierte die Straße hinab. Er hatte kein festes Ziel, aber seine Schritte trugen ihn bald zum Davion-Friedenspark. Die mächtigen Baukronen über ihm bildeten einen dunklen, ehrfurchterweckenden Tunnel. *Seltsam, daß ich gerade hier lande. Ich fühle mich keineswegs im Frieden mit mir selbst.*

Morgan erinnerte sich an sein Bild auf dem Holovidschirm und den Kommentar einer Sprecherin des Gesellschaftssekretariats. »Morgan Hasek-Davion ist Prinz Hanses Neffe, der Sohn seiner Halbschwester Marie. Man sieht sofort, wie ähnlich er dem Prinzen ist. Er hat die breiten Schultern und das charakteristische rote Haar der Davions.« *Na ja, zumindest halb richtig.*

Eine leichte Brise zupfte an Morgans langen Haaren und warf eine Locke in sein Gesicht. Er schob sie beiseite und wickelte dabei unwillkürlich eine Strähne um den Zeigefinger. *Sie hat nicht erwähnt, daß ich mein Haar nach Art meines Vaters trage. Sie hat auch nicht erwähnt, daß ich die grünen Augen meines Vaters habe oder meine muskulöse Statur von den Haseks stammt. Sie sieht zuviel Davion in mir, und das macht sie ebenso blind wie mein Vater es ist.* Morgan sah sich wieder um und stellte fest, daß ihn seine Schritte tiefer ins Innere des Parks getragen hatten — er war beinahe auf halbem Wege zum NAIW. Zu seiner Linken, in der Senke eines grasbedeckten Amphitheaters, bemerkte er die dunkle Silhouette des jüngsten Standbilds in diesem Park. Morgan stieg über die niedrige Absperrung und schlenderte hinüber zu der aus Stein und Stahl gefertigten Statue.

Das flackernde goldene Licht einer Gedächtnisflamme warf funkelnde Glanzlichter über die drei Figuren des Monuments. Auf der linken stand ein Panther — stilisiert genug, um seine orientalische Herkunft deutlich zu machen, der vor der mittleren Figur zurückwich. Diese Figur, ein Wolfshund, der bereits aus mehreren Wunden blutete, hatte die Fänge entblößt und war im Sprung auf die große schwarze Katze dargestellt. Der trotzige Geist des Hundes kam in seinem Selbstmordangriff zum Ausdruck, denn es war deutlich zu erkennen, daß seine Wunden tödlich waren. Hinter dem Hund lugte ein verschreckt auf dem Boden kauerndes Kind durch die Finger auf die beiden kämpfenden Tiere. Ein Seil, das um die Taille des Kindes geschlungen war, reichte weit genug über die Oberkante der Skulptur hinaus, um die unmittelbar bevorstehende Rettung des Kindes anzudeuten und dem tapferen Opfer des Hundes einen Sinn zu geben.

Morgan blickte auf die Bronzetafel vor der Flamme und las laut ihren Text: »In Memoriam: Für jene, die am 26. Juni 3027 ihr Leben gaben, um das entführte Landungsschiff *Silberadler* zu retten. Die Früchte eures Opfers werden ewig leben.« Morgan lauschte, wie seine Worte in der Dunkelheit verklangen, dann betrachtete er die auf der Tafel verewigten Namen. An der Spitze der Liste stand »Oberstleutnant Patrick M. Kell«.

Morgan schüttelte den Kopf. *Ich trauere um dich, Patrick. Und doch, wie ich dich um dein Pflichtgefühl beneide. Du hast nicht mit Zweifeln ringen müssen. Du wußtest, was du zu tun hattest, und du hast es getan.* Morgan sah wieder hinauf zu dem stählernen Wolfshund. *Ich fühle mich so zerrissen und zerschlagen wie dieser Hund, aber mir ist meine Pflicht nicht so klar.*

Aber du hattest es einfacher als ich, Patrick Kell. Als du erfuhrst, daß man deine Cousine Melissa Steiner an Bord der Silberadler *gefangenhielt, war dir deine Pflicht klar. Du sahst dich nur überlegenen draconischen Kräften gegenüber. Du hast dein Blut vergossen, um dein Blut zu retten, aber ich bin zwischen meinen beiden Familien gefangen.*

Morgan wandte sich von dem Denkmal ab und schritt über den Rasen auf den Fußweg und das NAIW zu. *Ich bin ein Davion. Zuerst und vor allem anderen bin ich meinem Prinzen und den Vereinigten Sonnen verpflichtet. Ich weiß, daß Hanse Davion mich ursprünglich nach New Avalon holte, um ein Pfand gegen meinen Vater in der Hand zu haben, aber das war mir egal. Er holte mich nach Hause! Ich respektiere ihn als meinen Herrscher und meinen Verwandten, ich liebe ihn als meinen Freund.*

Aber gleichzeitig habe ich das Gefühl, meinen Vater zu verraten. Er und Hanse führten nach dem Tod Ians auf Mallory's World einen geheimen, aber deswegen nicht minder erbitterten Kleinkrieg um die Erbfolge, und mein Vater hat verloren. Schlimmer noch, obwohl ich ihn liebte, weiß ich, daß mein Vater im Unrecht war. Ich möchte die beiden wieder zusammenbringen, aber ich fürchte, durch meine Rolle als Trauzeuge des Prinzen treibe ich sie nur noch weiter auseinander.

Plötzlich riß der laute Angstschrei einer Frau, der aus einem dunklen Hain rechts von ihm drang, Morgan aus seinen Gedanken. Er sprang über die Absperrung des Fußwegs und brach in höchster Eile durch das Gebüsch. Als er die Frau und die drei Angreifer sah, sprang er den größten der Männer an. Er rammte ihm die Schulter in den Magen und nahm ihm den Atem. Beide fielen hart zu Boden, aber Morgan rollte sich sofort ab und wirbelte herum, um die beiden anderen Schurken rasch zu stellen.

Die Frau riß sich von ihren Peinigern los. Sie zog ihre zerfetzten Kleider an sich und duckte sich verängstigt, als die Schläger mit bösem Grinsen gegen ihren Retter vorrückten. Der Kerl, der dem Mädchen am nächsten stand — sein rechtes Auge, das einen ihrer Schläge abbekommen hatte, schwoll bereits zu —, hänselte Morgan. »Hier hast du keine Maschine, die dir helfen könnte, Robopunk …«

Morgan brüllte auf und warf sich vor. Er stieß die ausgestreckten Finger in die Magengrube seines Gegners. Als der Mann sich unter dem Schlag zusammenkrümmte, riß ihn Morgan mit einem Kniestoß unters Kinn wieder hoch. Der Schläger flog nach hinten ins Gebüsch und verschwand.

Der letzte der drei Angreifer landete einen linken Haken an Morgans Schläfe und riß dessen Kopf herum. Morgan stolperte, fing sich aber wieder und stand grinsend auf. »War das dein bester Schlag, Kleiner?« Morgan ballte Fäuste von der Größe einer Grapefruit und blickte drohend auf den Schurken hinab. »Um dich auseinanderzunehmen, brauche ich keine Maschine.«

Morgan trat einen Schritt vor. Das genügte. Der Schläger machte kehrt, und suchte sein Heil in der Flucht. Er rutschte aus, und Morgan konnte noch einen harten Tritt auf dem Hinterteil des Mannes landen, der ihn durch einen Dornenstrauch ins Freie beförderte. Der Mann schrie mehr vor Schreck als Schmerzen auf und verschwand in der Nacht.

Morgan wirbelte herum, aber die Kerle hatten in der Zwischenzeit alle die Flucht ergriffen. Für den Augenblick war die Gefahr gebannt. Morgan ging hinüber zu der am Boden kauernden Frau. Er ließ sich neben ihr auf ein Knie nieder. »Sind Sie verletzt?«

Sie blickte zu ihm auf und starrte ihn an, als ob sie seine Frage nicht verstünde. Sie preßte die Arme an den Körper und zitterte. Angst flackerte in ihren blauen Augen, aber dann klärte sich ihr Blick. »Mein Gott, sie wollten …«

Morgan legte ihr seine breiten Hände auf die Schultern. »Ganz ruhig. Die können Ihnen nichts mehr tun. Sind Sie in Ordnung?«

Sie schluckte und schüttelte den Kopf. Ihre blonden Haare, die etwas kürzer waren als Morgans rote Locken, strichen bei dieser Bewegung über seine Handrücken. »Ich, ich glaube, ich bin okay — körperlich, meine ich. Sie haben mich nicht wirklich verletzt, nur meine Bluse ist zerrissen.«

Morgan zog seine Uniformjacke aus und legte sie ihr über die Schultern. Sie zog die blaue Wolljacke eng um ihren Körper. »Danke. Das ist schön warm.« Sie sah auf und bemerkte, daß Morgan nur ein ärmelloses Unterhemd unter der Jacke trug. »Nein, das geht nicht. Sie werden frieren.«

Morgan schüttelte den Kopf und zog den Halsansatz des Hemdes nach unten, so daß sie den dichten roten Haarpelz sehen konnte, der seine Brust bedeckte. »Das ist, als würde ich ständig einen Pullover tragen. In einem überhitzten Mech ist es die Hölle. Machen Sie sich um mich keine Sorgen. Glauben Sie, Sie können gehen?«

Sie nickte, und Morgan half ihr auf die Beine. Sie stützte sich auf ihn, strich ihren karierten Wollrock glatt und bürstete die Blätter und Zweige ab, die daran festhingen. Lächelnd trat sie einen Schritt vor, aber ihr rechter Knöchel gab nach. »Au!« schrie sie und fiel gegen ihn.

Morgan fing sie auf. »Haben Sie sich den Knöchel verstaucht?«

Sie nickte traurig. »Ehrlich gesagt habe ich ihn schon vor zwei Wochen beim Fechten verletzt. Ich muß ihn zu stark belastet haben.«

»Na, heute nacht werden Sie auf dem Knöchel keinen Schritt mehr tun«, lächelte Morgan. »Legen Sie die Arme um meinen Hals.«

Sie runzelte die Stirn, aber gehorchte zögernd. Als Morgan ihre Hände auf seinen Schultern fühlte, beugte er sich vor und hob sie hoch.

»Momentchen mal, Mister«, setzte sie an. »Ich laß

mich nicht so einfach von fremden Männern herumtragen ...«

Morgan lachte. »Das hab ich eben schon gesehen, erinnern Sie sich. Na, kommen Sie schon, ich bin bei Davions Heavy Guards. Sie können mir vertrauen.«

Sie hob eine Braue. »... sagte die Spinne zur Fliege.« Sie betrachtete sein Gesicht, dann lächelte sie. »Tut mir leid. Sie haben recht. Immerhin haben Sie mich gerettet ...«

Morgan nickte und verließ den Hain. »Und damit Sie mich nicht als fremden Mann betrachten müssen, gestatten Sie mir, daß ich mich vorstelle. Ich heiße Morgan.« Halb erwartete er, daß sie ihn erkannte, aber irgendwie war er froh, daß sie es nicht tat.

Sie lächelte ihn freundlich an. »Na gut, Morgan, machen wir uns bekannt. Ich heiße Kym Sorenson, und ich bin Ihnen für Ihre Hilfe sehr dankbar.«

»Wohin, Kym?«

Kym deutete in Richtung der Lichter des NAIW. »Meine Wohnung liegt gleich da vorne auf dem Campus. Wenn Sie mich absetzen, kann ich wahrscheinlich bis dahin humpeln.«

Morgan schüttelte den Kopf. »Von wegen. Man nennt uns Heavy Guards ›Die Muskeln der Davions‹, und das ist meine Chance, es zu beweisen.« Er drückte sie an sich und erinnerte sich an seine Gedankengänge wenige Minuten zuvor. »Ich wünschte, all meine Pflichten wären so angenehm ...«

8

Nashira
Militärdistrikt Dieron, Draconis-Kombinat

23. Oktober 3027

Chu-sa Narimasa Asano und Sho-sa Tarukito Niiro verbeugten sich tief vor ihrem Vorgesetzten. »Konnichi-wa, Tai-sa Kurita Yorinaga-sama«, begrüßte ihn Narimasa, während er seinen Untergebenen zu den weißen Satinkissen führte, die dem niedrigen Schreibtisch gegenüberlagen. Die beiden Männer hatten ihre Schuhe an der Tür abgelegt und glitten lautlos über den polierten Holzboden.

Mit einem Wink seiner Hand forderte Yorinaga Kurita seine Junioroffiziere wortlos auf, sich zu setzen. Er legte den Bericht zur Seite, den er gelesen hatte, und neigte respektvoll den graumelierten Kopf. Dann faltete er die Hände im Schoß und wartete darauf, daß Narimasa das Gespräch begann.

Narimasa ließ seine gute Erziehung erkennen und vermied es, Yorinaga direkt anzusehen. »Die Genyosha hat bis auf einen Stabsoffizier die volle von Ihnen verlangte Stärke erreicht, Tai-sa. Wir haben die bei dem Gefecht gegen die Kell Hounds auf Styx verlorenen Männer und Maschinen ersetzt, und zusätzliche Rekrutierungsmaßnahmen haben uns auf achtundvierzig MechKrieger verstärkt. Damit ist der Wunsch des Koordinators nach einem erweiterten Bataillon von vier Kompanien erfüllt.«

Sho-sa Tarukito nickte, als Narimasa ihn ansah. »Die Azami-Kompanie ist voll einsatzfähig, obwohl es immer noch Reibereien zwischen ihnen und den beiden Hauptkompanien gibt. Die Azami halten eifersüchtig an ihrem islamischen Glauben fest, was zu einigen Mißverständnissen mit unseren Bürgern geführt hat. Ich glaube jedoch, daß diese Reaktion auf die Azami mehr auf den hervorragenden Ergebnissen beruht, die sie bei allen Übungen erzielt haben.«

Narimasa nickte Yorinaga zu. »Ich habe unsere Offiziere angewiesen, unser Bestes zu tun, um die Azami-Ergebnisse zu erreichen oder zu überbieten. Vielleicht war es dieser Ansporn, der zu der spürbaren Leistungsverbesserung der beiden Kurita-Kompanien und sogar der Rasalhaag-Kompanie geführt hat. Trotzdem ist der Azami-Kommandant, Chu-sa Saladin Bey, der Ansicht, die Situation würde sich beruhigen, wenn Sie bereit wären, gelegentlich im Bereich seiner Kompanie zu speisen.«

Yorinaga nickte, dann blickte er zu Tarukito. Der Shosa räusperte sich. »Die Rasalhaag-Kompanie macht sich gut, aber das Fehlen eines kommandierenden Offiziers trifft sie in zweierlei Hinsicht. Es ist offensichtlich, daß ihre Ausbildung ohne eine leitende Hand hinter die der übrigen Kompanien zurückfallen muß. Die Chu-is geben jedoch ihr Bestes und arbeiten hart mit ihren Männern.«

Tarukito machte eine kleine Pause und blickte auf die Reispapierwände des Raums. Er starrte auf einen Wasserfall, den Yorinaga mit wenigen brillanten Pinselstrichen geschaffen hatte, und schien Frieden und Kraft aus dem Anblick zu schöpfen. Er warf Narimasa mit einem schüchternen Lächeln einen Blick zu und redete weiter.

»Was noch schlimmer ist, Tais-sa, die Rekruten aus Rasalhaag fühlen sich irgendwie zurückgesetzt, weil sie keinen Chu-sa als Kompaniechef haben, der sie auf gleiche Stufe mit den Azami und den Hauptkompanien stellt.«

Narimasa nahm den Gesprächsfaden auf, als Tarukitos Stimme versagte. »Wir wissen, daß Sie über diese Situation ebenso besorgt sind wie wir. Jede unserer Kompanien besteht aus Elite-MechKriegern, und ihre unglaubliche Geschicklichkeit ist mit einem empfindlichen Ego gekoppelt. Wir konnten die rasalhaager MechKrieger zwar durch Disziplinarmaßnahmen zu größeren Anstrengungen bewegen, aber das Fehlen eines Anführers hat sie hinter die drei anderen Kompanien zurückfallen lassen.«

Narimasa erwiderte Yorinagas listiges Lächeln und sprach weiter. »Tarukito und ich haben uns mit einem jungen Mann unterhalten, den wir als gut geeignet für die offene Stelle in der Kommandostruktur halten. Seine Geschichte ist wirklich bemerkenswert. Trotz fehlender formaler Ausbildung und der größten Anstrengung der ISA, seine Karriere zu beenden, hat er unglaubliche Erfolge erzielt.«

Tarukito stimmte Narimasas Bericht über den neuen Genyosha-Rekruten mit einem nervösen Nicken zu.

»Wegen seiner Mischlingsabkunft erachtete ihn die ISA als einer MechKriegerausbildung nicht würdig. Trotz ihrer Wünsche war er jedoch entschlossen, das Führen eines Mechs zu erlernen. Er verschaffte sich einen Posten, bei dem er auf Alshain Mechs aus der Fabrik lenkte. Diese Arbeit gab ihm Gelegenheit, die Steuerung eines Mechs zu lernen, und innerhalb eines Jahres wurde er Testpilot für die dort gefertigten Kampfmaschinen. Man sagt, seine Begabung für das Führen dieser Maschinen sei ›intuitiv‹, weil er die Mechs in seiner Seele versteht und sie zu Leistungen bewegen kann, die selbst ihre Schöpfer in Erstaunen versetzen.«

Narimasa blickte zur Tür. »Er wartet draußen.«

Yorinaga klatschte einmal scharf in die Hände, und vor der mit Papier bespannten Tür erschien die Silhouette eines Menschen. Die riesige Gestalt kniete nieder und schob die Tür langsam und respektvoll auf. Noch immer auf den Knien schob er sich in den Raum und schloß die Tür hinter sich. Der Neuankömmling war in einen grünen Seidenmantel mit einer riesigen Kapuze gekleidet, die seinen Kopf völlig verbarg. Er verneigte sich tief vor Yorinaga und ging hinüber zu Tarukito und Narimasa, zwischen denen er niederkniete.

Er verbeugte sich noch einmal tief, und als er sich wieder aufrichtete, rutschte die Kapuze von seinem Kopf. Das Gesicht des Mannes war kantig und attraktiv, in seinen braunen Augen tanzten goldene Flecken, und sein Haar war nur einen Hauch heller als seine bronzefarbene Haut. Die Augen waren entfernt mandelförmig, aber seine Züge kündeten deutlich von seiner rasalhaagisch-skandinavischen Abkunft.

Der Mann lächelte kalt. »Konnichi-wa, Tai-sa Kurita Yorinaga-sama. Es ist lange her, Vater.«

Yorinaga blickte seine beiden Junioroffiziere scharf an. »Lassen Sie uns allein.«

Yorinagas Sohn schüttelte den Kopf. »Nein. Bitte fordere sie nicht auf zu gehen. Ich bitte dich nicht als dein Sohn, sondern als Chu-i Akira Brahe. Ich habe formell um eine Aufnahme in deine Einheit gebeten, und ich möchte, daß diese beiden Offiziere bei meinem Interview anwesend sind, so wie bei jedem anderen Interview auch.« Akiras Blick sank zu Boden. »Ich werde euch nicht beschämen, Sosen.«

Yorinaga nickte ernst. »Ich nehme euch beim Wort, Chu-i Brahe.« Sein Gesicht verwandelte sich in eine reglose Maske.

Akira Brahe schluckte schwer. *Äußerlich hast du dich sehr verändert, Vater, aber hast du dich auch in deinem Innern gewandelt?* »Ich bin Chu-i Akira Brahe von der Eltten Legion Wega.« Akira sah, wie sein Vater zurückzuckte, als er den Namen der Einheit hörte, die seinen Sohn aufgenommen hatte. *Ja, Vater. Ich gehöre zu den Niedrigsten der Niedrigen.*

Akira richtete sich auf und hielt den Kopf stolz erhoben. »Ich wurde im Jahr des Hundes 3001 von Sula Brahe Kurita auf Rasalhaag geboren. Wegen der Fähigkeiten meines Vaters als MechKrieger und Militärkommandant war ich für Sun Zhang vorgesehen und in eine vorbereitende Schule eingetreten, um meine Aufnahme sicherzustellen. 3016 wurde ich jedoch als unwürdig und ehrlos ausgeschlossen.«

Akiras Blicke begegneten denen seines Vaters, dann blickte er höflich zur Seite. *Ja, Vater, unter deiner Schande auf Mallory's World 3016 habe auch ich gelitten. Ich weiß, daß du nur deine Pflicht getan hast, und auch ich habe meine Pflicht getan: Ich habe überlebt.*

Akiras sonore Stimme erfüllte den Raum. »Ich wurde nach Alshain geschickt, wo ich eine Stellung in einer Mechfabrik erhielt. Ich mied jeden Kontakt mit abtrünnigen Elementen und konzentrierte mich darauf, die Steuerung eines Mechs zu erlernen. Im Laufe dieser Ausbildung lernte ich auch, die Maschinen zu warten und zu reparieren. Nach drei Jahren wurde mir schließlich gestattet, als Testpilot einen voll bestückten BattleMech zu führen.

Yakuza versuchten das Werk zu überfallen und mehrere Mechs zu stehlen. Durch die Zusammenarbeit mit Verrätern hatten die Rebellenbanditen die Bedienungscodes für die Mechs ausspioniert, und konnten sie vom Gelände lenken. Zufälligerweise befand ich mich auf dem Werksgelände, und der von mir gesteuerte *Großdracon* war auf einen Testlauf am nächsten Morgen vorbereitet.«

Der junge MechKrieger schloß für einen Augenblick die Augen und rief sich die Geschehnisse ins Gedächtnis zurück. »Ich brauche euch nichts über die Schlacht zu erzählen, Tai-sa. Es war mein erstes Gefecht. Die Yakuza hatten nur schlecht ausgebildete Piloten. Sie versuchten die vier *Panther,* auf die sie es abgesehen hatten, heimlich in Sicherheit zu bringen. Ich belauschte sie über Funk, ließ aber durch nichts erkennen, daß sie bemerkt worden waren. Erst als sie sich auf das Fabriktor zubewegten, stellte ich mich ihnen in den Weg.

Aus einer dunklen Gasse zwischen zwei Bürogebäuden packte ich sie in der Flanke. Ich schickte eine LSR-Salve gegen den am weitesten entfernten *Panther.* Er schien unter den Einschlägen einen irrwitzigen Tanz aufzuführen. Während Bruchstücke seiner Panzerung auf Feuerbahnen davonflogen, taumelte er wie ein Betrunkener und brach in die Knie. Der Pilot schrie etwas fast Unverständliches über einen Hinterhalt, und die übrigen drei *Panther* wollten ihren gestürzten Kameraden verteidigen. Sie glaubten fälschlicherweise, der Angriff sei von hinten gekommen und boten mir dadurch den Rücken.«

Akira öffnet die Augen und blickte zu Boden. »Sie haben den Preis für ihren Wagemut bezahlt, und ich auch. Die ISA war durch diesen Erfolg eines Mannes, den sie als einer MechKriegerausbildung unwürdig abgetan hatte, in Verlegenheit gebracht worden. Sie belohnte mich mit einer sofortigen Versetzung zur Elften Legion Wega. Und man verspottete mich noch zusätzlich, indem man mir einen beschädigten, nur halb einsatzbereiten *Dracon* zuteilte.«

Yorinaga kniff die Augen zusammen. »Der Kommandant der Elften Legion ist Theodore Kurita, der Sohn des Koordinators.«

Hai! Die ISA hält sämtliche in Unehre gefallenen Söhne beisammen, um sie besser überwachen zu können. Akira nickte zögernd. »Er ist ein guter Kommandant, auch wenn er in Ungnade gefallen ist. Die Einheit wimmelt vor ISA-Spitzeln, und zunächst hielt Theodore mich für einen von ihnen. Er fand meine Vorgeschichte zu perfekt, um wahr zu sein, aber er erkannte bald, daß ich nicht als Spion auf ihn angesetzt war. Er hat mir zwar nie ganz vertraut, aber er respektierte meine Fähigkeiten. Ich glaube, wir hätten Freunde werden können, wenn er nicht so besorgt um die Geheimhaltung eines Teils seiner Aktivitäten wäre.

Ich begann meine Dienstzeit in einer Lanze Rasalhaager gemischter Abkunft und setzte den Korporal, der sie leitete, ab. Ich traf eine lockere Vereinbarung mit den anderen meiner Lanze. Wir wollten so gut wie möglich zusammenarbeiten. Sie akzeptierten die Weisheit dieses Vorgehens. Mir war klar, daß sie vorhatten, mich bei der erstbesten Gelegenheit ebenfalls zu stürzen, und arbeitete hart daran, ihnen keinen Grund dafür zu liefern. Bald waren die Mechs unserer Lanze durch Bergungs- und Tauschmanöver ebenso wie unverblümten Diebstahl voll einsatzbereit.«

Akira zuckte müde die Achseln. »Während meiner Dienstzeit mit der Elften Legion habe ich ISA-Informanten und andere MechKrieger manipuliert, um meine Machtbasis auszubauen. Ich habe niemals einen Befehl verweigert, um einen Rivalen loszuwerden, aber ich habe nicht gezögert, wenn sich die Gelegenheit bot, jemanden aus einer gefährlichen Lage zu retten und daraus Profit zu schlagen.«

In Akiras Gesicht arbeiteten die Kiefermuskeln. »Während eines Überfalls auf den lyranischen Planeten Ryde mißachtete ich einen Selbstmordbefehl meines Chu-i. Dies geschah jedoch nur deshalb, weil der Befehl sinnlos war. Statt dessen traf meine Lanze den vorrückenden Gegner an der Flanke und öffnete eine Rückzugsmöglichkeit für den Rest der Kompanie. Während des Rückzugs ereilte den Chu-i der Tod, und ich wurde zu seinem Nachfolger gewählt.«

Akira stieß langsam die Luft aus. »Meine Laufbahn wird den Kadetten in Sun Zhang nie als Vorbild präsentiert werden, es sei denn, um ihnen klarzumachen, daß ein Offizier sich vor ehrgeizigen Untergebenen in acht nehmen sollte. Vielleicht wäre meine Karriere heute bemerkenswerter, wenn das Kombinat die Ordensvorschläge der Legion Wega nicht so geflissentlich ignorieren würde, oder wenn die Legion auch nur annähernd in der Lage wäre, die Unterstützung aufzutreiben, die zum Unterhalt eines Regiments notwendig ist. Ich weiß nur eines: Ich bin ein MechKrieger — nicht mehr und nicht weniger. Ich bin gekommen, Euch, Haus Kurita und dem Draconis-Kombinat zu dienen.«

Yorinaga blickte unbeteiligt auf seinen Schreibtisch. »Wie Ihr selbst festgestellt habt, ist eure militärische Laufbahn alles andere als ein leuchtendes Vorbild. Was würdet Ihr tun, Chu-i Brahe, wenn Euch Euer Kommandant einen Befehl erteilen würde, der in einer gegebenen Situation im Konflikt mit dem stünde, was Ihr persönlich als die besten Interessen des Draconis-Kombinats sähet?«

Akira hob den Kopf. »Ich würde augenblicklich gehorchen, würde mich aber auch bereithalten, einen anderen Befehl auszuführen, sollte mein Kommandant seine Meinung ändern.«

Yorinaga nickte. »Und wenn euer Kommandant euch schließlich befehlen würde hier und jetzt Seppuku zu begehen?«

Akira öffnete seinen Mantel über Brust und Bauch. »Ich würde nur meinen Vater bitten, mir als Sekundant zur Seite zu stehen, damit ich mir oder meiner Familie keine Schande bereite.«

Yorinaga lächelte. »Es ist deutlich genug, daß du niemandem Schande machen würdest.« Er sah zu Narimasa und Tarukito hoch. »Bitte bereiten Sie in den Offiziersunterkünften einen Raum für Chu-sa Akira Brahe vor. Er wird in Kürze dort zu Ihnen stoßen.« Yorinaga verneigte sich, als seine Untergebenen das Büro verließen, dann wandte er sich wieder seinem Sohn zu.

»Wie kommt es, Akira, daß du den Namen deiner Mutter trägst?«

Akira wurde bleich und senkte den Blick auf den mattenbelegten Boden. »Du hättest an der Antwort keine Freude.«

Yorinaga strich sich mit der Rechten von der Stirn her über sein kurzgeschorenes graues Haar. »Ich würde die Frage nicht stellen, wenn ich nicht den Wunsch hätte, die Antwort zu hören.«

Akira schluckte schwer. »Es ist der Name meines ›gesetzlichen‹ Vaters, Gustav Brahe.«

Yorinaga runzelte die Stirn. »Aber er ist dein Großvater …«

Akira nickte. »Als du in Ungnade fielst, bat deine Gattin um die Erlaubnis, Seppuku begehen zu dürfen, um die Ehre der Familie wiederherzustellen. Mies Kurita verweigerte ihr diese Bitte auf direkten Befehl des Koordinators und ließ sie in die Sklaverei verkaufen. Sie drohte damit, sich trotzdem umzubringen, aber man erklärte ihr, daß eine Sklavin, die so etwas ohne die Genehmigung ihres Herren tut, ihre Minderwertigkeit beweise, und ihr Kind — also ich — dafür würde büßen müssen. Dann setzten sie einen Preis von 20000 ComStar-Noten für sie fest.«

Yorinaga schüttelte den Kopf. »Aber es ist einem Bürger nicht möglich, ein Sklavenkind zu adoptieren.«

Akira schüttelte den Kopf. »Nicht, wenn das Kind Waise ist.« Tränen traten in seine Augen, und eine davon floß langsam an seiner Nase herab. »Du warst zur Unperson erklärt und verbannt worden. Meine Mutter konnte mit dem Gedanken an deine Schande nicht leben. Ihr Herr gestattete ihr, sich zu töten.«

Yorinaga schluckte schwer. »Es braucht einen außergewöhnlichen Mann, einer so wertvollen Sklavin diese Erlösung zu gewähren. Ihr Herr muß ein ganz besonderer Mensch gewesen sein.«

Akira nickte. »Das ist er. Und nachdem er seine Tochter hatte sterben sehen, adoptierte er mich und rettete mich davor, ihr in den Tod zu folgen.«

9

Kittery
Mark Capella, Vereinigte Sonnen

20. November 3027

Captain Andrew Redburn lächelte dankbar, als der capellanische Kellner seine Tasse auffüllte. »Danke, Xiexie. Das Essen war ausgezeichnet.« Der Capellaner verbeugte sich und zog sich durch den Perlenvorhang zurück, der die Nische vom Rest des Restaurants trennte. Redburn beobachtete die Lichtreflexe auf den Perlen und erfreute sich an ihrem leisen Klimpern.

Er nahm einen Schluck Tee und genoß dessen Wärme, die sich entspannend in seinem ganzen Körper ausbreitete. *Ich fange an zu verstehen, warum dieses Lokal bei Justin so beliebt war.* Redburn zog die Luft durch die Nase und lächelte. Obwohl er sich angenehm satt fühlte, weckten die angenehmen Düfte der für die anderen Gäste aufgetragenen Gerichte neuen Appetit.

Der MechKrieger widmete seine Aufmerksamkeit wieder den sieben anderen Personen an seinem Tisch. Er stellte die Teetasse ab und hob ein Bierglas in die Höhe. »Auf Walter de Mesnil, den besten Sergeant, den das Erste Kittery-Ausbildungsbataillon je hatte. Ohne Sie wäre diese Einheit längst auseinandergefallen.«

De Mesnil gluckste, als die übrigen Unteroffiziere ihre Gläser hoben, um auf ihn zu trinken. »Darf ich Sie daran erinnern, Captain, daß ich bis jetzt der einzige Sergeant des Ersten Kittery war.« Er lächelte verschmitzt.

Redburn kicherte. »Teufel, wenn die Einheit wirkliche Probleme gehabt hätte, hätten wir uns einen Sergeant mit zwei Augen zugelegt. Wir werden Sie vermissen, Walter. Sind Sie sicher, daß Sie sich Ihren Austritt nicht noch mal überlegen wollen?«

De Mesnil schüttelte die schwarzgraue Mähne und

griff mit der Linken an die Klappe über seinem linken Auge. »Sorry, Captain, aber ich habe mein Wort gegeben.« Der Sergeant blickte sich unter seinen Kameraden um. »Ich habe Morgan Kell versprochen, wieder zu den Kell Hounds zu stoßen, sobald er mich darum bittet.« De Mesnil lächelte und nickte dem hageren, blonden Mann zu, der ihm gegenüber saß. »Außerdem werden Sie mich nicht vermissen. An meiner Stelle werden Sie Robert Craon bekommen. Der wird euch Jungs schon Schwierigkeiten genug machen.«

Craon lächelte. »Ich denke, genau davor haben sie Angst, Sarge.«

De Mesnil schüttelte den Kopf. »Jetzt nur noch Walter, Robert.« Er blickte die übrigen Unteroffiziere an. »Wir haben alle gewußt, daß ein paar von euch Rekruten es zum Lieutenant bringen würden, und wir haben alle gehofft, daß Sie einer davon sind.«

Für einen Augenblick senkte sich gerührtes Schweigen über die MechKrieger, dann brach Andrew Montbard, der brünette Korporal am hinteren Ende des Tisches, die Stille mit einem kräftigen Rülpser. Sein Gesicht rötete sich verlegen, dann senkte er wie ein wütender Stier den Schädel und forderte wortlos Kommentare heraus. »Sozusagen ein Kompliment an die Küche«, erklärte er zu seiner Verteidigung. Er schob sich vom Tisch zurück und lehnte seinen Stuhl gegen die dunkle Holzwand der Nische. »Also gut, Captain, was wird jetzt, nachdem wir zwei Jahre lang Kindermädchen für diese Rekruten gespielt haben? Ich weiß, daß Sie unsere Einsatzbefehle haben. Raus damit!«

Neben ihm verzog Archie St. Agnan das Gesicht und zwirbelte nervös seinen schwarzen Schnauzbart. »Meinst du, das ist klug, Drew? Wir sitzen in einem Restaurant des Yizhi-Tong, mitten in Shaoshan. Hier wimmelt es wahrscheinlich nur so vor Spionen Haus Liaos. Den SAS-Direktiven nach dürften wir uns hier überhaupt nicht aufhalten.«

Redburn schüttelte den Kopf. »Machen Sie sich deswegen keine Sorgen, Archie. Wir werden nicht mehr lange genug auf Kittery bleiben, um von Disziplinarmaßnahmen erfaßt zu werden, wenn man uns schnappt. Außerdem ist es längst allgemein bekannt. Mein Hausdiener Li Chung hat mir bereits eine Decke überreicht, die seine Großmutter mit dem Emblem unserer neuen Einheit bestickt hat. Manchmal habe ich das Gefühl, unsere Befehle erreichen uns überhaupt erst über Haus Liao.« Ein Grinsen breitete sich auf Redburns Zügen aus. »Ihr habt eine Wette laufen, stimmt's?«

Drew nickte enthusiastisch. »Ja, stimmt, Sir, aber keine Bange. Wir haben alle zusammengelegt und Ihnen auch eine Einheit gekauft, damit Sie nicht außen vor stehen.«

Redburn schüttelte den Kopf. *Natürlich habt ihr mich mit bedient, ihr Ganoven. Wenn ich mit auf der Liste stehe, kann ich euch nicht belangen, was?* »Soso, was habt ihr mir denn besorgt — Kuritas Zweites Schwert des Lichts oder Graf Vitios' persönliches Leibregiment?«

Archie lachte. »Also, streng genommen wäre keine dieser beiden Einheiten fair gewesen. Wir haben die Wette auf Regimenter beschränkt, die wir auf *unserer* Seite sehen.«

Drew nickte ernst. »Keine Sorge, Sir, wir lassen Sie wissen, wenn Sie gewonnen haben. Also, wer wird es?«

Corporal Payen Montdidier, der zwischen de Mesnil und Archie saß, blickte zu Drew hinüber. »Kannst du wohl gar nicht erwarten, dein Geld zu verlieren?«

Bevor Drew antworten konnte, grinste der MechKrieger mit dem grausträhnigen Haar ihm gegenüber wie ein Fuchs. »Und ich kann es gar nicht früh genug in die Finger kriegen.« Hugh de Payens blickte Redburn an. »Möchten Sie uns jetzt endlich mitteilen, wie es ausgeht?«

Geoffrey St. Omer, zwischen Drew und de Payens eingeklemmt, schüttelte den Kopf. »Nein, Captain. Bitte nicht. Wenn einer von uns gewinnt, muß er die Rechnung für dieses Essen übernehmen.« St. Omer grinste breit und fuhr sich mit den Fingern durch das volle blonde Haar. »Nicht daß ich mich sträuben würde, für ein so gutes Mahl in so feiner Gesellschaft aufzukommen, aber ...«

De Mesnil lachte. »... aber du brauchst das Geld für die Operation deiner Großmutter.«

Craon schüttelte den Kopf. »Nein, Sar ... Walter. Dafür gehen seine Pokereinnahmen drauf. Dieses Geld ist für die minderbemittelten Bälger seiner Schwester.«

Redburn stimmte in das allgemeine Gelächter mit ein. »Also gut, Gentlemen — und Sie, Drew —, wir werden zu den Davion Light Guards versetzt.«

Redburn lächelte, als seine Untergebenen ihn ungläubig anstarrten. *Tja, Männer, glaubt es ruhig. Wir sind einer der besten Einheiten in den Vereinigten Sonnen zugeteilt worden.* »Anscheinend haben wir während Galahad '27 Aufsehen erregt.«

Craon legte die Stirn in Falten. »Wir sind eine Mark Capella-Einheit, Sir. Warum sollte der Prinz uns in eine von Davions Hauseinheiten eingliedern wollen?«

Redburn hob die Schultern. Dieselbe Frage hatte er sich auch schon einige Male gestellt. Die Jungs in den Light Guards würden sich schwer tun, ein Ausbildungsbataillon zu akzeptieren, und ihre Herkunft aus der Mark Capella würde dabei noch für zusätzliche Schwierigkeiten sorgen. »Ich weiß es nicht, Robert.«

Drew leerte sein Glas und stellte es wieder auf den Tisch. Auf der Innenseite des Bierglases glitt Schaum nach unten und sammelte sich am Boden. Redburn sah mit einem Schaudern zu. *Alles läuft zusammen. Etwas Ungeheures liegt in der Luft. Ich fühle es. Yorinaga Kurita befehligt eine Einheit, von der bis zum letzten Sommer kein Geheimdienst etwas ahnte. Morgan Kell ist aus seinem freiwilli-*

gen Exil zurückgekehrt, und der Prinz hat seine Heirat mit Melissa Arthur Steiner öffentlich bekanntgegeben.

Drew rülpste leise. »Wahrscheinlich hat der Prinz wegen der bevorstehenden Hochzeit durchgedreht.«

Montdidier schüttelte den Kopf. »Idiot.« Er warf Redburn einen Blick zu. »Der Prinz hat sich wahrscheinlich daran erinnert, wie er den Captain letzten Sommer getroffen hat. Er hat seinen Namen in der Aufstellung entdeckt und will ihn mit dieser Versetzung ehren.«

De Mesnil stimmte zu, und seine Stimme erinnerte an fernes Donnergrollen. »Freunde, vergeßt nicht, daß das Erste Kittery zur Halbzeit seiner Ausbildung einem Liao-Hinterhalt entkommen ist und seinen Gegnern erhebliche Schäden zugefügt hat. Das macht die ganze Truppe bemerkenswert. Ich bin sicher, auch die Beteiligung des Captain an der Rettung der *Silberadler* hat ihren Teil beigetragen, aber das Erste hat schon mehr Feindberührung hinter sich als die NAIW-Kader.«

St. Omer schüttete sich ruhig Bier nach. »Walter hat recht. Die Davion Light Guards sind auf schnelle Vorstöße mit leichten Mechs spezialisiert. Die meisten Akademien bilden Piloten aus, die nur scharf auf schwere Maschinen sind.«

Archie zwirbelte nervös seinen Schnauzbart. »Das riecht nach Politik. Seien wir doch mal ehrlich. Herzog Michael und der Prinz verstehen sich in letzter Zeit nicht gerade blendend, und Major Allards Verurteilung war auch nicht gerade eine Hilfe. Und jetzt wählt der Prinz Morgan Hasek-Davion zum Trauzeugen und versetzt eine Mark Capella-Einheit zu einem der Davion Guardsregimenter? Ich würde sagen, er versucht, Öl auf die Wogen zu schütten.«

Craon lächelte. »Und was ist daran so schlimm, Archie? Eines der Probleme bei den Beziehungen zwischen den Leuten hier in der Mark Capella und denen in der Mark Crucis ist, daß man uns in der Crucis für Wilde mit Grenzermentalität hält. Du hast doch die Rivalitäten zwischen den Davion Assault Guards und den Fünften Syrtis-Füsilieren gesehen, seit beide hier auf Kittery stationiert sind. Die Guards behandeln die Füsiliere wie arme Verwandte.«

Andrew lächelte tapfer. »Niemand behauptet, der Normalisierungsprozeß sei einfach, aber ich bin sicher, ihr schleust unsere Leute schon durch.« *Und ich hoffe nur, daß ich euch auch durchschleusen kann. Vielleicht wäre eine Versetzung zum Zweiten Schwert des Lichts tatsächlich einfacher gewesen.*

Redburn nickte. »Ich erinnere mich dunkel daran, wie das Erste Kittery behandelt wurde, bevor wir die capellanischen *Cicadas* vertrieben haben. Lieutenant Craons Einwand hat etwas für sich. Wir werden die Beziehungen normalisieren, wenn wir einander kennenlernen und gegenseitigen Respekt verdienen.«

Die Ankunft des Kellners verhinderte weitere Kommentare. Der Asiate lächelte nervös und legte die Rechnung an Redburns Platz. Dann zog er sich schweigend zurück. Redburn warf einen Blick auf die Rechnung und sah zu seinen Freunden hoch. »Also, Geoff, haben Sie die Wette gewonnen? Laden Sie uns ein?«

St. Omer senkte den Kopf, und Payen Montdidier lächelte — ganz im Gegensatz zu seiner sonstigen Art. Archie, Drew und Hugh de Payens lächelten auch und versuchten verzweifelt, nicht loszuprusten. Craon blickte Redburn gespielt unschuldig an, und der Captain wandte sich an de Mesnil. »Haben Sie gewonnen, Walter. Ich werde nicht zulassen, daß *Sie* zahlen. Nicht so kurz vor Ihrer Abreise.«

Der einäugige Sergeant lächelte. »Njet.«

Redburn hob eine Braue. »Gestehen Sie, Gentlemen ...«

Drew räusperte sich. »Ja, Sir, erinnern Sie sich, daß ich erklärt habe, wir hätten auch eine Wette für Sie abgeschlossen?«

Redburn nickte. »Und bloß um mich im Spiel zu halten, habt ihr eine Einheit ausgesucht, der wir niemals zugeteilt werden würden, nicht wahr?«

Die Unteroffiziere nickten traurig. Redburn streckte die Hand aus, und Archie überreichte ihm ein dickes Bündel mit Davion-Pfundnoten. »Wieviel habe ich gewonnen?«

Geoff grinste entschuldigend. »Einhundertvierzig Pfund. Ich habe zwei Lose gekauft ...«

Redburn lächelte und drehte die Rechnung um. »Ich denke, das sollte ...« *Was, zum Teufel?* Er warf die Rechnung zu de Mesnil hinüber. »Walter, das Siegel. Gehört das dem, den ich meine?«

De Mesnil studierte den roten Wachsabdruck eine Sekunde lang, dann nickte er. »Shang Dao.«

Craon starrte beide an. »Der Anführer des Yizhi-Tong? Was geht hier vor?«

Redburn schüttelte den Kopf. »Keine Zeit. Hat einer von euch eine Waffe dabei?«

Alle außer Montdidier schüttelten den Kopf. Der kleine, schlanke Corporal grinste wieder und griff in seine olivgrüne Uniformjacke. Als seine knochigen Hände wieder zum Vorschein kamen, hielten sie zwei Automatikpistolen. Er reichte eine davon Redburn und ließ zwei Reservemagazine folgen. Dann griff er unter den Tisch und zog eine kleine Laserpistole und ein Messer hervor.

Die anderen starrten ihn an, aber er zuckte nur die Achseln. »*Ich* geh nicht splitternackt in Shaoshan spazieren.«

Hugh de Payens schluckte schwer und machte ein entsetztes Gesicht. »Ich bin bloß froh, daß das kein offizieller Anlaß war.«

Montdidier zwinkerte ihm zu. »Ich auch. Meine verchromten Magnums sind verflucht schwer.«

»Das reicht!« Redburns Befehl war hart, aber seine Stimme kam nicht über ein Flüstern hinaus. »Aus Gründen, die ich nicht verstehe, gibt Shang Dao seinem Vergnügen darüber Ausdruck, unsere Rechnung übernehmen zu dürfen. Seine kleine Mitteilung enthält auch eine Warnung vor einem Maskirovkateam Liaos, das vor dem Hauptausgang auf uns wartet. Er schlägt vor, daß wir uns durch den Hinterausgang verabschieden.«

Drews Augen verengten sich. »Können wir ihm trauen?«

Redburn zögerte. »Justin hat es getan. Das reicht mir.« Er stand auf und spannte den Hahn seiner Pistole. »Payen, geben Sie Robert den Laser. Bewegung!«

Mit einem nervösen Lächeln auf den Gesichtern schlängelten sich die acht MechKrieger durch den Hauptsaal. Craon blickte durch ein Fenster in der Küchentür und warf sich zu Boden. »Runter!«

Gewehrfeuer stanzte eine ungerade Linie Einschußlöcher in die Küchentür und warf Holzsplitter durch den ganzen Raum. Eine zweite Linie zog sich in spitzem Winkel zur ersten hoch, schlug ein halbes Dutzend Löcher in den handgewebten Wandteppich und zerschmetterte den runden Fenstereinsatz der Tür. Gäste, die von den beiden Feuerstößen getroffen worden waren, taumelten zu Boden. Schreie hallten durch das Restaurant und übertönten beinahe noch die Kakophonie umstürzender Tische und zerberstenden Porzellans. Ringsum ging alles auf Tauchstation.

Montdidier erhob sich auf die Knie und jagte zwei Kugeln durch die Schnittstelle der beiden Feuerspuren. Ein Aufschrei und das Klappern eines zu Boden fallenden Gewehrs belohnten seine Mühe. Die ausgeworfenen Patronenhülsen fielen lautlos auf den Teppich. Craon warf sich herum. Er lag auf dem Rücken und zielte mit dem Laser über seine Füße. Dann trat er die Küchentür auf.

Redburn bemerkte einen sterbenden Heckenschützen, der an einer blutbespritzten Kachelwand hockte, aber dann verlangte eine plötzliche Unruhe im Vestibül des Restaurants seine volle Aufmerksamkeit. Ein Maskirovka-Agent stürmte in den Saal. Zwischen den beiden riesigen Golddrachen des Eingangs war er nicht zu übersehen, und Redburn gab zwei Schüsse auf ihn ab, noch bevor die gelben Perlenschnüre des Vorhangs ihn ganz freigegeben hatten.

Die erste Kugel erwischte den Agenten an der Schulter und warf ihn halb zurück in den Vorraum. Die zweite schlug auf dem Sturmgewehr des Attentäters Funken. Das geplättete Geschoß prallte nach oben ab und riß den Kopf des Agenten nach hinten. Eine rote Wunde tat sich an seiner Schläfe auf, als er zurück ins Dunkel des Vestibüls stolperte.

Craon hielt die Küchentür auf und rief. »Alles sauber!«

Redburn winkte die anderen in Craons Richtung weiter. »Los! Los!« Die unbewaffneten MechKrieger krochen vorwärts, aber Montdidier fuhr herum und feuerte auf den Eingang des Restaurants. Ein Maskirovka-Attentäter hatte sein Gewehr zwischen den Windungen eines der Eingangsdrachen in den Raum gesteckt. Montdidier gab zwei schnelle Schüsse ab, und das Gesicht des Mannes verschwand.

Wie macht er das? Redburn sah den Mann, den Montdidier erschossen hatte, zu Boden sinken, dann hörte er die Aufschreie seiner Gefährten. Montdidier lächelte und verschwand wieder in der Küche. Redburn folgte ihm, noch immer entgeistert, und hockte sich neben de Mesnil hinter den heißen Herd.

Der Sergeant deutete mit dem Kopf hinüber zu Montdidiers erstem Opfer. »Archie hat sein Sturmgewehr, und Geoff hat die Pistole aus seinem Holster. Sie überprüfen die hintere Gasse.«

»Was ist mit den anderen?«

De Mesnil grinste. »Drew und Hugh haben ein paar Hackmesser gefunden, die ihnen gefielen. Sie warten an der Tür.«

Redburn runzelte die Stirn. »Was ist mit Ihnen?«

De Mesnil deutete mit dem Daumen auf Montdidier.

»Ich warte bloß noch darauf, daß er wieder einen erwischt. Dann schnapp ich mir dessen Waffe.«

Als wäre er von de Mesnils Bemerkung beschworen worden, krachte ein Maskirovka-Agent im Sturmangriff durch die Küchentür. Als er sich umdrehte, um die in Deckung gegangenen MechKrieger mit seiner Maschinenpistole zu erledigen, rutschte er auf einem Fettfleck aus. Montdidiers Schüsse trafen ihn im Fallen, hoben ihn hoch und warfen ihn zurück gegen die Tür des Gefrierraums.

De Mesnil streckte den Arm aus und packte den Schultergurt der Maschinenpistole. Als er die Waffe heranzog, lächelte er. »Das nächstemal sorgst du aber bitte dafür, daß die Waffe etwas näher fällt, Payen, ja?«

Montdidier beantwortete diese Aufforderung nur mit einem abfälligen Grunzen und führte die beiden MechKrieger durch die Küche hinaus in die nächtliche Gasse. Montbard und de Payens standen an der Tür Posten, während Craon Redburn Bericht erstattete. »Die Gasse ist sicher. Archie und Geoff decken den Eingang. Die Straße scheint frei.«

Redburn nickte. *Shang Dao hält seine Leute da raus. Das muß eine unautorisierte Maskirovka-Operation sein.* »Payen, schicken Sie Geoff zurück zur Tür und übernehmen Sie mit Archie die Deckung des Gasseneingangs. Walter, Sie, Robert und ich werden ein Umgehungsmanöver versuchen und uns auf der anderen Straßenseite postieren. Von dort aus können wir den Eingang decken, und so den anderen die Flucht ermöglichen.«

Die dunklen Schatten der Gasse verbargen die Gesichter der Männer, aber ihr Nicken zeigte, daß sie mit Redburns Plan einverstanden waren. Geoff kehrte an den Hauseingang zurück und bezog Stellung hinter einem Stapel zerbrochener Ziegelsteine, der ihm Deckung und ein freies Schußfeld auf den Hinterausgang des Restaurant bot. Trotz des Lichtscheins, der durch die Hintertür des Restaurants fiel, waren die beiden MechKrieger, die mit ihren Hackmessern neben dem Türbogen warteten, nicht auszumachen.

Ich hoffe nur, daß ich die Männer hier rausbringe. Ich hasse es, außerhalb meines Mechs kämpfen zu müssen! Redburn wischte sich mit dem Ärmel den Schweiß von der Stirn. *Letzten Juni mußte ich zu Fuß gegen Kuritas ISA-Ninjas antreten, und jetzt stecke ich in einem Feuergefecht mit Maskirovka-Attentätern. Da hätte ich ja gleich zu den Sprungtruppen gehen können.*

Redburn schob sich weit genug in die Gasse, um die schmale Straße mit ihrem Kopfsteinpflaster in Augenschein nehmen zu können. Häuser im traditionellen capellanischen Baustil säumten beide Straßenseiten und verwandelten sie in eine finstere Schlucht. Im trockenen Nachtwind tanzten Papierlaternen an Erkern und Türbogen, aber ihr schwaches Licht reichte nicht aus, die Dunkelheit zu durchdringen. Die Gebäude, die sich teilweise bis zu drei Stockwerke über ihre gedrungenen, unansehnlichen Nachbarn erhoben, starrten mit Augen aus Holz und Glas auf die fremden MechKrieger herab, die tief in ihrem Viertel in der Falle saßen. Obwohl Shaoshan schon vor einer Generation erobert und in die Vereinigten Sonnen eingegliedert worden war, handelte es sich noch immer um gefährliches Feindgebiet.

»Sie versuchen einen Ausbruch!« Archie trat in die Straße und überschüttete den zweiten Agenten, der aus der Tür stürmte, mit einem Kugelhagel. Der Maskirovka-Agent fiel, als die Kugeln in seinen Körper einschlu gen zuckend nach hinten, sein Finger krümmte sich um den Auslöser seiner Waffe und feuerte die Kugeln eines ganzen Magazins durch die Gasse, bevor sein lebloser Körper schließlich in die Gosse fiel.

Zwei rotglühende Laserstrahlen aus Craons Pistole verfolgten den anderen Liao-Agenten. Der erste verfehlte den Flüchtenden und verwandelte einen Holzpfahl in eine Explosion brennender Splitter. Der zweite bohrte sich durch die linke Schulter des rennenden Mannes, und der Schock warf ihn zu Boden. Er rollte die Straße hinab, bis er hinter einer Bank zur Ruhe kam. Dann sprang er wieder auf die Beine und duckte sich in die Schatten. Sein Gewehr ließ er zurück.

»Walter, Robert, mitkommen! Payen, saubermachen!« Redburn sprintete auf die Straße. Craon und de Mesnil folgten ihm wie Jagdhunde einem Fuchs. Hinter ihnen gab Archie einen erneuten Feuerstoß ab und zwang die übrigen Maskirovka-Agenten lange genug in Deckung, um den drei Verfolgern die Möglichkeit zu geben, die Gasse zu erreichen.

Warum haben sie bis nach dem Essen gewartet? Redburn sah den Schatten des Flüchtigen vor sich. *Renn bloß nicht zu weit, sonst muß ich kotzen.* Redburn verzog das Gesicht und senkte den Kopf. Er nahm größere Schritte.

Als sein Opfer sich plötzlich in ein Gebäude an der linken Straßenseite duckte, wurde Redburn langsamer und hob die Hand, um seine beiden Untergebenen zum Stehen zu bringen. »Vorsicht! Wenn er in das Haus läuft, hat er wahrscheinlich Freunde dort.« *Sieht mehr nach einer Lagerhalle aus als nach einem Warenhaus. War die Ratte möglicherweise dumm genug, in ihren Bau zu fliehen?*

Wortlos gab Redburn seinen Männern ein Zeichen, sich zu verteilen. Er postierte de Mesnil an seiner Rechten und gab ihm zu verstehen, daß er das Obergeschoß und Dach der von Schatten verhangenen Lagerhalle im Auge behalten solle. Craon schob er auf die linke Straßenseite hinüber. Redburn ging vorsichtig auf den Eingang zu. Die Pistole hielt er mit beiden Händen fest.

Plötzlich erschien auf dem Dach des Gebäudes eine Silhouette. Ein langer, flackernder Flammenspeer stieß in die Dunkelheit, und das Stakkato der Explosionen, die den Feuerstoß begleiteten, hallte durch die Gasse. Redburn warf sich vor und rollte sich auf das Gebäude zu ab. Kugeln schlugen ein, wo er eben noch gestanden hatte, pfefferten ihn mit Splittern aus heißem Blei und spitzem Stein.

De Mesnil ließ sich auf ein Knie fallen und gab einen kurzen Feuerstoß ab. Der Attentäter schrie auf und ließ sein Gewehr fallen. Sein lebloser Körper stürzte nach vorn und landete nur Sekundenbruchteile nach seiner Waffe auf dem Kopfsteinpflaster der Gasse.

Craon trat zu ihm hinüber und hockte sich neben den Leichnam. »Lasertreffer an der Schulter. Das ist der, den ich getroffen habe.«

De Mesnil half Redburn hoch. »Sind Sie okay?«

Redburn nickte. »Ja. Aber wie groß ist die Chance, daß er das Sturmgewehr in einem beliebigen Gebäude hätte finden können?«

Craon grinste. »Eins zu einer Million?«

Redburn nickte. »Sehen wir uns vor, Gentlemen. Wenn ich mich nicht sehr täusche, haben wir soeben einen Maskirovka-Stützpunkt entdeckt. Wer weiß, was hier noch für Schätze versteckt sind. Wir sollten es herausfinden, meinen Sie nicht?«

10

Sian
Kommunalität Sian, Konföderation Capella

20. Dezember 3027

Auf Justin Xiangs Schreibtisch stapelten sich in Leder gebundene Bücher und Computerberichte, und jeden Augenblick schien eine Papierlawine zu drohen. Er blickte hoch und lächelte seinen Besucher müde an. Dann gähnte er und hob die Tastatur vom Schoß auf den Tisch. »Freut mich zu sehen, daß noch jemand um diese Nachtzeit das Photonenbudget erleichtert.«

Tsen Shang nickte und schloß die Tür hinter sich. Er ließ sich in einen wuchtigen braunen Ledersessel sinken und schloß für einen Moment die Augen. Mit einer tiefen, vor Müdigkeit heiseren Stimme fragte er: »Wenn wir für den Krisenstab soviel Leute bekommen, wie wir wollen, wieso machen wir dann die ganze Arbeit?«

Justin lachte. »Ich kann Ihnen versichern, daß sich ein paar Leute, Alexi zum Beispiel, dieselbe Frage stellen.« Justin schob seinen Sessel zurück und beugte sich vor, bis er fühlte, wie sich sein Rückgrat einen Wirbel um den nächsten lockerte. »Wir haben zwar die Elite der Maskirovka für unseren Stab rekrutiert, aber alle anderen halten sich bedeckt. Wir bekommen unsere Daten sicher schneller als je zuvor, aber nicht annähernd so schnell, wie wir sie brauchten. Und dadurch bleibt es Genies wie Ihnen und mir überlassen, die logischen Sprünge zu vollführen, die nötig sind, um in das Chaos der Informationen einen Sinn zu bringen.«

Shang öffnete eines seiner braunen Augen und starrte Justin an. »Der Teil, in dem Sie uns als Genies bezeichnet haben, gefällt mir, aber angesichts der Uhrzeit ist der Rest zum einen Ohr hinein und zum anderen wieder hinaus gegangen.« Die Diamantsplitter in seinen langen Fingernägeln fingen das gedämpfte Licht des Raums und funkelten, als er mit der rechten Hand ein Gähnen verdeckte. »Spielen Sie noch immer mit Davions Budgetzahlen herum?«

Justin nickte und sah auf den Monitor. »Ja. Was brauchen Sie?«

Shang warf einen Blick auf den Notizcomputer in seiner linken Hand. »Zahlungen an die Monopolkompanie des Lyranischen Commonwealth.«

Justin gab die Anfrage in den Computer ein und sah zu, wie die Informationen vorüberrollten. Grüne Lichtstreifen wanderten über sein Gesicht und kamen zum Stillstand. »Im Steuerjahr 3027, das letzten Juli zu Ende ging, hab ich rund 30 Millionen C-Noten. Arbeiten Sie noch immer an dieser *Silberadler*-Affäre?«

»Nein. An Verschiffungskosten für die *Tomahawks,* die vom Commonwealth in die Vereinigten Sonnen geschafft wurden. Monopols Einnahmen im zweiten und dritten Quartal sind weit höher, als wir vorhergesehen hatten. Sie haben ein paar Schiffe in den Vereinigten Sonnen warten lassen, auf den Raumschiffwerften von Kathil. Ich dachte mir, sie haben vielleicht die zur Überholung reifen Schiffe mit *Tomahawks* vollgestopft und sie auf Kathil abgeladen.«

Justin nickte. »Gute Idee.«

Shang zuckte die Achseln. »Aber mehr auch nicht. Die Zahlungen stimmen mit den Entschädigungszahlungen für Hanses Requirierung von Monopolschiffen für Galahad '26 überein.« Shang lehnte sich vor und nahm den Notizcomputer in beide Hände. »Haben Sie Glück bei Ihrem Lieblingsprojekt?«

Justin sank in seinen tiefen Bürosessel zurück. *Glück. Wäre es nur wahr, aber ich habe nichts als Pech ...* Er stieß einen tiefen Seufzer aus und hob die Arme. »Ja und nein. Die NAIW-Budgets der letzten beiden Jahre sind verschwommen genug, um darin die für eine geheime BattleMech-Entwicklungsabteilung nötigen Mittel zu verstecken. Ich weiß, daß es sie gibt. Ich habe während meiner Militärzeit in den Vereinigten Sonnen genug Gerüchte darüber gehört, um mir sicher zu sein, daß sie existiert.«

Shang nickte ernst. »Wir akzeptieren beide ihre Existenz. Seit vor sechshundert Jahren die ersten Mechs auf dem Schlachtfeld auftauchten, haben sie die Kriegsführung dominiert und das Schicksal der Menschheit bestimmt. Unglücklicherweise haben die ersten Nachfolgekriege die Mechfabriken und Forschungszentren so beschädigt, daß in den letzten zwei Jahrhunderten niemand mehr etwas Neues produziert hat.«

Justin verzog das Gesicht. »Die Zeit ist vorbei. Dr. Banzais Design für den *Tomahawk* ist neu, genau wie unser *Rabe* und Kuritas *Großdracon*.«

Shang nickte. »Das ist genau der Punkt, auf den ich hinauswollte. Es ist völlig natürlich, daß die Vereinigten Sonnen eine Etablierte Forschungsanstrengung zur Entwicklung neuer Mechs und Ausrüstungen unternehmen. Sie sind der technisch am weitesten fortgeschrittene Nachfolgerstaat. Das NAIW allein hat schon wahre Wunder produziert.« Shang lächelte und nickte Justin zu. »Zum Beispiel Ihren linken Unterarm und die Hand.«

Justin schauderte. *Das ist nur ein Ersatz dessen, was ich im Dienst der Vereinigten Sonnen verloren habe.* »Sie haben völlig recht. Die Gerüchte, die ich gehört habe, beschäftigten sich mit Mechs von erheblich verbesserter Tragkraft und Geschwindigkeit. Das bedeutet Arbeiten an Myomermuskelfasern oder Strukturveränderungen.«

Justin schob seinen Sessel zurück und ging um den Schreibtisch zur Wandkarte. Shang drehte seinen Sessel mit Justins Bewegung mit. Der Analytiker klopfte mit dem stählernen Zeigefinger seiner Linken auf die Karte. »Wegen der politischen Schwierigkeiten zwischen Hanse und Michael bin ich sicher, daß Hanse das Mechforschungszentrum nicht weiter von Terra als Daniels etabliert haben kann.«

Shang überlegte einen Augenblick lang, dann nickte er. »Wenn es tiefer in der Mark Capella läge, würde Herzog Michael bestimmt davon wissen.«

Justin lächelte. »Und wir hätten es von ihm erfahren — es sei denn, er verheimlicht es uns?«

Shang gähnte. »Dazu ist er nicht schlau genug.«

Aber ob er so blöde ist? Justin bewegte die Hand über die Karte. »Wegen der Kurita-Vorstöße weiß ich, daß es nicht näher an Terra sein kann als ... ah ... sagen wir mal: Chesterton. Aber es darf auch nicht zu weit von New Avalon entfernt sein. Ich habe ein halbes Dutzend Kandidaten, aber Goshen, Axton und Bethel stehen ganz oben auf der Liste.« Justin deutete mit dem Daumen über die Schulter auf seinen Schreibtisch. »Hoffen wir, daß diese Berichte Beweise für größere Geldmengen liefern, die auf einen dieser Planeten geflossen sind.«

»Das wäre eine Methode, es herauszufinden.« Shang reckte sich. »Wir könnten die Welten auch überfallen.«

Justin musterte seinen Assistenten einen langen Augenblick. »Wir sollten die Möglichkeiten erst einmal auf diese Art einengen, und unsere Vorräte wirtschaftlicher einsetzen. Sie müssen zugeben, wenn wir sechs Welten überfallen, muß Davion klar werden, wonach wir in seinem Raum suchen. Ich ziehe es vor, den Angriff auf ein oder zwei Welten zu konzentrieren und uns zu holen, was wir suchen, ohne ihn vorher zu warnen.«

»Viel Glück Ich geh schlafen.«

»Schlafen Sie gut«, verabschiedete Justin ihn, ohne den Blick von der Karte zu wenden.

Shang stand auf. »Wer hat was von Schlafen gesagt? Ich glaube, ich habe keine ganze Nacht mehr durchgeschlafen, seit wir diesen Auftrag angenommen haben.«

Justin schüttelte den Kopof. »Und ich dachte, Romano Liao würde Sie nachts wach halten.«

Shang wurde rot. »Ha ha, Xiang. Sie sind nur eifersüchtig, weil sie Geschmack hat ...«

Justin hob aufgebend die Hände. »Wer, ich? Ich bin froh, daß ich die vollen fünf Stunden schlafen kann, die mir dieser Job ermöglicht.« Justins Hände fielen herab, als die Tür seines Büros heftig aufgestoßen wurde. Ein halb angezogener Alexi Malenkow stürzte ins Zimmer. Unter seinen Augen lagen dunkle Ringe.

»Was ist los, Alexi?«

Alexi warf Shang einen Blick zu. »Gut. Sie sind auch hier.« Er sah zu Justin auf und strich mit der rechten Hand sein Haar glatt. »Ihr Vater hat unsere gesamte Operation auf Kittery geschlossen!«

»Was!« Die Stimmen beider Männer vereinten sich zu einem schockierten Aufschrei. Justin kehrte an seinen Schreibtisch zurück und ließ sich in den Sessel fallen. »Was, zum Teufel, ist geschehen?«

Malenkow atmete tief durch. Shang führte ihn zu dem Ledersessel, aus dem er gerade aufgestanden war. Malenkow rieb sich die letzten Überreste des Schlafs aus den blutunterlaufenen Augen, stützte die Ellbogen auf die Knie und lehnte sich vor. »Die Berichte sind unklar, aber nach allem, was ich gehört habe, ist vor etwa einem Monat ein Maskirovka-Terminierungsteam von sechs Personen auf Kittery eingetroffen. Sie haben eine Gruppe von Davion-Offizieren und Unteroffizieren zu liquidieren versucht, die sich in einem Restaurant in Shaoshan getroffen hatte.«

Justin versteifte sich. *Nein. Sie können Andy Redburn nicht umgebracht haben ...* »Shaoshan liegt an der Basis, in der das Erste Kittery stationiert ist.«

Malenkow nickte. »Sie wollten Captain Redburn und seinen Stab erwischen, bevor sie zu den Davion Light Guards transferiert wurden. Ich weiß nicht, ob die MechKrieger gewarnt wurden oder nicht, aber sie haben das Team regelrecht auseinandergenommen. Einer unserer Männer rannte fort und führte die Davion-Offiziere geradewegs in eines unserer Lager.«

»Moment mal ...« Shang legte die linke Hand auf

Malenkows Schulter. »Hatten wir keine einheimischen Helfer zum Schutz des Lagers?«

»Woher, zum Teufel, soll ich das wissen?« knurrte Malenkow. »Das Terminierungsteam kam von Sian und requirierte das Center für ihren Bedarf. Sie schickten alle anderen Leute nach Hause und berieten sich auch mit niemand vor Ort. Nachdem die Davion-Offiziere den letzten Agenten getötet hatten, stand das Center ihnen zur freien Verfügung. Sie erbeuteten massenhaft Handwaffen sowie Daten in Hülle und Fülle.«

»Was für ein Idiot ordnet ein Attentat auf einen niedrigen Offizier an?« murmelte Justin und schüttelte verärgert den Kopf.

Malenkow blickte zu Shang auf. »Soweit ich es feststellen kann, hat Lady Romano den Befehl erteilt.«

Shang zitterte. »Aber das ist unmöglich. Sie sagte, sie würde es nicht ...«

Justin sprang auf. »Wovon reden Sie, Tsen?«

Shang zögerte. Erst als er sich wieder vollständig unter Kontrolle hatte, antwortete er: »Vor zwei Monaten hat sie mir ihre neueste Idee erläutert, durch eine Welle von Terroranschlägen Davion-Offiziere auszuschalten. Wir kennen ja alle ihre Neigung zu impulsivem Handeln, also habe ich ihr klargemacht, daß derartige Anschläge Davions Eliteeinheiten wegen der Stärke ihres Offizierscorps kaum merklich schwächen könnten. Im Gegenteil, habe ich ihr erklärt, wir würden dadurch die Anstrengungen der SAS nur noch *verstärken.*«

Wieder legte er eine Pause ein. »Verdammt. Um sie zu besänftigen, ließ ich die Bemerkung fallen, daß Attentate auf bestimmte Offiziere — insbesondere die noch unerfahrener Truppen, etwa der Ausbildungsbataillons — die Kampfmoral dieser Einheiten senken könnten. Aber ich hätte nie erwartet, daß sie das versucht.«

Justin sank in seinen Sessel zurück und schlug die Hände vors Gesicht. Er massierte sich die Schläfen, mit einer Hand aus Stahl und einer aus Fleisch und Blut.

Dann öffnete er die Augen und sog pfeifend die Luft durch die Zähne. »Das Ganze ist zwar ein Desaster, aber wir können den Schaden zumindest begrenzen.« Er stieß die Luft wieder aus und blickte hinüber zu seinem Adjutanten. »Alexi, du gehst schlafen. Morgen früh brauche ich zwei Inventarlisten der Materialien in diesem Stützpunkt. Eine davon komplett, die andere etwas weniger detailliert, damit wir sie dem Kanzler präsentieren können, ohne um unser Leben fürchten zu müssen. Wenn wir erst einmal einen Blick auf die Listen geworfen haben, können wir uns überlegen, was aus diesem Fiasko noch zu retten ist.«

Er blickte zu Shang hoch. »Wir sollten dringende Befehle an die Kommandanten von Taga und St. Loris schicken, die alle Pläne zur Invasion Kitterys außer Kraft setzen.«

Shang zögerte, dann brach er in ein böses Kichern aus. »Die Befehle werden schnell beim SAS landen, und sie werden sich den Kopf darüber zerbrechen, was hier vor sich geht.«

»Genau.« Justin lehnte sich zurück und reckte die Arme, um seine Schultern zu entspannen. »Wir werden Davion ein ›Umfeld‹ liefern, in dem er diesen Zwischenfall betrachten kann.« Justins Augen verengten sich. »Versuchen Sie Lady Romano zu beruhigen. Und in Zukunft sollten Sie mit Ihren Spekulationen vorsichtiger sein, wenn sie in der Nähe ist.«

Shang nickte und zog sich zur Tür zurück, als Justin aufstand, um auch Malenkow hinauszukomplimentieren. »Schlafen Sie gut, Gentlemen. Wir werden darüber hinwegkommen, und vielleicht können wir sogar noch Profit daraus schlagen.«

11

Sian
Kommunalität Sian, Konföderation Capella

20. Dezember 3027

Justin schloß die Tür seines Büros und sackte mit dem Rücken gegen das schwere Eichenholz. *Wie konnte sie so dumm sein? Manchmal ähnelt sie zu sehr ihrem Vater.*

Mit einem matten Seufzer kam er wieder hoch, aber er war zu aufgewühlt, um an Schlaf zu denken. Er ging hinüber zu den Schiebetüren in der gegenüberliegenden Wand und öffnete den Zugang zum Garten im Mittelpunkt des Palastes. Er schloß die Türen hinter sich und schlenderte den mit zerkleinerten Kieselsteinen bedeckten Pfad entlang, der sich zwischen den Büschen und duftenden Nachtschattengewächsen spiralförmig in die Mitte des Gartens wand.

Im Zentrum der Gartenanlage erhob sich ein verwitterter Steinschrein, dessen scharf geneigtes Pagodendach in den Himmel stach. Drei der vier Monde Sians standen hoch darüber und zeigten sich als rot und blau getönte Sicheln. Der vierte Mond ging gerade voll und knochenweiß auf; sein über den Garten fallendes Licht reichte gerade aus, um den goldenen Buddha im Innern des Schreins sichtbar zu machen.

An diesem Ort schrumpfte Romanos Idiotie für Justin zur Winzigkeit. Der Zutritt zum Garten und seinem Frieden war wahrscheinlich das einzige Privileg, das die Arbeit im Krisenstab die Mühe wert machte. Er schloß die Augen und rollte langsam den Kopf, um die Halsmuskulatur zu lockern. *Ich bin immer noch verspannt. Vielleicht hilft etwas T'ai Chi ...*

Justin zog seine schwarze Jacke und das ärmellose Hemd darunter aus. Das Mondlicht dämpfte den Bronzeton seiner haarlosen Haut und zeichnete die kräftigen

Muskeln in dunklen Schatten nach. Justins künstlicher linker Unterarm und die dazugehörige Hand reflektierten nur einen Hauch des Mondlichts entlang praktisch unsichtbarer Nähte. Die schwarze Stahlprothese schien zunächst der natürlichen Schönheit des Gartens zu spotten, aber nachdem Justin sie unter seinen Willen gezwungen hatte, kam sie ihm nicht mehr länger leblos vor.

Langsam und vorsichtig, wie bei allen Bewegungen des T'ai Chi Chuan, krümmten sich Justins Metallfinger einwärts, bis die Spitzen der beiden mittleren die des metallenen Daumens berührten. Er atmete tief ein, streckte seine Finger wieder und führte mit der Hand eine fehlerlose, elegante Parade eines imaginären Angriffs durch.

Während sein Körper sich ohne bewußte Anleitung durch die vertraute Bewegungsfolge der T'ai Chi-Übungen arbeitete, trieben Justins Gedanken frei im Raum. Er versuchte sich zwar auf den Duft der Blumen zu konzentrieren, der mit einem linden Lufthauch aus dem Garten stieg, oder auf die Energie, die jetzt leichter durch seinen Körper strömte, aber seine Gedanken rebellierten und kehrten immer wieder zu einer ernsten Sorge zurück.

Warum Andy Redburn? Romano hätte ihre Attentäter auf tausend andere Kommandanten hetzen können. Das Erste Bell-Ausbildungsbataillon ist näher an ihrem Planeten Highspire stationiert, und nach Galahad '27 bringt sie dieser Einheit alles andere als Sympathie entgegen. Warum sorgt sie für einen Zwischenfall auf einer Davion-Welt, die fast ganz von der Kommunalität St. Ives ihrer Schwester eingeschlossen ist?

Justin schloß die Augen und grinste. *Laß dich nicht vom Verfolgungswahn deiner Umgebung anstecken, Justin. Du warst kurz vor der Schlußfolgerung, daß Romano versucht hat, Andy umbringen zu lassen, weil sie auf deine Vorrangstellung im Krisenstab eifersüchtig ist. Es stimmt zwar, sie wünscht Tsen Shang einen Erfolg, aber nur, damit sie seine Anstrengungen gegen Haus Marik richten kann. Ihr pathologischer Haß auf die Liga Freier Welten ist beinahe so groß wie die Verachtung ihres Vaters für die Vereinigten Sonnen.*

Justin schüttelte den Kopf, um die sich ansammelnden Schweißtropfen loszuwerden, bevor sie ihm unter die Lider drangen. *Wenn sie überhaupt irgendeine Überlegung angestellt hat, bevor sie das Terminierungsteam losschickte, hat sie es wahrscheinlich auf Kittery gehetzt, um Gegenmaßnahmen auf Candaces Welten um St. Ives zu provozieren. Falls das ihr Plan war, spielt sie ein gefährliches Spiel. Ich werde Alexi anweisen, sie unter passive Überwachung zu stellen.*

Justin dankte Gott dafür, daß Andy mit dem Leben davongekommen war. Dann ertappte er sich bei einem leisen Lachen. *Vorsichtig, Justin. Das ist Verrat ...*

Das Geräusch sich nähernder Schritte ließ Justin mitten in der Bewegung verharren. Er strich sich mit dem Unterarm über die Stirn und öffnete die Augen. Vor ihm trat eine Frau auf den Platz vor dem Schrein. Er sagte keinen Ton und blieb reglos im Schatten eines Weidenbaums.

Candace Liao war in eine Robe aus grauer und grüner Seide gekleidet, die fest mit einem grünen Seidengürtel um ihre schlanke Taille gebunden war. Das Mondlicht setzte Glanzlichter auf den Stoff. Als sie den Schrein erreicht hatte, blieb sie stehen und verschränkte die Arme vor der Brust, so als wolle sie die Wut im Zaum halten, unter der sie sichtbar zitterte.

Justin kniff die Augen zusammen. *Ich sollte mich davonmachen.* Leise bewegte er sich nach links, in dem Versuch, sie zu umgehen und unbemerkt aus der Umgebung des Schreins zu verschwinden. Candace wirbelte herum und stieß die rechte Hand in seine Richtung. Sie hatte die Reflexe einer Katze. Das Mondlicht funkelte in ihren Augen, die Justin anblitzten.

»Weshalb schleichen Sie hier herum, Xiang? Spionieren Sie mir nach?« Die Wut in ihrer Stimme klang wie das Fauchen eines Raubtiers.

Er schluckte die scharfe Erwiderung hinunter, die ihm auf der Zunge lag, und beugte den Kopf. »Vergebung, Herzogin. Ich war bereits hier, lange bevor Ihr eintraft.« Er deutete hinüber zu Jacke und Hemd. »Meine Übungen hatten mich hier in die Schatten geführt. Und dann seid Ihr erschienen.«

Candace senkte den rechten Arm und begann in einer Verlegenheitsgeste ihre linke Schulter zu massieren. »Gut, es scheint sich ja wirklich so zu verhalten.« Sie blickte auf die am Boden liegenden Kleider. »Also gut. Ich bitte euch, mich jetzt allein zu lassen. Ich möchte meditieren.«

Ohne nachzudenken knurrte Justin: »Wenn Sie wirklich meditieren wollen, werden meine Übungen Sie nicht behindern.« Er trat in einer Serie kreisender Bewegungen aus den Schatten und erhöhte die Geschwindigkeit der Übungen, ohne etwas von der Präzision oder der zurückgehaltenen Kraft aufzugeben, die sie verlangten. Dann erstarrte er plötzlich und blickte sie eisig an. »Ich bin hier und jetzt noch nicht fertig.«

Candaces Augen blitzten vor Wut. »Wie können Sie es wagen, so mit mir zu sprechen, Bürger Xiang!«

Justin wischte ihren Protest mit einer Parade der rechten Hand beiseite. »Wie können Sie es wagen, mir an diesem Ort des Friedens derart Ihren Zorn ins Gesicht zu schleudern!« Er schloß die Augen und gestattete der Anspannung, mit einem abrupten Ausatmen seinen Körper zu verlassen. »Sie zeigen mir Ihre Wut, doch ich will nichts davon wissen.«

Da er den Blick gesenkt hatte, konnte Justin Candace nicht sehen, aber er fühlte die Wellen des Zorns, die von ihr ausgingen wie die Hitze von einem überlasteten BattleMech. Emotionaler Zusammenbruch, kommentierte er in Gedanken. Er ignorierte sie und konzentrierte sich statt dessen darauf, seine künstliche Hand zu öffnen und zu schließen, während er mit einer neuen Serie T'ai Chi Chuan-Bewegungen begann.

Ihre Wut löste sich so abrupt auf, daß Justin die Augen öffnete. »Bürger Xiang, ich ... es gibt ... Bitte verzeihen Sie mir.« Sie lächelte reumütig. »Es gibt keine Entschuldigung für mein Verhalten. Es fällt mir zwar schwer, aber ich muß zugeben, daß Sie recht hatten, mich an diesem Ort zurechtzuweisen.«

Justin ließ die Arme sinken. »Ich nehme Ihre Entschuldigung an.«

Candace zuckte unmerklich. Dann fing sie sich wieder und zwang sich zu einem Lächeln. »Ja, es war wohl tatsächlich eine Entschuldigung, nicht wahr?«

Justin nickte. »Und dazu noch eine wundervoll formulierte Entschuldigung.«

»Ich überrasche mich selbst«, stellte sie mit einem leisen Lachen fest. »Es ist lange her, daß ich mich bei irgend jemand entschuldigt habe.« Sie schüttelte den Kopf, aber ein leichter Wind hielt ihr das glänzende schwarze Haar aus dem Gesicht. »Ich hätte es nicht an Ihnen auslassen sollen. Ich wäre besser losmarschiert und hätte meine Schwester erwürgt.«

Justin fuhr sich mit der Zunge über die Lippen, aber er unterdrückte eine Antwort.

»Wissen Sie, was sie getan hat?« Candace starrte Justin in die Augen, dann lachte sie. »Ich frage den Chef des Krisenstabs, ob er weiß, was Romano auf Kittery angerichtet hat. Natürlich wissen Sie es.«

Als Justin nickte, redete Candace weiter, und ihre Besorgnis fand einen Weg in ihre Worte. »Davion wird Taga, St. Loris oder Spica angreifen, um uns Romanos Dummheit heimzuzahlen.«

»Ich glaube nicht, Herzogin. Herzog Michael wird seine Fünften Füsiliere nicht von ihrem Posten auf Kittery bewegen, aber er wird Prinz Hanse auffordern, die Assault Guards gegen uns einzusetzen, um Ihnen eine Lektion zu erteilen. Da diese Aufforderung aber von ihm kommt, ist damit zu rechnen, daß die Guards keinen Finger rühren. Das Erste Kittery wird sicher nicht zurückschlagen, weil es drauf wartet, nach New Aragon verschifft zu werden, und weder die Kittery-Gegner noch die Capella-Dragoner verfügen über die für einen Gegenschlag notwendigen Sprungschiffe.« Justin lächelte trocken. »Außerdem hat die SAS unser Spionagenetz auf Kittery zerstört, so daß Davion bereits davon profitiert hat. Er wird nichts versuchen, was schiefgehen und seinen Triumph schmälern könnte.«

Candace preßte die Lippen aufeinander. Sie wurden zu einem dünnen Strich, während sie seine Argumente überdachte. Dann brachte ein plötzliches Lächeln neues Licht in ihr Gesicht. »Sie sind hergekommen, um Frieden zu finden?«

»Ein Gefühl des Friedens ist meiner Erfahrung nach das normale Ergebnis der T'ai Chi-Übungen.« Justin lächelte und bewegte den rechten Arm durch eine Parade-Attacke-Kombination, die ebenso schön wie einfach war. »Sie sollten es auch versuchen.«

Candace schüttelte den Kopf und massierte sich wieder die linke Schulter. »Ich fürchte, ich könnte das nicht.« Sie schenkte ihm ein schüchternes Lächeln. »Ich bin durch einen Mechunfall eher ungelenk.«

Er wandte ihr das Gesicht zu und streckte seine Metallhand aus. »Vergebung, Herzogin, aber dieser Eisenklotz hier fördert meine Eleganz auch nicht gerade.«

In Candaces Augen funkelte neue Verärgerung, als sie die Robe von der linken Schulter streifte und den Arm aus dem Ärmel zog. Sie hielt die Robe mit der Rechten zu und drehte sich, so daß ihre Schulter nicht mehr vom Schatten verdeckt wurde. Dann warf sie mit einer schnellen Kopfbewegung das Haar nach hinten. »Zumindest hat man Ihren Arm reparieren können, Bürger.«

Justin zuckte zusammen, als das Mondlicht weißes Feuer über den Flickenteppich des Narbengewebes auf ihrer linken Schulter goß. *Als wäre sie von einem Raubtier zerfetzt worden.* Obwohl die Plastikchirurgen ohne Zweifel mit größter Sorgfalt zu Werke gegangen waren, konnten die verbliebenen Narben nur die Sinnlosigkeit ihrer Anstrengungen zum Ausdruck bringen. »Wann ist es geschehen?« fragte er leise.

Candaces Gesicht wurde hart. »Vor elf Jahren.«

Nein. Das kann nicht sein ... Justin schluckte schwer. »Nicht auf Spica ...«

Candace nickte. »Doch, auf Spica. Wir belagerten General Sheridan Courtneys Stellungen in Valencia, als ein wagemutiger junger Davion-Offizier, der hervorragend Chinesisch sprach, die Mitglieder meiner Truppe davon überzeugte, daß die Entsatztruppen Davions aus dem Norden kommen würden. Meine Vorgesetzten verlagerten ihre Einheiten und überließen die Verteidigung der Ostflanke meiner Kompanie. Colonel Dobsons Bataillon hat uns voll erwischt ...«

Justin senkte den Blick und legte die Arme um seinen Körper. »Sie haben in dem *Verteidiger* gesteckt ...«

Candace nickte. »Und Sie, Lieutenant Justin Xiang Allard, kämpften in einem *Totschläger.*« Candace neigte den Kopf, bis ihr Gesicht vom Haar verdeckt wurde. »Ich hatte Alpträume, die von unserem Gefecht im Dschungel von Spica handelten. In meinen Träumen haben Sie mich immer weiter verfolgt und meinen Mech mit Ihren Autokanonen auseinandergenommen. Kein Gnadenschuß. Nur das endlose Zermahlen und Zerreißen meines *Verteidigers,* bis er Schrott war. Wohin ich mich auch wandte, wohin ich auch rannte, Sie warteten auf mich, und ein weiteres Stück meines Mechs ging verloren.«

Justin studierte Candace schweigend, dann trat ein respektvolles Grinsen auf seine Lippen. »Ob Sie's glauben oder nicht, ich habe dieses Gefecht auch mit ziemlicher Regelmäßigkeit nacherlebt. Ich habe nie gewußt, daß Sie die *Verteidiger*-Pilotin waren, aber es paßt. Sie haben einfach nicht aufgegeben. Ich dachte, ich hätte Ihren Mech schrottreif geschossen. Ich wußte, daß Sie heißliefen, aber immer, wenn ich zu nahe kam, feuerten Sie ihre verdammte PPK ab. In meinen Alpträumen bin ich Ihrem *Verteidiger* begegnet, als er schon völlig verrostet war, und zugewachsen mit Schlingpflanzen und Lianen. Ich hob die Arme meines *Totschlägers*, um Ihre Maschine zu erledigen, und das löste einen letzten PPK-Blitz aus. Der traf mein Cockpit, und ich bin schweißgebadet aufgewacht.«

Justin verzog das Gesicht. »Ich habe gesehen, wie Sie ausgestiegen sind, nachdem das Gyroskop ausgefallen war. Ich hatte gehofft, Sie wären unverletzt davongekommen, aber später sah ich die Kanzel.« Justin trat näher und streckte die rechte Hand in Richtung ihrer Schulter aus. »Wenn das Kanzeldach nicht sauber abgesprengt wird, ist jedes Aussteigen ein Vabanquespiel. Das Sicherheitsglas kann sich in einen Rachen mit spitzen Zähnen verwandeln.«

Candace zuckte, als seine Hand ihre nackte Schulter berührte. Justin strich sanft mit den Fingern über die Haut, als könne er die häßlichen Narben glätten. Er streichelte ihre Schulter und atmete tief ein. Er genoß die Wärme und Glätte ihrer Haut. Ihr Duft verdrängte den des Gartens.

Justins Finger berührten die Seide ihrer Robe, und die Kälte des Stoffs traf ihn wie ein Schock. Seine Hand zuckte zurück, als hätte er sie verbrannt. Er trat einen Schritt zurück. »Vergebung, Herzogin, ich wollte Sie nicht ...«

Candace legte die Finger der linken Hand auf seine Lippen und brachte ihn zum Verstummen. »Es ist nicht schlimm, Bürger.« Sie lächelte und steckte den Arm wieder in den Ärmel der Robe. »Die Ärzte haben Deltamuskel und Triceps mit Hilfe von Myomerfasern wiederhergestellt, aber die ersten Maßnahmen wurden im Feld durchgeführt und waren entsprechend schlecht.

Die Schmerzen lassen sich mit Akupunktur auf ein Minimum reduzieren, aber meine Bewegungsmöglichkeiten sind eingeschränkt.« Sie hielt den linken Arm gerade zur Seite und konnte ihn nur so eben über Schulterhöhe anheben.

Es dauerte ein paar Augenblicke, bis ihre Worte in Justins rasende Gedanken vordrangen. Er spürte dasselbe eisige Zittern in seinen Eingeweiden wie bei ihrer ersten Begegnung. Aber trotz jener bösen Vorahnungen hungerte er nach der Frau, die sie ausgelöst hatte. *Verdammt noch mal, Justin. Nimm dich zusammen! Du bist müde. Es ist spät. Du kannst nicht mehr klar denken. Dir hat sie diese Verletzungen zu verdanken. Das gibt ihr Grund genug, dich zu hassen.*

Justins Augen wurden zu Schlitzen. »Sie haben nie eine Rehabilitation durchgemacht, oder?«

»Ha!« stieß Candace hervor. »Ich war von Schwestern umgeben, die mir helfen wollten, aber diese Kriecher konnten sich nicht dazu überwinden, mich zum Arbeiten zu bringen. Beim ersten Anzeichen von Müdigkeit oder Unbehagen verschwanden sie in ihre Löcher, aus Angst, mich zu verärgern ...«

Justin hob eine Braue. »Sicher haben Sie es Ihnen nicht gerade leicht gemacht. Aber Sie hätten die Disziplin besitzen müssen, es selbst zu tun, *für sich.*«

Das Mondlicht flackerte mit blauem Schimmer über ihr Haar, als sie den Kopf schüttelte. »Die Gewichte und Kreisbewegungen meines Arms waren todlangweilig. Und dann wurde ich zurück nach Sian gerufen und erhielt meine jetzige Aufgabe als Regulatorin der Schatzkammer.«

Justin kicherte. »T'ai Chi könnte Ihnen die Beweglichkeit zurückgeben, und dabei ist es nicht langweilig. Es ist meditativ, und wenn man es beschleunigt, ist es eine bemerkenswerte Kampfsportart.«

Candace hob den Kopf und starrte in Justins braune Augen. »Sie werden mich unterrichten.«

Justin zögerte. »Ich bin sicher, daß es auf Sian weit bessere Lehrmeister gibt als mich, Herzogin.«

Ihre Augen blitzten im silbernen Licht. »Ich will keine Diener um mich, die Angst davor haben, mir zu sagen, daß ich mich nicht genügend anstrenge. Sie werden mich unterrichten, Justin, und Sie werden mich Candace nennen. Es gibt mehr als genug Speichellecker am Hofe, die mich mit Titeln überhäufen. Von einem Mech-Krieger, der sich meinen Respekt verdient hat, werde ich das nicht dulden.«

»Also gut, Candace«, erwiderte Justin mit einer leichten Verbeugung. »Wann möchten Sie anfangen?«

Candace lächelte. »Hier. Jetzt.«

Justin erwiderte ihr Lächeln. »Gut. Wir beginnen mit der Atmung.« *Damit ich dir nicht nur zeigen kann, wie du deine kontrollierst, sondern gleichzeitig meine unter Kontrolle bringen kann. Jetzt kann es keinen Zweifel mehr geben, Justin. Du bist verloren. Du wußtest, daß die Aufgabe gefährlich war, als du sie angenommen hast. Aber jetzt hast du Ärger geradezu gesucht, und hast auch prompt welchen gefunden — massenweise Ärger …*

Zweites Buch

BEFREIUNG

12

New Syrtis
Mark Capella, Vereinigte Sonnen

27. Dezember 3027

Herzog Michael Hasek-Davion knabberte geistesabwesend am synthetischen Daumennagel seiner leblosen linken Hand. Er starrte die hölzerne Bürotür an und konzentrierte sich darauf, daß sie sich öffnete. Als nichts dergleichen geschah, schnaufte er abfällig. Wahrscheinlich ganz gut so. Wenn ich einen Weg gefunden hätte, meine Wut in eine noch unentdeckte telekinetische Begabung zu kanalisieren, würde ich die Tür vermutlich aus den Angeln reißen. Er kniff die Augen zusammen. *Das ist eine Übung, die ich sehr viel lieber an seinen Gnaden, dem Botschafter, ausprobieren würde.*

Michaels Haar, das er für die formellen Anlässe der Feiertage offen trug, verbarg sein Gesicht wie ein Schleier, bis er es ungeduldig über die Schultern warf. *Wie konnte Liao das tun? Wie konnte er einen Angriff auf mein Volk anordnen? Was für einen Trottel glaubt er vor sich zu haben?*

Michael blickte wieder auf den Vorausbericht des Ministeriums für Geheime Untersuchungen und Operationen über den Terroranschlag in Shaoshan auf Kittery. *Ein Glück, daß der Anschlag so vollkommen fehlgeschlagen ist, oder ich hätte Liao für seine Überheblichkeit bestrafen müssen.*

Plötzlich versteifte Michael sich. *Könnte es sein, daß die Maskirovka den Angriff ohne Genehmigung durchgeführt hat? Vermutet jemand, daß ich falsche Informationen nach Sian schicke, und der Angriff war ein nicht gerade subtiler Versuch, das zu überprüfen?*

Ein Klopfen an der Tür riß Michael aus seinen Überlegungen. Einen Moment lang trug er sich mit dem Gedanken, zur Begrüßung seines Besuchers aufzustehen, aber dann entschied er sich dagegen. *Nein. Ich werde die Regeln der Diplomatie brechen, um ihn wissen zu lassen, wie wütend ich bin.* »Herein! Die Tür ist offen.«

Das Lächeln auf dem Gesicht des hochgewachsenen Besuchers starb einen langsamen Tod, als er durch den bogenförmigen Eingang trat. Beinahe augenblicklich begann Schweiß auf seinem kahlen Schädel zu glänzen, aber seine braunen Augen zeigten weder Furcht noch Hinterlist. Er las Michaels Stimmung mit geradezu gespenstischer Genauigkeit und ergriff das Wort, ohne sich dem Herzog weiter zu nähern. »Sie haben mich gerufen, Herzog Michael?«

Um Michaels Mund spielten die Muskeln. »Das habe ich allerdings, Botschafter Korigyn. Ich möchte ohne irgendwelche Verschleierungen oder Verzögerungstaktiken Ihrerseits von Ihnen wissen, was sich Maximilian Liao in der Schwärze des Raums gedacht hat, als er den Angriff auf Kittery befahl?«

Der Botschafter richtete seinen stämmigen Körper zu voller Höhe auf. »Ich bin nicht in der Lage, die Gedanken des Kanzlers zu lesen, Hoheit.« Korigyns Ärger über den scharfen Tonfall des Herzogs floß in seine Worte ein. »Aber ich weiß, daß dieser Befehl nicht von Maximilian Liao stammte.«

Michael bemerkte den Unterton in Korigyns Stimme, aber er verbarg das Gefühl der Überlegenheit, das er in ihm weckte. *Gut, Korigyn. Sie verachten mich. Sie sehen mich als Verräter — als Marionette, die nach dem Willen Ihres Herren tanzt. Ausgezeichnet. Sie werden diese Meinung auch in Ihren Meldungen vertreten, und Maximilian wird sie teilen. Dadurch wird er völlig überrascht sein, wenn ich mich gegen ihn wende, und keine Möglichkeit zur Flucht haben ...*

»Wie soll ich Ihnen das abkaufen?« Michael deutete auf die Karte an seiner Wand. »Ich habe Ihrem Herrn von der bevorstehenden Heirat des Prinzen berichtet und habe ihn zum Handeln gedrängt, bevor die Vereinigung vollzogen wird, aber er erklärte mir, seine Verbündeten hätten sich geweigert. Ob nun eine Handlung erfolgt oder *keine*, Maximilian Liao ist niemals dafür verantwortlich. Wer leitet eigentlich die Konföderation Capella?«

Korigyn versteifte sich. »Maximilian Liao ist der alleinige Herrscher der Konföderation Capella, Herzog Michael. Er hat mir versichert, daß der Angriff nie stattgefunden hätte, wäre er davon informiert gewesen.«

Der Herzog neigte herablassend den Kopf. »Bitte reden Sie weiter. Wer hat den Angriff veranlaßt?«

Korigyns Nasenlöcher weiteten sich unter Michaels gönnerhaftem Tonfall. »Die Befehle kamen über die Kanäle der Maskirovka, aber sie scheinen ihren Ursprung bei der Lady Romano zu haben. Man vermutet, daß sie einen Zwischenfall zu provozieren hoffte, der Hanse Davion oder Sie dazu bewegen würde, gegen die Kommunalität St. Ives vorzugehen — einen Raumsektor, der beinahe ausschließlich ihrer Schwester gehört.«

Korigyns Stimme brachte seinen vollen Glauben an diese offizielle Erklärung des Angriffs zum Ausdruck und ließ Michaels Anspannung teilweise abklingen. *Es war also doch kein Angriff, der meine Truppenangaben nachprüfen sollte. Bis jetzt hat noch keine der beiden Seiten, die ich gegeneinander ausspiele, etwas davon bemerkt. Hervorragend.* Michael kniff die Augen zusammen. »Kann Ihr Herr seine Welpen nicht unter Kontrolle halten?«

Der Botschafter grinste boshaft. »Er kontrolliert sie ebensogut wie Sie Ihren Sohn, mein Lord.«

»Sie Hurensohn! Wie können Sie es wagen, so mit mir zu sprechen!«

Korigyn hob die Hände und setzte eine Miene tiefer Reue auf. »Ich wollte Sie nicht beleidigen, Herzog Michael. Ich wollte euch nur auf eine Tatsache hinweisen, die alle Eltern erwachsener Kinder eines Tages erkennen müssen: Man kann seine Kinder nicht immer kontrollieren. Takashi Kurita ist mit seinem Sohn Theodore zerstritten, und Maximilian hat seinen Sohn Tormana verstoßen.« Der Tikonover lächelte. »Wir können nur hoffen, daß Hanse Davion lange genug lebt, um den Stachel undankbarer Nachkommen zu fühlen.«

Michael ignorierte das Hämmern des Blutes in seinen Schläfen und zwang einen fröhlichen Ton in seine Stimme. »Gut formuliert, Botschafter. Aber ich denke, Maximilian und ich würden es vorziehen, Hanse Davion diesen Schmerz zu ersparen. Obwohl ich mit Ihrer These konform gehe, werden Sie mir zugestehen müssen, daß Romano Liao selbst im günstigsten Licht betrachtet noch als unberechenbar einzustufen ist.«

Der Botschafter nickte ernst. »Sie hat eine edle Seele, aber sie neigt dazu, ihre Handlungen nicht immer bis zum Ende durchzudenken.«

Michael lächelte. *Der Apfel fällt nicht weit vom Stamm.* »Ob dieser Angriff nun ein übermütiger Ausrutscher war oder nicht, meinem Ansehen im Volke nützt das nichts. Es ist in gewissem Sinne verletzt worden, und es wird nach Rache schreien.«

An Korigyns schneller und trotzdem ruhiger Antwort erkannte Michael, daß der Mann diese Frage vorausgesehen hatte. »Natürlich, Herzog Michael. Als Entschuldigung hat der Kanzler ein Geschenk an Sie veranlaßt. Sie werden sicher feststellen, daß Ihr Sonderkonto kürzlich unter einem Zustrom von C-Noten angeschwollen ist.«

Michael lachte leise. »Was Ihr Herr als Anschwellen versteht, betrachte ich als kleinere Anhebung, aber ich weiß die Geste zu schätzen.«

Korigyn nickte eilfertig. »Ich möchte vorschlagen, daß Sie den Angriff zum Anlaß nehmen, dem Prinzen ein weiteres Mal seine laxen Abwehrmaßnahmen vorzuwerfen.«

»Versuchen Sie nicht, mich zu manipulieren, Botschafter! Ich denke gar nicht daran, der Maskirovka Gelegenheit zu geben, aus einem Fehler Kapital zu schlagen, den sie niemals hätte zulassen dürfen. Als die ersten Berichte eintrafen, hat man auf den Straßen nach Blut geschrien. Ich jedoch vertraute Liao, hielt alles einfach nur für einen Fehler. Ich forderte Hanse Davion auf, seine kostbaren Assault Guards von Kittery aus einen Gegenschlag auf Taga ausführen zu lassen. Durch die Formulierung meiner Botschaft und die Art ihrer Übermittlung konnte ich sicher sein, daß er sich weigert. Ich wußte bereits, wie ich diesen Schußwechsel ausnutzen konnte, lange bevor Sie von dem Angriff überhaupt erfahren haben.«

Korigyn führte eine tiefe Verbeugung aus. »Verzeihen Sie, mein Lord. Ich würde es nicht wagen, Ihnen Anweisungen zu erteilen. Ich wollte nur zu unser beiderseitigem Vorteil eine Möglichkeit aufzeigen.«

»Ja, natürlich, Serge. Ich verstehe.« Michael lächelte. »Bitte richten Sie dem Kanzler aus, daß ich ihm den Angriff nicht übelnehme und er sich gegen meinen Prinzen ausnutzen läßt.« *Und dann werde ich die Ressentiments, die er sowohl gegen den Prinzen der Vereinigten Sonnen wie gegen Maximilian Liao aufbaut, dazu verwenden, mich an die Stelle zu setzen, die ich verdiene.*

13

Tharkad
Distrikt Donegal, Lyranisches Commonwealth

31. Dezember 3027

Daniel Allard folgte dem in einen langen Umhang gehüllten Morgan Kell durch die Menschenmenge auf den Straßen vor der Triade. Die Feierlichkeiten zum Jahreswechsel waren in vollem Gange. Als Morgan die vorderste Reihe der Menge erreicht hatte, sprang er über das weiße Seil, das die anderen zurückhielt. Trotz der Unruhe, die er dadurch in der Menge der Schaulustigen auslöste, wartete er geduldig, bis Dan ihn erreicht hatte.

Dan kletterte ebenfalls über das Seil und blieb stehen, als er einen Sicherheitstrupp des Lyranischen Nachrichtendienstes heraneilen sah. Als Morgan ihm die Hand auf die Schulter legte, fühlte Dan, wie ein Teil der Nonchalance seines Begleiters auf ihn überging.

»Wer, zum Teufel, ist das?« rief jemand aus der Menge.

»Ist doch egal«, kam die Antwort. »Das LNC hat sie schon.«

Zwei junge Männer in dunklen Anzügen traten Morgan und Dan in den Weg, und zwei weitere versperrten ihnen den Rückweg. »Wir wollen doch wohl keinen Ärger machen, oder?« fragte einer der LNC-Agenten, ein blonder junger Mann mit schlacksiger Figur, der eine verspiegelte Sonnenbrille trug, obwohl die Nacht schon hereingebrochen war.

Morgans tiefe Stimme antwortete ihm ohne die Spur einer Drohung. »Keinen Ärger. Mein Begleiter und ich wollen den Archon besuchen.«

Die Augenbrauen des LNC-Agenten sanken unter den Rand seiner Brille. »Haben Sie eine Einladung?«

Morgan zuckte die Achseln. »Ich brauche keine. Ich bin Morgan Kell.«

Jetzt kommt's, dachte Dan und kauerte sich in Gedanken zusammen.

Der Agent holte tief Luft. »Von mir aus können Sie Aleksandr Kerensky sein, der mit der Sternenbundarmee zurückgekommen ist. Ohne Einladung kein Zutritt.«

Morgan lächelte. »Sie verstehen nicht, aber das verzeihe ich Ihnen. Ich habe mich nicht klar genug ausgedrückt.« Er brachte eine weißbehandschuhte Hand unter seinem scharlachroten Wollumhang hervor. Darin lag ein gefaltetes Stück Papier von einem solchen Alter, daß es vergilbt und an den Rändern eingebogen war. »Ich habe das hier.«

Der Agent riß ihm das Dokument aus der Hand und knurrte: »Ich hoffe für dich, das ist eine gute Entschuldigung, Alter, sonst feierst du das neue Jahr in einer Zelle.« Er entfaltete das Papier, warf einen schnellen Blick darauf und begann zu zittern. Seine Brille rutschte auf der Nase herab und seine Haut bekam einen ungesund fahlen Ton. Er sah Morgan eindringlich an, dann reichte er das Papier zurück. »Beweisen Sie's.«

Morgan nahm das Papier entgegen und drückte ohne ein Wort seinen rechten Daumen auf eine regenbogenfarbige Folie, die in das Papier eingewebt war. Der LNC-Agent riß ihm das Blatt nervös wieder aus den Fingern und starrte auf die Folie. Sein Gesicht ähnelte mit jeder Minute mehr dem eines Leichnams.

Dan, der nicht in der Lage war, den Text über dem Stück Folie zu lesen, fühlte Mitleid mit dem Mann. *Mein Gott! Wie das Papier zittert. Was, zur Hölle, ist das?*

Der Agent wirkte völlig entsetzt. »Verzeihung, Sir. Ich … ah … ähem … ich muß das weitergeben …« Er hob die Hand, um das Funkgerät zu aktivieren, das hinter dem Aufschlag seiner Jacke versteckt war, aber Morgans Hand hielt ihn auf.

»Nein«, stellte der Oberst mit einem Lächeln fest. »Ich fürchte, Sie müssen das nicht weitergeben ...«

Die Unterlippe des LNC-Agenten zitterte heftig, als er noch einmal auf den Zettel blickte. Mit zögernder Stimme kapitulierte er. »Ich schätze, ich brauche es wirklich nicht weiterzugeben, wenn Sie das sagen, Sir ...«

Morgan neigte den Kopf in Dans Richtung. »Danke. Mein Begleiter und ich gehen jetzt.« Er zog das Papier aus den langen Fingern des Agenten und lächelte ihm verschwörerisch zu. »Es soll eine Überraschung werden.«

Der Agent nickte und trat zur Seite. »Ja, Sir — Mister ...«

»Oberst.«

»Jawohl, Oberst Kell, eine Überraschung.« Er hob die Hand und winkte den beiden Männern zu, die auf der anderen Straßenseite am Haupteingang postiert waren. »Diese beiden können rein — auf meine Verantwortung!«

»Noch einmal, danke.« Morgan marschierte in Richtung des Tors los und winkte Dan hinter sich her. Beide Kell Hounds nickten den Wachen am Tor zu und wanderten die hell erleuchtete Promenade zum Palast des Commonwealths hinab.

»Jetzt verstehe ich, warum ich die Botschaft der Vereinigten Sonnen nicht um Einladungen zu diesem Empfang anzuhauen brauchte«, erklärte Dan. »Aber was steht auf dem Zettel?« Er blickte über die Schulter zu den LNC-Agenten auf der Straße zurück. »Wir sind leichter an denen vorbeigekommen als mit einem Bataillon überschwerer Mechs.«

Morgan reichte Dan den Zettel. Der jüngere MechKrieger entfaltete das Papier und fühlte, wie sein Mund staubtrocken wurde. *Allmächtiger!* Die mit einem unvergeßlichen holographischen Siegel unterzeichnete Notiz war knapp und deutlich. »Verweigern Sie dem Besitzer dieses Papiers, Morgan Kell, nichts. Katrina Steiner, Archon, 22. Juli 3007.« Darunter befand sich ein holographischer Taststreifen, der das Bild eines Daumenabdrucks enthielt. Die goldenen Linien von Morgans Daumenabdruck, der dem im Innern des Hologramms exakt glich, verblaßten bereits wieder.

»Kein Wunder, daß den Agenten beinahe der Schlag getroffen hätte«, stellte Dan fest, als er Morgan das Blatt wieder zurückgab. »Juli 3007. In dem Monat ist sie an die Macht gekommen. Das muß eine ihrer ersten Amtshandlungen als Archon gewesen sein.«

Morgan nahm das Papier, faltete es und schob es wieder in seinen Umhang. »Ihre zweite. Die erste Amtshandlung bestand darin, einen dieser Zettel für ihren späteren Gatten auszustellen, meinen Vetter Arthur Luvon.«

Die beiden Söldner legten den Rest der Strecke zur wuchtigen Granittreppe des Archontenpalastes ohne ein Wort zurück. Unmittelbar hinter den Eingangstüren, die weit geöffnet waren, um die Gäste einzulassen, nahmen zwei Dienstboten Morgans Umhang und Dans Mantel entgegen. Hinter ihnen warteten mehrere Dienstboten in diskreten Nischen, um den Gästen bei letzten Handgriffen an ihrer Garderobe behilflich zu sein.

Dan trat an eine der verspiegelten Nischen und betrachtete seine Uniform. Der Diener ging in die Knie, bürstete den Straßenstaub von Dans Stiefeln und polierte mit einem Tuch die radlosen Sporen. Dan sah hinab und lächelte. *Ja, ich komme aus den Vereinigten Sonnen. Ihr Lyraner haltet es vielleicht für Eitelkeit, aber wir MechKrieger tragen noch die Sporen, die an unsere Anfänge in der Kavallerie erinnern, mit Stolz.*

Er sah wieder in den Spiegel und zog an den Ärmeln seiner roten Uniformjacke, bis sie an seine weißen Handschuhe heranreichten. Dann zog er seine Jacke glatt. Der Diener kam hinter ihm wieder hoch, schnippte eine Fluse von Dans rechter Schulter und betrachtete lächelnd das Spiegelbild des Kriegers.

Die Motivweste der Jacke war aus schwarzem Stoff gefertigt und hatte die Form des Wolfskopfs im Einheitswappen der Kell Hounds. Das wilde Rot der Wolfsaugen paßte perfekt zur Farbe der Jacke. Die Ohren des Wolfs reichten an die Schultern der Jacke, und die Schnauze ging genau bis zu Dans Taille. Das linke Ohr war nach Sitte der Kell Hounds mit einem Band verziert, das die letzte Ehrung der Einheit repräsentierte.

Dan tastete nach dem grün-schwarz-weißen Tuchstreifen. *Seltsam. Der Drachentöterwimpel ist ein Einheitsabzeichen für Krieger, die sich besondere Verdienste gegen draconische Feinde erworben haben. Ich bin stolz darauf, ihn tragen zu können, aber gleichzeitig weckt er Gefühle von Verlust und Wut über die Schlacht, in der die Kell Hounds ihn gewonnen haben.* Obwohl er weiter sein Spiegelbild betrachtete, war er im Augenblick weit entfernt. *Den Ruhm überlasse ich gerne den anderen. Ich möchte nur meine Kameraden zurückbekommen.*

Dan zog das Dreiecksabzeichen am Hals gerade. Es bestand aus einem silbernen V unter einem schwarzen Dreieck und kennzeichnete seinen Rang bei den Kell Hounds. Dann drehte er sich zu Morgan um und lächelte. »Die elf Jahre im Kloster haben Ihnen kein bißchen geschadet. Die Uniform paßt noch immer.«

Morgan strich sich über den sauber gestutzten Bart. »Unter den Achseln spannt sie etwas, aber ich werde es überleben.« Mit einer Handbewegung winkte er Dan vor. »Gehen Sie hinein. Soweit ich mich erinnere, werden wir beim Eintreten aufgerufen ...«

Dan lachte ihm über die Schulter zu. »Mich halten Sie nicht zum Narren, Morgan. Mein unerwartetes Auftauchen hier wird wahrscheinlich für Unruhe sorgen, aber Ihr Auftritt ...«

Morgan zwinkerte ihm zu. »... dürfte selbst elf Jahre im Exil wettmachen.«

Die beiden Männer erreichten den Abschnitt des Korridors kurz vor dem Großen Ballsaal, wo die Gäste inmitten einer ausgesuchten Sammlung von Kunstwerken warteten, die speziell für den Neujahrsball geschaffen worden waren. Nach den Feiertagen würden sie einen Monat lang in der Nationalgalerie ausgestellt werden, bevor sie für einen guten Zweck versteigert wurden.

Morgan betrachtete ein Gemälde, das einen Wirbelsturm leuchtender Farben präsentierte. Er warf Dan einen schelmischen Blick zu. »Ich habe den Eindruck, K'tir hat ihren Stil nicht verändert, seit ich mich verabschiedet habe.«

Dan schüttelte den Kopf. »Sie waren wirklich völlig von der Welt abgeschnitten, nicht wahr? Sie ändert jedes halbe Jahr ihren Stil, aber das hier soll eine Art Rückkehr zu ihren Ursprüngen darstellen oder irgend so einen Schwachsinn.«

»Oh, ja, natürlich«, sagte Morgan lachend. »Daran erkennt man wahrscheinlich, daß es Kunst ist.«

Zwei Beamte des Ministeriums für protokollarische Angelegenheiten schritten die Reihe der wartenden Gäste ab und machten sich Notizen über Namen und Titel. Der Beamte, der sie befragte, ein kleiner Mann mit verkniffenem Äußeren, lächelte diensteifrig. »Wie wünschen Sie heute abend vorgestellt zu werden?«

Morgan lächelte grausam. »Mit allen Ehren und Titeln.«

Der kleine Mann zuckte zurück wie eine Katze, die sich zu fauchen anschickt. »Im Interesse der Kürze bitten wir heute abend um ein vereinfachtes Verfahren, Sir.«

Morgan holte das Dokument hervor, das an diesem Abend schon einmal eine solche Wirkung erzielt hatte, und Dan beobachtete den Gesichtsausdruck des Beamten, während er es las.

Der Mann lächelte dünn. »Wie Sie wünschen, Sir, mit allen Titeln und Ehren.«

Die Schlange bewegte sich schnell vorwärts. Dan fand sich bald am Kopf der Treppe zum Großen Ballsaal. Der von einem Dutzend Kristallüster beleuchtete Saal strahlte unter dem von elfenbeinfarbenen Wänden und mit Blattgold verzierten Türen reflektierten Licht. Überall an den Wänden waren Tische aufgestellt, auf denen sich Speisen und Getränke aus dem gesamten Lyranischen Commonwealth häuften. Ein Kammerorchester sorgte für eine Musik von zauberhafter Schönheit.

Das Empfangsspalier begann am Fuß der Treppe, zog sich an einer der Wände entlang und bog dann in Richtung Streichquartett ab. Dan lächelte, als er ein paar Personen in der Reihe erkannte, aber seine Blicke bewegten sich schnell zum Archon und ihrer Tochter, Melissa Arthur Steiner.

Der Minister für protokollarische Angelegenheiten nahm die von seinem Untergebenen geschriebene Notiz aus Dans Hand und räusperte sich. »Lord Daniel Allard, Hauptmann der Kell Hounds.«

Dan sah, wie Melissas Kopf hochfuhr, aber er verlor sie aus den Augen, als ein anderer Neuankömmling beim Begrüßungszeremoniell vor sie trat. Dan bemerkte auch einen fragenden Blick des Archon. Er nickte ihr schweigend zu und ging halb die Treppe hinab, um Morgans großen Auftritt zu beobachten.

Er wirkt ausgesprochen beeindruckend, dachte Dan, als das Licht auf dem silbernen Orden blinkte, den Morgan zwischen seinem Kragen und dem Wolfskopf trug. Auf dem linken Ohr des Wolfs, dort wo Dan das Band des Drachentöterwimpels trug, prangten zwei Bänder — ein blaues mit einem Davion-Schwert, das einen Kurita-Drachen durchbohrte, und ein rotes mit einem Davion-Schwert über dem Davidsstern. *Allein schon, wie er da steht ... Die Bänder und Orden sind völlig bedeutungslos. Er hat mehr Macht in seiner Haltung als die meisten Männer in einem ganzen Mechregiment finden könnten.*

Der Minister für protokollarische Angelegenheiten stockte für einen Augenblick und starrte Morgan an. Dan fühlte, wie ringsum die Leute den Kopf drehten, um zu sehen, wer dort auf Einlaß wartete. Der Minister blickte wieder auf die Karte, die er in zitternden Fingern hielt, dann verkündete er mit klarer, kräftiger Stimme: »Der Baron von Arc-Royal, Ritter der Tamar-Tiger, Ritter Defensor der Mark Draconis und Regimentshalter des St. Georgsordens, Oberst Morgan Kell der Kell Hounds.«

Die vom Ersterben der Konversation aus dem Takt gebrachten Musiker verstummten. Die Tänzer kamen zum Stehen, blickten hinüber zum Streichquartett und ließen ihre Blicke hinauf zu Morgan wandern. Die meisten MechKrieger im Saal starrten ihn an wie ein Gespenst, während mehrere Adlige des Commonwealth den Eindruck machten, eine Kurita-Invasion wäre ihnen lieber gewesen als die Anwesenheit Morgan Kells. *Eindeutig ein großer Auftritt, Morgan.* Dan lächelte zu seinem Oberst hoch und wollte die Treppe hinabgehen. Morgan trat neben ihn, und beide Männer blieben stehen, als ein hastiges und schockiertes Murmeln die Stille vertrieb.

Auf der anderen Seite des Saales hatte Archon Katrina Steiner ihren Platz im Empfangsspalier aufgegeben. Ihr hübsches Gesicht zeigte keinen Ausdruck, und ihr schwarzes Kleid bremste ihren eiligen Schritt, aber in den silbergrauen Augen strahlte pure Freude. Ihr langes blondes Haar bildete einen perfekten Rahmen für ihr Gesicht und zeigte ihre reife Schönheit.

Morgan kam ihr entgegen und traf sie am Fuß der Treppe. Der Archon reichte ihm die Hand. »Sie wiederzusehen, Oberst Kell, bereitet mir mehr Freude, als Sie sich vorstellen können.«

Morgan griff die ihm dargebotene Hand und schloß sie in beide Hände. »Ich glaube, Ihr irrt euch, Archon, denn es bereitet mir eine ebensolche Freude, Euch zu sehen.« Ein breites Lächeln trat auf seine Züge, und er breitete die Arme aus. Morgan drückte sie fest an sich. Der Archon stand ihm in nichts nach. »Verdammt, Katrina. Es war viel zu lange.«

Der Archon streichelte Morgans breiten Rücken. Dann löste sie sich von ihm. Ihre Stimme wurde ernst, und ihre Miene verschleierte sich. »Die Nachricht von Patricks Tod war ein schwerer Schlag. Ich teile deinen Verlust.«

Morgan versteifte sich, dann nickte er. »Danke. Aber ich weiß, daß er das Opfer in vollem Bewußtsein seiner Notwendigkeit gebracht hat.« Dan blickte an Katrina vorbei, bemerkte das zweite Mitglied der Steinerdynastie und konnte nicht verhindern, daß er von einem Ohr zum anderen lächelte. »Und hier kommt Melissa ...«

Melissa Arthur Steiner war ebenso groß und schön wie ihre Mutter. Und sie bewegte sich mit Eleganz und Würde. Mutter und Tochter hatten dasselbe blonde Haar, aber das von Melissa war eine Nuance dunkler. Ihr silbernes Kleid, das wie eine zweite Haut an ihrem geschmeidigen Körper lag, ließ das Haar voll zur Geltung kommen. Als sie Morgan anlächelte, stand in ihren hübschen grauen Augen die gleiche Freude wie in denen des Archons.

Morgan eilte hin und hob Melissa mit seiner Umarmung von den Füßen. Ein paar der Gäste blickten bei diesem Protokollbruch ausgesprochen mißmutig, aber ihre mißbilligenden Mienen verwandelten sich in Lächeln, als Melissa erfreut quiekte.

Morgan setzte sie ab und nickte zufrieden. »Als ich dich das letztemal gesehen habe, Mel, trugst du noch Zöpfe und hattest am ganzen Körper blaue Flecken ...«

Melissa nickte. »Wir sind ausgeritten, du und ich und Patrick ...« Sie schluckte schwer und ihr Blick fiel zu Boden. »Ich ... Morgan ... Es tut mir so leid.«

Morgan streckte die Arme aus und zog sie an sich. Er flüsterte ihr etwas ins Ohr, was Dan nicht hören konnte.

Dieser sah, wie Melissa ein paarmal nickte und hörte sie einmal schniefen, bevor Morgan sie wieder freigab. Der Kommandant der Kell Hounds wandte sich um und deutete mit der offenen rechten Hand auf Dan.

»Wo bleibt meine gute Erziehung? Katrina, Melissa, das ist Hauptmann Daniel Allard.«

Der Archon lächelte freundlich und streckte ihm die Hand entgegen. Dan packte sie. Ein fester Griff ... der Griff einer MechKriegerin. »Es ist mir eine ungeheure Ehre, Archon«, erklärte er.

Katrina Steiner nickte. »Auch ich fühle mich geehrt, Hautpmann, denn ich habe schon viel von Ihnen gehört. Ich weiß Ihren Beitrag an der Rettung der *Siberadler* zu schätzen. Ich hoffe, Ihre Schulter ist wieder geheilt?«

Dan nickte. »Ja, danke, völlig.« Dan gab die Hand des Archon frei und wandte sich Melissa zu. *Vorsicht, Dan. Denk daran, daß Melissas Anwesenheit an Bord der* Silberadler *noch immer geheim ist.* »Es ist eine große Freude, Ihnen begegnen zu dürfen, Hoheit.« Dan warf Morgan einen schnellen Blick zu. »Sie ähneln ganz und gar nicht dem kleinen Mädchen, das Morgan mir beschrieben hat.«

Melissa nahm Dans ausgestreckte Hand vorsichtig an, wie es sich für eine junge Dame aus gutem Hause geziemte, drückte seine Finger jedoch ein wenig. »Hätte ich gewußt, daß die Offiziere der Kell Hounds so hübsch und so geistreich sind, hätte ich meine Mutter gebeten, sie hier auf Tharkad zu stationieren.«

Der Archon schüttelte den Kopf. »Um der Menschen an Bord der *Silberadler* willen können wir froh sein, daß das Geheimnis der Kell Hounds so sicher war.«

Melissa schob in gespieltem Trotz die Unterlippe vor. »Wenn es nach dir ginge, hätte ich überhaupt keinen Spaß, Mutter.« Sie lächelte Morgan an. »Ich bin sicher, Oberst Kell würde sich über eine Verlegung nach Tharkad freuen.«

Morgan schüttelte langsam den Kopf. »Tut mir leid, Mel, aber ich würde nie zulassen, daß die Kell Hounds auf Tharkad stationiert werden.« Er zwinkerte Dan zu. »Ich könnte meinen Leuten eine so gefährliche Umgebung nicht zumuten.«

14

Tharkad
Distrikt Donegal, Lyranisches Commonwealth

31. Dezember 3027

Archon Katrina Steiner blickte auf und bemerkte, wie verschiedene Personen durch die Menge auf sie zukamen. *Mein Gott, wie schnell die Hyänen Beute wittern.* Sie schob die Hand durch Morgans linke Armbeuge. »Das ist nicht der geeignete Ort für private Erinnerungen, Morgan. Ich könnte etwas frische Luft gebrauchen. Leistest du mir Gesellschaft?«

Morgan nickte. »Eine angenehme Aufgabe, und eine Ehre.«

Als plötzlich ihr Protokollminister auftauchte, fühlte sie Mitleid mit ihm. *Armer Franklin. Er sieht aus, als müsse ihn jeden Augenblick der Schlag treffen.* »Ich bin sicher, daß sich irgendwo ein Präzedenzfall finden läßt, Minister Hecht«, erklärte der Archon. Sie blickte ihre Tochter an. »Und wenn nicht, dann werden wir einen schaffen. Das soll eine Feier sein, und das ewige Händeschütteln macht mich ausgesprochen müde.«

Franklin Hecht war so aus dem Gleichgewicht geraten, daß die einsame Strähne mausbraunen Haars nicht mehr wie üblich in einem zum Scheitern verurteilten Versuch, seine Glatze zu verbergen, quer über dem Schädel lag, sondern an einem Ohr herabhing. Die Verzweiflung auf dem Gesicht des Ministers war nicht zu übersehen, als er das Haar vorsichtig wieder an seinen Platz legte und den Archon mit traurigen Augen anblickte. »Wie Ihr befehlt, mein Archon.«

Melissa lächelte fröhlich und schob die linke Hand um Daniel Allards rechten Arm. »Sehen Sie es mal so, Minister. Warum sollten wir Sklave der Geschichte sein, wenn wir Gelegenheit haben, sie zu machen?« Melissa zwinkerte dem Minister zu, und dieser errötete. »Außerdem möchte ich mit diesem hübschen Krieger tanzen, und zwar sofort!«

Katrina Steiner beobachtete ihre Tochter mütterlich. *Ich hoffe, Hanse Davion weiß, worauf er sich eingelassen hat,* dachte sie und wandte sich noch einmal an ihren Minister. »Nun? Richten Sie den Musikern aus, daß der designierte Archon zu tanzen wünscht. Und ich wünsche, daß sich auch die übrigen Gäste entsprechend vergnügen.« Als Hecht durch die Menge davoneilte, führte der Archon Morgan zu einer kleinen Seitentür, die von zwei LNC-Agenten in Abendgarderobe streng bewacht wurde.

Nachdem sie einen kurzen Flur durchquert hatten, erreichten die beiden das Privatbüro des Archon. Als sie den Raum betraten, gab Katrina Morgans Arm frei. Er blieb in der Mitte des holzgetäfelten Zimmers stehen und sah sich um. »Der Raum atmet deine Gegenwart, Katrina«, stellte er mit zufriedenem Lächeln fest.

Er deutete auf ihren wuchtigen Eichenholzschreibtisch und lachte. Der Schreibtisch war zwar auch aus Holz, aber weder so alt noch so erstklassig verarbeitet wie die übrigen Möbelstücke. Der in warmem Schokoladebraun gebeizte Tisch hatte ein Leben, das dem übrigen Mobiliar fehlte. »Du hast ihn immer noch. Nach all den Jahren ...«

»Wie könnte ich mich von ihm trennen, Morgan? Arthur hat ihn selbst gezimmert.« Katrina blickte auf den Schreibtisch und fühlte, wie ein Kloß in ihrer Kehle hochstieg. *Arthur ... inzwischen ist es siebzehn Jahre her, daß du von mir gegangen bist. Man sagt, Zeit heilt alle Wunden, aber diese wird mit jedem Jahr schlimmer.*

Morgans Stimme riß sie aus ihren traurigen Erinnerungen in die Gegenwart zurück. »Also, Katrina, du weißt genau, daß das nur die halbe Wahrheit ist. Arthur hatte Hilfe bei diesem Monstrum.«

»Ha!« Katrina lachte laut auf. »Wenn man Arthur

darüber reden hörte, hast du dich damit begnügt, die Verantwortung zu tragen.«

Morgan fiel in eine Pose verletzter Eitelkeit. »Also wirklich. Ich kann meinen Anteil auch anhand von ein, zwei Splittern beweisen.« Er deutete auf die rechte Seite des Schreibtischs. »Nimm nur mal die oberste Schublade. Die habe ich höchstpersönlich angefertigt …«

»Die rechts oben?«

Morgan nickte.

Katrina lächelte. »Du meinst die, die immer klemmt …«

»Ich habe Arthur *gesagt,* daß er das Gehäuse falsch angelegt hat«, stichelte Morgan. »Zum Teufel! Das waren noch Zeiten, was, Katrina? Gibt's in diesem Büro auch was zu trinken?«

Katrina drückte einen verborgenen Knopf an einer der Holztafeln. Die Abdeckung glitt hoch und gab eine versteckte Bar frei. Der Archon grinste Morgan an. »Trinkst du immer noch irischen Whiskey?«

Morgan zuckte die Achseln. »Ich weiß es, ehrlich gesagt, nicht. Das St. Marinus-Kloster ist trocken — abgesehen vom Meßwein. Dein Onkel, Bruder Giles, führt ein strenges Regiment.«

Katrina kniff die Augen zusammen und griff tief ins Innere der Bar. »Dann wird das ein besonderer Genuß.« Sie holte eine staubige Flasche hervor und zeigte sie Morgan. »Der hier stammt aus der Connor-Destille auf Arc-Royal. Patrick hat sie angewiesen, mir jedes Jahr eine Kiste zu schicken.«

Sie goß zwei Gläser der bernsteinfarbenen Flüssigkeit ein und reichte Morgan eines davon. Er hob sein Glas. »Auf die, die wir verloren haben. Mögen wir die Kraft und die Weisheit finden, auf dem Fundament weiterzubauen, das sie gelegt haben.«

Katrina berührte sein Glas mit dem ihren und nahm einen Schluck. *Der bloße Duft dieses Whiskeys bringt schon so viele Erinnerungen zurück. An gute und schlechte Zeiten.*

Der Alkohol brannte in seiner Kehle, aber es war kein unangenehmes Gefühl. *Und an die Zeiten auf der Flucht.*

Sie setzte das Glas ab, sah ihrem alten Freund geradewegs in die Augen und fragte: »Morgan, warum hast du mir nie gesagt, daß Arthur ein Mitglied von Heimdall war?«

Morgans Nasenlöcher weiteten sich, als er die Luft tief in die Lungen sog. Er kaute einen Augenblick lang auf seiner Unterlippe, dann erwiderte er ihren Blick. »Vielleicht klingt das jetzt seltsam, aber ich habe es nicht erwähnt, weil Arthur es dir nicht selbst gesagt hat.«

Der Archon runzelte die Stirn. »Ich verstehe deinen Gedankengang nicht. Als Arthur starb, hättest du zu mir kommen und es mir sagen sollen. Uns blieb so wenig Zeit zusammen. Ich hätte mich über alles gefreut, was du mir hättest sagen können.«

Morgan trat einen Schritt vor und legte die Hand auf Katrinas Schulter. »Katrina, tief in deinem Innern weißt du, wie sehr Arthur dich geliebt und dir vertraut hat … Das *weißt* du. Daran gibt es keinen Zweifel, richtig?«

Katrina nickte langsam. *Ja. Das weiß ich. Aber ich weiß nicht, warum er mir diese Seite seines Lebens nicht anvertraut hat.*

»Gut, denn es ist die volle und reine Wahrheit.« Morgan stockte, suchte nach den passenden Worten. »Heimdall ist eine Verschwörung der loyalen Opposition. Das alles begann als eine Bewegung mit dem Ziel, die Angriffe des LNC und Lokis auf die bürgerlichen Freiheiten zu stoppen, aber immer wieder — in den guten Zeiten, so wie ich Heimdalls Geschichte verstehe — war er kaum mehr als eine geheime Bruderschaft. Dadurch stießen Arthur, Patrick und ich überhaupt erst dazu. Arthur wurde von seinem Vater in die Organisation eingeführt, und als Patrick und ich von Nagelring akzeptiert wurden, hat er uns eingeführt. Zuerst schien alles völlig harmlos.«

Morgan atmete tief durch und stärkte sich mit einem Schluck Whiskey. »Ich studierte bereits in Nagelring und war auf dem Weg ein MechKrieger zu werden, als dein Vorgänger Alessandro mit seinem idiotischen Plan von der Konzentrierten Schwäche aufwartete. Und als seine Politik zu Unruhen führte, ließ er sie brutal niederschlagen. Plötzlich wurde Heimdall wieder aktiv, und Arthur setzte sein Geld und seinen Einfluß ein, um der Organisation zu helfen, wo er konnte.«

Morgan schluckte. »Siehst du, Katrina, durch Arthur wäre Heimdall beinahe von der loyalen Opposition zu einem Teil des Establishments geworden. Aber Arthur wollte das nicht, und so sehr er dich auch liebte und dir vertraute, er wollte die Organisation nicht kompromittieren. Wenn du ihn darum gebeten hättest, *hätte* er Heimdall in eine offizielle Einrichtung umgewandelt, aber dann wäre der Hüter nicht mehr zur Stelle gewesen, wenn Not am Mann war — sei es morgen, weil Alessandro einen Coup versucht, oder in hundert Jahren, weil Kurita uns überfällt. Verstehst du jetzt?«

Wie gut er mich gekannt hat, mein geliebter Mann ... Katrina nickte, dann neigte sie nachdenklich den Kopf zur Seite. »Das erklärt, warum Arthur mir nichts über seine Verbindung mit Heimdall gesagt hat, aber es erklärt *nicht*, warum du nach seinem Tod nichts gesagt hast.«

Morgan hob die Achseln, und Katrina fühlte einen Stich der Reue angesichts ihrer Frage. *Er scheint so hilflos.*

»Wahrscheinlich habe ich einen Fehler gemacht.« Morgan nahm einen weiteren Schluck seines Drinks. »Ich wußte, daß Arthur einen großen Teil seiner letzten Monate damit zugebracht hatte, neue Identitäten und Stiftungen für die Heimdallzellen einzurichten, die uns von Poulsbo gebracht haben, als Loki dich umzubringen versuchte. Ich dachte, Arthur hätte dir entweder bereits selbst von seiner Beteiligung erzählt oder aber wollte nicht, daß du davon erfährst. Ich nahm dein Schweigen über das Thema als Reflexion seiner Wünsche. Ich habe nichts gesagt, weil ich dein Bild von uns nicht trüben wollte.«

Katrina stellte ihr Glas auf den Schreibtisch, den ihr Gatte gezimmert hatte, und hob einen kleinen, würfelförmigen Hologrammbetrachter hoch. Als sie einen vierstelligen Zahlencode in die Tastatur auf der Oberseite eingab, erschien im Innern des dunklen Würfels ein dreidimensionales Bild. Katrina lächelte. Sie betrachtete das projizierte Hologramm und vergaß fast, wo sie sich befand.

Sie selbst war darin zu sehen, zwanzig Jahre jünger und das Haar feuerrot gefärbt. Zwei Männer flankierten sie. Zu ihrer Rechten stand Arthur Luvon. Sein langes, blondes Haar wurde von einem schwarzen Stirnband gehalten, und auf seinem Gesicht stand ein breites Lächeln. Schnurr- und Spitzbart gaben ihm ein schelmenhaftes Aussehen, das zu seinem Wesen paßte. Es gehörte einem völlig anderen Mann als dem ernsten und gediegenen Menschen, für den die meisten ihren Gatten hielten. Links von ihr stand ein sehr viel jüngerer Morgan Kell, das blaue Hemd weit geöffnet, so daß ein dichter schwarzer Haarpelz auf seiner Brust zu erkennen war, und lächelte ebenfalls in die Holokamera. Sein dünner Schnurrbart bog sich an den Enden nach oben, und sein Gesichtsausdruck drückte wie der Arthurs eine Haltung aus, die man in früheren Zeiten mit »Was kostet die Welt?« umschrieben hätte.

Ist es wirklich schon so lange her? Katrina schüttelte den Kopf. »Morgan, nach all dem, was wir durchgemacht haben, wie hätte sich mein Bild von euch trüben können?«

Sie reichte Morgan den Würfel. Er blickte hinein und mußte lachen. »Mein Gott, die Rote Korsarin und ihre beiden Maate ...«

Auch Katrina lachte. *Es tut gut, dich lachen zu hören, Morgan. Es weckt Erinnerungen an vergangene Zeiten.* So hart jene Zeiten damals auch gewesen waren, im Rückblick konnte sie darin aufregende Abenteuer sehen. »Was wir nicht angestellt haben, um von Poulsbo zu entkommen — man würde die Story bei jeder Holodramaserie als zu phantastisch ablehnen.«

Morgan kippte den Rest Whiskey, der noch in seinem Glas geblieben war. »Na ja, im nachhinein muß ich zugeben, daß die Idee, hinaus in die Peripherie zu fliegen und durch den Marik-Raum zurückzukommen, vielleicht doch nicht der beste aller denkbaren Pläne war, aber damals hörte er sich nicht schlecht an.« Er schaute wieder in den Würfel. »Weißt du, einer der Brüder in St. Marinus kam von einer Bande Peripheriebanditen, und er hat gesagt, sie suchen immer noch nach der Roten Korsarin.« Morgans Lächeln erstarb, als sein Blick in die Ferne wanderte.

Katrina streckte die Hand aus und drückte seine Schulter. »Du vermißt sie genauso, wie ich Arthur vermisse, nicht wahr?«

»Tempest?« Er hob den Kopf und zwang sich zu einem Lächeln. »Vielleicht würde meine Antwort auf deine Frage ›Ja‹ lauten, wenn das alles ein weniger abruptes Ende genommen hätte. So wie die Dinge jetzt stehen, weiß ich es nicht.«

Der Archon ließ die Hand von seiner Schulter fallen. »Es tut mir leid, daß ich es angesprochen habe.«

»Das braucht es nicht. Ich habe in den vergangenen elf Jahren oft genug darüber nachgegrübelt.« Morgan zwinkerte ihr zu und hob den Holowürfel. Seine Traurigkeit war wie weggeblasen. »Meinst du, ich sollte zum einfachen Schnurrbart zurückkehren?«

Katrina schüttelte den Kopf. »Nein, Morgan, der Vollbart steht dir besser.« In ihren Augen tanzten spöttische Lichter. »Aber wenn ComStar sich entschließt, als Teil der Hochzeitsfeierlichkeiten Melissas einen Maskenball zu geben, können wir die Rote Korsarin und einen Teil ihrer Mannschaft vielleicht wieder zum Leben erwekken.«

Morgan schlug sich mit der offenen Hand auf die Stirn. »Ich bin vielleicht ein Idiot! Ich sehe Melissa zum erstenmal seit Weltaltern und gratuliere ihr nicht einmal zu ihrer Verlobung.«

Katrina hob die Hand. »Keine Bange, Morgan, damit hast du bei ihr einen Stein im Brett. Während der gesamten Begrüßungszeremonie hat sie nur immer wieder zu hören bekommen, was für eine hübsche Braut sie abgeben wird, und wie sehr es alle bedauern, nicht dabeisein zu können.« Katrina verdrehte die Augen.

»Das Fischen nach Einladungen ist ein altehrwürdiger Brauch bei historischen Ereignissen.« Morgan lächelte trocken, aber über seine hübschen Züge hatte sich ein Schatten der Besorgnis gelegt. »Als wir auf Zaniah von der Verlobung erfuhren, haben wir uns natürlich alle gefreut, aber Bruder Giles und ich haben uns insgeheime Sorgen darüber gemacht, daß sich die Dissidenten und deine Rivalen im Commonwealth unter der Fahne der Ablehnung dieser Verbindung sammeln könnten. Bruder Giles hatte sogar einen Besucher von Solaris — ich glaube, er hieß Enrico Lestrade —, der nachgefragt hat, ob er angesichts dieser Verlobung nicht aus seinem Ruhestand zurückkehren wollte.«

Dieser verdammte Aldo Lestrade! Wie kann er es wagen, seinen Neffen loszuschicken und meinen Onkel zu belästigen! Und gedankt sei dir, Morgan, für deine echte Besorgnis. »Innerhalb des Adels gab es tatsächlich gewissen Widerstand. Aldo Lestrade führt Frederick Steiner wie eine Marionette, und bei so etwas ist der Ärger vorprogrammiert. Aldo hat mindestens zwei Attentatsversuche gegen mich organisiert, und ich vermute, daß er auch hinter der Entführung der *Silberadler* steckt. Auch wenn es uns einfach nicht gelingen will, eindeutige Beweise zu finden, weiß ich doch, wem ich die meisten meiner Schwierigkeiten zu verdanken habe.«

In Morgans dunklen Augen flackerte es, und Katrina fühlte einen eisigen Hauch wie eine Sense durch ihren

Körper fahren. *Aldo, mein Junge, du kannst nicht ahnen, was du mit deinen Intrigen ausgelöst hast. Du hast Patrick Kell auf dem Gewissen, und weder Morgan noch Heimdall werden das so schnell vergessen.* »Aldo trompetet fortwährend in alle Welt hinaus, daß wir die Isle of Skye ungeschützt feindlichen Angriffen darbieten, aber nicht einmal der Vorstoß Kuritas auf Chara, der die Kell Hounds auslöschen sollte, hat größere Unruhe ausgelöst.«

Katrina lächelte. »Aber jetzt, wo du wieder da bist und die Kell Hounds leitest, glaube ich kaum, daß Kurita etwas derart Närrisches wie diesen Überfall noch einmal versuchen wird … Was ist los, Morgan?«

»Katrina, ich muß dich um einen großen Gefallen bitten.«

Der Archon breitete die Arme aus. »Was es auch ist, deine Bitte soll dir gewährt werden.«

Morgan lächelte kurz, wurde aber schnell wieder ernst. »Ich weiß dieses Vertrauensvotum zu schätzen. Dan hat mir von einer Klausel im Vertrag der Kell Hounds erzählt, der mir gestattet, alle Vereinbarungen, die Patrick getroffen hat, aufzuheben.«

Katrina nickte. »Der Vertrag läuft bis 3031. Willst du ihn auflösen oder nur neu aushandeln? Ich kann wahrscheinlich mehr Geld für dich im Budget locker machen …« *Was hast du vor, Morgan?*

Morgan schüttelte den Kopf. »Ich weiß es zu schätzen, aber … nein, danke. Und mach dir keine Sorgen, ich werde die Hounds nicht zu einem anderen Haus schleppen. Ich … äh … ich brauche sie für mich persönlich. Ich habe noch eine Rechnung zu begleichen.«

Katrinas Augen verwandelten sich in scharfe Stahlsplitter. »Was haben Sie vor, Oberst Kell?«

Morgan seufzte. Er antwortete mit unsicherer Stimme. »Ich bin mir nicht sicher, Katrina, und das macht mir Angst. Dan erzählte mir, Yorinaga Kurita sei zurück, und er habe Patrick getötet.«

Katrina schüttelte ungläubig den Kopf. »Morgan, du

willst doch wohl keine Blutrache üben? So etwas erwartet man von Rekruten, die gerade aus Nagelring kommen. Du weißt so gut wie ich, daß persönliche Konflikte in der Kriegsführung keinen Platz haben.« Sie starrte ihn an.

In der Geste der Unterwerfung hob Morgan beide Hände. »Ruhig, Katrina, ich bin kein unerfahrener Leutnant in deinem Bataillon.« Er öffnete den Mund, um weiterzureden, aber er fand keine Worte.

Katrina beobachtete, wie Morgan Kell mit den Dämonen seiner Seele rang. *Das bedeutet dir sehr viel, nicht wahr, Morgan? Ich habe dich noch nie in einem derartigen Zustand erlebt — außer vielleicht, als du nach Zaniah geflogen bist. All die Jahre im St. Marinus, und du bist dem immer noch nicht Herr geworden? Mein Herz blutet für dich, alter Freund.*

Morgan blickte auf und seufzte schwer. »Glaub mir, Katrina, wenn ich dir sage, daß ich Yorinagas Rückkehr an die Front — schmecken kann. Ich wußte schon Monate bevor Dan nach Zaniah kam, daß er zurück war.« Morgan fiel zusammen. »Ich hatte nur niemals damit gerechnet, daß Patrick zu einem Opfer unseres Schußwechsels werden könnte.

Auf Mallory's World haben Yorinaga Kurita und ich vor Jahren etwas angefangen. Die Geschichte begann 3013, als zersprengte Reste der Vierten Davion Guards und zwei Kompanien der Kell Hounds das Zweite Schwert des Lichts aufhielten, während andere Davion-Truppen Ian Davion evakuierten und seinen Leichnam aus den Trümmern seines Mechs zerrten. Yorinaga hatte Ian getötet, aber wir hinderten ihn daran, eine Siegestrophäe mit nach Hause zu nehmen.

Drei Jahre später trafen Yorinaga und ich aufeinander, wieder auf Mallory's World.« Morgan stockte und blickte in unbestimmte Weiten. »Wir haben gegeneinander gekämpft, und bei diesem Kampf habe ich viel über mich erfahren. Um ganz ehrlich zu sein, ich fürchte mich vor dem, was ich erfahren habe, und ich fühle in Yorinaga den Keim derselben Gefahr. Solange wir beide im Exil blieben, konnte nichts geschehen. Jetzt werden wir unvermeidlich voneinander angezogen, und früher oder später muß es zum Kampf kommen.« Morgan zuckte die Achseln. »Es geht nicht anders.«

Katrina schenkte ihm ein warmes Lächeln. »Kann ich dich überreden, bis nach der Hochzeit zu warten, bevor du dich auf diesen Kreuzzug begibst?«

Morgan setzte zur Antwort an, hielt inne und nickte schließlich. »Ich denke, soviel Zeit haben wir. Aber ich werde die Kell Hounds aus dem aktiven Dienst nehmen. Sie sind schon unterwegs nach Arc-Royal.«

»Damit habe ich keine Probleme«, stellte der Archon fest. »Aber hältst du es für klug, ein Bataillon, das nur den Bruchteil seiner Sollstärke hat, gegen eine Kurita-Truppe in wahrscheinlich Regimentsstärke ins Feld zu schicken?«

»Nein«, erwiderte Morgan Kell und schenkte sich noch einen Whiskey ein. »Das wäre ganz und gar nicht klug.« Mit einem Lächeln hob er sein Glas zum Gruß. »Deswegen habe ich auch noch von Zaniah die Botschaft ausgesandt. Die Kell Hounds, die sich auf Arc-Royal sammeln, werden wieder ein volles Regiment bilden. Der Drache sollte sich vorsehen ...«

15

Tharkad
Distrikt Donegal, Lyranisches Commonwealth

31. Dezember 3027

Auf das Drängen des Ministers für protokollarische Angelegenheiten hin spielte das Streichquartett einen Walzer. Als die ersten sanften Töne durch den Saal schwebten, löste Dan den Arm aus Melissas Griff, drehte sich um und verbeugte sich vor dem designierten Archon. »Es wäre mir eine große Ehre, wenn ihr mir diesen Tanz gewähren würdet.«

Melissa lächelte und neigte den Kopf. »Und mir wäre es ein Vergnügen, Hauptmann Allard.« Sie nahm seine ausgestreckte Rechte und ließ sich von ihm zum Parkett führen. Die übrigen Gäste gaben ihnen den Weg frei, und einige der mutigeren folgten ihnen. Kurz darauf war die Tanzfläche überfüllt.

»Sie sind sich ja wohl darüber im klaren«, flüsterte Dan, »daß es unter Ihren Untertanen Dutzende gibt, die einen Mord begehen würden, um an meiner Stelle zu sein.«

»Das mag sein, Hauptmann, aber ich ziehe es vor, keinen Kontakt mit ihnen zu haben. Keiner von ihnen wäre so leichtfüßig und beweglich wie Sie.« Sie lächelte ihn verschmitzt an. »Gibt es an den Militärakademien der Vereinigten Sonnen auch Tanzunterricht?«

Dan schüttelte den Kopf und wirbelte den designierten Archon durch eine Serie von Schritten. »Nur an der Militärakademie New Avalon, Hoheit. Albion und Warrior's Hall halten nicht viel vom Tanz, aber dafür haben sie ausgezeichnete Panzerabwehrkurse.« Dan wurde rot, als Melissa kicherte. »Nein, meine Mutter hat darauf bestanden, daß all ihre Kinder lernen, ›wie man sich in gepflegter Gesellschaft benimmt‹, und meiner Ansicht nach gibt es keine gepflegtere Gesellschaft als die, in der ich mich zur Zeit befinde.«

»Vielen Dank, Hauptmann. Ich werde Ihrer Mutter schreiben, daß ihre Bemühungen nicht umsonst waren.« Melissas Stimme sank zu einem kaum noch wahrnehmbaren Flüstern herab. »Und ich danke Ihnen noch einmal für Ihre Bemühungen um mich im vergangenen Frühjahr. Wenn die Kell Hounds nicht gekommen wären ...« Melissa schauderte.

»Aber wir sind gekommen, Hoheit, und das ist alles, worauf es ankommt.« Dan blickte hinüber zum Streichquartett, das die letzten Akkorde der Melodie spielte. Er gab Melissa frei und verneigte sich. »Vielen Dank, Hoheit.«

»Ich danke Ihnen, Hauptmann.« Melissas Lächeln gefror auf ihrem Gesicht, und ihre Züge verwandelten sich in eine Maske der Wut, als sie über seine Schulter blickte. »Hauptmann Allard, kennen Sie Baron Sefnes?«

Sefnes ... Er ist Herzog Michaels Botschafter am Hof des Commonwealth. Dan drehte sich höflich um und betrachtete den kleinwüchsigen, dunkelhaarigen Mann, der hinter ihm herangetreten war. *Sieht nach einer der zahllosen zweibeinigen Ratten von New Syrtis aus, und betrunken noch dazu.* Als er den Baron begrüßte, war Dans Stimme kalt und förmlich. »Ich hatte noch nicht das Vergnügen, aber der Ruf des Barons ist ihm vorausgeeilt.«

Dans eisiger Tonfall entging dem Lord aus der Mark Capella keineswegs, aber am glasigen Blick seiner dunklen Augen war nicht zu erkennen, ob die Bemerkung zu ihm durchgedrungen war. »Sagen Sie, Hauptmann, ist es eine Familieneigenschaft der Allards, die Vereinigten Sonnen im Stich zu lassen?«

Melissa zuckte zusammen, und Dan hörte geradezu, wie andere Gäste, die Sefnes' Frage mitbekommen hatten, die Luft anhielten. *Worauf willst du hinaus, du Schlange?* fragte Dan sich. »Verzeihen Sie, Baron, aber ich verstehe Ihre Frage nicht.«

Ein nachlässiges Grinsen glitt über Sefnes' verkniffene Züge. Seine Stimme zischte, und in seinen Augen stand wilder Haß. »Eine einfache Frage, *Hauptmann*, die sich leicht beantworten läßt. Sie haben sich zuerst aus dem Staub gemacht, indem Sie Ihren Daddy bei Hanse Davion betteln ließen, sie den Kell Hounds zu überstellen. Der Prinz hat Ihnen sogar eine *Valkyrie* zum Abschiedsgeschenk gemacht. Dann hat Ihr Bruder uns verlassen, nachdem er die Mark verraten und seine Einheit dabei beinahe massakriert hat.« Das Lächeln des Barons erinnerte an eine Hyäne. »Ich wüßte nur gerne, welcher Allard der nächste ist?«

In Dans Gesicht spielten die Muskeln, als er die Zähne zusammenbiß. *Du unverschämter Idiot. Du haßt meinen Vater, weil er Micheal Hasek-Davions Platz im inneren Kreis der Berater des Prinzen eingenommen hat, und du verachtest meinen Bruder seiner Mischlingsherkunft wegen. Jetzt versuchst du, mich bloßzustellen, aber in Wahrheit stellst du nur dich selbst und den Mann bloß, in dessen Diensten du stehst.*

Melissa setzte zu einer Antwort an, aber Dan legte ihr die Hand auf den Arm. Seine Augen sprühten vor Zorn, und die Spannung breitete sich im Saal aus. Lyranische Adlige und MechKrieger sammelten sich um sie. »Machen Sie schon, Sefnes. Stellen Sie die Frage, um die es Ihnen wirklich geht.«

Sefnes sah Dan verächtlich an. »Und was für eine Frage, glauben Sie, ist das, Hauptmann?«

Dan fuhr sich mit der Zunge über die Lippen. »Ich denke, Sie wollen wissen, wie es ist, Justin Allards Bruder zu sein — der Bruder eines Verräters ...«

Sefnes lächelte und legte die Rechte auf die linke Schulter des Hauptmanns. »Genau!«

Dan trat einen halben Schritt zurück und drehte seine linke Schulter unter der Hand des Barons fort. Blitzschnell umfaßte er das rechte Handgelenk seines Gegenübers und nahm dessen Arm in einen schmerzhaften Hebelgriff.

Der junge Kell Hound griff mit der Rechten hinüber und hielt den Druck auf das Handgelenk aufrecht. »Ich war immer stolz auf meinen Bruder Justin, Baron. Ich habe ihn um die Zulassung zu Sakhara beneidet, und in diesem ganzen Saal gibt es keinen MechKrieger, der bestreiten würde, daß die Sakhara-Akademie eine erstklassige Schule ist.« Dan löste den Blick von Sefnes und sah das zustimmende Nicken zahlreicher MechKrieger. »Dort auf Sakhara, wo der Name Allard nichts bedeutete, konnte Justin sich als Könner hervortun, und ich freute mich über seine Erfolge.«

Der MechKrieger drehte das Handgelenk des Barons ein Stück weiter und hob dessen hilflosen Arm. Sefnes keuchte und beugte sich leicht nach vorne, um dem Druck etwas von seiner Gewalt zu nehmen. »Ich freute mich noch mehr, als Justin sich ein Offizierspatent in der AVS verdiente und der Mark Capella zugeteilt wurde. Sie können sich meine pure Begeisterung nicht in den kühnsten Träumen vorstellen, Baron, als ich von seinen Leistungen auf Spica hörte. Nein, Baron, Sie können nicht verstehen, was ich damals gefühlt habe, denn derartige Emotionen haben in Ihrem öden, deformierten Leben keinen Platz.«

Der Söldner aus den Vereinigten Sonnen lächelte grausam und erhöhte den Druck. »Sie können jeden MechKrieger und jede MechKriegerin hier fragen, was sie von dem Plan halten, den Justin erdacht und mit ausgeführt hat, um General Courtneys Truppen auf Spica zu retten.« Wieder sah Dan viele MechKrieger in der Menge, die zustimmend nickten. »Vielleicht war es wagemutig, sicher war es verzweifelt — aber die Lage verlangte außergewöhnliche Maßnahmen. Und es hat funktioniert. Justin hat sich auf diesem Feldzug das Sonnenbanner in Diamant verdient, und meine Brust war stolzgeschwellt, als ich von der Verleihung erfuhr.«

Dan knurrte und verdrehte das Handgelenk noch weiter. Er trat vor und zwang Sefnes grob in die Knie.

»Sie behaupten, mein Bruder sei ein Verräter, aber wer von uns hätte die Vereinigten Sonnen unter ähnlichen Umständen nicht verlassen? Nur in Ihrem kranken Gehirn kann diese Travestie einer Gerichtsverhandlung fair und unparteiisch erscheinen.«

Der Söldnerhauptmann machte eine Pause und sah sich um. Sein Blick begegnete dem aller MechKrieger, die sich im Saal aufhielten. »Was Sie allerdings nicht verstehen können, Baron: Justin ist ein MechKrieger. Er ist erst gegangen, als er erfuhr, daß er nie wieder eine Gelegenheit haben sollte, seine Männer in die Schlacht zu führen, nie wieder am Steuer eines Mechs hätte sitzen dürfen. Auf Solaris hat er bewiesen, daß er trotz seiner schweren Verwundungen durch und durch MechKrieger ist. Und er hat seinen Wert gegen die stärksten Gegner bewiesen, die Solaris anzubieten hatte.« Dan starrte auf Sefnes hinab. »Er gewann sogar, wenn seine Gegner falsch spielten.«

Dan gab den Arm des Barons frei, und Sefnes fiel in sich zusammen. Seinen schmerzenden Arm preßte er an die Brust. »Es gibt nicht einen MechKrieger hier, der nicht lieber sterben würde, als seinen Beruf aufzugeben, Baron. Justin ist sich selbst treu geblieben — seiner Ausbildung und seinem Leben. Er hat die Vereinigten Sonnen nicht im Stich gelassen. Die Vereinigten Sonnen haben ihn ausgespien!«

Der Offizier der Kell Hounds wandte sich ab und neigte vor Melissa den Kopf. »Vergebt mir meine groben Worte, Hoheit.« Dan deutete mit dem Kopf auf die Schiebetüren zum Garten. »Wenn Ihr gestattet, werde ich etwas frische Luft schnappen.«

Sefnes kam langsam auf die Knie. »Dafür werden Sie bezahlen, Allard, das schwöre ich Ihnen! Dafür werden Sie bezahlen!«

Der Söldner fuhr herum und trat dem Baron das Bein weg. »Sehen Sie sich vor, Sie Natter, daß ich mir die Münzen dazu nicht aus Ihrer Haut schneide.« Dann machte er auf dem Absatz kehrt, marschierte aus dem Saal, gefolgt von den schockierten Blicken der Menge.

Dan lehnte sich schwer auf das steinerne Terrassengeländer. *Du Idiot! Was, zum Teufel, sollte das jetzt?* Er starrte durch die Dunkelheit hinaus auf die blinkenden Lichter der Feste Asgard. Wegen der dicken, grauen Wolkendecke hatten die pulsierenden Lichtpunkte keine Konkurrenz durch Sterne oder Planeten. *Mein Auftreten hätte besser zu einer Schlägerei in den Unterkünften von Asgard gepaßt als zu einem offiziellen Ball im Palast.*

»Sie lieben Ihren Bruder sehr, nicht wahr?«

Die starke, und dabei doch sanfte Frauenstimme sandte einen Schock durch seinen Körper, und Dan wirbelte augenblicklich herum. Vor dem hellen Licht des Palastes war ihr Gesicht kaum auszumachen, aber er glaubte sie trotzdem zu erkennen. »Melissa?«

Die Frau schüttelte den Kopf und kam näher. Als sie das Geländer erreichte, fiel das Licht auf ihr braunes Haar. Ihr Kleid war von einem tiefen Grün. Ihre Augen funkelten grün, wie die Pailletten ihres Kleids. »Nein, ich bin nicht Melissa«, stellte sie mit einem kehligen Lachen fest. »Aber Sie sind nicht der erste, der mich mit ihr verwechselt.«

Dan lächelte entschuldigend. »Tut mir leid.«

»Das braucht Ihnen nicht leid zu tun.« Sie blickte zögernd zu Boden, dann hob sie ihren Blick und sah ihn an. »Was Sie dort drinnen gesagt haben, hat mich angerührt ... Ich dachte mir, Sie möchten vielleicht mit jemandem reden.«

Als ihr Blick seinem begegnete, ging so etwas wie ein Stromstoß durch Dans Körper. Sie lächelte und nahm seine Hand in die ihre. »Kommen Sie. Wir wollen durch den Garten spazieren.« Sie führte ihn einen der sorgfältig gepflegten Pfade entlang; sauber gestutzte Hecken verbargen schon bald den Palast und dämpften die Klänge der Musik. »Ihr Bruder war ein Idol für Sie, nicht wahr?«

Dan nickte. »Seit ich ein Kind war.« Die Erinnerung ließ ihn auflachen. »Er ist sieben Jahre älter als ich, aber in der Länge hatte ich ihn schnell eingeholt. Von da an nannte er mich seinen *großen* Bruder. Eigentlich ist er mein Halbbruder ... die erste Ehe meines Vaters wurde geschieden, nachdem er von der Botschaft der Vereinigten Sonnen auf Sian abberufen wurde.«

Sie lächelte und sah hinaus zu den Lichtern Asgards. »Sie haben Glück, daß Sie einen Bruder haben. Ich war ein Einzelkind.«

»Sie können mir glauben ... ah ...«

Sie zögerte. »Jeana.«

»Jeana, es gab Momente, in denen ich mir gewünscht habe, ein Einzelkind zu sein. Ich habe auch noch eine Schwester und zwei Vettern — Zwillinge —, die bei uns wohnten. Es war ein sehr lebendiger Haushalt.«

Jeana drückte seine Hand. »Sie hatten jemanden, mit dem Sie Ihre Geheimnisse teilen konnten, und jemanden, der da war, wenn Sie Hilfe brauchten.«

Dan nickte und kämpfte gegen den Kloß in seinem Hals an. *Das warst du, Justin. Immer da, wenn ich dich brauchte.* »Trotz des Altersunterschieds war Justin der beste Freund, den ich hatte.« Die Erinnerungen ließen das Lächeln auf Dans Gesicht breiter werden. »Justin hatte erfahren, daß ich die Militärakademie New Avalon vorzeitig abschließen würde. Er war damals gerade auf Spica, und in einem ruhigen Augenblick, während seine Kompanie sich auf einen Liao-Angriff vorbereitete, hat er mir geschrieben. Er hat eine kleine Liste mit einem halben Dutzend Mechtypen aufgestellt. Darüber stand: ›Abschlußgeschenk‹. In dem Brief hat er mich aufgefordert, mir einen auszusuchen. Justin erklärte, er würde ihn abschießen, aber ich müßte ihn selbst in Ordnung bringen.«

Dan ballte die Rechte zur Faust und schlug sich auf den Oberschenkel. »Justin war immer für mich da.« Er unterdrückte die Tränen und drehte sich zu Jeana um.

»Ich habe ihn im Stich gelassen«, erklärte er, und in seiner Stimme lag Schmerz. »Ich war nicht da, als er mich brauchte. Wenn ich da gewesen wäre, wäre all das nicht passiert.«

Jeana trat näher und hüllte ihn mit der würzigen Süße ihres Parfums ein. Sie drückte ihn fest an sich und flüsterte. »Foltern Sie sich nicht derart. Sie ziehen voreilige Schlüsse, in die Sie sich dann auch noch hineinsteigern. Das ist Wahnsinn ...«

Dan genoß ihren Trost und ihre Sorge, und schloß, plötzlich sehr müde, die Augen. Er legte die Arme um Jeana und nahm gierig ihre Körperwärme auf. Ihr Haar fiel in sein Gesicht, und als er die Süße ihres Parfums einatmete, erfüllte ihn ein Gefühl tiefen Friedens. »Aber warum ist Justin nach Solaris gegangen? Warum ist er nicht zu mir gekommen und hat sich den Kell Hounds angeschlossen?«

Jeana löste sich gerade so weit, um Dan in die blauen Augen blicken zu können. »Darauf sind tausend verschiedene Antworten möglich, und niemand kann von mir erwarten, daß ich sie kenne. Aber von Ihnen auch nicht! Alles mögliche kann Ihren Bruder nach Solaris gebracht haben. Er könnte dorthin geflogen sein, um Rache zu nehmen, wie Sefnes und seinesgleichen behaupten.«

Dan schüttelte den Kopf. »Nicht Justin. Niemals.«

»Dann ist er vielleicht nach Solaris gegangen, um zu beweisen, daß er der beste MechKrieger der Nachfolgerstaaten ist. Wenn er nur halb soviel Stolz hat wie sein jüngerer Bruder, ist er voll damit beschäftigt, seinen Feinden zu beweisen, daß sie unrecht haben.«

Dan sah zu Boden. »Aber warum muß er das gerade in der Konföderation Capella beweisen?«

Jeana glitt aus seinen Armen und drehte ihr wunderschönes Profil in die Lichter Asgards. »Justin hat ein gespaltenes Wesen — halb Vereinigte Sonnen, halb Capella. Als ihm eine Seite seines Wesens versperrt wurde, wandte er sich ganz natürlich der anderen zu.« Sie drehte sich wieder um und lächelte Dan zu. »So seltsam es auch klingen mag, ich glaube, seine andere Hälfte *muß* eines Tages an die Oberfläche treten, und ich denke, Sie sollten auch daran glauben.«

»Und wenn nicht ...« Dan starrte in die Dunkelheit. »Dann wird Justin ein tödlicher Feind.«

16

Tharkad
Distrikt Donegal, Lyranisches Commonwealth

31. Dezember 3027

Der Agent des Lyranischen Nachrichtencorps präsentierte sich leise. »Verzeihung, Hauptmann Allard, aber der Archon und Oberst Kell kehren auf den Ball zurück.«

Jeana drückte Dans Hand. »Gehen Sie. Wir sehen uns später.«

Dan nickte und lächelte. »Das will ich hoffen. Und danke, daß Sie mir zugehört haben.« Er drehte sich zu dem LNC-Agenten um. »Gehen Sie vor.«

Der Agent zeigte ihm den Weg, sprach aber kein Wort, während sie den Garten verließen. Dan nickte ihm dankend zu und suchte die Menge nach dem Archon ab. Er sah sie bei Morgan stehen und suchte sich einen Weg, aber als er die Stelle erreichte, war Katrina Steiner verschwunden.

Dan fand Morgan im Gespräch mit drei Männern. *Die beiden älteren scheinen in Morgans Nähe so unsicher,* dachte Dan, und unterdrückte ein Lächeln. *Wahrscheinlich sehen sie ihn als den Geist einer Vergangenheit, von der sie wünschten, sie bliebe tot.*

Morgan lächelte, und machte in der kleinen Gruppe Platz für Dan. »Hallo, Dan, freut mich, Sie wiederzusehen. Haben Sie bereits die Bekanntschaft dieser Gentlemen gemacht?«

Die Steifheit in Morgans Ton und Haltung stand im Widerspruch zum Lächeln auf seinem Gesicht, aber Dan reagierte auf die freundliche Vorstellung, als wäre sie echt. Er verneigte sich leicht und streckte dem ältesten der drei die Hand entgegen. Das platingraue Haar des Mannes und seine grauen Augen kennzeichneten ihn als Steiner. Die dünne Narbe, die sich vom rechten Augenwinkel hinauf zum Haaransatz zog, konnte das gute Aussehen seiner feingliedrigen Züge nicht beeinträchtigen, aber sie nahm seinem ernsten Gesicht etwas von der Kraft, die das Gesicht seiner Cousine Katrina Steiner auszeichnete. »Es ist mir eine Ehre, Sie hier zu treffen, Herzog Frederick.«

Frederick Steiner neigte leicht den Kopf. »Man hat mir zu verstehen gegeben, daß ein großer Anteil an der Rettung der *Silberadler* auf Ihr Konto geht.«

Dan schüttelte den Kopf. »Ich habe nur meine Pflicht getan, Euer Gnaden.«

Der kleinste der drei, ein Adliger mit Tonnenbrust, bot Dan die rechte Hand. Er humpelte einen halben Schritt vor und lächelte listig. »Wie ein echter Held gesprochen, Hauptmann. Ihre Bescheidenheit ehrt Sie.«

Dans Augen wurden schmal. *Und Ihre Worte, Herzog Aldo Lestrade, klingen wie der Köder einer tödlichen Falle.* »Ich sehe mich nicht als Held, Herzog Lestrade.« Dan nickte in Richtung des aus Stahl und Plastik gefertigten linken herzoglichen Arms. »Mit Ihrem neuen Arm und der künstlichen Hüfte leben zu lernen war weit heldenhafter als alles, was ich je vollführt habe.«

Dan blickte zum dritten in der Gruppe auf. Obwohl er das charakteristische Blondhaar der Steiners besaß, ebenso wie die perfekt geformte Nasen- und Kinnpartie, brauchte Dan einen Augenblick, bevor er erkannte, was an seinem Anblick nicht stimmte. Es waren seine Augen. Sie waren dunkler als die jedes Steiners, den Dan je gesehen hatte. Er streckte ihm seine Hand entgegen. »Daniel Allard.«

Der dritte Mann packte Dans Hand in einem Griff, der an einen Schraubstock erinnerte. »Ich bin Ryan Steiner, Hauptmann Allard.«

Dan schüttelte zweimal den Arm seines jüngeren Gegenübers, dann riß er sich los. »Freut mich, Sie kennenzulernen.«

Morgan lächelte, als hätte er nichts von dem bemerkt, was sich zwischen Dan und Ryan abgespielt hatte. »Ryan, oder eigentlich der Herzog von Poorrima, ist Herzog Fredericks Neffe. Ich habe gerade erzählt, daß ich Ryans Mutter, Donna Steiner, kannte, als sie noch in Nagelring lehrte.« Morgan kniff die Augen zusammen und blickte Ryan an. »Ihre Mutter hat an der Akademie geheiratet, und ich durfte als Mitglied der Ehrengarde an der Zeremonie teilhaben ...«

Morgans Stimme verklang in eisigem Schweigen, als sich noch jemand zu dem kleinen Grüppchen gesellte. Frederick Steiner und Aldo Lestrade zuckten beide sichtlich zusammen, als der hagere, grauhaarige Neuankömmling sich zwischen sie schob. Ryans Augen lächelten, und der alte Mann grüßte ihn mit einem kaum wahrnehmbaren Nicken. Dann wandte er seine volle Aufmerksamkeit Morgan Kell zu.

»Es stimmt also«, stellte er mit knarrender Stimme fest. »Die Toten leben.«

Morgan musterte den Neuankömmling, und als er endlich antwortete, war seine Stimme kalt wie Eis. »Sprechen Sie von sich selbst, Alessandro Steiner, oder meinen Sie mich?« Ein grausames Lächeln spannte Morgans Augenwinkel. »Aber ich vergesse meine gute Erziehung. Welche Anrede ziemt sich für einen *abgesetzten* Archon?«

Alessandros Lippen entblößten die Zähne zu einem wilden Fletschen, als Morgans Gegenschlag sein Ziel traf. Seine grauen Augen funkelten vor Zorn, aber er verbarg seine Wut mit einem respektvollen Nicken. »Sie waren schon immer schnell, Morgan Kell.« Der frühere Archon warf Frederick und Lestrade vielsagende Seitenblicke zu. »Gott sei Dank besitzen diese beiden weder Ihren Witz noch Ihre Intelligenz. Hätten sie nur halbsoviel wie Sie, hätte ihnen längst eine ihrer Intrigen den Thron verschafft.«

Schock und Wut spielte über die Gesichter der beiden

Herzöge, bevor sie Masken aus gespielter Unschuld aufsetzten. Morgan starrte Alessandro in die Augen. »Ich finde Ihre These fehlerhaft, Alessandro. Witz und Intelligenz bringen eine unverbrüchliche Treue dem Sinn für Gerechtigkeit gegenüber mit sich, der das sicherste Fundament des Commonwealth darstellt.«

Alessandro Steiner versteifte sich. »Ich kann mich nicht entsinnen, Oberst Kell, Ihnen je gestattet zu haben, mir gegenüber dermaßen familiär zu werden.«

Morgan, dessen Gesicht eine einzige Zornesfratze war, blaffte zurück: »Ich habe mir dieses Recht verdient, Alessandro, durch ein Jahr in der Hölle.« Er richtete sich zu seiner vollen Statur auf. Morgan blickte von Alessandro zu Frederick und weiter zu Lestrade. Seine Stimme sank zu einem tiefen Grollen. »In jenem Jahr habe ich mir das Recht verdient, Sie vom Thron zu stürzen, und ich habe das Recht verdient, den Thron für Katrina Steiner und ihre Linie zu sichern.«

Morgans Gesicht wurde hart und seine Augen schmal. »Damit kein Irrtum aufkommt, Gentlemen, möchte ich das noch einmal betonen. Dieses Recht ist mir teuer, und ich werde auf keinen Fall darauf verzichten, es auszuüben.«

Aldo Lestrades braune Augen glühten. »Von einem abgerissenen Söldner brauche ich mir eine derartige Impertinenz nicht bieten zu lassen!« Als er einen Finger auf Morgans Brust setzte, wurde der wütende Adlige einen Augenblick von den Lichtreflexen des silbernen Tamar-Tiger-Ordens geblendet. »Sie haben zu viele Jahre auf dieser Wüstenwelt verbracht, Oberst. Dabei muß Ihnen das Hirn ausgetrocknet sein. Sie beschuldigen mich der Untreue, dabei protestiere ich nur gegen die unverantwortliche und nachlässige Art und Weise, in der der Archon mein Volk schutzlos unseren Feinden überläßt.«

Morgan grinste wölfisch. »Sie vergessen, daß Zaniah sich innerhalb Ihrer Domäne der Isle of Skye befindet, Herzog Lestrade. Ich habe Ihre Reden darüber gehört, wie der Archon Ihr Volk nackt und hilflos den Angriffen der Marik- und Kurita-Truppen ausliefert. Unter diesen Umständen finde ich es höchst bemerkenswert, Euer Gnaden, daß nicht ein einziger Mechangriff meine lange Klosterzeit auf Zaniah gestört hat.«

Lestrade schnaubte trotzig. »In Ihrem meditativen Kokon haben Sie nicht viel mitbekommen, Oberst. Ihre eigene Kompanie wurde auf meinem Planeten Chara Opfer eines Kurita-Angriffs. Soweit ich mich erinnere«, stellte er wie beiläufig fest, haben die Kell Hounds den Planeten den Angreifern überlassen. Schlechte Truppen, inkompetente Söldner und unerfüllte Versprechungen sind alles, was ich vom Archon erhalte.« Lestrade kniff die braunen Augen zusammen. »Ich werde gegen eine derartige Behandlung protestieren, wann immer ich dazu in der Lage bin.«

Frederick Steiner lächelte, bis er die steinerne Miene auf Morgans Gesicht sah. Dan schluckte. *Diesen Gesichtsausdruck habe ich erst einmal gesehen — auf Mallory's World, als wir erfuhren, daß unser Bataillon Gastgeber für das Zweite Schwert des Lichts-Regiment spielen durfte und mit irgendwelcher Unterstützung nicht zu rechnen war.*

Morgans Blick zuckte zurück zu Alessandro. »Ich bin sicher, Ihre Zeit im Exil auf Furillo hat Ihnen einen Blickwinkel verschafft, der dem ähnelt, den ich während meines Aufenthalts auf Zaniah gefunden habe, Alessandro.« Morgan wandte den Kopf gerade genug, um Lestrade mit einem Blick aus den Augenwinkeln aufzuspießen. »Wenn man genug Zeit hat, Herzog Lestrade, sieht man nach und nach all die feinen Verbindungen, aus denen unser Leben besteht. Jede Handlung hat ihre Folgen, wie Wellen auf einem Teich. Alles kehrt wieder, um einen zu verfolgen oder zu belohnen, und häufig sind die Konsequenzen einer Handlung bei ihrer Rückkehr um ein Vielfaches gewachsen.«

Frederick Steiners Stirn war vor Konzentration tief gefurcht. »Ich bin kein Politiker, und ich hasse diese

Wortspielereien. Reden Sie mit klaren Worten, Kell, aber sehen Sie sich vor. Ich werde keine Drohungen dulden, die Sie gegen meinen Freund aussprechen.«

Auf Morgans Gesicht blühte ein Lächeln auf. »Das war erstaunlich«, bemerkte er, und nickte Aldo Lestrade zu. »Sie haben nicht einmal die Lippen bewegt.«

Fredericks Gesicht lief rot an, aber Morgan wehrte mit einer schnellen Handbewegung jeden Protest ab. »Mich einfach genug auszudrücken, damit selbst Sie mich verstehen, Herzog Frederick, ist eine harte Aufgabe, aber ich werde Ihnen den Gefallen tun. Vor zwanzig Jahren, als Alessandro den Thron freigab, formierten sich Kräfte um Ihren Onkel Hermann als Gegenkandidaten zu Katrina. Er zog sich aus dem öffentlichen Leben zurück, um einer derartigen Vereinnahmung zu entfliehen und das Rampenlicht fiel auf Sie. Sie haben Führungstalent. Das macht Sie zu einer guten Wahl ...«

Dan beobachtete, wie Fredericks Gesicht wieder seine normale Farbe annahm. *Der Mann ist so darauf konditioniert, Speichelleckern zu glauben, daß er sich bei Morgans Worten sichtbar aufplustert. Es ist nicht zu fassen!*

Morgans Blick wurde hart, aber seine tiefe Stimme zitterte bei dem Versuch, starke Gefühle unter Kontrolle zu halten. »Ja, Herzog Frederick, Sie haben Führungstalent, aber nur, solange es um militärische Belange geht. Die Zehnte Lyranische Garde hat einen ausgezeichneten Ruf, und unter Ihrer Führung ist sie zu einer gefürchteten und respektierten militärischen Einheit geworden. Aber Sie haben es vor ein paar Sekunden selbst zugegeben: Sie sind kein Politiker.«

Morgan nickte Lestrade zu. »Männer wie Lestrade sind gerne bereit, Sie glauben zu machen, Sie verdienten es, Archon zu werden. Aber Sie müßten genug Wirklichkeitssinn haben, um zu erkennen, daß es nicht stimmt. Wenn Sie sich einmal die Zeit nehmen würden, ehrlich mit sich selbst ins Gericht zu gehen, würden Sie tief in Ihrem Innern erkennen, daß es Ihr Ende wäre, auf dem Thron des Archon sitzen zu müssen. Und wenn Sie erst fort wären, würde eine Unzahl kleingeistiger Adliger mit fragwürdigem Hintergrund und ebensolchen Motiven das Commonwealth in einen mörderischen Bürgerkrieg stürzen.«

Frederick biß sich auf die Unterlippe, aber er gab Morgan keine Antwort. Er fingerte nervös an der Narbe über seinem rechten Auge herum und öffnete den Mund, um etwas zu sagen, aber dann schien er es sich anders zu überlegen. Er blickte hinüber zu Aldo Lestrade.

Lestrade starrte Morgan Kell mit vor Wut zitterndem Kinn an. »Wie kommen Sie dazu, meinen Hintergrund und meine Motive in Zweifel zu ziehen? Ich entstamme einer Familie, die weit edler und bemerkenswerter ist als die Ihre, Morgan Kell. Ich verbitte mir diese Versuche, meinen Ruf zu beschmutzen!«

Morgans Gesicht spiegelte seine Überraschung wider. »Wirklich?« Seine Stimme hob sich um eine Oktave, und er preßte wie eine schockierte Jungfer die rechte Hand an die Brust. »Herzog Lestrade, Sie wollen doch wohl nicht behaupten, daß Sie inzwischen selbst an die fiktive Familiengeschichte glauben, für deren Erfindung Sie bezahlt haben?« Morgan starrte ihn ungläubig an. »Lieber Gott, Mann, diese Fabeln geben dem Begriff ›Schwachsinn‹ eine neue Bedeutung. Allein der Gedanke, daß Sie als einziger die wahre Epidemie von Unfällen und Überfällen überlebt haben, die jeden umgebracht haben, der vor Ihnen auf der Thronfolgerliste Summers stand, ist wahnwitzig genug. Aber die im neuesten Werk aufgestellte Behauptung, Ihr Glück stelle einen Fingerzeig Gottes dar, ist mehr als nur eine schlechte Lüge, das ist Blasphemie!«

Morgan befeuchtete seine Lippen. »Denken Sie daran, Lestrade: Was Sie getan haben, wird auf Sie zurückschlagen. Ihr Vater, mein Bruder ... das Blut an Ihren Händen wird Sie ersäufen.«

Das Erscheinen Franklin Hechts hinderte Lestrade an einer Erwiderung. »Vergebung, meine Lords«, unterbrach Hecht, »aber der Archon hat um die Gesellschaft dieser beiden Söldner gebeten.« Der Protokollminister faßte vorsichtig ihre Ellbogen und zog sie beiseite.

Dan lächelte. »Danke für ihr rechtzeitiges Eingreifen.«

Der Minister schüttelte den Kopf wie ein Rektor, der zwei Knaben zum Arrest führt. »Niemand hatte etwas dagegen, wie Sie vorhin Baron Sefnes abgefertigt haben, Hauptmann Allard, aber ich kann keine entsprechende Situation zwischen dem Oberst und Aldo Lestrade entstehen lassen.«

Morgan blickte Hecht an. »Ist er so mächtig?«

Hecht zögerte, dann nickte er bedauernd. »Mancherorts ja. Seine Meinung ist für Skye-Separatisten beinahe heilig. Hier auf Tharkad hätten zwar viele Leute Ihren Sieg in einem Streit begrüßt, aber ...«

»Aber in der Isle of Skye hätten die Berichte unsere Auseinandersetzung nur verzerrt wiedergegeben«, stellte Morgan fest.

Der Minister nickte. »So ist es.«

Während ihres Gespräches hatte der Minister Dan und Morgan auf ein paar flache Stufen zugesteuert, die auf eine Empore führten, auf der der Archon und ihre Tochter standen. Nachdem sie den Minister mit einem kurzen Nicken entlassen hatte, sagte sie: »Verzeih mir, daß ich dich aus der Schlacht habe hierher zerren lassen, Morgan. So sehr Lestrade es auch verdient, auseinandergenommen zu werden, will ich das neue Jahr doch nicht auf eine derart unangenehme Weise beginnen lassen.«

Melissa schob ihre Hand durch die Armbeuge des Obersten und trat zwischen Morgan und ihre Mutter. »Nein, das neue Jahr in der Gesellschaft dieser Schakale zu begrüßen, wäre ein ausgesprochen düsteres Omen.« Sie schenkte auch Dan ein Lächeln und fügte hinzu:

»Ein neues Jahr sollte man in der Gesellschaft von Freunden begrüßen.«

Morgan nahm ein Glas Champagner vom Silbertablett eines Dieners. »Mit dieser Ansicht kann ich nur konform gehen, Melissa. Hier in deiner Gesellschaft, Dans und deiner Mutter zu stehen, macht diesen Jahresanfang wirklich zu einer vielverheißenden Gelegenheit. In Anbetracht deiner bevorstehenden Hochzeit kann ich mir nichts anderes als ein glückliches Jahr vorstellen.«

Melissa warf ihrer Mutter einen Blick zu, und der Archon nickte. »Du könntest es noch glücklicher für mich machen, Morgan Kell«, stellte Melissa fest und sah zu ihm auf.

»Für dich tu ich alles, Melissa. Was soll es sein?«

Melissa senkte den Blick, und die Lichter des Ballsaals spielten auf dem goldenen Haar über ihren Schultern. »Du warst der Cousin meines Vaters und sein Freund. Ich habe ihn nie gesehen, zumindest kann ich mich nicht an ihn erinnern, weil er sechs Monate nach meiner Geburt gestorben ist.« Sie drückte den Arm ihrer Mutter. »Alles, was ich von ihm gesehen habe, sind die Holographien und ein paar Vids. Aber für mich war er in den Geschichten, die Patrick und du über ihn erzählt haben, immer lebendig.«

Melissas Stimme erstarb. Morgan reichte Dan sein Champagnerglas und drückte Melissa an sich. »Er wäre stolz auf dich, Melissa.« Er gab den designierten Archon wieder frei und lächelte sie an.

»Was ich dich fragen wollte, Morgan, wärst du bereit, bei meiner Hochzeit die Rolle des Brautvaters zu übernehmen?«

Morgans Kopf flog hoch, als hätte ihm ein Mech einen Schlag versetzt. Er sah hinüber zu Katrina und lächelte, als er den Ausdruck auf ihrem Gesicht bemerkte.

»Melissa Arthur Steiner, es wird die größte Ehre meines Lebens sein, bei deiner Hochzeit deinen Vater zu vertreten.«

In diesem Augenblick kündigte die Turmglocke mit zwölf Schlägen das neue Jahr an. Der Archon hob ein Glas mit sprudelndem Champagner und prostete ihren drei Begleitern auf der Empore zu. »Auf 3028, möge es ein Jahr der Liebe, Gesundheit, Freude und ...«

»... Gerechtigkeit werden, Archon«, vervollständigte Morgan den Satz, als sein Blick auf Aldo Lestrade in der Menge fiel. »Viel Gerechtigkeit ...«

17

New Aragon
Mark Crucis, Vereinigte Sonnen

15. Januar 3028

Captain Andrew Redburn salutierte, als die Ordonnanz hinter ihm die Tür zuzog. Der dunkelhaarige Offizier hinter dem grauen Metallschreibtisch erwiderte den Gruß. Dann lächelte er und reichte Andrew die Hand. »Schön, Sie zu sehen, Redburn.« Der Offizier deutete auf einen Metallstuhl neben Andrew. »Bitte setzen Sie sich.« Sein Ton war höflich, aber er fühlte sich ganz offensichtlich nicht so recht wohl in seiner Haut.

Andrew lächelte. »Danke, Colonel Stone.« Andrew ließ sich in den Stuhl sinken und bemerkte die Falten, die einen Augenblick lang über Stones Stirn huschten. *Ich frage mich, was den Alten so beunruhigt?*

Stone hantierte ein paar Sekunden lang mit den Akten auf seiner blauen Schreibtischunterlage, dann widmete er sich Redburn. »Zunächst haben wir noch ein paar einfache Sachen zu erledigen, Captain. Wie ich sehe, haben Sie Ihren Lieutenant Craon endlich ins Junggesellenquartier hier auf der Basis gebracht.«

Andrew nickte. »Craon hat seine Sachen gestern hergebracht. Jetzt wohnen alle meine Junioroffiziere auf der Basis.«

»Gut.« Der Colonel öffnete eine grüne Mappe mit Beurteilungen und grinste etwas säuerlich, als er sie betrachtete. »Diese Ergebnisse sind erstaunlich gut für eine Kompanie, die erst vor knapp einem Monat auf diesem Planeten eingetroffen ist, Redburn, Sie können stolz auf Ihre Leute sein.«

Es war völlig klar, daß sie bei ihrer ersten Beurteilung ihr Bestes gaben, Colonel. »Danke, Sir. Die Ehre, für eine Davion-Hauseinheit ausgewählt zu werden ... die Tradition scheint die besten Seiten meiner Männer zu wekken.« *Ganz besonders, weil wir aus der Mark Capella kommen und ich der einzige mit Akademieausbildung bin. Wir haben etwas zu beweisen — Ihnen und allen anderen in dieser Einheit. Wir sind keine Bauern aus der Mark, die eigentlich bloß heiße AgroMechs fahren sollten.*

Der Colonel nickte abwesend und blätterte weiter. Er sah Andrew über den Rand des Ordners an und lachte verhalten. »Ihr Corporal Payen Montdidier hat die höchste Bewertung im Handwaffeneinsatz des ganzen Regiments. Sie sollten wissen, daß sich unser Sprungtruppenbataillon darüber nicht gerade freut.«

Redburn lächelte. *Das überrascht mich nicht im mindesten ...* »Ich bin sicher, der Corporal wird sich freuen, das zu hören, Sir.« Als der Oberst die Stirn runzelte, zögerte Andrew. »Ich meine seine Bewertung, Sir.«

Stone hob eine Braue und schloß den Ordner. Er schob ihn zur Seite. Jetzt lag nur noch ein weißer Ordner mit einem roten Stempel vor ihm auf dem Schreibtisch. Der Colonel sah mit zwiespältiger Miene auf ihn hinab; dann verschränkte er die Hände und lehnte sich vor. Seine Arme verdeckten den Ordner fast vollständig.

»Bevor ich zu diesem letzten Punkt komme, Captain, möchte ich mich einmal mit Ihnen über den Sinn hinter der Maßnahme unterhalten, Ihre Kompanie, so wie sie derzeit organisiert ist, dem Ersten Mechbataillon anzugliedern. Ich bin kein uneingeschränkter Befürworter dieser Maßnahme, aber der Prinz möchte ein Experiment machen. Und Sie sind dieses Experiment.« Der Oberst öffnete die Hände und legte sie flach auf die polierte Schreibtischoberfläche.

»Zunächst einmal werden wir Ihre Gruppe nicht aufteilen. Mit siebenundzwanzig Personen haben Sie mehr als das Doppelte des Personals einer gewöhnlichen Mechkompanie. Das stört uns nicht, weil Ihre Leute alle zusammen trainiert haben. Einheiten ungewöhnlicher

Größe zusammenzuhalten, hat sich bei den anderen Ausbildungsbataillons gut bewährt.«

Andrew nickte. *Das macht es viel einfacher, uns auszugrenzen ...*

Der Colonel lehnte sich zurück und ignorierte den weißen Ordner. »Der Prinz möchte Ihre Kompanie als spezielle Nahkampftruppe verwenden. Wir haben eine Reihe von Mechs zusammengesucht, die, wie wir glauben, sich besonders gut für unsere Zwecke eignen. In der Hauptsache *Valkyries* und *Jenner,* aber wir haben auch ein paar *Speerschleudern* und *Brandstifter* hinzugefügt, um die Sache abzurunden.«

Andrew nickte zögernd. »Die sind alle sprungfähig und ziemlich schnell.«

Der Colonel lächelte. »Genau. Ihre Aufgabe wird darin bestehen, schnell vorzustoßen und sich ebenso schnell wieder zurückzuziehen, nachdem Sie Ihrem Angriffsziel soviel Schaden wie möglich zugefügt haben. Die *Valkyries* mit ihrer Langstreckenbewaffnung geben Ihnen auch eine gewisse Reichweite, aber ich sehe das mehr als Möglichkeit, Verfolger abzuschrecken.«

»Oder als Möglichkeit, das Ziel vor unserem Angriff sturmreif zu schießen«, bot Andrew an. Er runzelte die Stirn. »Keiner der Mechs hat Maschinengewehre, die wir gegen Infanterie einsetzen könnten ...«

Der Colonel wischte Andrews Einwand beiseite. »Die *Brandstifter* reichen aus, irgendwelche Bodentruppen abzuschrecken.«

Andrew gab ihm mit einem Nicken recht. »Ich verstehe, Sir. Ich bin sicher, meine Leute werden diese Herausforderung gerne annehmen.« Sein Blick fiel auf den Ordner. »Gibt es sonst noch etwas, Sir?«

Mit dem Zögern eines Arztes, der seinem Patienten eine schlechte Neuigkeit mitteilen muß, reichte Colonel Stone Andrew die weiße Akte. »Ich möchte, daß Sie wissen, wie unangenehm mir das ist, Captain. Ich weiß, wie hoch Sie Ihre Dienstzeit mit Major Allard einschätzen. Ich war bei den Fünften Davion Guards auf Spica, als Justin und Bill Dobson die Belagerung von Valencia durchbrachen. Justin hat uns gerettet, und es gab keinen MechKrieger in der ganzen Einheit, der nicht bereit gewesen wäre, sein Leben für ihn zu opfern.«

Andrews Gesicht verdunkelte sich, aber Stone gab ihm keine Gelegenheit, etwas zu sagen. »Menschen verändern sich, Captain. Irgend etwas in Justins Innerem ist zerbrochen. Ich weiß nicht, ob es der Verlust seines Arms war, das Gerichtsverfahren oder etwas ganz anderes — aber er ist nicht mehr der Mann, den wir beide gekannt haben ...«

Andrew schüttelte verägert den Kopof. »Warum erzählen Sie mir das, Sir? Haben Sie Angst, ich mache der Einheit Schande, wenn irgendein hohes Tier zu Besuch kommt?«

Bei Andrews Anschuldigung versteifte Stone sich, aber dann schien er das abzuschütteln. »Ich möchte nur, daß Sie diesen Bericht im richtigen Umfeld sehen, Captain.« Er deutete auf die Akte. »Lesen Sie.«

Andrews Mund wurde trocken wie ein Flußbett während einer Dürrekatastrophe. Der scharlachrote Schriftzug quer über dem weißen Aktendeckel erinnerte ihn an Blutspuren im Schnee. Ein kaltes Schaudern lief ihm über den Rücken. *Nur gegen Kennwort! — Dies ist die höchste Geheimhaltungsstufe!* Andrew öffnete die Akte mit dem Enthusiasmus eines Mannes, der einen Sargdeckel öffnet.

Er schluckte schwer, als er den Briefkopf des Deckblatts erkannte. *MI7 — das Verbindungsbüro des Militärischen Informationsdienstes mit dem Ministerium für Geheime Untersuchungen und Operationen. Warum muß ich das lesen?* Andrew blickte zu Colonel Stone auf, aber sein Vorgesetzter schien durch ihn hindurchzustarren, als sei er aus Glas.

Andrew blätterte um, und sein Herz setzte einen Schlag lang aus. Er fuhr mit den Fingerspitzen über jedes einzelne der furchtbaren Worte, versuchte, sie auszulöschen, zu vernichten, und mit ihnen die Wirklichkeit, deren Ausdruck sie waren.

BETRIFFT: Maskirovka-Operation auf Kittery, 20. Nov. 3027, las er. Analyse.

Unter Berücksichtigung der aus dem Maskirovka-Stützpunkt auf Kittery geborgenen Informationen ergeben sich die folgenden Entdeckungen und Schlüsse:

1) Das bei dieser Operation eingesetzte Personal kam nach unseren Informationen direkt von Sian. Sämtliche eingeborenen Maskirovka-Agenten, die als Ergebnis dieser Operation festgenommen werden konnten, haben den Attentatsversuch als eine von den höchsten Maskirovka-Kreisen auf Sian geplante und geleitete Operation identifiziert. Sämtliche dokumentarischen Indizien stützen diese Behauptung.

2) Die bei dieser Operation eingesetzten Agenten trafen zwei Wochen vor dem Attentatsversuch auf dem Planeten ein. In dieser Zeit bot sich ausreichend Gelegenheit zu Angriffen auf hohe Offiziere der Davion Assault Guards, der Capella-Dragoner und der Kittery-Grenzer. Es wurden allem Anschein nach keinerlei Versuche unternommen, die Kommandostruktur dieser Einheit anzugreifen, obwohl unsere Untersuchungen für diesen Zeitraum nur nachlässige Sicherheitsvorkehrungen zutage förderten.

3) Im selben Zeitraum befand sich das Erste Kittery-Ausbildungsbataillon im letzten Test- und Abschlußprogramm. Um Möglichkeit oder Anschein von Betrug auszuschließen, waren die Sicherheitsmaßnahmen in bezug auf diese Einheit zu diesem Zeitpunkt von hoher Effizienz.

4) Aus dem Maskirovka-Lager wurden komplette Dossiers über sämtliche Unteroffiziere und Offiziersanwärter des Ausbildungsbataillons geborgen. Die in diesen Dossiers enthaltenen Informationen wurden als ›intim‹ und ›einsichtig‹ beschrieben.

Schlußfolgerung: Der Attentatsversuch auf den Stab des

Ersten Kittery-Ausbildungsbataillons war kein spontaner Terroranschlag. Die zusammengetragenen Informationen und die Auswahl der Agenten für diese Mission waren ausschließlich auf ein bestimmtes Ziel gerichtet. Die Befehle kamen mit dem Segen der Maskirovka direkt von Sian.

Nach unserer Überzeugung wurde dieses Unternehmen von Justin Xiang persönlich gegen seine alte Einzeit in die Wege geleitet. Xiangs Position in der Maskirovka ist hoch genug, um ihn als Quelle der mit dieser Operation in Verbindung stehenden Befehle anzunehmen, und die in den Akten zutage getretenen Einzelheiten entsprechen seinem Wissensstand als vormaliger kommandierender Offizier der Einheit. Der Attentatsversuch fand sogar an einem Ort statt, der als Xiangs Lieblingslokal in Shaoshan bekannt ist. Obwohl dieser letzte Punkt auch ein Zufall sein kann, ist es undenkbar, daß Justin Xiang nicht breits im Vorfeld von dieser Operation wußte.

Andrews Hände zitterten, als er die Akte schloß und sie Colonel Stone zurückgab. »Ich ... ich weiß nicht, was ich sagen soll.« Sein Kopf pochte im Takt mit seinem hämmernden Herzschlag. »Ich kann es nicht glauben.«

Stone nickte mitfühlend. »Ich weiß, Captain. Ich kann es selbst kaum glauben.« Er blickte auf den Ordner und hob machtlos die Schultern. »Im allgemeinen wissen die Schnüffler, wovon sie reden.«

Andrew preßte die Kiefer zusammen, um ihr Zittern zu unterdrücken. »Verdammt noch mal, Colonel! Das ergibt doch keinen Sinn! Wozu soll ein Angriff auf den Stab eines Ausbildungsbataillons gut sein?«

Stone schüttelte den Kopf. »Ich weiß es nicht, Redburn. Aber Sie haben völlig recht. Es ergibt keinen Sinn.« Der Oberst klopfte mit dem Finger auf die Akte. »Ich nehme an, das ist auch der Grund, warum sie es als persönliche Vendetta interpretiert haben. Ich habe Aufnahmen der Verhandlung gesehen, und ein Holovid von

Justins letztem Kampf auf Solaris. Zwischen ihm und dem Prinzen gibt es nur noch Haß.«

Andrew zuckte die Achseln. *Das mag alles stimmen, Colonel, aber irgend etwas ist hier faul.* Er knirschte mit den Zähnen und ballte die Fäuste. *Justin hat sich nicht verändert — jedenfalls nicht so sehr. Mord ist einfach nicht sein Stil.*

Er blickte zum Colonel auf. »Ich weiß, daß ich meinen Männern nichts von diesem Bericht sagen kann. Was soll ich tun?«

Stone atmete tief ein und stieß die Luft geräuschvoll wieder aus. »Sehen Sie sich vor, Redburn. Sagen Sie Ihren Männern, sie sollen auf der Hut sein. Hier auf New Avalon sind Sie viel sicherer als auf Kittery, aber wir wollen Justin Xiang keine Chance geben, bei einem zweiten Versuch mehr Erfolg zu haben.«

18

New Avalon
Mark Crucis, Vereinigte Sonnen

14. Februar 3028

Hanse Davion rückte seine Schutzbrille zurecht. Von seiner Nasenspitze tropfte der Schweiß. Er warf einen Blick hinüber zu Quintus Allard, der hinter einem Haufen Ziegelsteine hockte und wieder zu Atem zu kommen versuchte. Der Prinz deutete auf die Umrisse eines dreistöckigen Gebäudes, das sich in der Dunkelheit weiter unten an der Straße versteckte. Er packte seine Laserpistole fester und hielt drei Finger der linken Hand hoch. Quintus nickte, und als die Finger sich zur Faust formten, sprang der Spionagechef aus der Deckung und rannte los.

Eine Reihe rotglühender Laserschüsse brannte hinter Quintus eine Spur der Vernichtung ins Pflaster der Straße, als der Heckenschütze auf dem Dach feuerte. Hinter Quintus Allards Füßen brachen Pfützen aus geschmolzenem Beton auf. Trümmerstücke flogen in wabernder Laserhitze durch die Luft, aber nichts konnte Quintus daran hindern, die Sicherheit eines kleinen Wohnhauses zu erreichen.

Hanse erhob sich und machte den Schützen im Widerschein des Lasergewehrfeuers aus. *Jetzt hab ich dich!* Er zielte. Er zog zweimal den Abzug durch. Die Laserimpulse schossen himmelwärts und bohrten sich mit explosiver Gewalt durch die humanoide Gestalt des Schützen.

Quintus Allard wirbelte herum und gab drei schnelle Schüsse ab, die durch die Luft über Hanses Kopf loderten. Der Prinz fuhr herum und preßte sich mit dem Rükken flach gegen die niedrige Mauer, die ihm schon vorhin Deckung gegeben hatte. Er sah, wie sich zwei der

Schüsse in die Mauerfassung unter einem Fenster des hinter ihm aufragenden Gebäudes brannten. Der dritte Schuß explodierte in einem gleißenden Feuerwerk und zeigte den gespenstischen Anblick einer zurück ins Zimmer taumelnden Gestalt.

Ein widerwärtiger Summton hallte über den Ruinenkomplex. Die Scheinwerfer an der Decke flammten wie drei Dutzend kleine Sonnen auf und vertrieben die künstliche Nacht. Quintus kam mit breitem Lächeln zu Hanse zurück und hielt dem Prinzen die Hand hin.

»Hervorragend geschossen, mein Prinz.« Quintus kniff die Augen zusammen und verfolgte Hanses Schußlinie hinauf zu dem Robot-Heckenschützen. »Fast zweihundert Meter.«

Hanse schüttelte Quintus' Hand und warf einen Blick zurück über die Schulter. »Quintus, deine Treffsicherheit ist noch weit bemerkenswerter. Ein Schuß im Laufen durch ein hundert Meter entferntes Fenster? Warum haben wir dich nie zum MechKrieger ausgebildet? Mit diesem Talent könnte ich dir die Mark Capella überlassen und brauchte mir keine Sorgen zu machen.«

Quintus schüttelte den Kopf, aber sein Lächeln über das Lob des Prinzen verlor nichts von seinem Glanz. »Ich fürchte, ich bin langsamer geworden, Hoheit. Früher hätte ich mit allen drei Schüssen getroffen.«

Hanse lachte. »Aber du hast doch mit allen drei getroffen, Quintus. Zweimal das Gebäude und einmal das Ziel.«

Der Minister stimmte in Hanses Lachen ein. »Ich schätze, wir sollten zurück ins Kontrollzentrum gehen und uns die Bewertung ansehen.«

Hanse blickte auf seine Uhr. »Sie haben uns nur zwanzig Minuten auf dem Kurs gehalten. Wir müssen ein gutes Ergebnis haben.« Er schüttelte den Kopf. »Wäre doch furchtbar, wenn wir beide uns nicht mit Handwaffen qualifizieren könnten.«

Quintus zuckte die Achseln. »Darüber mach ich mir

keine Sorgen, Hoheit.« Der Graf deutete mit dem Daumen in Richtung des zweiten Handwaffenübungslabyrinths. »Ich hoffe nur, dein Neffe Morgan und Ardan haben uns nicht geschlagen.«

Mein Gott! Nicht noch einmal sechs Monate Ardans und Morgans Frotzeleien. »Amen, mein Freund.« Hanse kniff die Augen zusammen. »Wo wir gerade davon reden, hast du Neuigkeiten von Morgans neuer Begleiterin?«

Quintus zog die Batterie aus seiner Pistole und schob die Waffe ins Schulterholster. »Nichts Verdächtiges zu melden. Wie du weißt, sehen sie sich sehr oft. Kym hat Morgan mehrfach unangekündigt besucht, und sie trifft ihn fast immer beim Lesen oder beim Studium der Militärgeschichte.«

»Hat sie etwas über die Kommunikation mit seinen Eltern berichtet?« *Versucht Michael, Morgan in seine wahnsinnigen Pläne zu verstricken?*

Quintus schüttelte den Kopf. »Nichts Ungewöhnliches. Einmal brachte ein Kurier eine Holodisk Herzog Michaels an seinen Sohn, und Morgan spielte sie sofort ab, obwohl Kym zugegen war. Sie hat weder in der Botschaft auf der Disk noch an Morgans Reaktion darauf etwas Ungewöhnliches bemerkt.«

Quintus lächelte dem Prinzen zu. »Bei anderen Gelegenheiten hat Morgan Disks erhalten und sie beiseite gelegt, um mit Kym auszugehen.«

Auf dem Gesicht des Prinzen zeigte sich die Andeutung eines Lächelns. *Vielleicht stellen wir tatsächlich fest, daß Morgan Hasek-Davion nichts mit den Intrigen seines Vaters zu tun hat. Höchstwahrscheinlich weiß er nicht einmal davon. Unglücklicherweise wird er bald unter Druck gesetzt werden, und ich muß wissen, welche Seite er wählt.* »Gut, Quintus. Ich freue mich, eine unabhängige Bestätigung meiner Gefühle Morgan gegenüber zu hören. Aber ich möchte trotzdem, daß er weiter beobachtet wird.«

Der Spionagechef nickte. »Ich verstehe.« Quintus verstummte für einen Augenblick, dann sah er den Prinzen an. »Ich weiß, daß du mich nicht nach meiner Meinung gefragt hast, aber ich werde sie dir trotzdem mitteilen.«

Als der Prinz nicht antwortete, legte Quintus das als Aufforderung zum Weiterreden aus.

»Ich hoffe, dir ist klar, daß du Morgan in eine Position von großer Verantwortung gestellt hast. Andere MechKrieger seines Alters — auch die Absolventen, deren Abschlußnoten beinahe so gut wie die seinen waren — erreichen jetzt gerade den Captainsrang. Ihnen wurden gerade erst einzelne Kompanien anvertraut, während Morgan ein Major bei den Davion Heavy Guards ist und ein ganzes Bataillon kommandiert. In der AVS gibt es nicht allzu viele Personen, die in der Lage sind, die damit verbundene Arbeit auf sich zu nehmen.«

Der Prinz runzelte die Stirn. »Was willst du mir damit sagen? Glaubst du, daß Morgan unter der Belastung zusammenbrechen wird?«

Quintus lächelte und schüttelte den Kopf. »Nein, mein Prinz, das ist es nicht. Ich möchte dir klarmachen, daß Morgan hart daran arbeitet, sich der Ehren würdig zu erweisen, die du ihm zukommen läßt.«

Quintus trat um einen kleinen Trümmerhaufen, der die Straße teilweise blockierte. »Erinnerst du dich an Kyms Meldung, daß sie ihn häufig bei militärischen Studien antrifft? Er verschlingt die Texte, die wir im War College benutzen, und er hat es sogar geschafft, sich eine Raubkopie des Gefechtsanalyseprogramms zu beschaffen, mit dem man dort Offiziere testet.«

»Wie schneidet er ab?« Der Prinz fixierte Quintus. »Ich gehe davon aus, daß deine Leute in der Lage waren, seine Leistungen bei diesen Tests zu messen.«

Quintus versuchte unschuldig dreinzublicken. »Wir konnten uns eine Kopie seiner Arbeit beschaffen, und wir haben ihm sogar eine überarbeitete Fassung der Software verschafft — mit den integrierten Truppenleistungen während Galahad '26 und '27.«

Quintus atmete langsam durch. »Wie er abgeschnitten hat. Ich habe eine Kopie seiner Testergebnisse Field Marshal Yvonne Davion vorgelegt ...«

Ein trockenes Lächeln zuckte um Hanses Mundwinkel. *Bei Yvonnes Erfahrung mit innovativen Taktiken ist sie genau die richtige, um Morgans Planungsgeschick einzuschätzen.* »Was hat sie gesagt, Quintus?«

»Da ich weiß, wie verhaßt ihr die Familie Hasek ist, habe ich ihr nicht gesagt, wessen Testergebnisse es waren. Sie hat sie in Augenschein genommen und war sichtlich beeindruckt. Sie hat insbesondere die Befehle gelobt, die er für seine Kompanie- und Lanzenführer geschrieben hat. Sie fand sie klar, präzise und ermutigend. Sie bezeichnete sie als ›Befehle, die selbst ein Idiot nicht falsch verstehen kann‹.«

Hanse verschränkte die Arme. »Was hat sie gesagt, als du ihr mitgeteilt hast, daß Morgan Hasek-Davion diese Pläne und Befehle ausgearbeitet hatte?«

Quintus kicherte. »Sie hat mir direkt in die Augen gesehen und gesagt: ›Natürlich hat er gut abgeschnitten. Schließlich ist er ein Davion.‹«

»Typisch Yvonne.« Hanse lächelte. »Danke, Quintus, ich bin froh, deine Meinung gehört zu haben.« Der Prinz hob eine Braue. »Und was hältst du ganz persönlich von seinen Fähigkeiten?«

Quintus seufzte. »Seine Ergebnisse schlagen alles, was ich je gesehen habe.«

Der Prinz blieb stehen. »Selbst die Dans bei seinem Abschluß an der MANA?«

Quintus nickte. »Kein Vergleich. Gib ihm ein Regiment, und in der ganzen Konföderation Capella gibt es keine Einheit, die es mit ihm aufnehmen kann, Hanse.«

»Gut.« Die Miene des Prinzen wurde hart. »Was gibt es Neues von Herzog Michael?«

Quintus verzog das Gesicht, als hätte er eine Portion saurer Chrestra verschluckt. »Wir haben das Halsband des Hunds des Liao-Botschafters mit einer Wanze versehen, aber bis jetzt war der Hund bei keiner weiteren

Begegnung anwesend. Ich fürchte, die Maskirovka hat erkannt, was ihm bei dem Treffen im Oktober zu schaffen gemacht hat.«

»Das ist gar nicht gut, Quintus. Wir brauchen eindeutige Beweise für Michaels Komplizenschaft mit Liao, wenn wir ihn absägen wollen.« Auf Hanses Stirn bildeten sich tiefe Falten, als sie um die Ecke kamen und ihre Blicke auf den Kontrollkomplex fielen. *Wenn Michael dumm genug ist, mit Max Liao zusammenzuarbeiten, muß er irgendwo einen Fehler gemacht haben. Ich weiß, daß wir ihn daran aufhängen können, aber schaffen wir es noch rechtzeitig?* »Irgendwelche Neuigkeiten über Michaels Besuch auf Sian?«

Während sie den Weg durch die ausgebrannten Ruinen eines Wohnhauses abkürzten, schüttelte der Minister für Geheime Untersuchungen und Operationen den Kopf. »Nichts, was wir verwenden könnten, mein Prinz.« Quintus' Stirn war von Frustration gezeichnet. »Unsere Agenten vor Ort bestätigen, daß Michael dort war, aber wenn wir irgendwelche dieser Informationen dazu verwenden würden, ihn öffentlich oder privat anzuklagen, wäre das deren Tod. Wir wissen, daß er dort war, und daß er mit dem Feind kollaboriert, aber wir können es nicht ausreichend beweisen, um ihn zu stürzen.«

Hanse nickte. »Werden die Liao-Truppen weiter entsprechend den falschen Truppeninformationen verlegt, die wir Herzog Michael liefern?«

Quintus nickte heftig. »Wie Marionetten an unseren Fäden.«

»Gut. Vielleicht zahlt Michaels Verrat sich bei den Galahad-Manövern diesen Sommer für uns aus.« Der Prinz öffnete die Tür zum Aufenthaltsraum des Kontrollkomplexes. Er ließ Quintus den Vortritt und fühlte augenblicklich, wie die Kälte des Zimmers durch seine schweißgetränkte Kombination drang.

Auf der anderen Seite der hell erleuchteten Kammer

saßen Ardan Sortek und Morgan Hasek-Davion niedergeschlagen an der Wand. Ardan, dessen Arme auf den hochgezogenen Knien lagen, blickte auf. »Ihr Hurensöhne.«

Der Prinz lachte und sah hinüber auf die Anzeigetafel *256 von 300 Möglichen! Nicht schlecht!* Er blickte die Punkteliste hinunter und sah, daß Ardan und Morgan sich zwar gut genug geschlagen hatten, um sich zu qualifizieren, aber nicht einmal in die Nähe der Bewertung seines Teams gekommen waren. Der Prinz runzelte die Stirn. »Was ist passiert?«

Ardan brummte. »Schlechter Tag.«

Morgan lachte und schob ein paar feuchte Strähnen seiner langen roten Haare hinter die Ohren. »Wir waren übereingekommen, daß die beste Methode, euch Krüppelgreise zu schlagen, darin bestand durch den Komplex zu jagen und Zeitpunkte zu machen.«

Ardan stieß den Daumen in Richtung seines erschöpften Partners. »Er war der Meinung, daß Sorgfalt nicht zählt.«

Quintus nickte wissend. »Euer Trefferverhältnis hat die Bewertung nach unten gedrückt.« Der Spionagechef wandte sich an den Prinzen. »Ich schätze, wir ›Krüppelgreise‹ könnten ihnen eine Lektion im Scharfschießen geben.«

Der Prinz rümpfte die Nase. »Du weißt doch, wie die Jugend von heute ist. Sie kann einfach nicht zuhören.«

Ardan blickte sich zu Morgan um. »Wie lange müssen wir uns das anhören?«

Morgans Kopf sank zurück. »Sechs Monate.«

»Ugh.«

Alle vier brachen in Gelächter aus. Hanse und Quintus lieferten ihre Pistolen und verbrauchten Batterien beim Waffenoffizier ab und schlenderten zur Cafeteria. Sie setzten sich zu Morgan und Ardan an einen hinteren Ecktisch und nahmen dankbar die schäumenden

Bierkrüge entgegen, die aus einer eisgekühlten Kanne gefüllt worden waren.

Morgan wischte sich den Schaum von der Oberlippe und wandte sich an Quintus. »Ich habe ein Gerücht aufgeschnappt, nachdem jemand versucht hat, Andy Redburn auf Kittery umzubringen. Stimmt das?«

Quintus warf Hanse einen schnellen Blick zu, dann nickte er. »Es geschah vergangenen November. Kennen Sie Redburn?«

Morgan nickte. »Wir waren während meiner ersten beiden Jahre in Warrior's Hall auf New Syrtis Klassenkameraden. Für die letzten beiden Jahre wurde ich hierher zur Militärakademie New Avalon verlegt. Wir haben uns wiedergesehen, als er wegen der Verhandlung nach New Avalon kam.«

Morgan sah, wie Quintus sich bei der Erwähnung von Justins Hochverratsprozeß versteifte. »Man sagt, das ›Attentat‹ soll ein richtiger kleiner Showdown geworden sein.«

Quintus nickte. »Die Maskirovka versuchte, Captain Redburn zu ermorden, aber er ist ihnen ohne einen Kratzer entkommen.«

»Ist er immer noch in Gefahr?«

Quintus schüttelte den Kopf. »Es scheint sich um eine wilde Aktion gehandelt zu haben. Die Befehle kamen direkt von Sian, von ziemlich hoch oben in der Maskirovka.«

Ardan zeichnete mit dem Finger Linien in den Reif auf seinem Bierkrug. »Die Verbindung ist Justin. Hat er die Killer auf Redburn gehetzt?«

Quintus nickte traurig. »Es scheint so, obwohl wir auch noch eine andere interessante Information gefunden haben, als wir das Kittery-Netz aufrollten.« Quintus gestattete sich ein dünnes Lächeln. »Einer der Killer trug ein Medaillon, das wir in Verbindung mit einem alten Todeskult bringen konnten. Seine Mitglieder verehren eine Hindugöttin namens Kali und glauben, es sei ihre heilige Pflicht, andere Menschen umzubringen.«

Morgan senkte sein Bier. »Ich glaube mich zu erinnern, daß die Briten auf Terra vor tausend Jahren Ärger mit so einer Sekte hatten. Sie nannten sie Thugees, nicht wahr?«

Quintus nickte. »Der Kult ist schon ein Dutzendmal ausgelöscht worden — zumindest glaubte man das jedesmal —, aber er taucht immer wieder auf. Jedenfalls scheint es so, als gäbe es Untergruppen auf verschiedenen Welten, einschließlich Terra. Eine der größten Enklaven jedoch befindet sich auf der Liao-Welt Highspire.«

Hanse versteifte sich. »Das ist Romano Liaos Hauptsitz.«

Quintus nickte stumm, und Ardan Sortek sprach die Gedanken des Spionagechefs aus. »Romano ist ein Joker in diesem Spiel. Wenn sie in Verbindung mit einem Assassinenkult steht, ist nicht abzusehen, was sie an Problemen stiften könnte.«

Quintus schenkte sich aus der Kanne Bier nach. »Es ist denkbar, daß der Plan, Redburn umzubringen, von Romano stammt, aber die Verbindung ist reichlich fadenscheinig. Sie hat kein Motiv, seinen Tod zu wollen.«

Ardan schüttelte den Kopf. »Wenn sie nur halb so verrückt ist wie ihr Vater, braucht sie kein Motiv.«

Morgan blickte auf die Uhr. »Auch wenn ich mich liebend gern noch länger mit euch Robotkillerassen unterhalten würde, muß ich jetzt weg.« Seine Wangen röteten sich. »Falls Sie es vergessen haben sollten, Gentlemen, heute ist Valentinstag. Auf mich wartet eine Dame, und sie hat etwas besseres verdient als eine stinkende Montur.«

Hanse lächelte seinem Neffen zu. *Dir ist es ernst mit ihr, nicht wahr? Gut. Ich möchte, daß du ihr vertraust.* »Amüsier dich gut, Morgan!«

Morgan nickte, dann schaute er hinüber zu Quintus.

»Ich weiß nicht recht, wie ich es sagen soll, Minister.« Er zögerte, dann schien er die rechten Worte zu finden. »Ich fühle mich sehr zu Kym Sorenson hingezogen, aber ich möchte nicht, daß sie gegen mich benutzt wird, um den Vereinigten Sonnen zu schaden. Könnten Sie sie überprüfen lassen?« Er hob die Hände. »Ich will ihre Akte nicht sehen. Wenn Sie einen Teil ihrer Vergangenheit für sich behalten will, ist das ihre Sache. Ich will nur, daß Sie mir sozusagen grünes Licht geben.«

Quintus nickte. »Kein Problem.«

Morgan lachte. »Wie ich Sie kenne, haben Sie das eh schon getan.« Er blickte auf Hanse. »Ich möchte Sie zu deiner Hochzeit mitbringen, Onkel, und ich möchte keine unangenehme Überraschung erleben.«

Hanse nickte ernst. »Deine Besorgnis bedeutet mir mehr, als du dir vorstellen kannst.«

19

Sian
Kommunalität Sian, Konföderation Capella

29. Februar 3028

Justin schloß den Ordner und blickte über den Schreibtisch in Alexi Malenkows graue Augen. »Ausgezeichnete Arbeit, Alexi.« Justin ließ den Bericht auf seinen Schreibtisch fallen und klopfte auf den cremefarbenen Aktendeckel. »Ich wußte gar nicht, daß Romano ihr eigenes kleines Attentäterkorps hat.« Der Analytiker von Tikonov nickte ernst. »Wie du siehst, sind die Gerüchte unglaublich vage, aber trotz allem zieht es sich wie ein roter Faden durch alle hindurch.«

Malenkow starrte auf seine langen Hände und legte sie schalenförmig gegeneinander, als wolle er einen unsichtbaren Vogel fangen. »Ein paar der Kultältesten scheinen sie als Verkörperung Kalis zu betrachten. Die meisten Berichte nehmen diese Erzählungen nicht ernst, aber das könnte der Kernpunkt hinter den ersten Kontakten mit ihr gewesen sein. Jetzt hat ihre Macht Highspire jedenfalls zu einem sicheren Unterschlupf gemacht, in dem sie loyale Unterstützung findet.«

Attentäter, die nur auf Romanos Wünsche warten, machen sie kein bißchen weniger gefährlich als ein Kind, das mit einem Laserkarabiner spielt. Justin runzelte die Stirn. »Mir gefallen die Hinweise nicht, nach denen dieser Kult mit anderen Enklaven in den Nachfolgerstaaten in Verbindung stehen könnte. Kannst du mir mehr über die Verbindungen zu den Gruppen auf Terra, Tikonov oder in der Mark Capella liefern?«

Alexi seufzte laut und schüttelte den Kopf. »Ich glaube kaum.« Er beugte sich vor. »Es war schwierig genug, das hier zu bekommen, Justin. Ich habe ein paar ausgesprochen unangenehme Momente erlebt, als ich Tsen

Shangs Fragen über meine Aktivitäten ausweichen mußte. Ich glaube nicht, daß er den Verdacht hat, du läßt seine Geliebte überwachen, aber wenn er es herausfindet, wird er gar nicht erfreut sein.« Der Analytiker zuckte die Achseln. »Ich werde natürlich sehen, was ich tun kann, aber ich kann nichts versprechen. Diese Thugees haben ihre eigene Geheimsprache und ein Untergrundnetz, das es praktisch unmöglich macht, sie zu kontrollieren.«

Justin nickte und reichte den Bericht zurück an Malenkow. »Ich verstehe, Alexi, und ich freue mich über alles, was du mir liefern kannst. Ich werde deine Hilfe nicht vergessen.« Er deutete auf den Bericht. »Aber das solltest du besser verbrennen.«

»Ihr Wunsch ist mir Befehl, Bürger Boss.« Malenkow reckte sich und erhob sich aus dem ausladenden Sessel. »Ich finde selbst hinaus«, stellte er fest.

Justin trat um den Schreibtisch. »Keine Bange. Ich muß ohnehin jetzt gehen.«

Malenkow schaute auf die Uhr. »Stimmt, ja. Es ist Montag.« Der Analytiker grinste. »Wie ich hörte, haben ein paar der Stabsmitglieder wegen des Trainings, das du der Herzogin gibst, zu deinen Ehren im Schrein Weihrauch verbrannt. Sie soll sehr viel ruhiger geworden sein, seit sie mit dir arbeitet.«

Justin lächelte und fragte sich, ob diese beruhigende Wirkung nur auf die Übungen zurückzuführen war. »T'ai Chi ist sehr beruhigend. Wenn du dich uns anschließen möchtest ...«

Malenkow schüttelte den Kopf. »Die Rolle als drittes Rad liegt mir nicht so, aber trotzdem: danke für die Einladung!« Malenkow öffnete die Tür, trat einen halben Schritt vor und blieb abrupt stehen, um eine Kollision zu vermeiden.

Im Türrahmen stand wie ein Porträt im Rahmen Candace Liao. Ihr Anblick ließ Justins Herz schneller schlagen. Das Licht, das sich im Silber ihrer Seidenrobe fing, paßte zum Funkeln unverhüllter Freude in ihren Augen. Das für Justin bestimmte Lächeln auf ihren bildschönen Zügen verblaßte etwas, als sie Malenkow bemerkte.

»Guten Abend, Bürger Malenkow. Wie geht es Ihnen?«

Malenkow verneigte sich respektvoll. »Danke gut, Herzogin.« Er drehte sich so weit zu Justin um, daß Candace nicht sehen konnte, wie er ihm zublinzelte. »Wir sehen uns morgen, Bürger.« Er drehte sich wieder um und lächelte Candace an. »Wie immer ein Vergnügen, Herzogin.«

»Gute Nacht, Alexi.« Justin beobachtete, wie Candace mit einer Eleganz der Bewegung durch die Tür kam, die sie zwei Monate zuvor noch nicht besessen hatte. Als er die Tür hinter Alexi geschlossen hatte und sie allein waren, wandte er sich lächelnd zu ihr um. »Willkommen, Candace.«

Candace blickte auf die Uhr. »Du bist noch nicht umgezogen. Komme ich zu früh?«

Justin schüttelte den Kopf, aber bevor er antworten konnte, leuchtete ein rotes Licht über der Tür auf. Justin deutete hinauf. »Verdammt! Dein Vater will, daß ich zu ihm komme.« Er zuckte die Achseln. »Wenn du möchtest, kannst du hier warten ...«

Candace schüttelte den Kopf. »Nein, ich bin zu ungeduldig, um zu warten. Ich werde dich begleiten. Wenn mein Vater mich nicht dabei haben will, kann er ja versuchen, mich fortzuschicken.«

Justin nickte und reichte ihr den Arm. »Ich bin mehr als erfreut über deine Gesellschaft.« Er lachte leise. »Ich beneide deinen Vater nicht, sollte er deine Anwesenheit nicht wünschen.«

Candace hakte sich unter. »Wir zwei haben eine Verabredung, und ich denke nicht daran, sie mir von irgendeinem unwichtigen Problemchen verderben zu lassen.«

Justin nickte, als sie den Gang hinunter zu Maximilians Thronsaal gingen. »Aber was, wenn es sich bei dem unwichtigen Problemchen um eine großangelegte Davion-Invasion handelt?«

Candace zuckte die Achseln. »Ich denke, fünf Minuten könnte ich erübrigen.«

Justin zwinkerte ihr zu. »Sagen wir sechs. Drei, wenn es nur ein Überfall ist.« Als Justin die Hand ausstreckte und die Tür zum Thronsaal öffnete, fühlte er, wie sich Candace an seinem Arm versteifte.

Maximilian Liao saß auf seinem Thron und starrte wie ein hageres Monster aus der terranischen Mythologie auf sie herab. Unterhalb des Throns, den rechten Arm in Tsen Shangs linker Armbeuge, stand Romano Liao und lächelte wie ein Kaufmann, der soeben die magischen Worte »Geld spielt keine Rolle« vernommen hat. Ihr gegenüber, zu Liaos Linker, stand die altersgebeugte Gestalt Chandra Lings. Sie war von Müdigkeit gezeichnet.

Justins Augen wurden zu dunklen Schlitzen. *Madame Ling scheint geschlagen. Das bedeutet, Romano hat ihren Vater wieder einmal von einem idiotischen Plan überzeugen können. Shang sieht auch nicht gerade begeistert aus, also hängt er auch irgendwie darin fest.* Als er Candace einen Blick zuwarf, sah er, daß ihre Augen an die einer Tigerkatze erinnerten, ein sicheres Zeichen, daß sie vor Wut kochte. *Das wird bestimmt nicht angenehm,* dachte er.

»Ah, großartig, Justin«, stellte Liao mit tückischem Lächeln fest. »Sie haben sie gefunden und mitgebracht.« Ein Ausdruck der Zuneigung glättete seine Züge. »Candace, das betrifft auch dich.«

Der Kanzler nickte Romano zu. »Deine Schwester hat einen brillanten Plan entwickelt, bei der Davion-Hochzeit ein Maximum an Informationen zu sammeln.« Liao strahlte seine jüngere Tochter an. »Ein wahrer Geniestreich.« Er zwinkerte ihr zu. »Erkläre ihnen, was du vorgeschlagen hast, Romano.«

Aus Romanos grünen Augen schlug ihrer Schwester

blanker Haß entgegen, und Justin fühlte Candace erzittern. »Liebste Schwester, ich bin sicher, du wirst mir zustimmen, daß diese Hochzeitsfeier mit ihren Empfängen und Parties eine Gelegenheit bieten wird, allerhand in Erfahrung zu bringen. Nur die allerwichtigsten Persönlichkeiten werden sich dort versammeln, und sie alle werden unter der Versuchung stehen, ihre Rivalen aus den anderen Häusern durch kleine Indiskretionen zu beeindrucken.« Romanos herablassender Ton erinnerte mit seinem versteckten Biß an eine Schlange, die im hohen Gras auf Beute lauert.

Candaces Antwort war eisig. »Dieser Schluß, teuerste Schwester, ist so offensichtlich, daß er selbst dir nicht entgehen konnte.«

Romano warf Shang einen schnellen Blick zu, dann hob sie den Kopf noch höher. »Die Fürsten der Großen Häuser würden viel darum geben, ihre Spione in diese Versammlung einzuschleusen, aber Davion und Steiner haben sehr genau festgelegt, wie viele Personen aus jedem Haus teilnehmen dürfen. Es gibt auch keine Chance, Maskirovka-Agenten als Diener einzuschleusen, da ComStar Personal für alle niederen Dienste angeboten hat.« Romano lächelte und drückte Tsen Shangs Arm. »Aber ich habe einen Weg gefunden, Davions Vorsichtsmaßnahmen zu umgehen.«

Maximilian nickte ernst. »Romano hat vorgeschlagen, daß Tsen Shang als ihr Begleiter die Hochzeitsfeier besucht. In dieser Rolle ist er in der Lage, sich unter die übrigen Gäste zu mischen und alles in Erfahrung zu bringen, was von den Aktivitäten unserer Mitnachfolgerstaaten für uns von Interesse sein könnte. Ich werde meinen halben Krisenstab mitnehmen.«

Candace grinste, aber ihre Augen waren hart. »Lady Romano, Ihr habt in der Tat einen großartigen Plan entwickelt.« Ihr Lächeln wurde noch breiter, als die Verwirrung jeden Triumph aus dem Gesicht ihrer Schwester vertrieb. »Du hast völlig recht, Vater. Es wäre sträflich, dir den Zugriff auf deinen Krisenstab zu beschneiden.«

Candace lächelte auch Justin an, und dieses Lächeln ließ die Überzeugung in ihm wachsen, daß ihm ihre nächsten Worte nicht gefallen würden. Er schüttelte den Kopf, aber Candace ignorierte seine Warnung.

Sie senkte den Blick, und auf ihrem Gesicht stand ein übertrieben nachdenklicher Ausdruck. »Schade nur, daß wir Prinz Davion bei dieser Hochzeit nicht ebenso überraschen können, wie er uns mit ihrer plötzlichen Ankündigung überrascht hat.« Abrupt wurden ihre Augen groß, und sie legte wie von einem plötzlichen Einfall getroffen die Hand an die Lippen. Dann blickte sie zu ihrem Vater empor und lächelte. »Aber ja!«

»Was wäre, wenn wir jemand als unseren Gast zu dieser Hochzeit mitbringen, dessen bloße Anwesenheit die ganze Versammlung schockieren würde? Jemand, den Hanse Davion öffentlich bloßgestellt hat, und jetzt ist er selbst der Dumme? Was, wenn dieser Jemand gleichzeitig für die Maskirovka Informationen sammeln könnte?«

Candace wandte sich zu Justin um. »Ja, was wäre, wenn seine Anwesenheit bedeuten würde, daß du deinen gesamten Krisenstab zur Hand hättest?«

Maximilian Liaos Gesicht leuchtete im Glanz göttlicher Eingebung. »Ha ha! Ein besseres Hochzeitsgeschenk für den Prinzen der Vereinigten Sonnen könnte ich mir nicht vorstellen.« Liao nickte und lächelte Justin begeistert an. »Die Vorstellung, den Mann, den er selbst verbannt hat, als Gast auf seiner Hochzeit wiederzusehen. O ja, das ist einfach perfekt.«

Justin hob die künstliche Hand. »Quell der Weisheit, haltet Ihr es für klug, Euren Krisenstab ohne eine Verbindung mit unseren Mitarbeitern zu lassen?«

Liao starrte Justin ungläubig an, dann schien er nachzudenken. »Sie haben recht.« Der Kanzler wandte sich an Chandra Ling. »Sie werden den Krisenstab während der Hochzeit koordinieren und ComStar einsetzen, um ihn über alle wichtigen Begebenheiten auf dem laufenden zu halten.«

»Wie Ihr befehlt, Kanzler.« Chandra Ling blickte zu Justin hinüber, und etwas von ihrer Besorgnis schien zu schwinden.

Liao lächelte. »Das ist ausgezeichnet. Tsen Shang wird Romano begleiten, und Justin Xiang dich, Candace.« Liaos Augen verengten sich einen Augenblick, dann blitzte ein Gedanke in ihnen auf. »Wir können sogar Ihren Assistenten, Molatow ...«

Justin lächelte. »Malenkow, Hoheit. Alexi Malenkow.«

Der Kanzler nickte ungnädig. »Ja. Malenkow. Wir werden ihn Oberst Pavel Ridzik als Adjutant zuteilen, damit er ihn während der Festivitäten im Auge behält.«

Justin sah sich um und fragte sich, was die hier Versammelten wohl gerade dachten. *Es ist gut, daß wir Alexi dabeihaben, aber mit dem Auftrag, Ridzik zu beobachten? Wenn Liao nicht einmal seinem Oberkommandierenden traut, wem traut er dann überhaupt?* Justin fuhr sich mit der Zunge über die Lippen. *Und wann wird er aufhören mir zu trauen?*

Das Lächeln des Kanzlers konnte einen Frösteln machen. »Ja, das wäre wirklich etwas Besonderes.« Er scheuchte sie alle aus dem Raum. »Laßt mich allein. Ich wünsche sämtliche Verzweigungen dieses Plans zu überdenken. Vielleicht kann ich ihn sogar dazu verwenden, die Vorherrschaft unseres Hauses über alle Nachfolgerstaaten voranzutreiben!«

Justin und Candace zogen sich in den Garten zurück. Arm in Arm schlenderten sie den dunklen Pfad entlang, aber Justin fühlte, wie sich Unbehagen zwischen sie drängte. Unter ihren Füßen knirschte der Kies, und das kalte Licht eines blauen Mondes reichte eben aus, ihnen den Weg zu zeigen. Die Nacht war angenehm, und eine sanfte Brise trug ihnen den Duft von Räucherstäbchen zu, die im Schrein brannten.

Als sie dort angekommen waren, löste sich Candace von Justin und streifte ihre Robe ab. In einem hautengen, grauen Ganztrikot blieb sie einen Augenblick lang bewegungslos stehen, die Hände über dem Kopf gefaltet, dann atmete sie tief ein und begann sich langsam durch eine uralte Serie von Bewegungen zu arbeiten, die jeden Muskel ihres Körpers dehnen und aufwärmen sollten.

Justin betrachtete sie aus der Dunkelheit. Er beneidete das blaue Mondlicht, das ihren Körper streichelte, und fühlte ein jähes Verlangen. *Ihr Körper ist wunderschön, aber ich weiß, daß die Anziehung, die sie auf mich ausübt, auf mehr beruht.* Er lehnte sich gegen einen der Bäume, die wegen ihrer Symbolik von Stärke in Verbindung mit Flexibilität hier angepflanzt worden waren, und verschränkte die Arme. *Ich kann nicht bestreiten, daß wir uns nahegekommen sind oder vielleicht sogar, daß ich sie liebe. Aber wieso flüstert mir tief in meinem Innern etwas ein, es ist ein Fehler?*

Langsam hob sich Candaces Kopf. Sie schien seine Verstimmung zu spüren. »Was ist los, Justin?«

Er knirschte mit den Zähnen. »Ich mag es nicht, wenn man mich benutzt.«

»Was?« Sie kam einen halben Schritt näher, hielt aber sofort inne, als er sich versteifte. »Ich weiß nicht, wovon du redest.«

Ihre Verwirrung scheint echt ... Er schluckte schwer und breitete die Arme aus. »Du hast mich gegen deine Schwester eingesetzt wie ein Skalpell. Du hast ihren Plan vereinnahmt und noch einen draufgesetzt. Sicher, du erklärst, daß meine Anwesenheit Hanse Davion verärgern wird.« Justin streckte ihr wütend den Zeigefinger ins Gesicht. »Was ist, wenn ich Hanse Davion nicht sehen will?«

Angesichts der Wut in seiner Stimme zuckte Candace zurück. »Ich verstehe nicht. Das wäre deine Chance, dem Löwen in seiner Höhle eins auszuwischen.«

Justin wandte sich ab. »Der Gedanke, dem Mann wieder gegenüberzutreten, der mich erniedrigt hat, ist nicht gerade angenehm.« Er starrte auf die Berge in der blauen Ferne. »Sicher, meine Siege auf Solaris haben ihn geärgert, aber dadurch ist er weder besiegt noch bereut er etwas.« Justin sah sich zu Candace um. »Meine Rolle bei dieser Hochzeit wird die eines Dienstboten sein, eines Spions, der Informationen beschaffen soll. Du benutzt mich wie eine Neuropeitsche, um ihn zu einer Reaktion zu provozieren.« Er schüttelte heftig den Kopf. »Ich mag es nicht, wenn man mich als nützliches Werkzeug betrachtet.«

Candace stand einen Moment lang schweigend da, die Hände in die Hüften gestemmt, und sah ihn an. »Du denkst, deshalb habe ich dich als meinen Begleiter vorgeschlagen?«

Justin drehte sich um. »Was soll ich sonst denken, Candace. Es sei denn, du kannst es nicht ertragen, keinen Übungspartner zu haben?«

Justin sah, wie die Wut in ihr hochkam, aber es gelang ihr, die Emotion zu beherrschen. Sie senkte in leichter Reue den Kopf. »Ich entschuldige mich, daß ich dich dazu benutzt habe, meine Schwester zu treffen.« Sie kaute auf ihrer Unterlippe, als müsse sie ihre nächsten Worte sorgfältig überdenken. »Ich habe mir nicht klargemacht, wie sehr es dich schmerzen könnte, Hanse Davion zu sehen.« Sie hob den Kopf und schien sein Gesicht in der Dunkelheit zu suchen. »Aber es war der einzige Weg, der mir einfiel, meinen Vater davon zu überzeugen, daß du mich begleiten mußt.«

Justin starrte sie an. »Und was ist daran so wichtig?«

Candace streckte die Arme nach ihm aus. »Weil *ich* dich dabei haben will.«

Justin trat auf sie zu, nahm ihre Hände und zog sie an sich. »Der Palast ist voller Diener ...«

Candace legte ihm die Arme um den Hals und drückte ihre Stirn leicht an seine. »Das ist wahr, Justin Xiang, aber ich will keinen Diener als Begleitung, auch meinen Übungspartner nicht. Ich will *dich* bei mir haben.« Ihre Lippen berührten seine. »Ich will dich als meinen Begleiter und meinen *Gefährten*. Und zum Teufel damit, was irgend jemand sonst in der Inneren Sphäre davon hält!«

20

Arc-Royal
Distrikt Donegal, Lyranisches Commonwealth

3. März 3028

Der Wind trug Pinienduft in das Landungsschiff *Manannan MacLir,* als Daniel Allard die Luke öffnete. Er atmete tief durch, dann lächelte er Morgan Kell an. »Das duftet nach Heimat, Oberst.«

Das grelle Licht der Bogenlampen fiel in die Personenschleuse, als die Luke sich nach oben in den Schiffsrumpf schob. Das Licht stieg an Morgans Gestalt empor, von den schwarzen Stiefeln über die Hose in derselben Farbe zur roten Jacke der Ausgehuniform. Das Silber des Tamar-Tiger-Ordens funkelte in seinem Glanz, dann spielte es über die grauen Strähnen in Kells schwarzem Haar und Bart.

Dan blinzelte ins Licht. Vor den Scheinwerfern sah er die Kell Hounds aufmarschiert. In langen Reihen warteten sie in der Nacht darauf, Morgan Kell zu begrüßen. *Moment mal!* dachte er und warf Morgan einen schnellen Blick zu. »Oberst, da stimmt etwas nicht. Da draußen sind viel zuviele Leute.«

Auf Kells Gesicht zeigte sich ein Lächeln, als er aus der Luke blickte. Er schüttelte den Kopf. »Es ist alles in Ordnung, Hauptmann Allard. Wir sind zu Hause, und mit uns das gesamte Kell Hounds-Regiment.«

Regiment! Dans Herz pochte in seiner Brust. *Die Botschaften, die ich von Zaniah abschicken mußte, die er Bruder Giles gegeben hatte, als er in St. Marinus eingetroffen war ... Morgan hatte das die ganze Zeit geplant.*

Morgan trat vor und ging die Rampe hinunter. Niemand bewegte sich, als er über den Beton auf die kleine Gruppe von Offizieren zuging, die auf einer niedrigen

Empore am Bug der *Mac* warteten. Morgans Schritte knallten wie Pistolenschüsse durch die Stille.

Auf halbem Weg zur Empore blieb Morgan stehen und drehte sich zu Dan um. Mit einem unmerklichen Nicken forderte er ihn auf mitzukommen. Dan überwand seinen Schock und marschierte ernst an Morgans Seite. Als sie die Empore erreichten, blieb Morgan stehen, um Dan Gelegenheit zu geben, vor ihm die Stufen hinaufzusteigen und seinen Platz unter den Offizieren einzunehmen.

Dan schob sich zwischen Kommandanthauptmann Salome Ward und Feldwebel Cat Wilson in die erste Reihe. Ein großer Schwarzer begrüßte Dan mit einer kleinen Geste. Die Lichter der Landebahn spielten über Cats rasierten Schädel, aber seine tiefschwarzen Augen waren so geheimnisvoll wie immer.

Dan blickte zu Salome hinüber. Der größte Teil ihres hübschen Gesichts war von ihrem langen, roten Haar bedeckt, aber er konnte an ihrer ungewohnt steifen Haltung erkennen, daß sie angespannt und nervös war, auch wenn sie Haltung zu wahren versuchte. Dan konnte sich vorstellen, was in ihr vorgehen mußte. *Morgan und die Desertion. Er hat sie ohne ein Wort verlassen, und jetzt kehrt er wieder.*

Morgan kam die Stufen herauf, und Salome trat aus der Reihe vor, als er die Empore erreicht hatte. Sie nahm Haltung an und salutierte. Morgan erwiderte ihren Gruß, und Salomes Arm fiel herab. »Herr Oberst, Sie haben das Kommando.«

Er lächelte sie an, und seine Miene zeigte Respekt und Dankbarkeit. »Vielen Dank, Frau Kommandanthauptmann.« Als Salome wieder ins Glied trat, salutierten die Offiziere als Einheit. Morgans Lächeln wurde noch breiter, als er ihren Gruß erwiderte.

Morgan drehte sich zu den vor ihm angetretenen Söldnern um. »Rührt euch. Und danke.« Das Licht der Bogenlampen warf blaue Glanzlichter auf sein Haar, als er mit auf dem Rücken verschränkten Händen seine Truppen betrachtete. Er hatte Mühe, die Gefühle im Zaum zu halten, die ihn zu überwältigen drohten. »Es war eine lange Zeit, Kell Hounds. Eine zu lange Zeit. Danke für euer Vertrauen.«

Morgan blickte sich zu Salome um. »Als ich die Kell Hounds vor zwölf Jahren verließ, habe ich niemanden — zu meinem tiefsten Bedauern nicht einmal meinem Bruder — erklärt, warum die Auflösung der Kell Hounds notwendig war. Um ehrlich zu sein, ich habe die Gründe selbst nicht ganz verstanden. Ich wußte nur, daß es geschehen mußte.« Morgan stockte für einen Moment, um sich zu sammeln und noch einmal die vielen Gesichter zu betrachten, die sich ihm zugewandt hatten. »Diese Überzeugung habe ich mit vielen von euch geteilt, als ich euch bat, die Kell Hounds zu verlassen.«

Kells Stimme hallte von den Mechhangars ringsum wider. »Diejenigen, die ich zurückgelassen habe — die ich so grausam im Stich ließ — wußten nicht, daß ich euch alle gebeten hatte, euch für eine Rückkehr zu einem späteren Zeitpunkt bereitzuhalten. Ich bat euch, andere MechKrieger zu suchen, die über das Feuer und den Kampfgeist der alten Kell Hounds verfügten. Ich habe eine Reihe von Offizieren gebeten, eigene Söldnerkompanien zu gründen. Wieder andere bat ich, an die Akademien zu gehen, um Krieger und Hilfspersonal auszubilden, das wir später würden gebrauchen können.

Ich weiß, wie schwer es für euch gewesen sein muß, diese langen Jahre hindurch. Ich selbst habe monatelang nicht glauben können, was auf Mallory's World geschehen war. Es gab so viele Tage, an denen ich sicher war, die Kell Hounds nie wieder versammeln zu können.« Von seinen Gefühlen überwältigt, konnte Morgan nur noch flüstern. »Es gab Zeiten, da glaubte ich nicht mehr daran, daß ihr kommen würdet, wenn ich rufe.«

Morgan stockte für einen Augenblick, dann breitete sich ein Lächeln auf seinem Gesicht aus. »Ich bin froh, daß ihr mehr Vertrauen in mich hattet als ich in euch.« Er nickte den Männern und Frauen ernst zu, die zurückgekehrt waren, um sich hier vor ihm zu versammeln. »Vielleicht glauben einige von euch, daß ich euch gerufen habe, um den Tod meines Bruders zu rächen. Aber nach dem Bericht Hauptmann Allards bin ich zu der Überzeugung gekommen, daß es Patricks Opfer nur schaden könnte, wenn ich Rache dafür nähme. Er hat darum gekämpft, ein Leben zu retten, und hat das seine für dieses Ziel gegeben ...«

Morgan verstummte, als er die Fäuste ballte und an die Schultern hob. Die Augen fest zusammengepreßt, um die Tränen zurückzuhalten, hob Morgan das Gesicht zum schwarzen Nachthimmel. Zorn bebte durch seinen Körper, verschwand, als er die Fäuste aufzwang. Langsam und ruhig senkte er die Hände und sprach weiter.

»Ich könnte vorgeben, ein Prophet zu sein und einen bevorstehenden Konflikt prophezeien, in dem wir eine wichtige Rolle spielen werden, aber das wäre Betrug. Richtig, die Hochzeit Melissa Steiners mit Hanse Davion wird einiges an Spannungen mit sich bringen und Dutzende von Schlachten auslösen, aber daran werden wir keinen Anteil haben. Wir haben unseren eigenen Krieg zu führen. Er begann vor über fünfzehn Jahren auf Mallory's World. Solange Yorinaga Kurita und ich negierten, was aus uns geworden war, herrschte ein unausgesprochener Waffenstillstand, aber der ist nun vorüber. Sobald wir bereit sind, geht der Kampf weiter.«

Morgan lächelte, und Dan sah einen Funken von Fröhlichkeit in den dunklen Augen des Obersten. »In den kommenden zwei Wochen werde ich mich mit jedem von euch persönlich unterhalten — um diejenigen zu begrüßen, die neu bei uns sind, und denen zu danken, die zurückgekehrt sind. Wir werden miteinander trainieren, und wir werden das beste Söldnerregiment werden, das es in den Nachfolgerstaaten gibt.

Noch einmal, danke. Weggetreten.«

Auf seinen Befehl lösten sich die versammelten Söldner aus den Reihen, aber die Versammlung löste sich nicht auf. In den hinteren Rängen brauste Applaus auf und wuchs zu einem donnernden Beifall. Jubelrufe, Pfiffe und Freudenschreie hallten von den Wänden der Mechhangars.

Morgan beugte den Kopf, und ein lautloses Lachen ließ seinen Körper beben. Er wollte Dan etwas sagen, aber der Lärm erstickte seine Worte. Trotzdem verstand Dan, was Morgan gemeint hatte.

Dan lächelte und nickte. *Stimmt, Oberst. Es tut gut, wieder zu Hause zu sein.*

21

Arc-Royal
Distrikt Donegal, Lyranisches Commonwealth

3. März 3028

Cat Wilson drückte Dan einen Krug mit warmem Stout in die Hand, kaum daß er den Freizeitraum betreten hatte. »Vielen Dank, Cat.« Dan nahm zwei tiefe Schlukke des dicken, schwarzen Biers und wischte sich mit dem Handrücken den Schaum vom Mund. »Ah! Ich danke Gott für dieses Zeug. Die Brühe, die es auf Tharkad gab, war angeblich auch Bier, aber davon könnte man keine Geschworenen überzeugen.«

Cat nickte. »Hab ich auch schon gehört.«

Dan schüttelte den Kopf und sah sich die anderen Offiziere an, die in den Raum strömten. »Himmel, Cat! Sie sind alle da.« Dan deutete mit seinem Krug auf einen stämmigen Kerl mit hoher Stirn. »Ist das nicht Conn O'Bannon?«

Cat lächelte. »Als Hauptmann hat er uns verlassen, als Kommandanthauptmann kommt er wieder. Er hat zwei mittelschwere Lanzen der 21. Centauri-Lanciers mitgebracht.« Cat deutete mit dem Kopf auf eine bildhübsche blonde Frau. »Erinnern Sie sich an Peggy Fitzmartin? Sie war bei den Schwarzen Herzen. Ihre Lanze hat sie mitgebracht.« Cat deutete auch auf einen graumelierten MechKrieger mit nur einem Auge. »Das ist Walter de Mesnil. Er hat die alte Einheit Ihres Bruders verlassen, um sich uns anzuschließen.«

Dan schüttelte den Kopf. »So viele Leute ... Ich hatte beinahe vergesen, wie groß das Kell Hounds-Regiment einmal war.«

Cat nahm einen Schluck von seinem Bier, dann nickte er. »Viele alte Gesichter, und auch eine Menge neue.«

Aus der Menge näherte sich eine kleine Gestalt, die

vorsichtig ein Glas Bier in den Händen hielt. Der Mann war körperlich ein Zwerg, aber er hatte ein gutaussehendes Gesicht mit einem nicht zu unterdrückenden Feuer im Blick, der keine Spur von Selbstmitleid enthielt. Seine braunen Augen blickten unter den Fransen seines störrischen schwarzen Haares hervor. »Und zu was zähle ich, Cat? Alt oder neu?«

Cat zwinkerte ihm zu. »Zu beiden, Clovis. Zu beiden.«

Dan beugte sich hinab und stieß mit Clovis an. »Ich hatte nicht erwartet, Sie hier zu treffen.« Dann bemerkte er das Kell-Hounds-Abzeichen auf Clovis' Fliegerjakke. »Haben Sie sich Fitzpatricks Luft/Raumjockeys angeschlossen?«

Clovis schüttelte den Kopf. »Kommandanthauptmann Ward hat den Flüchtlingen von Styx gestattet, das Landungsschiff *Lugh* zum Flug nach Lyons in der Isle of Skye zu benutzen. Der Archon hat uns dort Ländereien zugesprochen. Als Gegenleistung hat meine Mutter angeboten, den Kell Hounds die *Bifrost* zur Verfügung zu stellen, damit Sie zwei Sprungschiffe haben.«

Cat lächelte listig. »Und als Teil der Übereinkunft mußten wir ihr Clovis vom Hals schaffen, bis sie auf Lyons soweit sind.«

»Hm«, knurrte Clovis. »Tatsächlich war es so, daß Kommandanthauptmann Ward von Programmierschwierigkeiten bei Eire Mechs hier auf Arc-Royal erfahren hat, und ich wurde sozusagen dienstverpflichtet.« Clovis sah zu Cat hoch. »Er ärgert sich nur, weil ich ihn beim Kartenspiel geschlagen habe.«

Dan lachte laut auf und starrte Cat an. »Sag mir, daß das nicht wahr ist ...«

Cat warf Clovis einen düsteren Blick zu, dann lächelte er. »Spielen Sie das bloß nicht hoch, Dan, besser als Sie spiel ich noch allemal.«

»Meine Lippen sind versiegelt«, erwiderte Dan. Er blickte sich im ganzen Raum um und runzelte leicht die

Stirn. »Wo ist Oberleutnant Brand? Ich hätte gedacht, wenigstens ein Mitglied meiner Lanze würde zu meiner Begrüßung erscheinen.«

Dan fing einen schnellen Blick zwischen Cat und Clovis auf. *Was, zum Satan, haben die beiden ausgeheckt?*

Clovis lächelte unschuldig. »Ich weiß nicht. Er wird schon hier irgendwo sein.« Cat nickte stumm.

Dan öffnete seinen Hemdkragen und seufzte. »Jetzt kann ich mich schon mit zwei von eurer Sorte rumschlagen.«

Spontaner Applaus brandete auf, als Morgan Kell in den Raum trat. Dan stellte seinen Bierkrug auf einen Tisch und stimmte ein, dann bemerkte er Salome Ward, die sich gegen die Tür lehnte. Dan drehte sich zu Cat um und deutete auf sein Bier. »Passen Sie mal drauf auf? Ich komme wieder.« Cat nickte, und Dan schob sich durch die Menge zu Salome.

»Ich geh was frische Luft schnappen. Kommst du mit?« Dan lächelte hoffnungsvoll und deutete hinaus auf den jetzt abgedunkelten Beton.

Salome zögerte, dann nickte sie und trat hinaus ins Freie. Als Dan hinter ihnen die Außentür schloß, waren die Stimmen und des Geklirr der Versammlung drinnen wie abgeschnitten. Das nächtliche Tschilpen der Sichakae und das Rauschen des Grases erfüllte die Luft.

Dan legte die Hände auf Salomes Schultern. »Bist du in Ordnung, Salome?«

Sie atmete tief durch, dann nickte sie. »Ja. Ich werd's überleben. Ich war nur nicht auf den Gefühlskonflikt vorbereitet.« Sie hob die Schultern. »Ein Teil von mir möchte ihn umbringen für das, was er mir angetan hat, ein anderer Teil von mir liebt ihn noch immer.« Sie sah zu Dan hinüber. »Ergibt das einen Sinn?«

»Ja, sicher.« Dan nickte. »Einen Teil von dem, was du meinst, kann ich mitfühlen: das Gefühl, verraten und im Stich gelassen worden zu sein.« Er verstummte und sog etwas vom Frieden der Nacht in sich ein. »Als ich Morgan auf Zaniah getroffen habe, habe ich ihm ziemlich zugesetzt. Alles, was ich elf Jahre lang in mich hineingefressen hatte, strömte aus mir heraus …«

Salome nickte. »Ich weiß. Er hat es mir erzählt.« Sie sah ihm in die Augen. »Morgan hat erzählt, daß du ihm gesagt hast, wie tief er Patrick, dich und mich verletzt hat.«

Als sie sich abwandte, fielen Dans Hände von ihren Schultern. Salome preßte die Arme an ihren Körper. »Er hat sich so verändert, Dan. Seine Wildheit ist verschwunden, aber die Leidenschaft, die ihn getrieben hat, die ist noch da. Ich fühle sie. Ich verlange danach, einen Teil von ihm für mich allein zu haben, so wie es früher war, aber etwas in meinem Innern weigert sich, ihm zu vertrauen. Ich will nie wieder so verletzt werden.«

Dan kaute auf seiner Unterlippe, dann starrte er hinauf zu Arc-Royals beiden Vollmonden, während er seine Worte wählte. »Zwischen Morgan und Yorinaga Kurita geht irgend etwas vor. Ich weiß nicht, was es ist, aber ich weiß, daß es nichts mit Patricks Tod zu tun hat. Morgan wußte, daß Yorinaga Kurita sein Exil verlassen hatte, lange bevor ich es ihm sagen konnte. Als uns die Agenten meines Vaters über Styx ausfragten und sich noch weigerten, an Yorinagas Rückkehr zu glauben, wußte Morgan bereits, daß Kurita wieder da war.«

»Aber der Konflikt scheint sich in seinem Innern abzuspielen«, stellte Salome fest. »Er will zu Ende bringen, was zwischen ihnen steht, aber gleichzeitig hat er Angst davor. Ich kann seinen Schmerz fühlen, Dan, und es tut mir weh, daß ich mich nicht weit genug öffnen kann, um ihm zu helfen, damit fertig zu werden.«

Dan trat nach einem Stein auf dem Stahlbeton. »In der ganzen Zeit, die wir miteinander unterwegs waren, habe ich kaum etwas aus Morgan herausbekommen, aber eines steht fest, er wollte keinem von uns jemals weh tun. Er hat mir erklärt, daß er uns verlassen hat —

dich und Patrick und mich — ohne seine Ängste zu erklären, weil wir hinter Yorinaga Kurita hergehetzt wären und versucht hätten, ihn umzubringen.« Dan lächelte schüchtern. »Ich sage ›versucht‹, weil Morgan überzeugt davon ist, daß wir bei diesem Kampf umgekommen wären.« Er sah zu Boden, und Trauer drang in seine Stimme. »Patrick ist umgekommen, und das Opfer meiner *Valkyrie* hat Yorinaga auch nicht umgebracht.«

Salome drehte sich zu ihm um. »Was versuchst du mir zu sagen?«

Dan seufzte. »Morgan ist gegangen, um uns Schmerzen zu ersparen, und um unser Leben zu retten. Er sieht es jedenfalls so, und ich glaube es irgendwie auch.« Dan breitete die Hände aus. »Vielleicht kann er es dir beweisen, wenn du ihm die Chance dazu gibst. Vielleicht weiß der Teil von dir, der ihn noch immer liebt, das. Er könnte deine Unterstützung gut gebrauchen.«

Der Ansatz eines Lächelns erhellte Salomes Gesicht. »In dem, was du sagst, steckt viel Vernunft, Dan.« Sie zuckte die Achseln. »Ich werde es mir gründlich durch den Kopf gehen lassen.«

Dan lächelte. »Wir zwei haben eine Menge mitgemacht, Salome, und du hast mir über schwere Zeiten hinweggeholfen, zum Beispiel, als ich von Justins Verletzung erfahren mußte. Wenn du jemals jemanden brauchst, mit dem du reden kannst ...«

Salome streckte die Arme nach Dan aus und drückte ihn an sich. »Ich weiß das Angebot zu schätzen, Dan. Wirklich.«

In diesem Augenblick öffnete sich die Tür zum Versammlungsraum und warf ein gelbes Rechteck aus Licht über den Beton. Salome gab Dan frei; beide wandten sich zum Mechhangar um. Clovis winkte ihnen zu, und sein Schatten hatte die Umrisse eines Titanen. »Herr Hauptmann, der Oberst möchte Sie sprechen.«

Dan blickte zu Salome hinüber, aber die einzige Antwort, die er auf die unausgesprochene Frage in seinem

Gesicht erhielt, war ein Lächeln. Sie gab ihm einen leichten Schubs und folgte ihm zurück zur Party. Dan schauderte. *Das gefällt mir aber gar nicht. Erst benehmen Cat und Clovis sich wie zwei Verschwörer, und jetzt drängt Salome mich zur Party zurück.*

Dan wurde noch unbehaglicher, als die anderen Kell Hounds-Offiziere im Versammlungsraum ihn mit nachdenklichem Gesichtsausdruck musterten. Morgan Kell ergriff Dans Hand. Als sich ein wölfisches Grinsen auf Morgans Gesicht breitmachte, sank Dans Mut vollends. *Jetzt gibt's kein Zurück mehr.*

»Meine Damen und Herren«, setzte Morgan an. »Ich möchte Ihnen Hauptmann Daniel Allard vorstellen. Als die meisten von Ihnen Dan das letztemal sahen, war er ein eben erst angeworbener Leutnant. Prinz Hanse Davion überstellte Lieutenant Allard mitsamt einer brandneuen *Valkyrie* geradewegs von der Militärakademie New Avalon in unsere Obhut, und wir waren mehr als erfreut, ihn in unserer Kompanie begrüßen zu können.«

Morgan zwinkerte Dan zu und legte ihm den rechten Arm um die Schultern. »Aus einer Reihe von Berichten des Lyranischen Nachrichtencorps wie auch aus den Kell Hounds-Dokumenten, die ich auf der Anreise studierte, habe ich den Eindruck, daß die Kell Hounds mit Dan einen echten Fang gemacht haben. Seine Führungsqualitäten und harte Arbeit haben die Einheit durch schwere Zeiten gelenkt. Sein taktisches Geschick hat den Hounds bei einigen riskanten Einsätzen geholfen, und seine Tapferkeit half, in einer Reihe verzweifelter Gefechte doch noch den Sieg zu erringen.«

Morgans Stimme wurde tiefer, als sein Arm von Dans Schultern fiel. »Bei dem Versuch, das Leben meines Bruders zu retten, opferte Dan in der Schlacht um Styx seine *Valkyrie.* Diese mutige Handlungsweise hat Hauptmann Daniel Allard in die Ränge der Entrechteten verschlagen.«

Dan warf Morgan einen fragenden Blick zu. *Entrechtet?* In seinen Eingeweiden nagte die Angst. Für einen MechKrieger war der Gedanke an ein Leben ohne Mech ein Alptraum. Ihn als ›*entrechtet*‹ zu bezeichnen, war kein leichtfertiger Witz. Es war ein Fluch, ein grausamer Fluch. *Entrechtet zu sein ist um nichts besser als der Tod.*

In Morgans braunen Augen blitzte der Schalk. »Dan, unsere Techs haben ein paar Kurita-*Panther* halbwegs zusammengeflickt, damit Ihnen ein funktionierender Mech zur Verfügung steht. Aber ich lasse nicht zu, daß ein Kompaniechef der Kell Hounds Frankensteins Monster lenkt. Das wäre ja geradezu unziemlich.«

Morgan hob die Achseln. »Andererseits sind sie ein begnadeter Pilot für leichte Mechs, und sämtliche Reservemechs des Regiments sind mittelschwere oder schwere Maschinen. Was läßt sich da machen?«

Macht er Witze? Sprachlos blickte Dan sich zu den übrigen MechKriegern um. Die vorher so amüsierten Mienen waren düster geworden. Dan drehte sich wieder zu Morgan um. »Meinen Sie das ernst, Oberst? Wenn ja, dann können Sie genausogut eine Pistole ziehen und mich erschießen.« Dan schüttelte den Kopf, dann leuchtete sein Gesicht unter einem Einfall auf. »Degradieren Sie mich. Dann bin ich kein Kompaniechef mehr, und Sie können mir den verdammten *Panther* geben. Aber tun Sie mir das nicht an!«

Morgan schüttelte betrübt den Kopf. »Ich kann Sie nicht degradieren, Dan — nicht nach all dem, was Sie für die Einheit getan haben. Ich bin sicher, wir finden etwas für Sie. Sie werden nur eine Weile einen Schreibtisch steuern müssen ...«

Dan schüttelte heftig den Kopf. »Nein! Auf keinen Fall.« Er stieß sich mit dem Daumen auf die Brust. »Ich bin ein MechKrieger! Zum Teufel, wenn es sein muß, dann geben Sie mir einen AgroMech, aber ich werde nichts steuern, das keine beweglichen Teile besitzt. Basta!«

Morgan schloß die Augen ein wenig. »Na schön. Vielleicht können wir Ihnen helfen.« Kell marschierte auf die Tür in der Rückwand des Raumes zu, die in den Mechhangar führte. »Kommen Sie!«

Mit hochrotem Gesicht schob sich Dan durch die Reihen der übrigen Offiziere und ignorierte das hinter ihm laut werdende Kichern. *Was geht hier vor? Was für eine Monstrosität wollen sie mir jetzt anhängen?* Verwirrt und wütend knallte Dan die Hangartür gegen die Wand und marschierte steifbeinig in die Halle.

Zehn Meter hohe Maschinen standen wie stumme Wachtposten im Innern des hohen Gebäudes. Die Mechs hatten zum größten Teil humanoide Gestalt und rangierten in ihrem Gewicht zwischen 20 und 75 Tonnen. In der prächtigen schwarz-roten Bemalung der Kell Hounds schienen die gewaltigen Kampfmaschinen beinahe wie Spielzeugsoldaten, die von einem Riesenkind zur Schlacht aufgestellt worden waren.

Dan blieb stehen. Der Anblick ließ ihm den Atem stocken. Am anderen Ende der breiten Stahlbetonschneise stand ein BattleMech. Er war ebenso hoch wie seine Gefährten, aber die schlanke Gestalt dieses Mechs machte dem Betrachter sofort klar, daß er zu hoher Geschwindigkeit fähig war. Seine linke Hand war voll modelliert, aber an Stelle der Rechten drohte die Mündung eines schweren Lasers. Im Schwarz und Blutrot der Kell Hounds wirkte die Maschine wie ein wildes Monster. *Aus einem Kurita-Alptraum ...*

Drei mittelschwere Laser ragten links, rechts und in der Mitte aus dem Torso des Mechs und formten ein Dreieck, das zum Kopf der Kampfmaschine deutete. Dans Lächeln ähnelte dem wölfischen Grinsen des Mechkopfes. Der Wolfskopf der Maschine erinnerte an uralte terranisch-ägyptische Götterbilder und verlieh ihm ein aggressives, furchterregendes Aussehen. Dan erkannte sofort, daß die Ohren als Ortungs- und Funkantennen dienten, und gratulierte dem Konstrukteur in

Gedanken für die gelungene Kombination von Form und Funktion.

Dan drehte sich zu Morgan um. »So etwas habe ich noch nie gesehen.«

Morgan grinste. »Das ist ein nagelneues Modell, Dan. Ein *Wolfshund.* Er gehört dir.«

Dan schüttelte den Kopf. »Mir?«

Morgan nickte ernst. »Für deinen Einsatz Patrick zuliebe.« Morgan betrachtete den *Wolfshund,* dann deutete er auf die Hangartore hinter dem Mech. »Na los! Probier ihn aus! Deine Lanze wartet da draußen auf dich. Sie haben vier *Panther* ... Zeig uns, was du kannst.«

Dan salutierte. »Jawohl, Oberst!« Er grinste. »Mit Vergnügen.«

22

Arc-Royal
Distrikt Donegal, Lyranisches Commonwealth

3. März 3028

Dan drückte den Verschlußhebel über die Luke und fühlte, wie es in seinen Ohren knackte. Das Cockpit des *Wolfshund* wurde unter Druck gesetzt. Er kniete sich neben die Luke und lächelte. Durch die polarisierten Augenschlitze des Mechs fiel ausreichend Hangarlicht herein, so daß er die Umrisse der Kontrolliege ausmachen konnte. Er hob den Arm und betätigte einen Schalter über der Luke, mit dem der Fusionsreaktor des Kampfkolosses zum Leben erweckt wurde.

Unter seinen Füßen kündete ein regelmäßiges Klopfen vom Herzen des *Wolfshund,* und überall in der Kabine leuchteten reihenweise Schalter, Knöpfe und Bildschirme auf. Er drückte einen leuchtenden grünen Knopf auf der Kommandokonsole, und das Funkgerät meldete sich mit einem Krachen.

»Clovis, können Sie mich hören?«

»Roger, Dan.« Das Lächeln, das sich Dan auf dem Gesicht des Zwergs vorstellte, war noch über die Funkverbindung zu erkennen. »Beeindruckend, was?«

»Bestätigt.«

Clovis hustete leise. »Okay. Als erstes wollen Sie sicher in eine Kühlweste steigen und so weiter. Die Rücklehne der Pilotenliege enthält ein Fach mit allem, was Sie brauchen.«

Dan drehte sich um und öffnete das schmale Fach. Er zog eine Steppweste aus leichtem Goretex heraus, das den Schweiß vom Körper saugte. Die Weste war mit flexiblen Kühlschläuchen durchwirkt, die dem Piloten etwas Schutz vor der Abwärme bieten sollten, die ein Mech beim Kampf produzierte. Die Schläuche lagen unter einer Schicht aus Ballistiktuch, die als äußere Lage der Weste diente. An der linken Seite der Weste hing ein Stromkabel zur Verbindung mit der Pilotenliege herab.

Dan runzelte die Stirn, während er Jacke und Hemd auszog. »Clovis, dieses Fach nimmt den Platz in Anspruch, der normalerweise für den Raketensatz des Schleudersitzes benötigt wird.« Er warf einen zweiten Blick in das Fach und zuckte zusammen. »Ich finde es ja ganz schön, daß all diese Überlebenshilfen hier lagern, und auch noch Kleider zum Wechseln, aber ich wäre doch gerne in der Lage, aus meinem Mech auszusteigen, wenn Not am Mann ist.«

Clovis Gelächter hallte durch das Cockpit. »Cat hat um zwanzig ComStar-Noten mit mir gewettet, daß Sie diese Frage als erste stellen. Dr. Banzai hat den *Wolfshund* mit demselben Rettungssystem ausgestattet wie den bisher einzigartigen *Tomahawk*. Die gesamte Pilotenkanzel wird abgeworfen. Keine Kanzeldächer, die sich manchmal nur halb lösen, oder Cockpitwände, von denen der Pilotensitz abprallen könnte.«

Dan verzog das Gesicht, als ein plötzlicher Schmerz durch seine linke Schulter zuckte. Er erinnerte sich an das Schlüsselbein, das er sich beim Aussteigen auf Styx gebrochen hatte, und lachte. »Die Konstruktion gefällt mir.«

»Roger. Lassen Sie mich wissen, wann Sie sich angeschnallt haben, und ich lotse Sie durch die Einschaltsequenz.«

»Roger.« Dan glitt in die Weste und zog sie fest. In einer kleinen Schublade im Innern des Fachs fand er zwei Sensorpflaster und klebte sie auf die nackten Oberarme. Dann zog er Stiefel und Uniformhose aus. Er ersetzte sie durch Shorts und Plaststahlstiefel, die bis an die Knie reichten. Er klebte zwei weitere Sensorpflaster an die Außenseite seiner Schenkel, schloß seine Kleider ein und legte sich in den Pilotensitz.

Mit Hilfe von Steuerknöpfen in der rechten Armstütze richtete er die Rückenlehne auf und senkte die Fußstütze, bis er eine bequeme Sitzposition erreicht hatte. Nachdem er seine Kühlweste mit der Buchse an der Seite der Liege verbunden hatte, öffnete er eine Klappe an der linken Armstütze und zog vier Kabel heraus. Er befestigte die Klammern an den Elektroden in der Mitte der Sensorklammern und führte sie durch die Schlaufen in der Kühlweste bis zum Kragen hoch. Dann schnallte er sich an.

Er griff nach hinten und zog den Neurohelm aus seiner Halterung. Nachdem er den schweren Metall- und Plastikhelm auf die Schulterpolster der Weste gesetzt hatte, steckte er die vier Sensorpflaster nacheinander in die Buchsen am Halsansatz des Neurohelms. Er richtete ihn aus, bis er fühlte, daß die Neurosensoren an den richtigen Stellen seiner Kopfhaut auflagen und er durch die keilförmige Sichtscheibe alle Ortungsschirme der Kommandokonsole sehen konnte.

Mit einem Knopfdruck schaltete er den Funkempfänger auf den Helm. Dann regelte er die Lautstärke herab, um das Rauschen der Statik zu eliminieren. Nachdem er sein Mikro eingeschaltet hatte, erklärte er. »Ich bin soweit, Clovis. Wie geht's weiter?«

Clovis' tiefe Stimme drückte Stolz aus. »Normalerweise würde es etwa zwei Tage dauern, dieses Monster an Sie anzupassen, aber wir haben ein paar Daten aus dem erbeuteten *Panther* ziehen können, den Sie auf Northwind benutzt haben. Außerdem habe ich ein Programm mit Feedbackschlaufe in Ihren Bordcomputer eingegeben.«

Dan schaltete die Bildleitung des Funkgeräts auf den Hilfsmonitor. Clovis lächelte ihn an. »Das Programm überwacht Ihre Leistung und vergleicht sie mit seinen Daten bezüglich Ihrer normalen Operation und Ihrer besten und schlechtesten Leistungsdaten der Vergangenheit. Es gibt Energie und Prozessorzeit frei, um Ihre

Schwächen auszugleichen, und unterstützt Ihre Fähigkeiten, wenn Sie in einem Gefecht richtig liegen.«

»Mit anderen Worten, das Programm stellt den *Wolfshund* bis ins Detail auf mich ein.«

»Stimmt. Außerdem gestattet diese Überprüfung dem Computer auch, den Mech stillzulegen, wenn das Leistungsprofil sich zu sehr vom Normalbild unterscheidet. Dadurch wird verhindert, daß sich irgendein Witzbold mit einem elektronischen EEG-Filter Ihren Mech unter den Nagel reißt.«

Dans Lachen hallte durch den Helm. »Wunderbar, aber jetzt wollen wir dieses Monstrum mal in Gang setzen. Wie lautet meine Kennung?«

Clovis' Stimme wurde ernst. »Größere Liebe ...«

Clovis' Worte erinnerten Dan an Patrick Kells Opfer auf Styx. *Größere Liebe empfindet kein Mensch für einen anderen als sein Leben zu geben für ihn.* Dan spürte einen Kloß im Hals. *So alte Worte, und doch so wahr.* »Danke, Clovis. Eine gute Wahl.«

Dan betätigte einen Knopf auf der Konsole. »Mustervergleich: Hauptmann Daniel W. Allard.«

Ein leises Summen wurde in Dans Helm laut, dann verdichtete es sich zu einer elektronisch erzeugten Stimme. »Stimmusterabgleichung erfolgt. Beginnen Sie die Initialisierung.«

Dan zwang sich, die Worte auszusprechen. »Codeüberprüfung: Größere Liebe.«

Der Computer meldete sich erneut. »Autorisierung bestätigt. Willkommen an Bord, Herr Hauptmann. Ich stehe ganz zu Ihrer Verfügung.«

Dan lächelte, als der Computer die Waffensysteme mit Energie versorgte. Der Hauptschirm des Mechs erwachte flackernd zum Leben, und der Computer bildete eine Schemazeichnung des *Wolfshund* darauf ab. Dann tauchte auf dem Sekundärschirm eine Computergraphikkarte des umliegenden Geländes im Maßstab von zweieinhalb Zentimetern zum Kilometer auf.

Hallo. Das ist neu. Dan strahlte. »He, Clovis! Wie wär's mit einer Erklärung zu dieser Karte?«

»Also, Dan. Im Augenblick empfangen Sie Daten von den Wettersatelliten über Arc-Royal. Das Kartenprogramm arbeitete mit frei verfügbaren Daten wie diesen oder Meßtischblättern, die Sie vorher in das System einladen.«

Dan überlegte für einen Augenblick. »Wenn ich eine Verbindung zu einem Militärsatelliten bekäme, würden die Bilder auch die Standpunkte von Feindeinheiten enthalten?«

»Das würde davon abhängen, was die Satelliten an die Bodeneinheiten senden. Ich weiß nicht, ob mein Interpreter die ganzen Datentypen umsetzen könnte, die eine Militäreinheit durch den Äther schicken kann. Wenn wir ihre Signale aufnehmen und den Zerhackercode knacken, können wir das Programm modifizieren. Derzeit ist es nur in der Lage, militärische Daten des Commonwealth und der Vereinigten Sonnen auszuwerten.«

Dan beugte sich vor. »Nach diesem Diagramm habe ich drei — nein — vier mittelschwere Laser. Ich habe drei Mündungen an der Brustpartie gesehen.« Er kniff die Augen zusammen. »Der vierte feuert nach hinten.«

»Hält Ihnen den Rücken frei. Der schwere Laser im rechten Unterarm Ihres Mechs soll dem Gegner auf größere Distanz Sorgen machen.«

»Roger.«

Clovis betätigte ein paar Schalter, und die Hangartore fuhren auf. Als Dan den *Wolfshund* drehte, schaltete er die holographische Gefechtssicht des Mechs ein, die ihm ein Blickfeld von 360° lieferte. Mit Hilfe der Steuerknüppel am vordern Ende der beiden Armstützen bewegte er zwei golden schimmernde Fadenkreuze über den Schirm. Wenn sie sich aus dem Schußfeld seiner Waffen bewegten, wurden sie deutlich blasser.

Clovis Stimme wurde laut. »Die drei Daumenknöpfe

auf dem linken Steuerknüppel betätigen die vorderen Torsolaser. Sehen Sie sich vor, die Geschütze haben keine Sicherheitsschaltung. Wenn Sie die Mecharme über der Brust kreuzen und feuern, verstümmeln Sie sich selbst.«

Dan lachte. *Als ob ein Kampf noch nicht gefährlich genug wäre.* »Danke für die Warnung. Die Knöpfe auf dem rechten Steuerknüppel feuern den schweren Laser und den im Rücken, richtig?«

»Roger.« Clovis hob eine Hand, und Dan sah, daß er den Daumen drückte. »Viel Glück, Hauptmann.«

»Danke, Clovis.« Dan lenkte den *Wolfshund* hinaus in die Nacht. *Na denn, Bello. Wollen wir mal sehen, ob wir beide gut genug sind, ganz allein eine Lanze* Panther *zu vernichten.*

Der Computer zeichnete die Wärmebilder der *Panther* in leuchtendem Grün auf den Bildschirm. Dan zog den rechten Arm des *Wolfshund* hoch und richtete das Fadenkreuz auf den hinteren der beiden humanoiden Mechs. Er strich mit dem Daumen über den Auslöser, und das Fadenkreuz bestätigte mit seinem Blinken die Zielerfassung.

Dan preßte den Feuerknopf. Der blutrote Laserstrahl fraß sich durch das Rückgrat des *Panther* und riß ganze Fetzen Keramikpanzerung aus dem Rücken des schlanken BattleMechs. Der *Panther* wurde herumgerissen, stolperte und stürzte zu Boden.

Stimmengewirr füllte das Cockpit des *Wolfshund,* als sich sein Bordcomputer auf die gegnerische Frequenz einstellte und die Zerhackerroutine analysierte. Dan erkannte Meg Langs Stimme. »Ich bin getroffen. Gyroskopausfall. Das Baby ist k.o.«

Eine harte Männerstimme mischte sich ein. »Verdammt, Eddie! Er ist hinter uns. Du mußt mit Gwyn zurückfallen. Wahrscheinlich hat Dan unsere Frequenz. Umschalten auf Muster Zwo.«

»Roger, Oberleutnant.«

Gar nicht dumm, Austin Brand. Das muß ich zugeben. Aber in die Zange nehmen laß ich mich von euch nicht. Als das Knistern der Lautsprecher erstarb, warf Dan einen Blick auf seine Geländekarte. Er zog den *Wolfshund* zurück und bog nach rechts ab, um ihn zwischen zwei Hügeln in eine enge Schlucht zu bewegen. Dadurch gelangte er vor die Stellung, in der sich die beiden *Panther* bei seinem Angriff befunden hatten.

Er brachte den *Wolfshund* gerade hoch genug, um mit den Lasern in dessen Torso ein freies Schußfeld zu haben. Durch das Unterholz und zwischen schlanken Baumstämmen sah er den *Panther,* den er vorher abgeschossen hatte. Meg hatte es geschafft, die Arme des Mechs unter dessen Torso zu ziehen und ihn in eine sitzende Stellung aufzurichten.

Dan schüttelte ungläubig den Kopf. *Ohne Gyroskop ist das eine beachtliche Leistung. Ich tue dir das wirklich nicht gern an, Meg.* Lächelnd öffnete er eine Richtstrahlverbindung zu dem *Panther.* Doch gerade als er zum Sprechen ansetzte, lief es ihm eiskalt den Rücken hinunter.

Erste Regel des erfolgreichen MechKriegers — vertraue deinem Instinkt, nicht deinen Instrumenten. Dan schaltete die Ortung von Infrarot auf den Magnetischen Anomaliedetektor um. Zwei MAD-Bilder traten auf der Hologrammanzeige an die Stelle der einzelnen Wärmebildsilhouette. Meg Langs beschädigter *Panther* lag hinter dem sitzenden Mech im Gebüsch. Sie war ins Unterholz gekrochen und hatte den Reaktor abgeschaltet.

Noch während Dan das Fadenkreuz auf das Profil des sitzenden Mechs senkte, warf Brand den *Panther* herum. Die rechte Faust, in der sich der Griff einer Partikelprojektorkanone befand, kam hoch. Die glühenden Spiralwindungen der PPK pulsierten einmal auf, und ein künstlicher Blitzschlag schoß auf Dan zu.

Er riß den *Wolfshund* nach rechts, aber der Computer meldete einen Treffer. Der Hauptschirm zeigte, wie der größte Teil der linken Armpanzerung verdampfte. Wut und Erleichterung wogten durch Dans Gedanken. *Teufel auch! Dieses Ding kann allerhand einstecken! Der Schuß hätte meine* Valkyrie *kampfunfähig gemacht und ihr möglicherweise den Arm glatt abgerissen!*

Dan öffnete eine Funkverbindung, als Brand seinen *Panther* tapfer aufzurichten versuchte. »Hübscher Hinterhalt, Austin ... Beinahe.« Er richtete die Fadenkreuze auf den *Panther* und preßte die Feuerknöpfe.

Zwei der mittelschweren Laser schlugen parallele Narben in die Panzerung an der linken Flanke des *Panther.* Computerprojizierte Panzerteile wirbelten in einer prächtigen Explosion vom Ortungsbild des Mechs fort. Der dritte mittelschwere Laser bohrte sich in die Panzerung der PPK, konnte die Waffe jedoch nicht ausschalten. Der schwere Laser hämmerte gegen die Brustpartie des *Panther* und zerschmolz die halbe Panzerung über der Kurzstreckenlafette am Herzen des Mechs.

Die Temperaturanzeige des *Wolfshund* stieg in den gelben Bereich. Da das Gefecht nicht mit scharfen Waffen geführt wurde und die Schäden nur im Speicher des Computers erschienen, fühlte Dan nichts von der Gluthitze, die bei einem echten Gefecht jetzt über dem Cockpit zusammengeschlagen wäre. Aber Dan bemerkte, wie auf der Statusanzeige seines Hauptschirms die Höchstgeschwindigkeit seiner Maschine sank, als der Mech sich bemühte, den simulierten Hitzestau abzubauen.

Dan duckte sich mit dem *Wolfshund* in die Schlucht. *Sie wissen, daß ich Brand getroffen habe.* Er studierte die Karte. Sie mußten diese Schlucht gefunden haben. Wahrscheinlich waren sie ihm schon auf den Fersen. Er grinste grimmig. Der Konstrukteur des *Wolfshund* hatte ihn offensichtlich zum Einsatz gegen *Panther* vorgesehen, denn er hatte mehr als genug Panzerschutz, um mehrere PPK-Treffer zu überstehen. *Besser Jäger als Gejagter.*

Dan arbeitete sich die Schlucht zurück in die Richtung, aus der er gekommen war. Er marschierte um eine scharfe Ecke und hinunter zu einer Stelle, an der die Schlucht sich neben einem Wasserlauf verbreiterte. Auf seinem Schirm flackerten MAD-Anzeigen. Dan ließ den *Wolfshund* auf ein Knie sinken, hob den rechten Arm und zielte auf den gegenüberliegenden Schluchteingang.

Als der vorderste *Panther* unter das Fadenkreuz trat, löste Dan den schweren Laser aus. Ganze Panzerplatten wirbelten von der rechten Flanke des Mechs. Der *Panther* drehte sich nach links, um seine beschädigte Seite zu schützen und duckte sich in Sicherheit.

Das grellsilberne Feuer zweier Ionenraketen loderte hinter dem getroffenen *Panther* durch den Wald. Ein zweiter *Panther* schoß wie ein Komet, der einen Platz am Firmament suchte, durch die Nacht. Dan wollte ihm folgen, aber sein Gegner bewegte sich zu schnell. Er kam ein gutes Stück links von ihm wieder zu Boden.

Dan runzelte die Stirn. *Er will mich natürlich umgehen, während sein Partner mich hier festhält. Moment mal ...* Dan starrte auf den Schirm und sah, wie sich der *Panther,* von dem er ein Umgehungsmanöver erwartet hatte, wieder auf seinen Partner zubewegte. *Irgend etwas stimmt hier nicht.*

Plötzlich traten die beiden Mechs gemeinsam aus der Deckung, und Dan wurde klar, was sie vorhatten. Hinter ihm erschien Brands Mech und hob seine PPK.

»Adieu, Hauptmann Allard.«

23

Arc-Royal
Distrikt Donegal, Lyranisches Commonwealth

3. März 3028

Der hintere Laser des *Wolfshund* flammte auf und durchbohrte Brands linke Flanke. Der Computer simulierte den Effekt eines Lasertreffers auf ein KSR-Magazin, indem er eine Kette von Explosionen über die Silhouette des hinter dem *Wolfshund* aufgebauten Mechs zeichnete. Als die Explosionen verblaßten, war das Bild des *Panther* verschwunden.

Die beiden übrigen *Panther* feuerten gemeinsam ihre Kurzstreckenraketen auf den *Wolfshund* ab. Die Raketen schlugen in und um den Mech ein, konnten aber keinen ernsthaften Schaden anrichten. Ein PPK-Schuß des beschädigten *Panther* traf den bereits mitgenommenen linken Arm des *Wolfshund*. In der Pilotenkanzel flackerten Warnlichter auf, und der Computer meldete, daß der Arm an der Schulter abgerissen worden war.

Dan verlagerte instinktiv das Gewicht, um den Mech neu auszubalancieren, und senkte das Fadenkreuz des schweren Lasers auf den beschädigten *Panther. Gut! Zeig mir deine verwundete Seite.* Er preßte den Feuerknopf nach unten und sandte eine Lanze aus kohärentem Licht in den gegnerischen Mech. Die letzten Reste der Panzerung auf dem Computerbild verschwanden, und der Mech schüttelte sich unter den Auswirkungen ernster innerer Beschädigungen.

Das PPK-Feuer des anderen *Panther* schnitt die Panzerung vom linken Bein des *Wolfshund*, aber ein schneller Blick auf den Hauptschirm beruhigte Dan. Die Panzerung war nicht durchschlagen worden. Angesichts der steigenden Hitzewerte auf der Wärmeskala verzichtete er auf eine Feuererwiderung.

Dan jagte geradewegs auf den unbeschädigten Mech zu. Die Füße des *Wolfshund* gruben sich in den Kies des Flußbetts. Der Pilot hob die PPK seines *Panther*, um den heranstürmenden *Wolfshund* abzuschießen, aber der schnelle Kampfkoloß hatte die Distanz zwischen ihnen bereits zurückgelegt, bevor der Pilot feuern konnte.

Dan lachte, als der *Wolfshund* die minimale effektive Reichweite der Partikelkanone seines Gegners unterschritt. Aus dem Torso des *Panther* schossen KSRs und fetzten die letzten Reste der linken Beinpanzerung davon. Dan ignorierte den durch die Raketen angerichteten Schaden, nahm den *Panther* ins Visier und feuerte mit allem, was er hatte.

Die Strahlenbahnen der mittelschweren Laser trafen sich auf der Brustpartie des *Panther* und fraßen den gesamten Panzerschutz über dessen Herz weg. Die Energiemassen, die auf die Panzerung einprasselten, genügten, um auch die KSR-Lafette zu zerstören. Der schwere Laser im rechten Unterarm des *Wolfshund* feuerte auf die rechte Schulter des *Panther*. Das Hologrammbild zeigte, wie die Panzerung des Mecharms Schicht um Schicht abgeschält wurde, bis die innere Struktur praktisch freigelegt war.

Dan rannte weiter, an dem *Panther* vorbei, stemmte den linken Fuß des *Wolfshund* in den Boden und warf sich herum. Diese Drehung und die Schnelligkeit der Bewegung überraschte beide Gegner. Der weiter entfernte *Panther* hatte sich aus der Deckung erhoben, während der Mech, den Dan soeben in die Mangel genommen hatte, sich umwandte, um seine PPK auf den fliehenden *Wolfshund* zu richten. Offensichtlich hatten beide freies Schußfeld auf seinen Rücken erwartet.

Die mittelschweren Laser des *Wolfshund* erzielten drei glatte Durchschüsse am rechten Arm des näheren *Panther*. Die Computergraphik zeigte, wie der Arm an der Schulter abriß und durch die Nacht davonwirbelte. Der schwere Laser des *Wolfshund* hämmerte auf die offene rechte Flanke des entfernteren Mechs, brannte sich durch die minimalen Überreste innerer Strukturen und stieß geradewegs ins Herz des Mechs vor. Nach den Angaben des Computers zerschmolz der Strahl die gesamte Abschirmung des Fusionsreaktors und legte ihn damit ein für allemal still.

Der waffenlose *Panther* zog sich mit Hilfe seiner Ionensprungdüsen aus dem Kampf zurück, und Dan ließ ihn ziehen, weil plötzlich Warnleuchten sein Cockpit erhellten. *Anfliegende Langstreckenraketen!* »Was, zum Teufel!« stieß er aus. Dans Sekundärschirm zeigte Flugbahnen von vierzig anfliegenden LSRs — und allesamt waren sie auf einen Punkt gerichtet.

Fast ohne zu denken warf Dan den *Wolfshund* nach vorne und sprintete geradewegs auf den Herkunftsort der LSRs zu. Er grinste, als die Raketen über ihn hinwegschossen, weil sie nicht in der Lage waren, ihre Flugbahn zu verkürzen. Dan betätigte zwei Knöpfe auf seiner Kommandokonsole. Der Computer berechnete den Ausgangspunkt der Raketenbahnen, während er die Ortung zurück auf Infrarotoptik schaltete.

Dan nickte nachdenklich. *Zwei LSR 20er-Lafetten produzieren eine Menge Abwärme. Zuviel, um sie zu verbergen.* Dan tippte eine Anfrage in den Computer und lächelte, als der Schirm die Antwort zeigte. *Dachte ich's mir doch. Morgans* Schütze *ist der einzige unserer Mechs mit zwei LSR-20ern.*

Nachdem die Berechnungen des Computers die Koordinaten ermittelt hatten, von denen der Angriff ausgegangen war, drehte Dan den *Wolfshund* so, daß die Gittermarkierungen am oberen Bildschirmrand ihn geradewegs zu Morgans *Schütze* führten.

Er lachte leise. *Na schön, Morgan. Ich weiß, was dein* Schütze *ins Feld führt. Es wird dir auch nicht helfen, wenn du dich hinter dem Hügel versteckst.* Dan erhöhte seine Geschwindigkeit und ließ den 35 Tonnen schweren *Wolfshund* durch das niedrige Gebüsch donnern, das den

Hang bedeckte. *Wenn ich est einmal den Gipfel erreicht habe, bin ich zu nahe für deine LSRs. Und auf diese Entfernung ist mein* Wolfshund *den beiden Lasern deines* Schütze *überlegen.*

Der *Wolfshund* sprintete über die Hügelkuppe, aber der Computerschirm zeigte kein Wärmebild. Dan schaltete die Ortung auf Lichtverstärker um, und das Hologrammbild wurde in den Grau- und Grüntönen dieses Modus neu gezeichnet. *Hab ihn schon!* Mitten auf dem Schirm, genau dort, wo der Computer ihn vorhergesagt hatte, stand Morgans *Schütze.*

Der humanoide Mech wirkte im Vergleich mit der eleganten, schlanken Gestalt des *Wolfshund* geradezu mißgestaltet. Der Kopf des *Schütze* ragte knapp oberhalb der Torsomitte grotesk nach vorne, und seine hochgezogenen Schultern waren noch zusätzlich vergrößert, um die beiden LSR-Lafetten und deren Raketenvorrat unterzubringen. Von beiden Schultern hingen mächtige Arme, die jedoch in lächerlich wuchtigen Unterarmen und kurzen Fingern ausliefen. Die Unterarme beherbergten die beiden nach vorne gerichteten mittelschweren Laser des *Schütze,* während die beiden zum Schutz des rückwärtigen Schußfelds installierten Laser aus einem Geschützturm ragten, der sich dort erhob, wo man normalerweise den Kopf des Mechs erwartet hätte.

Dan senkte das Fadenkreuz des schweren Laser auf die Silhouette der klobigen Maschine, aber im selben Augenblick, in dem der Computer die Zielerfassung bestätigte, reagierte Morgan. Wie ein Tänzer wirbelte Kell den massigen *Schütze* herum und stellte sich dem *Wolfshund.* Der rechte Arm des BattleMechs zuckte hoch, und sein mittelschwerer Laser blitzte auf.

Verdammt! Ist der schnell! Reflexartig riß Dan den *Wolfshund* auf ein Knie. Morgans Laserstrahl schoß harmlos über ihn hinweg, und die mittelschweren Laser des *Wolfshund* stießen mit einem dreistrahligen Energieschlag zu. Zwei der Lichtbahnen fuhren in das rechte

Bein des *Schütze* und kosteten ihn einen Gutteil der Panzerung. Der dritte Strahl schnitt den rechten Unterarm entlang, aber der Computer meldete nur Panzerungsschaden.

Dan runzelte die Stirn, als der *Schütze* keinen Fluchtversuch unternahm. *Morgan stellt sich mir zum Zweikampf! Warum? Er weiß, daß ich stärker bewaffnet bin als er, solange er seine LSRs nicht einsetzen kann.* Während er diese Frage in seinem Hinterkopf wälzte, feuerte Dan mit allem was sein Mech aufzubieten hatte. Zwei der mittelschweren Laser bohrten sich in das linke Bein des *Schütze,* während der dritte unerklärlicherweise sein Ziel verfehlte. Der schwere Laser fetzte ganze Panzerstreifen vom Torso seines Gegners, erzielte jedoch keine internen Schäden.

Als die beiden Unterarmlaser des *Schütze* in den Torso des *Wolfshund* einschlugen, erhielt Dan den ersten Hinweis auf Morgans Strategie. Die Schemadarstellung des *Wolfshund* zeigte, daß die Laser sich durch zwei Drittel der Panzerung gefressen hatten. *Ich bin besser bewaffnet, aber er kann diesen Schußwechsel länger durchstehen. Zeit, sich zu bewegen!* Dan warf einen schnellen Blick auf die Wärmeskala und fluchte, als er die Anzeige sah. Er wendete den *Wolfshund* und sprintete den Hang hinauf über die Hügelkuppe. Um zu verhindern, daß Morgan ihn mit blinden LSR-Salven erwischen konnte, lenkte Dan seinen Mech auf der anderen Hügelseite schräg den Hang hinab.

Er runzelte die Stirn. *Clovis muß die Auswirkungen von Hitzestaus auf meine Zielerfassung überprüfen. Ich wollte Morgan einen Abschiedstreffer mit meinem hinteren Laser verpassen, aber ich konnte ihn nicht ausrichten. Das ist eine gefährliche Fehlfunktion.*

Er brachte den *Wolfshund* zum Stehen, so daß die Wärmeaustauscher Gelegenheit hatten, die Innentemperatur wieder auf normale Werte zu reduzieren, und rief ein schnelles Diagnoseprogramm auf. Der Computer meldete alle Waffensysteme funktionsklar und zeigte die Schäden, die sein Mech im Verlauf des Scheingefechts erlitten hatte. Er stöhnte. *Ich will bloß hoffen, daß ich mich in einem echten Gefecht besser schlagen kann. Wenn nicht, kann ich mein ganzes Gehalt darauf verwenden, diesen Mech zu panzern.* Trotz der Schadensmeldungen mußte er lächeln. *Zumindest bleibe ich in diesem Mech am Leben, um die Reparaturen auszuführen. Das ist immerhin etwas ...*

Dan entschied sich, den Hügel zu umgehen, und setzte den *Wolfshund* langsam in Bewegung. *Erwartet Morgan, daß ich an ihn heranrücke — was vernünftig wäre — oder ihn auf größere Distanz angreife — ein Zug, der ihn sicher überraschen würde? Morgan gehörte schon immer zu den Besten, und die Jahre im Exil scheinen ihn auch nicht langsamer gemacht zu haben. Wenn ich meinen Grips nicht einsetze, kann ich mich begraben lassen.*

Ein plötzlicher Einfall ließ ihn stutzen. *Er erwartet, daß ich um den Hügel marschiere, um ihn auf kurze oder weite Distanz zu stellen. Aber was, wenn ich einfach noch einmal über die Kuppe komme? Ja ...* Er drehte den *Wolfshund* nach rechts und marschierte erneut den Hang hinauf. Als er den *Schütze* am anderen Ende des Tals in Warteposition sah, grinste er. Er senkte die Fadenkreuze sämtlicher Geschütze über die wuchtige Silhouette des *Schütze,* aber sie weigerten sich zu pulsieren. *Was, zum ...?*

Der *Schütze* drehte sich um. Seine Arme richteten sich auf den *Wolfshund.* Dan warf sich nach rechts, und die Strahlenbahnen schossen harmlos an ihm vorüber. Er preßte den Diagnoseknopf der Anzeige und arbeitete sich geduckt den Hang hinunter, während der Computer die Umrisse seines Mechs neu zeichnete.

Noch immer keine Beschädigung! Wieso kann ich dann keine ...? Noch während sich die Frage in seinen Gedanken formte, schien Dan das Blut in den Adern zu gefrieren. Es war geradeso, wie bei jener letzten Schlacht auf Mallory's World, als die Mechs der Kell Hounds sich zu weigern schienen, Morgans Mech auf ihren Schirmen zu zeigen; und dann wieder, auf Styx, als beim Kampf zwischen Yorinaga und Patrick dasselbe geschehen war. Er hatte einen bitteren Geschmack im Mund, und sein Gehirn protestierte gegen die Beweise, die ihm seine Augen lieferten. *Das kann es doch gar nicht geben ...*

Als der *Schütze* wieder in Sicht kam und beide Arme hob, ließ er den *Wolfshund* auf beide Knie fallen. Sein Computer zeichnete zwei Laserbahnen, die sich über dem Kopf seiner Maschine kreuzten. Dan riß den *Wolfshund* auf die Füße und rannte davon.

Der Hügel schob sich zwischen Dan und den *Schütze*. *Nimm dich zusammen, Dan! Unmöglich oder nicht, es geschieht.* Er schauderte. *Du konntest auch Yorinagas* Kriegshammer *auf Styx nicht abschießen, aber trotzdem hast du ihn mit deiner* Valkyrie *getroffen. Er existierte wirklich. Es muß eine Möglichkeit geben. Du bist ein MechKrieger. Überleg dir was.*

Eine hoffnungslos wagemutige Idee schoß ihm durchs Hirn. *Besser, ich versuche es hier in einer Simulation, als irgendwann im echten Kampf feststellen zu müssen, daß es nicht funktioniert,* sagte er sich. Er streckte den Arm aus und schaltete die Geschützkontrolle von den Steuerknüppeln um auf den Computer.

Die Stimme des Computers meldete sich mit mechanischer Dringlichkeit. »Ein Abschalten der manuellen Zielerfassung ist nicht ratsam.«

»Halt's Maul!« Dan drehte sich um und arbeitete sich weiter um den Hügel herum. Er rannte schneller, als in unbekanntem Gelände und bei Dunkelheit ratsam war, aber sein natürlicher Gleichgewichtssinn, der über Neurohelm und Sensorpflaster an den *Wolfshund* weitergeleitet wurde, hielt ihn trotz allem aufrecht.

Dan rief auf dem Sekundärschirm ein *Schütze*-Schema auf. »Rückansicht«, befahl er. Der Computer wendete das Bild gehorsam. Auf Dans Gesicht erschien ein Grinsen. »Zielschußprogramm.«

»Einsatz des Zielprogramms nicht ratsam.«

»Halt die Klappe!« Dan blickte auf die Skala neben dem Diagramm des *Schütze.* »Zielpunkt gleich Laserausgangspunkt minus drei Meter Höhe, plus 25 Meter Entfernung.« *Vielleicht sind meine Waffen und Sensoren nicht in der Lage, dich zu sehen, Morgan. Vielleicht gestatten sie mir nicht, dich zu beschießen, aber in diesem kleinen Scheingefecht erkennen sie zumindest deine Laser, und das heißt, ich kann durch dich hindurchschießen.*

Dan bekreuzigte sich. *Lieber Gott, laß es funktionieren.*

Er ließ den *Wolfshund* um den Hügel traben. Er hatte Morgan sofort ausgemacht, und fast ebenso schnell senkten sich die Laser, die zwischen den Schultern des *Schütze* lauerten. Dan wurde langsamer, als sie ihn erfaßten, und zwang sich, nicht zu reagieren, obwohl Alarmsirenen durch sein Cockpit heulten und Schmetterlinge in seiner Magengrube tanzten.

Über die Konsole des *Wolfshund* tanzten Warnlichter, als die mittelschweren Laser die Panzerung von der rechten Seite des Mechs fraßen. Dan wartete, ob die Bereitschaftslämpchen seiner Geschütze auf Grund der Schäden erloschen, aber keines von ihnen flackerte auch nur. Die Schäden hatten nur die Panzerung betroffen.

»Alle Geschütze, Feuer!« Der Computer zeichnete vier Strahlenbahnen auf Dans Schirm, die sich in das Bild des *Schütze* und hindurch zogen. Morgans Mech blieb in der Drehung stecken. Seine Arme fielen herab und baumelten wie gelynchte Renegaten von den hochgezogenen Schultern des *Schütze.*

Morgans ruhige Stimme erklang krachend in Dans Neurohelm. »Guter Schuß, Dan. Du hast mir den Reaktor zerblasen ...«

»J-ja, Sir.« Schweiß brannte in seinen Augen.

»Wie gefällt dir dein *Wolfshund?*«

Der junge Kell Hound schluckte, als Morgans beruhigende, warme Stimme die Furcht in seinen Eingeweiden schmelzen ließ. »Danke der Nachfrage, Oberst. Er gefällt mir ausgezeichnet.« Die analytische Seite seines

Geistes schob die letzten Überreste von Dans Angst beiseite. »Ich werde die Sprungdüsen meiner *Valkyrie* vermissen, aber die zusätzlichen Waffen und die Panzerung machen diesen Mech zu einem erstklassigen Kämpfer.«

Morgans Genugtuung war auch über die Funkverbindung deutlich zu spüren. »Sehr schön, Dan. Freut mich, daß er dir gefällt. Was meinst du, wann du dich an ihn gewöhnt haben wirst?«

Dan schluckte. *Meinst du, solange ich nicht gegen dich antreten muß?* »Äh ... ich bin nicht sicher. Einen Monat. Vielleicht mehr.« Dan zögerte. »Da sind noch ein paar Punkte, die ich mir von Clovis erklären lassen möchte.«

»Sagen wir einen Monat«, erklärte Morgan hart. »Viel mehr Zeit haben wir nicht, bevor wir zu den Hochzeitsfeierlichkeiten aufbrechen müssen.« Aber die Wärme kehrte zurück in die Stimme des Obersten, als er hinzufügte: »Gut gemacht, Hauptmann. Rücken Sie ab.«

Später beugte Dan sich über Clovis, als sie beide ungläubig die Gefechtsaufzeichnung abspielten. An der Stelle, als seine Fadenkreuze sich weigerten, den unter ihnen liegenden *Schütze* zu erfassen, deutete er auf den Schirm. »Sehen Sie das, Clovis? Was, zum Teufel, geht da vor?«

Der Zwerg schüttelte den Kopf. Er spulte das Band zurück und verlangsamte die Wiedergabe. Er wandte sich nach links und lenkte die Ortungsdaten an den Bordcomputer auf einen anderen Monitor. Sorgsam und vorsichtig ließ er die Bandaufzeichnung zentimeterweise weiterlaufen. Während die Bilder über den Schirm wanderten, beobachtete Clovis die Datenströme auf dem Computermonitor.

Er lehnte sich seufzend zurück. »Ich weiß es nicht, Dan.«

»Was soll das heißen, Sie wissen es nicht? Sie haben den *Wolfshund* programmiert. Sie müssen es wissen!«

Der Zwerg hob die Schultern. »Ich hab noch nie etwas Vergleichbares gesehen, Dan.«

Dan war wütend, nicht auf Clovis, sondern auf seine Erinnerung. »Ich schon, Clovis. Im Kampf. Ich habe es im Kampf gesehen.« Dan drehte sich um und hämmerte mit der Faust gegen die Wand. »Ich habe es vor zwölf Jahren auf Mallory's World gesehen, und gleich zweimal auf Styx.« Dann deutete er anklagend auf das flackernde Bild der Gefechtsaufzeichnung. »Und jetzt sehe ich es hier.« Seine Schultern fielen herab. »Sagen Sie mir *irgend etwas*, Clovis.«

Clovis hob die Arme und breitete die Hände aus. »Eines kann ich Ihnen sagen, Dan«, stellte er zögernd fest, und zeigte auf den Datenstrom. »Die Lichtverstärker können die Photonen aufnehmen, die vom *Schütze* abprallen. Deswegen konnten sie ihn sehen, oder zumindest glaube ich, daß Sie ihn deswegen sehen konnten. Die anderen Sensoren, Infrarotoptik, Magnetischer Anomaliendetektor und so weiter, empfangen entweder keine Daten auf ihre ausgesandten Signale, oder der Computer verarbeitet sie nicht, wenn sie zurückkommen.« Clovis zuckte hilflos die Achseln. »Nach so kurzer Zeit kann ich Ihnen einfach nicht mehr sagen. Aber ich werde die Sache weiterverfolgen. Vielleicht, indem ich einen Vergleich mit Morgans EEG- und EKG-Messungen während des Gefechts anstelle.«

Dan runzelte die Stirn. Das ergab alles keinen Sinn. »Was wollen Sie mir sagen, Clovis? In einfachen Worten.«

»Hauptmann, nach allen verfügbaren Hinweisen weigert sich der Computer auf dem Schlachtfeld, an Morgan Kells Existenz zu glauben.«

Drittes Buch

DOUBLETTE

24

Auf dem Flug ins Systeminnere
Terra

14. August 3028

Herzog Michael Hasek-Davion starrte durch den großen runden Sichtschirm seiner Landungsschiffkabine auf die blauweiße Kugel, die vor ihm im Raum hing. Dutzende anderer Landungsschiffe — die meisten abgerundet wie der *Overlord*, der den Herzog transportierte, aber zum Teil auch aerodynamisch geformt — fielen auf den Planeten zu.

Der Herzog meditierte über die Welt, der sie sich näherten. *Jahrhunderte haben Landungs- und Sprungschiffe die Menschheit von dieser bescheidenen kleinen Welt fortgetragen. Terra ist weder so groß wie andere Planeten, die Menschen besiedelt haben, noch so reich an Mineralien oder Leben, und doch hat sich nur hier eine intelligente Spezies entwickelt. Das macht diese Welt zu etwas ganz Besonderem.*

Die Irisblende der Kabinentür öffnete sich mit einem Zischen, und ein kleinwüchsiger, schlanker Mann mit schütterem braunen Haar trat ein. Michael drehte sich um. Sein Gegenüber schien bei jedem Schritt zusammenzuzucken. »Ihr habt mich rufen lassen, Euer Lordschaft?«

Michael nickte und genoß insgeheim das Gewicht seines langen, schwarzen Haarzopfs. *Armer Graf Vitios. Mit einer so schmächtigen Figur sind Sie nicht auf Reisen mit mehr als 1 g Andruck vorbereitet, aber ich lege Wert darauf, frühzeitig einzutreffen. Außerdem ist die Übung gut für Ihre Muskeln.* »Allerdings, das habe ich.«

Vitios ließ sich dankbar in den tiefen Polstersessel sinken, den ihm Herzog Michael anbot. »Wie kann ich Euch zu Diensten sein, Euer Lordschaft?«

Die Scham des kleinen Mannes wegen seiner Schwäche huschte über sein verkniffenes Gesicht, als Michael die Hände hinter dem Rücken verschränkte und vor dem Sichtschirm auf und ab spazierte. »Ich möchte sichergehen, daß Sie auf Terra keine Dummheiten anstellen.«

Der Graf erstarrte für eine halbe Sekunde, dann zwang er sich zu einem Lächeln. »Ich verstehe nicht, was Ihr damit meint, Herzog Michael.«

Michael erwiderte das Lächeln mit einem verschmitzten Grinsen. »Anton, ich kenne Sie zu gut, um nicht zu wissen, daß Sie für eine Gelegenheit wie diese einen Plan in der Hinterhand haben. Ich weiß, Sie trauern noch immer um Frau und Kinder, obwohl die Schlacht um Verlo schon zwölf Jahre zurückliegt.« Er hob die Hand, um die Antwort des Grafen abzuwehren. »Niemand wird es wagen, einem Mann eine solche Treue zu verübeln, und viele bewundern Sie dafür.«

Michael wandte seinem Besucher den Rücken zu und beobachtete die Landungsschiffe, wie sie im Schneckentempo auf das ferne Terra zukrochen. »Ich habe die Holovids von Justin Allards Verhandlung gesehen und auch, wie Ihre Anklage ihn als den Liao-Agenten bloßstellte, der er inzwischen ja auch ganz offen geworden ist. Aber trotzdem ist Ihr Rachedurst ungestillt. Das ist gut so.«

»Ich würde nie etwas unternehmen, das Euch Schwierigkeiten bereiten könnte, Euer Lordschaft.«

Lächelnd wandte sich Michael zu dem Grafen um. »Das weiß ich, aber ich möchte auch nicht, daß Sie sich dummerweise in eine Situation verstricken, die für Ihren Kreuzzug nur schädliche Auswirkungen haben könnte.«

Der Graf verzog das Gesicht. »Ich verstehe die ComStar-Anweisung, die jede Art Bewaffnung bei den Hochzeitsfeiern verbietet, sehr wohl, Herzog Michael. ComStar wird alle Personen und Gepäckstücke überprüfen, bevor irgend jemand oder irgend etwas das

Quarantänegebiet des Raumhafens von Savannah verlassen darf, und diese Prozedur wird vor dem Einlaß in den Sitz des Ersten Bereichs wiederholt. Obwohl ich nicht zur Hochzeit eingeladen bin und mit dem Rest des Haushaltsstabes in Savannah bleiben werde, plane ich nicht, irgendwelche Waffen einzuschmuggeln.«

Michael nickte knapp. »Das möchte ich Ihnen auch geraten haben. ComStar hat gedroht, den Informationsfluß eines jeden Hauses stillzulegen, das versucht, die Sicherheitsbestimmungen der Feierlichkeit zu umgehen. Ein Interdikt würde uns blind und taub machen.«

Graf Vitios kniff die Augen zusammen. »In diesem Fall nehme ich an, daß Ihr mich aus einem anderen Grund sprechen wolltet, Euer Lordschaft?«

Michael lächelte. »Ich habe von Liao-Agenten ein Angebot der Zusammenarbeit gegen Hanse Davion erhalten.«

»Diese gottverfluchten Hurensöhne!« Die Kiefermuskulatur des Grafen trat hervor, als er wütend mit den Zähnen knirschte. »Ich hoffe, Ihr habt sie zur Hölle geschickt!«

Bevor er antwortete, richtete Michael sich zu voller Größe auf. »Um ehrlich zu sein, ich habe Ihnen mitgeteilt, ihr Angebot sei äußerst verlockend.«

Der Graf sank sprachlos in die tiefe Polsterung des blauen Sessels. Sein Mund stand offen, er starrte Michael ungläubig an.

Der Herzog beobachtete ihn mit einem Lächeln. *Meine treue Bulldogge, nur wenn du meinen wahren Plan erkennst, kannst du mir bei meiner Verteidigung von Wert sein.*

Michael wandte sich wieder von seinem Untergebenen ab, um die zahllosen Schiffe auf dem Flug nach Terra zu studieren. »Überlegen Sie sich einmal, Anton, was diese Hochzeit militärisch und politisch für die Nachfolgerstaaten bedeutet. Hanse hat mir versprochen, die Mark Capella mit Truppen der Mark Draconis zu verstärken, sobald die Galahad-Manöver dieses Jahres vorüber sind. Er ist der Meinung, das Draconis-Kombinat werde nach der Hochzeit mit seiner Steiner-Prinzessin keine so große Bedrohung mehr darstellen, weil die Allianz sicherstellt, daß der Drache einen Zwei-Fronten-Krieg führen müßte, wenn er aggressiv werden will.«

Ein nervöses Zittern klang in der Stimme des Grafen mit. »Das erscheint durchaus vernünftig, Hoheit. Aber es hat den Anschein, als ob Ihr nicht glaubtet, der Prinz werde Wort halten.«

Michael nickte nachdenklich. »Ihre Beobachtung entspricht durchaus den Tatsachen, aber ich habe diese Überzeugung entwickelt, ohne meinem Schwager irgendwelche bösen Hintergedanken zu unterstellen. Ich glaube einfach nicht, daß er die Gelegenheit bekommen wird, sein Versprechen einzulösen.«

»Ich glaube, ich kann Euch nicht ganz folgen, Euer Lordschaft.«

Michael deutete auf einige der nach Terra reisenden Schiffe. »Da draußen sind sie, Anton — die Fürsten der Nachfolgerstaaten. Lord Takashi Kurita ist zu intelligent, um sich einschließen zu lassen. Maximilian Liao träumt noch immer davon, Erster Lord eines neuen Sternenbundes zu werden, und Janos Marik empfindet weder für Haus Steiner noch für Haus Davion irgendwelche Sympathie. Es kann kein Zweifel bestehen, daß diese drei jede Stärkung der Allianz zwischen Davion und Steiner als ernste Bedrohung empfinden.«

»Wenn Ihr mir die Bemerkung verzeiht, Herzog Michael, diese Schlußfolgerung ist offensichtlich. Aber sie werden gewiß nicht während der Hochzeitsfeier zuschlagen.«

Michael schüttelte den Kopf und ließ seinen Zopf über den Seidenstoff der Jacke streichen. »Nein, Anton, das würden sie nie tun — aus denselben Gründen, die ich bereits angeführt habe. Und ich wage zu behaupten, daß sie auch nicht unmittelbar nach der Hochzeit zuschlagen werden, weil Hanse Davion seine Truppen zu

Galahad '28 um den terranischen Korridor zusammengezogen hat.« Michael setzte sich dem Grafen gegenüber, aber seine Augen waren in weite Fernen gerichtet, so als sähe er eine ferne Zukunft. »Das wäre die größte Schlacht aller Zeiten, nicht wahr?« sagte er nach einer Pause. »Die besten Truppen Kuritas, Liaos und Davions, die auf einem Dutzend Welten gegeneinander antreten — während Hanse Davion auf Terra festsitzt ...«

Der Graf kicherte. »In einer solchen Lage müßtet Ihr zeitweilig die Herrschaft übernehmen und die Vereinigten Sonnen zum Sieg führen.«

Das Lächeln des Herzogs erstarb, als er seine Lippen zu einem Strich zusammenpreßte. »Wie wahr, aber ich fürchte, diese Gelegenheit wird sich mir nicht bieten. Nach allem, was ich bisher erfahren konnte, werden Kurita und Liao sehr viel konservativer vorgehen. Sie werden warten, bis die Verteidiger des terranischen Korridors wieder auf ihre normale Stärke reduziert sind, bevor sie zuschlagen. Liao wird wahrscheinlich die Hauptlast des Angriffs tragen, während die Kurita-Truppen versuchen, die Steiner-Grenze zu halten. Und wenn Haus Marik die Unruhen niederschlagen kann, die Hanse in ihrem Reich finanziert, wird Janos gegen die Steiner-Grenze marschieren. Das wird Steiner zwingen, Kurita in Ruhe zu lassen, wenn sie keine Welten an Marik verlieren wollen.«

Der Graf klopfte sich mit dem Zeigefinger der rechten Hand auf das spitze Kinn. »Um eine starke Offensive gegen den terranischen Korridor führen zu können, müßte Liao Truppen aus den Kommunalitäten St. Ives und Sian abziehen. Das gäbe Euch freie Bahn für einen Angriff ...«

Michael lächelte und reckte sich mit katzenhafter Eleganz. »Allerdings. Und das erklärt die Botschaften, die ich von Liao erhalten habe. Seine Angebote, Hanse zu verraten, sind hochinteressant und einladend.«

Der Graf sog den Atem ein, um zu protestieren, dann

stockte er, noch bevor sich die Worte formen konnten. Sein Mund schloß sich langsam, und ein Lächeln trat auf seine Züge. »Ihr werdet Liaos Angebot annehmen, damit er seine Truppen an die Front schicken kann, und dann schlagt Ihr gegen ihn los, sobald er mit Hanses Truppen im Kampf steht.«

Michaels Augen sprühten Feuer. »Genau! Ich werde Max Liao mit Einzelheiten über Hanses Truppenaufbau versorgen — ich werde sie sogar noch etwas übertreiben, damit Liao mehr Truppen als notwendig für seine Angriffe aufbietet. Gleichzeitig werde ich meine Truppenstärken unterbewerten, damit Liao den Dolch an seinem Hals nicht spürt.«

Der Graf fletschte die weißen Zähne. »Und wenn es soweit ist ...«

»Und wenn es soweit ist, werde ich die Konföderation Capella ausweiden, und man wird mich zum Helden der Vereinigten Sonnen machen. Eine Woge der Begeisterung wird mich tragen und mich zum obersten Herrscher des Vereinigten Capellanischen Reiches machen!«

Der Graf klatschte in die Hände und rieb sie gierig aneinander. »Es wird mir ein Vergnügen sein, als Instrument Eures Triumphes zu dienen, Hoheit. Mit Eurer Erlaubnis habe ich nur eine Bitte.«

Michael hob eine dunkle Braue. »Ja, Anton?«

»Wenn Ihr Sian einnehmt, überlaßt mir Justin Xiang. Beim letztenmal konnte er durch Hanse Davions Eingreifen der Gerechtigkeit entgehen. Diesmal möchte ich dafür sorgen, daß er seine Strafe auch erhält.«

Herzog Michael Hasek-Davion nickte. »Mit dem größten Vergnügen, Graf Vitios.« *Und da, wo deine Behandlung Justin Xiangs aufhört, wird meine Rache gegen Haus Davion einsetzen ...*

25

Sitz des Ersten Bereichs ComStars
Hilton Head Island, Nordamerika, Terra

17. August 3028

Hauptmann Daniel Lord Allard nickte der plumpen, blonden Baroness de Gambier zu, aber das Lächeln auf seinem Gesicht schien eingefroren. *Allmächtiger! Wie hat es Felicity geschafft, hierher eingeladen zu werden?* Als sie sich durch die Menge im weiten Vorraum des Ballsaals auf ihn zuarbeitete, gab Dan Oberst Morgan Kell stumm seine Panik zu verstehen.

»Ich wollte Sie eigentlich schon vor unserem Aufbruch zu dieser Hochzeit fragen, Hauptmann. Wie stellen Sie sich die Umlenkung der Fusionsenergie in einem Mechreaktor zur Maximierung der Kühlleistung ...« Morgans Stimme war laut genug, um die Baroness zu einer geselligeren Gruppe abzulenken. Morgan lachte und schüttelte leicht den Kopf. »Die kommt bestimmt wieder, das ist dir doch wohl klar?«

Dan rollte die Augen. »Unsere Großväter haben vor Urzeiten in derselben Mecheinheit gedient. Ihr Bruder Jaques und ich waren gute Freunde an der MANA. Als wir nach einer Kadertrainingsoperation auf Gambier etwas freie Zeit hatten, hat er mich eingeladen, seine Familie zu besuchen.« Dan strich mit dem Zeigefinger unter dem steifen Kragen seiner Ausgehuniform entlang. »Gambier liegt nur vier Sprünge von Kestrel entfernt, und jedesmal, wenn ich nach Kestrel kam, um meine Großeltern zu besuchen, war Felicity gerade ›zufällig‹ zu Besuch.«

»Den Blick in ihren Augen kenne ich, Dan. Es ist derselbe Blick, mit dem diese Frau in Morgan Hasek-Davions Begleitung ihn ansieht. Er verheißt nichts Gutes für deine Freiheit.«

Dan verzog das Gesicht. »Vielleicht bringt uns der nächste Auftrag bis hinter die Peripherie.«

In Morgans Augen funkelte es, als habe Dan eine geheime, schmerzhafte Wunde berührt, aber das dauerte nur einen Moment. »Vielleicht, Dan. Vielleicht.« Morgans Lächeln wurde breiter, als er den stämmigen, schwarzhaarigen Mann erkannte, der jetzt auf sie zusteuerte. Morgan streckte ihm die Hand entgegen und begrüßte ihn herzlich. »Scott Bradley! Wie lange ist das her!«

Bradley erwiderte sein Lächeln, aber ein nervöses Zittern seiner Unterlippe verriet sein Unbehagen. »Das kann man sagen, Morgan. Ich freue mich, Sie so wohlbehalten zu treffen.« Bradley löste seine Hand aus Morgans Griff und reichte sie Dan. »Hauptmann Allard, freut mich, Sie wiederzusehen.«

Sogar die verlorenen Söhne kehren zurück. Dan erwiderte Bradleys festen Griff und schüttelte den Arm seines Gegenübers. »Wie geht es Ihnen, Scott?« Dans Blick glitt über die Rangabzeichen auf Bradleys dunkelgrüner Uniform. »Sie sind inzwischen Major ...«

Bradley nickte eher schüchtern. »Ja. Ich hab mein eigenes Bataillon.« Er blickte hinüber zu Morgan. Dan konnte die Sorge im Gesicht des Mannes lesen. »Ich habe gewartet, Morgan, wie Sie es mir aufgetragen haben. Ich habe eine ganze Gruppe von MechKriegern um mich versammelt — wirklich gute Leute.« Bradley zuckte zusammen. »Sie haben mich immer wieder gedrängt, McGees Halsabschneider zu verlassen und eine eigene Söldnertruppe aufzubauen. Nach so vielen Jahren des Wartens wußte ich nicht mehr, was ich denken sollte, Morgan.«

Morgan lächelte und legte beide Hände auf Bradleys Schultern. »Scott, Sie haben getan, was Sie tun mußten. Sie haben die Verantwortung für eine große Zahl Menschen übernommen, und darauf können Sie stolz sein.«

Bradley nickte. »Ich *bin* stolz auf das Bataillon.«

Morgan schüttelte seinen Gegenüber, bevor er ihn freigab. »Und ich bin stolz darauf, daß Sie so gehandelt haben. Sie haben sich noch mehr als der geborene Menschenführer erwiesen als früher. Daß eine Gruppe von Söldnern Sie gedrängt hat, eine eigene Einheit aufzubauen, läßt ein Vertrauen in Ihre Fähigkeiten erkennen, wie es nur sehr wenige Anführer jemals in ihren Untergebenen wecken können.«

Erleichterung strömte durch Bradleys Gesicht und Körper. Das nervöse Zittern seiner Unterlippe war verschwunden, und neues Selbstvertrauen trat in seine Stimme. »Ich habe einen Einjahresvertrag mit den Vereinigten Sonnen. Wir sind unmittelbar nach der Hochzeit zum Garnisonsdienst auf Northwind eingeteilt, während ein Teil der regulären Truppen des Planeten an Galahad '28 teilnimmt. Danach hatte ich gehofft, daß Sie Bradley's Bravos als Bataillon in die Kell Hounds aufnehmen könnten ...«

»Die Kell Hounds würden sich freuen, Sie aufzunehmen, Scott.« Dann blickte er mit einem schelmischen Funkeln in den Augen zu Dan und setzte hinzu: »Wenn Sie wollen, können Sie Bradley's Bravos sofort als drittes Mechbataillon der Kell Hounds führen. Wir werden die Eingliederung formell bestätigen, sobald Ihr Kontrakt mit den Vereinigten Sonnen abgelaufen ist.«

Bradley trat zurück, salutierte und schloß Morgans Rechte in seine Faust. »Ich habe eine Umfrage unter den MechKriegern des Bataillons durchgeführt, und sie haben sich für den Beitritt zu den Kell Hounds ausgesprochen. Mit Ihrer Erlaubnis werde ich das Abzeichen der Kell Hounds auf unsere Standarte und unsere Mechs setzen.«

»Gemacht, Kommandanthauptmann Bradley.« Morgan schüttelte Scotts Hand. »Wir haben Sie vermißt.«

Bevor die beiden Männer noch ein weiteres Wort wechseln konnten, brandete in der Nähe des Eingangs Applaus auf und schwoll mit zunehmender Beteiligung der Menge immer weiter an. Die drei MechKrieger fielen in den Beifall ein, als Melissa Arthur Steiner, in einem ärmellosen, golden schimmernden Kleid, das zu ihrem Haar paßte, strahlend den Raum betrat, begleitet von Katrina Steiner und Hanse Davion. Der designierte Archon neigte in Antwort auf den Applaus graziös den Kopf, dann gestattete sie ihrem Bräutigam, sie die Stufen hinabzuführen. Hinter ihnen folgte stolz der Archon.

Dan fühlte Morgans Hand auf seiner Schulter. »Sollen wir hinüber zum Begrüßungsspalier gehen?«

Dan schüttelte den Kopf. »Nein, Oberst, gehen Sie nur mit Scott.« Er blickte hinüber zur Tür. »Meine Eltern sind gerade eingetroffen, und ich sollte sie begrüßen. Außerdem«, erklärte Dan, als er die Baroness de Gambier an der sich bildenden Reihe auf eine Gelegenheit lauern sah, ihn abzufangen, »stehe ich sehr ungern an.«

Dan arbeitete sich durch die Menge zu seinen Eltern vor. Zu seinem Amüsement bemerkte er mehrere Gruppen pensionierter MechKrieger mit ihren Bewunderern, sowie einige Versammlungen lediger adliger Damen, die bemüht waren, potentielle Ehemänner auszukundschaften. Er war zwar versucht, sich in die Diskussion eines Kurita-Offizieres über die Überlegenheit regulärer Truppen über Söldner einzumischen, drängte sich aber dann doch weiter durch Wolken von Zigarrenqualm und Parfüm, bis er seine Eltern erreicht hatte.

Quintus Allard nahm die Hand seines Sohnes und zog ihn zu einer festen Umarmung an sich. »Verdammt noch mal, Dan, gut siehst du aus.«

Dan lachte. »Du aber auch, Vater.« Er trat einen Schritt zurück und betrachtete den doppelreihigen grauen Anzug seines Vaters zustimmend. »Neuer Anzug?«

Quintus nickte mit breitem Grinsen. »Extra für die Hochzeit.«

»Sieht sehr gut aus, hochelegant. Den muß Mutter

ausgesucht haben«, frotzelte Dan und drückte seine Mutter an sich. »Schön, dich zu sehen, Mutter.« Er gab sie lächelnd wieder frei und fand nicht weniger Grund, ihr Aussehen zu bewundern. Obwohl sie bereits fünfzig Jahre alt war, ließen ihre schlanke Figur und ihre strahlenden grünen Augen ihr Alter ebenso unglaublich erscheinen wie ihr dichtes, strohblondes Haar. Ihr grünes ärmelloses Kleid war alles andere als gesetzt, aber die dazugehörige kurze Jacke verlieh ihm gerade die passende respektable Note.

Tamara Kearny Allard glättete den schwarzen Wolfskopf auf Dans Jackett und ließ ihre Finger einen Augenblick lang auf dem Drachentöterband an seiner linken Schulter ruhen. Dann zuckte ihre Hand zurück und an ihren Mund. »Verzeih mir, Dan, deine Schulter ...«

Der MechKrieger schüttelte den Kopf. »Kein Blut, keine Meldung.« Er zwinkerte seiner Mutter zu und brachte damit das Lächeln wieder auf ihr Gesicht zurück. »Mir geht es gut, Mutter. Wirklich. Das ist längst verheilt.« Dann drehte er sich zu seiner Schwester um. »Hallo, Riva? Wie geht's dem Nesthäkchen?«

Riva rümpfte die Stupsnase und umarmte ihren Bruder. »Das Nesthäkchen wurde gerade zum Doktorandenprogramm des NAIW zugelassen.«

Dan lachte und drückte sie noch fester an sich. »Großartig, Ratz.«

Riva stieß ihn von sich und streckte ihm den Finger ins Gesicht. »Du hast versprochen, mich nie wieder so zu nennen, Daniel!« Die Verärgerung in ihren himmelblauen Augen machte mit ihrem Funkeln den Glanzlichtern auf ihrem blauen Seidenkleid Konkurrenz. Dan trat einen Schritt zurück und zwang sich, in seiner jüngeren Schwester die Frau zu sehen. Auch wenn sie ihr schwarzes Haar noch immer kurzgeschoren trug und ihr Blick nichts von seinem kämpferischen Feuer verloren hatte, ihre Lausbubentage waren ganz offensichtlich Vergangenheit.

Er beugte den Kopf. »Ich muß mich entschuldigen, Riva.« Ihre Miene hellte wieder auf, und die beiden lächelten sich mit viel Zuneigung an. »Welches Thema hast du für deine Doktorarbeit gewählt?«

Riva zögerte, warf ihrem Vater einen nervösen Blick zu, schaute zu Boden. »Neurokybernetische Interfacesysteme unter besonderer Berücksichtigung kybernetisch unterstützter Regeneration.«

Dan zwang sich zu einem Lächeln. *Für Justin. Nicht wahr, Riva?* Er nickte und versuchte sein Lächeln lebendiger zu machen. »Ich bin sicher, daß deine Arbeit für viele Menschen eine Hilfe sein wird.«

Quintus sah seinen Sohn an. »Wir waren hocherfreut über die Nachricht von der *Mac,* daß du unterwegs zu den Hochzeitsfeierlichkeiten seist, aber eigentlich hatte der Prinz erwartet, Kommandanthauptmann Ward würde Oberst Kell begleiten.«

Dan nickte. »Salome hat sich ein paar Tage vor unserem Abflug erkältet und das als Entschuldigung benutzt, um auf Arc-Royal zu bleiben. Ich hatte das Gefühl, daß sie nicht mit zur Hochzeit fliegen wollte, weil sie hart daran arbeitet, das Erste Mechbataillon in Schwung zu bringen. Zwischen Conn O'Bannon und ihr findet ein verbissener Wettbewerb statt. Aber gleichgültig, welches Bataillon schließlich das beste wird — das Erste oder Zweite —, beide werden mörderisch.«

Vereinzelter Beifall erscholl, worauf sich Dan wieder zum Eingang umdrehte. Der Applaus galt Herzog Michael Hasek-Davion und seiner Gattin Marie, einem sehr ungleichen Paar. Michael war schlank und gerade, aber er strahlte eine solche Energie aus, daß er noch größer schien als er ohnedies war. Seine tiefgrünen Augen blickten durchdringend umher. Ein silberner Stirnreif hielt das lange schwarze Haar aus seinem Gesicht, und in der ordenbeladenen Ausgehuniform gab er ein beeindruckendes Bild ab.

Neben ihrem Gatten stand Marie, deren Zierlichkeit

die Illusion von Michaels Größe noch verstärkte. Ihr Kleid war einen Ton dunkler als das der Gräfin Allard, und ihr blondes Haar wurde an der linken Schläfe durch eine Spange aus Silber und Malachit zurückgehalten. Sie blickte liebevoll zum Herzog auf und ließ sich von ihm die Stufen in die Vorhalle hinabführen.

Dan bemerkte, wie sein Vater den Herzog mit einem finsteren Blick bedachte. *Was mag das zu bedeuten haben? Ich weiß, daß sich Herzog Michael und mein Vater nicht riechen können, aber es paßt nicht zu Vater, jemand etwas nachzutragen.* Der MechKrieger lächelte. »Michael und seine Frau scheinen den Flug durch das System gut überstanden zu haben. Der Kapitän der *Mac* hat mir erzählt, sie seien mit 1,75 g Beschleunigung gekommen. Das kann der Herzogin nicht leicht gefallen sein.«

Riva blickte sich vorsichtig nach beiden Seiten um, bevor sie leise antwortete. »Die Herzogin kam mit dem Schiff des Prinzen nach Terra.«

Dan schürzte nachdenklich die Lippen. »Sehr interessant.«

Als nächster erschien Janos Marik, der Generalhauptmann der Liga Freier Welten, unter höflichem Beifall in der Tür. In jungen Jahren war er ein hochgewachsener Mann gewesen, aber das Alter hatte seine Schultern niedergedrückt und seinem schulterlangen Haar jede Farbe genommen. Tiefe Falten lagen um seine Augenwinkel und auf seiner Stirn. Alles an ihm schien müde, selbst das schwarzviolette Marik-Hauswappen, das er als Tätowierung auf der Stirn trug. An seiner Uniform hingen die Orden und Feldzugsabzeichen einer langen Karriere als ältester Nachfolgerfürst, aber die Verantwortung, die sich in ihnen äußerte, schien ihn schwer zu bedrücken.

Seine Begleiterin war eine Frau von bezaubernder Schönheit, mit langem kastanienbraunen Haar und beinahe hypnotisch zu nennendem Blick, die über genug Energie für sie beide zu verfügen schien. Als sie ihre schmalen Finger mit denen Mariks verschränkte, schien der alte Mann neue Kraft zu erhalten. Er lächelte ihr zu, und sie antwortete mit einem Blick, der auf tausend Ebenen zugleich zu arbeiten schien. Als er sah, wie ihr rotes Kleid sich an ihren Körper schmiegte und wie sie den Generalhauptmann ständig berührte, wurde Dan auf den alten Mann geradezu neidisch.

Riva lehnte sich zu ihrem Bruder hinüber. »Janos Marik wirkt so alt.«

Dan nickte. »Der Bürgerkrieg gegen seinen Bruder Anton hat ihn schwer mitgenommen, aber er soll sich schon wieder erholt haben, seit er Bronwen Rafsani zur Geliebten genommen hat.« Der Kell Hound deutete mit dem Kopf auf die übrigen Mitglieder der Familie Marik, die Janos in den Raum folgten. »Wenn nicht bald jemand die Oberhand gewinnt, scheint es ganz so, als ob der nächste Bürgerkrieg ausbrechen wird, sobald er abtritt.« Er lächelte. *Die eine Hälfte von Janos' Erben wird um den Titel des Generalhauptmanns kämpfen, und die andere Hälfte um sie.*

Das Erscheinen der Lords aus dem Draconis-Kombinat machte Dans weiteren Spekulationen über die Liga Freier Welten abrupt ein Ende. Takashi Kurita blieb hocherhobenen Hauptes stehen, bevor er den Saal betrat. Der gutaussehende, drahtige Koordinator strahlte Kraft aus. Sein kurzgeschnittenes Haar war an den Schläfen und am Haaransatz ergraut, ansonsten aber noch so schwarz wie in seiner Jugend.

Takashi trug einen Anzug von altertümlichem Schnitt, dessen Jacke vorne kurz war, und auf dem Rükken in langen Schößen auslief. Offensichtlich nahm er für sich die Würde einer älteren Tradition in Anspruch. Er schenkte der Menge ein Nicken, dann kam er die Stufen herab.

Hinter ihm folgte seine Frau, Jasmin Kurita, die Augen respektvoll zu Boden geneigt. Sie war klein und zierlich, und trug ihr Haar in traditionell japanischem

Stil im Nacken zusammengesteckt. Ihr grünes Seidenkleid war mit handgemalten Jasminblüten verziert.

Riva stöhnte neidisch. »Wie graziös sie sich bewegt.«

Ihr Bruder nickte. »Sie wirkt so zerbrechlich, daß man Angst davor hat, ihr zu nahe zu kommen.«

Dan versteifte sich, als die beiden nächsten draconischen Gäste den Raum betraten. *Was macht er hier?* fragte er sich. Er wandte sich zu seinem Vater um. »Der ältere der beiden, das ist Yorinaga Kurita.« Brustpartie und Ärmel seines Hakama waren mit der Flutwelle der Genyosha verziert. »Siehst du, das ist das Wappen, das ich nicht identifizieren konnte.«

Quintus Allard nickte, und seine dichten, weißen Brauen berührten beinahe seinen Haaransatz. »Wer, meinst du, ist das?« fragte er, und deutete mit dem Kinn auf den hochgewachsenen blonden Mann, der neben Yorinaga die Treppe herabkam.

Dan schüttelte den Kopf. »Weiß ich nicht, aber ich möchte wetten, daß er von Rasalhaag kommt. Er trägt dasselbe Wappen, also muß er zu Yorinagas Einheit gehören.«

»Hmmm …« Quintus kratzte sich im Nacken. »Ich entsinne mich, daß Yorinaga einen Sohn hatte, bevor er in Ungnade fiel.«

Dan hob eine Braue. »Was ist aus ihm geworden?«

»Ehrlich gesagt, ich weiß es nicht. Yorinagas Frau hat sich umgebracht. Wir haben angenommen, daß für seinen Sohn dasselbe gilt, aber vielleicht auch nicht.« Quintus' Blick folgte Koordinator Takashi Kurita und seiner Frau. »Aber kein Theodore Kurita. Interessant.«

Riva drehte sich zu ihrem Vater um. »Wieso?«

Quintus Gesicht erstarrte in einem Ausdruck, den Dan sofort wiedererkannte. Es war sein typischer *Darüber kann ich nicht sprechen*-Blick. Dan war verwundert. Die Antwort auf Rivas Frage konnte man kaum als Geheiminformation betrachten. Er wandte sich an seine Schwester. »Alle anderen Gäste führen ihre Erben vor.

Wenn Theodore irgendwo bei seiner Mecheinheit geblieben ist, dann wirft das zwangsläufig Fragen über die Beziehungen zwischen Vater und Sohn auf.«

Quintus nickte, um Dans Analyse zu bestätigen. Dann wandte er schnell den Kopf zur Tür, als dort Maximilian Liao erschien. Der große, hagere capellanische Kanzler wirkte in seiner förmlichen schwarzen Robe, die über und über mit Liao-Wappen in dunkelgrüner Seidenstickerei bedeckt waren, alles andere als fröhlich. Ein dünnes Lächeln spannte seine Mundwinkel, als seine dunklen Augen die Menge betrachteten. Mit seiner Linken strich er die langen Enden seines Schnurrbarts glatt.

Im Gegensatz zum draconischen Koordinator wandte Maximilian Liao sich um und reichte seiner Gemahlin die Hand. Elizabeth Jordan Liao, fast so groß wie ihr Gatte, und von hinreißender Schönheit, nahm seine Hand dankbar an. Ihr bis zur Taille reichendes schwarzes Haar ergoß sich über die rechte Schulter und verdeckte eine Hälfte ihrer weißen Seidenrobe. Drachen und Tiger in schwarzer Stickerei tummelten sich auf dem Stoff, aber auch diese aggressiven Bilder konnten Elizabeth Liao nichts von ihrer Weiblichkeit oder ihrem Charme rauben.

Hinter ihrem Vater und ihrer Stiefmutter trat Romano Liao ins Rampenlicht wie eine Kriegerin bei der Eroberung eines neuen Planeten. Ihre goldene Robe war mit blauer Seide eingefaßt, aber Romanos offensichtliches Unbehagen in dieser Kleidung beeinträchtigte deren Schönheit. Neben ihr stand mit einem freudigen Lächeln Tsen Shang, in einer blauen Robe, eingefaßt mit goldener Seide. Der Maskirovka-Analytiker geleitete Romano die Treppe hinunter, obwohl der Ausdruck auf ihrem Gesicht überdeutlich machte, daß sie noch nicht bereit war, sich aus dem Mittelpunkt der allgemeinen Aufmerksamkeit zu bewegen.

Dans Atem stockte, als Candace Liao und ihr Begleiter durch die Tür traten. *Mein Gott! Das ist Justin!* Riva warf Dan einen harten Blick zu, und Tamara faßte die Hand ihres Gatten.

Im Gegensatz zu Maximilian und Romano hatte Candace sich gegen traditionelle capellanische Kleidung entschieden. Sie trug ein enganliegendes schwarzes Kleid, das mit funkelnden schwarzen Pailletten verziert war. Als Zugeständnis zum herrschenden Modegeschmack war das Kleid an der rechten Seite ärmellos, der linke Arm hingegen wurde von einem Ärmel bedeckt, der sich vom Handrücken über ihre narbenbedeckte Schulter bis zum Hals zog. Von der Schulter an wanden sich die Pailletten wie Efeu den Arm hinab, während über den Rest des Kleides von derselben Stelle dünne Paillettenfäden verliefen.

Justin schritt einen halben Schritt hinter Candace. Er hatte seine ganze Aufmerksamkeit auf sie konzentriert. Sein Gesicht war eine stolze Maske. Er trug ein schwarzes Jackett und eine Hose derselben Farbe mit scharfer Bügelfalte, eine Kleidung, die seine schlanke Gestalt betonte. Weder Muster noch Insignien verzierten sein Jakkett. Wie ein Spiegelbild des Ärmels, der Candaces linke Hand halb verdeckte, trug Justin einen schwarzen Lederhandschuh über der seinen.

Candace wandte Justin ihr Gesicht zu und hob die Hand. Justin nahm sie mit der Rechten und führte sie die Stufen hinab. Hinter ihnen trat Oberst Pavel Ridzik durch die Tür, der große, rothaarige Chefstratege der Konföderation Capella — diskret gefolgt vom uniformierten Alexi Malenkow —, aber keiner der Anwesenden bemerkte ihn.

Dan wandte sich zu seinem Vater um, dessen Gesicht aschfahl geworden war. »Ich muß mit Justin reden«, sagte er.

»Nein, Dan. Laß es! Bitte!«

»Wie kannst du so etwas von mir verlangen? Er ist mein Bruder, zum Teufel, und ich habe ihn seit Jahren nicht mehr gesehen.« Dan senkte den Blick und erinnerte sich an das Holovid von Justins Kämpfen auf Solaris. »Jedenfalls nicht direkt.«

Quintus Blick wurde hart. »Er hat sich verändert, Dan. Er ist nicht mehr der Justin, den wir kannten.«

Dans Kopf flog hoch, und seine Stimme nahm eine ganz ähnliche Schärfe an. »Das möchte ich selbst feststellen.« Er drehte sich zu seiner Schwester um. »Kommst du mit, Riva?«

Riva verzog das Gesicht. »Nein, danke. Ich bin hier, um mich zu amüsieren.«

Dan schüttelte ungläubig den Kopf. »Ihr habt unrecht.«

Tamara griff seinen Arm und drückte ihn. »Leider haben wir recht, Daniel.« Sie schluckte schwer, um die Tränen zurückzuhalten. »Wir lieben ihn noch immer, deswegen schmerzt es so.«

Dan drehte sich fort und schob sich durch die Menge. *Niemand kann sich derart verändern. Ich weiß, daß die Verhandlung schwer für ihn war und die Holovidgesellschaften Justins Haß auf die Kämpfer der Vereinigten Sonnen hochgespielt haben. Aber ein Mensch ist mehr als nur das, und nichts kann Justin derart umgekrempelt haben.* Er erinnerte sich an Jeana, und daran, was sie ihm auf Tharkad gesagt hatte. Der Justin, mit dem er groß geworden war, mußte noch irgendwo stecken.

»Justin! Justin, warte!« Sein Bruder blieb stehen, und Dan lächelte in Vorfreude auf ihr Wiedersehen. Aber das Lächeln auf seinem Gesicht erstarb, als Justin sich langsam zu ihm umdrehte.

Die Stimme seines Bruders war ebenso kalt und leblos wie der Ausdruck auf seinem Gesicht. »Guten Abend, Herr Hauptmann.«

In Dans Kehle stieg beißende Galle empor. »Herr Hauptmann? Justin, ich bin dein Bruder ...«

Justin wurde steif, aber Candace Liaos Einmischung verhinderte eine Antwort. Sie neigte mit freundlichem

Lächeln den Kopf und wandte sich an Justin. »Bürger Xiang, wollen Sie mich diesem gutaussehenden Gentleman nicht vorstellen?«

»Verzeiht mir, Herzogin«, erwiderte er mit der Andeutung eines Lächelns. »Hauptmann Daniel Allard, dies ist Candace Liao, Herzogin von St. Ives.« Zu Candace gewandt, fügte er hinzu: »Herzogin, dies ist der Sohn des Mannes, der mein Vater war.«

Dan war von der Kälte und dem Haß in Justins Stimme schwer getroffen, aber er ergriff höflich Candaces Rechte und drückte sie an seine Lippen. »Es ist mir eine große Freude, Eure Bekanntschaft zu machen, Herzogin.« Dan deutete mit einer leichten Kopfbewegung auf Justin. »Es gab eine Zeit, zu der er mich als seinen Bruder vorgestellt hätte.«

Justins Kopf flog hoch. »Halbbruder, aber nicht einmal das stimmt heute noch. Hanse Davion hat erklärt, daß Quintus Allard keinen Sohn mehr habe. Durch fürstlichen Erlaß hat er alles ausgelöscht, was ich je gewesen bin. Ich habe einen Vater verloren, einen Bruder, eine Familie, ein ganzes Leben.«

Dan versteifte sich angesichts des Gifts in der Stimme seines Bruders. »Justin, warte!« Er kämpfte darum, seine Atmung unter Kontrolle zu bringen. Sein Herz raste. »Was zwischen dir und Hanse Davion vorgefallen ist, verändert nichts zwischen uns. Wir sind noch immer Brüder.«

Justin schüttelte den Kopf. »Das ist unmöglich. Unsere Beziehung gehört zu einem System und zu einer Gesellschaft, die mir jetzt verschlossen sind. Das ist kein Spiel, Hauptmann. Hier ruft keiner ›Frei‹ und macht dem allen ein Ende. All unsere Vertraulichkeiten, unsere Knabenbündnisse, unsere geheimen Zeichen sind ausgewischt. Es ist alles vorbei. Alles.« Er trat zu Dan heran und blickte ihm in die Augen. »Justin Allard ist vor anderthalb Jahren gestorben!«

Dan starrte Justin für einige Sekunden sprachlos an.

Die Zeit kam ihm wie Jahre vor. Als er seinen Zorn schließlich unter Kontrolle hatte, richtete er sich zu voller Größe auf und starrte auf den Mann hinab, der einmal sein Bruder gewesen war. »Ich glaube Ihnen nicht, Bürger Xiang. Ich glaube nicht, daß Justin Allard tot ist. Ich glaube vielmehr, daß Justin Allard ein Held ist, der nur auf seine Chance zur Rückkehr wartet, so wie König Artus oder General Kerensky. Und wenn es soweit ist, Bürger, wird sein Bruder bereit sein, an seine Seite zu treten.«

26

Sitz des Ersten Bereichs ComStars
Hilton Head Island, Nordamerika, Terra

17. August 3028

Durch das Gedränge der eleganten Gäste wurde Dan schließlich weitergeschoben. Einen Moment lang kämpfte er noch gegen die Menschenflut an, die vom Eingang heranwogte, aber es gab nichts mehr, was er dem Mann hätte sagen können, zu dem sein Bruder geworden war. *Wie müssen sie dich verletzt haben, Justin.*

Wie ein Automat wandte Dan sich um und ließ sich an das andere Ende des Saales tragen. Auf einer Empore vor einem weißen Seidenbanner mit dem ComStar-Symbol stand ein Präzentor in roter Kutte und hob beide Arme, um die Aufmerksamkeit der Anwesenden zu gewinnen.

Dan kniff die Augen zusammen. *Sieht nach Ulthar Everston aus, dem Präzentor von Tharkad. Macht ja auch einen Sinn. Er gehört zum Ersten Bereich, und das hier ist ein gewichtiger Anlaß.* Als Dan sich zur Seite wandte, um sich die Vermutung von seinem Nebenmann bestätigen zu lassen, erkannte er Morgan Kell. »Oberst!«

Morgan nickte. »Ich habe gesehen, wie du mit Candace Liaos Begleiter gesprochen hast. Dein Bruder Justin?«

Dan sah zu Boden und zuckte die Achseln. »Kommt darauf an, wen man fragt.« Als er den fragenden Ausdruck auf Morgans Gesicht bemerkte, öffnete Dan die Hände und hob sie bis zur Schulter. »Sorry, Morgan, du hast mehr verdient. Körperlich gesehen war es mein Bruder, aber geistig ...«

Morgan hob eine Hand und massierte die verkrampften Muskelbündel in Dans Nacken. »Bist du okay?«

Dan nickte. »Ich werde es überleben ... Sonst könnte es nicht so schmerzen.«

»Menschen verändern sich, Dan.«

Dan schenkte ihm ein dünnes Lächeln und fragte sich, wie oft er diesen Satz wohl noch über Justin würde hören müssen.

Der Präzentor Tharkad senkte seine Hände mit einer Geste, die praktisch alle Gespräche im Saal abschnitt. »Es ist mir eine große Ehre, Sie alle in unserem Haus willkommen zu heißen.« Als Dan das offene Lächeln sah, spürte er, daß die Worte dieses Mannes seinen Gefühlen entsprachen. »Wir alle sind hier versammelt, um einen erhabenen Moment in unserem Leben zu bezeugen und ihm unseren Segen zu geben. Einen erhabenen Moment in unserem Leben, in dem des designierten Archon und des Prinzen und im Leben aller Menschen der Nachfolgerstaaten.« Der Präzentor blickte sich um und erkannte, wie schnell es ihm gelungen war, eine Beziehung zu seinen Zuhörern aufzubauen. »Alle Mitglieder des Ersten Bereichs und alle Mitglieder ComStars teilen die Hoffnung, daß der Friede Blakes während Ihres gesamten Aufenthaltes bei uns mit Ihnen sein möge. Wenn es irgend etwas gibt, das wir tun können, um Ihren Besuch angenehmer zu gestalten — natürlich im Rahmen von Vernunft, Anstand und Gewaltlosigkeit —, dann lassen Sie es einen der gelbgekleideten Akoluthen wissen.«

Der Präzentor Tharkad preßte die Hände gegen die Brust, schloß die Augen und lächelte. Seine Lippen bewegten sich, als würde er ein leises Gebet sprechen, dann neigte er den Kopf. »Es ist mir ein großes Vergnügen und eine Ehre, unseren Gastgeber anzukündigen — ComStar-Primus Julian Tiepolo.«

Höflicher Applaus kam auf, als der Präzentor Tharkad zurücktrat, um dem Primus Platz zu machen. Dans Augen wurden schmal, als der hakennasige Asket zur Mitte der Bühne schritt. *Er sieht mehr tot als lebendig aus,* dachte er. *Ich frage mich, was an den Gerüchten ist, daß er ein wiederbelebter Jerome Blake ist.* Als Tiepolo sich seinen

Zuhörern zuwandte, beantwortete Dan seine eigene Frage. *Nein. Selbst ein wiederbelebter Leichnam hätte einen menschlicheren Blick.*

Als Tiepolo die Hände aus den breiten Ärmeln seiner braunen Kutte nahm, fragte Dan sich, ob der Primus einen geheimen Grund für diese schmucklose Kleidung hatte. *Verspottet er seine prächtig herausstaffierten Gäste mit seiner Bescheidenheit, oder soll das eine Demonstration jener Armut sein, die ComStar zum geeigneten Lebensstil deklariert hat, um die Verbindungen zwischen den Sternen aufrechterhalten zu können?* Dan kaute auf seiner Unterlippe und machte sich klar, daß er einen Mann vor sich hatte, dessen kleinste Handlung und Äußerung viele Bedeutungen in sich vereinte.

Tiepolo lächelte, und man hatte den Eindruck, daß ihn dies mehr anstrengte als die Aufgabe, einen Kubikmyriameter Uran stemmen zu müssen. »Wir grüßen Sie im Namen des Seeligen Blake und vertrauen darauf, daß Ihnen dieser Ort während der Zeit Ihres Aufenthaltes ebenso gastfreundlich erscheinen wird wie Ihre jeweilige Heimat. Man sagt, Gäste sollten wie Familienmitglieder behandelt werden, und Familienmitglieder wie Gäste. Wir werden versuchen, dies während Ihres Aufenthaltes zu praktizieren.«

Morgan lehnte sich zu Dan herab. »Angesichts der Tradition des Brudermords in den Nachfolgerstaaten habe ich selbst in schwer umkämpften Landezonen eine freundlichere Begrüßung erfahren.«

In Tiepolos kräftiger Stimme ging Dans Kichern unbemerkt unter. »Geehrte Gäste, wir von ComStar sind nicht durch Örtlichkeiten oder Nationalitäten entzweit. Wir haben auf alle Titel und Bindungen an die Strukturen der Macht verzichtet, um die heilige Mission besser erfüllen zu können, die der Selige Jerome Blake uns auferlegt hat. Durch strikte Einhaltung der Worte Blakes haben wir in ComStar zu dem Geist der Einheit zurückgefunden, den die Menschheit einst kannte und hegte.«

Tiepolo begann sich für sein Thema zu erwärmen. Der Schweiß auf seinem kahlen Schädel reflektierte die Lichter des Saals. »Daß unter und zwischen den verschiedenen hier versammelten Völkern Rivalitäten und offene Feindseligkeit existieren, ist wahrlich kein Geheimnis. Daß viele die Folgen dieser Verbindung von Mann und Frau für die Nachfolgerstaaten fürchten, steht außer Zweifel. Manche sehen ihren Anteil an der Macht schwinden und möchten diesen Verlust wettmachen. Andere sehen ihre Feinde an Kraft verlieren und sind versucht, diesen Verlust zu beschleunigen. Wie selbstsüchtige Kinder«, schalt der Primus, »suchen einige nach Mitteln, die weniger Glücklichen auszubeuten. Das ist bedauerlich.

Es ist bedauerlich, weil diese Ehe keinen Verlust mit sich bringt.« Tiepolo schenkte dem designierten Archon ein respektvolles Nicken. »Diese Frau gewinnt einen Mann, und dieser Mann gewinnt eine Frau. Es ist der normale Vollzug eines Kreislaufs, der über zahllose Äonen im Schatten der Entropie Leben ins Universum getragen hat. Der Kreislauf des Lebens ist alles, was den Menschen vor der Barbarei rettet, denn Mann und Frau erlangen Größe erst, indem sie versuchen, ihren Kindern eine bessere Zukunft zu sichern. Dieses Wachstum des menschlichen Geistes und der menschlichen Größe zu ermöglichen und zu fördern ist der Eckstein der Weisheit Blakes.«

Tiepolo lächelte, als verstünde er allein die wahre Bedeutung seiner Worte. »Diese Versammlung und die Zeremonie, die ihren Höhepunkt bilden soll, ist eine Feier des Lebens, der Einheit und des Wachstums. Wir alle gewinnen durch die Heirat Melissa Steiners und Hanse Davions. Es ist unser Wunsch, daß Sie in diesem Geist der Hoffnung und Freundschaft unter uns weilen.«

Tiepolo verbeugte sich und trat beiseite, während der Präzentor Tharkad wieder an die Rampe trat. Die hohen Tore zu beiden Seiten der Empore öffneten sich, und aus dem dahinter liegenden Saal hörte man die Klänge einer Sonate für Flöte und Cembalo.

Ulthar Everston lauschte einen Moment lang der Musik und ergriff nur zögernd über den Klängen das Wort. »Wir bitten Sie, uns in einem von Musik, Tanz und Geselligkeit erfüllten Abend Gesellschaft zu leisten.« Er deutete mit einer Hand auf die Türen zu seiner Rechten. »Das Buffet ist eröffnet ...«

Seine Worte verklangen, als habe jemand den Lautstärkeregler seiner Stimme heruntergedreht. Er starrte über die Menge, und sein Mund öffnete sich, als wollte er noch etwas sagen. Aber dann leckte er sich nur mit der Zunge über die Lippen und beobachtete stumm den Mann, der durch die Eingangstür trat.

Obwohl von kleiner Statur, fesselte der im Eingang stehende grauhaarige MechKrieger mit dem breiten Kinn die Aufmerksamkeit aller Anwesenden. Er trug eine kurze schwarze Jacke, die an der Taille durch eine Schnalle geschlossen war, und schwarze Hosen mit einem roten Streifen an der Seite und einer scharfen Bügelfalte. Über seiner rechten Schulter hing ein Cape, das mit einer silbernen Kette über der Brust befestigt war. Dadurch blieb die linke Schulter seiner Jacke frei. Sie war mit einem grauen Wolfskopf verziert, dessen Augen rubinrot funkelten. Jeder erkannte den Mann augenblicklich als Mitglied der gefürchteten Söldnertruppe Wolfs Dragoner. Das Licht brach sich in den Wolfskopfinsignien an seinem Kragen, aber den einzigen anderen Hinweis auf Rang und Identität des Mannes boten drei silberne Sterne an seinen Manschetten. Der Neuankömmling war niemand anders als Oberst Jaime Wolf.

Die grauen Augen des MechKriegers leuchteten, als er die Menge betrachtete. Nachdem er sein Ziel ausgemacht hatte, festigte sich sein Griff um den langen schwarzen Sack in seiner Rechten. Das Licht glitzerte auf dem Silberbrokat seiner Verzierung.

Er hatte kaum einen Schritt getan, als Tiepolos Stimme über die Versammlung hallte. »Willkommen, Oberst Wolf.«

Wolf wandte ihm fast mechanisch den Kopf zu und strafte Tiepolo mit einem eisigen Blick. Dan war von dem Anblick überrascht, beinahe verängstigt. *Wolf sieht den Primus mit einer solchen Verachtung an!*

Wolfs Blick wanderte von Tiepolo zu der Menge, die sich zwischen ihnen drängte. Wie von der Willenskraft des Söldners vertrieben, begannen die Gäste langsam durch die Türen in den Festsaal zu strömen. Auch Dan wandte sich zum Gehen, aber Morgans fester Griff an seinem Ellbogen brach Wolfs Bann. »Warte, Dan.«

Als die Menge sich auflöste, kam Jaime Wolf die Treppe herunter. Er scheuchte zwei Akoluthen mit einem Blick davon und marschierte dorthin, wo Takashi Kurita in einem Kreis seiner Untergebenen stand. Einer nach dem anderen zogen sich die MechKrieger, die den Koordinator umringten, zurück, bis nur noch Yorinaga Kurita zwischen dem Söldner und seinem Herrn stand.

Wolf blickte Yorinaga abschätzend an, dann nickte er fast unmerklich. Yorinaga neigte den Kopf vor dem Söldneroberst, wich aber nicht zur Seite, bis Takashi eine Hand auf seine Schulter legte und ihn beiseite schob.

Wolf öffnete den Kordelknoten am Ende des Sacks. Er schob den schwarzen Stoff zurück und legte die Griffe eines Katanas und eines Wakazashis frei. Der Söldner warf die beiden Schwerter vor die Füße des Koordinators, und in seinen Augen stand Verachtung. Dann peitschte Wolfs Stimme den Koordinator mit der Wut eines Orkans. Wolfs fehlerloses Japanisch war zu schnell für Dan, aber am Inhalt der Tirade konnte kein Zweifel bestehen.

Der Koordinator hörte ihm zu, so lange seine Ehre es ihm gestattete. Zunächst wirkte er unbehaglich, aber es dauerte nicht lange, bis er die völlige Beherrschung seiner Züge wiedererlangt hatte, ein Zeichen seines wachsenden Unmuts. Als Takashi den Mund öffnete, um etwas zu erwidern, schnitt Wolf ihm mit weiteren wütenden Worten und Gesten das Wort ab. Wie ein Schiff im Sturm hatte der Koordinator keine andere Wahl, als das Unwetter über sich ergehen zu lassen.

Schließlich wandte Wolf sich von Kurita ab, ohne weitere Worte, aber mit ungeminderter Wut. Die wenigen Personen, die noch herumstanden, verschwanden schnell aus seinem Weg, ängstlich darauf bedacht, sich nicht ebenfalls seinem Zorn auszusetzen. Die einzige Ausnahme war Morgan Kell, der auf Wolf zuging und ihn ganz offensichtlich abfangen wollte. Dan fühlte sich wie in einem Traum gezwungen, ihm zu folgen.

Als die beiden Männer sich gegenüberstanden, hatte Wolf seine Gefühle wieder unter Kontrolle. Seine Miene zeigte keine Spur mehr davon. Seine Augen wurden schmal, als er Morgans Uniform und Orden studierte. »Morgan Kell«, sagte er dann erkennend. »Nach all den Jahren. Morgan Kell.«

Jetzt war Dan völlig verwirrt. *Er nennt Morgans Namen mit ... Respekt?*

Morgan nickte und streckte die Hand aus. »Ich habe Ihre Fähigkeiten lange bewundert und respektiert, Oberst Wolf. Ich habe an die Kell Hounds immer denselben hohen Standard angelegt, den Sie von Ihren Dragonern gefordert haben.«

Wolf schüttelte Kells Hand herzlich, obwohl sein Gesichtsausdruck unergründlich blieb. »Ich hegte die Hoffnung, unsere Regimenter würden sich eines Tages einmal im Feld messen können.« Wolf zuckte die Achseln, als wollte er zum Ausdruck bringen, daß diese Hoffnung nicht ganz geschwunden war. »Unglücklicherweise wurden Ihre Kell Hounds nach der Schlacht auf Mallory's World auf Bataillonsgröße reduziert. Keine echte Herausforderung für eines meiner Regimenter, und ohne Sie« — Wolf sah Morgan direkt in die Augen — »für mich gar keine Herausforderung.«

Morgan nickte zögernd. »Es gab eine Zeit, Oberst, in der ich Ihnen den Kampf angeboten hätte, um zu entscheiden, welche Einheit, welcher Krieger, besser ist.« Müdigkeit zeichnete Morgans Stimme. »Anscheinend habe ich gelernt, an derartigen Spielchen keine Freude mehr zu haben.«

Schmerz trat auf Wolfs Gesicht. »Viele Menschen sind gestorben … manchmal glaube ich, es waren *zu viele.*«

»Die Nachricht vom Tod Ihres Bruders im Marik-Bürgerkrieg hat mich betroffen gemacht. Seien Sie meines tiefsten Mitgefühls versichert.«

Wieder nahm Wolf Morgans Hand. »Und ich bedaure den Tod Ihres Bruders auf Styx. Mir ist klar, daß dies weder die Schmerzen noch den Verlust leichter macht, aber Sie müssen wissen, daß er zufrieden starb, in dem Wissen, seine Einheit gerettet zu haben.«

Morgans Antwort war kaum mehr als ein Flüstern. »Ich bin sicher, daß es so war.«

Wolf gab Morgans Hand frei und musterte Dan. Er schloß für einen Moment die Augen, dann nickte er. »Sie sind Hauptmann Daniel Allard, Mililtärakademie New Avalon, Klasse von 3015.«

»Ja, Sir«, erwiderte Dan. »Ich bin seit damals bei den Kell Hounds.« Ihm wurde unbehaglich, weil Wolf nicht *fragte,* sondern Dan mitteilte, daß er bereits von ihm gehört hatte.

Die Spur eines Lächelns trat auf Wolfs Lippen. »Ja. Wie geht es Ihrer Schulter?«

Diese Frage schockierte Dan noch mehr. Er zögerte. *Wie, zum Henker, hat er von meiner Verletzung erfahren?* Er schluckte schwer, um seine Kehle freizubekommen. »Ausgezeichnet, Sir.«

»Gut. Ich hasse den Gedanken, daß ein MechKrieger Ihres Kalibers sich allzu lange von einem Knochenbruch unterkriegen läßt.« Mit einem Lächeln wandte er sich um. »Jetzt habe ich eine Frage an Sie, Morgan.«

»Bitte«, erwiderte Morgan, ebenfalls lächelnd, wenn auch etwas zurückhaltend.

»Ich habe mich oft gefragt, ob der Name Kell Hounds irgendwie ein Wortspiel mit dem Namen der Dragoner ist.«

Morgan schüttelte den Kopf und lachte. »Nein, Oberst ...«

»Jaime.«

»Nein ... Jaime. Der Name Kell Hounds hat seinen Ursprung in etwas, das weit älter als Wolfs Dragoner ist.« Morgans Augen wurden zu Schlitzen. »Soweit ich mich erinnere, sind Wolfs Dragoner im Jahre 3005 zum erstenmal in den Vereinigten Sonnen aufgetaucht. Ich kann mich gut daran erinnern, weil ich damals gerade erst Nagelring abgeschlossen hatte. Jedenfalls entstand der Name vor der Jahrtausendwende und fast siebzehn Jahre vor Gründung der Einheit.«

Morgan lächelte breit. »Arthur Luvon, Melissas Vater, war mein Vetter. Als Arthur einmal während des Sommers unsere Familie auf Arc-Royal besuchte, sah er Patrick und mich, wie wir herumstürmten, den Mond anheulten und die Schafherde eines Nachbarn terrorisierten. Er gab uns den Namen Kell Hounds, entwarf unser Abzeichen und erklärte, wir würden es einmal zu großen MechKriegern bringen.« Morgans Lächeln verblaßte etwas. »Patrick und ich haben die Einheit mit dem Geld gegründet, das Arthur uns nach seinem Tod hinterließ.«

Wolf hob die Arme. »Ich wollte nur meine Neugier befriedigen. Ich habe es nie übelgenommen.« Er lächelte freundlich. »Ehrlich gesagt, haben die Dragoner die Tatsache, daß eine andere Einheit mit einem Wolfs/Hunds-Abzeichen so gut kämpfte, immer zu schätzen gewußt.«

Quintus Allard trat an Dans Seite. »Verzeihung, Gentlemen«, unterbrach er. »Oberst Wolf ... Oberst Kell, Prinz Hanse Davion lädt sie ein, ihm und Archon Katrina Steiner Gesellschaft zu leisten.« Quintus deutete mit einer einladenden Geste auf die Türen zum Festsaal.

Dan, der sich klar darüber war, daß diese Einladung sich nicht auf ihn erstreckte, verbeugte sich. »Es war mir ein Vergnügen, Ihre Bekanntschaft zu machen, Oberst Wolf. Ein Lebenstraum ist Wahrheit geworden.«

Wolf lächelte. »Wir hätten uns auf dem Schlachtfeld treffen sollen.«

»Nein«, sagte Dan lächelnd und zog sich zurück. »Das wäre zu einem Alptraum geworden.«

Mit einem Nicken verabschiedete er sich von Morgan und seinem Vater und trat in den inzwischen überfüllten Festsaal. Die großen Fenster, die vom Boden bis zur ein Stockwerk höher liegenden Kuppeldecke reichten, gaben dem Saal eine erstaunliche Weite. Obwohl die graziös über den Tanzboden wirbelnden Paare ihm den Blick auf die andere Seite des Raums versperrten, ging Dan davon aus, daß die lange Reihe der mit Speisen und Getränken beladenen Tische sich auch dort erstreckte. In der Kombination mit der angenehmen Musik und dem sanften Murmeln der Konversation war die festliche Atmosphäre höchst einladend.

Dan lächelte, als er die Eleganz und Fröhlichkeit in sich aufnahm. *Ich werde mich entspannnen, Justin fürs erste vergessen und versuchen, mich zu amüsieren. Was kann da schon schiefgehen?*

Noch während er diese Gedanken formte, fühlte Dan sich bereits verloren. Wie eine auf ihr Ziel ausgerichtete Kurzstreckenrakete schob die Baronesse de Gamier sich durch die Menge auf ihn zu. Er zwang sich zu einem dünnen Lächeln, das jedoch verwirrt verblaßte, als Felicity plötzlich stehenblieb, weil jemand die Hand durch Dans rechte Armbeuge schob.

Dan drehte sich um. Er erwartete halb, seine Schwester zu sehen. »Jeana!« keuchte er, und im selben Augenblick nahm er denselben würzigen Duft war, der ihm seit Tharkad vertraut war.

Jeana lächelte und küßte ihn auf die Wange. »Kommen Sie, Daniel. Sie sind mir einen Tanz schuldig.« Sie nahm seine Hand und führte ihn an einer kochenden Baronesse vorbei auf die Tanzfläche.

Während sie sich im Takt der Musik wiegten, zog Dan sie an sich und flüsterte ihr ins Ohr: »Danke für die Rettung.«

Jeana lachte. »Ich kann nicht tatenlos zusehen, wie ein Eigener aussteigen muß.«

Dan hob die Braue. *Das ist MechKriegerjargon! Aber das kann nicht sein! Auf Tharkad sah sie ganz und gar nicht danach aus, und das rote Kleid, das sie heute trägt, macht es auch nicht leichter, sie mir in Kühlweste und Shorts vorzustellen.*

Dan hielt sie weit genug von sich, um ihr in die grünen Augen zu schauen. »Was machen Sie morgen?«

Jeana hob die Achseln. »Ich bin mir nicht sicher. ComStar hat so viel geplant. Und Sie?«

»Ich weiß nicht«, antwortete er.

Jeana warf den Kopf zurück und lachte. »Was es auch sein wird, Dan, lassen Sie es uns gemeinsam tun.«

27

Sitz des Ersten Bereichs ComStars
Hilton Head Island, Nordamerika, Terra

18. August 3028

Myndo Waterly preßte ihre Fäuste so fest zusammen, daß die Fingernägel sich in ihre Handflächen gruben. *Dieses Versagen ist unverzeihlich!* Sie bedachte den Mann in der schwarzen Robe, der auf dem im Fußboden der Kammer des Primus eingelassenen Sternsymboles kniete, mit einem Blick, als wollte sie ihn zu Schlacke zerschmelzen. »Wie kannst du uns erzählen, du wüßtest nicht, wie Oberst Wolf diese Schwerter hierhergebracht hat?«

Der Mann sah auf und wandte sich in seiner Antwort an Julian Tiepolo. »Erhabenster Primus, das Gepäck des Oberst wurde zweimal durchleuchtet, ebenso wie das Gepäck aller anderen Gäste.« Er blickte zu Boden. »Es gab keine Fehler. Die Schwerter sind auf keinem Ortungsgerät aufgetaucht.«

Tiepolo betrachtete den Mann mit wohlwollender Miene. »Du mußt verstehen, daß wir über diesen Vorfall höchst besorgt sind, Jarlath. Du hast gut reagiert, als du dafür sorgtest, daß deine Männer anboten, die Schwerter für den Koordinator aufzubewahren — ich wage die Vermutung, daß er sie bei seiner Abreise nicht zurückverlangen wird. Aber die Frage, wie es möglich war, sie auf unsere Insel zu schmuggeln, ist beunruhigend.«

Präzentorin Dieron ließ ihren Kopf hochschnellen. »Das ist mehr als nur beunruhigend, Primus.« Sie stieß mit dem Finger in Jarlaths Richtung. »Dieser Mann leitet ROM. Er steht an der Spitze unserer Sicherheitsdienste, und trotzdem erklärt er uns, es habe keine Fehler gegeben. Er erklärt, Jaime Wolf könne die Schwerter nicht auf die Insel geschmuggelt haben, und doch haben wir alle gesehen, wie er sie aus dem Sack zog. Erst gestern meldete Jarlath, niemand habe Waffen auf die Insel geschmuggelt. Wie sollen wir ihm Glauben schenken, wenn er so unübersehbar des Irrtums überführt ist?«

Ulthar Everston schüttelte den Kopf. »Jarlath, wurden angesichts der Ereignisse des letzten Abends die Gästezimmer durchsucht?«

Der ROM-Chef nickte. »Wir haben jede Kammer sorgfältig untersucht. Wir haben keine Waffen entdeckt, konnten aber eine große Ausbeute an forensischen Proben machen, die zur Analyse in die Labors weitergeleitet wurden.«

»Versuche nicht, das Thema zu wechseln, Jarlath!« schnauzte Präzentorin Dieron. Sie blickte sich unter den Präzentoren um, die den ROM-Chef umgaben. »Beruhigt es jemanden unter euch zu wissen, daß euer Mörder sein Haar färbt oder wie seine DNS aufgebaut ist? Nein!« Myndo starrte Jarlath an. »Deine Aufgabe ist es, für *unsere* Sicherheit zu sorgen.«

Präzentor Tharkad breitete die Arme aus. »Präzentorin Dieron, Jarlath und seine ROM-Agenten gewährleisten unsere Sicherheit.« Er lächelte die anderen Mitglieder des Ersten Bereichs an. »Weder wir noch einer unserer Gäste sind angegriffen worden.«

Ah, der Primus spricht durch seinen zweiten Mund. Myndo steckte ruhig ein paar Strähnen ihres blonden Haars zurück hinter das rechte Ohr. »Wieder weicht man mir aus. Die ROM-Untersuchungen sollten dazu dienen, Waffen von der Insel *fernzuhalten.* ROM hat versagt. Die ROM-Überwachung aller Treffen, offen oder geheim, sollte uns informiert halten. Wieder hat ROM versagt.«

Der Primus hob die Hand. »Du wirst die Schuld an all diesen Dingen doch sicher nicht Jarlath anlasten wollen, Präzentorin Dieron. Wie kann er dafür verantwortlich sein, daß es Gerätschaften gibt, die unsere Überwachungssysteme überlisten?«

Myndo starrte den Primus in offener Verwunderung an. »Ist er es denn nicht? Wir wissen, daß diese Geräte aus dem New Avalon Institut der Wissenschaften stammen. Jarlaths ROM-Agenten hatten vom ersten Tag ihres Bestehens an die Anweisung, diese Institution zu infiltrieren, aber sie haben nichts erreicht. Wäre uns auch nur der geringste Hinweis auf die Wirkungsweise dieser Geräte zugegangen, hätten wir sie neutralisieren können. Jetzt hat Davion sie Katrina Steiner gegeben, so daß uns auch die bei ihr stattfindenden Beratungen verborgen bleiben.«

»Aber inwiefern beeinträchtigt das unsere Sicherheit?« fragte Ulthar. »Du weißt, daß wir erfahren werden, was in ihren geheimen Verhandlungen besprochen wurde, Präzentorin Dieron, sobald sie Botschaften an ihre Untergebenen senden.«

Präzentorin Dieron schüttelte den Kopf. »Und wenn nicht?«

Ulthar rieb sich die Hände. »Früher oder später finden wir immer heraus, was besprochen wurde.« Er blickte auf den ROM-Chef hinab. »Ich würde vorschlagen, daß du deinen Leuten von unserer Besorgnis berichtest, Jarlath.«

Der Primus lächelte Präzentor Tharkad zu, dann wandte er sich an die anderen Präzentoren. »Wenn keine weiteren ...«

Präzentorin Dieron trat in die Mitte des Kreises. *So leicht kommst du nicht davon, Primus.* »Ich habe noch einen Punkt.« Sie starrte Jarlath an. »Du kannst gehen.«

Jarlath blickte zu Tiepolo empor, dessen kurzes Nikken ihm die Erlaubnis gab, sich zu entfernen. Myndo Waterly trat an den Platz im Zentrum des Sternsymbols, kniete jedoch nicht wie der ROM-Chef nieder. Sie hielt den Kopf trotzig erhoben und wartete, bis sich die Türen der Kammer hinter dem ROM-Chef geschlossen hatten, bevor sie das Wort ergriff.

»Ich möchte wissen, Primus, welchen Zweck Ihr mit einer derart heimtückischen Botschaft an die Gesellschaft gestern abend verfolgtet.« Sie breitete die Arme aus, um den ganzen Ersten Bereich in ihre Argumentation einzubeziehen. »Über Jahre hinweg haben wir Euch argumentieren hören, daß die Verbindung verschiedener Häuser eine Fassade sei, ein Betrug. Ihr habt daran festgehalten, daß wir die Kontrolle über die Geschicke der Menschheit in unseren Händen halten können, indem wir eine Allianz gegen die andere ausspielen.

Und doch habt Ihr zu unseren Gästen von Einheit gesprochen, von der Rückkehr zur Solidarität der Menschheit. Ihr habt eine prächtige Vision der einstigen Größe des Menschen geboten und diese Heirat als herausragendes Beispiel dafür gepriesen. Wie könnt Ihr dieses Handeln rechtfertigen?«

Der Primus zog langsam den Atem ein, aber weder der Schmerz noch die Müdigkeit verschwanden vollständig aus seinem Gesicht. Mit einer Stimme, die so leise war, daß es Anstrengung kostete, die Worte zu verstehen, antwortete er: »Wieder einmal hindert deine Verachtung für die Diplomatie dich am Verstehen, Präzentorin Dieron.« Der Primus schüttelte den Kopf wie ein Vater, der ein einfältiges Kind betrachtet. »Wie kommt es, daß ein Mensch deiner Weisheit die Schleier nicht durchschauen kann, die meine wahre Absicht verbergen?«

Präzentorin Dieron bebte vor Wut. »Werdet nicht herablassend, Primus. Das lasse ich mir nicht gefallen! Ich diene den Heiligen Worten Blakes, nicht einem Menschen oder einer Organisation. Ich weiß nur, was ich in der letzten Nacht hörte, und es war keine Botschaft, die unserer Aufgabe gerecht wird?« Sie drehte sich zu den anderen Präzentoren um. »Was ich hörte, war, wie der Primus die Zukunft der Menschheit in die Hände von Generälen und politischen Ränkeschmieden legte, während er ComStar als Beispiel all dessen hervorhob, was sie erreichen könnten, wenn sie es versuchten.«

Sie wandte sich wieder um und deutete auf Tiepolo. »Ihr habt uns diesen Menschen als ein Beispiel vorgeführt. Menschen, die ComStars wahre Bedeutung für die Menschheit nicht annähernd begreifen können. Wir sind kein bloßes Beispiel und waren es auch niemals. Wenn die Menschheit ihr Schicksal wieder in die eigenen Hände nehmen und aus dieser Kloake der Kriege und Konflikte auferstehen soll, und wenn die Worte Blakes erfüllt werden sollen, braucht die Menschheit einen Führer und kein Beispiel. ComStar ist dieser Führer, und das hättet Ihr in der vergangenen Nacht deutlich machen sollen!«

Präzentor Tharkad spendete spöttisch Beifall. »Bravo, Myndo. Wie immer bietest du uns einen Einblick in das Denken kleiner Geister. Unser Publikum der letzten Nacht hat die wahre Botschaft in den Worten des Primus vernommen.«

Myndo versteifte sich. »Tatsächlich? Wie kannst du nach all den Idiotien, die du im Laufe der Jahre miterlebt hast, annehmen, irgendeiner unter ihnen sei intelligent genug zu hören, was ich nicht hören konnte?«

Ulthars räuberisches Lächeln blitzte auf, und Myndo fühlte, wie sich eine Schlinge um ihren Hals legte. »Du selbst hast uns vor den Gefahren gewarnt, die Hanse Davion und Katrina Steiner für uns darstellen. Sollen wir glauben, es sei nur Mitleid, das diese beiden Geistesriesen davon abhält, ihre Feinde zu zerschmettern, oder dürfen wir — korrekterweise — davon ausgehen, daß die Gegner sich annähernd gleich stark gegenüberstehen?«

Ulthar schüttelte nachsichtig den Kopf. »Da du die Botschaft des Primus gestern abend nicht hören wolltest, gestatte mir, seine Worte für dich zu übersetzen. Durch die Betonung des durch die Hochzeitszeremonie symbolisierten Wachstums erinnerte er die Lords stagnierender und schwindender Domänen nachdrücklich daran, daß dieses Wachstum auf ihre Kosten stattfinden muß. Indem er den Versammelten den Segen der Einheit aufzwang, fachte er die Flammen des Nationalstolzes und des Unabhängigkeitswillens an, die in den Herzen unserer Gäste lodern. Er drängte sie, eine Verbindung zu segnen, die viele von ihnen insgeheim verfluchen, und mit seiner Bitte, sich anzunähern, zwingt er sie weiter auseinander.«

Myndo schnaufte abfällig. »Hat er irgend etwas gesagt, das *keine* Gehirnakrobatik erfordert, um verständlich zu werden?«

Präzentor Tharkad nickte. »Dadurch, daß er ComStar als Beispiel präsentierte, schwächte er die von uns ausgehende Bedrohung ab. ›Seht uns an‹, forderte er sie auf, und sie alle taten es. Und was sie sahen, war eine harmlose Gesellschaft mönchischer Boten, zahnlos und senil. Hätte jemand uns als hinterlistige Ränkeschmiede geziehen, er wäre unter Gespött aus dem Saal vertrieben worden.«

Präzentor Tharkad lächelte die Mitglieder des Ersten Bereichs an. »Beruhige dich, Präzentor Dieron. Auch wenn dich die Botschaft nicht erreichte, die gestern abend erklang, brauchst du nicht zu fürchten, daß die anderen Zuhörer ihre volle Bedeutung nicht erfaßt hätten. Sie haben verstanden — und um so näher rückt dadurch die Erfüllung der Worte Blakes.«

28

Sitz des Ersten Bereichs ComStars
Hilton Head Island, Nordamerika, Terra

18. August 3028

Akira Brahe ignorierte die einschläfernde Stimme des Führers und suchte sich einen Tisch, der so weit wie möglich von dem Akoluthen entfernt war. Er schlenderte in die Ecke des Dachgartens und stellte sein Essen auf den Tisch. Er lehnte sich an das Geländer, schloß die Augen und hob das Gesicht zur Sonne. *Es tut so gut, die salzige Luft zu atmen und die Wärme der Sonne zu spüren.* Er atmete tief aus und ließ die Anspannung aus seinem Körper strömen.

»Verzeihung«, unterbrach ihn eine weibliche Stimme. »Darf ich mich zu Ihnen setzen?«

Akira zwang sich zu einem Lächeln, das jedoch echt wurde, als er die Augen öffnete und sich zu der dunkelhaarigen Frau umdrehte. Er nickte und deutete auf die Bank an der gegenüberliegenden Seite des Tisches. »Bitte, setzen Sie sich.«

»Danke.« Sie trug weiße Hosen und ein blauweiß gestreiftes Matrosenhemd und wirkte vor dem Hintergrund der Meeresküste wie zu Hause. Die junge Frau reichte ihm lächelnd die Hand. »Ich heiße Riva.«

Akira schüttelte ihre Hand und verbeugte sich. »Ich bin Akira.« Er rutschte auf die Bank an seiner Seite des Tisches. »Sie kommen aus ...?«

»Den Vereinigten Sonnen.« Sie sah zu ihm auf. »Ich hoffe, Sie haben nichts dagegen, daß ich mich zu Ihnen gesetzt habe.« Sie warf einen Blick auf die übrigen Mitglieder der Führung, die sich an den Tischen um den ComStar-Führer drängten. »Ich hatte nicht erwartet, daß ich mich auf diesem Ausflug wie im Altersheim fühle.«

Akira lächelte. »Ich weiß, daß unsere Senioren lebende Schatzkammern des Wissens und der Tradition darstellen«, bemerkte er mit leiser, verschwörerischer Stimme, »aber trotzdem möchte ich auch nicht meine ganze Zeit in ihrer Gesellschaft verbringen.«

»Das Schlimmste dabei ist ihre Neugierde«, stellte Riva fest. »Ich habe heute morgen schon derart viele Fragen über mich ergehen lassen müssen, daß ich mir vorkomme wie ein Terrorist im Verhör. Das reicht. Die Auskunft über meine Herkunft war die letzte Information, die ich zu geben bereit bin.« Sie begegnete seinem Stirnrunzeln mit einem Lächeln. »Hier ist jeder so vorsichtig, mit wem er gesehen wird oder was er sagt, daß ich mich entschlossen habe, mir darüber keine Gedanken mehr zu machen.«

Akiras Augen wurden schmal. »Ich bin nicht sicher, daß ich Ihnen folgen kann.«

Riva durchtrennte mit dem Daumennagel das Klebeband, mit dem der Deckel ihres Lunchpakets befestigt war. »Gestern abend habe ich Sie mit dem Koordinator ankommen sehen. Sie haben eine Uniform getragen, daher weiß ich, daß Sie ein MechKrieger sind. Wo sind Sie stationiert?«

Akiras Haltung versteifte sich etwas. »Das kann ich Ihnen natürlich nicht mitteilen.«

Riva nickte. »Wenn Ihre Dienststation ein Geheimnis ist, respektiere ich das natürlich.« Sie deutete mit dem Daumen über die Schulter auf die Leute hinter ihr. »Es ist nur so, daß sich viele von denen dort für Spione halten, obwohl sie völlige Anfänger sind.« Sie verzog das Gesicht, während sie den Inhalt ihres Lunchpakets untersuchte. »Wenn einer von denen seinen Verstand auch nur zur Hälfte gebrauchen würde, könnte er herausfinden, was er wissen will, ohne eine Frage zu stellen.«

»Wie das?« Akira öffnete sein Lunchpaket, und der Duft eingelegten Ingwers stieg ihm in die Nase.

Riva zwinkerte ihm zu. »Nur als Beispiel: Wenn ich

Sie nicht gestern abend schon in Uniform gesehen hätte, würde mir die Mahlzeit, die ComStar für Sie eingepackt hat, zeigen, daß Sie aus dem Draconis-Kombinat kommen. Das riecht nach Sushi.«

Akira nickte. »Reisröllchen und Teka-maki.« Er klopfte an ihre Schachtel. »Und was stellt sich ComStar unter einem typischen Vereinigte Sonnen-Imbiß vor?«

Riva zuckte ohne große Begeisterung die Achseln. »Ein Quillar- und Erdnußbuttersandwich und als Zugabe eine Naranji.«

Der Seewind trug die Schreie hungriger Seemöwen heran. Akira sah zu den weißen Vögeln hinaus, die in der Bö segelten, und bemerkte: »Wenn wir es nicht mögen, werden die unser Fressen sicher annehmen.«

Riva lächelte, winkte aber ab. »Ich mache Ihnen einen Vorschlag. Ich tausche die Hälfte des Sandwich gegen Ihr Sushi.«

Akira schüttelte den Kopf. »Alles oder nichts — ich hasse Sushi.«

»Teilen wir uns die Naranji?«

»Abgemacht.«

»Klasse!« Riva hob die violette Zitrusfrucht aus ihrer Schachtel und legte sie in die Mitte des Tisches. Dann schob sie Akira ihr Lunchpaket herüber.

Er reichte ihr sein Sushi und zog das Sandwich aus der Schachtel. Vorsichtig entfernte er die Hülle. Als er hineinbiß, quoll gelbgrünes Quillar heraus, aber er konnte es mit der Hand auffangen, bevor es auf seine Hose fiel.

Er wischte sich die Hände an einer Serviette ab und kaute verzweifelt, um seinen Mund zu leeren und etwas sagen zu können. Riva hielt sich die Hand vor den Mund, um ihr Vergnügen über seine Schwierigkeiten zu verbergen, aber es war deutlich genug zu sehen. Schließlich schaffte Akira es zu schlucken. Er spürte, wie er errötete. Beschämt blickte er auf seine Mahlzeit. »Verzeihung.«

Riva legte ihre Hand auf seine Faust. »Eigentlich müßte ich um Verzeihung bitten.« Sie senkte ihren Kopf und sah ihm in die Augen. »Wirklich, Akira. Ich entschuldige mich.« Sie lächelte. »Ich war froh, daß Sie das Sandwich genommen haben. Einen Quillarfleck hätte ich aus dieser Hose nie herausbekommen.«

Akira sah auf. »Wie ich vorhin bereits erklären wollte, aber nicht konnte, normalerweise spiele ich nicht mit meinem Essen, aber wenn ich Quillar auf meinen Kleidern hätte, wäre das ein Grund für eine Rüge.«

Riva schüttelte den Kopf. »Ihr Vater würde Ihnen doch dafür keine Rüge erteilen, oder?«

Wieviel weiß Sie? Akiras Augen verengten sich. »Ich würde mich gezwungen sehen, mir selbst eine Rüge für ungebührliches Auftreten zu erteilen.«

Rivas Gesichtsausdruck zeigte ihm, daß sie die Wortwahl seiner Antwort verstand. »Tut mir leid, Akira. Ich mache genau das, was ich den anderen vorwerfe. Ich habe gefragt, weil Sie mit Yorinaga Kurita angekommen sind. Er hat mich fasziniert, seit ich Mitchells Buch über Mallory's Wolrd gelesen habe. Mein Bruder war dort ...«

Akira nickte. »Ein fairer Austausch, denke ich. Ich bin Akira Brahe, Riva, und Yorinaga Kurita ist mein Vater.«

Riva wischte sich die Hände an ihrer Serviette sauber. »Ich bin Riva Allard, und mein Bruder ist Daniel Allard von den Kell Hounds.«

Akira schloß die Augen. *So gewaltig das Universum auch ist, wir bewegen uns in winzigen Kreisen.* »Und dein Vater ist Quintus Allard?«

Riva ließ resigniert den Kopf hängen. »Jetzt kannst du anfangen, mich wie eine Aussätzige zu behandeln.« Sie zog ihre Hand zurück.

Wieder runzelte Akira die Stirn. »Ich verstehe nicht ...«

Riva zuckte die Achseln. »Eine Menge Leute gehen

davon aus, daß ich alles direkt an meinen Vater weiterleite.« Sie versuchte ein schwaches Lächeln. »Ich habe einem Marik-Kapitän beinahe zu einem Herzanfall verholfen, als ich ihm sagte, wer ich bin.«

Akira legte seine Hand auf ihre und drückte sie beruhigend. »Ich kann nachfühlen, was du meinst. Ich habe eine ähnliche Behandlung erfahren, wenn man hörte, wer mein Vater ist.« Er zwinkerte ihr zu. »Wir wollen unsere Mahlzeit beenden und unsere detektivischen Fähigkeiten auf die anderen Gäste richten, oder« — er machte eine dramatische Pause — »darauf, ComStars tiefste und dunkelste Geheimnisse zu ergründen.«

Riva rollte die Augen gen Himmel. »So was wie: Was macht ein ComStar-Akoluth, wenn er kein Zitat Blakes findet, um sein Tun zu rechtfertigen?«

Akira hob die Schultern. »Selbst das kann nur interessanter werden als der Rest dieses Ausflugs.«

»Okay. Abgemacht.« Sie lachte, aber in ihren Augen stand ein gefährliches Funkeln. »Wer weiß ... vielleicht erfahren wir dabei sogar etwas über ComStar.«

Als sie sahen, wie der ComStar-Akoluth versuchte, die Ausflügler wieder zu sammeln, schlossen sich die beiden jungen Leute der Gruppe wieder an und stiegen eine breite Wendeltreppe hinab unter die Oberfläche der Insel. Ihr Führer breitete die Arme aus und lächelte. »All dies ist zur Unterrichtung unserer Mitarbeiter gedacht. Diese Anlage enthält alles, von Klassenzimmern bis zu individuellen Meditationszellen. Wenn Sie mir jetzt folgen wollen, zeige ich Ihnen, wie ein durchschnittlicher ComStar-Rekrut den Tag verbringt.«

Akira und Riva fielen zurück. Riva blickte über das Treppengeländer und starrte hinunter in die dunklen Tiefen der Spirale. »Ich frage mich, wie tief das hier hinab geht?«

Akira hob die Schultern. »Nicht allzu tief.« Er deutete auf vier Gestalten, die unter ihnen die Stufen heraufstiegen. »Siehst du? Sie tragen keine Atemgeräte.«

Riva rümpfte die Nase. »Stimmt, aber sie haben einen komischen Gang.«

Akira blickte zu den Männern hinab. Ihre Roben verbargen zwar ihre Beine, aber trotzdem wirkten ihre Schritte übertrieben weit. Das war allerdings seltsam. Einen derartigen Gang hatte er bisher nur bei Männern und Frauen gesehen, die gerade eine längere Sitzung im Mechsimulator absolviert hatten. Als ein bitterer Geruch von den näher kommenden Gestalten heraufwehte, wandte er sich zu Riva um und packte ihren Arm. »Riechst du das?«

Sie verzog das Gesicht, dann schnupperte sie zweimal. »Verschweltes Ashqua.«

Akira nickte. Mechkühlmittel. Ein Geruch, den er nur zu gut kannte. Er blickte über die Schulter, als die Akoluthen sich ihrer Ebene näherten. Er zog Riva mit einem rauhen Flüstern an sich. »Schlag mich, fest.« Er nahm ihren Kopf in beide Hände und preßte seine Lippen auf die ihren.

Rivas rechte Hand schoß hoch und versetzte Akira eine schallende Ohrfeige. Der MechKrieger taumelte gegen die ComStar-Akoluthen. Er packte ihre Roben, und sie hielten ihn fest. Er richtete sich auf und preßte die Linke auf seine brennende rote Wange.

Riva warf ihm einen eisigen Blick zu, machte auf dem Absatz kehrt und ging mit hoch erhobenem Kopf davon. Die ComStar-Akoluthen starrten ihr sprachlos hinterher. Als sie hinter einer Ecke verschwunden war, ließen sie Akira auf den kalten Marmorboden niedersinken und lachten.

Akira kam wieder auf die Füße. »Was bildet sie sich ein, wer sie ist? So kann man nicht mit einem Kommandeur des Kombinats umspringen.« Er machte Anstalten, sie zu verfolgen, aber einer der Akoluthen packte sein Handgelenk.

»Der Friede Blakes sei mit Ihnen, Sir.« Der Akoluth wischte sich den Schweiß von der Stirn. »Warum lassen

Sie sie nicht in Ruhe? Der Schlag hat sie härter getroffen als eine AK-Granate. Ich würde sie an Ihrer Stelle wie einen *Brandstifter* behandeln. Verstehen Sie, was ich meine?«

Akira nickte. »Hai, wakarimas.«

Der Akoluth lächelte mitfühlend. »Ich denke, das beste wäre, wenn Sie wieder zur Truppe zurückkehrten — und Ihre Hände bei sich behalten.«

Akira ging um die Ecke und fand Riva, die auf ihn wartete. »Was hast du herausgefunden?«

Akira rieb sich das Gesicht. »Daß ich dich nicht küssen sollte.«

Riva hob sich auf die Zehenspitzen und küßte seine gerötete Wange. »Du hast gelernt, daß du mich nicht überrumpeln solltest. Was hast du noch herausgefunden?«

Akira schüttelte den Kopf. »Ich bin nicht sicher.« Er breitete die Arme aus. »Ich möchte der Sache erst noch nachgehen, bevor ich etwas sage.«

Riva schien enttäuscht. »Das akzeptiere ich — unter einer Bedingung.«

»Das wäre?«

Sie lächelte. »Daß du mir sagst, was du weißt, sobald du die Bestätigung hast.«

Akira nickte. *Ich weiß, daß ich unter den Roben dieser Akoluthen Kühlwesten gefühlt habe. Das läßt nur einen Schluß zu, aber der widerspricht aller Vernunft.* Eine eisige Kralle schien seine Eingeweide zu umklammern. *Wer käme je auf den Gedanken, daß der arme, pazifistische Com Star-Orden eigene MechKrieger ausbildet?*

29

Sitz des Ersten Bereichs ComStars
Hilton Head Island, Nordamerika, Terra

18. August 3028

Warmes Seewasser strömte den Sandstrand empor und kitzelte Dan und Jeana an den Zehen, als sie Hand in Hand die Küste entlangspazierten. Die untergehende Sonne ließ ihre Schatten lang werden. Dan hob Jeanas Hand an den Mund und küßte sie sanft.

»Du bist immer noch eine sehr hervorragende Zuhörerin.«

Jeana lächelte. »Vielleicht bist du einfach ein hervorragender Erzähler.«

Dan schüttelte den Kopf. »Wir waren den ganzen Tag zusammen, und du hast dir meine ganze Lebensgeschichte angehört.« Er blieb stehen und sah sie an. »Aber du hast fast nichts von dir erzählt.« *Es scheint, als würdest du mir vertrauen, aber du tust es nicht wirklich. Wer bist du?*

Jeana blickte an ihm vorbei. »Sieh doch mal, Dan! Delphine!«

Dan wirbelte herum. Die ersterbende Sonne warf rotgoldene Glanzlichter auf die nassen grauen Körper der Delphine, als sie zum Atemholen an die Oberfläche kamen, um dann wieder in den Tiefen zu verschwinden. Sie waren so elegant und schön.

»Wieder hast du mich abgelenkt«, stellte Dan fest, als er sich wieder zu Jeana umdrehte. »Ich habe das Gefühl, daß wir uns so nah sind, daß Kleinigkeiten unwichtig sind, aber ich kenne nicht einmal deinen Nachnamen.« Er seufzte hilflos und sah zu Boden.

Jeana nahm seine Hände und gab ihm einen Kuß. »Ich fühle dasselbe, Dan.« Sie sah beschwörend zu ihm auf. »Es gibt soviel, das ich mit dir teilen möchte, aber ich kann es nicht.« Sie kaute auf ihrer Unterlippe. »Ich kann dir nicht einmal meinen vollen Namen nennen.«

Sie versuchte ihre Hände zurückzuziehen, aber er hielt sie fest. »Namen sind nur Worte. Wenn du kannst, erzähl mir von dir. Erzähl mir, was du tust. Erzähl mir, ob du glücklich bist.«

Jeana nickte und führte Dan auf einen trockenen Strandabschnitt oberhalb der Wasserlinie, aber unterhalb der Strandgräser. Sie kniete sich hin und zog ihn zu sich herab. »Viel ist es nicht, was ich dir erzählen kann — aber das liegt nicht daran, daß ich dir nicht vertraue.«

Dan nickte verstehend. »Ich weiß.«

Jeana lächelte und streichelte sein Gesicht. »Ich arbeite ganz in der Nähe von Melissa Steiner, aber meine Pflichten sind schwer zu definieren. Ich mache so ziemlich alles, aber nichts davon ist Routine.« Sie schwieg einen Augenblick lang, während sie sich an etwas erinnerte. »Die Arbeit ist nicht schwer, aber sie kann einiges an Einsatz erfordern und sehr langwierig sein.«

»Du bekommst doch keine Probleme, weil du den Tag mit mir verbıacht hast?«

Jeana schüttelte den Kopf. »Nein. Um Melissa kümmern sich jetzt mehr als genug Leute. Während der Hochzeit bin ich frei. Aber danach geht es wieder an die Arbeit.«

Dan kniff die Augen zusammen. *Babysitter für den designierten Archon zu spielen ist eine ziemliche Umstellung nach einem Leben als MechKriegerin. Aber nach dem Zwischenfall mit der* Silberadler *hielt der Archon es wahrscheinlich für nötig.* »Gefällt dir deine Arbeit?«

Jeana nickte und lächelte ohne Zögern oder Zurückhaltung. »Ich hätte es zwar nicht für möglich gehalten, aber es hat sich zu der schönsten Aufgabe entwickelt, die ich mir vorstellen kann.«

»Gut.« Dan küßte ihre rechte Hand. Lächelnd schnupperte er an dem Parfüm auf ihrem Handgelenk.

»Was ist das für ein Duft? Er erinnert mich an die nachtblühenden Furancias auf Ciotat, aber das ist es nicht.«

Jeana lachte. »Es ist ein Duft, der von einem Kosmetikkonzern auf Eutin speziell für Melissa hergestellt wurde. Sie nennen ihn *Nocturne*, aber für die Allgemeinheit vertreiben sie eine ähnliche Duftmischung unter einem anderen Namen.« Sie lehnte sich vor, und ihre Stimme wurde verschwörerisch. »Melissa haßt den Duft und würde sich damit nicht begraben lassen. Also hat sie mir die gesamte Lieferung überlassen. *Mir* gefällt er.«

»Und mir auch ... an dir.« Dan beugte sich vor, um Jeana einen sanften Kuß zu geben. Sie legte die Arme um seinen Hals und zog ihn näher. Dan umarmte sie und preßte sie an sich.

Sie blieben eng umschlungen und ohne irgend etwas von der Welt um sie herum wahrzunehmen, bis der Alarm in Dans Uhr zu piepsen begann. »Eine Erinnerung an den Empfang der Liga Freier Welten«, stellte er fest und unterbrach das Signal. »Gehen wir zusammen hin?«

Jeana zog sich zurück und schüttelte den Kopf. »Nein, ich denke nicht.«

Dan war enttäuscht, und er schaffte es nicht, seine Gefühle zu verbergen. »Oh, das tut mir leid ... ich dachte ...«

Jeana legte einen Finger auf seine Lippen. »Daß ich heute mit dir zusammensein konnte, hat mir mehr bedeutet, als du je ahnen wirst, Daniel Allard.« Sie küßte ihn. »Ich will nicht, daß dieser Tag zu Ende geht, noch nicht, nicht jetzt schon.«

Sie nahm seine Hand und führte ihn den Strand hinauf zu dem Weg, der zu ihrem Bungalow führte. »Es wird andere Empfänge geben, Daniel Allard, und ich wäre stolz, sie in deiner Begleitung zu besuchen. Aber heute nacht, mein Liebling, will ich dich ganz für mich allein ...«

30

Sitz des Ersten Bereichs ComStars
Hilton Head Island, Nordamerika, Terra

18. August 3028

Akira Brahe kniete neben seinem Bett und zog den Koffer hervor. Er hob ihn auf die Steppdecke. Nachdem er ihn vorsichtig geöffnet hatte, legte er ihn auf das Bett und zog das Tuchfutter von dem langen Scharnier, das die beiden silbrigen Kofferschalen verband.

Er warf einen nervösen Blick zur Tür und vergewisserte sich, daß er sie verschlossen und verriegelt hatte. *Das könnte mir große Schwierigkeiten einbringen, aber nur ein Narr erwidert die Einladung eines Feindes unbewaffnet.* Akira erschauderte. *Bis heute nachmittag habe ich ComStar nicht für die größte Gefahr hier gehalten ...*

Akira zog ein Taschenmesser mit mehreren Klingen aus dem Rasierset auf seinem Nachttisch und klappte den Schraubenzieher heraus. Er strich mit dem Daumen über die dreieckige Scharte im Kopf des Schraubenziehers, der ihn zu einer zweiteiligen Gabel machte. Er setzte die Klinge an die Spezialschrauben des Scharniers an.

Als die letzte Schraube herausgedreht war, legte er sie vorsichtig zu den anderen in den Koffer und klappte die Scharnierplatte um. Aus ihrem Versteck zwischen Scharnier und Kofferrand zog Akura eine dünne, in Papier gehüllte Metalleiste. Die Löcher in ihrer Mitte paßten exakt zur Plazierung der Scharnierschrauben. Das Licht der Nachttischlampe funkelte auf der rasiermesserscharfen Schneide der Klinge, nachdem er die Papierhülle entfernt hatte.

Akira steckte alle Schrauben bis auf zwei wieder an ihren Platz, drehte sie fest und schloß den Koffer. Dann schob er ihn zurück unter das Bett. Er ging hinüber zur

Kommode und zog einen schweren Ledergürtel und eine Kleiderbürste heraus. Er warf sie neben der Klinge auf das Bett. Einen Augenblick zögerte er, dann entledigte er sich seines Hemds und streifte einen schweren schwarzen Pullover über.

Er trennte die Schnalle vom Gürtel. Die Zierschnalle hatte die Form eines länglichen Bronzeovals mit einem Lotusmuster und war im Stil eines japanischen Stichblatts aus dem 16. Jahrhundert gehalten. Akira schob sie über den Schaft des Schwerts und befestigte sie mit einer der beiden Schrauben, die er nicht wieder in den Koffer gedreht hatte.

Dann löste er den Holzgriff vom Kopf der Kleiderbürste und befestigte ihn mit der anderen Schraube. Schließlich benutzte er die Schneide des Schwerts dazu, die Fäden zu durchtrennen, die dazu dienten, die beiden Lederschichten des Gürtels am Schnallenende zusammenzuhalten. Die lange Klinge glitt in ihre Scheide.

Nachdem er die schwarzen Schnürsenkel aus einem Paar Schuhe gezogen hatte, studierte Akira die grobe Karte der ComStar-Schulungsanlage, die er nach dem Ende der Führung angefertigt hatte. Als die Gruppe das Gebäude verließ, hatte er die Eingänge untersucht und insgeheim einen Plan für seine heimliche Rückkehr ausgearbeitet. Wenn er seinen schwarzen Wollpullover und seine Hose anfeuchtete, würde er einen gewissen Schutz vor Infrarotgeräten haben. Akira verzog das Gesicht. Er war sich nicht sicher, ob das ausreichen würde.

Er fuhr die mit Bleistift gezeichnete Route mit dem Finger nach. *Von der Seeseite kommen und nach Öffnungen suchen.* Akira erinnerte sich an das stolze Gesicht des Führers, als er von dem Dutzend Erweiterungen gesprochen hatte, die ComStars Anlagen in den vergangenen zwei Jahrhunderten erfahren hatten. Die Dias, mit denen er seinen Vortrag begleitet hatte, waren aus der Luft aufgenommen und hatten die Erweiterungsmaßnahmen und häufig auch natürliche Ausbuchtungen der Strände gezeigt.

Mit Ausnahme des Gebiets südlich der Schulungsanlage. Dort ist die Küste im Laufe der Jahre etwa fünfzig Meter nach draußen verschoben worden. Die letzte große Bewegung kam mit dem Bau des Schulungsgebäudes. Aber Klippen breiten sich nicht aus wie Sandstrände.

Akira schüttelte den Kopf, während er mit den Schnürsenkeln eine Halterung für die Schwertscheide knüpfte. *Warum fällt es mir so schwer zu glauben, daß ComStar MechKrieger ausbildet? Der Führer hat uns daran erinnert, daß Terra zu ComStars neutralem Hauptquartier wurde, nachdem Jerome Blake einen Mechangriff auf diesen Planeten geplant und ausgeführt hatte. Manche Stimmen behaupten sogar, er habe die Mechregimenter, die ihm dabei halfen, mit gewaltigen Mengen von Ersatzteilen belohnt, aber woher wissen wir, daß das mehr war als ein Bruchteil seiner Vorräte? Immerhin war Terra die Zentralwelt des Sternenbundes. Wer weiß, was ComStar hier vorgefunden hat?*

Akira legte den Rasierset auf den Schoß und holte eine kleine Taschenlampe und ein altes Stück Kreide heraus. Beide Teile steckte er zusammen mit dem Taschenmesser in seine linke Tasche. Dann schaltete er die Nachttischlampe aus. Nachdem er dreißig Herzschläge lang mit geschlossenen Augen gewartet hatte, öffnete er die Lider, und seine Augen paßten sich an das fahle Licht des Mondes an.

Er schnallte das Schwert auf den Rücken — der Griff ragte über seine linke Schulter — und ging zu den Verandatüren. Er legte einen schwarzen Tuchstreifen um den Kopf, bis nur noch seine Augen zu sehen waren. Dann streifte er schwarze Lederhandschuhe über, öffnete die Tür und glitt hinaus in die Schatten.

Er wurde ein Teil der Nacht und huschte durch die Schatten hinunter zu den niedrigen Hügeln mit den vom Wind gepeitschten Strandgräsern. Das Donnern der Brandung und das Rauschen der Blätter verschluckten die wenigen Geräusche, die Akira auf diesem Weg nicht vermeiden konnte. Wo das Ende eines Kanals den Strand zerteilte, glitt er ins Wasser und watete hindurch zum anderen Ufer.

Er bewegte sich mit äußerster Sorgfalt und Vorsicht, so daß er eine halbe Stunde benötigte, um 500 Meter leeren Strands zu überqueren. Nur von seinem Gefühl geleitet, arbeitete Akira sich die felsige Klippe des Südufers hinauf. Die Kletterpartie fiel ihm nicht weiter schwer. Nur einmal mußte er zurück, als seine Hände keinen Halt mehr fanden. Verglichen mit den Klippen auf dem Gelände seines Großvaters auf Rasalhaag war diese Zehnmeterwand ein Nichts. Als er sich schließlich wieder auf festen Boden gezogen hatte, blieb Akira reglos liegen, um zu lauschen und neue Kraft zu sammeln.

Während er so dalag, erinnerte er sich an seine Karte. *ComStar oder nicht, als sie diesen Berg ausgebaut und ihre Anlagen in seinem Innern errichtet haben, mußten sie für Ventilation sorgen. Mit etwas Glück kann ich einen Schacht finden, der groß genug ist, um mich aufzunehmen. Wenn nicht, muß ich ein paar der Tricks anwenden, die ich gelernt habe, als ich unautorisiert Vorräte aus dem Depot der Elften Legion Wega beschafft habe. Wenn die hier auf Terra auch funktionieren, bin ich spätestens morgen früh in den Geheimbereichen dieses Gebäudes.*

Da er nichts Verdächtiges gehört hatte, während er sich am Rand der Klippe ausruhte, arbeitete Akira sich durch das dichte, struppige Unterholz landeinwärts. Er versuchte, sich so leise wie möglich zu bewegen, aber trotzdem dauerte es nicht lange, bis er einen Zementzylinder entdeckte, der etwa einen halben Meter aus einer niedrigen Bodenerhebung ragte.

Er schnupperte die feuchte Luft, die aus dem Gitter an der Oberseite des Auslasses strömte. *Mechkühlmittel!* Er lächelte zufrieden. *Dadurch, daß er hier draußen abgelassen wird, vermischt der Geruch sich mit dem Seewind, und niemand bemerkt ihn. Einer der MechKrieger heute nachmittag muß ein Leck in der Weste gehabt haben, oder er hatte eben an seinem Mech gearbeitet.*

Er legte beide Hände um die Taschenlampe, um den Strahl abzudecken, und betrachtete die vier Bolzen, mit denen das Gitter befestigt war. Er zog sein Taschenmesser hervor. Meersalz und Sonne hatten den Bolzen zugesetzt; Akira durchtrennte sie mit dem Sägeblatt.

Dann zog er das Schwert auf die Brust und ließ sich mit den Füßen voran in den schrägen Luftschacht hinab. Seine Umgebung war zwar noch enger als jedes BattleMechcockpit, aber das machte Akira nichts aus. *Das ist eng genug, um nachher das Hinaufklettern leicht zu machen.* Er hob das Gitter wieder an seinen Platz und ließ sich hinunter in die Dunkelheit gleiten.

Etwa sieben Meter tiefer traf der Schacht auf einen anderen von etwa doppeltem Durchmesser. Akira ließ sich hinunterfallen und ging in die Hocke. Mit der Kreide in seiner Tasche markierte er seinen Tunnel mit einem Dreieck, dessen Spitze hinauf zur Oberfläche deutete. Dann sah er den Tunnel hinauf und hinab, bevor er sich entschloß, nach Süden auf das Meer zuzugehen.

Akira bewegte sich vorsichtig durch den Lüftungstunnel und benutzte seine Taschenlampe nur, wenn es sich nicht vermeiden ließ. Wenn er es doch tat, ließ er das Licht nur kurz aufblitzen, um seine Nachtsicht nicht zu beeinträchtigen. Zwölf Meter weiter begann der Hauptschacht sich steil abwärts zu neigen, während ein anderer seitlich nach Westen abzweigte.

Akira blieb stehen. *Die Luft von dort unten ist feuchter. Anscheinend reicht die ComStar-Schulungsanlage bis unter das Meer.* Er zögerte, den Tunnel hinabzugehen, weil er fürchtete, er könne zu steil werden, um wieder zurückzuklettern. Deshalb bog er in den Tunnel nach Westen ab, der wie er annahm, parallel zur Klippenwand verlief.

Zehn Meter weiter sah er Licht durch ein Gitter fallen. Zentimeterweise kroch er vorwärts und strengte sich an, die von unten heraufdringenden Geräusche zu identifizieren. Bald erkannte er Stimmen, deren Worte und Bedeutung er zu entziffern vermochte. Dann erreichte er das Gitter.

Akiras Herz hüpfte in seine Kehle. *Ich bin gestorben und nach Wallhall gekommen.* Sprachlos starrte er auf die Szenerie unter sich. *Beim Blut des Drachen! Das ist entweder Wallhall oder die Hölle des Universums ...*

In der gewaltigen Höhle unter ihm erstreckten sich ganze Reihen von BattleMechs bis in ferne Tiefen. Die Kampfkolosse waren nach Gewicht gruppiert. Die leichtesten Mechs standen an den Wänden, die riesigen überschweren Mechs in der Mitte der Kaverne. Die Kampfmaschinen standen in Reih und Glied, wie ein Heer aus Zinnsoldaten. Techs und Astechs in den gelben Roben der ComStar-Akoluthen wimmelten wie Ameisen umher und bewegten Reparatur- und Wartungsmaschinen zwischen den Mechs.

Akira versuchte seine Lippen zu befeuchten, aber sein Mund war staubtrocken. Die langen Reihen der Mechs reichten so tief in den Saal hinein, daß er ihr Ende nicht erkennen konnte. Sämtliche Maschinen glänzten, bis auf das goldene ComStar-Symbol auf ihrer Brustpartie, in weißem Lack.

Akira rieb sich ungläubig die Augen, aber er konnte die Realität dieser BattleMechlegion unter dem Zeichen ComStars nicht verleugnen. Sein Mut sank. *Mein Vater mag glauben, daß er den Gelben Vogel sah, als er gegen Morgan Kell kämpfte, aber er hatte unrecht. Dies hier — diese Horde von Mechs wird des Drachen Tod sein.* Er starrte auf die nächsten der Maschinen und stellte fest, daß es sich keineswegs um Schlachtfeldbeute handelte. *Wenn auch nur einer dieser Mechs jemals ein Schlachtfeld gesehen hat, bin ich bereit, die gesamte lyranische Grenze allein zu verteidigen.*

Erschüttert kroch Akira durch die Tunnel zurück zum

Lüftungsschacht, wobei er seine Kreidemarkierungen sorgsam wieder entfernte. Er zwängte Knie, Ellbogen und Rücken gegen die Tunnelwände und schob sich langsam zurück an die Oberfläche. Am Ausgang hob Akira das Gitter zur Seite und legte es auf den Boden. Er zwängte sich aus dem engen Schacht und streckte sich, um seine verkrampfte Muskulatur zu lockern.

Die Garotte fiel über Akiras Kehle und riß ihn nach hinten, als der Angreifer sie zuzog. Sie verfing sich am Griff seines vor der Brust hängenden Schwertes und bewahrte ihn dadurch vor dem Zermalmen der Luftröhre, so daß er eine Chance hatte, auf den Hinterhalt zu reagieren. Er zerrte mit der rechten Hand an dem Draht, während er den linken Ellbogen nach hinten in den Brustkorb des Angreifers schlug. Beim zweiten Schlag hörte er Rippen knacken. Die Garotte lockerte sich etwas, und er packte die Drahtschlinge mit beiden Händen und zog. Er duckte sich, beugte sich vor und schleuderte seinen Angreifer über den Kopf zu Boden.

Noch bevor sein Gegner auf den Boden aufschlug, hatte Akira bereits die Klinge gezogen. Obwohl seine Aufmerksamkeit sich auf den Mann vor ihm konzentrierte, bemerkte er aus dem Augenwinkel eine Bewegung links von sich. Ein zweiter Angreifer stürzte aus dem Gebüsch und stieß mit einem metallischen Schlagstock zu, der nur etwas kürzer als Akiras Schwert war. Akira drehte sich nach links und versuchte mit dem Schwert, den Angriff abzuwehren, aber dieses Manöver wurde ein Fehlschlag.

Der Schlagstock traf ihn in der linken Achselhöhle und warf Akira halb über die kleine Lichtung. Er krümmte sich vor Schmerz zusammen; das Schwert flog irgendwo ins Unterholz.

Ein Schockstock. Mein halber Körper scheint in Flammen zu stehen. Er lag auf dem Rücken und schnappte nach Luft, als eine dritte Person sich zu den anderen beiden gesellte. Alle drei trugen Helme mit dunklem Visier. Ihre dunklen Uniformen waren an Ellbogen und Knien gepolstert, aber Akira konnte weder Rang- noch Einheitsabzeichen erkennen.

Sein erster Gegner wickelte die Garotte wieder um seine behandschuhte Hand. Als er sich dem letzten Neuankömmling zuwandte, summte seine Stimme durch die Computermodulation wie die eines Insekts. »Er gehört mir, Captain.«

Die Gestalt mit dem Schockstab schüttelte den Kopf. »Nein.« Er deutete mit dem Stock auf Akira. »Ich habe ihn getroffen. Er gehört mir.«

Der mit der Garotte preßte den linken Arm auf seine gebrochenen Rippen. »Aber er hat Hand an mich gelegt.«

Der Captain nickte dem mit der Garotte zu. Als er herankam, um seine Arbeit zu Ende zu bringen, trat Akira ihm mit dem rechten Fuß in die Leistengegend, trat ein zweitesmal zu und warf ihn zur Seite ins Gebüsch. Der Modulator verwandelte die Schreie des Mannes in ein hartes, dumpfes Krächzen. Er stolperte durchs Unterholz. Ein lautes Krachen ertönte, und das Krächzen verstummte.

Der halbgelähmte Akira starrte die beiden verbliebenen Wächter grimmig an. »Ich werde meine Haut teuer verkaufen.«

»Wie du willst, Ungläubiger.« Als der Mann mit dem Schockstock den ersten Schritt in Richtung Akira tat, löste sich eine weitere Schattengestalt aus dem nächtlichen Unterholz. Sie legte eine Hand ans Kinn des ComStar-Wachtpostens und die andere auf die Rückseite seines Helms. Mit einer kräftigen Drehbewegung riß er den Wächter von den Füßen und brach ihm das Genick.

Der ComStar-Captain drehte sich zu der Schattengestalt um, zog eine Neuropeitsche und fuhr die Klinge bis zur vollen Länge aus. Die Schattengestalt ging in die Hocke, als das elektrische Summen der Peitsche die Nacht durchdrang. Der Captain benutzte seine Peitsche wie einen Degen. Nach zwei Finten fühlte Akira, wie der ComStar-Agent an Selbstvertrauen gewann.

Da erschien ein weiterer Mann im Rücken des Captains. »Vergessen Sie es, Morgan. Sie hatten schon den anderen.« Der Neuankömmling ließ seine Handknöchel knacken. »Der hier ist mein ... mal sehen, was er anzubieten hat.«

Der Captain wirbelte herum und schlug wild nach dem Mann hinter sich. Der duckte sich unter der Peitsche weg und schlug mit den Beinen aus. Der ComStar-Captain krachte auf den Rücken und hob die Arme, um sich zu verteidigen, aber sein Gegner setzte nicht nach.

Die kleine Gestalt des Neuankömmlings stand kopfschüttelnd auf und klopfte sich den Schmutz von den Händen. »Langsam, sehr langsam«, stellte er fest. Er blickte auf den Captain hinab und winkte ihn vor. »Komm schon. Steh auf!«

Der Captain kam auf die Füße und hob die Neuropeitsche. Er hatte die Kontrolle über seine Bewegungen zurückgewonnen und ging wie ein Fechter nach vorne. Er ließ die Spitze der Klinge leicht kreisen, während er sich an seinen Gegner heranarbeitete. Als er das Gefühl hatte, den Abstand zwischen sich und seinem Gegner genug reduziert zu haben, stieß er zu.

Der kleine Mann wich zur Seite aus, duckte sich unter dem Rückhandschlag weg. Als der Captain zurückwich, bemüht, das Gleichgewicht wiederzufinden, sprang der kleine Mann vor. Er trat gegen den Kopf des Captains und schleuderte den Mann zu Boden.

»Bitte, Jaime. Wir haben nicht viel Zeit.«

Wolf nickte. Er zog seinen Handschuh aus dem Gürtel und streifte ihn über die linke Hand. Der Captain kam wieder auf die Beine, aber bevor er wieder zum Angriff übergehen konnte, war Wolf bereits heran. Der Captain schlug nach ihm, aber Wolf fing die Klinge mit der linken Hand ab.

»Nur etwas Isoliermaterial, mein Freund, und schon

ist dein Spielzeug wertlos.« Er stieß mit den Fingern seiner Rechten zu, und der ComStar-Agent brach vor seinen Füßen zusammen.

Yorinaga Kurita trat aus dem Gebüsch und kniete sich neben seinen Sohn. »Kannst du dich bewegen?«

Akira nickte unter Schmerzen. »Hai, Sosen. Der Schockstock hat mich an der linken Seite erwischt. Dort, wo ich etwas fühlen kann, sind die Schmerzen enorm.«

Wolf blickte zu Yorinaga. »Können Sie ihn allein zurückbringen?«

»Hai.«

»Gut. Morgan und ich räumen hier auf. Hast du außer deiner Person noch etwas mitgebracht, Junge?«

Akira nickte, während sein Vater ihm auf die Beine half. »Schwert ...«

Yorinaga legte sich Akiras linken Arm über die Schulter. »Es liegt unten im Gebüsch ... nein, in dem anderen.«

Morgan Kell nickte. »Wir werden es Ihnen bringen. Aber Sie sollten sich beeilen. In fünf Minuten ist die nächste Streife fällig.«

Yorinaga führte seinen Sohn in den Wald. Der alte Mann wählte seinen Weg sorgfältig, um herabhängende Zweige und harte Stufen zu meiden. Langsam kehrte das Gefühl in Akiras Körper zurück, und er konnte sich freier bewegen. Das beschleunigte ihr Fortkommen.

»Vater ...«

Yorinaga schüttelte den Kopf. »Spar dir den Atem.«

Akira packte die Schulter seines Vaters. »Woher wußtet ihr, wo ihr mich finden konntet?«

»Du hast deine Karte auf dem Bett liegen lassen.« Yorinaga blickte über die Schulter zurück. »Wolf und Kell haben mich auf dem Weg hierher gesehen — wie, weiß ich nicht — und boten mir bei der Suche nach dir ihre Hilfe an.«

Akira zwang sich zu einem dünnen Lächeln. *Dem Drachen sei Dank, daß dieses Mal ein Fehler keine tödlichen*

Folgen hatte. Dann erinnerte er sich an den Alptraum der ComStar-Mechlegionen. Er strauchelte unwillkürlich. Sein Vater fing ihn auf, bevor er zu Boden stürzen konnte. »Akira«, flüsterte er heiser, »was ist?«

»Dort unten. Ich habe einen Blick hinter ComStars Fassade geworfen.« Er schüttelte den Kopf. Er erinnerte sich an das, was er gesehen hatte, und zum ersten Mal wurde ihm klar, wieviel Angst sich in ihm angesammelt hatte. »Die Worte Blakes haben einen Einband aus Stahl ...«

31

Sitz des Ersten Bereichs ComStars
Hilton Head Island, Nordamerika, Terra

19. August 3028

Primus Julian Tiepolo starrte auf die drei bewegungslosen Hologramme, die im Zentrum seiner privaten Audienzkammer hingen. *Wie ist das möglich?* Er ließ seinen Blick von der Projektion der drei Leichen zum einzigen anderen Menschen in der Kammer wandern. »Allerdings, Jarlath. Ich finde es höchst beunruhigend. Wie wurden Sie getötet?«

Der ROM-Chef deutete auf das obere Bild. »Die blauen Flecken an seinem Körper deuten darauf hin, daß er von vorne geschlagen und getreten wurde. Danach wurde, wie Ihr an der schmalen Stichwunde in seiner Brust sehen könnt, eine Klinge unbekannter Länge durch den Brustkorb gestoßen.« Jarlath fuhr sich mit der Zunge über die Lippen. »Wir haben die Stelle gefunden, an der er starb. Die Klinge ist fünfzehn Zentimeter tief in den Boden eingedrungen.«

Jarlath deutete auf den zweiten Leichnam. »Sein Rückgrat ist gebrochen. Wer immer ihn auch getötet hat, er war enorm stark und vermutlich auch sehr schnell.«

Tiepolo schloß die Augen und massierte seine Schläfen, um einer Migräne zuvorzukommen. *Es gibt Hunderte von Hochzeitsgästen, auf die diese Beschreibung zutrifft …* »Und der dritte?«

Jarlath schluckte schwer. »Der Captain ist ertrunken, Primus. Ein Schlag gegen den Hals brach sein Zungenbein und zermalmte seine Luftröhre, führte jedoch nicht sofort zum Tode. Als die Angreifer ihn mit den beiden anderen ins Meer warfen, ertrank er. Wir können das mit Bestimmtheit sagen, weil wir Salzwasser in seinen Lungen fanden. Dies war bei den beiden anderen nicht der Fall. Sein Angreifer muß sehr flink gewesen sein, da die Neuropeitsche des Captains noch an seinem Handgelenk hing.«

Der Primus schüttelte den Kopf. »Sie wurden nicht alle drei von einem Mann getötet?«

Jarlath schüttelte den Kopf. »Nach Analyse der Fußabdrücke am Schauplatz nehmen wir an, daß es sich um mindestens drei Angreifer gehandelt haben muß, möglicherweise sogar um vier bis sechs. Durch den Winkel des Knochenbruchs beim Captain wissen wir außerdem, daß sein Angreifer kleiner als er war.«

Tiepolo winkte mit der linken Hand in Richtung der Hologramme. »Bilder aus!« Auf seinen Befehl hin lösten die Projektionen sich auf. »Das macht mir Sorgen, Jarlath. Warum wurde kein Alarm gegeben? Warum waren nicht mehr ROM-Agenten zur Stelle, um diese Personen gefangenzunehmen?«

Jarlath räusperte sich. »Primus, unsere ROM-Agenten sind im Einzelkampf ausgebildet, weil so viele ihrer Aufgaben einen Alleineinsatz notwendig machen. Ihr wißt, daß wir sie unter den berüchtigsten Soziopathen des bekannten Universums rekrutieren, gerade *weil* sie keine Bedenken haben, nötigenfalls Gewalt anzuwenden, und weil die wenigsten von ihnen bei einem Fehlschlag vermißt würden. Darüber hinaus fördern wir den Wettbewerb untereinander. Ich nehme an, daß die Streife keine Unterstützung anforderte, weil die Männer der Ansicht waren, allein mit der Situation fertig werden zu können.«

Das Gesicht des Primus war von Wut entstellt. »Offensichtlich sind sie *nicht* damit fertig geworden.«

Jarlath schüttelte den Kopf. »Ich sehe mich genötigt, Euch zu widersprechen, Primus. Zwar stimmt es, daß wir drei Mann verloren haben, aber wir haben keinerlei Anzeichen einer Sicherheitsverletzung entdecken können. Das Lüftungsgitter war fest verschweißt. Außerdem möchte ich anmerken, daß die Informationen, die ein ungebetener Besucher in unseren Anlagen gewonnen hätte, inzwischen mit Sicherheit für einige Unruhe gesorgt hätten.«

Der Primus atmete langsam aus. *Ist es denkbar, daß wir ein solches Glück haben?* »Deine Einwände haben etwas für sich.« Seine Augen wurden schmal. »Dir ist natürlich bewußt, daß du aus deiner Position entfernt wirst, sollte irgend etwas von diesem Zwischenfall bekanntwerden.« *Es hätte mir gerade noch gefehlt, wenn Präzentorin Dieron davon Wind bekäme.*

Der ROM-Chef nickte geflissentlich. »Unsere Streife fand die Leichen vor dem Morgengrauen. Wir sind ziemlich sicher, daß sie sich weniger als zehn Stunden im Wasser befunden haben. Daher nehmen wir an, daß außer den Tätern selbst niemand außerhalb ComStars von den Morden unterrichtet ist.«

Ein dumpfes Pochen stieg vom Nacken des Primus in seinen Hinterkopf. »Also gut, halte die Sache geheim. Berichte nur mir über eure Fortschritte.«

Jarlath verbeugte sich. »Wie Ihr befehlt, Primus.«

Tiepolo knirschte mit den Zähnen. »Und verdopple die Wachen, Jarlath. Der Selige Blake sei mein Zeuge, ich werde keine weiteren Zwischenfälle wie diesen dulden. Es könnte das Ende unserer Pläne bedeuten ...«

32

Sitz des Ersten Bereichs ComStars
Hilton Head Island, Nordamerika, Terra

19. August 3028

Chu-sa Akira Brahe senkte das Haupt, als er sich in den kleinen Kreis auf dem Empfang des Archons drängte. »Ich bitte um Verzeihung.«

Rivas Miene erhellte sich. »Hallo, Akira.«

Akira lächelte, ungeachtet der düsteren Miene ihres Bruders. »Guten Abend, Miss Allard.« Akira blickte zu den Obersten Wolf und Kell, die mit Daniel Allard und Ardan Sortek zusammenstanden. »Oberst Wolf ... Oberst Kell? Tai-sa Yorinaga Kurita bittet Sie um eine Unterredung auf dem Balkon.«

Dan Allard versteifte sich, aber Morgan nickte. »Gehen Sie voran, Chu-sa.« Er reichte Dan seinen Krug mit Stout. »Halten Sie das für mich, Dan. Es ist alles in Ordnung.«

Akira verneigte sich noch einmal. »Bitte verzeihen Sie meine Unhöflichkeit.« Er lächelte Ardan und den beiden Allards zu. »Ich werde sie bald zurückbringen.«

Rivas Blicke zeigten ihm, daß er erwartet wurde. Er zwinkerte ihr zu, dann eskortierte er die beiden Söldnerführer durch eine Glastür auf den abgedunkelten Balkon. Er schloß die Tür hinter ihnen und blickte hinüber zu seinem Vater, der wartend über den Ozean blickte. Er wirkte so müde ...

Yorinaga Kurita drehte sich langsam um. Sein Gesicht war eine unbewegliche Maske, als er eine tiefe, respektvolle Verbeugung ausführte. Das Mondlicht warf silberne Glanzlichter über seinen schwarzen Seidenkimono, und der Wind vom Meer zerrte an den Enden seines Gürtels, aber irgendwie schien Yorinaga den Einwirkungen der Natur entrückt.

Akira schlug das Herz bis in den Hals, als er seinen Vater beobachtete. *Die Ehre, die er ihnen erweist, ist unnatürlich — ebenso unnatürlich wie die Tatsache, daß sie einem Feind halfen, seinen Sohn zu retten.*

Die Söldner erwiderten Yorinagas Geste mit gleicher Sorgfalt und Präzision. Als die drei Männer sich wieder aufrichteten, stand auf keinem der Gesichter ein Lächeln, aber Akira fühlte, daß sie in diesem Augenblick ein gemeinsames Gefühl der Einheit und des Wohlbefindens verband.

Yorinaga wählte seine Worte sorgfältig. »Ich stehe für Chu-sa Brahes Leben in Ihrer Schuld. Sein Verlust wäre ein schwerer Schlag gewesen.«

Jaime Wolf nickte bedächtig. »Sie haben uns geehrt, indem Sie unsere Hilfe annahmen.«

Yorinaga akzeptierte Wolfs Antwort mit einem würdevollen Nicken. »Wissen Sie, was er im Herzen ComStars fand?«

»Wir hatten keine Gelegenheit, selbst Erkundungen anzustellen, aber wir haben ein Idee davon«, stellte Morgan Kell fest. »Einer der Wächter hatte eine Tätowierung auf der Stirn, die ihn als ehemaliges Mitglied einer Bande von Peripherie-Piraten auswies. Wenn ComStar einen solchen Mann anheuert, muß der Orden etwas besitzen, das er verzweifelt zu verbergen sucht.«

Wolf lächelte zynisch. »Zum Beispiel ein LosTech-Lager.«

Yorinaga bat Akira mit einem Nicken zu sich. »Sag es ihnen!«

Akira blickte die beiden Söldner besorgt an. *Diese Worte sind eigentlich nur für die Ohren des Drachen bestimmt, aber mein Vater hat recht. Diese Männer haben sich das Recht, sie zu hören, verdient.* Als er zu reden begann, lag ein nervöses Zittern in seiner Stimme. »Im Innern der ComStar-Anlage fand ich eine Lagerhalle mit BattleMechs. Aus dem wenigen, was ich erkennen konnte, mußte ich schließen, daß sie sich sämtlich in perfektem

Zustand befinden. Ich sah keinerlei Anzeichen, daß sie jemals in einen Kampf verwickelt waren.«

In Wolfs grauen Augen zuckte ein kaltes, schreckliches Feuer. »Erinnern Sie sich. Haben Sie irgendwelche Mechs vom Typ *Tomahawk* gesehen?«

Akira kaute auf seiner Unterlippe und schloß die Augen. Er rief sich das Bild der Mechreihen wieder vor Augen und suchte nach dem einzigartigen Modell, das Wolf angesprochen hatte. Als er die Augen wieder öffnete, schüttelte er den Kopf. »Ich kann mich nicht entsinnen, dieses Modell gesehen zu haben, aber ich glaube, ich verstehe den Sinn Ihrer Frage. Alle Mechs, die ich gesehen habe, schienen vom äußeren Erscheinungsbild her auf den Originalentwürfen des Sternenbunds zu basieren.«

Wolfs Stirnrunzeln machte sein Mißtrauen ob dieser Analyse des jungen MechKriegers deutlich, aber Akira hob die Hand, um seinen Einwürfen zuvorzukommen. »Ich weiß, daß ich nicht über Ihre lange Erfahrung verfüge, Oberst, aber ich habe im Alshain-Werk gelernt, einen Mech zu steuern. Die Ingenieure haben uns unablässig mit ihren Geschichten über die ursprüngliche Bauweise der Mechs unterhalten, an denen sie arbeiteten. Natürlich war der Tenor dieser Geschichten so, daß sie ihre Verbesserungen an den Originalmodellen herausstrichen, aber ich habe genug gelernt, um mir eine sichere Meinung zu bilden.«

Morgan Kell strich sich nachdenklich über den Bart. »Ihre Antwort gibt uns ein Rätsel auf, Chu-sa. Möglicherweise sitzt ComStar auf einer Sternenbund-Waffenschmiede. Oberst Wolfs Frage war darauf gerichtet zu erfahren, ob ComStar eigene Mechs herstellt und ob diese Mechs dem Stand der neueren Entwürfe entsprechen.«

Akira schüttelte den Kopf. »Ich habe keine Montagegerüste gesehen, aber natürlich habe ich nur einen kleinen Teil einer sicherlich sehr großen Anlage gesehen.«

Er dachte an den Schacht, der unter den Meeresboden führte, und setzte hinzu: »Einer gewaltigen Anlage.«

Wolf wandte sich an Yorinaga. »Haben Sie dem Drachen berichtet, was Ihr Sohn entdeckt hat?«

Yorinaga zögerte, bevor er antwortete, und Akira zuckte unter dem Schmerz im Blick seines Vaters zusammen. Der alte Mann hob den Kopf. »Ich zögere, denn ich weiß, welche Reaktion diese Nachricht provozieren könnte. Angesichts der pazifischen Propaganda ComStars erscheint es mir trotz des Zwischenfalls der letzten Nacht möglich, daß der Orden diese Mechs hier versteckt hält, um ihren Kriegseinsatz zu verhindern. Im übrigen wäre jeder Versuch, ComStar diese BattleMechs abzunehmen, sehr schwierig.«

Akiras Gefühle drohten ihn zu zerreißen, als er den Worten seines Vaters lauschte. *Meine Loyalität dem Drachen gegenüber kann diesen Verrat meines Vaters am Kombinat nicht ertragen, aber Herz und Verstand sagen mir, daß er recht hat. Würde das Draconis-Kombinat versuchen, ComStar die Mechs abzunehmen, würde es unter ein Interdikt gestellt, das alle interstellaren Nachrichtenverbindungen innerhalb des Kombinats und zwischen ihm und anderen Nachfolgerstaaten abschneiden würde. Ohne Kommunikationsmöglichkeiten wäre eine Verteidigung unmöglich, und unsere Feinde würden unser Gebiet unter sich aufteilen.*

Morgan Kell nickte zustimmend. »Wir wissen nicht, welches Ziel ComStar mit diesen Mechs verfolgt. Ich glaube, es ist ratsam, die Nachricht von Chu-sa Brahes Entdeckung zunächst geheimzuhalten.«

Oberst Wolf erkärte sich eher zögernd einverstanden. »Ich akzeptiere die Fiktion von ComStars reinen Motiven nicht so schnell, aber die Vorgehensweise, die sich daraus ergibt, erscheint mir annehmbar.«

Alle drei wandten sich Akira zu. *Sie bitten mich um meine Zustimmung. Sie befehlen mir nicht zu gehorchen. Ich habe großes Glück, einem Meister ihres Kalibers zu dienen.* Er nickte. »Von meinen Lippen wird niemand etwas erfahren. Aber was, wenn ComStar unsere Diskussion abhört?«

Wolf grinste. »Machen Sie sich darum keine Sorgen. Unsere Unterhaltung ist sicher.«

Yorinaga drehte sich zu Morgan Kell um. »Ich möchte noch über ein anderes Thema mit Ihnen sprechen, Oberst.«

Morgan nickte, und Akira bemerkte eine Müdigkeit in seinen Augen und seiner Haltung, die wie ein schweres Gewicht auf ihm zu lasten schien. *Es scheint, als wüßte er bereits, was mein Vater sagen wird, und mein Vater scheint eine ganz ähnliche Last zu tragen.*

Yorinaga neigte respektvoll das Haupt. »Ich möchte Ihnen sagen, daß ich Ihren Bruder nicht getötet hätte, wenn sich mir eine andere Möglichkeit geboten hätte. Ich versichere Ihnen, daß Ihr Bruder sich seiner Handlungen völlig bewußt war und den ruhmreichen Tod des Kriegers annahm.«

Morgans Kiefermuskeln arbeiteten, und er zwang seine Fäuste, sich zu öffnen. In seinem Herzen standen Schmerz und Trauer, aber seine Worte waren ruhig und gemessen. »Es freut mich, daß Patrick in seinem Tod Ihren Respekt gewonnen hat. Dennoch wünschte ich, all dies wäre nicht geschehen.«

Yorinaga nickte. »Es ist die beste Hoffnung, die uns bleibt. Ich bin sicher, daß Sie und ich uns gleichermaßen ehrenhaft verhalten werden, wenn wir uns wieder auf dem Schlachtfeld gegenübertreten.«

»Freuen Sie sich so auf diese Begegnung?« fragte Morgan. »Sie wissen, was sie bedeutet, nicht wahr?«

Yorinaga breitete die Arme aus. »Ich habe dieses Ergebnis akzeptiert und seit zwölf Jahren erwartet. Ich war schon auf Mallory's World bereit. Indem Sie mir Ehre erwiesen, haben Sie mich beschämt. Ich habe mich über viele Jahre an diese Schlacht und Ihre Handlungsweise erinnert. Ich habe unseren Kampf immer wieder nachvollzogen. Ich erinnere mich in solcher Genauigkeit daran, daß ich oft eine einzige Aktion oder einen einzelnen Gedanken über Wochen studiert habe.«

Morgan Kells Gesicht wurde zu einer Maske des Zorns. »Haben Sie bei diesen Studien nichts gelernt?« Er ballte die Fäuste, dann löste sich seine Miene in einem Ansturm des Mitgefühls. »Ich kann es in Ihrem Innern fühlen, Yorinaga. Sie haben den Schlüssel gefunden. Sie kennen ihn und haben ihn gemeistert, aber Sie haben ihn nicht dazu benutzt, die Tür aufzuschließen.«

Yorinagas Lächeln zeigte Toleranz. »Vielleicht stimmt es, daß ich gefunden habe, was Sie einen Schlüssel nennen, aber vielleicht habe ich ihn zum Öffnen einer anderen Tür benutzt. Für mich löst er die Ketten, die mich von dem trennen, was ich auf Mallory's World verlor. Ich habe die Jahre in der Hoffnung verbracht, eine Erlösung aus meiner Gefangenschaft zu finden. Eine Zeitlang glaubte ich, der Koordinator würde mir gestatten, mir das Leben zu nehmen, um die Schande auszulöschen. Aber er verweigerte alle meine Gesuche, und so akzeptierte ich schließlich, daß nicht die Klaue des Drachen zu meiner Erlösung werden konnte.«

Yorinagas Hände bewegten sich durch die leere Nachtluft und formten eine Kugel. »Ich habe unseren Kampf studiert und jede seiner Nuancen gemeistert. In meinem Innern fand ich das Rohmaterial für das, was Sie in unserem Kampf entdeckten. Daraus fertigte ich den Schlüssel. Wenn wir uns wieder begegnen, werde ich ihn benutzen, mich zu befreien und meine Schande auf ewig auszulöschen.«

»Sie akzeptieren willig den Preis, den wir beide werden zahlen müssen, wenn diese Schlacht zustande kommt?«

Yorinaga nickte. »Kann Ehre darin bestehen, unsere Körper vor dem zu retten, was unser Geist bereits weiß und akzeptiert hat?«

Morgan schüttelte den Kopf. Als er sich umdrehte, um zum Empfang zurückzukehren, trat Yorinaga an seine Seite. Akira drehte sich verwirrt zu Jaime Wolf um. »Was meinten sie damit, Oberst? Wovon haben sie geredet?«

Wolfs Augen wurden schmal. »Es ist ganz einfach, Chu-sa Brahe. Morgan Kell und Yorinaga Kurita wissen beide, daß sie sich bei ihrem nächsten Zweikampf gegenseitig umbringen werden.«

33

Sitz des Ersten Bereichs ComStars
Hilton Head Island, Nordamerika, Terra

19. August 3028

Als Tamara Allard sich dem kleinen Kreis aus Bürgern der Vereinigten Sonnen näherte, bemerkte sie die beiden Krüge mit Stout in Dans Händen und hob eine Braue. Er deutete mit einem der Krüge in Richtung der Balkontüre. »Der hier gehört Oberst Kell, Mutter.«

Ardan schüttelte den Kopf. »Es gibt kein Entkommen, Dan. Meine Mutter macht sich auch immer noch Sorgen um mich, obwohl ich genaugenommen nichts weiter als ein Schreibtischpilot bin.«

Tamara drehte sich mit einem mißbilligenden Blick zu Ardan um. »Schämen Sie sich, Colonel. Ihre Mutter ist stolz auf Sie, und das wissen Sie auch.«

Ardan zwinkerte Dan zu und nickte. »Sie haben völlig recht, Herzogin. Glauben Sie mir, ich liebe meine Eltern, und ich weiß, daß für Dan dasselbe gilt.« Ardan grinste. »Ich erinnere mich noch, wie wir uns vor anderthalb Jahren auf Pacifica trafen und er von Ihnen sprach …«

»Moment mal, Colonel«, unterbrach Dan. »Wir wollen nichts aufbringen, was mir über den Kopf wachsen könnte.«

Riva stieß ihren Bruder in die Rippen. »Komm schon, Dan. Laß den Colonel ausreden.«

Dan schüttelte entschieden den Kopf. Er sah zu seiner Mutter hinüber und begegnete ihrem ernsten Gesicht mit einem leisen Kichern. »Wechseln wir das Thema. Wo ist Dad überhaupt? Ich muß ihn dringend etwas fragen.«

Tamara zuckte die Achseln. »Er ist noch im Bungalow. Es sind ein paar Meldungen eingetroffen, die er durchgehen mußte.« Sie blickte auf ihre Armbanduhr. »Ich erwarte ihn jede Minute.«

Dan sah, wie Riva in Ardans Ohr flüsterte. *Jetzt bin ich geliefert. Ardan wird Riva erzählen, wie mein Mech auf Pacifica zusammengeschossen wurde, und sie wird mich bei jeder Gelegenheit damit aufziehen.* Er hielt seiner Schwester beide Bierkrüge entgegen. »Hier, Riva. Halt fest!« Er nickte seiner Mutter und Ardan zu. »Wenn ihr mich entschuldigt, leiste ich meinem Vater auf dem Weg Gesellschaft, Colonel, ich übergebe die Allard-Damen Ihrer Obhut.«

Ardan lächelte. »Es ist mir eine Ehre und ein Vergnügen.«

Dan bahnte sich einen Weg durch die Menge und ging hinaus in die kühle Nachtluft. Eine leichte Meeresbrise strich über die Palmwedel. Er wanderte den betonierten Weg hinab, der alle zwanzig Meter von einer trüben Laterne beleuchtet wurde, und dachte über die Schönheit und den Frieden seiner Umgebung nach.

Er atmete tief durch, füllte Nase und Lungen mit der salzigen Seeluft. *Ich kann verstehen, daß Terra immer einen besonderen Platz im Herzen der rastlosen Menschheit eingenommen hat. Wo immer man auch geboren ist, auf welchen Welten man auch gelebt hat, Terra gibt einem das Gefühl, zu Hause zu sein.*

Dan schüttelte den Kopf. *Vielleicht hat dich nur die Romantik eingefangen, die Terra umgibt, Dan. Oder könnte es sein, daß du diese neue Sichtweise Jeana verdankst? Dabei weißt du nicht mehr von ihr, als daß sie aus dem Lyranischen Commonwealth stammt, dem designierten Archon nahesteht und wahrscheinlich einmal als MechKriegerin ausgebildet wurde. Abgesehen von der kurzen Begegnung auf Tharkad kennst du sie erst seit sechsunddreißig Stunden. Es paßt gar nicht zu dir, daß eine Frau dich so schnell und so vollständig gefangennimmt.*

Dan lächelte, als er sich an die Zeit erinnerte, die sie zusammen verbracht hatten. Er erinnerte sich mit Freuden an ihre ziellosen Wanderungen über die Insel während des vergangenen Tages und wie sie begonnen hatten, die Sätze des anderen zu vervollständigen. *Zum Teufel. Die Hälfte unserer Unterhaltung blieb unausgesprochen, und trotzdem haben wir jedes Wort verstanden.* Und als sie dann die Läden und Galerien des kleinen Dorfes durchstöbert hatten, das von ComStar auf der Insel geduldet wurde, hatten sie entdeckt, wie sehr sich ihr Geschmack ähnelte.

Und dann, als sie sich liebten. Es war zunächst drängend, aber immer sanft und liebevoll, mehr als nur eine körperliche Verbindung. Sie hungerten nacheinander und dürsteten danach, den anderen zu beglücken. Wünsche und Bitten wurden, ausgesprochen oder nicht, ohne Zögern in Taten umgesetzt, als sie auch körperlich die Liebe teilten, die sie verband.

Dan seufzte. *Ich bin so glücklich, daß es mir Angst macht. Ich wandle in solchen emotionalen Höhen, daß ich früher oder später abstürzen muß. Ich hasse es, nicht bei Jeana zu sein, aber ich habe keine andere Wahl, so wie heute nacht. Ich bin ein Söldner, und sie steht in den Diensten des lyranischen Fürstenhauses. Ihr Herz ist mein, aber ich scheine etwas Solideres zu brauchen ...*

Dan verließ den Hauptweg und ging vorsichtig über einen Pfad aus breiten Steinen nach Osten. Vor dem Hintergrund des im Mondlicht schimmernden Ozeans erhob sich zwischen Pinien der Bungalow. Das niedrige Haus war von einer breiten Veranda umgeben, an deren Ecken Säulen das schräge Dach stützten.

Dan stieg die hölzernen Stufen empor, überquerte die Veranda und klopfte an die Tür. »Dad, ich bin's, Dan.«

Quintus Allard lächelte, als er die Tür öffnete. »Dich habe ich hier nicht erwartet, Dan.«

Dan hob die Schultern. »Ich habe Mutter auf dem Empfang gesehen, und sie sagte, du würdest bald nachkommen. Ich wollte versuchen, dich noch hier zu erwischen, damit wir miteinander reden können.« Dan blickte auf seine Stiefelspitzen. »Ich meine ... na ja, ich nehme an, daß dieses Haus einer der wenigen Orte auf der Insel ist, wo man sicher sein kann, nicht belauscht zu werden ...«

Quintus nickte und winkte seinen Sohn durch in den weiten Wohnraum des Hauses. Das mittlere Drittel der Rückwand war verglast und erlaubte einen herrlichen Blick auf das Meer und ein Stück weißen Strand.

Der cremefarbene Teppichboden paßte zu den Wänden und gab dem Raum eine leichte, luftige Atmosphäre. An der hohen Decke des Raums drehte sich langsam ein Ventilator. Dan verzog das Gesicht, als er die neokubistischen Gemälde an den Wänden sah, aber er erkannte, daß sie ausgewählt worden waren, weil ihre Farben zu den gedämpfteren Rosa- und Blautönen der Polstersessel und Sofas paßten. Die Außenwand wurde von einem riesigen Kamin aus grob behauenen Steinen beherrscht, dem gegenüber ein kurzer Flur ins Innere des Hauses führte.

Dan blickte auf die über das Sofa verstreuten Papiere, dann bemerkte er ein halbvolles Glas mit bernsteinfarbener Flüssigkeit auf einem Glastisch zwischen den Sesseln. Er deutete auf das Glas und bemerkte: »Ich hoffe, ich störe nicht.«

»Nein, nein, Sohn. Ich hatte mir gerade einen Drink gemacht, als ich dein Klopfen hörte.« Allard Senior deutete auf den Flur. »Ich habe eine gut ausgestattete Bar in der Küche. Möchtest du auch etwas?«

Dan schuttelte den Kopf. *Es war jemand hier. Du trinkst nie allein, Vater, und Whiskey schon gar nicht.* »Weißt du, daß du ein lausiger Lügner bist?«

Quintus Allard grinste seinen Sohn an. »Jetzt nennst du deinen eigenen Vater schon einen Lügner, Dan?« Er schüttelte in übertriebener Trauer den Kopf. »Es stimmt wohl doch, daß das Leben als Söldner einem MechKrieger jedes Moralgefühl raubt.«

»Touché.« Dan lachte. Er deutete auf den Drink. »Du

brauchst es nicht auszutrinken, um mich zu überzeugen.«

»Gott sei Dank. Ich kann Scotch nicht ausstehen.«

Dan nickte mitfühlend und ließ sich in den nächsten Sessel sinken. Er hörte, wie etwas über das Dach krabbelte.

Quintus bemerkte seine Besorgnis, winkte aber ab. »Waschbären. Das hier ist einer der wenigen Orte, an denen man sie noch wildlebend antrifft. ComStar hat sie vor etwa einem Jahrhundert aus Zoobeständen ausgesetzt.«

Dan lächelte. »Sie haben Terra wirklich verändert, nicht wahr? Wenn man auf einem Landungsschiff hier ankommt, kann man sich gar nicht vorstellen, wie schlimm es hier in den Kriegen ausgesehen haben muß, bevor ComStar den Planeten übernahm.«

Quintus nickte. »Ich nehme nicht an, daß du hergekommen bist, um über ComStars Erfolge beim Terraformen Terras zu sprechen.«

»Stimmt.« Dan kaute auf seiner Unterlippe. »Ich habe eine Frau getroffen — eigentlich haben wir uns auf Tharkad kennengelernt, aber ich habe sie hier wiedergesehen. Ich ...«

Quintus lehnte sich zurück. »Du liebst sie.«

Dan nickte. »Ich glaube schon. Teufel, ich weiß es.«

Quintus lächelte freudig. »Gut. Das freut mich für dich, Dan. Deine Mutter wird zwar behaupten, daß sie noch zu jung ist, um Großmutter zu werden, aber ich habe nichts dagegen, eine neue Generation von Allards zu sehen.« Quintus zwinkerte seinem Sohn zu. »Und ich weiß, daß dein Großvater begeistert wäre.«

Dan hob die Arme. »Ho! Nicht so schnell. Ich bin nicht gekommen, damit du den Prinzen bittest, eine Doppelhochzeit daraus zu machen. Aber es stimmt, ich liebe diese Frau, und ich glaube, sie teilt meine Gefühle.« Dan seufzte schwer. »Ich vertraue ihr mehr als den Mitgliedern meiner MechLanze, aber es gibt Dinge in ihrem Leben, von denen sie mir nichts erzählen darf. Ich möchte wissen, ob du etwas Hintergrundmaterial für mich sammeln könntest.«

Quintus kniff die Augen zusammen. »Du meinst, ich soll meine Vertrauensstellung als amtierender Minister für Geheime Untersuchungen und Operationen der Vereinigten Sonnen mißbrauchen?«

Dan grinste nervös. »Bitte?«

Sein Vater nickte. »Natürlich. Also, was weißt du von ihr?«

»Sie ist kaum kleiner als ich und wiegt nicht ein Gramm über sechzig Kilo. Ihr Haar ist braun, ihre Augen sind grün ...«

»So etwas läßt sich verändern«, bemerkte Quintus.

Dan nickte. »Stimmt. Sie nennt sich Jeana, und ich schätze sie auf Ende Zwanzig, Anfang Dreißig. Ich glaube, sie hat eine Ausbildung als MechKriegerin, aber sie hat keine Narben oder Kampfverletzungen. Sie ist mit der lyranischen Fürstenfamilie hier, und ihren Worten zufolge muß sie dem designierten Archon sehr nahe stehen.«

Quintus hob eine Braue bei der letzten Bemerkung. »Könnte LNC sein. Noch etwas?«

Dan blickte zur Decke und versuchte sich an weitere Hinweise zu erinnern, die Jeana während der Zeit ihres Zusammenseins hatte fallenlassen. Als er den Mund öffnete, um der Liste ein weiteres Detail hinzuzufügen, sah er durch das Oberlicht einen Schatten. Das gedämpfte Licht des Raums wurde von einem Teil der Gestalt in einem Aufblitzen reflektiert. Dan reagierte sofort.

Er zog die Füße unter den Sessel und warf sich gegen seinen Vater, legte die Arme um ihn und drehte sich zur Seite. Sie taumelten beide in den kurzen Flur.

Über ihnen schossen Flammenspeere aus dem Lauf der Maschinenpistole. Ein Kugelhagel zerschmetterte das Oberlicht und zog eine unregelmäßige Einschlagspur durch den Teppichboden. Der Geschoßhagel verwandelte Quintus' Sessel in eine aufstiebende Wolke von Holzsplittern und Federn. Das Hämmern der Waffe verschluckte das Singen der Querschläger und das Klirren der herabfallenden Glassplitter.

Dan nutzte seinen Schwung dazu aus, seinen Vater noch weiter in den Flur zu befördern, dann sah er zurück. Der Widerschein des Mündungsfeuers zeichnete tiefe Schluchten in das haßerfüllte Gesicht des Schützen und ließ seine breiten Zähne blutrot aufleuchten. Dan fühlte einen eisigen Schrecken, als sich ihre Blicke trafen. Der Attentäter grinste wie ein Wahnsinniger und schwang seine Waffe in Richtung Flur.

Ein greller grüner Lichtblitz flammte durch den Raum. Dan mußte seine Augen zusammenkneifen, um in der Helligkeit überhaupt etwas zu erkennen. Ein schmaler, leuchtender Energiestrahl bohrte sich knapp unterhalb der Rippen in die linke Seite des Schützen und trat durch seine rechte Schulter wieder aus. Der Attentäter versteifte sich, als habe die Energie des Strahls jeden Muskel seines Körpers verkrampft. Als das grüne Licht abrupt verschwand, fiel er zusammen wie eine Marionette, deren Fäden man durchschnitten hat. Der Mann stürzte vornüber, drehte sich in der Luft und landete schwer in den Trümmern des Oberlichts und den aufgewirbelten Polsterfedern.

Dan rieb sich die Augen. Quintus kniete sich neben seinen Sohn. »Bist du verletzt, Dan? Mein Gott, du blutest!«

Dan zog die Hände fort und sah Blut an seiner Rechten. Er wandte sich seinem Vater zu. Als die Besorgnis aus dessen Gesicht verschwand, faßte er wieder Mut. »Nur ein kleiner Schnitt über dem rechten Auge, Dan. Da bleibt nicht einmal eine Narbe.«

Dan nickte. »Wahrscheinlich ein Glassplitter.«

Quintus blickte zu den umgeworfenen Sesseln hinüber. »Du hast mir das Leben gerettet, Dan.« Er holte ein Taschentuch aus der Hosentasche. »Ich will nicht hoffen, daß ein derartiges Rettungsmanöver noch einmal erforderlich wird.«

Dan nahm das Taschentuch gerne an und hielt es an seine Stirn. Er lehnte sich gegen die Wand und kam langsam hoch. Dann ging er hinüber zum Leichnam des Attentäters und trat ihm die Maschinenpistole aus der reglosen Hand. »Dunkle Haare, dunkle Haut.« Er blickte zu seinem Vater hoch. »Scheint aus einer Hindi- oder Azami-Enklave zu stammen — sie haben sich nie assimilieren lassen. Subhash Indrahar ist ein Hindu, und die Azami leben im Draconis-Kombinat. Könnte es sich um ein Unternehmen von Kuritas Interner Sicherheitsagentur handeln?«

Quintus kniete sich neben die Leiche. »Nein. Wenn das Kombinat meinen Tod beabsichtigt hätte, wären die Nekekami zum Einsatz gekommen.«

Dan nickte. »Die Geisterkatzen. Ich habe gehört, sie seien so unsichtbar wie der Wind und Schüler des personifizierten Todes.«

Quintus verzog das Gesicht. »Unglücklicherweise ist das nur zu wahr. Dieser Kerl hingegen ist wahrscheinlich ein Hindu.« Der Graf blickte auf die Stiefel des Toten. »Naß, mit Sand im Profil. Er ist vom Strand gekommen.«

Dan nickte. »Das erklärt die rote Linie um seine Augen. Der Abdruck einer Taucherbrille. Wahrscheinlich ist er erst am Strand in den schwarzen Overall gestiegen.«

Quintus deutete auf das Loch im Brustkorb des Mannes. »Eindeutig ein Lasergewehr. Sauberer Schuß.«

Dan nickte zögernd. »Bei dem Einschußwinkel hat der Schuß das Herz und beide Lungenflügel erwischt. Aber es ist kein Blut zu sehen. Der Strahl hat die Wunde sofort ausgebrannt.«

Plötzlich fiel die Vordertür des Bungalows nach innen. Dan ging in die Hocke, als zwei Männer im

Sprungtruppenpanzer hereinstürzten und den Raum mit ihren Sturmgewehren nach einem Ziel absuchten. Die Vollhelme und verspiegelten Visiere gaben keinen Hinweis auf ihre Identität, aber Dan erkannte das goldene Sternwappen auf ihren Brustpanzern.

»Sicher«, knarrte die computerverzerrte Stimme eines der Männer. Beide nahmen Haltung an, als der Präzentor Tharkad ins Zimmer trat. »Minister Allard ... Hauptmann ... sind Sie verletzt?«

Quintus schüttelte den Kopf, und Dan zuckte die Achseln. »Nur ein Kratzer«, stellte er fest.

Der Präzentor nickte abwesend und betrachtete den Leichnam. »Er hat durch das Oberlicht auf Sie geschossen?«

Quintus nickte. »Dan zerrte mich aus dem Sessel, als der Angriff begann. Wir fielen in den Flur und konnten dem ersten Feuerstoß entgehen.«

Präzentor Tharkad zwang sich zu einem Lächeln. »Was für ein Glück.« Er blickte zu Dan. »Ein hervorragender Schuß, Hauptmann.«

Dan schüttelte den Kopf. »Ich wünschte, ich könnte ihn auf mein Panier schreiben, Präzentor, aber der Schuß kam von draußen.«

Die Augen des Präzentors wurden für einen Augenblick schmal, dann trat ein breites Lächeln auf seine Züge. »Nun, ich bin froh, daß niemand ernsthaft verletzt wurde. Wenn Sie uns ein paar Stunden Zeit geben, versichere ich Ihnen, daß wir alles in Ordnung bringen werden.«

Dan zögerte. *Irgend jemand wandert mit einem Lasergewehr über die Insel, und du machst dir Sorgen über unsere Einrichtung!* Die Wut begann seine Züge zu verdunkeln, aber Quintus legte die Hand auf Dans Arm.

»Komm, Dan! Wir wollen den guten Präzentor und seine Leute allein lassen, damit sie die Folgen dieses ... dieses Unfalls aufräumen können.«

Der Präzentor nickte und lächelte ihnen freundlich

zu. »Ich wußte, daß Sie mich verstehen würden, Minister. Wir möchten vermeiden, daß die Feierlichkeiten durch unnötige Besorgnis gestört werden. Wir werden die Angelegenheit diskret bereinigen.«

Quintus lächelte, als er mit seinem Sohn zwischen den ROM-Agenten zur Tür ging. »Oh, Präzentor.«

»Ja, Minister?«

»Der Friede Blakes sei mit Ihnen …«

34

Sitz des Ersten Bereichs ComStars
Hilton Head Island, Nordamerika, Terra

19. August 3028

Justin Xiang hämmerte lautstark an die Plaststahltür der Suite Romano Liaos und Tsen Shangs. Tsen riß die Tür auf, aber sein Lächeln verblaßte, als Justin sich an ihm vorbei ins Innere des Zimmers drängte.

Justin drehte sich zu ihm um. Sein Gesicht war wutverzerrt, und seine Augen schienen Feuer zu sprühen. »Wo, zur Hölle, steckt sie?«

Shang starrte ihn an. »Worum geht es?« Er streckte die Rechte nach Justin aus, aber der wehrte ihn mit seiner Metallhand rabiat ab.

»Nein, Tsen. Das hier ist eine Angelegenheit zwischen mir und dieser hinterlistigen Coyotin.« Bevor Tsen ihn festhalten oder sich ihm in den Weg stellen konnte, hatte Justin sich schon wieder umgewandt und marschierte durch den elegant eingerichteten Raum. Mit einem Tritt stieß er die Tür in der hinteren Wand auf.

Vor den Seitenteilen eines dreiteiligen Spiegels brannten zwei Kerzen. Romano Liaos Seidenrobe lag zu ihren Füßen. Sie stand zwischen den Kerzen und bewunderte ihren nackten Körper. Das durch die Tür einfallende Licht badete ihre Gestalt, und Justins gedrungener Schatten lag wie ein Tintenfleck auf ihrem Rükken.

In ihren grünen Augen stand Verachtung, als sie Justins Silhouette anstarrte. Justin konnte nicht einmal den Schatten eines Zitterns erkennen, der die Empörung zum Ausdruck gebracht hätte, die sie fühlen mußte. Romano hob das Kinn und sagte: »Ich nehme an, Sie haben einen Grund für diesen … Besuch, Bürger Xiang.«

»O ja, Lady Romano, einen höchst dringlichen Grund sogar.« Justins Stimme war trotz der Wut leise und beherrscht. Er begegnete ihrem Blick mit wilder Direktheit und schüttelte ungläubig den Kopf. »Wie konnten Sie so unglaublich dumm sein?«

Bei dieser Anschuldigung wurden ihre Augen zu schmalen Schlitzen, aber sie hielt sich zurück. Sie strich ihr rotbraunes Haar von den Schultern und drehte sich langsam, um ihn mit dem Anblick ihres nackten Körpers zu reizen. Als sie zur Seite trat, glitt Justins Schatten von ihr ab. Sie lächelte kokett, und ihre Stimme wurde zu einem verführerischen Hauchen. »Bin ich nicht begehrenswerter als Candace?«

»Das ist nicht der Zeitpunkt für Spielchen, Frau!« Justins Linke riß einen langen Holzsplitter aus dem Türrahmen. Als er ins Zimmer trat, fiel ihr Schatten wieder über sie. »Sie schwachsinnige Närrin! Haben Sie überhaupt eine Vorstellung davon, was Sie riskiert haben? Selbst wenn es funktioniert hätte — und das hat es nicht —, wären die Vorteile, die Sie zu gewinnen hofften, ein Hirngespinst geblieben!«

Justins linke Hand schnellte vor, und er warf das Holz nach Romano. Sie duckte sich. Das Wurfgeschoß traf die mittlere Scheibe des Spiegels, der zu einer Wolke glitzernder Kristallsplitter zerbarst.

Wütend fauchte sie Justin an. »Wie kannst du es wagen, mich eine Närrin zu schelten, du Bastard! Du hast nicht den Mut zu tun, was getan werden muß! Wage es nicht, mir deine Feigheit vorzuwerfen!«

Justin brauchte nur einen Sekundenbruchteil, um sie zu erreichen und wütend mit seiner Rechten auszuholen. Der Rückhandschlag traf sie mit voller Gewalt ins Gesicht und schleuderte sie zur Seite. Sie stürzte aufs Bett, und starrte erschreckt zu ihm auf. Dann legte sie die Hand auf ihre rotglühende Wange.

Justin bleckte mit einem raubtierhaften Grinsen die Zähne. »Ja, Lady Romano, ich habe es gewagt, Sie zu schlagen. Es paßt zu Ihnen, wie Sie nackt vor mir liegen, denn Sie sind nichts weiter als ein Kind — leider nicht so unschuldig, aber gerade so naiv.» Justin schüttelte den Kopf. »Und gerade so ichbezogen.«

Ein neuer Schatten fiel in den Raum, lang und hager. »Was hat das zu bedeuten, Xiang?«

Justin drehte sich halb zur Tür um und stieß einen Finger in Richtung Romano. »Es geht darum, Eurer Tochter eine Lektion in Beherrschung zu geben, Hoheit. Diese Schwachsinnige hat einen Attentäter auf Quintus Allard angesetzt, hier, vor nicht einmal ganz einer Stunde!«

Die Enthüllung traf Maximilian Liao wie ein Donnerschlag. Justin lächelte und wandte sich wieder Romano zu, die angesichts des Wutbebens ihres Vaters verschreckt wimmerte. »Ja, Romano, Ihr kleines Spielchen, all das zu tun, von dem Sie glauben, Ihr Vater könnte es wünschen, hat mehr Schaden angerichtet als irgend etwas anderes. Sie allein haben einen Sinn darin gesehen, Davions Geheimdienstminister zu töten. Haben Sie ihn angegriffen, weil er aus Ihrem dummen Angriff auf Kittery im letzten Jahr Profit geschlagen hat, oder hatten Sie einen anderen brillanten Plan im Hinterkopf?«

Romano schloß die Beine und setzte sich auf. »Der Tod Quintus Allards würde den Vereinigten Sonnen einen entscheidenden Schlag versetzen.«

Justin nickte nachdrücklich. »Ja, das mag sein, aber nicht hier. Nicht jetzt. Ist Ihnen nicht klar, was Sie riskiert haben?«

Romano schob trotzig das Kinn vor. »Ich habe einen Mann riskiert, einen Bauern, nicht mehr. Im Vergleich zu dem möglichen Gewinn war er ohne Bedeutung.«

Justin blickte sich zur Tür um. Der Kanzler mußte sich am Rahmen abstützen. »Aber dieser Versuch, meine Lady, könnte das Ende des Hauses Liao bedeuten.«

Romano runzelte die Stirn. »Wieso? Welcher Verlust?«

Bist du wirklich so blöde, oder bist du einfach völlig verrückt? Justin lachte grausam. »ComStar hat die Sicherheit aller Anwesenden garantiert, Romano. Der Orden hat sich dafür verbürgt, daß keinem der Gäste etwas zustößt. Unsere Sicherheit liegt in ihren Händen.«

Romano fuhr auf. »Sie würden es nicht wagen, uns etwas anzutun!«

»Mag sein«, knurrte Justin. »Aber sie könnten ein Edikt gegen jeden erlassen, der ihren kostbaren Frieden stört. Sie, meine Lady, haben ein totales Interdikt des Hauses Liao riskiert!«

Justin sah zu, wie Romanos unerschütterlicher Glaube an ihre Überlegenheit versuchte, die Schreckensvision eines ComStar-Interdikts zu negieren. *Keinerlei Nachrichtenübermittlung über ComStar. Abgesehen von Raumschiffstaffeln, die Monate benötigen würden, um von einem Ende der Konföderation an das andere zu gelangen, hätten wir keine Möglichkeit mehr, Botschaften zwischen unseren Planeten zu befördern. Ohne ComStar und ihre Hyper-Pulsgeneratoren als Botensystem könnten wir unseren Truppen keine Befehle zukommen lassen. Das erste, was wir von Davion — oder Marik-Angriffen gegen unsere Grenzen bemerken würden, wären die eintreffenden Flüchtlingswellen.*

Justin nickte, als könne er ihre Gedanken lesen. »Ganz richtig, Lady Romano. Hanse Davion könnte unsere Welten schlucken, und wir hätten keine Möglichkeit, Verstärkungen in Marsch zu setzen. Unsere Agenten könnten nicht mehr in Verbindung mit uns treten, denn auch sie benutzen ComStar für ihre vertraulichen Berichte. Wenn ComStar uns unter ein Interdikt stellte, könnten wir nur noch Wetten darauf abschließen, welches Haus Sian zuerst erreicht.«

Justin trat vor und packte Romanos Kinn. Er riß ihren Kopf hoch und starrte ihr in die Augen. »Und noch etwas, meine Lady. Etwas, das Sie nie vergessen sollten. Der Mann, den Sie heute abend versucht haben zu ermorden, ist mein Vater. Auch wenn er ein Dorn in Ihrem

Fleisch sein mag, ist es noch nicht an der Zeit für ihn zu sterben.«

Romano versuchte, sich aus Justins Griff zu lösen, aber er hielt sie fest. »Ich will ihn gerade so erniedrigen, wie er mich erniedrigt hat. Er soll wissen, daß all seine Anstrengungen von dem Sohn zunichte gemacht werden, den er verraten hat. Wenn ich der Ansicht bin, er ist frustriert genug, wenn ich meine, er ist erniedrigt genug, wenn ich glaube, sein Geist ist gebrochen, dann wird es Zeit für ihn sein zu sterben, aber keine Sekunde früher!«

Justin stieß Romano zurück auf ihr Bett. »Und wenn dieser Zeitpunkt gekommen ist, werde *ich* ihn töten. Er ist mein Vater. Es ist mein Recht!« Er stand drohend über ihr. »Stell dich mir nicht in den Weg, Romano!«

Justin machte kehrt, ging an Maximilian Liao vorbei und stapfte zurück ins Wohnzimmer. Tsen Shang starrte ihn schockiert an. Dann setzte er sich in Richtung Schlafzimmer in Bewegung.

»Nein, Tsen. Noch nicht«, hielt Justin ihn auf. »Kommen Sie mit! Sie soll mit ihrem Fehler leben, während wir versuchen, ihn wieder auszubügeln.«

Shang zögerte, aber Justin schrie einen Befehl und zwang ihn zu gehorchen. »Shang! Kommen Sie mit!« Als hätte er Bleigewichte an den Füßen, schleppte sich der Maskirovka-Analytiker hinter Justin aus dem Gebäude der Liao-Delegation.

Auf halbem Weg zum Strand wandte Justin sich zu Shang um und stieß ihm den Finger auf die Brust. »Sie haben *eine* Chance, Tsen, mir zu versichern, daß sie nichts, aber auch gar nichts von diesem blödsinnigen Attentatsversuch gewußt haben ...«

Tsen zuckte zurück. »Und wenn ich mich weigere, auf Ihre Anschuldigung zu antworten ...«

Justin war außer sich vor Wut. »Wir haben jetzt keine Zeit für Ihre Spielchen von Ehre und Gesicht, Shang. Was sie getan hat, kann uns alle vernichten. Wenn

ComStar uns seine Dienste verweigert, sind wir hilfloser als ein Taubblinder in einem Zimmer voller Meuchelmörder.« Justin rieb sich die Augen. »Muß ich es Ihnen noch erklären? Unsere Aufgabe ist es, die Konföderation Capella zu erhalten. Noch während wir uns hier unterhalten, werden die Einheiten Haus Davions zu einem neuen Galahad-Manöver zusammengezogen. Wenn ComStar uns abschneidet, kann ich Ihnen garantieren, daß Davion zuschlagen wird — und das nicht zu knapp.«

Justin seufzte. Ein Großteil seiner Wut war verbraucht. »Ich muß aus Ihrem Mund hören, was mein Kopf und Herz bereits wissen. Ich muß hören, daß Sie nichts von diesem Plan wußten.«

Tsen Shang nickte zögernd. »Hätte ich davon gewußt, hätte ich es Ihnen gesagt, Justin.«

Ein Lächeln spielte um Justins Mundwinkel. Es erstarb jedoch, als hinter Tsen die Umrisse eines auf dem Pfad heranstürmenden Mannes auftauchten. Justin trat zur Seite und ging in die Hocke. Tsen wirbelte herum und hielt die langen Nägel seiner linken Hand wie rasiermesserscharfe Dolche zum Stoß bereit.

Alexi Malenkow hob die Arme, als er abbremste und sich zu den beiden anderen Mitgliedern des Krisenstabs gesellte. »Gott sei Dank, daß ich Sie zusammen finde und außerhalb des Gebäudes ...«

Justin verzog das Gesicht. »Wo, zum Teufel, haben Sie gesteckt? Und außerdem stinken Sie wie eine Destille. Sie sollten Ridzik beobachten, nicht die Insel leersaufen!« Justin hob das Gesicht zum Himmel. »Was habe ich verbrochen, um diese Idiotenplage zu verdienen?«

Alexis Gesicht verdüsterte sich schlagartig. »Ich weiß nicht, wovon Sie reden, Bürger Xiang, aber ich bin nicht betrunken. Ich war leider gezwungen, mit ein paar Männern der Davion-Delegation eine Flasche zu leeren. Es war die einzige Möglichkeit, Ridzik im Auge zu behalten, ohne aufzufallen. Zugegeben, es war eine unangenehme Pflichtübung, aber wenigstens hatten sie Geschmack genug, eine Flasche guten Scotch vom Empfang des Archon mitgehen zu lassen.« Alexi gestattete sich ein vorsichtiges Grinsen. »Und die Informationen, die ich gesammelt habe, waren die Mühe wert.«

Justin kreuzte die Arme vor der Brust. »Wir haben weder Zeit noch Lust, uns auf Ratespiele einzulassen. Was treibt Ridzik? Ist er dabei, die Kommunalität Tikonov zu verkaufen?«

Alexi warf einen vorsichtigen Blick auf Tsens im Schatten liegendes Gesicht, aber Justin wischte seine Sorge beiseite. »Reden Sie, Alexi! Was hier gesprochen wird, bleibt unter uns. Ich bezweifle ohnehin, daß es unsere momentane Lage zum Besseren oder Schlechteren beeinflussen kann.«

Alexi atmete tief durch. »Heute abend hatte Oberst Pavel Ridzik ein Abenteuer mit Elizabeth Jordan Liao.«

Justins Magen schien einen Salto zu schlagen. *Ist denn plötzlich der ganze Hof verrückt geworden?* Er sah zu Tsen Shang hinüber und bemerkte mit Bedauern, daß sich grimmige Entschlossenheit auf dessen Miene spiegelte. *Nein, Tsen. Jetzt bitte keinen Alleingang.* Er packte Shangs Arm. »Warten Sie, Tsen. Wir können uns keinen zusätzlichen Ärger leisten.«

Justin wandte sich Alexi zu. »Was meinst du, warum er hinter der Frau des Kanzlers her ist?«

Alexi hob unbehaglich die Schultern. »Ridzik ist ein Weiberheld. Vielleicht hat ihn einfach mal wieder die Lust gepackt. Aber ich möchte wetten, es steckt mehr dahinter. Ich glaube, Ridzik möchte mit Hilfe von Lady Liz den Kanzler beeinflussen. Ridzik ärgert sich schon seit langem über die bevorzugte Behandlung der Kriegerhausregimenter. Wenn der Kanzler seine Unterstützung für diese Einheiten aufgibt, geht ein Großteil des Nachschubs an Ridziks Truppen.«

Justin nickte. »Interessant, Tsen?«

Shang nickte steif, als hätte er nur ein fernes Echo

von Malenkows Worten aufgefangen. »Die Motive sind leicht zu durchschauen. Elizabeth Liao steht neuerdings im Kreuzfeuer der Streitereien zwischen Candace und Romano. Romano hat angedeutet, daß ihre Stiefmutter sich schon früher Liebhaber zugelegt hat, um dem Kanzler eins auszuwischen, aber entweder weiß Maximilian nichts von diesen Affären, oder sie interessieren ihn nicht. Seine Besessenheit, einen neuen Sternenbund aufzubauen, hat ihn vielen anderen Dingen gegenüber gleichgültig werden lassen.«

Alexi nickte zustimmend. »Was ist denn noch geschehen?«

In Justins Augen glühte die Wut wieder auf. »Romano hat einen ihrer Thugee-Assassinen gegen meinen Vater eingesetzt!«

»*Was?*« Alexi kam näher und blickte Justin in die Augen. »Glaub mir, Justin, ich hatte keine Ahnung. Ich habe mich, wie befohlen, weiter mit Romanos Beziehungen zu den Kultisten beschäftigt, aber davon habe ich nichts gehört ...«

Tsen fuhr wütend herum und herrschte Justin an. »Sie haben Romano Liao nachgespürt?«

Justins Miene verhärtete sich. »Ich überprüfe alle Bedrohungen des Hauses Liao.«

Tsen stierte ihn an. »Ich nehme an, das gilt auch für mich.«

Justin schüttelte knapp den Kopf. »Noch nicht. Sie sind kein Problem.«

Tsens Kiefermuskeln arbeiteten. »Wieso habe ich den Eindruck, daß Sie einen geheimen Plan verfolgen, Justin? Arbeiten Sie für das Haus Liao oder nur für eines seiner Mitglieder?«

Justins Augen wurden zu schmalen, schwarzen Schlitzen. »Ich arbeite daran, das Haus Liao gegen dessen Anstrengungen am Leben zu erhalten. Stellen Sie sich einmal vor, was passieren würde, wenn wir nicht hier wären, um wie die Kontrollstäbe in einem alten

Kernspaltungsreaktor zu fungieren! ComStar würde das Haus Liao unter einen Interdikt setzen. Maximilian würde versuchen, Ridzik umzubringen. Das würde bestenfalls dazu führen, daß er seinen besten Kommandeur verliert, und schlimmstenfalls zu einer offenen Revolte in der Kommunalität Tikonov. Romano würde einen Krieg zwischen der Kommunalität St. Ives und den Vereinigten Sonnen provozieren, nur um ihre Schwester zu ärgern, und dann ihren Einfluß auf den Kanzler einsetzen, damit er die Liga Freier Welten angreift.«

»Der Vergleich mit einer nuklearen Kernschmelze ist durchaus angebracht«, gab Tsen zu.

Justins Miene verdüsterte sich. »Sie haben aber auch recht. Ich habe in der Tat einen geheimen Plan. Ich brauche eine starke und gesunde Konföderation Capella, um Rache an Hanse Davion und meinem Vater zu nehmen. In den nächsten Monaten werde ich herausfinden, wo sich ihre geheime Forschungsbasis befindet, und die Früchte ihrer Arbeit gegen sie einsetzen. Ich hoffe, mein Erfolg wird auch der des Hauses Liao sein. Bis zu diesem Zeitpunkt kann ich nur versuchen, diese Bande wahnsinniger Herrschergestalten zusammenzuhalten.«

35

Sitz des Ersten Bereichs ComStars
Hilton Head Island, Nordamerika, Terra

20. August 3028

In Myndo Waterlys blauen Augen funkelte ungehemmt der Zorn. »Ich verstehe Euch nicht, Primus. Wie könnt Ihr ein nur knapp vereiteltes Attentat auf einen Davion-Minister als ›unbedeutenden Zwischenfall‹ abtun?« Goldblondes Haar fiel über die Schultern ihrer roten Robe, als sie verärgert den Kopf schüttelte. »Inzwischen haben die meisten Gäste davon erfahren. Was werdet Ihr gegen Haus Liao unternehmen?«

Julian Tiepolo sah sich im Ersten Bereich um. »Aber Präzentorin Dieron, wir werden wegen dieser Lappalie nichts gegen das Haus Liao unternehmen. Es stimmt, daß es dem Attentäter gelungen ist, unsere ROM-Streifen zu umgehen, aber wir haben ihn getötet, bevor es zu einem Blutvergießen kommen konnte.«

Damit kommst du nicht durch, Primus, dachte Myndo. »Ich wußte bisher nicht, daß Lasergewehre an unsere Streifen ausgegeben worden sind. Das würde auf einen Stufe Drei-Alarm hindeuten.«

Präzentor Tharkad antwortete mit einem kurzen Lachen. »Das ist wahrhaft absurd, Präzentorin Dieron. Vor nicht einmal zwei Tagen hast du dem Primus vorgeworfen, er nehme die Sicherheitsvorkehrungen nicht ernst genug, weil Jaime Wolf mit zwei Schwertern hier erscheinen konnte. Und nun beschwerst du dich darüber, daß wir deine dringenden Forderungen umgesetzt haben.«

Myndos Blick ließ Präzentor Tharkad verstummen. »Ich möchte nur wissen, Ulthar Everson, ob die Lasergewehre ausgegeben wurden, bevor Donnerstag nacht drei ROM-Agenten starben und bevor der Attentäter

Quintus Allard und seinen Sohn angriff, oder ob dies erst nach diesen beiden ernsten Zwischenfällen geschehen ist.«

Ulthars Gestalt versteifte sich und wandte sich mechanisch dem Primus zu. »Drei ROM-Agenten sind tot?«

Myndo lächelte listig. *Allerdings, Ulthar, dein Mentor zieht dich nicht bei allen Angelegenheiten ins Vertrauen.* »Nun, Primus, wie lautet Eure Antwort?«

In Julian Tiepolos hagerer Gestalt tobte die Wut. Sein Körper verriet ihn. Aber mit schier übermenschlicher Anstrengung gelang es ihm, seine Stimme ruhig zu halten. »Ich gab den Befehl, Präzentorin Dieron, als es mir angebracht erschien. Der Tod von drei ROM-Agenten war als Unfall anzusehen. Du weißt ebensogut wie ich, daß wir gezwungen sind, einige unangenehme Zeitgenossen zu beschäftigen, um den Willen Blakes zu erfüllen. Gelegentlich kommt es zu Zwistigkeiten unter ihnen, und manchmal enden diese tödlich, wie in diesem Fall. Die Untersuchung ergab keine Verletzung unserer Sicherheitsmaßnahmen.«

Myndo lächelte, als ihr Blick über die Gesichter der übrigen Bereichsmitglieder schweifte. *Keiner von euch glaubt diese Geschichte, auch wenn ein paar von euch bereit sind, den Primus allein seiner Position wegen zu unterstützen.* »Wir wollen diese Antwort fürs erste akzeptieren. Was hindert Euch daran, Haus Liao unter ein totales Interdikt zu stellen? Wir wissen, daß der Attentäter einem Kult angehörte, der Verbindung zu Romano Liao hat. Unser Vorgehen dürfte auf der Hand liegen.«

Villius Tejh sprach in einem zischenden Flüstern, aber selbst das wirkte zu kräftig für seine schmächtige Gestalt. »Vergib mir, Präzentorin Dieron, aber ich halte eine Interdiktion zum jetzigen Zeitpunkt nicht für angebracht.« Präzentor Sian blickte rasch hinüber zum Primus und sah dann wieder Myndo an. »Ich stimme dir zu, daß Haus Liao für diesen unverzeihlichen Bruch unserer Gastfreundschaft bestraft werden muß. Aber ich komme nicht umhin anzumerken, daß eine Interdiktion die Capellaner vernichten würde.«

Myndo nickte. »Ah ja, die Theorie, nach der Hanse Davion gegen die Konföderation Capella losschlagen würde. Es handelt sich um einen ziemlich großen Staat für einen Blitzkrieg, Präzentor Sian.«

Tejh schenkte Präzentorin Dieron ein kurzes Lächeln. »Unter normalen Umständen, Präzentorin, würde ich deine Zweifel teilen, was Haus Davions Fähigkeit angeht, die Konföderation Capella zu überwältigen, aber du solltest nicht vergessen, daß Liaos ganze Militärstrategie auf schnellen Kommunikationslinien und Reaktion beruht. Die Kriegerhausregimenter verfügen über die Möglichkeit, belagerte Welten zu entsetzen. Aber ohne die Kommunikations- und Koordinationsmöglichkeiten unseres Ordens ist Liaos Kriegskapazität sehr begrenzt.«

Villius gestikulierte mit der Linken. »Des weiteren möchte ich darauf hinweisen, daß eine Interdiktion zwar alle Liao-Agenten in den Vereinigten Sonnen treffen würde, jedoch nicht die Davion-Agenten in der Konföderation Capella. Die von Davions Spionen gelieferten Informationen könnten der Konföderation einen vernichtenden Schlag versetzen.«

Myndo lachte. »Ich glaube, du überschätzt die Leistung Alexi Malenkows, Präzentor Sian. Die von Michael Hasek-Davion gelieferte Informationsflut gleicht Malenkows dürftige Anstrengungen leicht aus. Außerdem ist es sehr einfach für uns, diese Bedrohung abzuwenden, indem wir Malenkow bloßstellen. Ich bin sicher, Justin Xiang Allard wäre hocherfreut, einen Agenten seines Vaters verhören zu können!

Aber dein Einwand hat in der Tat seine Berechtigung. Wie also sollen wir diese übereilte Aktion Romano Liaos bestrafen?«

Der Primus verschränkte die Arme. »Wir werden verlangen, daß die capellanische Regierung Material und Arbeitskräfte zum Ausbau einiger unserer Stationen auf ihren Welten zur Verfügung stellt. Darüber hinaus werden wir unter den besten und intelligentesten ihrer Bürger eine Auswahl von Neuzugängen für unsere Dienste treffen.«

Villius lächelte. »Wir könnten dem Kanzler sogar vorschlagen, uns seinen Sohn Tormana zur Umerziehung zu übergeben. Dies würde ihn von einem beständigen Ärgernis befreien und gäbe uns eine Einflußmöglichkeit, wie ComStar sie bereits in der Liga Freier Welten genießt.«

Myndo kniff die Augen zusammen. »Diese Vorgehensweise erscheint mir angemessen.« *Ein gewagter Schritt. Ich glaube zwar nicht, daß der Kanzler sich darauf einlassen wird, aber Villius zeigt genug Selbstvertrauen, es vorzuschlagen. Ich sollte ihn im Auge behalten.*

Der Primus verneigte sich mit übertriebener Zeremonie vor ihr. »Wir sind so froh, daß du deine Zustimmung gibst, Präzentorin Dieron.« Er richtete sich auf und blickte sich unter den übrigen Präzentoren um. »Wenn es keinen Widerspruch gibt, werden wir Präzentor Sian anweisen, die notwendigen Gespräche zu führen.«

Myndo nickte, und auch die anderen Präzentoren des Ersten Bereichs ließen ihre Zustimmung erkennen. *Spotte ruhig, Julian Tiepolo, aber denk daran: Im Gegensatz zu den Worten Blakes und zu meinem Zorn bist du nicht unsterblich und wirst nicht ewig regieren.* Sie lächelte in sich hinein. *Wenn ich mit dir fertig bin, wird man sich nicht einmal mehr an dich erinnern.*

36

Sitz des Ersten Bereichs ComStars
Hilton Head Island, Nordamerika, Terra

20. August 3028

Archon Katrina Steiner biß sich auf die Unterlippe, um ein Zittern zu unterdrücken, als sie das Spiegelbild ihrer Tochter betrachtete. *Melissa, mein Kind, du bist wunderschön. Ich will dich noch nicht verlieren.* Obwohl sie dagegen ankämpfte, rollte eine Träne ihre Wange hinab.

Melissa drehte sich langsam um und lächelte ihre Mutter an. Die weiße Seide ihres Brautkleids raschelte. Vom Halsansatz über die Schultern bis zur Korsage war ihre Haut von feinsten Spitzen bedeckt. Breite weiße Seidenschleifen an den Schultern schienen die Puffärmel am Kleid zu halten. Vom Ellbogen bis zum Handgelenk verengten sich die Ärmel und endeten auf Melissas Handrücken in dreieckigen Spitzen.

Hunderte von Perlen waren mit äußerster Sorgfalt von Hand auf die Korsage des Kleids genäht worden. Sie zeichneten das Wappen von Donegal nach, der Heimatwelt Arthur Luvons: vier auf einen gemeinsamen Mittelpunkt deutende Dreiecke. Auch Kleid und Schleppe waren mit zierlichen Spitzenmustern verziert.

Melissa streckte die Hand aus und wischte die Träne vom Gesicht ihrer Mutter. »Bitte nicht weinen. Wenn du anfängst, muß ich auch heulen, und dann werden wir nie fertig.«

Der Archon nickte. Katrina blickte zu Misha Auburn. Melissas Brautjungfer. »Misha, würdest du mich einen Augenblick mit meiner Tochter allein lassen?«

»Ruf mich, wenn du den Schleier anlegen willst. Ich werde dir helfen«, erklärte Misha lächelnd, und schloß die Tür des Ankleidezimmers hinter sich.

Der Archon wandte sich wieder um. »Es ist nicht das

erstemal, daß wir dieses Gespräch führen, Melissa, und du hast meine Fragen schon alle beantwortet, aber ich möchte nur wissen …«

Melissa hob die rechte Hand an die Lippen ihrer Mutter. »Still, Mutter. Ja, du und Hanse Davion habt diese Hochzeit vor sechs Jahren arrangiert, als ich noch ein Kind war. Du hast mich damals um meine Einwilligung gebeten, und ich habe sie gegeben, weil du es wolltest. Was ich damals von Hanse Davion wußte, bestand zu neun Zehnteln aus Legenden und zu einem Zehntel aus feindseligem Hoftratsch.«

Melissa lächelte, als die Erinnerungen wiederkamen. »Als Ardan Sortek nach Tharkad kam, um sich von den Verletzungen zu erholen, die er auf Stein's Folly erlitten hatte, war ich ziemlich verschossen in ihn. Hanse war so weit entfernt und Ardan so nah. Es war schwer, keinen Fehler zu machen, aber Ardans Loyalität Hanse gegenüber war so gewaltig, daß wohl nichts in der Milchstraße ihn dazu hätte bringen können, mein Interesse zu erwidern.

Damals ist mir klargeworden, was für ein Mann Hanse Davion sein mußte. Jemand, der seinen Freunden und Vertrauten Macht und Verantwortung anvertraut.« Melissa warf einen Blick auf das Bild Hanses auf ihrem Schminktisch. »Du hast mir oft genug klargemacht, daß man einen Herrscher danach beurteilen kann, mit welchen Beratern er sich umgibt. Ein starker Charakter umgibt sich mit starken Vertrauten, und ein schwacher Herrscher versammelt eine Korona von Speichelleckern um sich. Der Hanse Davion, der sich mir in Ardans Berichten und Handlungsweise offenbarte, war ein starker Mann.«

Der Archon nickte. »Aber ist er der Mann, mit dem du den Rest deines Lebens verbringen willst?«

Melissa nickte. »Der Zwischenfall mit der *Silberadler* im letzten Jahr hat mir die nötige Zuversicht gegeben. Als ich in Begleitung der Kell Hounds auf Northwind eintraf, befand ich mich in einem Schockzustand. Ich sah jeden einzelnen der Sterbefälle auf Styx als meinen Fehler an und wertete ihn als Zeichen meiner Unfähigkeit. Hanse war streng, aber sanft, als er mir zeigte, wo ich mich irrte und wo ich tatsächlich Fehler begangen hatte. Er hat mir geholfen, aus dieser schrecklichen Situation zu lernen. Ich weiß, daß ich keine Katastrophen verhindern kann, aber ich bin zuversichtlich, daß ich durch seine Hilfe jetzt besser damit umgehen kann.«

Melissas Lider senkten sich. »Und was noch wichtiger ist, Mutter: Ich habe gesehen, wie sehr Hanse um mich und um die Menschen besorgt war, die bei der Schlacht auf Styx ums Leben kamen. Für ihn waren diese Toten mehr als Zahlen einer anonymen Statistik. In unseren privaten Gesprächen hat er die Schmerzen erwähnt, die ihm diese sinnlose Verschwendung von so viel menschlichem Potential bereitete.

Ich zweifle nicht daran, daß Hanse Männer und Maschinen dazu benutzen kann, seine Feinde zu strafen, Mutter — das wissen wir beide nur zu gut —, aber ich glaube, mit dem Tod eines jeden seiner Bürger stirbt auch ein Stück von ihm. Wenn er einen Krieg führt, dann nur, um einen noch zerstörerischeren Konflikt zu vermeiden.«

Der Archon strahlte. *Du hast deine Entscheidung als Kind getroffen, aber du bist als Frau hineingewachsen. Ich bete darum, daß du das Glück findest, das du verdienst.* »Melissa, ich habe schon immer geglaubt, daß du zu Großem bestimmt bist. Diese Hochzeit, bei der die Geschicke des Lyranischen Commonwealth und der Vereinigten Sonnen aneinandergekoppelt werden, ist erst der Anfang. Ich danke Gott, daß diese Verantwortung auf Schultern fällt, die bereit sind, ihre Last anzunehmen.«

Melissa drückte ihre Mutter an sich. »Ich danke dir, daß du sie mir anvertraust.«

Der Archon löste sich widerstrebend aus der Umarmung. »Ich werde Misha holen.«

Melissa schüttelte den Kopf. Sie trat zur hinteren Tür des Zimmers und klopfte zweimal. Nach einer kurzen Pause klopfte sie noch dreimal. Als das Schloß klickte und die Tür sich öffnete, trat der designierte Archon einen Schritt zurück.

Jeana verneigte sich vor dem Archon. »Sie haben mich gerufen?«

Melissa nickte und wandte sich ihrer Mutter zu. »Mutter, würdest du mir bitte die Schachtel geben, die auf dem Schminktisch liegt?« Melissa nahm das kleine Kästchen und reichte es Jeana. »Mach es auf.«

Jeana blickte zögernd zwischen Melissa und dem Archon hin und her. Als sie das Kästchen öffnete, zuckte sie überrascht zurück, hob dann aber eine dünne Silberkette heraus. An der Kette hing ein verbogener, teilweise zerschmolzener Metallsplitter. Die Stirn des Archon wurde faltig. *Das ist ein Mechtalisman. Was macht Melissa damit?*

Melissa lächelte Jeana an. »In den Vereinigten Sonnen nennt man das einen Mechtalisman. Die Tradition, ein Stück seines ersten Mechs aufzuheben, vor allem dann, wenn er zerschossen wurde, stammt noch aus den Tagen des Sternenbundes — zumindest hat Hanse mir das erklärt. Die Absolventen der Albion-Militärakademie glauben, daß ein Mechtalisman einen geliebten Menschen schützen kann, und betrachten es als eine höchste aller Ehren, einen solchen Talisman geschenkt zu bekommen.«

Melissa schluckte. »Hanse hat mir den Talisman nach dem Zwischenfall auf Styx gegeben und gesagt, er wünschte, er hätte es schon früher getan. Ich habe ihn seitdem getragen.«

Jeana schüttelte den Kopf. »Das kann ich nicht annehmen, Hoheit. Ich ...«

Jeana machte Anstalten das Amulett zurückzugeben, aber Melissa weigerte sich, es zurückzunehmen. »Du mußt es annehmen. Ich habe jetzt Hanse als Schutz. Ich möchte, daß du dieses Mechamulett als Schutz annimmst und als nicht annähernd ausreichenden Dank für all das betrachtest, was du für mich getan hast. Nur durch dich habe ich diese Chance, glücklich zu werden.«

Jeana nickte wortlos. Melissa strich ihr die Tränen von den Wangen. Jeana hob den Kopf und lächelte. »Ich habe mein Glück darin gefunden, dir zu dienen, Melissa Arthur Steiner. Du bist das Herz und die Seele des Lyranischen Commonwealth. Du erfüllst uns alle mit Stolz.«

»Danke, Jeana.« Melissa umarmte sie noch einmal, bevor Jeana wieder durch die Hintertür verschwand. Als sie sich erneut ihrer Mutter zuwandte, strahlte sie. »Mach dir keine Sorgen, Mutter. Ich liebe ihn wirklich.«

Der Archon nickte. »Du bist so wunderschön, Melissa. Dein Vater wäre stolz auf dich. Ich kann nur hoffen, daß du und Hanse die Freude findet, die dein Vater und ich erlebt haben, und daß ihr sie viele lange Jahre genießen könnt.«

Melissa schloß die Augen, um die Tränen zurückzuhalten. »Ich liebe dich, Mutter.«

Der Archon schloß sie in die Arme. »Und ich liebe dich, Melissa, mein Kind.«

37

Sitz des Ersten Bereichs ComStars
Hilton Head Island, Nordamerika, Terra

20. August 3028

Morgan Hasek-Davion zupfte an den Ärmeln seiner mitternachtsblauen Uniformjacke. Die silberne Sonnenweste auf seiner linken Schulter reichte in vier Strahlen zur Mitte des Jacketts. Er polierte einen der Strahlen mit dem Ärmel, um einen Fleck zu entfernen, dann strich er seine langen roten Haare von den silbernen Epauletten mit dem breiten weißen Streifen. Er wandte sich vom bodenlangen Spiegel ab und breitete die Arme aus. »Was meinst du, geliebtes Wesen?«

Kym lächelte stolz, dann nahm sie die zeremonielle silberne Halsberge in beide Hände und richtete sie auf Morgans breitem Brustkorb aus. Sie stellte sich auf die Zehenspitzen und gab ihm einen schnellen Kuß. »Du siehst einfach großartig aus, Liebster, und ich werde vor Eifersucht platzen, während du auf dem Empfang mit der Brautjungfer tanzt.«

»Mach dir keine Sorgen, Kym. Ich habe erst gestern erfahren, daß Misha Auburn sich im vorigen Jahr in Andrew Redburn verguckt hat, als er durch das Lyranische Commonwealth gereist ist. Ich glaube, sie stehen seitdem in Kontakt. Ich stehle einem alten Freund nicht die Frau.«

Kym schürzte schmollend die Lippen. »Ist das der einzige Grund für dein Desinteresse?«

Morgan zog sie an sich. »Du bist der einzige Grund, aus dem ich an keiner anderen Frau interessiert sein kann.«

Sie lächelte und strich mit dem Finger über Morgans Nasenspitze. »Das ist die richtige Antwort, Morgan Hasek-Davion. Vergiß es ja nicht.«

»Du mußt halt in meiner Nähe bleiben, um mich daran zu erinnern«, erwiderte Morgan.

Hinter Kym öffnete sich die Tür, aber Hanse Davion blieb im Türrahmen stehen. »Verzeihung. Ich hätte anklopfen sollen.«

Kym schüttelte den Kopf. »Nein. Ich dürfte eigentlich gar nicht hier sein.« Sie gab Morgan noch einen schnellen Kuß. »Ich gehe. Meinen Glückwunsch, Hoheit. Ich wünsche Euch alles Gute.«

Hanse lächelte freundlich. »Danke, Lady Sorenson. Ich hoffe, Sie haben sich davon überzeugt, daß Morgan die Ringe in der Tasche hat und die Vereinigten Sonnen nicht blamiert.«

Kym zwinkerte Morgan zu. »Keine Sorge, Hoheit.« Sie machte einen Knicks vor dem Prinzen und zog sich zurück.

»Ich hab die Ringe hier, Onkel.«

Hanse war nicht ganz bei der Sache. »Ich weiß, Morgan. Ich weiß.«

Morgan verzog besorgt das Gesicht. »Du bist doch nicht etwa nervös, Hanse?«

Hanse zögerte, dann lachte er. »Sieht man das?«

»Eigentlich schon«, erwiderte Morgan, und auf seinem Gesicht machte sich ein spitzbübisches Grinsen breit. »Aber ich glaube nicht, daß es Probleme gibt ...«

Hanse hob eine Braue, ließ sich aber nicht die Stimmung verderben. »Was denn für Probleme, Morgan?«

Morgan gluckste. »Mit deinem Text. Aber wenn du tatsächlich einen Hänger haben solltest, kann ich ja soufflieren.«

Hanse stimmte in das Gelächter seines Neffen ein. »Danke, Morgan. Das hilft, etwas von dieser Anspannung zu lösen. Heute ist ein wichtiger Tag.«

Morgan stimmte ihm ernst zu. »Allerdings.« Er kaute auf der Unterlippe, dann schuckte er. »Ich möchte, daß du weißt, wieviel es mir bedeutet, dein Trauzeuge zu sein, Hanse. Als diese Tradition ihren Anfang nahm, hatte der Trauzeuge die Aufgabe, Verfolger abzuwehren, wenn der Bräutigam seine Braut aus dem Schoß ihrer Familie entführte.« Morgan blickte auf seine gespornten Stiefel hinab. »Dasselbe werde ich auch tun ... Ich werde dich und deine Braut gegen jeden verteidigen, der euch oder Haus Davion bedroht.«

Hanse legte beide Hände auf Morgans breite Schultern. »Morgan, als ich dich vor vier Jahren nach New Avalon holte, geschah dies, um deinen Vater zum Nachdenken über einige seiner Aktionen zu bewegen. Schon bald nach deiner Ankunft erkannte ich meinen Fehler, denn ich bestrafte dich für Schwierigkeiten, die ich mit deinem Vater hatte.« Seine Miene hellte sich auf. »Aber mir wurde auch klar, daß ich dich auf New Avalon behalten wollte. Diese Welt ist mein Zuhause, und deine Anwesenheit machte sie dem Ort ähnlicher, den ich mir unter diesem Begriff vorstellte.«

Hanse ließ die Hände von Morgans Schultern fallen und wandte sich ab. »Wollte ich behaupten, daß keine politischen Erwägungen im Spiel waren, als ich dich auswählte, um an meiner Seite zu stehen, müßte ich jedoch lügen. Der Vorschlag kam von Ardan, und ich habe zugestimmt, weil wir den Menschen in der Mark Capella zeigen können, daß ich mich um sie und ihr Wohlergehen sorge, indem ich dich ehre.«

Er drehte sich langsam wieder um. »Aber du kannst mir glauben, wenn ich dir sage, daß ich diese Wahl keine Sekunde lang bereut habe. Es gibt Stimmen, die mich davor warnen, dir zu vertrauen. Sie nennen dich einen Hasek, und sie erinnern mich daran, daß du deine Jugendjahre in der Mark Capella verbracht hast. Tatsächlich stehst du auf der Thronfolgerliste an erster Stelle beider Häuser. Sollte ich ohne Erben sterben, würde man dich sicherlich als Kandidaten für meine Nachfolge aufstellen.«

Hanse lächelte seinen Neffen offen an. »Aber mir ist etwas sehr Wichtiges klargeworden, Morgan. Weil du sowohl in der Mark Capella als auch in der Mark Crucis gelebt hast, weil du in Warrior's Hall und MANA ausgebildet wurdest und auch deiner Abstammung wegen verstehst du, was es heißt, den Vereinigten Sonnen zu gehören. Du bist ein Hasek und ein Davion und gleichzeitig mehr. Was auch geschieht, zweifle nicht daran, daß ich dir mein vollstes Vertrauen schenke.«

Morgan sah einen Augenblick lang zu Boden, während er sich sammelte. Die Überzeugung in den Worten seines Onkels und Herrschers hatte ihn angerührt. »Danke für dieses Vertrauen, Hanse. Ich habe kein Verlangen danach, über Marken zu regieren, und auch nicht nach der Macht — dieser berauschenden, den Geist verwirrenden Macht, die Menschen zu Zerrbildern ihrer selbst verkommen läßt —, die Hand in Hand mit der Herrschaft über einen Teil der Nachfolgerstaaten zu gehen scheint. Wenn du erst einen Erben hast, kannst du mir irgendwo ein kleines Landgut zusprechen, und ich werde den Rest meiner Tage als Gutsherr verbringen.«

Hanse sah ihm in die Augen. »Du hast zuviel mit Ardan Sortek geredet.«

Morgan zuckte die Achseln. »Kann sein, aber seine Einstellung hat etwas für sich. Politik ist ein Geschäft für diejenigen, die wissen, wie man in den komplizierten Strömungen im Meer des Schicksals navigiert. Ich diene den Vereinigten Sonnen gerne, aber ich bin glücklicher, wenn ich mein Leben von politischen Verwicklungen freihalten kann.«

Hanse schaute auf seine Uhr. »Für den Moment ist erst einmal die Zeit gekommen, ein Stückchen weiterzusegeln.«

Morgan nickte und ging voran. »In die Zukunft, mein Prinz, eine Zukunft voller Glückseligkeit für Euch und Eure Braut.« *In eine glückliche und sichere Zukunft, mein Prinz. Ich werde tun, was in meiner Macht steht, um dafür zu sorgen.*

38

Sitz des Ersten Bereichs ComStars
Hilton Head Island

20. August 3028

Justin verkniff sich einen Kommentar, als Colonel Ardan Sortek ihn und Candace Liao unmittelbar hinter dem Eingang der Kathedrale erwartete. Sortek neigte höflich den Kopf, um die beiden Capellaner zu begrüßen. »Guten Tag, Herzogin ... Bürger Xiang.«

Candace lächelte Ardan freundlich an. »Guten Tag, Colonel.«

Justin nickte steif. Seine Stimme war ton- und gefühllos. »Colonel Sortek ...«

Ardan bot Candace den Arm. »Es wird mir ein Vergnügen sein, Sie zu Ihrem Platz zu führen. Betrachten Sie sich als Freunde der Braut oder des Bräutigams?«

Selbst Justin hatte Schwierigkeiten, bei Candaces Antwort seine Züge unter Kontrolle zu halten. »Aber Oberst«, flötete sie. »Diese Frage muß für viele der Gäste sehr schwierig zu beantworten gewesen sein.«

Ardan konnte zwar ein Lächeln unterdrücken, aber trotzdem war sein Amüsement kaum zu verkennen. »Sie sprechen ein wahres Wort gelassen aus. Die Bürger der Häuser Marik und Kurita sind bei diesem Thema geteilter Ansicht, aber Ihr Vater und Ihre Schwester haben sich entschlossen, als Freunde der Braut zu fungieren.«

Justin nickte. »Sie haben das kleinere Übel gewählt.«

Ardan warf ihm einen vorsichtigen Blick zu. »Ein interessanter Standpunkt, Bürger.«

Candace sah ihn warnend an, und Justin verstummte. *Du hast recht, Candace. Dies ist weder die richtige Zeit noch der Ort für Streitigkeiten.*

Candace schob ihre Hand durch Ardans Armbeuge. »Sofern der Prinz sich dadurch nicht gekränkt fühlt, Colonel, würde ich es vorziehen, auf seiner Seite des Gangs zu sitzen. Ich betrachte es als erste Rate meiner Schuld.«

Ardan hob fragend eine Augenbraue. »Eurer Schuld, Herzogin?«

»Ja. Dafür, daß der Prinz nach dem unglückseligen Terroranschlag auf Kittery auf einen Angriff meiner Kommunalität St. Ives verzichtet hat. Ich unterscheide mich von den übrigen Mitgliedern meiner Familie in der Reaktion auf Prinz Hanse Davions bloße Erwähnung. Meine Gefühle sind weniger hitzig, und meine Einstellung weniger frostig.«

»Eine weise Entscheidung«, kommentierte Ardan freundlich, bevor er sich wieder Justin zuwandte. »Wenn Sie uns folgen wollen, Bürger Xiang.«

Justin ging hinter ihnen her, aber seine Gedanken wirbelten. *Was hat Candace vor? Es kann der Beziehung zu ihrem Vater nur schaden, wenn sie sich so weit entfernt vom Kanzler plazieren läßt, während ihre Schwester an seiner Seite sitzt. Derzeit mag Romano bei ihrem Vater nicht sehr hoch angesehen sein, aber mit jedem Tag, an dem ComStar auf eine Bestrafung Haus Liaos verzichtet, gewinnt sie wieder an Einfluß. Candace muß wissen, daß jedes ihrer Worte Ardan gegenüber den Prinzen erreichen wird.*

Orgelmusik erfüllte die Kathedrale mit machtvollen, leidenschaftlichen Klängen, als Ardan das Paar in eine Bank parallel zu der des capellanischen Kanzlers und unmittelbar hinter Jaime Wolf führte. Candace glitt unter dem Rascheln blauer Seide auf ihren Platz, aber Justin kniete automatisch nieder und bekreuzigte sich, bevor er ihr folgte.

Sie legte die linke Hand auf seine Rechte. »Warum hast du das getan?«

»Alte Gewohnheit«, erklärte er mit einem Achselzukken. »Ich bin New Avalon-katholisch erzogen worden, auch wenn ich meinem Glauben abgeschworen habe, als Hanse Davion mir meinen Namen entzog. Seither studiere ich die buddhistischen Lehren der Konföderation Capella.«

Candace drückte seine Hand. Sie deutete mit dem Kopf zum Altar. Dort saßen zwei Männer in goldbesetzten weißen Gewändern in von Baldachinen überdeckten Stühlen mit mittelalterlichem Wappenschmuck. »Vielleicht kannst du mir mit deiner Kenntnis der Religion erklären, warum bei dieser Hochzeit zwei Priester anwesend sind.«

Justin lehnte sich näher an die Herzogin. »Das sind keine gewöhnlichen Priester, sondern Kardinäle. Der linke ist Francis Flynn, Erzbischof von New Avalon, und der rechte ist John Maraschal, Erzbischof von Tharkad. Die Messe wird ökumenisch zelebriert, weil der Prinz ein New Avalon-Katholik ist und der designierte Archon römisch-katholisch.«

Candace runzelte fragend die Stirn, und Justin sah sich zu einer weitergehenden Erklärung genötigt. »Vor zweihundertachtzig Jahren, als Stefan Amaris den Thron des Sternenbundes an sich riß, besetzten seine Spießgesellen auch den Vatikan. Als Reaktion auf diesen Notstand übergab der Papst die Kontrolle der Kirche den Kardinälen der fünf Hauszentralwelten. Unglücklicherweise erreichte die päpstliche Nachricht New Avalon nur verstümmelt, und der Kardinal von New Avalon gewann den Eindruck, er habe die Kontrolle über die gesamte katholische Kirche erhalten.

Ein neuer Papst konnte erst dreißig Jahre später wieder gewählt werden. In der Zeit hatte die Kirche New Avalons einige Reformen durchgeführt — zum Beispiel die Aufhebung des Zölibats — was zu Problemen mit dem Rest der Kirche führte. Die beiden Glaubensrichtungen haben sich nie wieder vereinigt, auch wenn sie ihre gemeinsame Herkunft und die Rechtmäßigkeit der Ämter gegenseitig anerkennen. Um diesen Frieden zu erhalten, werden die beiden Kardinäle die Zeremonie gemeinsam abhalten.«

Justin lehnte sich zurück und studierte die prächtige Architektur der Kathedrale. Massive weiße Marmorsäulen erhoben sich vom Boden des Kirchenschiffs zur Kuppeldecke wie die Stämme uralter Riesenbäume. Über dem Mittelgang leuchtete ein gewaltiges Mosaikfenster mit einer Darstellung des Jüngsten Gerichts unter den Strahlen der Mittagssonne rot, blau und golden. Exakte Reproduktionen der Fresken der Sixtinischen Kapelle schmückten die Kuppelwölbungen, und Justin kam nicht umhin, sie zu bewundern.

Früher einmal hätte ich diese Bilder bestaunt und geglaubt, daß sie diese Wirkung in mir auslösen wegen der Geschichte, die sie erzählen. Er blickte auf ein Bild, das David zeigte, der den besiegten Riesen Goliath enthauptete. *Als ich dieses Bild auf einer Holodisk über Michelangelo gesehen habe, hat es mich inspiriert, ein MechKrieger zu werden. Selbst jetzt noch raubt sein Anblick mir den Atem.*

Justin studierte die Mosaikfenster in den Außenwänden, und sein Blick blieb an der gewaltigen Rosette über dem prächtigen Marmoraltar hängen. *Die Kirche hat diese Kathedrale aus den Trümmern der Kirchen errichtet, die in dem von Stefan dem Usurpator angezettelten Bürgerkrieg zerstört wurden. Aber trotzdem ist es keine kuriose Ansammlung zufälliger Stilrichtungen geworden. Die Gemeinsamkeit des Themas bindet alles zu einer Einheit zusammen. Dies ist ein Ort des Friedens, wie der Schrein auf Sian.*

Justin lächelte in sich hinein. *Vorsichtig, Krieger. Wenn du dir angewöhnst zu philosophieren, verlierst du deine Schärfe. Und die ist das einzige, was dich am Leben hält. Erweise der Zeremonie und dem Prinzen den Respekt, den sie verdienen.*

Als Ardan Sortek den Archon an ihren Platz in der ersten Reihe der linken Seite geleitete, kam Justin auf andere Gedanken. *Ein interessanter Anblick. Ausnahmsweise sieht man den Archon einmal in Zivil statt in der para-*

militärischen Kluft, die sie normalerweise bevorzugt. Sie ist wirklich eine bildschöne Frau.

Ein anderer Majordomus führte Marie Davion, die Halbschwester des Prinzen, an einen Platz auf der Davion-Seite des Hauptschiffes. Michael Hasek-Davion setzte sich neben seine Frau, das Haar zum charakteristischen Zopf geflochten. Justin beobachtete die beiden. *Der Herzog wirkt nicht gerade erfreut. Ich nehme an, er sieht diese Heirat als das Ende seiner Chancen, den Thron der Vereinigten Sonnen für sich zu gewinnen.* Justin stockte. *Trotzdem. Solange Hanse noch keinen Erben hat, bleibt Michaels Weg frei. Und Michael wird nach dem Thron streben, solange er lebt.*

Kurz darauf kamen sechs Offiziere den Gang herauf und nahmen ebenfalls in der ersten Reihe Platz. Sie trugen prächtige Ausgehuniformen der Armee der Vereinigten Sonnen mit goldenden Fangschnüren, Orden und Kampagnenbändern. Sie saßen stolz und gerade auf ihren Plätzen, und für einen Moment stieg Neid in Justin auf.

Durch einen Seiteneingang hinter dem Altar führte Morgan Hasek-Davion den Prinzen an seinen Platz. Beide Männer trugen die dunkelblaue Ausgehuniform der Davion Heavy Guards, aber sie hatten keine Orden oder Ehrenzeichen angelegt. Nur die Rangabzeichen machten deutlich, welche Position sie innehatten. Justin bewunderte das. *Diese beiden brauchen kein Lametta, um andere an ihre Tapferkeit zu erinnern. Wer Augen hat, erkennt sie in ihrer Haltung und ihrem Blick.*

Als die Orgelmusik langsam in die altbekannten Töne des Hochzeitsmarsches überging, erhoben sich die Gäste und wandten sich dem Eingang der Kathedrale zu. Justin versuchte vergeblich, durch die dichte Menge einen Blick zu erhaschen, aber ein lauter werdendes Flüstern zeigte ihm, daß die Prozession begonnen hatte.

Schließlich sah er die ersten Mitglieder der Hochzeitsgesellschaft. Zwei junge Mädchen streuten Rosenblüten in den Mittelgang. Sie sahen immer wieder nervös nach hinten, um sicherzugehen, daß sie nicht zu langsam waren. Der Prinz lächelte ihnen zu, als sie näher kamen, und eines der Mädchen kicherte, als sie ihn passierten.

Als nächstes erschienen die Brautjungfern. Die großen, schlanken Schönheiten trugen gleichartige Kleider aus tiefgrüner Seide. In den Händen hielten sie kleine Sträuße mit Mycosiablüten von derselben Farbe wie ihre Gewänder.

Justin fuhr sich mit der Zunge über die Lippen. Mycosia blühten nur auf Andalusia und nur einmal im Jahr. Der Prinz müßte eine Kommandostrecke eingerichtet haben, um die Blumen rechtzeitig zur Feier hierher zu schaffen. Bei der Vorstellung eines Landungsschiffs, das mit einer Ladung Blumen von einem Sprungschiff zum nächsten eilte, um eine monatelange interstellare Reise auf ein paar Stunden zu verkürzen, lief Justin ein kalter Schauer über den Rücken. *Hanse ehrt seine Braut mit außergewöhnlichen Ausgaben.*

Hinter den sechs Brautjungfern kam Misha Auburn. Sie trug ein Kleid, das dem der anderen Brautjungfern ähnelte, aber sehr viel reicher verziert war. Sie lächelte strahlend, als Morgan Hasek-Davion ihr seinen Arm anbot. Er führte sie an den Altar, wo beide niederknieten, sich bekreuzigten und trennten. Anstatt sich zu den Brautjungfern zu gesellen, die neben dem Archon saßen, stieg Misha zum Altar hinauf und trat neben den Kardinal von Tharkad. Morgan nahm seinen Platz ihr gegenüber auf der Altarseite des Bräutigams ein.

Justin fühlte, wie Candace seinen Arm umfaßte, als Melissa ins Blickfeld trat. »Justin, sie ist wunderschön!«

Justin nickte. Trotz ihres Schleiers sah er die Liebe in ihren grauen Augen. Ihre Miene war ernst, aber es konnte keinen Zweifel daran geben, daß diese Frau sich danach sehnte, den Mann zu heiraten, der hier auf sie wartete.

Morgan Kell hielt Melissa einen Schritt vor Hanse Davion an. Er drückte sie an sich, und sie erwiderte seine Umarmung. Dann wandte er sich an den Prinzen. Der Söldneroberst reichte Hanse Davion die Hand und murmelte ein paar Worte. Der Prinz schüttelte seine Hand und beantwortete die Worte mit einem stummen Nicken.

Morgan legte Melissas Hand auf den Arm des Prinzen, dann zog er sich den Gang hinab zurück, um seinen Platz unmittelbar hinter dem Archon einzunehmen. Arm in Arm traten Braut und Bräutigam vor den Altar. Als die letzten Klänge des Hochzeitsmarsches in der gewaltigen Wölbung der Kathedrale verklangen, kniete sie nieder.

Beide Kardinale erhoben sich, aber es war der bärtige, schwarzhaarige Priester aus den Vereinigten Sonnen, der zuerst vortrat. Mit seiner vollen, warmen Stimme begrüßte er die Gemeinde. »Im Namen Prinz Hanse Davions und seiner Braut, dem designierten Archon Melissa Arthur Steiner, heiße ich Sie alle hier im Angesicht des einen gnädigen Gottes willkommen. Ihr Wunsch war es, daß Sie mit ihnen dieses heiligste Sakrament begehen und dieser Vereinigung Ihren Segen schenken mögen.«

39

Sitz des Ersten Bereichs ComStars
Hilton Head Island, Nordamerika, Terra

20. August 3028

Als Kardinal Flynn das Kreuzzeichen machte, begann sich durch lebenslange Gewohnheit auch Justins Hand zu bewegen, aber er unterbrach die Bewegung. Er blickte hinüber zu Candace, aber sie schien völlig in der stillen Erhabenheit der Zeremonie gefangen und hatte nichts bemerkt. *Du kannst dich auch von der Atmosphäre einfangen lassen, ohne dich zu verraten, Justin.*

Kardinal Maraschal von Tharkad hatte die Hände zum Gebet gefaltet und ans Kinn gepreßt. Er lächelte, als das Paar sich erhob und an den Seiten des Altars nach oben trat. Hanse nahm seinen Platz zwischen Morgan Hasek-Davion und Kardinal Maraschal ein, während Melissa zwischen dem Kardinal von New Avalon und Misha Auburn stand.

Kardinal Maraschal breitete die Arme aus. »Lasset uns beten.« Nach einem Augenblick der Stille klang seine kräftige Stimme durch die Kathedrale. »Vater, Du hast das Band der Ehe zu einem heiligen Mysterium gemacht, zu einem Symbol für die Liebe Christi seiner Kirche gegenüber. Erhöre unsere Gebete für Hanse und Melissa. Laß ihre Ehe eine wahre Vereinigung von Mann und Frau werden, eine Vereinigung der Herzen und der Seele. Segne sie und alle, die sie lieben, auf daß sie Zeugnis ablegen von Deiner göttlichen Liebe. Darum bitten wir Dich durch unseren Herrn Jesu Christi, Deinen Sohn, der lebt und herrscht an Deiner Seite, mit Dir und dem Heiligen Geiste ein Gott, jetzt und in Ewigkeit.«

»Amen«, murmelte Justin. Candace lächelte beruhigend und tätschelte seine rechte Hand. Justin erwiderte ihr Lächeln und sah wieder auf, als Flynn ans Mikrophon trat.

Der Kardinal bat die Gäste mit einer Handbewegung, sich zu setzen, dann hob er das in rotes Leder gebundene Buch auf das Pult, so daß seine Zuhörer es sehen konnten. Die goldenen Lettern auf dem Einband funkelten im Licht, aber Justin konnte sie nicht entziffern. »Lesung aus dem Buch der Offenbarungen, Kapitel neunzehn.« Der Kardinal fuhr sich mit der Zunge über die Lippen und begann mit tiefer Stimme zu lesen. »Und ich hörte die mächtige Stimme einer himmlischen Heerschar, und sie rief: ›Halleluja! Das Heil und die Herrlichkeit und die Macht gehören unserem Gott.‹«

Justin erstarrte unwillkürlich. *Das hört sich ganz und gar nicht nach dem passenden Text für eine Hochzeit an. Ich frage mich, ob Hanse diesen Text gewählt hat, um eine andere Botschaft zu übermitteln. Heil, Herrlichkeit und Macht werden sein, wenn er die vereinte Macht der Vereinigten Sonnen und des Lyranischen Commonwealth dazu benutzt, das Draconis-Kombinat zu zerschlagen.*

Justin lächelte, als der Kardinal seine Lesung mit den Worten beendete: »Selig, die zum Hochzeitsmahl des Lammes geladen sind!« Er war sicher, daß eine ganze Reihe der Gäste alles andere als selig waren. Er konnte sich sogar gut vorstellen, wie mehr als einer den Satz umschrieb und dachte: »Selig, die zum Leichenschmaus des Fuchses geladen sind.«

Kardinal Flynn kehrte an seinen Platz zurück. Dann baten beide Kardinäle das Brautpaar vorzutreten. Hanse und Melissa reichten sich die Hände. Sie hatten nur Augen für einander. Kardinal Maraschal flüsterte dem Paar etwas zu, und beide mußten lächeln.

Kardinal Maraschal sah würdevoll hinunter zum Archon. »Wer gibt diese Frau diesem Mann zum Bund der Ehe?«

Katrina Steiner erhob sich. »Ich, Archon Katrina Steiner, im Namen ihres Vaters, in meinem Namen und im

Namen des Lyranischen Commonwealth, gebe diese Frau zum Bund der Ehe.«

Als der Archon sich wieder gesetzt hatte, füllte Hanses tiefe Stimme das Kirchenschiff. »Ich, Hanse Adriaan Davion, nehme dich, Melissa, zu meiner Ehefrau. Ich verspreche, dich von jetzt an bis in alle Zeit, mit ganzem Herzen und ganzer Seele zu lieben und zu ehren und allen anderen zu entsagen. In guten wie in schlechten Tagen, in Gesundheit wie in Krankheit, in Reichtum wie in Armut will ich dir allein gehören, bis daß der Tod uns scheidet.«

Melissa atmete tief durch, bevor sie den Schwur des Prinzen mit klarer, lauter Stimme erwiderte. »Ich, Melissa Arthur Steiner, nehme dich, Hanse, zu meinem Ehemann. Offen und frei, ohne jeden Vorbehalt, gelobe ich dir die Treue und bekräftige meine Liebe. In Bedrängnis wie in Freude, in Krankheit wie in Gesundheit, in Sicherheit wie im Streit gegen Feinde von innen oder außen will ich jetzt und für alle Zeit nur dir allein gehören.«

Die Kardinäle segneten das Brautpaar. »Ihr habt vor der Kirche Eure Zustimmung erklärt. Möge der Herr in seiner Güte Eure Verbindung stärken und Euch beiden die Kraft schenken, Euer Gelöbnis einzuhalten. Was Gott zusammengefügt hat, soll der Mensch nicht scheiden. Amen.«

Morgan Hanse-Davion reichte Kardinal Maraschal die Ringe. Der Priester nickte dankend, dann segnete er gemeinsam mit seinem Gegenüber aus den Vereinigten Sonnen die Ringe. »Möge Gott der Herr diese Ringe segnen, die ihr einander als Zeichen der Liebe und Treue gebt.«

Hanse nahm Melissas Linke in die seine. Er nahm den Ring aus Kardinal Maraschals Hand und hielt ihn empor, so daß alle Anwesenden das Funkeln des goldenen Reifs sehen konnten. »Nimm diesen Ring, Melissa, als sichtbares Zeichen meines Versprechens.« Liebevoll streifte der Prinz der Vereinigten Sonnen den Ring über Melissas Finger.

Melissa nahm den zweiten Ring aus der Hand Kardinal Flynns und hielt ihn ebenfalls für alle sichtbar empor. »Nimm diesen Ring, Hanse. Mein Versprechen wird so rein und unverbrüchlich bleiben wie sein Gold.« Sie schob den breiten Goldring über Hanses Finger.

Kardinal Flynn betrachtete das Brautpaar mit sichtlicher Freude. »Durch die mir von Gott verliehene Autorität bekräftige und segne ich eure Versprechen. Ich erkläre euch zu Mann und Frau.« Er zögerte einen Augenblick lang, dann fügte er leiser hinzu, »Sie dürfen die Braut küssen.«

Lächelnd hob Hanse den Schleier vom Gesicht seiner Frau. Sie sahen sich einen Augenblick liebevoll in die Augen, dann neigte der Prinz sich zu ihr hinab. Ihr erster, zarter Kuß als Mann und Frau bekräftigte wortlos, was die Zeremonie so wortgewaltig beschrieben hatte.

Mit vor Freude strahlendem Gesicht drehte Morgan Hasek-Davion sich zu der Menge um. Er deutete mit der rechten Hand auf das Fürstenpaar, als die Gesellschaft sich erhob und in Applaus ausbrach. Mit dröhnender Stimme erklärte er: »Es ist mir eine große Ehre und eine gewaltige Freude, Ihnen Prinz Hanse Adriaan Davion der Vereinigten Sonnen und seine Frau, Prinzessin Melissa Arthur Steiner-Davion, zu präsentieren!«

40

Sitz des Ersten Bereichs ComStars
Hilton Head Island, Nordamerika, Terra

20. August 3028

Justin nickte dankbar, als der ComStar-Akoluth ihn an den nächsten der langen Tische führte, die im Sechseck an den Wänden des Saales aufgestellt waren. Die Haupttafel stand auf einer Empore gerade dem für Haus Liao reservierten Tisch gegenüber. Justin sah, wie sich rechts von ihrem Tisch die Mitglieder Haus Mariks an ihrer Tafel versammelten. Dadurch kam Haus Marik geradewegs gegenüber den Adligen Haus Steiners zu sitzen. Die Würdenträger Haus Kuritas waren links von Haus Liao plaziert, wo sie über dem Meer der Tische für die weniger bedeutenden Gäste den Adligen Haus Davions gegenübersaßen.

Justin hielt Candaces Stuhl. Dann nahm er selber Platz und beantwortete ihre Frage. »Der Weg unter den gekreuzten Schwertern hindurch ist eine alte Tradition bei Absolventen einer Militärakademie. Alle Brautführer waren Absolventen Albions, genau wie der Prinz.« Justin grinste boshaft. »ComStar wird wegen der zeremoniellen Schwerter ziemlich nervös gewesen sein. Man hat sie schnell eingesammelt, nachdem Braut und Bräutigam das Spalier passiert hatten.«

Tsen blickte Justin an Candace vorbei an. »Wovon reden Sie?«

Candace antwortete, bevor Justin die Gelegenheit hatte. »Sie erinnern sich doch sicher an die kleine Zeremonie mit den Schwertern, als die Frischvermählten die Kirche verließen. Jeweils zwei der sechs Brautführer senkten die Schwerter und versperrten ihnen den Weg, bis der Bräutigam die Braut geküßt hatte. Danach hoben die beiden die Schwerter, und das Paar konnte weitergehen.« Candace blickte wieder zu Justin. »Was ich eigentlich wissen wollte, war, weshalb Ardan Sortek, der letzte Mann auf der Seite der Braut, ihr — wenn auch nur leicht — mit dem Schwert auf den Po geschlagen hat, als sie vorbeiging.«

Justin grinste. »Das soll einen großen Kindersegen bringen — sagt der Aberglaube.«

Candace hob eine Braue. »Sind die Absolventen der Sakhara-Akademie ebenfalls Anhänger dieses Aberglaubens, Bürger Xiang?«

Justin schüttelte den Kopf. »Wir in Sakhara waren schlau genug, um herauszufinden, wo die Kinder wirklich herkommen, und wir haben unsere eigenen Vorstellungen davon, wie man für Nachwuchs sorgt.«

Maximilian Liao, der hinter Shang und Romano saß, sagte: »Wir wollen hoffen, daß niemand von Sakhara Prinz Davion Ratschläge darüber erteilt, wie man viele Kinder bekommt. Das letzte, was die Nachfolgerstaaten brauchen, ist eine Schwemme von eroberungshungrigen Davions.«

Justins Augen wurden zu Schlitzen. *Max plant schon den Krieg gegen die nächste Generation Davions!* »Wäre das wirklich so schlimm, Quell der Weisheit? Je mehr Davion-Töchter, desto mehr Frauen können durch eine Heirat mit Euren Enkeln starke Bündnisse schmieden.«

»Mag sein, Bürger Xiang, aber ich habe keine Enkel.«

Justin nickte. »Ich sehe Eure Sorge, aber die Situation ist noch nicht völlig verloren. Viele Söhne könnten eine Zersplitterung der Vereinigten Sonnen bedeuten. Ihr habt es bereits erlebt. Die Zerstörung, wenn sich Brüder entzweien, kann ein Reich zertrümmern, das durch keinen äußeren Feind je zu erschüttern war.« Er warf einen Blick hinüber zu Janos Marek.

Maximilian Liao strich sich über den Bart. »Ihre Einsichten, Bürger Xiang, sind es wert, überdacht zu werden. Vielleicht treten wir mit dieser Hochzeit in eine neue Friedensära ein, in der die Konflikte mehr politischer als militärischer Natur sein werden.«

Die Frau des Kanzlers legte die Hand auf seinen Arm. »Seele meiner Seele, wir wollen die Feier nicht mit Gesprächen über Krieg und Politik verderben.«

Als der Kanzler seiner Frau zustimmte, ließ sich Justin wieder zurücksinken. Candace reichte ihm eine Karte mit geprägten Goldbuchstaben. »Bedeutet es das, was ich daraus entnehme, Justin?«

Justin überflog den Text. »Hmmm. Das ist interessant. Gläser, Geschirr und Besteck dieses Hochzeitsbanketts wurden eigens für diese Gelegenheit entworfen. Nach dem Essen werden alle Teile gewaschen und verpackt, so daß die Gäste ihr Gedeck als Erinnerung an diese Gelegenheit mitnehmen können.«

Candace lächelte, als sie ihr Glas hob und langsam drehte, um die vier eingravierten Wappen zu studieren. »Ich erkenne die Steiner-Faust und das Sonnenschwert der Vereinigten Sonnen, aber wem gehören die beiden anderen Wappen?«

Justin zuckte die Achseln. »Ich glaube, der Dirk ist das Familienwappen der Campbells. Das dürfte Hanses Mutter repräsentieren. Und ich nehme an, die Leier steht für Arthur Luvon, Melissas Vater.« Dann blickte er auf seinen schlanken Champagnerkelch. »Oha, das ist neu.«

Candace runzelte die Stirn. »Stimmt etwas nicht? Ist das denn nicht das Löwenwappen der Haseks?«

»Ja und nein. In einer Pranke hält der Löwe das Davion-Sonnenschwert. Diese Form hatte das Wappen, als George Hasek Herzog von New Syrtis war. Nach Michaels Kampf mit Hanse um den Thron hat er das Davion-Symbol aus dem Hasek-Wappen getilgt.«

Candace schüttelte den Kopf. »Warum dann jetzt die Rückkehr zum alten Wappen? Ist es ein Schlag gegen Michael?«

»Schlimmer.« Justin wies mit einem Nicken zu Morgan Hasek-Davion hinüber, der sich bis zur Ankunft des Brautpaars mit ein paar anderen Gästen unterhalten hatte. »Der Trauzeuge bringt den ersten Trinkspruch auf das Paar aus, also ist das Wappen auf dem Glas das seine. Die Entscheidung, das Sonnenschwert wieder in das Hasek-Wappen aufzunehmen, muß er getroffen haben. Herzog Michael hat einen Sohn, aber keinen Erben.«

Die Ankunft Hanses und Melissas schnitt jede weitere Diskussion ab. Die Gäste brachen in spontanen Applaus aus. Hanse führte die Braut zur Empore und hob sie vorsichtig die Stufen hinauf. Melissa nahm an der Mitte der Tafel Platz, und der Prinz setzte sich zu ihrer Linken. Morgan Hasek-Davion saß zur Linken des Prinzen und Misha Auburn rechts von Melissa. Die übrigen Mitglieder der Hochzeitsgesellschaft saßen zu beiden Seiten des Tisches.

ComStar-Akoluthen kamen die Reihen entlang und füllten die Champagnergläser, oder, für Gäste, die auf Alkohol verzichteten, mit prickelndem Saffelcider aus dem Lyranischen Commonwealth. Justin nahm zur Kenntnis, wie die Akoluthen automatisch jedem Gast das richtige Getränk einschenkten. *Es ist kaum zu glauben, daß ComStar so gründlich über jeden Gast informiert ist. Sie wissen offenbar sogar, welcher Gast ein Freund geistiger Getränke ist und welcher nicht. In einem Universum, in dem Wissen Macht gleichkommt, scheint ComStars friedliche Fassade unglaubliche Macht zu verbergen.*

Als alle Gläser gefüllt waren und die ComStar-Akoluthen den Saal verlassen hatten, stand Morgan Hasek-Davion auf und hob sein Glas. »Bitte erheben Sie mit mir das Glas auf den Prinzen und die Prinzessin.« Er strahlte, als er sich zu den Neuvermählten umdrehte. »Möge eure Liebe mit jedem Tag noch weiter anwachsen, und mögen alle, die versuchen, euch Schwierigkeiten zu bereiten, so kläglich versagen, wie jene, die versuchten, Melissas Reise an Bord der *Silberadler* zu vereiteln.«

Justins Glas stockte vor seinen Lippen, als die Bedeutung dieser Worte ihn traf. *Melissa war an Bord der* Silberadler, *und wir wußten es nicht!* Er warf Tsen Shang einen ängstlichen Blick zu. »Tsen, warum haben wir das nicht gewußt?«

Tsen verzog das Gesicht und blickte hinüber zum Tisch Haus Kuritas. »Die draconischen Idioten haben versucht, ihr Versagen zu verheimlichen, um das Gesicht zu wahren.«

Typisch für Hanse, daß er Morgan diese Enthüllung in seinen Trinkspruch packen läßt, überlegte Justin. *Ich frage mich, was für Überraschungen er noch für uns in petto hat.*

Die Mahlzeit wurde ohne weitere Vorkommnisse von politischer Bedeutung aufgetragen. Als Justin seinen Salat verspeiste, entdeckte er, mehr oder weniger gleichzeitig mit den übrigen Gästen, daß die goldumrandete Schale aus Knochenporzellan tatsächlich etwas ganz Besonderes war. In goldenen Lettern trug der Rand das Datum und die Namen der Brautleute. Als Justin die Salatblätter und violetten Rinioshstreifen verspeist hatte, entdeckte er das Wappen eines Planeten im Lyranischen Commonwealth.

Candace lächelte ihm zu. »In meiner Schale ist Izar. Was hast du?«

Justin kniff die Augen zusammen und starrte hinab auf den stilisierten Blitz und die Unterschrift. »Ich habe Pacifica, besser bekannt als Chara III. Mein Bruder diente auf dieser Welt bei den Kell Hounds.«

Candace zwinkerte ihm zu. »Könnte das eine Botschaft sein?«

Justin zuckte die Achseln, um seine Nervosität abzuschütteln. »Das weiß nur der Geist Blakes.«

Als Hauptgang wurden zwei verschiedene Gerichte aufgetragen, und Justin bemerkte wieder, daß die Akoluthen ohne das geringste Zögern mit verschiedenen Speisen bedienten. Er erhielt einen Teller mit Rindfleisch in Weinsauce, Pomteras und einer ihm unbekannten Gemüseart. Candace hingegen erhielt gedünsteten Fisch in Reiswein mit Nearasprossen und Wasserkastanien auf Reis.

Sie lächelte ihm zu. »ComStar scheint deinen Hauswechsel nicht anzuerkennen, Bürger.«

Justin nickte zögernd. »Ist es Verrat, wenn ich mir das Essen trotzdem schmecken lasse? Es ist lange her, daß ich gegessen habe, womit ich groß geworden bin.«

Die Herzogin von St. Ives gab vor, darüber nachzudenken. »Ich glaube, Bürger Xiang, daß ich mich bei angemessener Präsentation Ihrer Argumente dazu überreden lassen könnte, Euch dieses eigentlich unverzeihliche Verbrechen zu vergeben.«

Justin lächelte. »Ich freue mich schon auf unsere juristische Diskussion.«

Der Teller trug ähnliche Goldverzierungen wie Justins Salatschale. Er war nicht überrascht, das Wappen einer Welt in den Vereinigten Sonnen unter seiner Mahlzeit zu finden, aber er verlor langsam den Appetit, als er das Symbol weiter freilegte. Er aß mechanisch weiter, aber seine Gedanken kreisten nicht um sein Essen.

Kestrel. Der Sitz der Familie Allard. Justin blickte vom Wappen des Falken auf, der ein Sonnenschwert in seinen Klauen hielt. *Hast du ComStar aufgetragen, mir diesen Teller zu servieren, Hanse, oder habe ich einfach nur Pech?*

Wie als Antwort auf seine unausgesprochene Frage lächelte der Prinz Justin geheimnisvoll an. Justin nickte knapp, dann blickte er hinüber auf Candaces Teller. »Wie ich sehe, hast du Axton freigelegt, Herzogin.«

Candace nickte. »Kennst du diese Welt?«

Justin zwang sich zu einer fröhlichen Miene. »Bei meiner Reise nach Spica, zu meinem ersten Auftrag, habe ich zwei Wochen dort am Strand verbracht. Der Ozean ist tiefblau, und der Strand ist schwärzer als die Nacht auf einer mondlosen Welt. Die Meere werden vulkanisch aufgeheizt, was die Küstengegenden bewohnbar macht. Der Rest des Planeten ist eine einzige

Eiswüste, aber viele Menschen sind begeistert von den Skimöglichkeiten.«

Außerdem ist es eine der Welten, auf der, wie ich annehme, Hanse Davion seine geheime NAIW-Mechforschungsstation versteckt hat. Wie seltsam, daß Candace ausgerechnet diese Welt erhalten hat. Vielleicht ist es ein Omen?

Während ComStar-Akoluthen die Teller abräumten, fuhren zwei andere vorsichtig einen vierstöckigen Hochzeitskuchen bis direkt vor die Haupttafel. Hanse half Melissa von der Empore und trat mit ihr an den Kuchen. Huthrin Vandel, Präzentor New Avalons, reichte dem Prinzen eines der Schwerter, die vorher bei der Hochzeitszeremonie benutzt worden waren.

Hanse und Melissa schnitten gemeinsam die ersten beiden Stücke aus dem Kuchen. Hanse reichte das Schwert wieder dem Präzentor, dann kehrten er und Melissa zu ihren Sitzplätzen zurück. Ein Akoluth brachte ihnen ihre Stücke, aber die Frischvermählten warteten, bis andere Akoluthen den Rest des Kuchens aufgeteilt hatten.

Als sie sahen, daß alle Gäste mit Kuchen versorgt waren, standen Hanse und Melissa auf. Justin blickte auf seinen Teller, um festzustellen, welchen Planeten er repräsentierte, aber das Papier unter dem Kuchenstück ließ nichts erkennen.

Melissa hob eine Gabel mit Kuchen und hielt sie Hanse entgegen. »Mein Gatte, zu Ehren unserer Hochzeit schenke ich dir, zusätzlich zu diesem Kuchen, ein Regiment BattleMechs und die Mittel, es auf Dauer zu unterhalten.« Ihre Augen funkelten schelmisch, aber Melissa fütterte Hanse trotz allem sehr vorsichtig.

Hanse lächelte, als sie fertig war, und aus jeder Pore strahlte er die gerissene Selbstsicherheit aus, die ihm den Beinamen »der Fuchs« eingetragen hatte. Seine klare Stimme hatte einen fröhlichen Ton, aber sie erfüllte Justin mit Schrecken. *Was hast du vor, Hanse?*

»Ich danke dir für dein Geschenk, Geliebte«, setzte

der Prinz der Vereinigten Sonnen an. Er nahm sein Kuchenstück in die rechte Hand. »Zu Ehren unserer Hochzeit möchte ich dir, zusätzlich zu dieser Köstlichkeit, eine ansehnliche Morgengabe zum Geschenk machen.« Er zog das Papier von seinem Dessertteller und hielt ihn in einer Hand empor, so daß alle Gäste ihn sehen konnten. »Meine Liebe«, erklärte er und blickte Melissa mit lachenden Augen und triumphierender Miene an, »ich schenke dir die Konföderation Capella.«

Viertes Buch

REMIS

41

St. Andre
Kommunalität Sarna, Konföderation Capella

20. August 3028

Eine Rakete detonierte auf dem Rumpf des Landungsschiffes und störte das Bild der Abwurfmeisterin auf dem Hilfsmonitor. Die Frau wandte sich von der Kamera ab. Dann blickte sie sich wieder zu Andrew Redburn um. »Keine Bange, Redburn. Sie haben den Vogel abgeflammt.« Sie warf einen Blick auf die am unteren Rand des Bildschirms eingeblendete Zeitanzeige. »Eine Minute bis Abwurf ab — jetzt. Wir sind heiß, also wollen wir hoffen, daß Ihre Kinder die Bremsen angezogen haben.«

Redburn nickte. »Roger.« Er schaltete sein Funkgerät auf taktische Frequenz um. »Fünfzig Sekunden bis zum Abwurf, Sportsfreunde. Diesmal ist es Ernst. Lanzen Archer und Demon stören die Zieleinheiten. Lanzen Bullseye, Cat und Fox rücken vor. Zündet die Düsen, sobald ihr aus dem Ei seid. Denkt daran: Wir treten gegen Mechs an, die sehr viel größer sind als wir, aber der Rest des Ersten Bataillons hält sie beschäftigt. Wir sind der Stachel. Macht eure Sache ordentlich.«

Redburn zog die Gurte seiner Andruckliege über der Kühlweste fester an. *Eine Sturmlanze leichter Mechs gegen überschwere Maschinen? Ich will bloß hoffen, daß die Daten über diese* Goliaths *stimmen, sonst wird dieser* Brandstifter *hier mein Sarg.* Schweiß brannte in seinen Augen, als er zusah, wie auf seinem Monitor die Sekunden abgezählt wurden.

Zwei weitere Explosionen schüttelten das *Overlord*-Landungsschiff *Firewalker. Lieber Gott, laß es uns bis zur Abwurfzone schaffen.* Über sich hörte er das tiefe Röhren der Autokanonen, mit dem die Bordgeschütze den Liao-

Jägern, die das Schiff umschwärmten, einen tödlichen Metallhagel entgegenschleuderten. Er wechselte wieder die Frequenz seines Funkgeräts, um mit der Abwurfmeisterin zu sprechen, und fing den Schluß einer an sie gerichteten Meldung auf.

»Roger, *Firewalker.* Abfangmanöver in fünfzehn Sekunden. Sät ihr die Drachenzähne aus, meine Luft/Raumstaffel kümmert sich um die Zecken in eurem Pelz.«

Die Abwurfmeisterin lächelte. »Schön, Sie dabei zu haben, Falcon Leader. Fackel Eins, Abwurf in zehn Sekunden, neun ...«

Andrew drückte zwei Knöpfe auf seiner Kommandokonsole und leitete den Countdown an seine Einheit, Kompanie Delta des Ersten Bataillons, weiter. »Sie und Ihre Leute tauchen in keiner offiziellen Aufstellung auf, Captain Redburn«, hatte Colonel Stone im Gespräch bemerkt, während die *Firewalker* vom Nadirsprungpunkt dieses Systems auf den Planeten zustürzte. »Sie sind unsere kleine Überraschung. Das Erste und Zweite Bataillon werden Cochraines Goliaths herauslocken, und Sie kneifen sie in den Arsch.«

Ein scharfes metallisches Krachen hallte durch das Cockpit des *Brandstifter,* als die Irisblenden der Abwurfschächte sich öffneten. Redburns Magen schien einen Salto zu vollführen, als der 35 Tonnen schwere BattleMech aus dem Landungsschiff stürzte. Das vertraute Brummen der Triebwerke und die übrige beruhigende Geräuschkulisse des Landungsschiffs verschwanden plötzlich in der rauschenden Stille des Falls.

Aus tausend verschiedenen Quellen fluteten Sensordaten in Redburns Kanzel. Er ignorierte die Angst, die sich beim Warten auf den Abwurf aufgestaut hatte, und sortierte die Meßdaten. Seine Augen fanden den Höhenmesser. Er knurrte: »Flacher Abwurf, Delta. Volle Brennstufe! *Jetzt!*« Auch Redburn selbst folgte seinem Kommando und trat die Fußpedale hart durch, um die

Sprungdüsen am Rücken des *Brandstifter* zu zünden. Er ließ eine halbe Sekunde den Druck auf das linke Pedal schwächer werden, und die rechte Düse drehte seine Maschine auf das Schlachtfeld zu.

Mein Gott, das ist die reinste Hölle, dachte er, als er die gefrorene rote Wüstenlandschaft betrachtete. Die weite, praktisch leere Ebene erstreckte sich in allen Richtungen so weit das Auge reichte, abgesehen von den Punkten, an denen der fette schwarze Rauche brennender Mechs seine Sicht versperrte. *Das Gebiet hier ist eine Wüste, weil so wenig Regen fällt, aber seine Höhe sorgt dafür, daß es kalt bleibt.* Er warf einen Blick auf das Außenthermometer. *Null Grad. Verdammt kalt sogar!*

Gegenüber der Landezone seiner Einheit war das Erste Bataillon der Davion Light Guards in Staffelformation aufgebaut, um das Liao-Bataillon von weitem attakkieren zu können. Das Gelände war von Langstreckenraketen gezeichnet; klaffende Krater ringsum zeugten von mangelnder Treffsicherheit. Brennende Mechs unterschiedlicher Größen und Zugehörigkeit dekorierten das Schlachtfeld gleichzeitig mit Beweisen für die Wirksamkeit der aufeinandertreffenden Kriegsmaschinen.

Redburn kaute auf seiner Unterlippe. Irgend etwas stimmte hier nicht. *Unsere Linien sind zu weit zurückgefallen!* »Eagle, wie ist Ihr Ausblick?«

Lieutenant Craons Stimme klang nervös. »Nicht so gut. Ich kann das Zweite Bataillon nirgends entdecken.«

Redburn schluckte. »Ich auch nicht.« Er studierte die taktische Gefechtsanzeige auf dem Hilfsschirm und sah, wie Einheiten, die er als Teile des Ersten Bataillons identifizierte, sich zu einer niedrigen Hügelkette im Süden zurückzogen. *Die Laufgeschwindigkeit des Ersten Bataillons ist höher als die der* Goliaths, *aber durch den Rückzug bleiben unsere Mechs in der optimalen Reichweite der* Goliaths. *Die meisten Mechs des Ersten Bataillons können über diese Distanz nicht angreifen. Wo, zum Teufel, steckt das Zweite Bataillon?*

Archie St. Agnans Stimme ertönte in Redburns Neurohelm. »Meine Sensoren haben Colonel Stones Identifikation unter unseren Truppen aufgespürt. Moment! Ich empfange eine Nachricht von ihm ...«

Andrew feuchtete seine Lippen an. »Leiten Sie sie weiter.«

Die Statik krachte dazwischen und machte die leise Stimme fast unverständlich. »Delta, ziehen Sie sich zurück! Das Zweite Bataillon mußte die Landung abbrechen. Die Liao-Luftabwehr ist zu stark. Die *Goliaths* verspeisen ihre Rekruten zum Frühstück ...«

Das ist Stone. Andrew schaltete sein Kehlkopfmikro ein. »Habt ihr alle mitgehört?«

Drew Montbard antwortete. »Wir haben alles gehört, Captain. Ich stimme für den Angriff.«

»Das ist keine Demokratie hier, Drew.« Andrew rief auf seinem Hauptschirm die Daten des überschweren *Goliath*-Mech auf. *Zwei LSR-Lafetten, aber inzwischen müßten diese vierbeinigen Monster ihren Munitionsvorrat verbraucht haben. Damit bleibt ihnen nur die Partikelprojektorkanone. Und wenn wir nah genug herankommen, ist die keinen Pfifferling wert. Wir haben doppelte Kompaniestärke.*

»Archie«, befahl Andrew, »den Empfang nicht bestätigen. Wir haben die Sendung nie gehört. Runtergehen, Männer! Wir landen in der Mulde im Süden. Höchstgeschwindigkeit. Die Mulde als Deckung ausnutzen. Wir kommen von hinten. Wenn sie uns wegen Befehlsverweigerung vor ein Kriegsgericht stellen wollen, müssen sie uns erst einmal gewinnen lassen.«

Die riesigen, vierbeinigen *Goliaths* wirkten mehr wie konventionelle Panzer, denen an jeder Ecke ihres kantigen Rumpfes ein Bein gewachsen war. Ihre flachen Geschütztürme drehten sich von einer Seite zur anderen, als wollten die Mündungen ihre PPKs erst selbst ein Ziel ausmachen, bevor sie es pulverisierten. Mit einer Schulterhöhe von nahezu zwölf Metern waren diese Mechs ein gutes Drittel größer als die leichten Mechs, die sich ihnen entgegenstellten. Wie eine solide Phalanx mechanisierter Kriegselefanten trieben die *Goliaths* ihre fliehenden Feinde vor sich her.

Andrew Redburn kniff die Augen zusammen, als er die Fadenkreuze der beiden mittelschweren Laser in den Armen seines *Brandstifter* auf das Ziel ausrichtete. *Genau wie sie es uns in Warrior's Hall auf New Syrtis erklärt haben. Jeder Mech hat zwei Fehler. Der erste ist sein Konstrukteur, der sich einbildet, eine unbesiegbare Kampfmaschine gebaut zu haben, und der zweite ist sein Pilot, der dem Konstrukteur auf den Leim gegangen ist.* »Archer und Demon, Feuer frei!«

Die beiden *Valkyrie*-Lanzen sandten ihre LSR-Salven durch die eisige Wüstenluft, während die drei anderen Delta-Lanzen unter dem Schutzschild der Raketen vorstürmten. Als die Raketen sich über ihnen wieder gen Boden senkten, zuckten zehn rubinrote Laserstrahlbahnen wie Pfeile auf zwei der *Goliaths* zu. Die Laser brannten lange Breschen in die Panzerung der Riesenmechs, und die einfallenden Raketen fraßen sich in die Breschen wie Maden, die an einer offenen Wunde nagen.

Die beiden hintersten *Goliaths* erzitterten. Die Raketen rissen in einem feurigen Trümmerregen ganze Panzerplatten vom Torso der beiden Maschinen. Dann sah Andrew, wie Explosionen sich bis ins Herz der *Goliaths* fortpflanzten. Beide Maschinen wurden von immer neuen Detonationen erschüttert, und ein weißer Lichtblitz auf Andrews Infrarotschirm zeigte, daß der rechte Mech zumindest einen Teil der Abschirmung um den Fusionsreaktor verloren hatte.

Die beiden Mechpiloten reagierten auf den Angriff aus ihrem Rücken mit dem Versuch, ihre schwerfälligen Maschinen umzudrehen, aber der erste Angriff der Delta-Kompanie hatte die Kolosse ernster beschädigt, als den Liao-Piloten bewußt war. Als die Mechs in die Drehung hingen, flogen ihre auf Grund zerstörter Kreiselstabilisatoren nicht mehr zu kontrollierenden Beine seitlich davon, und die beiden Maschinen krachten hilflos zu Boden.

Redburn mußte gegen die an ein Erdbeben erinnernden Erschütterungen ankämpfen, die den Aufprall der beiden 80-Tonnen-Monster begleiteten. *Ich will hoffen, unser Glück hält an, und Stone kann seine Truppen wieder sammeln.* »Bewegung, Delta! Wir sind da.«

Die *Valkyries* der Lanzen Archer und Demon blieben auf Distanz, waren dabei aber ständig in Bewegung, um den Feinden das Zielen zu erschweren. Sie konzentrierten ihr Laser- und Raketenfeuer auf sorgsam ausgewählte Ziele. Die drei Lanzen Bullseye, Cat und Fox bestanden aus leichten Mechs, die primär für den Nahkampf ausgelegt waren. Sie fielen mitten unter die Liao-Truppen wie ein Wolfsrudel auf der Rentierjagd. In engem Teamwork suchte sich jede Lanze eine Zielmaschine aus und nahm sie auseinander.

Lanze Fox unter Hugh de Payens in einem *Brandstifter* griff den ersten *Goliath* an, der sich umdrehte und Kompanie Delta attackierte. Als Hugh vorrückte, übergossen zwei seiner drei Flammenwerfer den Metallkoloß mit orangerotem Feuer. Der *Goliath*-Pilot senkte den Lauf seiner PPk und gab einen blau leuchtenden Energieblitz ab, der in die linke Flanke des *Brandstifter* schlug. Der Angriff schälte die Panzerung ab, aber es gelang ihm nicht, ins Innere des Davion-Mechs vorzudringen.

Hughs Lanzenkameraden stießen unter dem blauen Energiestrahl der PPK vor. Die drei unbeholfen wirkenden vogelähnlichen *Jenner* lösten ganze Salven von Kurzstreckenraketen aus, die hinauf in den breiten Torso ihres Ziels fuhren. Grelle Explosionen blühten auf, und zwei der KSRs durchstießen die Bauchpanzerung des Mechs und zertrümmerten sein Innenleben. Schwarzer Rauch quoll aus dem Loch und zeigte eine Beschädigung der Reaktorabschirmung an.

Die *Jenner* und die beiden *Brandstifter* der Lanze überschütteten den *Golitath* unermüdlich mit rubinroten Laserstrahlen und zerstörten die Panzerung an seinen Beinen. Durch die klaffenden Löcher sah Andrew die massigen Myomerfaserbündel der künstlichen Muskeln, mit denen der *Goliath* bewegt wurde. *Noch eine Breitseite, und der Mech ist erledigt.*

Andrew wandte seine Aufmerksamkeit dem *Goliath* unmittelbar vor seiner Stellung zu. Er hatte zu einer Drehung angesetzt, um Kompanie Delta anzugreifen, aber damit lediglich bewirkt, daß seine linke Flanke für Lanze Cat entblößt wurde. Ohne zu zögern, ergriffen Geoffrey St. Omer und seine MechKrieger die sich ihnen bietende Gelegenheit.

Die beiden humanoiden *Speerschleudern* schickten zwei Dutzend KSRs gegen den schwerfälligen überschweren Mech auf die Reise. Die drei *Jenner* der Lanze brachten ein weiteres Dutzend KSRs ein. Die ganze linke Seite und die langen Beine der Kriegsmaschine wurden mit Raketen gespickt. Um den vorderen linken Unterschenkel des *Goliath* baute sich ein feuriger Wirbelsturm auf, der glühende, halbgeschmolzene Brocken von Keramikpanzerung ausspie, als sich die wirbelnde Feuersäule in schwarzen, öligen Rauch auflöste.

Der Pilot des *Goliath* kämpfte tapfer darum, seine Maschine weiterzudrehen, aber Lanze Cat ließ ihm keine Ruhe. Selbst als die PPK des *Goliath* bereits versuchte, ein Ziel zu erfassen, feuerten die *Jenner* noch mit den Lasern in ihren Stummelflügeln. Wie Chirurgen konzentrierten sie sich auf die deutlich sichtbare Verletzung ihres Gegners.

Andres senkte sein Fadenkreuz auf das geschwächte Bein des *Goliath.* Seine Laser stachen gemeinsam mit denen von Lanze Cat zu. Die rubinroten Lichtstrahlen verdampften die kümmerlichen Panzerreste und schnitten tief in die Schulter des Mechs. In einer Fontäne glühender Metallsplitter zerschmolz das Gelenk, und das Bein gab nach. Der *Goliath* fiel nach links. Dann brach das Bein ab, und der Mech taumelte zu Boden. Der überschwere Mech vollführte einen halben Salto rückwärts und zermalmte sein Cockpit, bevor er schwer auf seine aufgerissene Flanke krachte.

Andrew riß seinen *Brandstifter* nach links, als aus den Löchern in der rechten Flanke eines anderen *Goliath* ein lodernder weißer Feuerball schoß. Andrew sah zu, wie die Miniatursonne des Fusionsreaktors superheiße Plasmatentakel durch den Mechkörper lodern ließ. Der Geschützturm des *Goliath* sah aus wie ein Landungsschiff, das zu den Sternen aufstieg, als er auf einem silberhellen Flammenstrahl in den Himmel schoß, bevor er in Tausende rauchender Bruchstücke auseinanderplatzte.

Armer Kerl. Der ist nicht mehr rausgekommen. Andrew fühlte einen Stich des Mitgefühls für den Liao-Piloten. Dann blickte er wieder auf die taktische Anzeige seines Hilfsmonitors. *Vier* Goliaths *vernichtet, drei schwer beschädigt.*

Plötzlich löste sich eine Spirale aus öligem Rauch auf, und Redburn hatte freie Sicht auf einen *Goliath* im Zentrum der Liao-Formation. Knapp über dem stilisierten weißen Bugturm, der den Mech als Mitglied von Cochraines Goliaths auswies, glaubte Andrew ein Rangabzeichen auszumachen. Er tippte einen Vergrößerungsbefehl in die Tastatur. Das Hologramm wurde klarer, und er sah das Sonnenlicht von einem Bronzedreieck reflektieren, das groß auf den Mechrumpf aufgemalt war.

Hastig tippte er eine digitale Kennung für den Mech in seine Computerkonsole und schickte die Informationen an seine Einheit. »Lanzen Archer und Demon! Das ist Oberst Fiona Cochraine. Werft alles, was ihr habt, gegen diesen *Goliath!*«

Auf seinen Befehl hin überschütteten die beiden Lanzen den *Goliath* der Liao-Kommandeurin mit hundert LSRs. Die Explosionen tanzten über den Rumpf des Metallriesen und fetzten seine Keramikpanzerung streifenweise davon. Eine Salve badete den Geschützturm in

Flammen und zermalmte die Panzerplatten. Der *Goliath* wankte, als seine Pilotin verzweifelt gegen die Erschütterungen der Einschläge kämpfte. Aus einem Loch im Brustkorb des Mechs quoll Rauch.

Auf Grund der Entfernung und der Hast ihres Angriffs ließ die Treffsicherheit des Laserfeuers einiges zu wünschen übrig. Aber die Schüsse, die einen Treffer erzielen konnten, machten die Schwächen der anderen Angriffe wieder wett. Eine Strahlenbahn schälte eine weitere Lage Keramikpanzer von der Brustpartie des Kolosses und reduzierte dessen Schutz auf ein Minimum. Ein Schuß stieß gleißend geradewegs durch den Kopf des *Goliath*.

Andrew sah den riesigen vierbeinigen Mech erzittern. Er schwankte, und einen Moment lang glaubte Andrew, der Laser habe das Cockpit durchstoßen und die Pilotin getötet, aber die nicht nachlassenden Anstrengungen des *Goliath* bewiesen das Gegenteil. Schockwellen rasten durch den Boden, als der *Goliath* seine Beine weit genug spreizte, um sein Gleichgewicht wiederzugewinnen. Die PPK bewegte sich wie ein Stielauge umher, bevor sie sich auf einen ihrer Angreifer einpegelte.

»Craon, Bewegung! Sie hat Sie im Visier!« Es war beinahe eine Reflexhandlung, als Andrew mit beiden Füßen die Pedale niederstampfte und die Sprungdüsen auf dem Rücken seines *Brandstifter* auslöste. Der Andruck preßte ihn zurück in seine Pilotenliege, als sein Mech emporschoß und in Richtung auf Cochraines *Goliath* flog. *Meine Leute sind zu schade für Zielübungen!* Seine beiden Armlaser blitzten auf, als Redburns Mech auf den Liao-*Goliath* hinabsank.

Blut strömte aus seiner Nase und erfüllte seinen Mund mit salzig-süßer Feuchtigkeit, als der Aufprall durch die Pilotenkanzel schlug. Andrew fühlte, wie seine Backenzähne unter dem Schlag knackten. Sein Cockpit schien ein einziges Feuerwerk aus blinkenden Warnleuchten zu sein, und die verschiedensten Alarmsignale heulten mit einer Intensität, die ans Infernalische grenzte, aber das Kreischen des Metalls und das harte Krachen berstender Keramikpanzerung übertönte selbst das noch. Weißes Rauschen füllte seine Holoschirme, und im Rücken seiner Pilotenliege stoben die Funken.

In riesigen Wogen schlug die Hitze über ihm zusammen, als rund um seinen *Brandstifter* weißes Feuer aufloderte. Wieder wurde er zurück auf die Liege geworfen, aber diesmal waren seine Füße nicht mehr auf den Kontrollen der Sprungdüsen. Sein *Brandstifter* war von einer unbekannten, gewaltigen Kraft erfaßt worden, die den 35 Tonnen schweren Mech wie eine Stoffpuppe durch die Luft schleuderte.

Andrew reckte sich verzweifelt nach dem Auslöseknopf des Schleudersitzes, aber der Andruck war zu groß. Er konnte seine Arme nicht von den Lehnen der Liege lösen. Vor seinen Augen tanzten schwarze Punkte, und aus seinem Unterbewußtsein kroch die Erkenntnis wie ein schwarzer Alptraum. *Außer Kontrolle ... Andruck zu groß. Darf nicht ohnmächtig werden!* Er biß die Zähne zusammen und zwang seine Rechte an den Auslöseknopf, aber die Ohnmacht hatte ihn in ihren Klauen, noch bevor er den rettenden Knopf drücken konnte.

42

Auf dem Flug aus dem System Terra

21. August 3028

Daniel Allard zuckte so heftig zusammen, als Morgan Kells Lachen durch seine Sprungschiffkabine tönte, daß er um ein Haar das grüne Seidenband verloren hätte, mit dem seine Finger geistesabwesend gespielt hatten. Er wirbelte zur schmalen Luke der Kabine herum. »Verzeihung, Oberst. Brauchen Sie mich für irgend etwas?«

Morgan grinste breit und verneinte. »Es scheint dich ja ziemlich erwischt zu haben, was, Daniel?« Er verschränkte die Arme vor der Brust seines dunkelblauen Overalls. »Seit wir uns heute morgen vom Archon und ihrer Tochter verabschiedet haben, bist du nicht mehr bei der Sache. Ich bin sicher, deine große Liebe wäre auch gekommen, wenn sie die Möglichkeit dazu gehabt hätte, aber wahrscheinlich hatte sie einfach zuviel zu tun.«

Dans saphirblaue Augen waren nicht mehr als schmale Schlitze. *Wieviel weißt du wirklich, Morgan? Der Archon vertraut dir, aber vertraut sie dir genug, um dich darin einzuweihen?* Dan blickte auf das Stück Seide hinunter. »Der designierte Archon hat auch so etwas gesagt, als sie sich von mir verabschiedete. Und sie gab mir das hier … Sie sagte, es käme von Jeana.«

Morgan hielt die Hand auf, und zögernd reichte Dan ihm den Stoff. »Dan, damit will sie dich wissen lassen, daß sie deine Gefühle teilt.« Morgan drehte das Seidenband in seine Pranken. »Wenn ein Sanglamore-Kadett den letzten Trainingslauf in einem Mech erfolgreich absolviert hat, erhält er zum Abschluß ein solches Stirnband.« Er schien in eine unbestimmte Ferne zu blicken. »Ich habe Geschichten gehört, denen zufolge tödliche

Wunden verheilt sind, als sie mit einem dieser Dinger verbunden wurden, und das ist nicht der einzige Aberglauben, der in MechKriegerkreisen um diese Bänder kursiert. Ich weiß von einem MechKrieger, der seine Sanglamoreschärpe benutzte, um den Draconier zu erwürgen, der ihn nach dem Ausstieg gefangengenommen hatte.«

Dan nickte. »Ich habe ganz ähnliche Geschichten über Albion-Absolventen und ihre verdammten Mechtalismane gehört.«

Morgan kicherte. »Auf Nagelring haben wir uns immer lustig gemacht über die Vorstellung, ein Stück unseres ersten Mechs mitzuschleppen. Wer trägt schon freiwillig den Beweis dafür mit sich herum, daß ihm ein Mech unter dem Hintern weggeschossen wurde?«

Dans düstere Miene hellte sich für einen Moment auf. »Na, zumindest beweist es, daß man überlebt hat.«

Morgan zuckte die Achseln. »Zu diesem Beweis bildet der Körper Narbengewebe, wie man auf Nagelring zu sagen pflegt ...« Er reichte Dan das Band zurück. »Sanglamore-Absolventen tragen diese Dinger im Kampf als Stirnband. Sie geben sie erst im Tod auf oder um das Leben eines anderen Menschen zu garantieren. Das ist ein verdammt wertvolles Geschenk.«

Du weißt noch nicht alles, Morgan ... Dan sah zu seinem Kommandeur hoch. Sein Blick strich über Morgans herbe Züge, konnte dessen Maske aber nicht durchdringen. »Meine momentane Verfassung hat wohl auch damit zu tun, daß der designierte Archon mit ihrer Mutter zurück ins Commonwealth geflogen ist.« Dan hob die Schultern. »Eine Nacht kann man wohl kaum als ausgedehnte Flitterwochen bezeichnen, oder?«

Morgan schüttelte den Kopf. »Ich hätte den beiden auch mehr gegönnt. Aber du darfst nicht vergessen, daß dies eine politische Heirat war, unabhängig davon, was Hanse und Melissa füreinander empfinden. Die Kriegserklärung an Liao, Marik und Kurita noch am Hochzeitstag läßt daran keinerlei Zweifel. Es war aus politischer Sicht zwar notwendig, die Ehe zu vollziehen, aber ein längeres Zusammensein war unter den gegebenen Umständen einfach nicht möglich.«

Dan stimmte eher zögernd zu. »Der Krieg dürfte im Commonwealth nicht gerade freudig aufgenommen werden.«

Morgans Lächeln war eisig. »Jeder Krieg ist beliebt, solange man auf der Seite des Siegers steht, aber dein Einwand hat etwas für sich. Aldo Lestrade wird etwas unternehmen müssen, um den Beliebtheitszuwachs des Archon auszugleichen. Durch den Überrraschungseffekt des Angriffs werden die LCS zunächst einige Siege auf ihr Konto verbuchen können. Danach wird es härter werden. Möglicherweise schlägt Kurita auch brutal zurück, und es läuft alles schief.«

Kennst du die Wahrheit, Morgan? Dan stimmte zu. »Der Archon kann sich nicht leisten, daß Melissa bei ihrem frisch angetrauten Mann bleibt. Das könnte den Eindruck erwecken, sie hätte das Commonwealth verkauft.« Als Morgan nickte, schnappte Dans Falle zu. »Trotzdem muß es dem Archon schwerfallen, ihre Tochter von dem Mann, den sie liebt, fernzuhalten.«

Morgans Haltung schien sich fast unmerklich zu versteifen, dann studierte er Dan mit einem harten Blick. Der Oberst wandte sich um und zog die Kabinentür zu. Aus einer Tasche holte er einen kleinen Zylinder, nicht größer als sein Daumen, hielt ihn hoch und nickte zufrieden. Mit einer kalten, drohenden Stimme fragte er: »Woher weißt du davon?«

Er fragt nicht, was ich weiß, sondern woher *mein Wissen stammt ...* Plötzlich trat ihm der Schweiß auf die Stirn. Er schluckte. Sein Mund war staubtrocken. »Dieses Ding ... sagt dir, daß der Raum abhörsicher ist?«

Morgan nickte. »Woher wissen Sie davon, Hauptmann?«

Die Drohung in Morgans Stimme löschte jede Freude

aus, die Dan empfunden hatte, als er seine Schlußfolgerungen zog. *Er hat Angst, Melissa könnte sich in Gefahr befinden.* Dan hob die Arme. »Bitte, Oberst, machen Sie sich keine Sorgen. Es gibt keine undichte Stelle. Es war ein glücklicher Zufall ... ich war der einzige von Millionen, der es bemerken konnte, und ich habe niemandem davon erzählt.«

Morgans drohende Miene hellte sich ein wenig auf. »Raus damit, Dan! Ich werde nicht zulassen, daß Melissa in Gefahr gerät.«

Dan nickte. »Erinnerst du dich noch, wie du den Archon und Melissa umarmt hast, als wir uns von ihnen verabschiedeten? Ich habe mich etwas mehr zurückgehalten. Ich habe die Hand des Archon geschüttelt und die Melissas geküßt.«

Morgan hob fragend eine Braue. »Und?«

»Melissa duftete nach einem Parfum namens *Nocturne.* Sie hatte etwas davon auf ihr Handgelenk geträufelt.« Dan lächelte, als er sich an den Tag am Strand erinnerte. »Jeana hat mir erzählt, daß dieser Duft speziell für Melissa entwickelt wurde. Aber der designierte Archon kann ihn nicht ausstehen und benutzt dieses Parfüm grundsätzlich nicht. Sie hat den gesamten Vorrat an Jeana weitergegeben, weil diese den Duft liebt.«

Dan schaute Morgan in die Augen. »Jetzt weiß ich, warum Jeana so geheimnisvoll getan hat. Deshalb hat sie mich auch so umgarnt. Melissa fliegt als Jeana nach New Avalon, angeblich, um meine Familie kennenzulernen.« Dans Kinnlade fiel herunter, und er schüttelte betäubt den Kopf. »Was könnte normaler und sicherer sein?«

Als seine Hand sich um den Seidenstoff ballte, wandte Dan sich von Morgan ab und starrte auf die Kabinenwand. »Jetzt weiß ich, wie Justin sich gefühlt hat, als er vor Gericht gestellt wurde.« Er schlug mit der Faust auf den Tisch. »Wie konnte mein Vater mir das antun?«

Morgan legte beide Hände auf Dans Schultern, Dan

wollte sich wehren, sich losreißen und seine Wut wie einen PPK-Blitz zur Entladung bringen, aber Morgan hielt ihn fest. »Du hast Bruchstücke des Plans entdeckt, mein Freund, aber du hast sie falsch zusammengefügt.«

Er gab Dan frei und trat wieder zur Tür. »Niemand hat erwartet, daß ich dich als Adjutant zu den Hochzeitsfeierlichkeiten mitbringe. Wenn du dich bitte daran erinnerst, glaubte Katrina, ich würde Salome mitbringen. Aber Salome hat darauf bestanden, die Ausbildung des Ersten Mechbataillons abzuschließen. Erst dann habe ich dich als Begleiter ausgewählt, weil ich wußte, daß deine Eltern anwesend sein würden.«

Morgans Augen starrten zur Decke. »Jeana sollte sich mit deiner Schwester anfreunden. Sie war bereits mit Papieren ausgestattet, die sie als Austauschstudentin des New Avalon-Instituts der Wissenschaften ausweisen. Da deine Schwester ebenfalls dort eingeschrieben ist, erschien eine solche Freundschaft völlig natürlich.« Morgan grinste. »Eure Freundschaft erschien allerdings noch natürlicher.«

Dan drehte sich um. »Warum hat mein Vater mir nichts davon erzählt?«

»Ich weiß es nicht. Ich habe es selbst erst erfahren, als Katrina und ich am Abend des Hochzeitstages miteinander sprachen. Sie hat es mir erklärt, um zu verhindern, daß ich beim Abschied etwas verrate. Ich nehme an, dein Vater wollte es dir Freitagnacht sagen, aber ...«

»Er hatte keine Gelegenheit dazu.«

Dan öffnete den Mund zu einer Frage, aber Morgan winkte ab. »Spar dir deinen Atem. Wenn das alles eine Lüge gewesen wäre, hätte sie dir niemals *das* gegeben.« Morgan deutete auf das glänzende grüne Seidenband in Dans verkrampften Fäusten. »Da hast du deinen Beweis.«

Auf Dans Gesicht trat ein völlig hilfloses Lächeln. »Stimmt. Danke. Das hat mich schier aufgefressen. Ich wußte nicht, ob Jeana Teil irgendeines Plans von Lestrade war oder ob das Ganze womöglich noch viel verrückter war.«

Morgans Miene war wieder hell und freundlich. »Ich brauche dich bei klarem Verstand, Dan. Deshalb bin ich gekommen, um dich zu beruhigen. Ich habe wirklich nicht erwartet, daß unsere Unterhaltung sich so entwikkelt, aber jetzt bin ich froh darüber. In diesem Kreis kann ich es mir nicht leisten, unter meinen Kompaniechefs jemanden zu haben, dessen Kopf mit Problemen vollgestopft ist, die nichts mit seinen Leuten zu tun haben.«

»Roger, Oberst.« Dan erinnerte sich an die Szenen, die sich nach der Ankündigung des Prinzen in bezug auf die Konföderation Capella abgespielt hatten. »Ich werde mich noch mehr auf meine Leute konzentrieren als Max Liao auf die Kuchenteller.«

Morgan warf den Kopf in den Nacken und brach in schallendes Gelächter aus. »Nach der Ankündigung Prinz Hanses muß mindestens fünf Sekunden lang absolute Totenstille geherrscht haben. Takashi Kurita sah aus, als hätte man ihm mit einem kalten Tintenfisch ins Gesicht geschlagen.«

»Und ich habe ernsthaft damit gerechnet, daß der alte Janos Marik einen Herzanfall bekommt«, bemerkte Dan. »Sein Gesicht lief puterrot an und wurde dann blauviolett, als er bemerkte, wie seine Geliebte den Prinz mit den Augen verschlang. Aber Maximilian Liaos Reaktion war wirklich der Höhepunkt des Festes ...«

Der Oberst der Kell Hounds stimmte ihm zu. »Als er von seinem Stuhl aufsprang, dachte ich, er wolle sich geradewegs in sein Sprungschiff katapultieren. Er hat ein paarmal gekrächzt und dann seinen Kuchenteller an die Brust gepreßt, als bestünde er aus massivem Gold! Und dann fängt er doch wahrhaftig an, seine Frau und Töchter anzuschreien, sie sollen die Teller einsammeln: es handele sich um militärisches Geheimmaterial! ›Sie zeigen, welche Welten er erobern will!‹ hat er geschrien.

Da kann man nur hoffen, daß Liaos Verteidigung etwas besser auf Zack ist als ihr Staatschef.«

»Ich denke schon«, meinte Dan. »Hast du gesehen, wie Justin reagiert hat? Er stand nur einfach stocksteif da und starrte den Prinzen an, während um ihn herum das absolute Chaos losbrach. Er hat die Adligen und MechKrieger gar nicht wahrgenommen, die sich in einem Regen von Tortenstücken um die Kuchenteller stritten, während die ComStar-Akoluthen versuchten, sie zu beruhigen. Justin hob sein Champagnerglas mit der Stahlhand und wartete, bis der Prinz den Gruß erwiderte. Dann tranken sie beide, und Justin zermalmte sein Glas ...«

»Zwischen den beiden herrscht böses Blut. Wenn Justin dabei etwas zu sagen hat, dürftest du recht haben. Die Liao-Truppen werden gut organisiert in den Kampf ziehen. Ich glaube, Hanse Davion hat mehr von ihm zu befürchten als von Max Liao.«

Dan nickte, dann lenkte er die Unterhaltung auf ein anderes Thema. »Was geht da draußen wirklich vor, Oberst, wenn ich mir die Frage erlauben darf?«

Morgan schloß halb die Lider. »Sofern alles nach Plan verläuft, sind Davion-Einheiten auf neun verschiedenen Liao-Planeten gelandet — oder werden es in Kürze tun. Die erste Invasionswelle trifft alle Welten an der Tikonov-Sarna-Grenze ...«

Dan rief sich die Karte ins Gedächtnis. »An dem schmalen Raumstreifen, der Tikonov vom Rest der Konförderation Capella trennt?«

Morgan nickte. »Die Vereinigten Sonnen haben ihre Truppen zu den Galahad-Manövern gesammelt, sie aber statt dessen tief in den Liao-Raum geworfen. Sie sind ihren Gegnern an Zahl und Qualität weit überlegen, aber im Krieg sind keine sicheren Vorhersagen möglich.« Er preßte die Lippen zusammen. »Trotzdem müßten die Liao-Truppen schon weitaus besser kämpfen als je zuvor, um nicht überwältigt zu werden.«

Dan runzelte die Stirn. »Wird Kurita die Vereinigten Sonnen nicht angreifen, um Liao zu helfen?«

Kell breitete die Arme aus. »Wolfs Dragoner haben das Draconis-Kombinat als Feinde verlassen. Eine Menge seiner Leute sind im Militärdistrikt Galedon verheizt worden, und Wolf hat seine Leute darauf eingestellt, alles zu Klump zu schlagen, was das Haus Kurita gegen ihn aufbietet. An dieser Front wird der Krieg zu einer Privatfehde ... Es geht weniger um Hanse Davion gegen Haus Kurita als um Jaime Wolf gegen das Draconis-Kombinat.«

Der Söldnerhauptmann verzog schmerzhaft das Gesicht. »Die Mark Draconis ist größer als der Militärdistrikt Galedon. Das Kombinat könnte von Dieron aus zuschlagen und dann den terranischen Korridor schließen.«

»Dazu wird ihnen keine Zeit bleiben«, verneinte Morgan. »Die lyranischen Truppen haben entlang der ganzen Grenze zugeschlagen. Das Kombinat hat schon seit geraumer Zeit Truppen in den Galedondistrikt verlegt, um die dortigen Verteidigungsstellungen zu stärken, und der Angriff wird sie mit dem Zubon auf halbmast erwischen. Die LCS haben voll gegen Marik losgeschlagen, und mit etwas Glück sitzt Theodore Kurita in der Falle. Wenn der Erbe des Koordinators außer Gefecht ist, könnte das Kombinat schon allein von internen Kämpfen zerrissen werden.«

»Und was bedeutet das für die Kell Hounds? Was werden wir dabei tun?«

Morgan fletschte die Zähne. »Ich habe Salome eine Nachricht zukommen lassen. Sie wird das Regiment nach Thorin schaffen. Katrina leiht uns ein Sprung- und mehrere Landungsschiffe. Und dann warten wir.«

Dan rutschte unruhig auf seinem Stuhl hin und her. Er kannte die Antwort auf seine nächste Frage schon, aber er wollte sie aus Morgan Kells Mund hören. »Worauf?«

Morgan schien wie durch einen Korridor in Zeit und Raum weit in die Vergangenheit zu blicken. »Wir warten darauf, daß jemand die Genyosha-Basiswelt findet, und dann tragen wir den Krieg heim zu Yorinaga Kurita.«

43

New Avalon
Mark Crucis, Vereinigte Sonnen

25. September 3028

Im unterirdischen Kommandozentrum des Fuchsbaus war die Luft zum Schneiden. Schweißgeruch und nervöse Spannung erfüllten den Raum, und die Klimaanlage schaffte trotz aller Anstrengungen nicht mehr als eine winzige Brise. Kaum jemand sah auf, als Prinz Hanse Davion im dunklen Eingang erschien. Diejenigen, die es doch taten, hatten nur noch die Kraft zu einem schwachen Nicken. Der Prinz studierte die müden Gesichter und lächelte. *Hier und jetzt sind wir alle gleich, und das gefällt mir. An diesem Ort brauche ich Männer und Frauen, die bereit sind, mir die Wahrheit zu sagen, keine Höflinge, die der Wirklichkeit eine Tendenz geben, die ihren eigenen Wünschen entgegenkommt.*

Eine Ordonnanz reichte dem Prinzen ein leichtes Funkgerät mit Ohrhörer und Bügelmikrophon. Er sorgte dafür, daß es bequem saß, und Funkverkehr prasselte in sein rechtes Ohr. Durch eine Berührung des Ohrhörers reduzierte er die Lautstärke auf ein leises Flüstern.

Der Prinz wanderte durch den abgedunkelten Kommandostand tief unter seinem Palast und schob sich durch das Gedränge der Offiziere und Ordonnanzen an den holographischen Kartentisch. Rund um den rechteckigen Raum und bis hinunter in die weite Arena zu seiner Linken berichteten riesige Computerschirme in rollenden Datenzeilen oder Schlachtfeldvids von den Kämpfen in Hunderten von Lichtjahren Entfernung.

Quintus Allard stand über den Kartentisch gebeugt. Der grüne und rote Widerschein der Projektion lag wie eine topographische Karte auf seinen Zügen und zeichnete tiefe Schatten auf das Gesicht des Ministers.

Quintus sah auf, als Hanse den Tisch erreichte. Der Minister begrüßte den Prinzen mit einer freundlichen Kopfbewegung und deutete auf die Schlacht, die sich vor ihnen auf dem riesigen Tisch entfaltete. »Es hat funktioniert, mein Prinz. Redfields Renegaten konnten auf den Liao-Familiengütern auf Liao landen. Damit kamen sie im Rücken der Capella-Husaren herunter. Den letzten Meldungen zufolge haben die Husaren den Planeten verlassen.«

»Ausgezeichnet. Liao hat uns eine Überraschung bereitet, indem er die Husaren dort stationierte, und wir haben ihm diesen Liebesdienst durch einen mutigen Vorstoß der Renegaten heimgezahlt.« Der Prinz klopfte mit zwei Fingern an sein Kinn. »Wir werden Redfield und seine Leute dafür belohnen.« Er kniff die Augen zusammen. »Habt ihr herausfinden können, wie die Husaren ohne unser Wissen nach Liao kommen konnten?«

Ein säuerlicher Ausdruck trat auf Quintus' Gesicht. »Ein Buchhalter im Beschaffungsamt hat für ein halbes Dutzend nichtexistenter Soldaten Bezüge kassiert und die Eingabe der Neustationierung zurückgehalten, bis seine Akten gesäubert waren. Deshalb haben unsere Leute die Truppenbewegung erst so spät bemerkt. Unsere Agenten auf Liao wußten, daß die Husaren jeweils im Sommer dort Manöver abhalten, und haben ihren Bericht über die normalen Kanäle geschickt. Wir hatten ohnhin angenommen, daß die Husaren nach Liao kommen, aber erst später. Ohne die Bestätigung der Gehaltslisten mußten wir davon ausgehen, daß sie noch nicht eingetroffen waren.«

Hanse nickte. »Sie sind ins All entkommen?«

Qintus bejahte die Frage. »Zusammen mit einem Bataillon der Haus LuSann-Einheit und einem schwer zerbeulten Bataillon vom Ersten Regiment der Konföderationsreserve. Aber die Einheit ist für alle weiteren Überlegungen gestorben. Offizierskorps und Kommandostruktur sind vernichtet.«

Der Prinz berührte einen Leuchtpunkt am Rand des Tisches. Die Hologrammprojektion der Kämpfe auf Liao verschwand und machte einer Karte des Planeten Aldebaran Platz. »Wie sieht es hier aus?«

»Haus Ijori hat anderthalb Kompanien abziehen können. Seit sie fort sind, gibt es kaum noch Schwierigkeiten. Die Vierten Guards haben die Lage unter Kontrolle und wie befohlen eine Reihe Hilfszentren für Flüchtlinge aufgebaut. Die Vierte Leichte Deneb-Kavallerie hat sich neu gruppiert und ist bereit zum Einsatz in der nächsten Welle.«

Quintus gab einen kurzen Befehl in eine Computerkonsole rechts neben sich ein. »Liao hat ein Bataillon der Ersten Ariana-Füsiliere von Algol und anderthalb Bataillone des Ersten Neuhessen-Sturms von Neuhessen abziehen können.« Er blickte mit einem grimmigen Lächeln auf. »Liao hat von den Garnisonstruppen der neun angegriffenen Planeten gerade zwei angeschlagene Regimenter retten können. Wir haben an ein paar Stellen auch zugesetzt, stehen aber immer noch gut da. Die zum Einsatz in der nächsten Angriffswelle vorgesehenen Einheiten sind sogar noch weitestgehend intakt.«

Hanse nickte nachdenklich. »Haben wir auf Algol unser Ziel erreicht?«

»Er ist zwar halb tot, aber wir haben ihn. Er ist aus seinem beschädigten Mech ausgestiegen und hat versucht, sich in der Wildnis durchzuschlagen. Eine Infektion hat ihn beinahe das Bein gekostet, und der zerbrochene Knöchel dürfte wohl kaum jemals richtig verheilen, aber wir haben ihn.«

Hanse lächelte. *Sehr gut. Ein Sohn ist immer wieder ein ausgezeichnetes Druckmittel seinem Vater gegenüber.* »Niemand darf seine wahre Identität erfahren. Laß ihn herschaffen.« Hanse nahm Quintus knappes Nicken als ausreichende Antwort und wechselte das Thema. »Haben wir schon eine Auswertung für den Einsatz der Nahkampfkompanie auf St. Andre?«

Wieder tippte Quintus einen Befehl in den Computer und betätigte dann eine Taste am Rand des Projektionstisches. Die Aldebaran-Karte verblaßte. An ihre Stelle trat eine Datenanzeige. Die in leuchtenden Blau- und Grüntönen gehaltene Säule für die von Redburns Kompanie vernichtete Tonnage ragte weit über die Säule der eigenen Verluste empor.

Der Prinz grinste. »Das ist doch noch besser als erwartet.«

Quintus gab ihm recht. »Wir sollten dabei allerdings nicht vergessen, daß der *Goliath* für seine mangelhafte Nahkampfbewaffnung berüchtigt ist, mein Prinz. Kompanie Delta kämpfte gegen eine Liao-Einheit, die für ihre Gefechtstaktiken ungewöhnlich empfindlich war. Davon abgesehen ist die wichtigste Erkenntnis in bezug auf Kompanie Delta ihre ungewöhnliche Kampfleistung, als die Leute glaubten, Redburn sei gefallen.«

Quintus schaltete die Anzeige des Kartentisches um. Vor ihnen bauten sich holographische Gefechtsbilder auf. »Wir haben diese Aufzeichnung aus einem der *Goliaths* erbeutet.« Quintus deutete auf einen Liao-Mech, der serienweise von LSR-Detonationen durchgeschüttelt wurde und sich langsam umdrehte. »Das ist Oberst Cochraines Maschine.«

Laserbahnen schlugen in den Mech und schälten die letzten Reste Panzerung von seinem Geschützturm, ohne den riesigen Kampfkoloß jedoch aufhalten zu können. Sein Geschützturm drehte sich langsam herum und richtete den Lauf der PPK auf einen *Jenner.* Ein gutes Stück rechts von Cochraines Maschine schoß ein *Brandstifter* auf silberhellen Ionenstrahlen gen Himmel, um kurz darauf mit beiden Beinen auf dem Kopf des *Goliath* zu landen.

Die unmittelbar darauf folgende Explosion des Fusionsreaktors überschüttete den Kommandostand mit weißem Licht. Als sich der Widerschein abschwächte, sah der Prinz den beinlosen Torso des *Brandstifter,* der aus den Trümmern des *Goliath* wirbelte. Der zertrümmerte Mech drehte sich wie ein fortgeworfenes Spielzeug, bevor er mit Wucht in die Schulter eines noch unbeschädigten *Goliath* schlug. Das Schultergelenk des überschweren Mechs brach auseinander, und er stürzte donnernd zu Boden. Der *Brandstifter* prallte ab und blieb auf dem Rücken liegen, ohne sich zu bewegen.

Quintus hielt die Wiedergabe an. Die Mechs schienen mitten im Kampf zu erstarren. »Redburn erlitt eine Gehirnerschütterung und verlor für den Rest des Gefechts das Bewußtsein. Lieutenant Craon wies seine *Valkyrie*-Teams an, die *Goliaths* von der Position des Captains fernzuhalten, und trieb die drei übrigen Lanzen weiter in die *Goliath*-Formation. Dann funkte er Colonel Stone mit der Meldung an, der Rest des Ersten Bataillons könne ›... gerne auch mitmachen, wenn sie nichts Besseres zu tun hätten‹.«

Der Prinz gluckste. *Stone war bestimmt begeistert, das zu hören!* »Stellen Sie sich das vor, Quintus. Eine Einheit aus einem meiner Ausbildungsbataillons lädt eine Akademieeinheit ein, doch auch mitzukämpfen. MechKrieger wie Craon hätten nie eine Chance gehabt, wenn wir dieses Programm nicht aufgebaut hätten. Wir wollen hoffen, daß derartige Erlebnisse helfen, die Kritik an diesem Programm zum Verstummen zu bringen.«

»Wir wollen es hoffen, Hoheit.« Quintus rief wieder die Datenanzeige auf. »Kompanie Delta hat weiter volle Gefechtsstärke. Redburn geht es gut, und sein *Brandstifter* wurde durch einen *Centurion* ersetzt, den wir von den Liao-Truppen erbeutet haben. Ich denke, man könnte Kompanie Delta für taktische Gefechtsabwürfe der Art einsetzen, wie wir Redfields Renegaten auf Liao ins Feld geworfen haben. Mit Ihrem Einverständnis teile ich ihnen ein Landungsschiff zu.«

Der Prinz nickte. »Gute Idee. Es sieht ganz so aus, als hätten wir alles unter Kontrolle. Laufen die Vorbereitungen für die zweite Welle nach Plan?«

Quintus grinste. »An ein paar Punkten könnten wir sogar früher zuschlagen.«

Der Prinz wehrte ab. »Nein, halten wir uns an den Plan. Ich möchte, daß die Wellen in regelmäßigen, harten Schlägen kommen — damit Maximilian Liao hört, wie sein Ende Schritt für Schritt näherkommt.«

Quintus kniff die Augen zusammen. »Und die Daten an Michael?«

Hanse schlug ihm auf die Schulter. »Konzentriere dich auf unsere Schwachpunkte, wie wir es besprochen haben. Wir wollen der Maskirovka nicht die Arbeit erleichtern, aber wir können auch nicht riskieren, daß sie die offensichtliche Schwachstelle unserer Strategie übersehen. In dem Fall könnte unsere Planung nicht ihr volles Potential entfalten.«

Quintus' Miene war ernst. »Es wird alles so geschehen, wie Ihr es wünscht.«

»Gut.« Der Prinz drückte Quintus' Schulter noch einmal, dann nahm er das Funkgerät ab und legte es auf den Kartentisch. Er verließ das Kommandozentrum, wartete kurz, bis sich seine Augen an das hellere Licht des Korridors gewöhnt hatten und marschierte dann an den Lifttüren vorbei. Am hinteren Ende des Gangs ging er um die Ecke und nickte den beiden SAS-Wachen vor seinem Privataufzug zu. Er trat in die mit Eichenholz getäfelte Kabine und lehnte sich zurück, während er lautlos nach oben getragen wurde.

Die Invasion lief gut, sehr gut sogar. Ja, ihr Erfolg hatte seine wildesten Hoffnungen noch übertroffen. Seine Truppen hatten keine größeren Verluste zu beklagen, und ihre Angriffe schienen den Gegner völlig unvorbereitet getroffen zu haben. Liao hatte noch weniger an Menschen und Material retten können, als der Prinz und seine Berater erwartet hatten.

Als der Lift langsamer wurde, löste Hanse Davion sich von der Wand und strich seine militärisch geschnittene Jacke glatt. *Die nächste Welle ist vorbereitet und bricht im Oktober los. Ich hoffe, ihre Ernte fällt auch ebenso reichlich aus.*

Die Lifttüren öffneten sich, und der Prinz betrat seine Wohnung. »Hallo, Melissa ... Morgan. Wie geht's?«

Melissas goldenes Haar umrahmte ein lächelndes Gesicht. Sie stellte ihre Teetasse auf das weiße Marmortischchen vor ihrem Platz und erhob sich, um ihren Gatten zu begrüßen. Ihre Hände glitten in die seinen, und sie hauchte einen Kuß auf seine Lippen. Dann deutete sie auf den Stapel Holodiscs auf dem Tisch. »Dein Neffe hat mir Discs mit den neuesten Folgen der Holovidserie *Die neuen Abenteuer des Sherlock Holmes* gebracht. Im Commonwealth waren sie noch nicht zu sehen.« Melissa hielt Hanses Linke in den Falten ihres hellbraunen Rocks verborgen und drückte sie etwas stärker als nötig.

Hanse lächelte. »Das war sehr freundlich von dir, Morgan.«

Morgan stand auf und faltete die Hände hinter dem Rücken. »Ich muß mit dir reden, Onkel.« Der besorgte Ausdruck seines Gesichts paßte zum Tonfall seiner Stimme. »Ich bin nicht nur gekommen, um Melissa die Discs zu bringen, das wissen wir beide. Ich möchte dich noch einmal bitten, zu meiner Einheit zurückkehren zu dürfen.«

Hanse zog seine Hand aus Melissas Griff und schlenderte zu einem niedrigen Schreibtisch, während seine Frau sich wieder neben Morgan setzte. »Das kann ich nicht erlauben, Morgan. Das weißt du.« Hanse drehte sich zu seinem Neffen um. »Deine Einheit ist erfolgreich, wenn auch vielleicht nicht so erfolgreich wie sie sein könnte, wenn du dein Bataillon selbst führen würdest, aber ich brauche dich hier.«

Morgan schüttelte wütend den Kopf. »Du erzählst mir, ich sei zu wertvoll, weil ich dein Erbe bin, aber das hat mich früher auch nicht daran gehindert, an Kampfeinsätzen teilzunehmen.«

Die Miene des Prinzen schien unter einer Gewitterwolke zu liegen. »Früher war das etwas anderes, Morgan.«

»Nein, Onkel, das war es nicht. Früher war ich eine Art Angelpunkt. Die Heavy Guards wußten, daß du ihnen vertraust, weil du zugelassen hast, daß ich in ihrer Mitte in den Kampf ziehe.« Morgan deutete wütend zur Decke, aber seine Geste umfaßte den Himmel und das Universum darüber. »Sie wußten, daß du dir ihres Sieges sicher warst, denn sonst hättest du mich nicht mit ihnen losgeschickt. Du hättest nicht riskiert, mich zu verlieren.«

Hanse schüttelte den Kopf. »Ich habe ihnen Ardan Sortek als Kommandeur gegeben. Sie können dasselbe Vertrauen darin finden, daß ich ihnen meinen besten Freund anvertraue.«

Morgan knurrte: »Nein, Onkel, das ist nicht dasselbe. Ardan ist nicht dein Blutsverwandter. So sehr ich ihn auch mag und so sehr ich in seine Fähigkeiten als Kommandeur vertraue, in diesem Kampf ist er nicht mehr als eine Schachfigur.« Er stieß mit dem Daumen auf seine breite Brust. »Ich bin ein Preis, Onkel, und wir wissen es beide. Würde ich gefangen, könnte Maximilian Liao mich gegen meinen Vater benutzen. Er könnte mit meinem Leben die Neutralität meines Vaters erkaufen.«

Hanses Kopf schoß hoch. »Genau. Damit hast du mir selbst den besten Grund gegeben, dich hier zu behalten.«

Morgans Schultern fielen nach vorne, und sein Gesicht war schmerzlich verzerrt. »Nein, das ist kein guter Grund. Ich sollte dort draußen im Kampf stehen. Das würde allen zeigen, daß unser Sieg eine sichere Sache ist.«

»Und wenn er das nicht ist? Was geschieht, wenn du getötet wirst? Dein Vater würde mir vorwerfen, mich verkalkuliert zu haben. Er würde behaupten, ich hätte dich sinnlos in Gefahr gebracht, nur um ihn zu treffen.

Anstatt gegen Liao zu kämpfen, müßte ich mit ihm streiten.«

Morgan schüttelte den Kopf. »Nein, Onkel. Du kennst ihn ebenso gut wie ich. Wenn ich fallen sollte, würde er an deine Seite treten. Er würde seine Truppen ins Feld werfen und Liao zermalmen.« Morgan grinste trocken. »Wir wissen doch beide, daß wir die Truppen der Mark Capella brauchen werden, um zu siegen, so gut die für diese Invasion eingesetzten Einheiten auch sein mögen.«

Hanse hob eine Braue. *Geht dein Planungstalent über das rein Militärische hinaus, Morgan? Bist du ebenso einsichtig und geschickt, wenn es um Politik geht?* Hanses Stimme wurde zum Flüstern. »Wenn dem so ist, sollte ich vielleicht arrangieren, daß dich ein Maskirovka-Agent hier auf New Avalon umbringt. Das würde die Mark Capella zum Handeln treiben, ohne den demoralisierenden Effekt, den dein Tod im Kampf auf die Heavy Guards hätte ...«

Melissa keuchte, und Morgan erstarrte. Dann richtete er sich zu voller Länge auf. »Ich habe immer nur darum gebeten, nach Eurem Wunsch dienen zu können, mein Prinz. Wenn mein Tod Euren Anforderungen dienen kann, erbitte ich nur etwas Zeit, um meine Angelegenheiten ...«

Hanse winkte energisch ab. »Nein, zur Hölle! Ich bin nicht Takashi Kurita, und du bist kein fanatischer Samurai. Dein Tod würde mir in keiner Weise dienen! Deine Anwesenheit, deine Einsichten, deine Unterstützung sind es, die ich brauche, und ich brauche sie hier auf New Avalon.« Hanse schluckte schwer und blickte Morgan in die Augen.

»Hier, unberührbar auf New Avalon, Morgan, bist du eine Verkörperung der Zukunft. Deine Gegenwart, dein Leben, ist ein beständiges Ärgernis für Maximilian Liao. Er weiß, daß er meine Truppen nicht besiegen kann. Und selbst wenn es ihm durch einen glücklichen Zufall gelingen sollte, mich zu töten, weiß er, daß du im Hintergrund wartest, um meinen Platz einzunehmen, mein junger Löwe.«

Hanse lächelte zuversichtlich. »Und außerdem, Morgan, versichert deine Anwesenheit an meiner Seite unserem Volk, daß dieser Krieg, so furchtbar und teuer er auch werden mag, mit einem Sieg enden wird. Das Kriegsglück hat mich noch nicht gezwungen, dich in die Schlacht zu schicken. Ich behalte dich in Reserve, als einen Angelpunkt für eine mögliche Krisensituation. In dieser Rolle bist du wertvoller, als du ahnst.«

Morgan senkte die Augen, aber Hanse wußte, daß er nur diese Runde gewonnen hatte. Sein Neffe würde es immer wieder versuchen. *Jeder neue Angriff wird anders angelegt sein, aber kommen werden sie. Das ist ein Zeichen deines Mutes und deiner Treue, Morgan. Bleib stark, denn ich werde deine Bitten jedesmal abschlagen. Ich kann dich nicht in den Krieg schicken.* Hanse blickte zu Melissa. *Ich kann dich nicht in den Krieg schicken, bevor sie mir einen Erben geboren hat.*

Morgan hob den Kopf. »Ich akzeptiere deine Begründung, Onkel, weil sie einen gewissen Sinn macht. Wenn ich schon nicht bei meiner Einheit sein kann, um Maximilian Liaos Mechs abzuschießen, kann ich wenigstens dazu beitragen, ihm unruhige Träume zu bereiten.« Er richtete sich auf, und auf sein Gesicht trat ein Ausdruck ruhiger Entschlossenheit. »Ich bin bereit, jede Rolle auszufüllen, die Ihr mir bestimmt, mein Prinz. Wenn die Zeit kommt, daß ich wieder Truppen führen kann, werde ich nicht zurückstehen. Welche Aufgabe Ihr mir auch zuweisen mögt, ich verspreche, sie zum Erfolg zu führen.«

44

Hunan
Kommunalität Sarna, Konföderation Capella

20. Oktober 3028

Auf den Armaturen von Captain Andrew Redburns *Centurion* leuchtete eine grüne Taste auf. Er drückte sie mit einem Finger nieder, hielt seine Stimme aber gedämpft. »Hier *Centurion*, bitte sprechen.«

Robert Craons Stimme klang durch Andrews Neurohelm. »Lanze Fox meldet Ortungsergebnisse, die auf etwa ein Dutzend *Marodeure* im Anmarsch durch den Schlitz hindeuten.«

Andrew runzelte die Stirn. »Wie sicher ist das?«

Craons Tonfall überzeugte Andrew davon, daß er keinen Zweifel an der Richtigkeit der Informationen hegte. »Wir haben das Zeitintervall zwischen den Schockwellen mit verschiedenen Seismographen gemessen. Unter Berücksichtigung der Durchlässigkeit des Geländes ist die Auswertung solide. Die Piloten variieren die Schrittgeschwindigkeit, aber sie sind müde und unvorsichtig. Wir haben sie.«

»Gut. Geben Sie den anderen Lanzen Bescheid, und machen Sie sich bereit, die Hintertür zu schließen. Lanzen Archer und Demon feuern die ersten Salven auf mein Zeichen. Schön langsam, und die Landverbindung mit den Lanzen erst trennen, wenn wir den Kampf aufnehmen.«

»Roger. Wie geplant.«

Andrew nickte. »Und noch etwas, Robert: Machen Sie die Minen erst scharf, wenn ich den Befehl dazu gebe.«

In Craons Stimme klangen erneut die Zweifel ihrer vorhergegangenen Diskussion mit. »Ich bin immer noch nicht zufrieden mit der Anzahl der Minen. Ich hätte mir mehr gewünscht.«

Andrew verstand Craons Besorgnis, aber er konnte ihm nicht helfen. *Die Aragon-Grenzer waren zurückhaltend genug, als es darum ging, einer ›Truppe Märker-Rekruten‹ wie uns überhaupt Material zu überlassen, aber wir werden es ihnen zeigen ...* »Wir müssen mit dem auskommen, was wir haben. Haben Sie Ihre Befehle verstanden, Lieutenant?«

»Roger, Sir. Ende.«

Andrew überlegte, wo sich die feindlichen Mechs jetzt gerade aufhalten mußten. *Ihre Guerillazeiten sind zu Ende, Major Xong.*

Andrew schaltete seinen Gefechtscomputer ein und rief eine Darstellung der Waffensysteme seines *Centurion* auf den Hauptschirm. *Gut. Sowohl die Autokanone im rechten Arm als auch die LSR-Lafette in der Brust sind einsatzbereit.* Sein Blick senkte sich auf die untere Hälfte des Schirms. *Und die mittelschweren Laser im vorderen und hinteren Torso funktionieren ebenfalls. Jetzt brauche ich nur noch etwas Hilfe bei der Zielerfassung.*

Andrew blickte durch die breite Klarsichtkanzel des *Centurion* und sah eine Alptraumlandschaft aus rotbraunen, erstarrten Lavaströmen und halb geschmolzenen rotvioletten Hügeln. Fahlgelbe Dunstschwaden erhoben sich von schwefelhaltigen Quellen und stiegen verwirbelt durch die dichte, schimmernde Luft wie Geistergestalten. Schlammtümpel brodelten wie mit dicker, brauner Suppe gefüllte Kessel, und wenn die Blasen an ihrer Oberfläche zerplatzten, gaben sie stinkenden Dampf frei.

Xong wußte, was er tat, als er die Reste des Ersten Bataillons, Freemonts Kürassiere, in die Höllenfeuerberge führte. Durch die Vulkane und heißen Quellen sind Infrarotscanner hier völlig nutzlos, und die Schwefeldämpfe behindern Radar und MAD. Dadurch wird die Zielerfassung zu einer Kombination aus Raten und purem Glück.

Andrew brachte seinen *Centurion* einen Berghang hinunter näher an ein enges Tal zwischen zwei zerklüfteten Gipfeln heran. Das Gebirge war entstanden, als zwei Kontinentalplatten dieses Planeten aufeinandergetroffen und sich gegenseitig hochgedrückt hatten. Während sie auf Xongs Einheit warteten, hatte Andrew Stunden damit zugebracht, die planetologischen Schichtformationen des Gesteins zu betrachten.

Als die Aragon-Grenzer in der zweiten Davion-Invasionswelle auf Hunan niedergegangen waren, wurde der Planet durch ein einzelnes Bataillon von Freemonts Kürassieren verteidigt. Unter der Leitung Major Sidney Xongs hatten die Kürassiere den Grenzern einige erbitterte Gefechte geliefert, waren aber nicht in der Lage gewesen, ein ganzes Regiment zu besiegen. Schließlich flüchtete Xong mit den Überlebenden seiner Einheit in die Höllenfeuerberge, in deren Schutz sich die Guerillas die Gebirgskette entlang bewegten und immer wieder gegen die Davion-Garnison losschlugen.

Andrew trat in das enge Tal, dem seine Einheit den Namen »Schlitz« gegeben hatte. *Ihretwegen sind meine Männer aus ihrer wohlverdienten Erholung gerissen worden, Major, und mußten eine Woche in diesem Drecksloch aushalten und auf Sie warten. Es wird höchste Zeit, daß wir der Sache ein Ende machen. Ich erwarte nicht, daß es leicht wird, denn immerhin führen Ihre Leute erbeutete* Marodeure, *aber wir sind bereit.*

Unter normalen Umständen hätte Andrew den Auftrag Kompanie Deltas als Selbstmordunternehmen charakterisiert. Der 75 Tonnen schwere *Marodeur* war eine ungemein schlagkräftige Kampfmaschine. Die an Krebsscheren erinnernden Arme dieser vogelähnlichen Mechs enthielten je eine PPK und einen mittelschweren Laser. Zu dieser beeindruckenden Bewaffnung kam noch eine Autokanone auf dem Torso des BattleMechs. Wenn man von gelegentlichen Hitzestauproblemen absah, hatte der *Marodeur* sich als einer der tödlichsten Mechs in den Armeen der Nachfolgerstaaten erwiesen.

Die Berichte des Nachrichtendienstes lassen darauf schlie-

ßen, daß Ihre Marodeure *ihre gesamte Autokanonenmunition verbraucht haben. Außerdem stellte die Hitze in dieser Umgebung für einen* Marodeur *eine schwere Behinderung dar, und wir wissen, daß Ihre Mechs in den ersten Gefechten beschädigt worden sind. Ich kann nur hoffen, die Schäden sind schwer genug ...*

Etwas unterhalb seiner Stellung sah Andrew die erste dunkle, vornüber gebeugte Gestalt durch den wogenden Nebel auf sich zukommen. Er streckte den rechten Arm des *Centurion* in ihre Richtung. Ein Druck auf den entsprechenden Schalter der Kommandokonsole, und die Abdeckung über den zehn LSR-Abschußrohren in der Brustpartie seines Mechs klappte zur Seite.

Er schaltete die Sensoren auf Restlichtverstärkung um. Sofort wurde seine Sicht erheblich klarer, und die schlurfenden, an Krabben erinnernden *Marodeure* waren deutlicher auszumachen. *Noch fünfzig Meter, und es ist alles vorbei.* Andrew schloß die Hand um den linken Steuerknüppel und senkte das golden schimmernde Fadenkreuz über die niedrige Silhoutte des vordersten Liao-Mechs. *Der Schwefeldunst verhindert eine Zielbestätigung, aber die Talwände halten die* Marodeure *in Formation. Wenn ich den nicht treffe, erwische ich einen anderen.*

Der erste *Marodeur* blieb abrupt stehen, als er Andrews *Centurion* erblickte, der an der engsten Stelle des Passes den Weg blockierte. Als der rechte Arm des *Marodeur* sich nach vorn bewegte, preßte Andrew den Auslöser. Der *Centurion* drehte sich etwas nach links, als die Raketen auf leuchtend gelben Feuerbahnen aus seiner Lafette schossen.

Acht der Raketen bohrten sich wirbelnd durch die Dunstschwaden und explodierten am linken Arm und Bein des *Marodeur.* Die Detonationen schlugen die Panzerung von den Gliedern und vertieften die Scharten früherer Gefechte, konnten aber keinen ernsthaften Schaden anrichten. Der Liao-Mech wurde unter dem Aufprall zurückgeworfen, aber Andrew wußte sehr wohl, daß dies eine Reaktion des Piloten auf die Explosionen und kein Anzeichen irgendwelcher Probleme des tödlichen Kolosses war.

Der *Marodeur* hob den rechten Arm, um die PPK in seiner riesigen Klaue abzufeuern, und Andrew reagierte sofort. Reflexartig riß er den rechten Arm des *Centurion* hoch. Seine Hand strich über den Feuerknopf der Autokanone und löste einen Feuerstoß aus, als die PPK-Spiralen seines Gegners gerade blau aufleuchteten.

Die Autokanonengranaten donnerten in die Mündung der Partikelkanone, als die furchtbare Waffe noch die Energie für ihren künstlichen Blitzschlag aufbaute. Die Projektile zerschmetterten die Magnetspulen, mit denen der Partikelstrahl gebündelt wurde, und setzten deren zerstörerische Energie in einem gleißenen Ausbruch frei. Blaues Feuer schoß aus dem Ellbogen des *Marodeur,* schälte Panzerplatten beiseite und schlug durch die Magnesiumtitanknochen des Mechs. Die massige Kampfmaschine bebte unter der Wucht des Schlages. Keine Sekunde nachdem das Donnergrollen der Explosion Andrews *Centurion* erreicht hatte, fiel der Arm des *Marodeur* qualmend zu Boden.

Plötzlich explodierte das Tal hinter dem *Marodeur* in einer Flut von Licht in Gold und Rot. Die versteckten Lanzen Kompanie Deltas überschütteten das Tal mit Raketensalven. Die Geschosse senkten sich auf die Liao-*Marodeure;* die ständigen Detonationsblitze ließen die *Marodeure* in einem stroboskopartigen Tanz aus Feuer und Zerstörung zucken.

Andrew nickte grimmig, als die Liao-Piloten reagierten. *Sie sind gut, sonst hätten sie es nicht so lange ausgehalten. Aber sie sind auch müde und — wie hat Craon es ausgedrückt? — unvorsichtig.*

Die *Marodeure* stürmten die kiesbedeckten Hänge hinauf, um ihre Angreifer zu stellen. Ihre PPKs waren zwar für kürzere Entfernungen wenig geeignet, aber das galt ganz und gar nicht für die mittelschweren Laser in ihren furchtbaren Klauen. Und allein seine schiere Größe machte den *Marodeur* schon zu einem furchtbaren Nahkämpfer, der Kopf und Gliedmaßen leichterer Mechs mit einem Schlag seines schweren Unterarms zertrümmern konnte.

Die *Jenner* der Lanzen Cat und Bullseye traten aus der Deckung und boten den Liao-Piloten den ersten freien Blick auf ihren Gegner. Die *Marodeure* versuchten nicht einmal, ihre leichteren Angreifer unter Beschuß zu nehmen. Die Piloten hatten genug damit zu tun, ihre schweren Kolosse die Steigung herauf zu bringen. Kompanie Delta dagegen ließ ihren Feinden keine Ruhe.

Die Stummelflügel der *Jenner* klappten nach unten und stießen mit rubinroten Lanzen aus gebündeltem Licht nach dem Gegner. Die Energiebahnen fraßen tiefe Scharten in den pockennarbigen Keramikpanzer der *Marodeure,* und dampfende Trümmer polterten den Hang hinab. Ein Lasertreffer fand eine Lücke in der Torsopanzerung eines *Marodeur,* zerschmolz einen der Kreiselstabilisatoren; der Mech stolperte, schien einen Augenblick lang wie eingefroren, fiel dann nach hinten und stürzte sich überschlagend zurück ins Tal.

Als die schweren Mechs die »Abschußzone« betraten, die er und seine Männer vor Beginn des Gefechts festgelegt hatten, preßte Andrew einen Knopf in die Kommandokonsole und öffnete einen Funkkanal. Seine Stimme war ein dumpfes Grollen. »Macht die Minen scharf.«

Der vorderste *Marodeur* pflanzte seinen wuchtigen Metallfuß auf den Hang knapp zehn Meter unter dem Kamm, als ein Feuerball darunter aufblühte und den Fuß einhüllte. Aus dem Gleichgewicht gebracht, versuchte die Pilotin verzweifelt, einen Halt zu finden. Sie stieß das zerschmetterte Bein wieder in den Boden, aber es war vergebens. Der *Marodeur* stürzte und löste eine zweite Mine aus, die ein riesiges Loch in den Mechtorso riß. In einem atemberaubenden Salto wurde der schwere Mechkörper ins Tal geschleudert, wo er in einer Wolke aus gelbem Staub reglos liegenblieb.

Andrew schaltete sein Funkgerät auf einen Rundspruch über die gesamte den BattleMechs zur Verfügung stehende Bandbreite. »Ihr habt die Wahl, Kürassiere. Ihr steht mitten in einem scharfen Minenfeld. Mein Auftrag lautet, euch aufzuhalten, aber das bedeutet nicht, daß ihr alle sterben müßt. Ich hätte nichts dagegen, euer und unser Leben zu schonen, aber die Wahl liegt bei euch.«

Nach einem Augenblick des Schweigens antwortete ihm eine kultivierte Stimme. »Hier spricht Major Xong. Verpflichten Sie sich, die Ares-Konvention in bezug auf die Behandlung Kriegsgefangener zu achten?«

»In jeder Hinsicht, Major.«

»Und was ist mit unseren Mechs?«

Andrew hörte die Sorge in der Stimme des Majors. Niemand in seiner Einheit verlangte nach einem Leben als Entrechteter, aber natürlich war auch niemand so dumm, feindlichen Truppen Waffen zu geben oder ihnen deren Besitz zu gestatten. Andrew überlegte ein paar Sekunden lang, bevor er antwortete. »Also, Major, soweit ich das mitbekommen habe, besteht Ihre Einheit aus erbeuteten Davion-Mechs. Ich bezweifle, daß der Prinz sich bei Ihnen dafür bedanken wird, wie gut Sie seine *Marodeure* in Schuß gehalten haben, und natürlich müssen Sie die Maschinen während der Gefangenschaft abgeben. Aber ich würde nicht ausschließen, daß Sie sie zurückbekommen können. Das hängt ganz davon ab, wie gut Sie mit uns zusammenarbeiten. Zugegebenermaßen ist das nur eine schwache Hoffnung, aber immer noch besser als alles, was Ihnen sonst bevorsteht.«

Xongs Antwort ließ nicht lange auf sich warten. »Ihre Logik bietet ebensowenig Ausweichmöglichkeiten wie Ihre Falle. Aber bevor ich eine endgültige Entscheidung treffe, möchte ich Ihren Namen und den Ihrer Einheit erfahren.«

Andrew grinste. »Ich bin Captain Andrew Redburn, und dies ist Kompanie Delta.«

»Ah, Redburn. Sie und Ihre Leute haben Cochraines Goliaths besiegt. Das erleichtert mir die Entscheidung, Captain, ich möchte Ihnen die Übergabe von Freemonts Kürassieren, erstes Bataillon, Kompanie Kuo, anbieten.«

Redburn nickte ernst. »Willkommen im Frieden, Major.«

Andrew sah zu, wie der letzte MechKrieger Xongs in den Schweber stieg, den die Aragon-Grenzer ihnen geschickt hatten. *Gott sei Dank war der Major vernünftig. Sonst hätte es wirklich unangenehm werden können.*

Robert Craons Stimme klang durch seinen Neurohelm. »Warum haben Sie es ihm nicht gesagt, Captain?«

Andrew zuckte die Achseln, obwohl er wußte, daß Craon es nicht sehen konnte. »Wozu? Er hat eine ehrbare und intelligente Entscheidung getroffen. Das kann ich respektieren. Er hat das Leben seiner Leute höher bewertet als die Ehre. Ich wüßte nicht, welchen Wert es haben sollte, ihm mitzuteilen, daß er hinters Licht geführt wurde.«

Craons Stimme enthielt keine Spur von schalkhaftem Enthusiasmus mehr, als er antwortete. »Ich schätze, Sie haben recht, Sir.«

»Gut, Robert. Und vergessen Sie's nicht. — Lieutenant, bitte bleiben Sie noch eine Weile hier und überwachen die Pioniere der Grenzer, wenn sie kommen, um die übrigen vier Minen zu bergen. Wir wollen nichts verkommen lassen ...«

45

Sitz des Ersten Bereichs ComStars
Hilton Head Island, Nordamerika, Terra

15. November 3028

Myndo Waterly genoß die Grimasse, zu der sich die Miene des Primus Julian Tiepolo verzerrte, als sie ihren Antrag einbrachte. Sie bemerkte auch befriedigt den schockierten Ausdruck auf dem Gesicht Präzentor Tharkads und den säuerlichen Ausdruck, der sich über die Züge Präzentor New Avalons legte. *Keine Verbündete, aber auch keine ernsthafte Opposition.* Sie warf einen schnellen Blick auf das ausdruckslose Gesicht von Villius Tejh. *Ist Präzentor Sian eigentlich auf meiner Seite oder nicht?*

Der Primus steckte die Hände in die weiten Ärmel seiner braunen Robe. »Ihr habt den Antrag Präzentorin Dierons vernommen. Sie beantragt, Haus Davion, seine Verbündeten, Vasallen und Agenten unter ein totales Interdikt zu stellen.« Der Kopf des Primus hob sich wie der eines Geiers, der nach einem ausgedehnten Mal die Umgegend des ausgeweideten Leichnams absucht. »Präzentor Tharkad.«

Ulthan Everson ballte die Fäuse. »Primus, ehrwürdige Präzentoren, dieser Antrag hat ganz offenkundig keine faktische Grundlage. Wir haben keinerlei Grund, dem Haus Davion unsere Dienste zu verweigern. Es hat keinerlei direkte Ausschreitungen gegen ComStar gegeben, die ein Interdikt rechtfertigen könnten. Weiterhin möchte ich einwenden, daß ein Stattgeben dieses Antrags unsere Möglichkeiten, Davions Befehle und Planung zu belauschen, untergraben würde.«

Myndo lachte auf. »Vergebt mir, Primus, aber die Logik Präzentor Tharkads hat schwere Fehler. Er argumentiert, wir dürften den Wolf vor unserem Tor nicht erwürgen, weil wir dann nicht mehr in der Lage wären, aus seinem Heulen auf seine Position zu schließen. Welchen Sinn soll es haben, Davions Botschaften zusammenzustückeln, wo seine Absicht doch völlig offensichtlich ist? Er beabsichtigt, die Nachfolgerstaaten in ihrer Gesamtheit zu erobern!«

Julian Tiepolo schüttelte den Kopf. »Das ist absoluter Schwachsinn, Präzentorin Dieron. Er besitzt weder die Mittel noch das Mandat, einen lang andauernden Krieg dieser Art zu führen.«

Myndo hob den Kopf, und goldene Glanzlichter funkelten unter ihrer Kapuze. »Verlangt Ihr wirklich von mir, Euren Vorhersagen Glauben zu schenken, Primus? Es ist keine sechs Jahre her, als Ihr mir in Eurem privaten Audienzraum, während Hanse Davion und Katrina Steiner ihr Bündnis unterzeichneten, versichert habt, wir würden in unserem Leben keine Veränderung der Davion-Liao-Grenzen sehen.« Myndo deutete auf die holographische Projektion der Konföderation Capella auf der Rückwand des Saales. »Davions erste Angriffswelle hat Tikonov vom Körper der Konföderation abgetrennt, und seine zweite Angriffswelle hat die Trennung vertieft. Als Wahrsager, Primus, fehlt Euch sichtlich das Talent.«

Präzentor Sian nickte Myndo respektvoll zu, aber seine Worte widersprachen ihr. »Möglicherweise hat der Primus die Absichten des Fuchses tatsächlich falsch eingeschätzt, aber meines Erachtens bist heute du es, die diese Situation falsch interpretiert. Wenn wir deinem Auftrag stattgeben, können keine von Michael Hasek-Davions Informationen mehr die Maskirovka erreichen. Das würde dem Haus Liao weit größere Schwierigkeiten bereiten.«

Myndo runzelte die Stirn. »Herzog Michaels Informationen waren ihm bisher keine große Hilfe. Viel günstiger wäre es, wenn nach Annahme meines Antrags Alexi Malenkow keine Gelegenheit mehr hätte, seinen Vorgesetzten in Davions Ministerium für Geheime Untersuchungen und Operationen über Liaos Vorhaben Bericht zu erstatten. Wie kommt es, daß du vor wenigen Monaten, als ich eine Bestrafung des Hauses Liao durch Interdikt befürwortete, dessen militärischen Zusammenbruch prophezeit hast, jetzt aber nichts dergleichen tust?«

Das Lächeln Huthrin Vandels, des Präzentors von New Avalon, erinnerte an das eines Krokodils. »Hättest du soviel Zeit über den Meldungen verbracht, die zwischen New Avalon und den Truppen unterwegs sind, wie Präzentor Sian und ich, Präzentorin Dieron, wüßtest du, daß nur sehr wenige Befehle an die Einheiten abgehen.« Vandel strich sich mit der Rechten über sein glänzendes schwarzes Haar. »Augenscheinlich ist sich Prinz Hanse darüber im klaren, wie teuer dieser Krieg im Hinblick auf ComStar-Gebühren werden könnte, und hat Befehle ausgegeben, die per Boten an seine Kommandeure gingen. Tatsache ist, daß nur Hanses engster Beraterkreis von den Plänen wußte, tatsächlich Truppen in die Konföderation zu entsenden. Die Invasion ist von Beginn an praktisch eigenverantwortlich abgelaufen. Während der beiden vorhergegangenen Galahad-Manöver wurde diese Vorgehensweise eingeübt. Diesmal ist es Ernst.«

Präzentor Tharkad ließ Myndo keine Zeit zu antworten. »Du hast noch immer nicht erläutert, warum wir Haus Davion unter ein Interdikt stellen sollen. Vergessen wir für einen Augenblick die Tatsache, daß wir keinerlei handfesten Grund haben, uns dem Fuchs in den Weg zu stellen. Was hat er getan, das dir ein Interdikt unumgänglich erscheinen läßt?«

Bist du blind oder nur zu dumm, es zu sehen? Myndo deutete wieder auf die Karte. »Hanse Davion wird die Kommunalität Tikonov erobern und seinen Vereinigten Sonnen angliedern. Wenn er erst deren Industriewelten wie Neuhessen, Aldebaran und Tikonov kontrolliert, wird

Davion zum mächtigsten der Nachfolgerfürsten aufsteigen.«

Myndo schüttelte den Kopf, und ihre goldenen Locken fielen ihr über die Schultern. »Dein Lyranisches Commonwealth wurde von ihm zu einem Angriff auf das Draconis-Kombinat gedrängt. An dieser Front ist der Krieg festgefahren — zugegebenermaßen mit Gewinnen für das Commonwealth —, aber er dient nur dazu, beiden Staaten ihre Kraft zu rauben.«

Everson kicherte, und Präzentor New Avalon meldete sich mit einer kurzen Kopfbewegung zu Wort. »Ich denke, die Lady protestiert zuviel. Könnte es sein, daß deine Aufregung allein auf der Tatsache beruht, daß das Draconis-Kombinat Federn lassen mußte?«

Myndos Nasenlöcher weiteten sich. »Du arroganter, anmaßender Idiot! Wäre ich nur darüber erzürnt, daß eine Nation im Krieg Verluste erlitt, stünde ich nicht hier. Ich hätte meinen Posten aufgegeben und mich an die Front gemeldet. Du irrst dich. Nationalismus hat damit nichts zu tun. Du solltest dich daran erinnern, daß du ComStar angehörst und nicht dem Davion-Hof. Der Erfolg der Vereinigten Sonnen ist nicht unser Erfolg. Er ist unser Untergang!«

»Wie dieses, Präzentorin Dieron?« Die Frage des Primus schnitt eine mögliche Erwiderung Präzentor New Avalons ab. »Die Worte Blakes sagen eben diese Kämpfe voraus. Das Kombinat kämpft an beiden Fronten, ebenso wie die Vereinigten Sonnen. Das Lyranische Commonwealth hat gegen das Kombinat losgeschlagen und sogar gegen einzelne Marik-Welten.« Der Primus hob leicht die Schultern. »Haus Marik kämpft, dank Davions Aufrührern, noch immer mit sich selbst, aber das steht in keinem Widerspruch zu den Worten Blakes. Blake lehrt uns, daß ComStar gerade durch Kriege und Vernichtung dieser Art seine Mission erfüllen wird.«

Myndo nickte matt. »Ich weiß, Primus, und ich wage zu behaupten, daß ich die Worte Blakes besser verstehe als irgendeiner meiner Gefährten in diesem Raum, mit der möglichen Ausnahme Eurer Person. In der Tat, der Seelige Blake sprach von den Kriegen, die zur Zersplitterung der Menschheit führen werden. Der Schlüsselbegriff hierbei ist jedoch Zersplitterung. Ich sehe aus Davions Krieg keinerlei Zersplitterung erwachsen.«

Präzentor Sian meldete sich zu Wort. »Präzentorin Dieron, ich fürchte, es ist der Wagemut im Plan des Prinzen und sein anfänglicher Erfolg, die dich beunruhigen. Bedenke bitte, daß dieser Krieg heute nicht mehr als vier Monate alt ist. Die Logistik für seinen Beginn war von bemerkenswerter Qualität, aber niemand kann jedes mögliche Problem in seiner Ausführung vorausgeplant haben. Davions Truppen hängen an der Leine, und sie wird mit jedem Tag kürzer.«

Myndo fuhr herum. »Er gewinnt den Krieg. Zur Hölle, vielleicht hängen seine Truppen an einer Leine, aber ich sehe keinerlei Anzeichen, daß diese sich spannt. Was ich sehe, ist Hanse Davion, der auf Maximilian Liaos Grab spuckt.«

Vilius Tejh ließ sich von ihrem Protest nicht aus der Ruhe bringen. »Die Davion-Einheiten haben einiges an Vorräten erobert, aber diese Lager waren zur Versorgung von Bataillonen vorgesehen, nicht von Regimentskampfgruppen. Sie sind nicht annähernd in der Lage, die Materialmengen auszugleichen, die Davion in diese Operation investiert. Die Leine, von der ich sprach, sind Davions Nachschublinien. Ich bin sicher, das Liaos Krisenstab diese fatale Schwäche entdecken wird, sobald er die von der Front kommenden Berichte gesichtet hat, und dann wird sich das Blatt wenden.«

Präzentor New Avalon machte seine Zustimmung deutlich. »Um ihre Besorgnis zu lindern, möchte ich Präzentorin Dieron auch daran erinnern, daß keine Truppen der Mark Capella an dieser Invasion beteiligt sind. Ohne die Unterstützung Herzog Michaels ist es völlig undenkbar, daß Hanse Davion die gesamte Konföderation Capella erobert. Gleichzeitig kann Hanse sich in Anbetracht von Michaels Hunger nach dem Thron nicht gestatten, die Mark Crucis zu sehr zu entblößen — und die Invasion wird fast aussschließlich von Truppen der Mark Crucis geführt. Damit gäbe er Herzog Michael die Chance, eine Revolte anzuzetteln und Hanse Davion abzusetzen.«

Myndo deutete auf die sichelförmige Schneise besetzter Welten im Gebiet der Konföderation Capella. »Hanses Soldaten sind weit entfernt. Warum schlägt Michael nicht jetzt schon zu?«

»Warum sollte er, solange Hanse sowohl sich selbst als auch Liao schwächt?« fragte der Primus mit einem wissenden Lächeln. »Michael wartet darauf, daß seine beiden Feinde im Kampf gegeneinander ausbluten. Dann wird er losschlagen und sie beide niedermachen.« Das Gesicht des Primus wurde ernst. »Natürlich wird sein Sohn Morgan die Eroberung der Vereinigten Sonnen durch seinen Vater zu verhindern suchen. Dies wird die Mark Capella zwischen Vater und Sohn teilen und die Vereinigten Sonnen noch weiter schwächen.«

»Im Commonwealth und im Kombinat sieht es nicht viel anders aus«, mischte sich Präzentor Tharkad ein. »Theodore Kurita hat seine Legion Wega — zumindest zwei seiner Regimenter — in entschlossener Verteidigung gegen die Truppen des Commonwealth geführt. Man wird ihn als starken Führer erfahren, und dies wird das Kombinat in zwei Fraktionen teilen, Vater und Sohn. Wolfs Dragoner tragen im Galedondistrikt eine persönliche Vendetta aus. Ich erwarte, daß der Rasalhaagdistrikt die Abspaltung versuchen wird, sollte das Kombinat merklich schwächer werden.« Der Präzentor machte eine kurze Pause. »Und ohne jeden Zweifel wird Herzog Aldo Lestrade die Unabhängigkeit der Isle auf Skye ausrufen, sobald die ersten Truppen Haus Kuritas auf seinem Gebiet landen.«

Myndo klatschte mechanisch Beifall. »Bravo, meine

Herren. Eure Analyse ist brillant. Ihr sagt höchst überzeugend voraus, daß der in den Worten Blakes vorhergesagte Zerfall sich beschleunigt. Aber, meine geschätzten Herren Präzentoren, ich sehe die Lage ganz und gar nicht so. Ihr blickt in die Zukunft und handelt nach dem, was ihr zu sehen glaubt. Aber ich teile eure Sicht der Dinge nicht.

Unsere Lage ähnelt einer alten terranischen Erzählung. Jemand sollte endlich darauf hinweisen, daß der Kaiser nackt ist! Ihr erzählt mir von Bürgerkriegen in sämtlichen Häusern, aber alles, was ich sehe, ist Haus Davion, das wie ein Mähdrescher durch die Konföderation Capella fährt. Wenn wir diese Flutwelle nicht jetzt aufhalten, wann dann? Wann geht er zu weit?«

Primus Julian Tiepolo blickte hinüber zum Präzentor Sian. »Wann wird sich die Lage deiner Meinung nach stabilisieren?«

Vilius Tejh preßte die Lippen zusammen, als er über seine Antwort nachdachte. »Meinen Berechnungen nach wird Davion seine Vorräte bis zum Jahreswechsel aufgebraucht haben. Ohne Zweifel wird er die bereits eroberten Welten verstärken, aber ich kann nicht mehr als eine oder zwei weitere Angriffswellen kommen sehen, die möglicherweise noch einmal zur Einnahme von insgesamt einem Dutzend Welten führen können.«

Präzentor Sian zögerte, fuhr dann aber auf eine Geste des Primus hin fort. »Ich sollte hinzufügen, daß Oberst Ridzik den Versuch unternehmen könnte, die Kommunalität Tikonov für unabhängig zu erklären, sollte er die Belagerung Tikonovs überleben und es schaffen, die Davion-Truppen zurückzuwerfen. In diesem Fall würde ich es sehr begrüßen, daß wir durch unseren Einfluß und unsere Hilfe seinen Erfolg sichern.«

Der Primus schaute zu Huthrin Vandel. »Stimmt die Einschätzung Präzentor Sians mit der deinen überein, Präzentor New Avalon?«

Vandel nickte ernst. »Allerdings, Primus. Ich glaube,

wir werden noch zwei Angriffswellen erleben, denen ein Ende der Feindseligkeit folgt. Davion wird dann genug Welten erobert haben, um seine Söldner zu belohnen. Alles, was darüber hinausginge, würde seine Möglichkeiten überfordern, allein schon durch die Garnisonsanstrengungen.

Außerdem möchte ich meine Unterstützung für den Vorschlag Präzentor Sians vorbringen, ein unabhängiges Tikonov zu fördern, Primus.«

Myndo stieß ein verärgertes Knurren aus. »Wieder weicht ihr meiner Frage aus. Wieviel ist zuviel? Wann werden wir endlich handeln?«

Vandel grinste sie an. »Wenn Davions Einheiten Sarna erreichen. Zu diesem Zeitpunkt werden wir eingreifen.«

In Myndos Augen flammte der Zorn auf, als sie die Reaktion der übrigen Präzentoren auf Vandels Vorschlag sah. *Ich fordere eine ernsthafte Diskussion, und was bekomme ich vorgesetzt: Schwachsinn. Vandel weiß ganz genau, daß Sarna nach allem, was hier vorgetragen wurde, weit außerhalb von Davions Möglichkeiten liegt. Aber zumindest haben sie mir etwas zugestanden.* »Gut dann, Primus. Ich erweitere meinen Antrag wie folgt: ComStar setzt Haus Davion, seine Verbündeten, Vasallen und Agenten unter ein totales Interdikt, falls Haus Davions Truppen Sarna angreifen.«

Myndo lächelte, als die Präzentoren den Antrag mit wortlosem Nicken annahmen. *Jetzt, wo der Antrag angenommen ist, muß ich nur noch dafür sorgen, daß Hanse Davion gegen Sarna losschlägt und damit den Untergang seines Imperiums einleitet.* Sie sah sich um. *Solange mir nur diese Narren im Weg stehen, kann es keinen Zweifel am Erfolg geben. Blakes Wille geschehe!*

46

Sian
Kommunalität Sian, Konföderation Capella

21. Dezember 3028

Justin Xiang schloß die Augen. Seine Arbeit schien ihm keinen Augenblick Ruhe zu gönnen, und er war übermüdet. *Seit Beginn der Davion-Invasion habe ich keine Nacht länger als sechs Stunden geschlafen. Und das war auf dem Flug zurück nach Sian — nach zwölf Stunden Analyse von Geschirr auf »geheime Botschaften«.* Er blickte zu Tsen Shang auf und las in den braunen Augen seines Assistenten dieselbe körperliche und geistige Erschöpfung.

Zwischen ihnen stand ein leuchtendes Hologramm der Konföderation Capella. Der anfängliche Schnitt durch die Tikonov-Kehle hatte sich auf beiden Seiten ausgeweitet. Die Hälfte der Kommunalität Tikonov war entweder bereits erobert oder wurde gerade von Davion-Truppen belagert. Die loyalen Welten glühten in einem wilden Grün, während die Welten, die unter den aufeinanderfolgenden Angriffswellen Davions gefallen waren, in immer dunkler werdenden Blautönen leuchteten.

Tsen Shang deutete auf den himmelblauen Lichtpunkt, der Tikonov repräsentierte. »Ihre Einschätzung des Davion-Vorgehens hat sich als korrekt erwiesen, Bürger. Die Regimentskampfgruppen der Crucis-Lanciers haben sich aufgeteilt und in der dritten Welle sechs Ziele angefallen. Auf Menker und Achernar stehen ihnen nur Milizeinheiten gegenüber ...«

»Großartig. Einfach großartig.« Justin verzog das Gesicht. »Wahrscheinlich dürfen wir uns damit trösten, daß sie keine Vorräte erbeuten werden.«

Shang zuckte die Achseln. »Seien wir ehrlich. Sie werden auch keine erwarten.« Er deutete mit einem langen Fingernagel auf den grünen Planeten Tigress. »Haus Hiritsu könnte einiges an Schaden anrichten, aber die Welt ist für uns verloren. Davion hat zwei RKGs ins Feld geworfen.«

Justin massierte sich die Schläfe. »Trotzdem, auch nach dieser neuen Angriffswelle haben wir noch eine letzte Chance, die Vereinigten Sonnen aufzuhalten. Wie du schon die ganze Zeit vorgeschlagen hast: Wir müssen ihre Aufmarschbasen attackieren. Wenn wir die Davion-Nachschubbasen erobern — oder wenigstens zerstören — können, sind die Fronteinheiten abgeschnitten. Das reicht zwar immer noch nicht, das Kampfgeschick zu wenden und die Invasoren zurückzudrängen, aber zumindest verschafft es uns die nötige Zeit, uns wieder zu erholen.«

Shangs Seufzer hallte durch die kleine, enge Kammer. »Aber wie bringen wir den Kanzler dazu, uns zuzuhören? Du hast gesehen, wie er reagiert hat, als ich letztens versucht habe, das Thema Einsatzgruppen anzuschneiden. ›Wir müssen die Eindringlinge hier aufhalten, Bürger Shang. Wir müssen unsere Welten mit ihrem Blut tränken, auf daß wieder blühen kann, was der Feind verwüstet hat.‹ Er ist besessen von seinem Traum, der neue Erste Lord des Sternenbunds zu werden — so besessen, daß er nicht bemerkt, wie sein Reich um ihn herum in Trümmer fällt.«

Tsen sah zur Seite. »Ich habe sogar versucht, Romano dazu zu bringen, für meinen Plan bei ihm vorzusprechen, aber seit die Ersten Kearny Highlanders von Highspire abgeflogen sind, giert auch sie nach Blut.«

»Sie hätte wissen müssen, daß die Ersten Kearny starten, sobald sie die Nachricht von der Niederlage der Zweiten Kearny auf Jonathan erhalten. Alle Regimenter der Northwind Highlanders verbindet so etwas wie familiäre Bande. Ich nehme an, nur Pavel Ridziks Präsenz auf Elgin hält McCormacks Füsiliere davon ab, zu einem Rachefeldzug für Marions Highlanders aufzubrechen.«

Shang nickte. »Immerhin wurden sie bis auf den letzten Mann aufgerieben. Die dritte Davion Guards-RKG ist ein harter Brocken.«

Justin trat vom Tisch zurück und sank an den kühlen, schallschluckenden schwarzen Wandfliesen zu Boden. Er zog die Knie an die Brust und legte seine Arme um sie. »Ich schätze, wir müssen in die Höhle des Diablo. Hast du gesagt. Michaels letzte Informationen enthielten Daten, die unsere früheren Vermutungen bestätigen?«

»Ich habe kein gutes Gefühl bei diesen Daten. Michael hat uns die Truppeneinteilungen für Galahad '28 geliefert, aber er wußte nichts davon, daß die Einteilungen durch versiegelte Order von New Avalon aus geändert worden waren. Inwieweit können wir ihm oder seinen Informationen noch trauen?«

Justin kaute auf seiner Unterlippe, bevor er eine Antwort gab, und seine Stimme klang müder als je zuvor. »Wir haben eine Reihe von Hinweisen darauf, daß er die Stärke seiner eigenen Einheiten zu niedrig ansetzt, aber die Täuschungsmanöver sind einfach genug auszugleichen. Ich vertraue ihm nicht einmal so weit, wie ich den Thron des Kanzlers werfen könnte. Aber Michael hat uns nicht angegriffen, obwohl er die Möglichkeit dazu hätte. Er hält sich an die Vereinbarung.«

Shang lehnte sich schwer auf den Kartentisch und gab Justin resigniert recht. »Zugegeben. Davion hat alle zwei Monate eine neue Angriffswelle gestartet. Die Truppenbewegungen lassen auf regelmäßige Nachschublieferungen schließen, aber die meisten Vorrate werden bereits auf die Vorbereitung der nächsten Welle verwandt. Und wir sind uns beide darüber einig, daß diese vierte Welle Anfang Februar zu erwarten ist.«

»Was bedeutet, daß Davions Bunker bis Mitte Januar gefüllt sein müssen«, überlegte Justin. »Und seine Lagerhäuser liegen weit hinter den Linien. Damit glaubt Hanse Davion in seiner Arroganz, sie wären für uns unerreichbar.«

Die Unterhaltung der beiden Maskirovka-Analytiker erstarb, als sich die Tür zischend in die Decke schob. Gelbes Licht strömte an der vorgebeugten Silhouette Kanzler Maximilian Liaos vorbei. Eine Holodisk warf einen in alle Farben des Regenbogens gebrochenen Lichtstrahl auf den Kartentisch. Liao blickte auf, als Justin sich vom Boden erhob, dann nickte er. »Gut. Sie sind beide hier. Bürger Shang«, erklärte er und hielt Shang die Disc entgegen, »sehen Sie sich das an!«

Justin erstarrte, als er die Wut in der Stimme des Kanzlers hörte. »Was ist los, Exzellenz?«

Liao wartete, bis die Tür sich wieder hinter ihm geschlossen hatte, bevor er knurrend Antwort gab. »Dieser Idiot! Er hat mir ein Ultimatum gestellt. Tu dies und das, oder ich werde meine Konsequenzen ziehen! Wie kann er es wagen?«

Shang schob die Holodisc in den Aufnahmeschlitz des Kartentisches und trat zurück, als die politische Karte der Konföderation von einem Brustbild Oberst Pavel Ridziks abgelöst wurde. Aus den versteckten Lautsprechern der Kammer drang Ridziks sanfte, dabei aber feste Stimme. *Die Stimme und das Auftreten eines Menschenführers,* dachte Justin.

»Kanzler Liao, ich bitte Euch inständig, mein Gesuch zu erhören. Tikonov ist gefallen und mit ihm die Hoffnungen der Kommunalität Tikonov. Noch hat mein Volk den Mut nicht ganz verloren und glaubt an den letztendlichen Sieg der Konföderatin Capella. Jetzt und allezeit wünscht es die Verbindung mit Sian zu erhalten.«

Ridziks Kopf hob sich, und in seinen Augen zuckte das Feuer. Er strich sich über seinen roten Bart und kniff die Augen zusammen. »Der überwiegende Teil dieser Botschaft besteht aus Daten über einen Feldzug, zu dem ich Eure Genehmigung erbitte. Meine Quellen deuten auf einen Schwachpunkt in den Verteidigungen Davions auf Tikonov, Menkar und Jonathan hin. Die Davion-Truppen haben ihren Halt auf diesen Welten gefestigt, aber schon jetzt behandeln die Truppen ihre Eroberungen wie brave Mitgliedswelten der Vereinigten Sonnen.«

Ridzik beugte seinen Kopf fast weit genug, um respektvoll zu erscheinen. »Ich schlage vor, daß meine Einheit, Stapletons Eisenfaust — alle drei Bataillons — bis auf Angriffsdistanz an Tikonov herangeführt wird. Ich habe eine Liste von Sonnensystemen beigefügt, die es ermöglicht, die zur Kommandostrecke des Kanzlers nach Terra eingeteilten Sprungschiffe einzusetzen. Zusätzlich benötige ich die auf unsere Planeten Hamal, Woodstock und Bharat zurückgezogenen Einheiten. Mit diesen Truppen werde ich Tikonov zurückerobern und die Gegenoffensive starten, die wir so dringend benötigen.«

Ridzik lächelte. »Ich weiß, daß mein Plan Erfolg haben wird. Ich bitte Euch dringend, ihn anzunehmen und in die Tat umzusetzen. Solltet Ihr dies nicht tun, sehe ich mich außerstande zu sagen, wie lange ich mich noch in Tikonov halten kann. Wie immer, mein Kanzler, verbleibe ich Euer Diener.«

Das Bild seines Kopfes explodierte in einem Strom alphanumerischer Daten, die der Computer schnell in eine neue politische Karte verwandelte, auf der sich verschiedene Truppensymbole bewegten. Shang und Justin studierten die Karte gespannt. Justin kam langsam näher, wie ein Seefahrer im Bann einer Sirene.

Er nickte unwillkürlich, als der Plan vor seinen Augen Gestalt annahm. *Es könnte funktionieren. Mutig genug ist er, aber dieser Plan entblößt den Rest der Kommunalität Tikonov von Truppen. Ein gefährlicher Schachzug, aber es bedarf mutiger Züge, um einen starken Gegner zu besiegen.*

Maximilian Liao starrte den Plan an, dann spuckte er verächtlich aus: »Das ist sein Plan ... Er hat Fehler, oder nicht?«

Justin warf Shang einen schnellen Blick zu, dann nickte er. »Er funktioniert, aber er basiert auf Annahmen, deren Richtigkeit wir nicht richtig nachprüfen können.«

Liao hob den Kopf. »Zum Beispiel?«

Diesmal antwortete ihm Shang. »Der Oberst zitiert aus den Berichten seiner Geheimdienstquellen, daß nur die Achte Crucis-Lanciers RKG als Garnison auf Tikonov stationiert ist.« Shang deutete auf eine gebundene Ausgabe der neuesten Truppeninformationen Michael Hasek-Davions. »Herzog Michaels Informationen behaupten etwas anderes. Es stimmt wohl, daß die Achte Crucis-Lanciers RKG die einzige vollständige anwesende Einheit auf dem Planeten ist, aber Herzog Michael weist darauf hin, daß die übrigen sieben Lancier RKGs erhebliche Mengen an Infanterie, Panzern und Luft/Raumjägern zurückgelassen haben, um bei der Verteidigung zu helfen.«

Justin deutete mit seiner Metallhand auf den Planeten Teng, einen tiefgrün strahlenden Lichtpunkt in der Ausbuchtung der Kommunalität St. Ives. »Der Oberst verlangt, daß seine Einheiten an die Terra zugewandte Front verlagert werden, um bei der Eroberung Tikonovs zu helfen. Nicht nur, daß es sich bei einer solchen Operation unter den besten Umständen schon um einen logistischen Alptraum handeln würde, zum jetzten Zeitpunkt ist es schlicht unmöglich. Die Kommunalität St. Ives mußte praktisch alle Sprungschiffe aufgeben, um die Truppenbewegungen in den Frontgebieten zu unterstützen. Die meisten der verbliebenen Schiffe sind Teil der Kommandostrecke, die Ihr aufgebaut habt, damit Herzog Michael Sian besuchen kann.«

Maximilian Liao verschränkte langsam die Arme vor der Brust. »Ich fühle, daß Ridziks persönlicher Machthunger eine treibende Kraft bei seinem Plan darstellt.« Seine Miene verdüsterte sich, während er auf die Karte starrte.

Shang blickte zu Justin hinüber, und der ehemalige MechKrieger der Vereinigten Sonnen nickte. Shang

Zwischendurch: [redacted] „Sämtliche Nachschublinien Davions verlaufen über diese sechs Planeten...“ Klar, daß ein solches Nachschubsystem verletzlich ist: lange Wege sind störungsanfällig... [redacted] Schätzen wir uns also glücklich, daß wir unsere Versorgung mit ein paar Schritten in die Küche ganz nebenbei und zwischendurch sicherstellen können. Uns genügt dazu ein Löffel, heißes Wasser und die... [redacted]

Zwischendurch: [redacted]

Die kleine, warme Mahlzeit in der Eßterrine. Nur Deckel auf, Heißwasser drauf, umrühren, kurz ziehen lassen und genießen. [redacted] Die 5 Minuten Terrine gibt's in vielen leckeren Sorten – [redacted] guten Appetit!

Maggi
5 Minuten
Terrine

räusperte sich. »Quell der Weisheit, die Analyse der von Herzog Michael gelieferten Daten hat eine Schwachstelle in den Davion-Angriffen gezeigt, die wir möglicherweise für uns nutzen können.«

Liao bewegte sich nicht. Einen Moment lang schien er selbst den Atem anzuhalten, dann brannten seine Blicke sich in Shang. »Was? Was haben Sie gesagt?«

Shang betätigte zwei Knöpfe am Kartentisch. Ridziks Karte verblaßte, und eine beinahe identische trat an ihre Stelle. »Herzog Michaels Bericht über die Truppenstärke und Position zeigt die zentrale Schwäche der Davion-Planung auf.«

»Nämlich?«

Shang schaute beinahe bedauernd. »Das Ziel der modernen Kriegsführung besteht darin, die Fähigkeit des Gegners zur Kriegsführung zu vernichten. Dies ist auf zwei Arten möglich. Die erste ist die Vernichtung der feindlichen Truppen.«

Der Kanzler runzelte die Stirn. »Das weiß ich nur zu gut, Shang. Der Fuchs hat es mir gekonnt vorgeführt.«

»Vergebung, Sire. Ich wollte Euch nicht zu nahe treten.« Shang berührte einen weiteren Knopf. Sechs Welten im Innern der Vereinigten Sonnen leuchteten golden auf. »Sämtliche Nachschublinien Davions verlaufen über diese sechs Planeten. Wir wissen auf Grund des Zeitplans der Angriffe und durch Erkenntnisse aus Befragungen in unsere Gefangenschaft geratener Truppen, daß die Davion-Kriegsmaschinerie sich nicht aus den eroberten Gebieten versorgt. Seine Gewinne konnten ihm die Vorräte nicht liefern, die er zur Weiterführung des Krieges benötigt.«

Justin sah den hageren Körper des Kanzlers vor Frustration und Wut beben und hob seine Metallhand, um einem Wutausbruch zuvorzukommen. »Hoheit, Bürger Shang hat einen Weg gefunden, das weitere Vorrücken Davions zu verhindern und unsere Truppen gleichzeitig mit den Mechs und Ersatzteilen zu versorgen, die wir brauchen, um die Eindringlinge endlich wieder aus der Konföderation zu werfen.«

Shang nickte Justin dankbar zu, bevor er seine Erklärung fortsetzte. »Kawich, Nopah, Basal, New Aragon, Algot und Halloran V beherbergen die Davion-Vorratslager. Mit den Truppen, die wir von den durch Davion eingenommenen Planeten evakuiert haben, können wir diese Vorratslager angreifen. Wir werden unseren Feinden den Nachschub vorenthalten, den sie so dringend brauchen, und gleichzeitig unseren schwindenden Vorrat an Waffen und Mechs aufstocken.«

Während Shang die Operation Welt für Welt erklärte, hob Justin sein Notizbuch vom Rand des Kartentisches auf und hielt die vorgeschlagene Abfolge der Einsätze im Detail fest. Der Kanzler warf ihm einen prüfenden Blick zu und nickte. Shang beobachtete Justin, um sicherzugehen, daß er alles notiert hatte, bevor er weitersprach.

»Da wir wissen, daß Davions Einheiten zur Zeit damit beschäftigt sind, ihre Position auf den frisch eroberten Welten zu stabilisieren, Inbegriff der Vollkommenheit, können wir vorhersagen, daß die nächste Angriffswelle erst im kommenden Februar ansteht. Davion hat viele Welten erobert, aber er benötigt für jede einzelne eine Garnison. Dadurch sind seine Vorräte bis an die Grenze seiner Möglichkeiten belastet.«

Shang deutete auf Halloran V. »Für diesen Angriff stehen uns die wenigsten Kräfte zur Verfügung. Wir können nur die einzige überlebende Kompanie von Freemonts Kürassieren nach Halloran V senden, aber nach den Angaben des Herzogs verfügt diese Welt über keinerlei Garnisonstruppen. Auf Kawich sind Einheiten in Höhe von vier Bataillonen notwendig. New Aragon wird von einem verstärkten Regiment abgedeckt, das sich aus den Überresten der Chesterton-Voltigeure zusammensetzt, und auf Nopah werden zwei Regimenter niedergehen, darunter Euer eigenes Zweites Regiment der Capella-Husaren.« Während er die Einheiten auflistete, holte der Computer den jeweiligen Planeten heran und öffnete eine kleine Tabelle neben ihm, auf der die für den Angriff eingeteilten Truppen aufgereiht waren.

»Ein interessanter Plan, Bürger Shang.« Die Miene des Kanzlers hatte sich merklich aufgehellt. »Sind Sie derselben Meinung, Bürger Xiang?«

Justin schaute von seinen Notizen hoch, dann schlug er eine leere Seite auf. »Ich bin der Ansicht, daß es sich um einen makellos geplanten Feldzug handelt. Ich bin dafür ...« Justin verstummte und erweckte damit die Aufmerksamkeit des Kanzlers.

»Was ist, Bürger? Ich höre ein Zögern in Ihrer Stimme.«

Justin lächelte und deutete auf einen Planeten etwas tiefer in den Vereinigten Sonnen. »Axton. McCarron's Armored Cavalry hat diese Welt vor vier Jahren angefallen, als diese Söldnereinheit auf Eure Weisung hin die Mark Capella unsicher machte. Davion hat eine große Geldmenge in den Wiederaufbau der Minen gesteckt, die McCarrons Leute zerstört haben, aber die Kosten des Wiederaufbaus gehen weit über das hinaus, was wir für ein derartiges Projekt veranschlagt hätten.«

»Was bedeutet?«

Shang war gerne bereit, die Erklärung zu liefern. »Es handelt sich um Justins Gral, Verehrungswürdiger. Justin arbeitet schon lange daran, den Standort einer geheimen NAIW-Mechforschungsanlage ausfindig zu machen. Er hat Gerüchte über besonders schlagkräftige BattleMechs gehört, die dort entwickelt werden sollen.«

Justin bestätigte Shangs Worte, als der Kanzler ihn anblickte. »Ich habe vier der sechs Kandidaten für die Welt mit der Forschungsanlage bereits eliminiert. Ich brauche eine Truppe, mit der ich Axton überfallen kann, um festzustellen, ob sich die Basis dort befindet. Wenn dem so ist, können wir ein paar der neuen Mechs erbeuten — oder etwas von dem, was sie schlagkräftig macht — und Davions eigene Technologie gegen ihn zur Anwendung bringen.«

Justins Blick kehrte zur Karte zurück. »Axton ist das logische Ziel unseres Angriffs. Die Vierten Tau Ceti-Ranger haben ihr Erstes Bataillon nach Highspire zurückgezogen. Von dort aus ist es einfach genug, Axton anzufallen. Entweder erbeuten wir die Technologie, oder wir finden zumindest heraus, wo sie steckt.« Justin lächelte, als er sich daran erinnerte, wie Candace auf einem ihrer Teller bei der Hochzeit Axtons Wappen entdeckt hatte. *Das muß ein Zeichen gewesen sein.*

Maximilian Liao war überzeugt. »Ihre Pläne sind ambitiös, aber sie bauen auf solideren und überzeugenderen Daten und Überlegungen auf als die Ridziks. Wir werden sie weiterverfolgen.«

Tsen Shang hob die Hand. »Wartet! Wir müssen noch einige andere Gesichtspunkte bedenken.« Er deutete auf den schmalen Ausläufer von Davion-Welten zwischen der Kommunalität Tikonov und dem Militärdistrikt Dieron des Draconis-Kombinats. »Das Kombinat kämpft im Militärdistrikt Galedon mit Zähnen und Klauen gegen Wolfs Dragoner, aber dabei handelt es sich um einen rein persönlichen Konflikt. Tai-sho Tscherenkow reicht es, wenn Theodore Kurita die Steiner-Grenze sichert, und läßt die Truppen in seiner Präfektur Al Na'ir tatenlos zusehen. Wenn man ihn überreden könnte, den terranischen Korridor anzugreifen, wäre Davion gezwungen, Truppen von unserer Front abzuziehen, die er möglicherweise für die vierte Angriffswelle eingeplant hat. Sollte dieser Angriff in etwa zehn Tagen stattfinden, würde er Davion Gelegenheit zur Reaktion geben und wir hätten den Freiraum, den wir für unsere Operation benötigen.«

Liao stimmte zu. »Das sehe ich auch so. Ich werde mich sofort mit Takashi Kurita in Verbindung setzen. Eine ganze Reihe von Sonnensystemen werden ihm in den Schoß fallen. Betrachten Sie die Angriffe als beschlossene Sache.«

Plötzlich erstarrte der Kanzler. »Ich hätte es sofort erkennen müssen«, murmelte er und wandte sich wieder zum Kartentisch um. »Ich weiß, was Pavel Ridzik plant. Natürlich ... es ist sonnenklar.« Der Kanzler lächelte frostig, und sein Blick wanderte von einem der Analytiker zum anderen. »Klar wie Kristall.«

Justin schauderte. *Eine Inspiration ist über ihn gekommen. Was für einen Wahnsinn brütet er diesmal aus?*

Der Kanzler zeigte auf Justins Notizen. »Sie werden Ihren Angriff durchführen und den Kombinatsangriff auf den terranischen Korridor dabei ausnutzen. Wir nennen es Operation Riposte. Einschließlich Ihres Überfalls auf Axton. Wir werden Prinz Davion mit seinem eigenen Nachschub und seiner eigenen Technik die Luft abdrehen. Und«, fügte der Kanzler hinzu und fletschte die Zähne, »wir werden die größte Bedrohung der Konföderation Capella eliminieren.«

Justin runzelte verwirrt die Stirn. Tsen Shang wirkte nicht minder ratlos. Der Kanzler bemerkte nichts davon, sondern ging völlig in seiner plötzlichen Einsicht auf. »Er wollte seine Truppen, um Tikonov zurückzuerobern und danach die ganze Kommunalität als unabhängige Nation ausrufen zu können. Er hätte all seine Truppen bei sich auf Tikonov, und dann würde er umschwenken und gegen Sian marschieren. Er wollte eine Übereinkunft mit Davion treffen, so wie ich mit Herzog Michael. Er glaubt, er könne meinen Platz einnehmen!«

Liaos Stimme wurde zu einem zischenden Flüstern. »Der Fuchs hat aus meinem Beispiel gelernt, aber nicht gut genug. Ridziks Plan hat mich vor seinem bevorstehenden Verrat gewarnt. »Ich werde das verhindern.« Er blickte Justin an. »Schreiben Sie es auf, damit es der Nachwelt überliefert wird. ›Am heutigen Tage verurteile ich, Maximilian Liao, Oberst Pavel Ridzik für den von ihm geplanten Verrat zum Tode.‹«

Lachend machte der Kanzler auf dem Absatz kehrt und marschierte aus dem Raum. Die Tür glitt hinter ihm zu und schnitt sein Gelächter ab.

»Entweder ist er ein Genie«, stellte Shang fest, »oder wahnsinnig.«

Justin zuckte die Achseln. »Was weiß ich. Es steht fünfzig zu fünfzig, daß er recht hat, was Ridzik angeht. Immerhin wissen wir bereits, daß Ridzik den Kanzler im Bett betrogen hat. Woher wollen wir wissen, daß der Oberst keine Pläne hat, die Frau des Kanzlers auch offiziell für sich zu beanspruchen?«

»Was soll's? Wir haben mehr als genug Arbeit.« Shang stöhnte. »Es wird die ganze Nacht dauern, die Befehle für diese Angriffe zu schreiben.«

Justin klopfte auf sein Notizbuch. »Brauchen Sie meine Notizen?«

Shang verneinte und tippte sich an den Kopf. »Ich habe alles hier oben. Schreiben Sie ruhig Ihre Befehle für den Axton-Überfall, ich melde mich schon, wenn ich Ihre Hilfe brauche. Immerhin ist das mein Plan, also werde ich auch die Arbeit übernehmen.«

»Ich hatte gehofft, daß Sie das sagen.«

Justin blickte von seinem Schreibtisch auf, als Alexi Malenkow das Büro betrat. »Was machst du denn noch hier? Haben wir dir heute noch nicht genug Arbeit gegeben?«

Alexi warf einen Blick auf seine Uhr und verzog das Gesicht. »Himmel, Justin, es ist nicht einmal Mitternacht. Die letzten drei Monate waren so schlimm, daß ich vor dem Morgengrauen ohnehin nicht mehr einschlafen kann. Außerdem habe ich nicht viel zu tun, bis Herzog Michael neue Daten schickt, solange du und Tsen euch im Kartenraum einschließt.«

Justin streckte seinen rechten Arm. »Das ist ein Zustand, den ich mir gar nicht mehr vorstellen kann. Du solltest dich glücklich schätzen.«

Der hochgewachsene Analytiker lachte. »Ich bin wahrscheinlich nicht mehr ganz normal, aber ich frage trotzdem: Hast du noch was für mich zu tun?«

Justin zögerte für einen Augenblick, dann grinste er. »Klar.« Er riß eine Seite aus seinem Notizbuch und reichte es Alexi. »Ich muß Befehle schreiben, aber der Rest dieser Notizen muß nur eingegeben werden.« Er hielt seine Metallhand empor. »Mit diesem Ding ist an so eine Arbeit nicht einmal zu denken. Entsprechend grausam ist meine Schreibgeschwindigkeit. Tipp die Notizen einfach ein, und schick die Dateien in meine Sektion. Die Notizen werden hinterher vernichtet, keine Kopien.«

Alexi nickte. »Standardverfahren, ist klar. Roger, Bürger Boss. Codewort?«

»Der erste Teil läuft unter Operation Riposte.« Er überlegte. »Der Rest der Notizen bekommt als Codewort Judas-Vergeltung.«

Alexi hob eine Braue. »Hört sich ziemlich scheußlich an.«

Justin hob die Schultern. »Triage. Wie wenn man einen Arm amputieren muß, bevor die Infektion den ganzen Körper erfaßt. Wenn du fertig bist, bring mir einen Ausdruck mit allen Maskirovka-Terminisierungstechnikern in Tikonov, vorzugsweise auf Elgin und vorzugsweise attraktiv und weiblich.«

Alexi verbeugte sich aus der Hüfte. »Dein Wunsch ist mir Befehl. Ich dürfte in etwa einer Stunde wieder hier sein.«

»Gut, Alexi. Gut.« Trotz seiner Müdigkeit ließ Justin sich seine Freude deutlich anmerken. »Wenn alles läuft wie geplant, können wir Hanse Davion zum neuen Jahr ein paar deftige Überraschungen bereiten.« Er lehnte sich zurück, als Alexi das Büro verließ. *Operation Riposte und der Tod eines Verräters. Ein passendes Ende für das Jahr der Ratte …*

47

Northwind
Mark Draconis, Vereinigte Sonnen

11. Januar 3029

Der Schweiß strömte über Akira Brahes Gesicht, als er das blutrote Fadenkreuz der Autokanone auf die Silhouette des *Feuerfalke* senkte. »Kaji-3, nach rechts!« Er preßte den Feuerknopf nieder, und das Cockpit seines *Orion* füllte sich mit dem schrillen Singen der Autokanonensalve. Wieder schlug eine Hitzewelle über ihm zusammen, aber er hielt das Fadenkreuz genau auf dem Ziel.

Die Granatensalve donnerte auf den rechten Arm des *Feuerfalke.* Die Einschlagspuren zogen sich hinauf zum Schultergelenk, und die letzten Überreste zerschossener Panzerplatten wurden beiseite gefegt. Die schweren Geschosse fraßen sich in die Achsel des Mechs und rissen den Arm in einem Schauer aus Funken ab. Der Pilot versuchte erfolglos, seinen ungelenk nach hinten taumelnden Mech wieder in die Gewalt zu bekommen.

Jiro Thorvald, Kaji-3, hatte seinen *Marodeur* wie befohlen gedreht. Aus der rechten Unterarmmanschette seiner Maschine peitschte ein blauer Blitzschlag. Der Energiestrahl seiner PPK geißelte die Panzerung vom Torso des schwergezeichneten *Feuerfalke* und löschte das Team Banazi-Abzeichen auf dessen rechter Brustpartie vollends aus.

Trotz der Hitze zitterte Akira, als er den riesigen *Feuerfalke* erzittern und auf den Rücken stürzen sah. *Diese Söldner des Blue Blazer Bataillons von Team Banzai kämpfen wie besessen. Früher glaubte ich, Söldner besäßen keine Ehre, kein Pflichtgefühl anderen als sich selbst gegenüber. Morgan Kell und Jaime Wolf ließen Zweifel daran in mir wach werden, und nun kämpfen diese Blue Blazer gegen uns, obwohl sie keine Chance haben zu gewinnen. Und sie kämpfen, um anderen Söldnern die Flucht zu ermöglichen.*

Chu-i Per Andersen, Kommandeur der Lanze Korasu, meldete sich über Funk. »Ichi-Sektor ist frei, Chu-sa. Wir haben die Blue Blazers zurückgetrieben. Sollen wir Ihnen nachsetzen?«

Akira beobachtete, wie der Pilot des *Feuerfalke* ausstieg, bevor er Antwort gab. Die Visierplatte des Mechs wurde abgesprengt, und der Pilotensessel prallte auf seinem Flug aus dem am Boden liegenden Mech daran ab. Der Sessel wirbelt wild herum, bevor die Lenkraketen einsetzten und seinen Flug stabilisierten. Der Pilot sank auf den Innenhof einer rußgeschwärzten Gebäuderuine, und die Infanterie, die der Genyosha vom Fünften Schwert des Lichts zur Unterstützung überstellt worden war, strömte zusammen wie Flöhe auf einem Hund.

»Negativ, Korasu-1. Lassen Sie sie ziehen!« Akira atmete langsam tief durch. »Wir sind nicht hier, um gegen Team Banzai zu kämpfen. Wir haben diesen Vorstoß nur als Gefälligkeit Tai-sho Conti gegenüber aufgehalten. Schließlich konnten wir kaum untätig zusehen, wie die Blue Blazers das Hautquartier des Fünften Schwerts des Lichts überrennen, oder?«

Andersens Stimme war von derselben Frustration geprägt, die auch in Akiras Worten gelegen hatte. »Hai, Chu-sa Brahe Akira-sama. Wakarimas.«

Akiras Miene wurde hart. *Wir haben in diesem Feldzug ungeheure Erniedrigungen erfahren. Das 5. Schwert des Lichts und das 36. Dieron-Regiment behandeln uns wie Söldner. Sie hassen uns, weil wir den Segen des Koordinators haben. Und der Verbindungsoffizier der Internen Sicherheitsagentur ...* Durch Akiras Gedanken zuckte die Wut wie ein Gewitter. *Er versucht, die Genyosha unter seine Gewalt zu bringen, nur weil wir nicht der Aufsicht der ISA unterstehen. Er kann unsere Loyalität dem Drachen gegenüber nicht anzweifeln, aber er versucht, sich als unser Meister aufzuspielen. Wir hätten niemals hierherkommen sollen.*

Akira schaltete sein Mikro ein. »Haben Sie die Unterhaltung mitgehört, Denko-1?«

»Hai, Chu-sa, in Wort und Sinn«, antwortete die rauhe Stimme Chu-i Jack Seaborgs. »Auch unser Sektor ist frei. Die Söldner scheinen sich in die Rockspire Mountains zurückzuziehen.«

Akira nickte. »Hai, Seaborg-kun. Ziehen wir alle drei Lanzen bis zur Gefechtsbasis zurück.«

Akira blickte sich zu der Stelle um, an der er den Blue Blazer-Pilot hatte niedergehen sehen. Er zuckte zusammen, als er sah, wie der Söldner von den Infanteristen mit Schlägen und Tritten malträtiert wurde. Einer, seiner Uniform nach zu schließen ein Chu-i, zog sein Katana aus der Scheide und schrie den Söldner an. Der preßte seinen gebrochenen Arm an den Körper und stolperte weiter, so gut er konnte.

Akira bewegte seinen *Orion* vor und schaltete die Außenlautsprecher ein. »Tie! Haben Sie keinen Respekt für einen Gegner, der seinen Mut bewiesen hat?«

Der Chu-i wandte sich um und hielt dem BattleMech sein Schwert entgegen. Auch ohne die Vergrößerung durch die Mechoptik hatte Akira keine Schwierigkeit, die Verachtung auf dem Gesicht des Mannes zu lesen. Mit hoher Stimme, die Akira an das Kläffen eines Hundes erinnerte, brüllte der Infanterist: »Wer sind Sie, daß Sie mir Vorschriften machen wollen? Ich bin Chu-i Sakai Iemasa. Generation um Generation meiner Familie haben für den Drachen gekämpft ...«

Akira schnitt ihm mit einem harten Lachen das Wort ab. »Sehen Sie sich vor, Chu-i Sakai Iemasa. In meinen Adern fließt des Drachen Blut. Sie formulieren Ihren Protest wie eine Kampfansage.« Akiras hämisches Lachen hallte von den Ruinen der Umgebung wider. »Ich denke, daß Sie mich kaum hier und jetzt herausfordern wollen, oder doch?« Er richtete den linken Arm seines

Mechs auf den Leutnant, um seine Frage zu unterstreichen.

Der Infanterie-Chu-i erblaßte, als er in die Mündung eines Lasers blickte, dessen Strahlbahn einen größeren Durchmesser hatte als sein Kopf. Der Blue Blazer blickte zum Cockpit des *Orion* hoch und bedankte sich trotz seiner Schmerzen mit einem Nicken.

Chu-sa Narimasa Asanos Stimme drang aus dem Lautsprechern in Akiras Neurohelm. »Chu-sa Brahe, Ihr Bericht bitte.«

Akira schaltete Narimasas Bild auf den Hilfsmonitor. »Unsere Sektoren sind frei. Die Blue Blazers wurden zurückgetrieben.« Akira zögerte, als sich Narimasas Miene langsam verdüsterte. *Irgendwer zwingt ihn zu etwas ...* »Haben Sie Befehle für mich?«

Narimasa bestätigte die Vermutung. »Hai. Tai-sa Kurita bittet um Ihre Anwesenheit. Bitte ziehen Sie Ihre Kompanie in Richtung unseres Lagers zurück.«

»Wakarimas«, bestätigte Akira, und nahm Verbindung mit Andersen auf. »Per, bringen Sie Lanzen Korasu und Denko zurück ins Lager.« Dann schaltete er auf die Frequenz um, die er für Privatgespräche mit seiner Lanze reserviert hatte, und schickte einen Funkspruch an die übrigen drei MechKrieger der Lanze Kaji. »Ihr müßt mit zurück ins Lager, aber ich möchte, daß ihr vorher diesen gefangenen MechKrieger in die Unterkunft führt. Paßt auf, daß die Fußsoldaten ihm nicht mehr zusetzen. Wenn nötig, tretet ihnen auf die Füße.«

Jiro Thorvald antwortete für seine Lanzenkameraden. »Hai, Chu-sa. Es wird uns ein Vergnügen sein.«

Akira grinste. »Gut. Wir sehen uns im Lager wieder.«

Eine Ordonnanz winkte Akira mit dem ganzen Respekt und der Sorgfalt eines Magschwebebahnschaffners, der einen letzten Fahrgast in einen ohnehin überfüllten Wagon preßt, in Tai-Sho Contis Hauptquartier. Akira richtete den Knoten der Schärpe aus, die seine dunkelblaue

Seidenjacke zuhielt. Als die Ordonnanz die Tür hinter ihm schloß, betrachtete Akira den kleinen, weißgetünchten Raum.

Zu seiner Linken sah Akira seinen Vater, flankiert von Chu-sa Narimasa Asano, Chu-sa Saladin Bey und Sho-sa Tarukito Niiro. Ihnen gegenüber lehnte Hassan Faud, der oberste ISA-Offizier des Fünften Schwert des Lichts an einer der dicken Holzsäulen, auf denen die Decke des Zimmers ruhte. Der dunkelhäutige, hochgewachsene Offizier ähnelte Saladin Bey, aber der Genyosha-MechKrieger hatte die hagere Statur, die zu einem Krieger im Geiste des Bushido paßte. Faud hingegen zeigte den Bauchansatz eines eher bewegungsarmen Lebensstils und die verkniffenen Augen eines Mannes, der ständig nach Verrat Ausschau hält, der wahrscheinlich gar nicht existiert.

Akira verbeugte sich vor dem Mann hinter dem hölzernen Schreibtisch. »Konnichi wa, Tai-sho Conti.«

Der kleinwüchsige, drahtige General zeigte seine Ungeduld und Frustration in der Knappheit der Verbeugung in Akiras Richtung. *Der Tai-sho ist ein Mann der Tat, und es irritiert ihn ohne Maßen, hier in seinem Büro festzusitzen.* Akira schaute auf die Geländekarte, die an einer Wand des Zimmers hing. *Anscheinend haben das 5. Schwert und das 36. Dieron-Regiment die letzten Nachzügler zurück in die Rockspire Mountains treiben können. Er will dabei sein, wenn es ihnen an den Kragen geht.*

Der dunkelhaarige Palmer Conti erhob die Stimme. »Chu-sa Brahe, Sie wurden hergerufen, weil es zu einem Disput zwischen der Genyosha und der ISA gekommen ist. Befehle des Drachen sind eingetroffen, aber Tai-sa Kurita hat sich geweigert, sie zur Kenntnis zu nehmen, bevor sein gesamter Stab versammelt war ...«

Fauds scharfe Stimme schnitt Conti das Wort ab. »Die Zeit für Samthandschuhtaktiken ist vorüber, Tai-sho!« Er blickte Akira ins Gesicht, und seine Augen wirkten wie dunkle Feuer in seine mißtrauische Seele. »Die Genyosha hat den Befehl, alle von uns gefangenen Söldner zu töten.«

»Was?« Akira starrte seinen Vater ungläubig an. Yorinaga begegnete dem Blick seines Sohnes, dann nickte er unmerklich. Die Wut und Verwirrung in Akiras Gedanken schmolzen unter dem Eindruck des Vertrauens, das sein Vater in ihn setzte, dahin. *Er gestattet mir, diesen Befehlen Widerstand zu leisten.*

Akira drehte sich wieder um und spießte Faud mit einem eisigen Blick auf. »Wurde die Genyosha in diesem Befehl direkt angesprochen?«

»Der Drache hat den Tod der Söldner verlangt. Wir dürfen ihnen keine Gnade gewähren.«

»Wurden diese Befehle unter Berücksichtigung der speziellen Situation hier auf Northwind verfaßt?«

Fauds Miene verdunkelte sich. »Wer sind Sie, daß Sie es wagen, mir solche Fragen zu stellen? Die Befehle liegen vor und sind zu befolgen. Woher nehmen Sie das Recht, mir in dieser Angelegenheit einen Irrtum zu unterstellen?«

Akira zwang sich zu einem abfälligen Lachen. Faud zuckte entsetzt zurück, Tai-sho Conti schien schockiert, und auf Chu-sa Saladin Beys Gesicht erschien der Ansatz eines Lächelns. »Sie wissen ganz genau, daß der Koordinator persönlich die Genyosha hierher befohlen hat, um die Kell Hounds zu stellen, weil die ISA ihm mitteilte, sie wären hier zu finden. Und was haben wir in Wirklichkeit angetroffen? Ein in keinerlei Hinsicht bemerkenswertes Söldnerbataillon, das von sich behauptet, das ›Dritte Mechbataillon‹ der Kell Hounds zu sein.«

Akira spie vor Fauds Füße. »Wenn Sie eine gerade erst gegründete Einheit mit einer der tödlichsten Söldnerkompanien in den Nachfolgerstaaten verwechseln können, dann können Sie erst recht Befehle mißverstehen oder *bewußt falsch auslegen.*«

Faud plusterte sich auf und versuchte, Akiras Ablehnung mit einem drohenden Blick zu unterminieren. »Sehen Sie sich vor, Chu-sa Brahe! Sie gehen zu weit! Sie haben keine Freunde in der ISA.«

Akira trat einen Schritt auf den ISA-Agenten zu, und seine Stimme wurde zu einem Zischen. »Ich lege meine Hand dafür ins Feuer, Hassan Faud, daß Sie keinen einzigen Freund in diesem Raum haben. Ich denke, Sie sind in größerer Gefahr als ich. Denken Sie daran, daß der Koordinator die Genyosha der Überwachung durch die ISA entzogen hat, weil er von unserer Einheit erwartet, daß wir Anführer ausbilden und sie mit dem wahren Geist des Bushido erfüllen. Er erwartet von uns, daß wir Krieger formen, keine Opportunisten, die nur darauf warten, ihre Vorgesetzten zu verpfeifen, um ihren Platz einnehmen zu können.«

Faud setzte zu einer Antwort an, aber Akira brachte ihn mit einer ungeduldigen Geste zum Schweigen. »Sie behaupten, Befehle zu haben, die von der Genyosha den Massenmord an gefangenen Söldnern verlangen. Ich frage: Wenn der Koordinator einen derartigen Auftrag hat, warum hat er den Befehl dann nicht direkt an Tai-sa Kurita gesandt?« Akira stieß einen gestreckten Finger gegen Fauds Brust. »Ich bin eher der Ansicht, daß dieser Befehl, wenn er denn überhaupt existiert, in der ISA ausgebrütet wurde und auch von der ISA auszuführen ist. Der Mord an Gefangenen, besonders an Söldnern, die lange und schwer gekämpft haben, ist ohne jede Ehre.«

Tai-sho Conti verzog das Gesicht und klopfte auf ein Blatt Papier, das vor ihm auf dem Schreibtisch lag. »Ich fürchte, Ihre Vermutungen stimmen nur zur Hälfte, Chu-sa. Der Befehl, alle Söldner zu töten, stammt wirklich vom Koordinator. Er soll andere Söldner davon abschrecken, sich uns zu widersetzen.«

Akira drehte sich steifbeinig um. *Das ist Wahnsinn. Ein solcher Befehl kann vielleicht die Söldner beeinflußen, die we-*

der Ehre noch Stolz kennen, aber solche Einheiten wären im Kampf gegen unsere Einheiten ohnehin so kurzlebig wie Herbstlaub im Wind. Die beherzten Einheiten wie Wolfs Dragoner, die Kell Hounds oder selbst dieses Team Banzai werden dadurch nur zu noch größerem Heldentum angespornt. Wenn sie wissen, daß sie nichts anderes als den Tod erwarten können, werden sie sich ihm bereitwillig stellen, wie es die Pflicht des Kriegers ist. Der Koordinator spornt unsere Feinde damit nur zusätzlich an.

Es kostete Faud Überwindung, die Hand von der Druckstelle auf seiner Brust fernzuhalten. »Söldnerabschaum wie Wolfs Dragoner muß ein für allemal vernichtet werden.«

Akira hob den Kopf, dann wandte er sich wieder zu Faud um. Sein Gesicht war so ausdruckslos wie das seines Vaters. »Das mag wohl sein, Hassan Faud, aber die Genyosha tötet nur auf dem Schlachtfeld. Selbst wenn unsere Gegner in Herz und Geist keine Krieger wären, sähe ich keinen Grund, warum wir uns auf ihre Stufe herablassen sollten.«

Faud zögerte einen Augenblick, dann brach ein tiefes Lachen aus seiner Kehle. »Es ist schade, daß Sie sich weigern, die Gefangenen des dritten Kell Hounds-Mechbataillons zu eliminieren, Chu-sa.« Der ISA-Agent breitete zuvorkommend die Arme aus. »Ich hätte gedacht, daß Sie diese Aufgabe gerne übernehmen.«

Akira fühlte, wie sich die Falle um ihn schloß, aber er sah keine Möglichkeit, ihr zu entkommen. »Wie das, Hassan Faud?«

Faud grinste bösartig. »Wissen Sie es noch nicht? Ist die Nachricht noch nicht zu Ihnen vorgedrungen?«

Akira fühlte, wie eine eisige Hand nach seinem Herzen griff. Er schüttelte den Kopf.

»Während die Genyosha hier auf Northwind Phantomen hinterherjagte und Diskussionen über Ehre führte, hat das Kell Hounds-Regiment Nashira angegriffen. Ihre Heimatbasis ist vernichtet!«

48

Northwind
Mark Draconis, Vereinigte Sonnen

12. Januar 3029

Kommandanthauptmann Scott Bradley sog die Luft zwischen den Zähnen ein, als der eisige Bergwind durch seinen Overall peitschte. Auf einer Krücke, die ursprünglich einmal Teil einer Mechbeinstütze gewesen war, humpelte er schwerfällig den schmalen, schneebedeckten Pfad hinauf. Er umrundete einen steilen Felsvorsprung und durchquerte einen schlanken Steinbogen, dann hatte er einen breiten Sims am Südhang des Bergs erreicht.

Scott grinste und winkte ab, als der andere Mann auf dem Sims ihm zu Hilfe kommen wollte. »Laß gut sein, Tommy. Ich werde es überleben.« Scott blickte auf den aufgeblasenen Verband um seinen rechten Fuß. »Der gebrochene Knöchel schmerzt nur, wenn ich daran erinnert werde.«

Der Major des Team Banzai hob das Fernglas wieder an die Augen. Scott folgte seinem Blick über die windgepeitschte Ebene im Süden. Auch ohne Fernglas konnte er das gewaltige Mechheer ausmachen, das auf die Berge zumarschierte. In der Ferne bemerkte er eine Rauchfahne.

Tommys Stimme war tonlos. »Die dritte Kompanie der Blue Blazers ist von diesem Überfall nicht zurückgekommen. Es wäre ein verteufelt guter Schlag gewesen, das HQ des Schwerts einzunehmen, während die Mechs auf Manöver sind.«

Scott ließ sich gegen den Granit der Bergwand sinken. »Die Genyosha muß sie aufgehalten haben.« Er zitterte, aber die Kälte hatte nichts damit zu tun. »Allmächtiger, Sie haben uns wie Besessene angegriffen.

Wir konnten sie nicht aufhalten. Den Auftrag hab' ich gründlich versaut.«

Tommy senkte das Fernglas und warf einen Blick über die Schulter. »Hör mal, Scott. Für diesen Angriff trägst du wirklich keine Verantwortung. Eigentlich ist die 5. Leichte Deneb-Kavallerie die Garnison hier auf Northwind. Das halbe Regiment ist wegen Ptomainvergiftung bettlägerig, und das 5. Schwert des Lichts hat den Rest der Leichten Kavallerie mit Hilfe des 36. Dieron-Regiments aus ihren Verteidigungsstellungen gelockt. Das Schwert hat sie pulverisiert. Das ist nicht dein Fehler.«

Scott atmete tief ein. Als er die Luft wieder ausstieß, formte sich vor seinem Mund eine dichte Dunstwolke. »Das weiß ich auch, Tommy, aber ich kann nicht vergessen, wie die Jungs von der Leichten Kavallerie um Hilfe geschrien haben. Die Schreie hallen endlos durch meinen Schädel.« Scott sah Tommy in die eisblauen Augen. »Ein Mechbataillon hätte genug sein müssen, um die Genyosha zu besiegen und dann der Leichten Kavallerie zu Hilfe zu kommen. Bradley's Bravos waren nicht mehr als Tontauben.«

Tommy wehrte heftig ab. »Ich habe die Genyosha in Aktion gesehen, als unser Erstes Bataillon runtergekommen ist, um euren Hintern zu retten. Die Genyosha ist gut — sehr viel besser als das Fünfte Schwert des Lichts.« Er schien zu überlegen. »Wenn ich mich recht entsinne, hat das MGUO sogar eine Warnung ausgegeben, daß Yorinaga Kurita die Einheit anführt.«

Scott senkte den Kopf. »Stimmt.« Er ballte die Linke zur Faust und schlug auf den Fels. »Er saß in einem *Kriegshammer.* Ich hätte ihn ganz sicher erwischen können ...«

Tommys Blick schweifte in die Ferne. »Ich auch. Er war es, der Doc erwischt hat. Ich hatte ihn direkt vor mir, aber ...«

Scotts Flüstern war ebenso eisig wie die Temperaturen in dieser Höhe. »... Aber der verdammte Computer hat ihn nicht erfaßt.«

Tommy nickte und schauderte trotz der Wärme seines dicken Parkas. »So etwas habe ich überhaupt noch nicht erlebt.«

Scott verstummte, dann blickte er Tommy in die Augen. »Ich schon. Mallory's World, 3016 — nur war es damals Morgan Kell, und Yorinaga schaffte es nicht, ihn zu treffen. Damals hat es mich völlig verwirrt. Jetzt läßt es mir das Blut in den Adern gefrieren.«

Die beiden Männer saßen einen Augenblick schweigend da. Der Wind heulte wie ein hungriges Wolfsrudel, und Wolken winziger, scharfer Eiskristalle geißelten ihre Gesichter. Sie drehten sich um und starrten wieder auf die Truppen, die gegen ihre Bergfestung anrückten.

Scott war der erste, der die Stille brach. »Wie geht es Doktor Banzai?«

Tommy zuckte mit den Achseln, aber Scott hatte keine Mühe, den Schmerz in seiner Miene zu deuten. »Die Sanis sagen, sein Zustand habe sich stabilisiert, aber es steht noch immer schlecht um ihn. Er hat eine Menge Blut verloren.«

Scott lächelte vorsichtig, um seine rauhen Lippen nicht zu verletzen. »Die ganzen Höhlen sind voll mit Jungs, die Blut spenden wollen. Nicht nur eure Leute, auch Männer der Bravos und der Leichten Kavallerie.«

Tommy nickte. Er hob den Feldstecher wieder an die Augen und studierte die Kombinatstruppen. »Wenn Sie uns holen kommen, wird es übel.«

Scott verzog das Gesicht. »Glaubst du, Sie warten auf die Genyosha?«

»Ha! Wenn die Genyosha zu dieser Party eingeladen wäre, hätte das 5. Schwert den Angriff schon eingeleitet.« Als er die Verwirrung auf Scotts Gesicht sah, erklärte Tommy, was er meinte. »Wir haben ihren Funkverkehr abgehört. Das 5. Schwert und die Genyosha können einander nicht riechen.

Anscheinend hat es euch keiner gesagt. Die Genyosha ist nur hier auf Northwind gelandet, weil die ISA ihnen mitgeteilt hat, sie könnten die Kell Hounds hier finden. Und nach allem, was wir so mitbekommen haben, hat die ISA jetzt erfahren, daß die Kell Hounds die Genyosha-Basis angegriffen haben, während die damit beschäftigt waren, uns den Arsch zu versohlen.«

Scott grinste. »Na, das ist doch schon was. Geschieht den Hurensöhnen recht.« *Gut gemacht, Morgan. Ich wünschte, ich wäre dabeigewesen.*

Tommy kam zu Scott herüber. Eis und Schnee knirschten unter seinen Stiefeln. Er ging in die Hocke und legte eine Hand auf Scotts rechten Arm. »Wenn sie morgen kommen, werden wir sie zurückwerfen. Die Hong Kong Cavaliers oder die Cavaliers kombiniert mit den Resten der Blue Blazers und der Radar Blazers werden sie aufhalten. Das dürfte den Bravos und der Leichten Kavallerie genügend Zeit geben, um den Doc durch die nördlichen Pässe in Sicherheit zu bringen. Wenn ihr erst mal im Dschungel auf der anderen Seite des Gebirges untergetaucht seid, finden die Schlangen euch nicht mehr.« Er zwinkerte ihm zu. »Der Prinz wird schon Hilfe schicken.«

Scott schüttelte den Kopf. »Machen wir uns nichts vor, Tommy. Team Banzai *war* unsere Hilfe. Ihr habt eine meiner Kompanien und zwei völlig desorganisierte Bataillone der Leichten Kavallerie gerettet, aber es hat euch zwei Drittel eures Regiments gekostet.« Scott schluckte. »Es wird Zeit, daß wir unsere Schulden begleichen.«

Er hob die Hand, um den Widerspruch des Söldners abzuwehren. Er fuhr sich mit den Fingern durch seine vom Wind zerzauste schwarze Mähne und sah hinunter. »Ich hab' ein paar Tauschgeschäfte mit der Leichten Kavallerie gemacht. Die Bravos sind zu einer Omega-Kompanie zusammengefaßt ...«

»Das könnt ihr nicht ...«

Scott sprach weiter. »Wir haben Inferno-Raketen in unsere KSR-Lafetten geladen ...«

»Nein!« Tommy schüttelte vehement den Kopf. »Infernos sind zu gefährlich. Die Dinger sind teuflische Brandbomben. Wenn einer eurer Mechs getroffen wird ...« Er deutete mit seinen Händen eine Explosion an.

Scott lächelte dünn. »Tommy, wir sind ohnehin schon tot. Die Infernos werden ein paar Schlangen in ihren Blechkisten garkochen und einer ganzen Menge mehr Angst machen. Das wird euch Zeit verschaffen.«

»Das gefällt mir nicht«, entgegnete Tommy.

»Das tut überhaupt nichts zur Sache. Unsere Waffen sind geladen, und die Cavaliers werden den Doktor in Sicherheit bringen. Ich würde es zu schätzen wissen, wenn ihr die verwundeten Bravos mitnehmen könntet.« Scott blickte auf seinen gebrochenen Knöchel hinab. »Die schwerverwundeten Bravos, meine ich.«

Tommy nickte und klopfte ihm auf die Schulter. »Kein Problem, Kommandanthauptmann Bradley.«

Ein dunkelhaariger Soldat mit rotem Gesicht stürmte auf den Sims herauf. Er hielt ein tragbares Funkgerät in den Armen. »Tommy! Tommy! Das mußt du dir anhören!«

Tommy stand auf. »Was gibt's, Reno?«

Reno grinste und schaltete den Empfänger ein. »Hör zu!«

In dem Lautsprecher krachte die Statik, dann wurde die Übertragung klarer, aber so leise, daß die drei Männer sich um den Lautsprecher drängen mußten. Die erste Stimme, die sie hörten, war etwas lauter als die anderen. Scott identifizierte den Sprecher als ein Mitglied des Team Banzai namens Rawhide. »Banzai Basis an anfliegende Landungsschiffe, bitte wiederholen Sie Ihre Identifikation.«

Als Antwort erklang die Stimme einer Frau, die sich durch leicht rollende Rs auszeichnete. Rawhides Frage schien ungehört geblieben zu sein. »Wirr verrzeichnen eine bemerrkenswerrte Aktivität nahe den Rrockspirre Mountains, Banzai Basis. Bitten dringend um Bestätigung.«

Rawhides Antwort kam sofort. »Roger. Zwo, ich wiederhole, zwo Kurita-Regimenter. Fünftes Schwert des Lichts und 36. Dieron-Regiment in etwa zehn Klicks Entfernung auf der südlichen Tiefebene. Bitte identifizieren Sie sich.«

Wieder ließ die weibliche Stimme die Frage nach ihrer Identität unbeachtet. »Copy. Fünftes Schwerrt des Lichts und 36. Dierron-Rregiment. Sonst noch werr?« Ihre Stimme wurde von einem seltsamen Quietschen begleitet, aber Reno schaffte es nicht, diese Störung zu beseitigen.

Die drei Zuhörer auf dem Bergsims lachten, als Rawhide seiner Überraschung Ausdruck gab. »Reicht das etwa nicht?«

»Fürrs errste schon, Luv«, sagte die Fremde lachend. »Fürrs errste schon.«

Scott blickte über Tommys Schulter und sah ein Dutzend weißer Lichtpunkte am blauen Himmel. *Zu hell für Sterne, zumindest um diese Tageszeit.* Plötzlich wurde ihm klar, was er da sah. Er deutete mit seiner Krücke nach oben und rief: »Tommy, da! Anfliegende Landungsschiffe!«

Tommy riß das Funkgerät aus Renos behandschuhten Händen. Er preßte den Sendeknopf und unterbrach die Unterhaltung. »Rawhide, wir sehen Landungsschiffe!« Er blickte hinüber zu Scott, der seine unausgesprochene Frage bestätigte. »Sie kommen in unsere Richtung.«

Rawhides Stimme wurde schärfer. »Unbekannte Einheiten, bitte identifizieren Sie sich. Sind das Ihre Schiffe?«

Als das Jaulen im Hintergrund lauter wurde, verstärkte sich der Akzent seiner weiblichen Gesprächspartnerin. »Allerrdings, Luv.«

»Zum Teufel, wer sind Sie, und was ist das für ein infernalisches Geheule?«

»Wirr sind die Besten derr Besten, Banzai Basis, und was ihrr da hört, sin' die Warpipes.« Die Stimme der Unbekannten war stolzerfüllt. »Wirr sind die Northwind Highlanders, und dank derr Verrhandlungsberrreitschaft Prinz Hanse Davions haben wirr die Dienste Maximilian Liaos verlassen. Anderrs ausgedrückt, Banzai Basis: Die Jahrhunderte des Exils sind vorbei, die Northwind Highlanders 're coming home.«

49

Algot
Mark Capella, Vereinigte Sonnen

14. Januar 3029

Captain Andrew Redburn reagierte auf das leise Klopfen an seiner halboffenen Tür, indem er Lieutenant Robert Craon hereinwinkte. »Was gibt's, Robert?« Andrew warf einen letzten Blick auf den Holodiscbetrachter, um sich die Seitennummer des Buches zu merken, in dem er gelesen hatte, dann schaltete er das Gerät ab. »Sie scheinen Ihren Erholungsurlaub nicht zu genießen.«

Craon ließ sich auf die Couch an der runden Wand der Wellblechhütte fallen. »Irgendwas stimmt hier nicht, Captain.« Craon zuckte vielsagend die Achseln, dann seufzte er. »Es ist einfach nicht so, wie es sein sollte.«

Andrew nickte vorsichtig. »Ich habe Ihnen schon mehrmals erklärt, Robert, daß wir uns einfach an das Mißtrauen gewöhnen müssen, das die Davion Light Guards unserer Einheit entgegenbringen. Ihr seid alle das Ergebnis eines Ausbildungsprogramms außerhalb der Akademien. Die Einheit ist anders aufgebaut, und unsere Rettungsaktion auf St. Andre haben sie auch noch nicht verwunden. Ob es Ihnen gefällt oder nicht, alle Davion Guard-Einheiten sind eingebildet, und halbausgebildete Rekruten aus der Mark Capella lassen sich da nicht so einfach eingliedern.«

Craon winkte ab. »Das ist es nicht, Captain. Die Typen vom Ersten Regiment benehmen sich noch immer wie beleidigte Schulmädchen, die man versetzt hat, aber ich erwarte auch gar nichts anderes von ihnen. Nein, nein, deren Haltung ist noch das normalste hier. Alles andere stimmt nicht.«

Andrew grinste. »Ich weiß. Algot ist nicht gerade die Axton-Riviera, aber es ist warm, und wir haben frei.

Nach sechs Monaten im Einsatz haben wir etwas Ruhe verdient.«

Craon nickte. Dann lehnte er sich vor und stützte die Arme auf die Knie. »Ich stimme Ihnen bei, Sir, aber ich werde einfach diese unbestimmte Sorge nicht los.« Er öffnete und schloß die Hände. »Kennen Sie das Gefühl in der Abwurfzone, wenn Sie in den Eingeweiden spüren, daß es gleich kracht? Genau dieses Gefühl habe ich jetzt auch, und das macht mich verrückt.«

Andrew verstand. *Du bist nicht der einzige, dem es so geht, Robert.* »Betrachten wir die Sache mal logisch. Gibt es neben diesem Gefühl noch irgend etwas, das Ihnen Sorgen macht?«

Auf Craons Stirn erschien eine steile Falte. »Wie wäre es mit der Tatsache, daß wir die Basis nicht verlassen dürfen. Sicher, hier gibt es alles, was ein MechKrieger sich zur Erholung wünschen könnte, aber was ist, wenn ich gerne mal eine Bergtour machen würde? Ich meine, wir haben zwar frei, aber wir *sind* nicht frei.«

Andrew winkte ab. »Das ist Standardverfahren, besonders für eine Einheit wie die unsere. Wenn sie uns zusammenrufen müssen, damit wir abdüsen und jemandem helfen, den Hals aus der Schlinge zu ziehen, müssen wir in der Nähe sein, damit es nicht zu lange dauert. Die einzige Möglichkeit, uns im Notfall halbwegs fix zusammenzutrommeln, besteht darin, uns auf der Basis zu halten. Außerdem gibt es auf dieser Staubkugel sowieso keinen halbwegs anständigen Berg.«

Craon gab eher zögernd nach. »Mit den Bergen haben Sie recht, und die Sache mit dem Zusammenrufen macht auch Sinn. Ich habe auch als erstes an die Sache mit dem Rückruf gedacht, aber dann kam mir folgender Gedanke: Wenn wir eine schnelle Einsatztruppe sein sollen, warum hängt Kompanie Delta dann nicht in einem *Overlord*-Landungsschiff am Sprungpunkt? Das würde die Flugzeit vom Planeten wegfallen lassen, und wir wären noch schneller vor Ort.«

Dieser Einwand leuchtete Andrew ein. »Daran hatte ich noch gar nicht gedacht«, gab er zu. »Trotzdem, das reicht kaum aus, Ihr Unbehagen zu erklären.«

Craon nickte zustimmend. »Aber da gibt es noch andere Punkte, Captain. Ist Ihnen schon aufgefallen, daß wir gar keine Post bekommen? Ich war im Nachrichtenzentrum der Basis und mußte mir sagen lassen, daß nichts angekommen ist.« Er blickte zu Boden. »Daraufhin habe ich mit einer Frau im Betriebsbüro gesprochen und sie, äh, gebeten, im Computer unseren Status zu überprüfen. Soweit es die AVS angeht, befinden wir uns noch immer auf St. Andre. Nicht nur das. Auch der Rest der Davion Light Guards ist noch dort, und die Zwölften Wega-Rangers drüben auf der anderen Seite des Camps sitzen angeblich auf Buchlau.«

Andrew beugte sich vor. »Na los, raus damit! Ich sehe Ihnen an, daß das nicht alles ist.«

Craon holte tief Luft. »Maggie — das Mädchen im Betriebsbüro — hat nur gelacht. Sie erklärte, es sei ein Computerfehler, und so etwas käme seit Beginn der Operation laufend vor. Die Computer hingen meistens einige Monate hinter der Wirklichkeit zurück. Wenn keine Befehle von New Avalon über Fax kommen, passiert gar nichts. Im Stab haben Faxmeldungen Vorrang vor allem, was der Computer ausspuckt.«

Redburn runzelte die Stirn. »Fax?«

Craons Stimme nahm einen verschwörerischen Tonfall an. »Befehle auf Papier. Keine Discs, nichts. Nur Botschaften auf leicht brennbarem Papier. Maggie sagt, sie kommen per Kurier, aber niemand weiß, woher der Kurier sie bekommt. Seltsam, was?«

Andrew nickte. »Das kann man wohl sagen. Und diese Fax-Dinger widersprechen den Computermeldungen?«

»Jep.« Craon fuhr sich mit der Zunge über die Lippen. »Die Computer melden, die Lagerhallen, in denen wir unsere Mechs stehen haben — und ich rede von sämtlichen Mechs des Stützpunktes, Captain —, also diese Lagerhallen sollen bis zum Rand voll mit Vorräten und Ersatzteilen sein. Um genau zu sein, der Computer meldet, wir hätten hier genug Ersatzteile, um ein ganzes Regiment zu versorgen. Und angeblich besteht die Besatzung der Basis aus gerade mal einem Infanteriezug!«

Andrew fiel die Kinnlade herab. »Diese Schwachköpfe. Wenn die Maskirovka Spione mit Zugriff auf den Basiscomputer hat, müssen sie glauben, dieses Lager würde ihnen wie eine reife Quillar in den Schoß fallen.«

Craon breitete die Arme aus. »Und genau das ist der Grund für mein Unbehagen, Captain.«

Das laute, gellende Kreischen des Mechalarms übertönte Andrews Antwort. Einen Herzschlag später rannten beide Männer bereits zu ihren Kampfmaschinen.

Andrew riß den rechten Arm seines *Centurion* hoch und folgte der Flugbahn des *Verteidiger.* Er brachte das Fadenkreuz über den humanoiden Mech, sah ein Aufblinken und rammte seinen Daumen auf den Auslöser. Dann kämpfte er gegen den Rückschlag der Autokanone an, um die Waffe auf das Ziel gerichtet zu halten.

Der Urangranatenhagel zerschmetterte das ohnehin schon beschädigte rechte Bein des *Verteidiger* und schlug glatt durch das Knie. Die untere Hälfte des Beins riß sich los und schoß auf einem Flammenstrahl in den Himmel. Der 45 Tonnen schwere Koloß war unfähig, seine Flugbahn mit den beiden verbliebenen Sprungdüsen zu kontrollieren und begann sich langsam zu drehen. Der Mech neigte sich immer stärker dem Boden zu, bis er sich korkenzieherartig auf die Planetenoberfläche senkte und in einem wogenden silbernen Feuerball verschwand.

»Cap, nach links!«

Craons Ruf warf Andrew herum. Ein blauer PPK-Blitz brachte die Luft an der Stelle, wo noch Sekundenbruchteile zuvor sein *Centurion* gestanden hatte, zum Kochen. *Verflucht! Ohne Craons Warnung hätte mir das den Rücken aufgerissen!* Er setzte seine Drehung fort, bis er sich einem humanoiden *Greif* mit deutlichen Kampfspuren gegenübersah. Hoch auf der rechten Brustpartie der Maschine bemerkte Andrew die einzige makellose Panzerplatte des Mechs. Sie trug das gold-grüne Wappen mit der Schachfigur des Springers, das auch diesen Mech als Mitglied der Zweiten Ariana-Füsiliere auswies.

Vier blitzende Laserspeere zuckten von Craons *Jenner* herüber. Zwei davon rissen tiefe Scharten in die Armpanzerung des *Greif.* Halbgeschmolzene Keramikplatten stürzten zu Boden. Die beiden anderen zerglühten das Füsilierwappen und ließen die halbe Torsopanzerung der Liao-Maschine brodelnd davonrinnen.

Der *Greif* schwenkte seine pistolenähnliche PPK hoch. Ihre Spiralen leuchteten in blauer Glut. Der Partikelstrahl sprang wie ein Lichtbogen von der Mündung der Waffe auf den Torso des *Centurion.* Andrew kämpfte gegen die Reaktion des Mechs auf den Aufprall an. Als er zurück in seinen Pilotensessel geworfen wurde, sah er Panzerplatten davonsprühen und supererhitzte Plamabahnen hinter sich herziehen.

Andrew senkte das Fadenkreuz des *Centurion* über den *Greif* und betätigte wütend den Auslöser. Das Röhren der Autokanone war ohrenbetäubend, als sie einen Orkan aus heißem Metall und orangeroten Flammen spie. Die Waffe wurde vom Rückschlag nach oben gerissen, und die Einschlagkrater ihrer Granaten zogen sich in einer diagonalen Linie von der Hüfte des *Greif* über seine Brustpartie zur Schulter. Die Granaten bohrten sich durch die Panzerreste des BattleMechs und fraßen Löcher in seinen Rumpf, durch die Andrew das Eisenuranskelett der Maschine sehen konnte.

»Cap, weit nach links!« Archie St. Agnans Stimme kochte vor Wut. »Den übernimmt Lanze Archer.«

Der *Greif* verschwand förmlich unter den Explosionen

der LSRs, mit denen Lanze Archers *Valkyries* ihn überschütteten. Die Kampfmaschine schien in einen regelrechten Mantel aus Flammen gehüllt. Panzerbruchstükke wirbelten davon und zogen Rauchwolken hinter sich her wie abgeschossene Flugzeuge, bevor sie auf den Boden prallten. Der rechte Arm des *Greif*, die PPK noch immer im Griff, stieg aus dem Feuersturm empor und verfehlte Craons *Jenner* auf seinem taumelnden Flug nur knapp.

Als der Sturm, der um den *Greif* getobt hatte, wie eine Illusion wieder verschwand, gab er den Blick auf eine schwer lädierte Maschine frei. Die pockennarbige Panzerung war rußgeschwärzt. In der tonnenförmigen LSR-Lafette, die von der rechten Schulter des Mechs gerissen und zu Boden geschleudert worden war, fehlten ganze Brocken. Der linke Oberschenkel des Mechs war aufgerissen, und von den dicken Myomermuskeln, deren Einsatz der Maschine erst ihre Beweglichkeit gab, waren nur noch Fetzen übrig.

Die Visierplatte des *Greif* explodierte in einem glitzernden Splitterhagel. Der Pilotensessel folgte auf einer roten Feuerzunge. Der in einer ganz und gar instabilen Haltung erstarrte Mech reagierte auf den Aufstieg seines Piloten, indem er schwankte, nach hinten kippte und mit einem donnernden Krachen auf den staubigen, trümmerbedeckten Boden stürzte.

Andrew schaute auf seine Ortung. »Ich habe keine Anzeige mehr.«

Archies Stimme erklang in seinem Neurohelm. »Archer ist frei, und die anderen Lanzen melden dasselbe. Unser Sektor ist gesichert.« Ein Chor der Zustimmung folgte, als die anderen Lanzenführer Archies Meldung bestätigten. Andrew rief Croans *Jenner* auf. »Wie sieht's bei Ihnen aus, Robert?«

»Tod und Teufel!« Craons Stimme kündete zu gleichen Teilen von Überraschung und Stolz. »Ich fasse es nicht!«

Andrew runzelte die Stirn. »Was ist los, Lieutenant?«

Als er Craons Stimme hörte, sah Andrew vor seinem inneren Auge das breite Grinsen auf dessen Gesicht. »Ich habe gerade einen Funkspruch von Colonel Stone aufgefangen, Sir. Wenn wir mit unseren Spielchen hier fertig sind, hat er einen echten Kampf im Sektor Charlie für uns. Wenn es uns nicht allzuviel ausmacht, würde er sich geehrt fühlen, wenn wir rüberkämen und ihm zur Hand gingen.«

Wunder gibt es immer wieder. »Habt ihr gehört, Lanzenführer? Dann wollen wir uns mal nach Süden begeben und dem Rest *unseres* Regiments helfen, diesen Invasoren klarzumachen, was es heißt, eine Davion Guards-Einheit anzugreifen.«

50

New Avalon
Mark Crucis, Vereinigte Sonnen

20. Januar 3029

Hanse Davion zog seinen Morgenmantel zu und rieb sich mit der Hand über sein kurzes rotes Haar. Er unterdrückte ein Gähnen. »Guten Morgen, Quintus.« Der Prinz schaute sich seinen Minister für Geheime Untersuchungen und Operationen etwas genauer an. »Oder sollte ich nicht doch lieber einen guten Abend wünschen?«

Quintus neigte den Kopf. »Ich muß mich dafür entschuldigen, dich um diese Zeit zu wecken, aber es ist wichtig.«

Hanse schreckte auf. »Gibt es Schwierigkeiten mit Operation Hinterhalt?«

Ein Teil der Müdigkeit in Quintus' faltigem Gesicht verschwand, als er beruhigend grinste. »Nein, Sir. Auf Axton hatten wir ein paar Probleme ... Elemente der Vierten Tau Ceti-Ranger konnten ein NAIW-Ausbildungskader überrumpeln und sind mit ein paar Vorräten entkommen. Alle übrigen capellanischen Angreifer wurden neutralisiert. Da sie nach den letzten Berichten Herzog Michaels vorgingen, erwarteten sie auf den fünf Nachschubwelten kaum oder gar keine Garnisonstruppen vorzufinden. Sie haben alles verloren.« Quintus sah auf sein Compad. »Sogar die Sache auf Elgin scheint nach Wunsch zu verlaufen.«

Hanse klatschte befriedigt in die Hände. *Das war ich dir schuldig, Maximilian Liao! Jetzt beginnt die Vergeltung.* »Wie sehen die Neuigkeiten von Northwind eigentlich aus?«

Quintus Lächeln erstarb. »Die Northwind Highlanders sind gerade noch rechtzeitig gekommen, um die Draconiseinheiten zurückzuwerfen. Allerdings wurden die Ersten Kearny Highlanders vom Fünften Schwert des Lichts auseinandergenommen, bevor das Schwert den Rückzug antreten mußte. Alle unsere Einheiten, einschließlich Team Banzai, wurden schwer getroffen. Die Fünfte Leichte Deneb-Kavallerie ist unterwegs zu ihrer Heimatwelt zur Erholung und zum Neuaufbau. Team Banzai, beziehungsweise das halbe Bataillon, das sie aus den Überlebenden zusammengeflickt haben, ist auf dem Weg hierher nach New Avalon. Sie haben eine Behandlung im NAIW-Medocenter für Dr. Banzai beantragt.«

»Natürlich. Sie sollen bekommen, was immer sie brauchen. Was ist mit Bradley's Bravos?«

Quintus Miene hellte sich auf. »Major, Verzeihung, Kommandanthauptmann Bradley ist auf Northwind geblieben. Er hat erklärt, ihr Vertrag laufe noch ein Jahr, und er erfülle seine Verpflichtungen.«

Hanse war beeindruckt. »Sie haben eine Verbindung zu den Kell Hounds, nicht wahr?«

Quintus nickte. »Sie stellen ihr drittes Mechbataillon dar.«

Hanse rieb sich das unrasierte Kinn. »Schicken Sie eine Botschaft nach Northwind. Die Bravos können sich aus unseren Beutematerialien neu versorgen. Nächste Woche werde ich einen Transferbefehl ausgeben, der ihnen gestattet, zu den Kell Hounds zu stoßen — wo immer die sich aufhalten mögen.«

Hanse verschränkte die Arme vor der Brust und studierte Quintus, der sich eifrig Notizen machte. »Ich nehme nicht an, daß du mich wegen *dieser* zwei Nachrichten aufgeweckt hast?«

»Das Karnickel ist aus seinem Bau geflohen«, stellte Quintus fest, und sein Grinsen hätte nicht breiter sein können.

Hanses Gelächter schallte durch den Raum und verdrängte jeden Gedanken an Müdigkeit. »Quintus, das ist die beste Nachricht, seit ich den Thron bestiegen habe.« Seine Augen leuchteten. »Wann? Wie?« Er ging zur Couch des Vorzimmers und setzte sich gespannt auf den Rand.

Quintus ließ sich in einem braunen Ledersessel nieder und fuhr mit der Zunge über seine Lippen. »Wie du angeordnet hast, wurde Serge Korigyn am fünfzehnten wegen Spionageverdachts verhaftet. Wir haben ihn auf sein Landungsschiff geschleppt und ihm nahegelegt, sich nicht mehr blicken zu lassen. Gleichzeitig haben wir alle falschen Daten aus dem Computernetz gelöscht und Michael Gelegenheit gegeben zu sehen, wer und was tatsächlich wo steht. Er ist in den frühen Morgenstunden des sechzehnten unserer Überwachung entkommen, und wir haben Meldungen, daß eine kleine Personenfähre vom Landungsschiff des Botschafters aufgenommen wurde, kurz bevor er sein Sprungschiff erreichte und das System verließ. Seither empfängt Michael keine Besucher mehr.«

Hanse lehnte sich zurück. *Michael, du Narr! Merkst du nicht, daß du deine einzige echte Chance verspielt hast, aus deinem Verrat noch etwas zu machen? Wenn du zu mir gekommen wärst, hätte ich dich gegen ein paar Zugeständnisse als meinen Partner bei einem gegen Maximilian Liao gerichteten Täuschungsmanöver hingestellt. Wir hatten keinerlei handfeste Beweise gegen dich, nichts, womit wir dich hätten hängen können. Wieder einmal mußt du für deine Fehleinschätzung büßen.*

»Wann können wir mit der Ankunft des Schiffes auf Sian rechnen?« fragte der Prinz, und seine Augen funkelten noch immer.

Quintus zögerte. »Mitte Februar. Etwa gleichzeitig mit der Nachricht vom totalen Fehlschlag der Operation Riposte. Möglicherweise trifft Michael auch schon eher ein, aber das würde voraussetzen, daß Liao ein paar zusätzliche Sprungschiffe in der Kommunalität St. Ives versteckt hat, um die Lücken in seiner Kommandostrekke zu schließen.«

Hanse nahm Quintus Worte kaum war. »Mitte Februar. Wie passend. Ich hoffe nur, Maximilian weiß mein Valentinsgeschenk zu würdigen.«

51

Elgin
Kommunalität Tikonov, Konföderation Capella

2. Februar 3029

Oberst Pavel Ridzik erhob sich halb von seinem Stuhl, als seine Begleiterin aufstand und sich zur Damentoilette begab. Wenige Schritte von seinem Tisch entfernt drehte sie sich noch einmal um, schüttelte ihr langes schwarzes Haar von den Schultern und zwinkerte ihm zu. Ihr schwarzsilbernes, paillettenbesetztes Kleid lag wie eine zweite Haut an ihrem Körper an und war vorne wie hinten tief ausgeschnitten. Sämtliche Männer im Innern des Restaurants folgten ihr mit den Augen. Als sie außer Sicht war, nickte mehr als einer dem Militärischen Chefstrategen der Konföderation Capella stumm Beifall.

Ridzik dankte ihnen mit einem breiten Lächeln. *Ich hoffe wirklich, sie ist ebenso talentiert wie schön.* Die bittere Erinnerung an Maximilian Liaos Ablehnung seines Feldzugs setzte ihm noch immer zu. *Sie wird meine Wunden kühlen ... zumindest für's erste. Dann werde ich entscheiden, wie ich weiter vorgehe.*

Der Oberst nahm den Cognacschwenker in die Hand und ließ die bernsteinfarbene Flüssigkeit an seiner Innenseite tanzen, während er nachdachte. *Entweder ich arrangiere Liaos Ableben und zwinge seine Tochter Candace, meine Frau zu werden, oder ich baue mir aus den Resten der Kommunalität Tikonov einen souveränen Staat auf und handle mit Hanse Davion einen Waffenstillstand aus.* Er wog die beiden Alternativen in seinem Geiste ab. *Ach was! Zum Teufel mit Hanse Davion. Warum soll ich mich mit einem Stück Kuchen zufriedengeben, wenn ich die ganze Torte haben kann?*

Als der Oberkellner sich dem Tisch näherte, schreckte

Ridzik auf. »Verzeihen Sie, Oberst«, begann der Mann, »aber Sie haben einen Anruf.« Er deutete nervös zum Eingang des Restaurants. »Es tut mir leid, aber unsere tragbaren Apparate sind nicht abhörsicher.«

Ridzik nickte. *Ich hätte diesen Idioten im Hauptquartier nicht sagen sollen, wohin ich gehe.* »Machen Sie sich keine Sorgen. Ich verstehe. Bitte lassen Sie meine Begleiterin wissen, wo ich bin, wenn sie zurückkehrt.« Ridzik legte seine Serviette neben das Glas und drängte sich an dem Ober vorbei.

Er fand das Visiphon in einer Ecke der Eingangsnische, aber der Schirm war dunkel und die Verbindung offensichtlich unterbrochen. *Wenn jemals ein Anruf angekommen ist!* dachte er verärgert.

Aber noch bevor Ridzik etwas tun konnte, nahmen ihn zwei kräftige Männer in die Zange. »Bitte folgen Sie uns, Oberst.«

»Nein! Was soll das?«

Der Mann blickte besorgt in Richtung Speisesaal. »Oberst, wir haben keine Zeit, und wir sollen keine Gewalt anwenden.«

Ridzik fletschte wütend die Zähne. »Keine Zeit? Was soll das?«

Der zweite Mann zerrte hart an Ridziks Arm. »Ihre Begleiterin. Sie wollte sich die Nase pudern, aber sie hat ihre Handtasche liegenlassen. Bewegung!«

Sie hoben Ridzik an den Achseln hoch und schleppten ihn aus dem Restaurant. Sie schafften es durch die Türen und halbwegs über die dunkle Straße, bevor eine gewaltige Detonation das Restaurant zertrümmerte. Flammenspeere schossen bis quer über die Straße und ließen Brandspuren an den Gebäuden der anderen Seite zurück. Davongeschleuderte Glassplitter verletzten die wenigen Passanten, die das Pech hatten, zu diesem Zeitpunkt vorbeizuspazieren.

Der dröhnende Donnerschlag und die dazugehörige Schockwelle warfen Ridzik und seine Bewacher zu Boden. Aus dem Griff der beiden Männer befreit, drehte Ridzik sich um und sah ein weißloderndes Inferno, wo er noch Minuten zuvor gesessen hatte.

Er schluckte schwer. »Bei allem, was mir heilig ist, sie hat versucht, mich umzubringen. Eine Davion-Agentin!«

Seine Begleiter lachten. »Nein, Sir, wir sind die Davion-Agenten. Sie hat versucht, Sie umzubringen, aber im Auftrag der Maskirovka.«

Ridzik fiel die Kinnlade herunter. »Ich verstehe nicht...«

Die SAS-Agenten halfen ihm auf die Beine. »Wenn es Ihnen nichts ausmacht, Sir, wir haben einen Schweber bereitstehen, der Sie zum Raumhafen bringt. Prinz Hanse Davion wird Ihnen alles zu Ihrer vollsten Zufriedenheit erklären, wenn Sie sich bereiterklären, uns als sein Gast zu begleiten.«

Ridzik nickte geschockt, dann murmelte er etwas. Der Agent zu seiner Linken neigte den Kopf. »Verzeihung, Sir, ich habe nichts verstanden.«

Ridzik lächelte, und sein Selbstvertrauen kehrte zurück. »Nur ein altes Tikonov-Sprichwort — ›Selbst ein noch so kleines Stück vom Kuchen ist besser als zu verhungern.‹« Er verneigte sich. »Oberst Pavel Ridzik, ehemals Konföderation Capella, zu Ihren Diensten. Bitte gehen Sie voraus, Gentlemen. Wir wollen den Prinzen doch nicht warten lassen.«

52

Sian
Kommunalität Sian, Konföderation Capella

14. Februar 3029

Justin Xiangs dunkle Augen wurden schmal, als Herzog Michael Hasek-Davion durch die schweren Bronzetüren des capellanischen Thronsaales schritt. Michael wartete eine halbe Sekunde im Eingang, dann marschierte er erhobenen Hauptes den roten Teppich entlang auf Maximilians Thron zu. Unter seinem linken Arm trug der Herzog von New Syrtis eine zylinderförmige, schwarzlackierte Kartentasche und ein Bündel Notizen.

Maximilian lächelte höflich, als er von seinem Thron stieg, um Herzog Michael auf gleicher Höhe zu treffen. Er verbeugte sich respektvoll vor seinem Besucher und forderte die übrigen Anwesenden mit einem Blick auf, seine Geste nachzuvollziehen. Justin, der zwischen Tsen Shang und Alexi Malenkow und gegenüber von sechs Mitgliedern der persönlichen Leibwache des Kanzlers stand, verneigte sich.

Er grinste, als Michael sich ebenfalls verbeugte. *Das Selbstbewußtsein des Herzogs zeigt Risse. Er war auf eine wütende Standpauke vorbereitet, nicht auf eine derart ruhige Begrüßung.*

Maximilian Liao reichte Herzog Michael lächelnd die Rechte, während seine linke Hand die dünnen Enden seines Schnurrbartes zwirbelte. »Ihr Besuch ist unerwartet, aber höchst willkommen.« Liao schüttelte Michaels Hand fest und freundschaftlich. »Und ich füge hinzu: schicksalhaft.«

Michaels grüne Augen schwenkten unsicher von einem Gesicht zum nächsten, als er seine Hand aus dem Griff des Kanzlers befreite. »Ihr kennt das Ergebnis Eurer Operation Riposte natürlich?«

Der Kanzler breitete nonchalant die Arme aus. »Ein nebensächlicher Rückschlag. Schließlich haben wir nur Truppen verloren, die eigentlich schon vorher bei der Verteidigung ihrer Garnisonswelten hätten sterben sollen.« Liaos Gesicht nahm einen gnädigen Ausdruck an, als er die Stufen zu seinem Thron hinaufstieg. Vor der Schnitzarbeit, die symbolisch das Universum darstellte, hob er die Schultern. »Als ich den Kommandeuren erklärte, daß sie nur durch treue Dienste jemals ihre Ehre wiedergewinnen könnten, bettelten sie um neue Aufträge. Sie haben versagt. Die Last ihres Karmas wird um so größer, und sie treten in ein neues Leben. Das ist der Lauf des Universums.«

Ein Ausdruck der Erleichterung trat auf Herzog Michaels Gesicht. »Eine interessante Sicht der Dinge, Kanzler.« Maximilian akzeptierte das Kompliment mit einem Nicken, und Michael reichte Alexi seine Kartentasche. »Ich habe Pläne mitgebracht, die ich während des Fluges ausgearbeitet habe, Exzellenz. Ich bin sicher, Ihr werdet feststellen, daß sie uns beiden liefern werden, was wir uns am meisten wünschen.«

Maximilian schenkte ihm ein breites Lächeln. »Ausgezeichnet, mein Freund. Wir wollen Sie sofort betrachten. Danach können wir uns erfrischen.« Der Kanzler nickte Alexi zu. »Bitte stellen Sie sich dorthin, wo sowohl der Herzog wie auch ich die Karten sehen können. Bürger Shang und Xiang, würden Sie dem Herzog bitte zur Hand gehen? Bürger Shang, halten Sie seine Notizen.«

Die drei Maskirovka-Analytiker traten geflissentlich vor, um Herzog Michael zu helfen. Alexi entrollte die Karten und breitete sie auf dem Boden aus. Der Herzog deutete auf eine Geländekarte des Gebietes rund um Tikonovs größte Mechfabrik, und Alexi hielt sie empor. Tsen Shang stellte sich rechts vor den Herzog und hielt seine Notizen etwas abgeschrägt, so daß sie gut lesbar waren. Justin hielt sich zwischen dem Herzog und Shang, bereit, die Seiten umzublättern.

Herzog Michael hatte seine Nervosität abgelegt und begann die Operation zu erklären, die auf der Karte dargestellt war. »Hanse Davion hat seine Truppen verschoben. Jetzt hält sich nur noch die Achte Crucis-Lanciers RKG auf Tikonov auf. Er hält diese Mechfabrik für die wichtigste Anlage des Planeten und hat seine Truppen dementsprechend aufgestellt. Ich schlage eine gemeinsame Aktion meiner Fünften Syrtis-Füsiliere RKG und Eurer Sungs Kürassiere vor.«

Michael deutete auf die Karte. Zusätzlich zu einer detaillierten Beschreibung der Geländebedingungen in und um den Fabrikkomplex trug sie Dutzende von Pfeilen in verschiedenen Farben, die Anmarschrouten und präzise militärische Manöver darstellten. »Sungs Kürassiere stoßen hier im Süden vor und ziehen die Achten Crucis ab. Meine Syrtis-Füsiliere formieren sich auf der Ostflanke der Lanciers, um dann umzuschwenken und sie zu vernichten, während Eure Einheiten sie frontal angehen.«

Der Kanzler starrte die Karte mit verkniffenen Augen an, dann glättete er mit Daumen und Zeigefinger der rechten Hand seinen Bart. »Handelt es sich bei diesem Plan um alle drei Bataillone von Sungs Kürassieren oder nur um ein Bataillon?«

»Ich würde meinen, das gesamte Regiment ist erforderlich, Kanzler«, erwiderte Michael. »Nur so ließen sich die Lanciers herauslocken.«

Maximilian nickte nachdenklich. »Ja, ja.« Er deutete mit einem zitternden Finger auf die Karte. »Ihre Truppen würden trotz Ihrer Flucht als Davion-Verstärkungen nach Tikonov kommen?«

Michael nickte zuversichtlich. »Ja. In diesem Falle schon. Hanse vertraut ihrem Kommandeur, aber der Mann würde ohne zu zögern seine Frau und Kinder umbringen, sollte ich es verlangen.« Michael deutete mit einer weiten Geste auf die übrigen Karten auf dem Fußboden. »In den meisten übrigen Fällen werden meine Truppen natürlich durch Euer Territorium reisen müssen, um ihre Zielorte insgeheim zu erreichen. Bei einer gut koordinierten Zuteilung der Sprungschiffe bin ich überzeugt davon, daß ich meine Truppen bis zum ersten April für einen historischen Schlag vollständig in Position haben kann.«

Der Kopf des Kanzlers hob sich. »Der erste April — ein Aprilscherz. Ist das Ihr Omen für diesen Schlag?«

Der Herzog von New Syrtis nickte, und in seinen grünen Augen blitzte die Wut. »Welcher Zeitpunkt könnte besser dazu geeignet sein, gegen einen alten Feind loszuschlagen, der einen als harmlos ansieht?«

»Gut ausgedrückt, Herzog Michael. Eine gute Wortwahl.« Noch immer lächelnd, wandte der Kanzler sich an Alexi. »Bürger, sammeln Sie diese Karten auf!« Die nächsten Worte sprach er mit Grabesstimme. »Verbrennen Sie sie! Verbrennen Sie sie, und verstreuen Sie ihre Asche!«

»Was!« Michaels heiserer Wutschrei hallte von den Teakholzwänden wieder. Er machte einen Schritt auf Alexi zu, aber Justin packte seinen rechten Arm. Michael holte mit seiner künstlichen Linken aus, aber Justin duckte sich unter dem Schwinger weg und versetzte Michael mit seiner Metallfaust einen kurzen Schlag in die Rippen. Der Herzog ging in die Knie.

Schmerz verzerrte seine Stimme. »Was? Was soll das? Diese Karten ... diese Pläne haben mich wochenlange Arbeit gekostet. Das ist ein Skandal!«

Maximilian Liaos Gelächter drang durch den Thronsaal. »Wir haben eine alte Redewendung, Sie verräterischer Idiot ... ›Nur ein absoluter Narr begeht zweimal denselben Fehler!‹ Niemand hält Maximilian Liao ein zweites Mal zum Narren!« Das Gesicht des Kanzlers lief purpurn an, als er sich endlich gestattete, die Wut zu zeigen, die er seit Michaels Ankunft unterdrückt hatte.

»Sie verlangen von mir, Ihre Truppen an Bord meiner Schiffe auf meine Welten zu transportieren! Sie verlangen von mir, mir eigenhändig den Dolch in den Rücken zu stoßen! Sie und Ihr verfluchter Schwager halten mich für so leichtgläubig, daß Sie mit meinen eigenen Schiffen Ihre Invasionstruppen in mein Reich befördern können!«

Michael starrte mit weit aufgerissenen Augen zu ihm auf. »Nein! Das dürft Ihr nicht glauben. Ich ... wir ... ich ... wir wurden beide von Hanse Davion verraten. Er hat mich zum Narren gehalten. Er hat mich benutzt, um Euch zu treffen!«

»Ha!« Der Kanzler hockte auf seinem Thron und grinste hämisch auf den Herzog hinab. »Für wie dumm halten Sie mich? Glauben Sie wirklich, ich sei ein solcher Idiot, daß ich auf eine derart offensichtliche Lügengeschichte hereinfalle?« Liao deutete auf Justin und Tsen Shang. »Man hat mich wissen lassen, daß die Angaben über die Truppenstärke Ihrer eigenen Einheiten zu niedrig waren! Wie hätte Ihnen dabei ein Fehler unterlaufen können? Wie wäre es möglich gewesen, daß Ihnen das entging, wenn Sie sich an unsere Abmachung gehalten hätten?«

Michael schüttelte heftig den Kopf. Er stieß einen Finger in Justins Richtung. »Er lügt! Er ist Quintus Allards Sohn! Er wurde hier eingeschleust, um Euch zu täuschen!« Michael wirbelte herum und hechtete auf Justin zu. Seine Finger griffen nach der Kehle des Analytikers.

Justin duckte sich und stieß seine linke Faust in Michaels Magengrube. Der Herzog keuchte laut auf, als er nach hinten fiel. Er wand sich, nach Luft ringend, auf dem Teppich. Mit unverständlichem Krächzen stieß er weitere Anschuldigungen aus und deutete immer wieder auf Justin.

In Maximilian Liaos Mundwinkeln sammelte sich der Geifer, als er die Stufen seines Thrones herabstieg. Er schnaufte verächtlich und sah zu Justin auf. »Dieser Mann ist kein Spion, Sie Schwachkopf! Unsere Operation Riposte war kein völliger Fehlschlag. Justin schickte die Vierten Tau Ceti-Ranger auf eine Expedition. Sie vernichteten ein verfluchtes NAIW-Ausbildungskader und eroberten einige Vorräte.«

Der Kanzler starrte auf den Herzog hinab. »Ist Ihnen klar, was das bedeutet, Sie Judas? Er hat bei seinem Angriff Ihre Berichte ignoriert, und er hatte Erfolg.« Maximilian spie den Herzog von New Syrtis an. »Der Mann, den Sie als Verräter anklagen, hat mir erneut seine Loyalität bewiesen.«

Liaos kalte, obsidianschwarze Augen richteten sich auf Justin. »Justin Xiang, ich benötige Ihre Dienste.«

Justin hob stolz den Kopf. »Ich lebe, Euch zu dienen.«

Lächelnd winkte Maximilian Liao einen seiner Leibwächter heran, dann deutete er mit dem Kinn auf den Herzog. »Richten Sie diesen Verräter hin!«

Justin wickelte den langen Zopf des Herzogs um seine Linke und zerrte ihn daran auf die Knie. Er nahm eine Pistole, die ihm der Leibwächter reichte, zog den Hammer zurück und setzte den Lauf an Michaels rechte Schläfe. Tief in seinem Thron nickte Maximilian Liao zufrieden, als das Krachen eines Schusses durch den Saal hallte.

Der Kanzler sah zu, wie Michaels Zopf durch Justins schwarze Metallfinger glitt, dann winkte er seinen Leibwächtern. »Schafft dieses Ding aus meinen Augen, und nehmt die Karten und Notizen mit.« Er lehnte sich vor und lächelte. »Und nun, Justin Xiang, erzählen Sie mir noch einmal, was Sie durch den Überfall der Ranger auf Axton erfahren haben und wie es uns die Möglichkeit liefert, Hanse Davion und seine teuren Vereinigten Sonnen zu vernichten.«

HEYNE
BÜCHER

Top Hits der Science Fiction

Man kann nicht alles lesen – deshalb ein paar heiße Tips

Ursula K. Le Guin
Die Geißel des Himmels
06/3373

Poul Anderson
Korridore der Zeit
06/3115

Wolfgang Jeschke
Der letzte Tag der Schöpfung
06/4200

John Brunner
Die Opfer der Nova
06/4341

Harry Harrison
New York 1999
06/4351

Wilhelm Heyne Verlag
München

FANTASY PRODUCTIONS PRÄSENTIERT

BATTLETECH - DAS SPIEL

"Das heißeste Spiel seit Erfindung der Würfel", hat Matthew Costello **BattleTech** in einer euphorischen Rezension im SF-Magazin *Analog* genannt und 1985 wohl schon den Erfolg vorausgeahnt, den die "Kampfkolosse des 4. Jahrtausends" haben würden.
Mittlerweile befinden wir uns in den neunziger Jahren, und **BattleTech** hat sich zu einem echten Klassiker entwickelt, der seinesgleichen sucht. In Deutschland erscheint bereits die vollständig überarbeitete Neuausgabe von **BattleTech**.

BATTLETECH - PRODUKTE

DEUTSCH

BATTLETECH - DAS SPIEL	CITYTECH
ASTROTECH	GEOTECH
MECHKRIEGER 3031 A.D.	RAUMFAHRTHANDBUCH
HARDWAREHANDBUCH 3025	HARDWAREHANDBUCH 3031
SAGA DER GRAY DEATH LEGION	BATTLETECH KOMPENDIUM
BISS DER SCHWARZEN WITWE	DIE KELL HOUNDS

ENGLISCH

BATTLEFORCE	BATTLETROOPS
CLANTROOPS	TECHNICAL READOUT 3055
MECHWARRIOR 2ND. EDITION	SUCCESSION WARS

Diese und weitere Spiele finden Sie im umfangreichen Gesamtkatalog von:

FANTASY PRODUCTIONS

Postfach 1416 - 40674 Erkrath

Bitte Schutzgebühr (DM 3,-)
in Briefmarken beilegen

Großformatige Box mit zwei großen, farbigen Spielplänen, 14 aufstellbaren Plastikfiguren, ausführlichem Regelwerk mit Hintergrund, Würfel, Einheitsinsignien, usw. **DM 69,00**

Erhältlich im Fachhandel oder direkt bei:

FANTASY PRODUCTIONS
Postfach 14 16
40674 Erkrath

HEYNE BÜCHER

HEYNE SCIENCE FICTION UND FANTASY

STAR TREK™

Die erfolgreichste Filmserie der Welt

06/4619

06/4551

06/4605

06/4568

06/4627

06/4682

Wilhelm Heyne Verlag
München

HEYNE SCIENCE FICTION UND FANTASY

STAR TREK™

Die erfolgreichste Filmserie der Welt

06/3988

06/4035

06/4762

06/4776

06/4804

06/4819

Wilhelm Heyne Verlag
München

HEYNE BÜCHER

HEYNE SCIENCE FICTION

Seit einem Vierteljahrhundert ist STAR TREK ein fester Bestandteil der internationalen SF-Szene und wuchs von einer Fernsehserie unter vielen zu einem einzigartigen Phänomen quer durch alle Medien.

STAR TREK™

(RAUMSCHIFF ENTERPRISE)

Das STAR TREK-Universum

bietet erstmals in deutscher Sprache einen Überblick über die Medien, in denen STAR TREK vertreten ist.

Dieses Nachschlagewerk wurde auf den neuesten Stand gebracht und enthält neben den Inhalten zu über 200 TV-Episoden, einer ausführlichen Besprechung der Kinofilme und einer umfassenden Filmographie erstmalig ein Verzeichnis der nie verfilmten Episoden sowie Kurzbewertungen aller zum Thema STAR TREK erschienenen Bücher.

Ob unter dem Kommando von Captain Kirk oder Captain Picard – der Flug der Enterprise ist nicht aufzuhalten.

Deutsche Erstausgabe
06/4900

Wilhelm Heyne Verlag
München